谢冕编年文集

第十二卷 2010—2012

北京大学出版社

2010年在冰岛

2010年在冰岛观赏当地马群

2010年在冰岛总统办公室

2010年与北欧诗人对谈

2010年春节与孙女谢典在新加坡

2010年与夫人陈素琰登泰山

2010年春节前在北京海德堡花园寓所与韩国留学生合影

谢冕素描(《人民日报》2010年6月3日版登载)

2010年在福建永泰

2010年在畅春园寓所书房内

《中国新诗总系》(十卷本,谢冕主编),人民文学出版社 2011 年版

2011 年在《中国新诗总系》研讨会上

2012 年 4 月向余光中先生颁发"北大驻校诗人"聘书

余光中先生的"北大驻校诗人"聘书

2011年在北京香格里拉饭店与《谢冕编年文集》三位主编合影
（前为谢冕，后排由左及右为刘福春，孙民乐，高秀芹）

2012年在北大中关新园《谢冕编年文集》集体工作留影

目 录

2010

说不清的"现实" ……………………………………… 3
先生始终是青春的
　　——林庚先生百年诞辰纪念 ……………………… 20
有一种感动叫慰藉
　　——读刘希全 ………………………………………… 22
一束鲜花的感谢
　　——祝贺《洪子诚学术作品集》出版 …………… 26
美丽的不仅是相遇
　　——2010年培文图书作者联谊会有感 …………… 29
向艾青致敬
　　——纪念艾青先生诞生一百周年 ………………… 31
木兰溪缓缓流过兴化平原 ……………………………… 32
人生只有一个"六十年"
　　——谨以此文庆祝原八十三师
　　文艺工作队建队六十周年 ………………………… 34
撒遍西湖都是诗 ………………………………………… 36
世纪诗歌之约
　　——《中国新诗总系》总后记 …………………… 39
诗歌运动的记忆 ………………………………………… 41

为新中国吹进军号的诗人
——纪念公木先生百年诞辰 …………… 53
洛神花 ………………………………… 55
艺术对历史的书写
——方正的组诗《复兴之路》读后感 …… 57
壮丽的中华史诗长卷
——华文峰著《中华之歌》(三部合集)序 …… 60
楚歌一曲动江城
——读柳忠秧长篇古体组诗《楚歌》 …… 66
殷夫不朽
——纪念殷夫诞辰一百周年 ………… 69
相逢一笑 ……………………………… 71
星星伴我 ……………………………… 73
一件大好事
——贺《中国文学史资料全编(现代卷)》汇总再版 …… 75
人生至境
——庆贺骆英(黄怒波)登顶珠峰 …… 78
诗心在山水之间
——《林国志摄影作品选》序 ………… 80
奇迹没有发生
——两岸四地第三届当代诗学论坛开幕词 …… 83
初识这个王家新 ……………………… 86
你摈弃了所有的喧哗
——复刘中蔚 …………………………… 92
在抚顺发现诗意 ……………………… 94
抚顺因诗意而美丽 …………………… 96
美不可言的八碟八碗 ………………… 98
重申一种文学理念 …………………… 101

刻骨铭心的草房子	103
诗歌的北大	106
亦喜亦忧话新诗	110
北大中文系的传统	113
遥远的风景	
——《日落日出》序	115
高山流水有诗心	
——《半瞧己丑诗编》读感	120
他周围浓浓的书卷气	124
玉取其润石取其坚	
——庆贺《孙玉石文集》出版	126
哈森诗集题辞	129
致辞	131
那盏灯永远亮着	
——怀念我的韩国兄弟许世旭	133
寂静何其深沉	
——记灰娃	136
培文坚持了高品位	140
从根部到花瓣的距离	
——读林秀美	141
2010年工作汇报	146

2011

为梦想和激情的时代作证	
——纪念《诗探索》创刊三十周年	151
诗人与城市的距离	
——从伊路读起，读到哈雷	153

他开辟了另一个审美的空间
　　——贺《李瑛诗文总集》出版 …………… 158
百花版《百年新诗》总序 …………… 159
天天快乐，天天进步 …………… 162
有一些道理不会过时 …………… 164
岁月中那些花瓣
　　——谭仲池长诗《东方的太阳》读感 …………… 166
一切与记忆相连的都很伟大
　　——刘海星《太阳的眼泪》读后 …………… 171
寻花踏影到梦端
　　——《中国新诗总系》出版感言 …………… 174
为起草北京大学校歌致校长信 …………… 178
思想是百年的荣光
　　——为北京大学一百一十三周年校庆而作 …………… 180
给张欢的诗集作序 …………… 182
守望或者坚持 …………… 185
《河南诗人》创刊一周年纪念 …………… 189
旧稿检索后记 …………… 195
关于鲤鱼洲诗的信 …………… 197
世界的极点也是生命的极点 …………… 200
诗探索·华文青年诗人奖评语 …………… 209
为《碧水行云渡远山》序 …………… 211
女人在雨中做梦
　　——读张秀娟 …………… 213
读林志山的诗 …………… 217
召唤与抉择 …………… 221
往北是通天河 …………… 226
长江是在梦中 …………… 228

我珍藏的《四世同堂》……………………………………… 229
竹林掩映的村落……………………………………………… 231
万里巨流无声………………………………………………… 233
我也有一个梦想……………………………………………… 235
那些空灵铸就了永恒………………………………………… 238
这里是新诗的故乡…………………………………………… 249
题诗歌纪念册………………………………………………… 252
读报偶感……………………………………………………… 253
公共空间与私人空间………………………………………… 255
向诗歌致敬…………………………………………………… 257
想起一封信
　　——怀念许觉民先生…………………………………… 259
除夕的太平宴
　　——闽都岁时记………………………………………… 263
心仪于充满锐气的批评
　　——对话诗评家谢冕…………………………………… 267
最是柳梢月圆时
　　——闽都岁时记………………………………………… 272

中国新诗史（插图本）

我爱这土地——中国新诗1937—1948 …………………… 279
为了一个梦想——中国新诗1949—1959 ………………… 338
动乱年代——中国新诗1960—1975 ……………………… 381
一个世纪的背影——中国新诗1977—2000 ……………… 412
生活永远始于今天——中国新诗2001—2010 …………… 447

2012

2011年工作汇报	485
简洁创造了温暖	
——读车延高	488
岩佐昌暲和中国文学	493
又见苏忠	497
遥远依然亲近	
——读田思	498
西窗相对默然	
——读庄晓明	504
有谁留下履痕	
——读罗春柏	507
与你相遇人生很美丽	
——《湘夫人的情诗》序	510
谢冕教授学术纪事	514
谢冕教授著作目录	573
后记	(高秀芹)578

2010

说不清的"现实"[*]

现实不就是文艺

现实的社会生活,农民种田,工人做工,学生上学,士兵戍边,运动员打球,工程师设计和施工,大自战乱恐怖,天下兴亡,小至街谈巷议,家长里短,这一切的人生万象,都是活生生的现实,但这不是文艺。现实社会.生活中重要的或重大的事件,往往集中表现为政治,但政治也不是文艺。

文艺是现实的观照,反映、或叫表现,或叫加工,但现实本身不是文艺。文艺是文艺家对现实的改造或变异。文艺家以自己的方式,对一切现实的材料——人物、事件、情感、思想、情节和细节、风景和动作——进行处理的结果。文艺不是照搬现实,甚至也不是复制、模仿和影射现实。文艺是文艺家对现实的再创造。这已是"老生常谈"了。

我们以往在文艺上犯的错误,多半是由于对现实与文艺的这种"混同"。我们以为现实就是文艺(完全忽略了现实的本原性),文艺也就是现实(完全忽略了文艺的虚构性)。我们曾以为现实中有什么,文艺也就要有什么;现实是什么样的,文艺就应该是什么样的,这就是文艺的"现实主义"。

---

[*] 此文为"现实与文艺·2009北京文艺论坛"而作,刊于《文艺争鸣》2010年第5期。据此编入。

有一段时间我们提倡文艺写（演、画、唱，等等）"真人真事"①，提倡诗歌和小说再现真实的人物和故事，提倡"兵演兵"，把实有的人物"搬"上舞台。人们因此习惯于把文艺当成了现实生活，在文艺作品中寻找现实的根据并加以臧否。文艺家这么认为，文艺的领导者这么认为，观众和读者也这么认为。当年部队文工团演出，有过士兵开枪射击黄世仁的故事——那士兵就是把演员当成了真人。

其实，文艺是"假"的、也是"无用"的，它不会直接产生什么或取消什么。文艺不会"丧国"，文艺也不曾"兴邦"。人们对文艺寄望太殷太切，于是责之也深也重。把"亡党亡国"的罪责加诸文艺，实在是过分抬高了文艺的作用。文艺对于现实的作用，从来都是间接的，也都是延缓的，不会直接，更不会迅疾。那种被人一眼看穿的是"利用小说反党"的作品，肯定是低劣的、甚至很难说是艺术品。要是真的"意在反党"，那肯定是经过了文艺的"伪装"，把"反党"的意图隐藏得很深，深到明眼人看不出来，那就庶几于接近创造了。

把文艺等同于现实是一种灾难。制造这种灾难的，若不是出于无知，那便是出于阴谋。

文艺是对现实的改造

照实的描写和模仿不是文艺。文艺从本质上说是"无中生

---

① 周扬："我们是出生在这样一个充满斗争和行动的时代，我们亲眼看见了人民中的各种英雄模范奇迹，他们是如此平凡，而又如此伟大，他们正凭着自己的血和汗英勇地勤恳地创造着历史的奇迹。对于他们，这些世界历史的真正主人，我们除了以全副的热情去表扬之外，还能有什么别的表示呢？即使我们仅仅描画了他们的轮廓，甚至不完全的轮廓，也将比让他们湮没无闻，不留一鳞半爪，要少受些历史的责备。因此，写真人真事是不应该笼统地去反对的，应当肯定，写真人真事是艺术创造的方法之一。"引自《新的人民的文艺》，《中华全国文学艺术工作者代表大会纪念文集》，新华书店，1950年版。

有"。文艺属于夸张、虚构、梦想和神思一路。把现实和文艺,一对一地加以对照,是一个误区。高级的艺术从来都不满足于"实写",从来都是异想天开。单说夸张,这还只是对现实的初步改造,文艺的创造是现实的被放大以至变形。经过艺术加工的"现实",已非原有,是面目一新的再生物。

　　空里流霜不觉飞
　　汀上白沙看不见

　　这是《春江花月夜》中的句子,是写月光的。用语平常,却是平常中见神奇。那月光是流动的,却硬说"不觉飞"。不觉飞,毕竟在飞。月光在人们的视觉中"不知不觉"地飘忽流动;此时汀上的沙岸也融化在月光中,看见白沙即是看见月色,诗人却说"看不见"！这就是文艺对于现实的"改造"。改造之后的"现实"(即艺术品),是按照艺术家的审美理想的再创造,既是客观的,更是主观的。

　　《世说新语》中有一则讲谢家子弟以景拟雪的故事,题目是:"大雪飘飘何所似？",有人答是"撒盐空中差可拟"。独有才女谢道蕴出语惊人夺了冠:"未若柳絮因风起"。她的答卷好在何处？好就好在"离"现实"远"了——"盐"和"柳絮"相比,前者太实,后者是灵动而飘逸的,非形似而是一种神似。正是因此,基于对文艺特性的体认,从来没有人质问"燕山雪花大如席"或"白发三千丈"的不真实。

　　有些文艺作品所表现的内容与实有的生活场景非常接近,但是由于作家艺术家情感的介入,依然可以看到彼此判然有别。以散文为例,柳宗元的《永州八记》写的都是当地的实山水,但又都是文学作品,而不等同于"现实"。以其中的《钴姆潭记》为例,几乎是写实的山间小景:

　　　　钴姆潭在西山西,其始盖由水自南奔注,抵山石。曲折东流,其巅委势峻,荡击益暴啮其涯,故旁广而中深,毕其石乃止。流沫成轮,然后徐行;其清而平者且十余亩,有树环然,有泉悬然。

作为散文的杰作,这篇文字除了作者优美的、高超的笔力,更重要的是它有作者情感的寄托和融入。这里体现了一个流放者复杂的内心世界:"孰使余乐居夷而忘故土者,非兹潭也欤?正因为有了这种加入,就使这文字区别于现实。

文艺的动机在于现实的需要。举例说,舞蹈始于对劳动的模仿,这已是共识了。生产,狩猎,转而为对劳动节奏的调协,这原乃出于实用的要求。或是协同动作,或是庆祝丰收,舞蹈经历了从"娱神"到"娱人"的漫长过程,终于指归于情绪和情感的传达。这就完成了自协同劳动到审美愉悦的舞蹈艺术的定性。"舞蹈从原初起就带有很强的维系群体的生存意识和对美好的向往。原始舞蹈的诸多功能,也促进了人类的自我优化。""高度进化的人体更具智能性、可望性、自由度。有能力实现高超的技艺,表现浓缩而升华了的情感,阐发自觉的审美意识。"[①]

中国书法也是如此,汉字的形成开始是作为沟通的工具,它的被创造起始于模仿现实的形象和声音,到了成为艺术的书法,就具有了超越实用功能的审美的效果。从书法历史上看,晋人尚意重韵,王羲之论书:

须得书意转深,点画之间,皆有意,自有言所不尽,得其妙者,事事皆然!

"这可以说是魏晋对'意以象尽','言不尽意'的美学思想在书论中的表现。王羲之强调'意',系指书家的心性情感对于书法创作的重要性,认为书法可以表现人的内心的悲喜哀乐。而

---

① 资华筠:《话说中国舞蹈》,《光明日报》2009年12月17日。

且这'意'必须融入笔墨之中。"①王羲之的几个代表作:《快雪时晴帖》《姨母帖》《丧乱帖》,"快雪"的行气如虹,"姨母"的云花满眼,"丧乱"的焦灼困顿,它所创造的情感意蕴甚至超越了实际意义的表达。

到了这时,实用的意义就让位给审美的意义了。这正印证了现实与艺术的复杂的关系。梁启超把书法定位为"最优秀最便利的娱乐工具",这看法是跳过了实用的层面而进入审美:"中国写字有特别的工具就成为特别的美术:线的美,光的美,力的美,表现个性的美。"②他更把写字和个性联系起来:"言为心声,字为心画——放荡的人,说话放荡,写字也放荡;拘谨的人,说话拘谨,写字也拘谨。"

再看园林艺术,是艺术品,不是未曾加工的现实的林丛。艺术家强调,园林艺术中要有"我"——我是创造园林艺术的主人,其创作犹如作家之于小说或诗歌那样。陈从周说的,"造园之学,主其事者须自出己见",是强调造园者的主观意图,他认为"无我之园,即无生命之园。"③他指出:

> 造园一名构园,重在构字,含意至深。深在思致,妙在情趣,非仅土木绿化之事。——风花雪月,客观存在,构园者能招之即来,听我驱使,则境界自出。苏州网师园,有亭名"月到风来",临池西向,有粉墙若屏,正撷此景精华,风月为我所有矣。④

这是另一种向度的再创造。也再一次论证了艺术与现实之

---

① 王岳川:《王羲之》,见袁行霈主编《中华文明之光》上册,北京大学出版社,2004年7月,第283页。
② 梁启超:《书法指导》,《请华周刊》26卷第9号,1926年12月3日。
③ 陈从周:《说园》(其四),同济大学出版社,1984年11月。
④ 陈从周:《续说园》,同济大学出版社,1984年11月。

间的差异,即使是类似园林建设的这种"撷景",也与构园者的"思致"、"情趣"有关。创作是"虚",离不开虚构,而现实是"实",二者的差异是明显的。现在让我们考察一下戏剧,李渔在《闲情偶记》中强调戏剧写作的"虚构"——

  人谓古事多实,近事多虚。予曰,不然。传奇无实,多半皆寓言耳。若谓古事皆实,则《西厢》、《琵琶》推为曲中之祖,莺莺果嫁君瑞乎?蔡邕之饿莩其亲,五娘之干蛊其夫,见于何书?果有实据乎?孟子云:"尽信书,不如无书。"盖指《武成》而言也。经史且然,矧杂剧乎?凡阅杂剧而必考其事从何来、人居何地,皆说梦之痴人,可以不答者也!①

这里讲的是戏剧,其实所有的文艺都是如此,都不是"实有",都是"寓言"。把文艺作品当作"实有"的人,都如李渔说的是"痴人说梦",是可以不予理会的。戏剧如此,绘画也不例外。绘画理论也告戒人们,作画不可过实:

  山水轮廓不宜过真。真则运用不灵,而有板滞之象。学者初步应从轮廓入手,能画之后,须将轮廓泯去。夫将轮廓泯去者,非谓无轮廓也,乃令其忽隐忽现,忽变渲染,忽变皴擦,忽然一笔横亘转显峭拔。②

这里说的也是艺术的真谛——那就是真真假假,虚虚实实。话说到此,好象艺术真的是与世无涉的空谷来风了,不然,这里最终要强调的还是:艺术的根本是现实,现实是生长一切艺术的土壤。

---

  ① (明)李渔:《闲情偶记》,《词曲部·审虚实》,作家出版社,1995年,第23—24页。
  ② 金绍城:《画学讲义》上卷。见《画论丛刊》下卷,人民美术出版社,1962年,第707页。

一切想象的根源

以上所述,意在判别现实与文艺二者之间的差异。这是有感于以往有意无意对它们的混同,重新体认文艺自身的特性:文艺是文艺,现实是现实,二者有联系,甚至是极重要的联系,但并不是同一回事。至于现实对于文艺的极端重要性,前人的论述已是车载斗量,再说也难免有拾人牙慧之嫌。单就文学的创作而言,几乎可以说,离开了现实的根据,一切文艺的产生都将无从谈起。这已是无庸置喙的事实了。

几乎所有的人都不会否认文艺不仅取材于现实生活,文艺家的一切幻想和想象力也都来源于现实生活的经历和经验。鬼是空无的,神是在云端的,谁都没有见过,但是涉及鬼神的一些"联想",也都是关于人的联想。鬼神是人的影子。鬼神尚且如此,可见所有的文艺的创造都来自现实的人间。作家艺术家凭借着他超凡的想象力可以创造出让人眼花缭乱的奇异,这一切可以叫做"无中生有",然而,那些隐隐约约的"无",却真真确确地生发于"有"——即此刻我们谈论的"现实"。

近切的例子我们可以忽略,就以貌似"远离"现实的中国山水画来说,它的取材设意,也莫不归依于现实的体察。论者以为画家的创作虽然都是山水气象,但因生地各异而风格亦有不同,这就是通常讲的"画以地异"的道理:

> 写画多有因地而分者,不独师法也。如李思训、黄筌便多山峡气象者,生于成都也。宋二米、范中立有秣陵气象者,家于建康也。米海岳曾仕宦京口,便多镇江山色。黄公望隐于虞山,落笔便是常熟山色。信高人笔底,往往为山水

所囿乎?①

不仅是"为山水所囿",而且是为小小的"实物"所囿。人们但见画家挥洒自如的满纸烟云,却不知他私下里对着世间万象所付出的历练的苦功。曾读到一篇画家的自述,其中说到,他认为的画家要做到的"四知"(即"知天、知地、知人、知物"),此说就近于我们此刻讨论的文艺不能脱离现实的题旨了。在"知物"项下他列举了他所记取的各色花果的体质特征:梅、杏、桃、千叶桃、小桃、樱桃、山桃、李、海棠、梨,等等,而且根据平时的观察用文字作了记载。例如:

> 山茶:木本。单叶粉红者名杨妃山茶,破腊开。大红者为蜀茶,正月开。皆五瓣。黄心一簇如瓣,大白须半寸,苞蒂数层,叶厚尖长有棱。大红者名宝珠山茶,树高花千朵。粉色者名玉林山茶,品贵。又洋茶五色具备,并有洒金二色者,其花平板少韵。②

还有我们少见的品类,如:紫桂丛、雪罗襦、秋月白、金缕衣、月华秋,等等,面对这些奇花异果,画家无不详为描记,一旦提笔设彩,一时具备目前。所以,即使是被认为有点"远"的艺术品种如水墨山水,也都与现实的万事万物保持着千丝万缕的关联。所以,有修养的画家总是提醒人们不要闭门造车,照猫画虎,而是"要看真山水":

> 凡学画山水者,看真山水极长学问,便脱时人笔下套子,便无作家俗气。古人云:"墨审留川影,笔花传人神",此

---

① (明)唐志契:《绘事微言》,《画论丛刊》上卷,人民美术出版社,1962年6月,第107页。

② 邹一桂:《小山画谱》,《画论丛刊》下卷,人民美术出版社,1962年6月,第750—751页、786页。

之谓也。盖山水所难,在咫尺之间。有千里万里之势。不善者徒摹画前人粉本,其意原自远,到落笔反近矣!故画山水而不亲临极高极深,徒摹效旧人栈道瀑布,终是模糊丘壑,未可便得佳境。

这里讲的还是客观环境对创作的影响,是文艺受到现实制约的实例。更重要的是人——人作为现实的最重要的因素,对文艺的创造起着极为重要的、几乎是决定性的作用。这种确认人作为主体的现实观,强调的是作家艺术家源于现实遭际与经验的主体意识。对于文艺创作而言,最重要的现实的因素,是主观的创作者的修养、情感、怀抱和精神。还是以画为例,画家论画,除了笔墨线条,除了布局留白,决定画品高低的是"立格":

夫求格之高,其道有四:一曰清心地以消俗虑;二曰善读书以明理境;三曰却早誉以几远到;四曰亲风雅以正体裁。具此四者,格不求高而自高矣!①

这大概就是画家吴冠中最近说的"笔墨等于零"的真意所在——技巧再高而失去主体的气韵精神,岂不是等于零!林纾论画之病,分有形之病和无形之病两种。有形之病指的是"花木不时"、"屋小人大"一类,是艺术与现实的不符,属于客观方面的;而无形之病则是指画家的胸襟怀抱,则是主观方面的:

无形之病,不当于画求之,当求于平日之学问,及生平之胸次。但观名流之画,即有败笔,决无俗笔。凡胸有卷轴之人,落想必不俗。若凝滞于物象,即谓之俗笔。不化其拘牵,即谓之俗韵。气韵既泯,则物象亦乖,眼见得填塞满纸,

---

① 沈熙远:《芥舟学画编·卷二》,《画论丛刊》上卷,人民美术出版社,1962年6月,第356页。

——皆是死物。①

这庶几近于作家写作,一切的素材来自现实的体察和积累,大自时代环境,小至人物举止,有了良好周至的构思,最后决定作品高下的是作者的情怀和寄托。这是融进了作家的内在情感的另一个层面的现实,更高级的"现实"。

我们面对的"现实"

"现实"的含义很宽泛,与此相关的有现实、写实、真实、真实性、写实主义、现实主义、以及现实主义精神,等等。这的确是一个十分复杂而含混、而且也十分纠缠的概念。但是对于中国文艺而言,却是一个非常重要、甚至是非常严重的话题。我们谈论它,少说也有将近一百年的历史了。这是一个纠缠我们将近一百年的怪影。

现实与文艺这个话题,和中国近代以来的文艺的变革和发展有非常紧密的关系。它是中国文艺的宿命和梦想。它如影随形地伴随着、影响着中国文艺从开始到现在的全过程。探讨现实与文艺的历史,几乎就是探讨中国文艺的发展史。

中国人把文艺的改造与新生的实践与现实加以联系,其原因从远处讲,与儒家的文为世用的理念有关系;从近处讲,则是与鸦片战争以来日益严重的生存环境有关系。近代以来,中国国运衰微,危机四伏,有识之士纷起寻求救亡图存的道理,他们在四处碰壁濒于绝境中,终于找到了社会衰蔽的病灶,这就是当时认为的"旧文化"与"旧文学"。"旧文化"的弊端在于压抑了人性的张扬,束缚了国人心智的开发;"旧文学"的弊端则是阻隔了文艺与现实的联系,此即陈独秀所提出的要加以推倒的——贵

---

① 林纾:《春觉斋论画》,见《画论丛刊》下卷,人民美术出版社,1962年6月,第629页。

族的、古典的、和山林的倾向①——因为它堵塞了文学通往民众、反映社会现实的道路。

文艺的变革首先是文学的变革。文学改良和文学革命有很多道理,其中一个主要的道理,就是要改变旧文学那种与世隔绝(也就是与现实隔绝)的状态,要文艺接纳并承载正在变革或已经变革的现实,使之不再与民众和社会生活相脱节,而在增进民智、改造民魂方面起到应有的作用。

新文学革命最先见到成果的是新诗革命。胡适实验白话诗的突破点是诗体大解放。他认为诗体解放之后"丰富的材料,精密的观察,高深的思想,复杂的情感方才能跑到诗里去。"②由此可以看出,当时注重的是生活的实际内容(即"材料"、"观察"、"思想"、"情感"等等)为文学所运载并得到表现。是在强调文学艺术对于现实生活的介入和承担。五四及其以后的作家,他们的投身写作,其动机几乎是一样的,鲁迅如此,茅盾也如此。丁玲谈到她的创作:"我以为是因为寂寞。对社会的不满,自己生活的无出路,有许多话需要说出来,却找不到人听,很想做些事,又找不到机会,便提起了笔,要代替自己给这社会一个分析。"③

不仅在诗歌和小说方面是如此,五四新文化运动前后,几乎文艺的各个方面都在探讨打通与中国实际社会现实相结合的可能性。小说和文章的新变,戏剧的改革,包括话剧和歌剧的试验,文明戏的演出,甚至绘画也在吸引西洋的写生和油画的技

---

① 见陈独秀的《文学革命论》:"曰推倒雕琢的阿谀的贵族文学,建设平易的抒情的国民文学;曰推倒陈腐的铺张的古典文学,建设新鲜的立诚的写实文学;曰推倒迂晦的艰涩的山林文学,建设明了的通俗的社会文学。"1917年2月1日,原载《新青年》第2卷第6号。

② 胡适:《谈新诗》。本文作于1919年10月。见《中国新文学大系·建设理论卷》。

③ 丁玲:《我的创作生活》,1933年4月,引自《创作的经验》。上海天马书店,1933年6月,第23页。

术,等等,一切文艺几乎都在全面地实验和展开,所有的目的都是建立与现实的密切关联。

在新戏剧的提倡方面,其目的也在于密切结合现实借此以唤起国民的觉悟。傅斯年著文称,中国人"不觉得人情有个自然,有个自由的意志,他在樊笼里,却很能过活,并且忘了是在樊笼里——这是中国人最可怜的情形,将来中国人的幸福,会在于推翻这个,另造个新的,使得中国人有其彻底的觉悟,总要借重戏剧的力量。所以旧戏不能不推翻,新戏不能不创造。"①中国戏剧改革的起步,甚至比新诗的历史还要早。② 早期的《新青年》曾系统地介绍过易卜生的戏剧作品,发表过关于戏剧改革的专文。③

五四新文学的先驱们,一开始就非常重视文艺对于现实社会生活的介入,当时主持《青年杂志》的陈独秀在回答读者提问时指出,"吾国之民,犹在古典主义、理想主义时代,今后当趋向写实主义。文章以纪事为重,绘画以写生为重,庶足挽今日浮华颓败之恶风。"④他当时就把目标指向了我们今天仍在热议的话题。

新文学革命的最大收获,是极大地促进了文艺与中国社会以及民众生活的联系。新文化运动激活了中国文化千年的沉

---

① 傅斯年:《戏剧改良各面观》。

② 据欧阳予倩论述,1907年春柳社即在东京演出林琴南翻译的《黑奴吁天录》。1911年至1917年间,进化团、新潮同志会、新民社、民鸣社、开明社等戏剧社团相继成立。"那时知识分子当中不少有志之士为着挽回国家的颓运,为着民族的独立自由平等,奔走呼号,参加了那时的革命运动。"见欧阳予倩:《回忆春柳》,引自《自我演戏以来》,中国戏剧出版社,1959年5月,第156页。

③ 《新青年》四卷六号(1918年6月)刊登胡适的《易卜生主义》和罗家伦、胡适译的《娜拉》。五卷四号(1918年10月)刊登胡适的《文学进化观念与戏剧改良》、傅斯年的《戏剧改良各面观》、欧阳予倩的《予之戏剧改良观》等文章。

④ 见陈独秀回答张永言的《通信》,《青年杂志》第1卷第4号,1915年12月。

睡,从而全面地吸纳和展开中国社会生活和民众情感的真实场景。文艺因为与现实的结合而充盈着蓬勃的生机。也正是由于文艺和时代的融为一体,由于文艺与现实建立的亲密联系,五四诞生的新文艺因它与新生活的结合,而成为中国二十世纪最宝贵的精神遗产。

中国人终于在文艺的各种形式中发现了自己的存在。他们从中看到了自己生存的状态,困顿、忧伤、追求和梦想。由于白话新文学的提倡,文章的写作一扫过去那种雕琢造作的风气,更加切实地表现了现实中的国民的麻木、愚钝的心态,以及他们充满血泪的生活的情景和内心的伤痛。这是五四新文化运动带给我们的最贵重的礼物。于是,我们通过鲁迅的小说,了解了中国国民的心理顽疾,以及中国农村和社会的沉重;通过艾青的诗,了解到中国北方土地上的流血和抗争;通过巴金的长篇,了解了大家族的内在的矛盾,它的破灭和新生。

五四初期,由文学研究会率先举起"为人生"的旗帜,这是强调文艺与现实关系的最早的宣言。以此为开端,随着社会的变动,"为人生"之后,又有更多的对于文艺紧密联系现实的规定和拓展,产生了更多的"替换",例如"为抗战"、"为国防",后来的"为工农兵",直至"为政治"。在这种惯性的滑行中,文艺与现实的关系逐渐形成了价值判断的排他性。在这些极端的强调"重要"的同时,有意地忽略了现实生活还有不很重要、甚至不重要的方面,这就产生对于"现实"理解的片面性,产生了指归的偏离和歧误。

例如,人们认定"为人生"的文艺是进步的,而"为艺术"的艺术则是落后的,人们开始崇尚"为人生"而排斥"为艺术"。后来发现"为工农兵"比"为人生"更"先进",进而排斥"工农兵"以外的、也许也是十分丰富的现实。总之,因为"为现实"的文艺是重要的和非常重要的,从而又忽略了除此之外的那些不那么重要的,甚至是不重要的同样是现实的生活内容。

原本宽广的文艺逐渐地变得窄狭了,舆论开始否定除此以外的另一面。完整的现实被切割和撕裂。人们于是对非主流的现实生活充满鄙薄甚至敌意。于是进而寻求在充满歧视和偏见的前提下整合和统一文艺。这就是数十年来绵延不断的文艺斗争的一个侧面。其实就是文艺为争夺表现现实所进行的殊死搏斗的事实。

应该承认,随着文革动乱的结束,随着社会的开放的新时期的开始,三十年来的中国文艺发生了根本性的变化。总的来说,我们曾经熟悉的那种文艺与现实脱节的现象正在得到改变,那种权力迫使文艺偏离自己的特性而变成他物的异常,也得到改正。文艺终于回到了自身。但随着充分突显个性和政治上的适当宽松,新的矛盾和偏离也产生了。

以往的文艺是有期待的文艺,这种期待成为了人们的文艺理想。鸦片战争以后,我们期待文艺面对危难而救亡图存;抗日战争中,我们期待文艺投身于民族解放独立的斗争;二十世纪五十年代,我们期待文艺表现迅速变化的社会生活;即使是大跃进和文革动乱的岁月,文艺依然有着当年自以为是的"期待"和"理想"。而现在,我们没有期待也失去了理想!

这是一个没有追求的时代。文艺与急速变化着的现实是脱节的。文艺面对的是,渐行渐远的"现实"的背影。

现实处境的省思

多少年来我们试图为文艺与现实建立起一种合理的联系,我们取得了一定的成功,却也同时产生了严重的偏离。上述那种惯性的滑行一直进行到世纪末,人们终于在新时期迎接了中国文艺另一个新的开始。从那时到现在的三十年间,我们审视文艺与现实的关系,发现时代变了,而文艺面对的问题却没有变。一个古老的召唤听起来是那样地遥远,却一如往常那样地令人怦然心动。那个重要的、严重的文艺深入现实的话题,仍然是今天我们的话题。中国文艺如何进入和拥抱变化了的社会和民众,从而合理地面对中国的现实。这依然是一个沉重的、没有变化的话题。

群体意识被消解之后,个人价值得到释放和尊重。一些人宣告他们不再为时代代言。至少在一些诗人那里,他们宣称只代表个人、甚至只是他自己。那些"小我"的小悲欢、小感受,在文艺家手中摩挲把玩而无边际地弥散。这些诗歌和文艺当然地排斥了更为宽广的现实,包括现实中重大的事件——如政治。他们因厌恶过去的政治化,而在自己的创作中剔除和拒绝重大的现实内容(即所谓的"去政治化")。其结果是文艺远离了生活的中心,而退居到狭窄的、甚至自私的角落。以诗歌为例,相当多的诗歌陷入自说自话的痴迷状态,而外界的山呼海啸全然与他们无涉。

城市的繁荣使我们一定程度上遗忘或忽视了乡村。过去是乡村包围城市,如今是城市吞噬乡村。过去育我养我的农民,正在潮水般涌向城市,成为花花世界的觅食者。这些昔日的"主人翁"正在沦为城乡结合部讨生活的边缘人。文艺家们的注意力被高端的贵族情趣所吸引,他们的描述总难摆脱暴发户般浅薄的炫耀。他们很少关注或悲悯这些一年一度候鸟般地奔走在铁路沿线的孤立无援者。当然也有作品涉及"底层",却依然缺乏对于特殊时代深入的、全景式的开掘与把握。

我们的社会变得丰富多彩了,而文艺家很少深入探究这个急速变化着的社会背后的矛盾和问题。在证券市场十分不发达的年代,茅盾尚且写出了大上海证券交易背后的阴谋和血泪,他笔下的那些人物如今鲜活依旧。而资本极为活跃的今天,我们却没有写出超越性的佳作,我们是否愧对茅盾?

还有，社会的发达，财富的集中，表面繁华背面所孳生的阴暗和污秽，是否也缺乏文艺家的关切和寻究？为什么一个贪官倒下去，更多的贪官站起来？文艺家没有回答，或者不准备回答，但是，谁能否认这是当今中国现实的问题？当然不能全然责怪文艺家，他们面对的可能是非常实际的言论自由和审查机制——但是，你关心了没有？你是否在做、或者是准备去做，你是否正在酝酿着或进行着你准备留给后人的"抽屉文学"？

面对这样的问题，有时难免使人陷入一种难以排解的怀旧的心境。例如想在今天寻找王羲之《兰亭集序》那样的情怀，寻找范仲淹《岳阳楼记》那样的境界。结果当然是失望。我们此刻面对的是漫无边际的"怪、力、乱、神"。连篇累牍的搞笑和作秀。那些一首比一首难听的、不成腔调的歌曲，那些一场比一场更为乏味的当代八股的大型直播。银幕上演过一个皇帝再演一个皇帝，而且几乎毫无例外地是戏说，戏说康熙、戏说雍正、戏说乾隆……

人们就这样在不见尽头的"戏说"中淡忘了历史，也远离了现实。文学市场被影视屏幕所夺取和占领，这是事实。然而，文学作品的失去读者，能完全归咎于新的传媒手段吗？也许这是人们最不愿面对的事实，那就是：目前的诗歌读者基本上就是那些写诗的人，同样，目前的小说读者也基本上就是那些写小说的人，也许再加上文科的大学生和业内的专业人士。而广大的民众对此是空前的冷漠。

而中国电影的策划者和那些大牌的导演们，他们似乎并不关心——可能还有是否拥有才气与魄力——电影如何契入中国的历史与现实，使之成为传世经典。他们力图迎合"国际口味"，那些华丽的"英雄"和奢靡的"夜宴"，似乎是专为那些国际评委们量身定造的。除了银幕，我们的舞台连篇累牍地演播的，也是那些性别暧昧、形象丑陋、甚至不会走路、也不好好唱歌的节目。

这些表演和展出占据了几乎所有的黄金时段。

曾经沉重的文艺,现在是轻得失去了重量。记忆被遗忘,忧患被消除,几乎所有的文艺都在义无返顾地"把娱乐进行到底"。我们现在是狂欢无度。在普遍缺失人文关怀的年代,倡导重建人文精神;在信仰缺席的年代,重新呼唤文艺的理想主义,这些意图,几乎无例外地都受到了嘲讽。你可以嘲笑崇高,你不可阻拦人们追求崇高;你可以否决人文关怀,但你不可否决人们对于现实的那怕是最低点的关怀!

走出了政治之后,我们不加分析地鄙薄和厌弃"重大题材",但是,你能容忍那漫无边际的琐屑和破碎吗?由于对过去近于神经质的"警惕",我们宁可用无节制的娱乐来充填文艺所有的时间和空间,然而,当生活只剩下"娱乐",这难道不是一种异常!走出了"大众"之后,我们现在连"小众"也丢失在路边了,我们陷入在完全个体的(甚至是自私的)自我抚摩和自我陶醉之中。从无边的平民主义、大众主义到今天彻底的个人主义,一些掌控艺术方向的人,似乎下定了决心要扫荡人们对文艺的那怕是一点点的期待。

现实与文艺,这是纠缠了我们近百年的老话题。然而,从那时到现在,所谓"现实"与文艺,对于我们依然是始终说不清的话题!

2009 年 11 月 15 日至 12 月 13 日,
初稿于北京大学中文系
2009 年 12 月 31 日至 2010 年 1 月 6 日,
修改于昌平北七家村

先生始终是青春的[*]
——林庚先生百年诞辰纪念

一个人离开了我们，但我们始终记着他，记着他飘逸的神采，记着他儒雅的风度，还有，更重要的，是记着他独特的精神。他在我们的心中，是不朽的青春，更是永恒的诗意。如今我们经过燕南园，那座竹影婆娑的寂静的院落，眼前总是先生的身影，他微笑着，思考着，吟唱着，写着充满青春气息的诗篇，先生从来没有离开我们。

今天我们在这里纪念林庚先生的百岁诞辰，缅怀先生诗意的一生，内心充满了感动，为先生的学术成就，更为先生留给我们的精神财富。先生是一位学者，更是一位诗人。他不仅写诗，而且把他对诗的感悟注入了生命之中，他的生命因之始终充满了诗意与诗情。在别人那里，可能诗是诗，生活是生活，而在林先生那里，二者是融为一体的。先生的生命是诗的，先生的学问也是诗的。先生毕生以写诗的姿态和心情做学问、做人。

我在少年时代便喜爱甚至痴迷先生的诗歌。及至进了北大，听先生的课，和先生有过接触，了解先生的治学和为人，这才知道，即使竭尽毕生之力去追随先生，可能也只能遥遥地仰望着他前行的身影。但我们并不沮丧，先生始终鼓励着我们，用他的平常心，用他的旷世而独立的姿态。先生是平易的，在燕园的林荫道上，先生的平常和普通，使得我们无法把他和周围的人们加

---

[*] 此文据文稿编入。

以辨认。

林庚先生离开我们了,但他的生命依然在浩淼的空间驰想[①]。先生曾经发问:"人生不过是过客,那么世界又是什么?"[②] 先生在往后的诗篇中对此作了回应——

> 人经过这世界又创造着世界
> 创造乃青春的一页

先生远去了,但他留下了一个世界,这就是青春和创造的世界。先生始终是诗的,也始终是青春的。

借此机会,我代表北京大学中国新诗研究所感谢诸位光临今天的纪念会。

2010 年 1 月 6 日于北京大学

[①] 林庚先生著有诗集《空间的驰想》。清华大学出版社,2008 年 5 月出版,为手迹影印版。

[②] 同上书,《序曲二》。

有一种感动叫慰藉*
——读刘希全

案头有刘希全的三本诗集,最后一本叫《慰藉》。我的阅读有坏习惯,往往是由后面往前面读。这次也是,是从《慰藉》的最后几首开始读的。最先读的是《祭奠》,是为汶川地震写的。一开始就是一串死者的名单,姓名、性别、年龄和住址,从九十岁到三岁,依次排列。名单中有谭千秋老师,有十五岁的双胞胎佳佳和琪琪。名单之后是亲人间撕心裂肺的对话。读到这里,我的眼睛润湿了——他的诗把我带回了那场大灾难的现场。这是诗人"一个人静静的永远的祭奠",他几乎不用一个形容词就打动了我。

随后读的两首,一首《一次车祸》,一首《重复》①,都是写车祸的。顾名思义,后者是前者的"重复"。两次车祸媒体都有报道,是实有其事,不是虚构。先读《一次车祸》,诗人再一次使用了简单排列的句式:"第一辆车从一个人的身体上碾了过去。"紧接着第二行:"第二辆车从一个人的身体上碾了过去。"如此简单的重复,一直排列到第十三辆车!十三辆车,所有的司机都对那一个人的"身体"熟视无睹,无一例外地从开始还是生者、后来成为死者的身上"碾过去"!直至第十四辆车出现,忍无可忍的人

---

* 此文据文稿编入。

① 《一次车祸》的副标题是"根据一则新闻报道"。事情发生在1999年,诗人这样写:"这是一个清凉的夏夜。是＊＊省＊＊县＊＊乡＊＊村的一个夏夜。一个人的身体被撞倒。十三次倒下之后变薄,变得更薄。"

们用喊叫,用摇动的双手,甚至用木棍抵住了它的速度,终于避免了第十四次重复。

可是"重复"是不可避免的。事隔八年,在另一个时间,在另一个地点,那一场令人惨不忍睹的悲剧,却以更加触目惊心的方式"重复"了!这就是我读到的诗人的第三首诗:《重复》。也是一次车祸,一个人(开始没有死,后来)死了,另一个人活着。活着的人为了救他的同伴,先后向有可能挽救同伴生命的人下跪十三次。《重复》的写作很特别,一开始就是一字不差地"重复"《一次车祸》的开头,也是——

  第一辆车从一个人的身上碾了过去
  ……
  第十三辆车从一个人的身上碾了过去

那次是十三次"碾过",这次是十二次"下跪",数字有点差别,而惊人的重复却是事实。是什么在重复?是冰冷!即使事件发生在夏夜,也还是冰冷!我们面对这样冰冷的事实,能责怪诗人笔墨的"不含蓄,不委婉",单调、沉闷、而且是如此一再地"重复"[①]吗?

三首诗读过,心意难平。这些充满泪水的诗篇,只能用这样的方式,只能用现在这样简单、素朴、不加任何装饰的词语和结构,用极朴实无华的言说,才能传达我们内心的伤痛以及难以掩饰的愤怒。至哀无文!这是处理这类题材适当的方式。也许是诗人长期从事新闻工作的缘故,他崇尚通过诗歌"如实说出"。这正应了通常说的"让事实说话"的道理。读者也许会觉得其中有某种欠缺,例如我们通常说的少了点"诗意"什么的。其实,这一类诗的诗意,全在言语之外。诗人此刻的"无言",正是诗人心

[①] 见《重复》,引号内外文字,都是作者诗中的用语。

中的"不尽之言"。

刘希全习惯于用单纯来表现复杂,用近于白描的"实录"来表现丰富,他以他所擅长的方式,用来传达他内心的积郁与沉淀的激情。刘希全诗风恬淡而高远,清朗而简约,少夸饰而绝奢靡。他善于以表面上的不动声色,来表达内在的炽热和滚烫。他总在有意地追求并实践他认定的"朴素的诗歌"的主张:我要写出朴素的诗歌,我要删除多余的想象和比喻;我要删除所有的妄念和预言;我的笔迹,浓重,锐利,不让它有回旋的余地。①

《报纸上说》、《切换》、《一天》,都有类似此类借重新闻的特点,特别是《一天》(它的副题是"2007年6月13日《新京报》"),几乎就是那一日报纸标题的分行排列,却是非常真实地展现了我们日常生活的琐屑和纷繁。按照通常的理解,人们会以为诗人的着意有背于诗的抒情的习性,而这正是他刻意的追求:他要在人们的"熟视无睹"中揭示世间不应有的"忽略",他要予以针砭的是普遍的冷漠和麻木!唤醒是更深切的抒情。

这也许就是诗人把他的诗集命名为"慰藉"的原因。刘希全说:"'慰藉'这个词里,有现实生活,有人生,有生命,有疼痛,有爱,有回忆,有遐思。"②关注我们的日常生活,关注日常生活内中蕴含的快乐和忧伤,新生的欢娱还有令人难安的积弊,这就是诗人为自己写作确立的准则。他不能忘怀他现今生活和工作的城市,更不能忘情于生养他的遥远的那座小小的村落乡村。他的一颗诗心,一半分给了城市,一半留在了乡村。他总是通过他的诗篇,寻找心灵的慰藉。

南宋村,胶东半岛偏远的一个小村庄。它是"世界上最好的村庄"。南宋村的好,是旧槐树的好,是新槐花的好,是母亲低头

---

① 语见《朴素的诗歌》,《慰藉》,光明日报出版社,2009年8月,第43页。
② 《慰藉·后记》,光明日报出版社,2009年8月。

写信的好。他总是这么想着,念着,家乡、田野、那里生活着他的父辈和同辈,那里有埋葬着亲人的坟地。春天了,地面开始微湿,蜜蜂开始凌乱地飞,有时会弥漫着白色的雾气,所有的人看来都幸福,忘了昨夜的叹息和哀伤。诗人对此充满了思念。他有时会责备自己的远离,幸而他未曾遗忘——

> 我偶尔回来,我看见
> 太阳正在落山
> 当我闻到草木气息,当我
> 走进屋子,并在一把木凳上坐下
> 我和南宋村都转悲为喜①

不曾相忘,不曾相忘充满纷扰的昨日和今日,不曾相忘昨日的乡村和今日的城市,惦记着那里的一切,一切的欢乐和悲苦,这就是慰藉。慰藉是令人感动的。

2010年1月16日于昌平北七家

---

① 《转悲为喜》。

一束鲜花的感谢[*]
——祝贺《洪子诚学术作品集》出版

这次会议的缘起是洪子诚先生出了他的学术作品集。因为这些著作涉及中国当代文学研究和文学史写作的诸多问题，所以，我们就以这些学术著作为出发点，邀请大家就中国当代文学和文学史相关的问题交换意见，当然，我们的谈话也会涉及对洪老师的学术成就进行评价。

外面的首发式或庆祝会开得很多，我也参加了不少。但我们今天不是首发式也不叫庆祝会，而是希望把它开成一个进一步探讨当代文学学科深入发展的学术研讨的会议。这是洪老师的希望，也是我们的希望。洪老师为人一贯低调，其实就以他的学术造诣和学术贡献而言，我们是应当盛大地为他庆贺的，但这一切，我们都省略了。我在和贺桂梅交换意见时悄悄建议要送洪老师一束鲜花。直到最后，我们根据洪老师的意见，删去了许多细节，但我还是坚持了这一束鲜花。常说：书生人情纸一张，我们不过是一束鲜花而已！这一束鲜花表达的是我们对洪先生半个多世纪学术劳绩的敬重和感谢。我想，这应该也能代表今天与会诸位的心意。

我和洪老师的合作和个人友谊，始于我们的青年时代。最初是我邀请他参加《新诗发展概况》的写作。后来文革开始了，我们当时的立场是避开派性斗争，选择了游离于两派之间的"中

---

* 此文刊于《文艺争鸣》2010年第9期。据此编入。

间地带"。为了生存和自保,我们自己寻找"符合大方向"的大批判——即批判所谓的"文艺黑线"——的事来做。在这段近于"逍遥"的日子里,我和洪先生合作写了一些言不由衷的大批判的文字。这些,与其说是我与洪先生的文字交,不如说是我与他的心灵交,一切尽在不言中——即使是在动乱的年月,我们也总在寻求属于自己的可怜的那么一点点的尊严与宁静。

文革结束,北大率先组建了当代文学教研室。我们志趣相同,又走在了一起。那时我是教研室副主任,可以领导洪老师。后来他当上了主任,反过来领导我了。北大当代文学教研室先后在张钟、洪子诚、佘树森、曹文轩,一直到今天的陈晓明几任主任的领导下,在赵祖谟、汪景寿等几位前辈老师的支持下,从建立到现在走过了一段不短的历史。

这个教研室的建立,旨在适应当初日益发展的文学态势,以期对中国当代文学的创作批评和教学研究有所助益。大家也许都知道,在上个世纪五、六十年代,当代文学的存在始终被认为是附庸于现代文学的一条"光明的尾巴"。它的学术地位和价值是受到普遍的贬抑和质疑的,更谈不上学界的尊重了。但是我们这些人自觉地充当了这个"最没有学问"的处女地的"拓荒者"。以此为基点,我们开始了从无到有、从小到大的学科建设的探索。我们编写了最初的教材;选印了最早的一批作品选;接受了最早的一批进修教师和访问学者;招收了最早的一批研究生和博士生——。

从那时到现在,洪子诚先生为这个学科的建设和发展投入了辛勤的劳动、建树了一系列令人称羡的、卓有成效的业绩。现在我们看到的这一套学术著作,其中凝聚着洪子诚先生数十年的汗水和心血。他为学界贡献了一部被广泛选用为教材的、权威的《中国当代文学史》,围绕着这部文学史,他全面地展开了对于这个学科来说是极为重要的系统的研究:当代文学的性质和地位、作家的立场和处境、问题和方法、特别是在普遍认为"没有艺术"的领域，深入地探讨了艺术的顽强存在和潜隐规律。

可以这样认为，洪子诚先生以他的智慧和坚忍，为中国当代文学的学科建设不仅提供了一系列重要的学术著作，而且建构了一个初具规模的学术体系。现在我们反顾来路，面对洪先生的这些全面、系统、深入的学术工程，相信当年的那些对于当代学科学术性的鄙薄和怀疑，恐怕早已成了过时之论了。所以，我认为洪子诚先生不仅是一个开拓者，而且还是一个完成者——他完成了我们最初的期待，他也开启了我们此后的更多的期待。这就是我要坚持送给洪先生一束鲜花的理由，一束素朴的鲜花表达了我们的感谢。

但洪子诚先生给予我们的，远远不仅是上述那些学术成就，我以为更重要的是他的治学经验以及这些经验背后所体现的学术精神。当代文学是始终在行进中的文学，每天都在出现和生长着新的人物和事件。洪先生始终关注着文学的发展，他有意地和纷繁而热闹的现场保持一段距离，冷静地观察，客观地辨析，辛勤地积累，而后化为了周密而精辟的判断。他的学术研究从来不事空言，总是言必有据，掷地有声。读他的文章初步印象是不温不火，他是内敛的，在他的平实的背后不仅有力度，而且有锐气。

今天的聚会是由北京大学中文系当代文学教研室、北京大学中国新诗研究所、北京大学出版社联合主办的。会议得到北京中坤集团的全力支持。感谢贺桂梅和她的团队为会议付出的辛劳。感谢北大培文公司高秀芹和她的团队极有效率的工作，最后，更要感谢诸位光临会议并贡献精彩的意见。

2010 年 1 月 19 日于博雅会议中心

美丽的不仅是相遇[*]
——2010年培文图书作者联谊会有感

每年新年到来的时候,我都会收到一册图文并茂、印刷精美的"培文图书"。我知道这是培文在向我们报告:旧的一年过去了,新的一年开始了。我很喜欢这只一年一度向我们报春的燕子,喜欢读高秀芹撰写的每年一篇的卷首语,每一篇都是优美的散文。记得去年的题目是《书缘人间四月天》,她写了我们的聚会:

> 冬至。我在北京的严寒中行走,要去赶导师谢冕先生的一场诗歌盛宴。这是北京最冷的一天,冷得很彻底,很干净。路上行人很少,我却是欢欣的,因为心中的诗歌,因为我刚刚完成了培文图书的清理工作,严寒中的树枝以节制的沉思伸向黑而远的夜空,一切都是无言而丰美的,一切都是沉默而深思的。

读了这段文字,当时就有一种感动,这种感动历久不忘。时光过了一年,2010年来到了,高秀芹为新的一本"培文图书"又写了卷首语,这次的题目更是一句美丽的诗:《与你相遇人生很美丽》。依然是优美的抒情文字,作者表达了成熟人生的感慨:"想着苍茫时间这样倏忽而过,心中不禁怆然,生命就这样一点点过去了。"

---

[*] 此文据文稿编入。

她在表达这样的人生感遇的同时,由衷地赞美了她所领导、并为之倾心的培文这个和谐、友爱而精萃的集体。珍惜生命、钟情事业、热爱朋友,应该是这篇主题为美丽的文章中最美丽的情思。前天一个会上遇到高秀芹,我告诉她,尽管她在文中惊怵于岁月的流逝,而我却有别样的心情:一年中你做了那么多的事,与你们相比,我为自己的散淡与懈怠感到惭愧。

　　一年一本的培文图书,说明了一切。这就是编者与作者相遇的美丽,为人类传播文化和诗歌的美丽,辛劳与汗水凝聚的美丽。所以,美丽的不仅是相遇,而是由于相遇所迸发的友谊、智慧的魅力。我告诉她,你为此贡献了时间,而你是无愧于时间的。

　　培文给我的启示是,坚持文化的高端而不随俗,着意于培育文化而拥有了市场,培文在滔滔的时尚之流中,坚持了高雅精深的文化品位,这是培文给予中国文化界和出版界的安慰和启示。培文体现了北大一贯坚持的思想独立和学术尊严的精神,培文是无愧于北大、也无愧于时代的。

　　作为一个作者和读者,我要感谢培文,感谢高秀芹所领导的精悍而敬业的团队!

2010 年 1 月 24 日,于北京大学博雅会议中心

向艾青致敬[*]
——纪念艾青先生诞生一百周年

艾青是中国新诗的一座永恒的丰碑。他的创作标志着中国新诗从思想到艺术的全面成熟。艾青的诗歌语言单纯、透明而流动,它充分表达了当代中国人内心的激情。艾青的诗歌创作展现了现代白话诗卓然自立的独特魅力。艾青创造了中国诗歌的散文美。他的诗风影响了整整几代人,并垂范于后世。

艾青是太阳的儿子。他的生命充满了光与火,他以毕生的热情和智慧贡献给了光明的歌唱。他从太阳那里获得激情,这种激情使他能够在冰雪封冻的大地上燃烧起抗争的火把。在黑暗的年代,艾青火热的诗句激励着蒙受苦难的中国人民勇敢地为自由独立而奋斗。

艾青的生命是坚忍的。不论是牢狱还是流放,他都以顽强的生命力战胜苦难,从而维护人性的尊严。二十世纪八十年代复出的艾青,向热爱他的人民宣告他不会衰老的青春。他的诗歌因苦难而坚强,因热爱而不朽。

2010年2月14日,于北京大学中国新诗研究所

---

[*] 此文刊于2010年4月9日《文艺报》。据此编入。

木兰溪缓缓流过兴化平原[*]

从古闽都榕城向南,南台岛之南平铺着宁静的乌龙江。跨江继续南行,便进入了郭风先生的家乡。木兰溪缓缓流过兴化平原。这平原上水网密布,有一些丘陵,也有一些小山,但都不高,更谈不上峻险。木兰溪清亮地穿越这平原,蜿蜒地由西向东。过了涵江,江水便汇入兴化湾。沿着木兰溪的两岸,村落间都是典型的闽南民居,红墙,乌瓦,飞翘的屋檐,华丽的窗棂,映衬着浓密的荔枝树和龙眼树,早春时节,平原上漂浮着迷人的柚花的香气。

兴化平原的西边是仙游,东边是莆田。这地界闽人习惯叫莆仙地区。这里讲的不是福州话,也不是闽南话,而是独特的莆仙话。郭风先生就生长在这里。这肥沃秀美的土地养育了他的心智和才情。他就这样吹着家乡的叶笛从平原走出,走向更加广袤的土地。叶笛是郭风文字的象征,也是他贡献于中国文坛的珍贵的纪念。

潺潺的溪水,淡淡的花香,一年到头的翠绿的田野,化为了郭风清淡透明的文字。郭风从他的家乡独特的风情中获得了创作的灵感,并由此形成了独特的风格。他一生只写短文,只写篇幅不大的诗和童话,更专注于精短的散文诗的写作。郭风的文字清雅恬淡,少装饰而多蕴藉,一如他一贯低调的人生——他只

---

[*] 此文刊于 2010 年 2 月 23 日《新民晚报》。据此编入。

是清清淡淡地过日子,不忘世事①,却与世无争。他谦称自己只是"普通的花"②。

在我的少年时代,就开始读郭风先生的童话和诗歌。他的作品中那些小鸟和小花美丽的幻想,小木偶天真的梦境,都滋润着我幼小的心灵。后来我开始学习写作,郭风是审读并发表我的习作的最早的编辑③——直至二十世纪八十年代我初次与他见面,才知道是他在默默地扶植着我这个从未谋面的小学生!

先生远去了,我永远失去了我最尊敬的老师,我的感激和怀念是永远的。

2010 年 2 月 14 日,农历庚寅新正,于北京

---

① 他在文革下放期间所写《夜霜》、《夜雁》、《水磨房》等均有对时局的思考和关注。见《你是普通的花》自序。
② 郭风的散文集题名《你是普通的花》,人民文学出版社,1981 年 1 月。
③ 1980 年我与李陀、刘心武、孔捷生访问福建,时任福建作家协会主席的郭风先生亲自到义序机场迎接我们。见面谈起往事,1948、1949 年间我曾向《中央日报》(福州)、《福建时报》、《星闽日报》等报刊投稿,记得郭风说过,他曾经签发过我的文字(当年我用的笔名是谢鱼梁)。

人生只有一个"六十年"*
——谨以此文庆祝原八十三师文艺工作队建队六十周年

对于所有的人来说,人生不可能有第二个"六十年"。所以,这次为纪念八十三师文艺工作队建队六十周年的聚会,可以说是人生最重要的一个聚会。六十年前我们这些人相聚的时候,新中国还没有宣告成立。我们从四面八方来到了福州,我们是为迎接新中国的诞生而庄严集聚的。那时我们青春年少,对未来怀有真诚的憧憬,我们都是一些理想主义者,追求光明的明天,舍生忘死而不悔。当然,我们也为自己的选择付出了代价。

起先是在城守前,后来是甘蔗集训,那些日子是刻骨铭心的:"检讨交代"、"控诉坦白"、政治学习,从大众哲学和改造我们的学习;后来是秧歌、腰鼓、夫妻识字和兄妹开荒;再后来,是更加艰苦的行军、剿匪、土改、镇反,以及守岛、练兵、备战——。我们把生命谱写了激情的篇章,有的人为此而洒血海疆。严格的军纪,不自由的青春,我们都咬牙承受了。因为我们有郑重的承诺,所以我们选择了坚守。

那年我们从福州出发,为的是迎接全国解放之前的一场战斗。炮车和辎重车冒雨前进,车轮翻起了泥泞,我们背着背包,挎着枪,走在大路的两旁,是一场大进军和大决战的气势。跨过乌龙江,脚步踏过涵江、笏石、黄石,终于来到了大海边。这是我

---
* 此文据文稿编入。

们参军后的第一次行军演练。

我们是一批特殊的士兵,文艺是我们的武器——当然,我们也曾全副武装驻守过边防,也曾真枪实弹到临过战场——我们的工作是在缺少文化的连队传播文化,用文艺作品丰富士兵的精神生活。在歌声中,在舞影里,我们为士兵贡献着我们的青春年华。歌喉婉转,舞姿婆娑,雄姿英发,秀美曼妙,有许多的梦想与追求,有许多的欢笑与忧愁,文艺工作队成了我们的家。

我写过福清城内的那座小楼,小楼定格了我的青春和稚嫩。那里有我生死与共的挚友,我们用诗歌和音乐美化也深化了我们的友谊。我记住了他们的姓名,我深知并欣赏他们的才华和智慧,连同他们的傲气和"古怪"。亲爱的朋友们,岁月可以消磨我们的青春,却无法消磨我们在艰苦岁月中结下的友情。

2010年2月14日,农历庚寅年正月初一,于北京大学

撒遍西湖都是诗*

最初认识卢文丽,她还是一个爱诗和写诗的南方少女。一个诗会,她来了,带着她的诗稿,几分清纯,还有几分稚气。会议结束后,她陪我们到了绍兴,从沈园到兰亭,都是江南风景绝胜之地。同行的还有公刘和昌耀,不觉已是二十年前的旧事了。当年昌耀初遇卢文丽,后来遂有了一十一枝红玫瑰的凄婉故事,我是很为此事感动的。后来我和文丽在北京的会面,是她以记者的身份约我访谈,是关于朦胧诗的,算来也有十多年了。我知道她在一家报社,写了许多散文,间或也写诗。见面少,彼此还是想念的。

这番的"西湖印象诗"出来,着实令我惊喜。我已有一段时间没读文丽的诗了,这次印出来的竟是这么厚实的一本诗集:一百首形体各异的诗,写一百个景色各异的杭州风景,配以注释、画图、还有一百首相关的古诗词,一百幅手绘的古装仕女图。我以为这是文丽从事创作以来做得非常漂亮、意义也非常深远的一件事。我熟悉二十年前那个爱诗的江南女孩,如今面对这本诗集,不由得人们不能不另眼看待她!

杭州是我心仪的地方,我在许多场合都说过我对杭州的"情有独钟"。杭州是属于诗的,它是诗的城市——唐宋两朝各出过白居易和苏东坡两位杰出的"诗人市长",他们都为杭州贡献了

---

* 此文是为卢文丽的《我对美看得太久——西湖印象诗100》而作,刊于2010年3月3日《文艺报》。据文稿编入。

美好的诗篇。我以为对于杭州的诠释,只宜于用诗,而不宜于用散文——尽管用散文有写得好的,如张岱——但毕竟杭州是属于诗的。文丽是诗人,又长期生活在杭州,"我对美看得太久",一切西湖之美皆深藏于心,而出之以诗,这再自然不过。

我们到过许多旅游胜地,听过许多导游对当地风景的解说。那些解说,多半是相形取比,这个像乌龟,那个是"和尚背尼姑",凡此等等陈旧而且恶俗,谈不上文化,更谈不上雅致。要把这一套照搬用于杭州,岂不玷污了西湖的山光水色?现在返过来看卢文丽的"西湖印象",这是她写的《林徽音纪念碑》:

> 你就是那人间的四月天
> 镂空的光影透射出轻灵——
> 款款走来,如幸福降临
> 携着清音和朦胧的爱情

什么是"人间的四月天",什么是"朦胧的爱情",为什么这首诗用的是章句齐整的新诗格律体?不了解林诗人的诗歌、身世以及她和"新月派"的密切关系的人,断然写不出这样的"解说词"。这就看出了"西湖印象诗"的不同凡响!漫游西湖的人,手持文丽的这份诗的"向导",获得地不仅是杭州的自然景观的体认,而且也获得了一份长久的诗情画意的熏陶。写秋瑾也是如此:是挑灯看见的女子剑的女子,夏花一般绚烂,秋叶一般精美。再如著名的《苏堤春晓》:

> 期待在春天与你牵手
> 走过六桥与柳烟——
> 我们将漫步长堤
> 闻一闻青草的气息

这里不仅是景致的欣赏,更是情趣的诱惑与启迪。

文丽的诗是愈来愈成熟了,她一边走着,一边欣赏着,一边吟哦着。一百处不同的景点,一百个对这景点的诗意的诠释和启示,而且因景而异地选择了适宜于内容的诗歌表现形式。这是一番艰难的诗意的寻觅和发现,也是更加艰难的诗情的再阐释和再创造。这一切,最后经过诗人的工作,把西湖纷繁的美,"定格"在这本诗意的手册中了。我们应当感谢文丽为此付出的辛劳。

人们都说诗和文学是"无用"的(此话业内的人都知道它的深意),但在卢文丽这里,诗一下子变得"有用"了——我是在充分肯定《我对美看得太久》的精神价值和诗学价值的前提下,来谈这个"有用"的——从实用的角度看,卢文丽的创作提供了一个范例,即,诗歌不仅可以出现在书房和客厅,而且也可以出现在旅行者的行囊之中,它可以雅,也可以"俗"。它不仅可以为人提供"诗意的栖居",也可以为人提供"诗意的寻觅"。

2010年2月14日,农历庚寅元日,于北京大学

世纪诗歌之约[*]
——《中国新诗总系》总后记

  北京大学中国新诗研究所成立伊始,我们想做的第一件事,就是立即着手进行《中国新诗总系》的编撰工作。这是我和孙玉石、洪子诚先生,我们几位朋友长达半个多世纪的宿愿。记得当年,我们几个合作编写《新诗发展概况》,我们对自己的工作并不满意。此后就暗暗立下志愿,我们要以自己的行动,以补偿我们当年的缺失。

  这个愿望因多种原因迟迟不能实现。直到新诗研究所成立,由于北大校方和中坤集团的大力支持,我们终于具备了开展这项工作的条件:2006年1月14日,新诗所在北大召开会议,决定正式启动《中国新诗总系》的工程。原定三年完成此项工作,但还是稍微延长了一些时日,直至2009年末,我们终于把全书总共十卷的原稿交付出版社。

  北京大学是中国新诗的发祥地,形象一些说,它是中国新诗的摇篮。从胡适、陈独秀开始,以《新青年》和《新潮》为阵地,历届的北大师生都为新诗的发展做过贡献。北大伴随着中国新诗走过了整整一个世纪,伴随它经历了全部的艰辛困苦,并分享着它的胜利的荣光。作为后来人,为中国新诗立传,这是我们义不容辞的责任。这是我们与中国新诗的世纪之约。

  《中国新诗总系》以十年为期分卷,即20年代卷(主编姜

---

[*] 此文据文稿编入。

涛)、30年代卷(主编孙玉石)、40年代卷(主编吴晓东)、50年代卷(主编谢冕)、60年代卷(主编洪子诚)、70年代卷(主编程光炜)、80年代卷(主编王光明)和90年代卷(主编张桃洲),从二十世纪初叶直抵二十世纪末。另有两卷,分别为评论卷(主编吴思敬)和史料卷(主编刘福春)。全书总字数约八百万字。

本书要求做到:一、各卷有由主编撰写的长篇导言;二、改变历来此类书按作者音序、笔划等排列的惯例,坚持按选诗的内容分类编目(个别卷除外);三、力求采用最初的版本、按正式发表的时间并注明原始的出处(60、70年代因情况特殊,可采用实际写作时间,而不以出版时间为准)。以上是总系始终坚持的"编选三原则"。除此之外,在工作过程中我们还先后强调,入选诗应以艺术和审美水准为第一参照,兼顾它的文学史价值,即:"好诗主义"和"时代意义"的综合考量的原则。

为了保障质量和协调合作,在工作进行中举行过多次会议:2008年4月在杭州举行第一次定稿会、2008年9月在黟县举行统稿会、2009年8月在银川举行工作会议,此外,我们先后在北大还举行过多次的审稿会议。谢冕、孙玉石、洪子诚分别审读了各卷文稿,张剑福、刘福春、杨柳协助了全书的发稿工作。这些工作,在2010年到来之时,均已大部告竣。

感谢各卷主编的精心有效的工作,向你们道声辛苦!感谢中坤集团和诗人骆英先生的全力支持、感谢张剑福先生以及他所领导的团队杨强、王桂玲、周燕、曲庆云诸位的关心和支持和辛苦的工作。最后,还要感谢人民文学出版社的大力支持、特别是杨柳女士始终一贯的认真、细致、有效的工作。

此书出版之日,适逢北京大学中国新诗研究所建所五周年、北京大学中文系百年系庆,谨以此书为节庆之贺。

2010年3月14日于北京大学中国新诗研究所

诗歌运动的记忆[*]

诗歌的"革命运动"

诗歌而有"运动"乃至"革命",是中国的"特产"。这是由于中国的诗歌写作从来都是与社会兴衰攸关的一件事。近代以来,由于中国的积弱,促使中国需要改造文学以振兴国运——儒家历来重视诗教,这种改造当然首先会涉及诗歌。中国需要创立一种新的诗歌形式,使之能装进新的内容,而且更易于为民众所接受,借以达到强国新民之目的。这就牵涉到新诗革命的缘起。

对于传统诗歌而言,新诗的取代旧诗,与其说是旧的改造,不如说是新的创立。主事者深知欲达到此目的,必须采取"粗暴"的方式。其原因在于:一、中国诗歌的传统太强大,轻易难以撼动;二、阅读者的"积习"太深,不以强力推动,难以奏效。这一点,有新诗初期的充满艰辛的"尝试"为证。质言之,新诗创立的历史,就是一部"运动史",或者干脆就是一部"革命史"。

当年黄遵宪、梁启超倡导诗歌变法,打的是"诗界革命"的旗号。随后胡适倡导白话诗运动,展开了一场惊天动地的"新诗革命"。到了左翼运动兴起,那时的一班激进人士,有自行其是的诗歌主张,用词却也简单明确,只把"新诗革命"倒了词序,叫做"革命新诗"。万变不离其宗,中国的诗歌变革,从来都是一场又

---

[*] 此文据文稿编入。

一场的"革命运动"。若是以战争来做比喻,新诗对于旧诗的这场战事,乃是一场最艰苦的攻坚战。

　　说到新诗的创立,当初是旨在"破坏"传统诗歌——即胡适提出的文学改良"须从八事入手"①的"八不主义",矛头对准的是传统旧诗;陈独秀的"革命军三大主义",也是以旧体诗为隐形的"靶子"。② 这种一系列旗帜鲜明的"不"和"推倒",当然都旨在破坏旧有的诗歌秩序,而当日人们心目中的诗歌摹本,却是外国诗。当初的那些诗歌革命者,从他们留学的那些国家"取"到了创造中国新诗的"经",他们并不讳言这种"以夷为师"的用心,大概就是"拿来主义"的具体化。梁实秋曾经坦诚地指明这一点。③

　　当日这种舍根本而取外援的基本战略,使中国现代诗歌脱离了原有的轨道,如脱缰的野马一路狂奔。一次空前的"破坏",像是一只猴子进了古玩店,撒下了一地精致的古瓷碎片。许多的后来者,不忍看到这种情景,往往不合时宜地发出迷恋的叹息。古典和现代、传统和借鉴、格律和自由,这些贯彻始终的矛盾纠葛,使新诗陷入了看不到尽头的"噩梦"之中。百年来诸多关于新诗的论争,无不可以追究到这个"病根"上来。

　　后来由于意识形态的加入,赋予这种艺术改革以更多的功

---

　　① 胡适:《文学改良刍议》。"八事"指的是:须言之有物;不摹仿古人;须讲求文法;不作无病之呻吟;务去滥调套语;不用典;不讲对仗;不避俗字俗语。《新青年》第2卷第5号,1917年1月1日。

　　② 陈独秀:《文学革命论》:"推倒雕琢的阿谀的贵族文学,建设平易的抒情的国民文学;推倒陈腐的铺张的古典文学,建设新鲜的立诚的写实文学;推倒迂晦的艰涩的山林文学,建设明了的通俗的社会文学。"《新青年》第2卷第6号,1917年2月1日。

　　③ 梁实秋在《新诗的格调及其他》中说:"我一向以为新文学运动的最大的成因,就是 外国文学的影响;新诗,实际就是中文写的外国诗。"《诗刊》创刊号,1931年1月。

利的动机。运动也好,革命也好,措辞简单,而内涵却不单纯,总的是要求诗歌按照这种功利的目标行进。因为在这背后有集团利益的支持,不论是涉及推行,还是涉及制止,行事的方式也就有了某种暴力的倾向。这是新诗发展过程中人们耳熟能详的事实。

　　由此可以明察,在中国、至少在大陆发生的几乎所有重大的诗歌运动,不管叫它什么,无论叫"倡导"或叫"改造",所有名目繁多的举措,都是一场"布网",无不在于驱使诗歌的"鱼"落入预设的"网"中。而且,几乎所有的努力都在"规劝"新诗这个不守成规的"浪子"回头——尽管每一次运动或革命都有堂皇的名目,但归根结蒂,却还是那遥远的"基因"在起作用。此刻我们谈论的诗歌记忆,其内在的意义均与此有关。①

"我们"与"我"的抗衡

　　白话诗向着文言诗的一路强攻,终于以"女神之再生"②而宣告了新诗革命的胜利。那场革命标榜的是彻底的创造精神,是要抛弃"旧皮囊",创造"新鲜的太阳",终于在诗歌新生的欢欣中流出了一道自由的、无羁的、充满活力并象征着个性解放的"小河"。③ 但是,几乎是同一代人、甚至是同一些人,立即反过来否定这一革命成果。

　　二十世纪二十年代是左翼文学勃兴的年代。当初主张艺术至上和个性解放的一些人,迅速转向革命文学。创造社的中坚力量如郭沫若、成仿吾、郁达夫等,都改变初衷而持激进的文学立场。1926年郭沫若发表《革命与文学》指出"文学是革命的前

---

① 成仿吾:《从文学革命到革命文学》,《创造月刊》第1卷第9期。
② 这是郭沫若诗剧《女神之再生》的名称。
③ 《小河》,周作人的诗题,一般认为是象征新诗自立的代表作。

驱,而革命的时期中永会有一个文学的黄金时代"。其中一些措辞与1942年那篇重要的讲话有惊人的相似之处。不过是时间提前了十多年。①

1927、1928年间,革命文学的呼声鹊起。成仿吾在《全部的批判之必要》中指出:"文艺决不能与社会的关系分离,也决不应止于是社会生活的反映,它应该积极地成为变革社会的手段。为文艺而文艺是布尔乔亚的麻醉药,在街头竖起象牙之塔的人是有产社会的走狗。我们应该由批判的努力,消灭这种布尔乔亚的麻醉药在青年中的影响,打倒一切的象牙与犬牙之塔在革命中的障碍。"②

二十年代后期,中国的多数知识分子在向左转,转向被《剑桥中华民国史》称之为的"改信马克思主义"的潮流。③ 这种转向使他们在文学与诗歌的价值取向上产生了重大的移位,简言之,即对五四初期的确认自我价值、追求个性解放、服膺于"个人主义的人间本位主义"④的质疑甚而否定,而转向对于阶级、大

---

① 郭沫若:《革命与文学》:"一个阶级有一个阶级的代言人,看你是站在那一个阶级说话。你假如是站在压迫阶级的,你当然会反对革命;你假如是站在被压迫阶级的,你当然会赞成革命。你是反对革命的人,那你做出来的文学或者你所欣赏的文学,自然是反革命的文学,是替压迫阶级说话的文学;这样的文学当然和革命不两立,当然也要被革命家轻视和否认的。你假如是赞成革命的人,那你做出来的文学或者你所欣赏的文学,自然是革命的文学,是替被压迫阶级说话的文学,这样的文学自然会成为革命的前驱,自然会在革命时期中产生出一个黄金时代了。"《创造月刊》第1卷第3期,1926年10月5日。

② 成仿吾:《全部的批判之必要》,《创造月刊》第1卷第10期,上海创造社出版部发行。

③ "从受压迫的青年和受压迫的妇女——激进分子们在他们的刊物上予以全面详尽论述的话题——到受压迫的劳工大众,激进分子注意焦点的这一转变,结果形成了他们与劳工大众的一种新的认同。他们的视野更为宽广,他们的同情现在推及所有的劳苦人。"〔美〕夏志清编《剑桥中华民国史》上卷。中国社会科学出版社,1998年7月,第574页。

④ 周作人语。

众和集团的立场。

革命的和阶级的意识引入后,左翼作家立意以大众和集团的功利来替代甚至取消五四思想解放的成果。他们激烈批判他们认为的"最丑猥的个人主义者,最丑猥的个人主义的呻吟。"①并且告诫说:"你们不要乱吹你们的破喇叭",而要放弃自己的声音"当一个留声机器"。

当时的潮流是不断批判个人主义的"闲暇"和"趣味",言辞激烈到主张用"十万两无烟火药炸开北京的乌烟瘴气",因为他们认为这种倾向代表的是"有闲的资产阶级或者睡在鼓里的小资产阶级"。"我们要努力获得阶级意识,我们要使我们的媒质接近农工大众的用语,我们要以农工大众为我们的对象。"这些言论都发表在1927、1928年间,这是革命意识高涨的年代,这时的用语和四十年代初期的用语有惊人的相似,例如麦克昂(郭沫若)在《桌子的跳舞》②中用"开步走,向着醒醒的农工大众"与后来的"脚上有牛屎",可见这种思路是一脉相承的。

左翼诗歌向着五四诗歌的挑战,其核心即是对于"个人主义"的否定。而所谓的个人主义却是新诗的命脉。从古典或山林走出的诗歌,作为与旧有的诗歌的区别的除了语言,首要的还是觉醒的个人价值的确认,这也是五四新诗运动的主要成果。一旦消弭个人而趋向群体,无异乎是对当年设定的目标的逆反。不幸的是,这一思潮却是愈演愈烈,未有遏止。诗的自我表现和它的自由精神,是诗的生命线。诗歌写作若不是听从于内心的召唤,一旦自我在诗中消隐,剩下的只有非我非他的大众,那么,诗将因失去个体心灵的呈现而最终失去自身。

四十年代极力批判"象牙塔"和"亭子间",倡导诗人走向民

---

① 麦克昂(郭沫若):《英雄树》,《创造月刊》第1卷第8期。
② 《创造月刊》第1卷第11期。

间,其实就是要求诗人摆脱自我的羁縻,而趋尚于统一的大众的以及阶级的认同。诗歌写作由内向外转移的结果是由注重个人体验向着外在的事件人物寻找素材。最典型的例子是李季的创作路径,从延安时代的《王贵和李香香》到五十年代的"石油诗",他忠实地实践了毛泽东的文艺路线:放弃自我、体验(自己不熟悉的)生活、建立(自己完全陌生的)生活根据地,等等。一时蔚为风尚。

从左翼诗歌运动到工农兵方向,唯一不同的可能只是词语的转换,其实质总在于个人与集体、自我与大众。一个无可辨别的事实是,自二十年代后期到三十年代,"我"的地位迅速下降,而代之而起的是"我们"。尽管郭沫若当时诗中的"我",例如《天狗》中的"我便是我呀,我的我要爆了"的"我"并非纯粹的自我,但至少表现了解放自我的时代精神。在诗歌创作中,用"我们"取代"我"的潮流,是意识形态所使然,并不代表艺术的要求。

记得当年,西南联大的何达写《我们开会》,受到闻一多和朱自清的赞许,原因就在于他表现了可贵的集体精神。许多的我,变成了车轴,组成了堡垒,变成共同命运的巨人——小小的"我"消隐了,巨大的"我们"诞生了,这是时代对于诗歌的召唤。有趣的是闻一多对艾青与田间对比评价,他认为田间高于艾青,因为后者保留了更多的知识分子的特点,但他又认为他们的通病在于未能摆正个人与集体的位置。闻一多在引用了艾青的"太阳向我滚来"和田间的"自由向我们来了"之后,反问道:为什么不是你向自由和太阳去?(大意)

这种个人与集体的抗衡,在推行社会主义集体化的年代,由于诗学与政治学的纠结,诗中的"我"具有了新的忌讳,被认为是不合时宜的相宜的倾向。在思想改造的大背景下,穆旦意在否定旧我的《埋葬》,再度受到曲解。同样道理,郭小川激昂澎湃的政治鼓动诗,因为出现"我号召你们"、"我要求你们",而被认为为是"突出个人"受到激烈的批判。这种关于时代、社会、阶级、大众与个体的自我予以对立的潮流,在更多的场合被指称为"大我"与"小我",其内涵则是相同的。

这种论争,八十年代因为朦胧诗的兴起,而再起风烟。所有的论争,起因都指向遥远的左翼诗歌的年代,是那时开展的以"我们"取代"我"的革命性变革——那影响一直延展到如今。在猛烈的炮轰中,批评者把准星对准了那个来自中国南方的年轻女性,人们从她的诗中发现了他们不愿承认的"另类"的"出格"——一个充满了个人色彩的有些伤感又有些多情的"反叛传统"的女性:

> 与其在悬崖上展览千年
> 不如在爱人肩头痛哭一晚①

当然,涉及的不仅是一个舒婷,而是整个崛起的时代。这是一场旷日持久的持久战。它之所以持久,决定于诗歌的本性和特质,决定于这些因素与中国诗歌环境、理念的深刻矛盾。诗的本性是自由,诗表达的是生发于个人内心的情感意愿,诗从本质上讲,是经由个人而通往众人,而不是相反。而中国的诗歌环境,首先是儒家经世致用的诗教传统,再次是近代以来强国新民的意图,通过诗歌肩负起重铸民魂的使命,都如影随形地支持着"反个人主义"的"斗争"。

悠久的农耕文化培育了历代中国人的田园情趣,中国传统诗歌中充盈着个人性灵的新资源,这些都通过传统诗歌给人们以满足。这就造成一个长久的潜隐的"悲剧":个人性的渴望展开和弥散的"小",如同一匹不安分的怪兽,无时不在冲撞着那些满世界覆盖的压抑性灵的"大"。只要诗歌存在,只要诗人们写

---

① 舒婷:《神女峰》。

作,这场爆发在"小"与"大"之间的"持久战"就不会停息——因为这是在"特别"的中国。

格律诗卷土重来

新诗革命的最大功绩,是对于传统格律诗的彻底否定。攻坚战以白话自由体对于文言格律体的胜利而告终。但是,几千年传统培养了人们的趣味和习性,一时是不会消失的。中国人对于旧诗的迷恋是永远的心病,只要有机会,那传染性的病菌就要繁殖蔓延。五四的白话诗刚刚站稳脚跟,当时就有人惊呼:这场革命是为了"白话"而忘了"诗"。公平地看,这判断不带偏见。事实也是如此,新诗乍立,人们欢庆"爆破成功"。诗终于可以写得"不像诗"(胡适语)了,于是纷纷举手称庆,哪有时间去打量因为"白话"而失去了多少"诗"!

一轮"新月"的凌空升起,是肩负有"匡正时弊"的使命的。他们的"创格",或者他们的"建筑美、绘画美、音乐美"的"三美"主张,目标都指向已成滥觞的"没有规矩"的白话诗。闻一多不仅立论,而且率先垂范,推出他的《死水》。《死水》讲究韵律音步,格式整饬,声情并茂,是闻一多实践"三美"的经典之作,完全体现了他的诗歌理想。与他同道有徐志摩、朱湘、饶孟侃、陈梦家等一般人,大多来自"新月"。他们富丽堂皇,铿锵华贵,神采飞扬,乃是一派全副武装的"反自由"的架势。

很快,新月的这些美仑美奂的瑰丽,就被四野隆隆的炮声打断了。三十年代后期,强敌入侵,国土沦丧,哀鸿遍野。真的是,此时再讲抒情或是诗美,都是一种罪过。时局要求于诗歌的,是冲锋的号角,是进军的鼓点。艾青高举"火把"、向"太阳"一路呼唤,他高擎诗的散文美的大旗,以自由、流动、明亮、奔放的气势,登高一呼,影响了一代诗风。击鼓的田间,以他短促有力的鼓点式的诗句,激励着苦难中的人民。他的诗深得闻一多的赞许。

自由体诗歌得到特定时世的助力,又有于杰出诗人的引领,蔚为一时之盛。

　　大凡动乱岁月,人心悲切,少涉音律。而乱后思治,动而后静,当权者整饬时政,欲借规矩法制以正民心,从诗歌的角度看,提倡诗韵律则,自在情理之中。即从平民的角度观,此时收拾破碎的身心,在节律音韵的陶醉中,忘却昔日的苦难,却也不为过。早岁延安倡导民歌方向,一时快板、顺天游充斥诗坛。李季诸人以民歌入诗,深得当局嘉许。及至进城之后,许多曩时写自由诗的人,纷纷质疑自己过去的服膺。大陆解放初期,《文艺报》曾召开诗歌座谈会,许多意见见证了诗歌结束"战争状态"进入"和平时期"的思路转换。①

　　丧乱时世,生离死别,伤心裂肺,不思茶饭,何止于乐?而升平之世,政局思定,人心思安,于是声律登堂,散体遂告式微。此亦人情之常。动静、治乱之间,律散互为更替,也是一种规律。说到诗的形式转换,格律与自由之间的更迭,往往影射出社会安危,人间祸福的情势。解放后,先是这番对于自由体的质疑,其实也是延续了延安时期倡导民歌的潮流,也继承了对五四新诗的驳难。从自由返抵格律,是进是退,不好贸然置评,但风起于

---

① 1950年3月10日,《文艺报》第1卷第12期刊出题为《新诗歌的一些问题》的笔谈。其中涉及格律与自由的发言有:萧三:《谈谈新诗》:"我总觉得,现在我们的新诗和中国千年以来的诗的形式(或者说习惯)太脱节了。所谓'自由诗'也太'自由'到完全不像诗了。和中国古典的诗脱节,和民间的诗歌也脱节,因此,新诗到现在还没有能在这块土壤里生根。"田间:《写给自己和战友》:"我们写新诗的人,也要注意格律,创造格律。五四以来,我们曾经反对过格律,认为它是枷锁,它是牢狱,而主张自然的韵律,这在当时,不能说完全错。当时我们是不甘心做庸俗的绣花匠,不同意格律即等于诗的看法。现在对于我们过去的那些血汗,不必一笔抹杀。这笔账还有时间仔细来算它,过去我们虽有些过于勇敢,但总算是勇敢吧?诗人是需要勇敢的。我们还需要勇敢,我们要把自己不要的东西,再拣一部分回来重新研究。"马凡陀:《诗歌与传统的关系》:"新诗歌应该做到能够被人记住,背念得出。新诗歌最好要建立起一个形式来。七言以至十一个字一句的形式,是可以多多采用的。"

青苹之末,一个怀疑自由体的潮流,无疑正在汇聚着。

五十年代中叶,处于反右、大跃进高烧狂热的年月,有来自高端的指示说:新诗应在古典和民歌的基础上发展。① 此论既出,举国响应。细加分析,便知所谓古典诗歌与民歌基础论的实质,就是诱引新诗脱离五四新诗革命建立起来的自由的、白话语体的轨道,重返旧日的原点——古典的、山林的(民歌的?)、格律的原点上来。不难设想,要是真的如此,新诗历史上产生的《女神之再生》、《大堰河——我的保姆》、《自由,向我们来了》,是否还有其价值?新诗坚苦卓绝的从旧诗中的突围是否还有意义?

几乎与此同时,一场规模巨大的、围绕着大跃进民歌的"新民歌有无局限性"和"建立新格律诗"的讨论在全国展开了。其实,基础论也好,局限论也好,建立新格律诗的念想也好,无不都指向一个目标——格律。一个规模宏阔的大一统的局面,需要大一统的、体制严整的颂诗来张扬这种气势。体制相对严整的七言一句或五言一句的格律诗——民歌体,无疑是最能体现这种精神的形式。

其实,所谓的大跃进民歌的局限性是显而易见的,根本无须讨论。讨论的目的是打压,何其芳和卞之琳不幸陷入了罗网。就何、卞二人来说,他们的问题不在格律或自由,而在现代与传统,他们是在民歌的问题上被"套牢"了。

朦胧诗的出现,是对于格律化意图的一次大的"反叛"。一个伟大的思想解放的年代,需要冲决束缚个性自由发展的藩篱。而当日肆行的"文革诗歌模式",已经走上了类似古时"庙堂诗

---

① 1958年3月毛泽东在成都召开的工作会议上指出:"中国诗的出路,恐怕是两条:第一条是民歌,第二条是古典,这两方面都要提倡学习,结果要产生一个新诗。现在的新诗不成形,不引人注意,谁去读那个新诗。将来我看是古典同民歌这两个东西结婚,产生第三个东西。"《建国以来毛泽东文稿》,第7册,中央文献出版社,1993年。

歌"的绝境,这是又一次如同五四那样的对于"旧诗"的大爆破,它引起的惊恐和震荡是必然的。

　　历史的大转换,食指是临界点。食指的创作继续了五十年代以至文革颂诗的余绪,又艰难地突破了文革诗歌的习惯套数,我们从《这是四点零八分的北京》、《相信未来》等看到了他冲决牢笼的努力。朦胧诗的出现,是继五四之后的又一次诗体大解放,它极有说服力地证实:中国新诗史中的格律与自由的斗争。同样是攻防力量相抵的、而且永不休战的拉锯战。只要社会有治乱代谢,只要诗还存在并发展着,这种拉锯状态是同样不会终结的。

朦胧诗的突围

　　中国结束文革动乱的重要标志是思想解放,而思想解放的第一只报春燕是朦胧诗。可以这样说,如同新诗革命宣告了五四时代一样,朦胧诗宣告了改革开放的新时代。朦胧诗出现的意义多端,它涉及思想、政治、文化、艺术的方方面面而不限于诗歌。单就诗歌而言,它带来的影响和意义也极为丰富,也并不止于一端。

　　如今回望三十年前发生的那一场诗歌运动,它引发了历经数年的大论战,原因甚多,其中一点不可回避,那就是朦胧诗的背景是反抗腐朽、枯竭、僵化的诗风,而倡导引进现代主义的艺术方法,以挽救和更新陷于桎梏的垂危的诗歌。事情回到了五四当年,那时留下的"病灶",在新的时代又以不同的形式重现了。激烈反对朦胧诗的人们,最不能忍受的是它的朦胧——朦胧诗的名号,就是这些人给起的。包括艾青、臧克家在内的当时健在诗坛元老们,一下子齐刷刷地都站在了反对的行列。朦胧诗陷入重围。

　　人们给它的罪名,除了小我,还有晦涩。人们本已习惯五四当初的"只剩下白话"的少蕴藉,又习惯了长期的标语口号化的政治呼喊,经过文革,人们已经习惯了连篇累牍的空泛和平淡——他们习惯了这种非常的秩序。他们对"成熟的鸽哨"和"掉下来一片月光",感到愤怒和不可理喻。① 他们已经认可了那些"不像诗"甚至"不是诗"的诗,而独独不能忍受这晦涩的异类。所以,这一场论争的实质是围绕着维护诗歌的艺术自由表达而展开的。

对于攻方来说,这是一场包围战;对于守方而言,这是一场保卫战;对于长期陷于困境的大陆诗歌而言,这是一场决定命运的大决战。一个自由、开放、尊重自我、更尊重艺术规律的诗歌新时代,就在二十世纪八十年代的围城之战中宣告诞生。

朦胧诗运动之后的近三十年间,诗歌界虽然论争时有,但基本无战事。九十年代后期的"民间写作"和"知识分子写作"的"盘峰论战",有很浓的火药味,旋即烟消云散,如今连当事者都没有提起的兴味了。② 那只算是一场小小的遭遇战,甚至只是一个小小的误会。

平淡的诗界无大战,庸常的诗界无大事。还有,大国无大诗。

这是我的感叹,也是我的结论。

2010年3月22日草稿于北京大学中国新诗研究所

---

① 这里指的是诗人章明反对新诗潮的文章:《令人气闷的"朦胧"》中所例举的他所不能理解的杜运燮和李小雨的诗句。

② "盘峰论战"又称"盘峰论剑",指的是1999年4月16—18日,由北京作家协会、中国社会科学院文学研究所当代室、《北京文学》杂志社、《诗探索》联合举办的"世纪之交:中国诗歌创作态势与理论建设研讨会"。会议在北京平谷盘峰宾馆举行。会上持"民间写作"和"知识分子写作"的双方展开了激烈的论争,故称"盘峰论战"。

为新中国吹进军号的诗人[*]
——纪念公木先生百年诞辰

公木先生诞生于1910年,到今年正好一百岁。中国的百年沧桑、中国人的百年荣辱,都浓缩在先生雄丽、绚烂而又坚忍的生命之中。先生的一生是追求理想、鼓舞人民、献身事业的一生,他步履从容而坚定,写着诗,也蒙受着诗歌给予的光荣与苦难,和所有的中国知识分子一样,他终生行进在争取民族独立、社会进步的艰难困苦的进军路上。

我的青少年时代便受到先生诗章的鼓舞,离开家庭,投身军旅,遵从先生的指引,向着太阳,向着光明,开始了人生的跋涉。我唱着先生的诗句,度过了人生最美丽也最艰难的时光。在战火纷飞的年代,他的诗句昭示我们应该怎样为大众而奋斗;在和平建设的年月,他的诗句告诉我们,应当怎样热爱、①怎样鞭笞阳光下的阴影,即使付出代价,也在所不惜。②

那时我还不认识先生,只知道在北方的原野上,有一位诗人写着明亮而勇敢的诗篇,他的诗句激励着热爱真理、向往光明的整整一代人,激励着千千万万在祖国大地的前方和后方、为人民的解放而流血苦战的士兵。公木先生以一曲雄丽的军歌,唤醒

---

* 此文据文稿编入。

① 1956年8月28日在太原作《难老泉》:"她向人间播出智慧的种子她向大地插上幸福的苗秧凡是泉水潺潺流过的地方就有荷花和稻花一齐飘香。"

② 1956年3月,公木先生有诗《据说,工作就是开会,开会就是工作》批评时弊,终以获罪。

了新中国的黎明。他是为新中国吹奏进军号的诗人。[①]

公木先生的诗名很大,他在古典文学方面的造诣却少有人知。作为学者和教育家的张松如先生,他在文学研究和文学批评方面的贡献,是一笔值得我们后人认真传承的宝贵遗产。上个世纪七十年代,我在长春拜识了先生,从此有机会在文学和诗歌以及教育方面向他讨教。先生为人谦和,有长者风度,和先生相处,有如沐春风的感受。

铭记先生献给新中国的进军的节奏,铭记先生留在战火中的青春旋律,公木先生人已远去,但他的高贵人格与抗争精神永远鼓舞着我们。

2010年4月1日于北京大学中国新诗研究所

[①] 公木(1910—1998),原名张松如,河北辛集人。1928年考入北平大学第一师范学院,1938年到延安抗日军政大学学习,留校工作。1942年在鲁迅艺术学院文学系任教。1945年任东北大学教育长,1954年任中国作家协会文学讲习所副所长、所长。1958年错划"右派",下放长春。1962年调吉林大学中文系,1979年后任中文系主任、副校长。

洛神花[*]

我们自台中乘高铁抵台南,再从高雄改乘自强号,经屏东去知本。列车在断续的隧道里横穿碧翠的北太武山。隧道的尽头便是台湾的东海岸了,这时太平洋出现在车窗外,它以浩淼的碧波迎接我们。

进入我们下榻的富野宾馆,东部最初的温馨是阿美族少女递上来的一杯饮料。清冽的,艳红的,浓酽的甜中带着微酸的美丽的饮料,它的美艳惊吓了我,我有点沉醉了。我猜是杨梅,是樱桃,是草莓,台湾的朋友都说不是。他们告诉我,是此地的特产洛神花。

洛神花,多么清雅而浪漫的名字!我说花莲这地方多的是高山的原住民,是何人给这僻野的花儿起这名字的?同行的诗人痖弦脱口而答:当然是曹植了!痖弦兄是我们当中最有学问的人,他的话你不能不信。我受了他的鼓舞,有点班门弄斧,接着"考证":那曹植一定是寻找宓妃到过台湾了。众大笑。

在《洛神赋》中,洛神是一位美丽的女神。她瑰姿艳逸,柔情绰态,仿佛兮若轻云之蔽月,飘摇兮若流风之回雪。难怪才高八斗的曹子建对她一见钟情:"彼何人斯,若此之艳也!"洛神花就是这绝世佳人的化身。台湾人说,这花因有火红艳丽的外表,散发着阿美族少女在山峦间天使般的气息,闪闪发光惹人怜爱,她是枝头上的红宝石。

---

[*] 此文据文稿编入。

糖渍的洛神花色泽红艳晶莹,吃法如北京的蜜饯,尤宜浸泡冰镇后饮用,如饮仙醪。据载,洛神花原产印度,二十世纪初引进于新加坡和夏威夷,在花东一带广为种植,成为当地名产。

匆匆数日欢聚,痖弦兄即将回他客居的加拿大,我也要回北京。临别依依,他赠我两盒我们共同爱恋的洛神花,留下了我们对台湾的美丽、热烈、而且甜蜜的记忆。

2010年4月24日,台湾归来,写于昌平

艺术对历史的书写*
——方正的组诗《复兴之路》读后感

三年前庆祝人民解放军建军八十周年的时候,我有机会读到同一作者创作的组诗《光辉的八一》。这组诗以十章一百二十行总共八百字的非常精练的方式,书写了我军八十年转战南北建国立功的辉煌历史。读后感奋之余,曾写了一篇心得:《从"诗史"到"史诗"》,得到作者热情的肯定,这是多年阅读诗歌的一次十分美好的经历。

组诗《光辉的八一》面对的是我军从南昌起义到建立新中国、再到更为艰苦曲折的和平建设时期的"诗的史"。诗人通过他的艺术构思,把这部诗史转换而为一部优美凝练可供吟诵甚至演唱的"史的诗"。这个"转换"全面展现了作者思想和艺术的才能。这是诗人对于中国当时诗歌创作的可贵的贡献。

继《光辉的八一》之后,今天我们又读到了他的新作组诗《复兴之路》——这次他面对的是中国近代以来的百年沧桑、浴血奋战、而历经磨难的更为壮阔的近、现代革命史。同一作者的两组诗史的写作,体现了中国诗人,特别是军旅诗人凝重的历史使命感。我们从他的字里行间可以感受到,那里跳动着庄严而神圣的一颗诗心。它提醒我们:优秀而杰出的诗篇,从来都不会拒绝为重大的历史事件发言,诗不是诗人手中的玩物,诗从来都是与关怀、与悲悯、与圣洁有关。伟大的诗人从来不会在人民的忧

---

* 此文刊于《解放军文艺》2010年第7期。据文稿编入。

乐、社会的盛衰、天下的兴亡面前闭上眼睛。

诗歌和艺术对于历史重大事件的评价和张显,是一项再叙述和再创造的工程。历史的诗化不是照搬历史,而是以艺术的方式重新阐述历史,这是一次以情感和形象的方式实现心灵对于大时代的拥抱。这种写作的基础和前提,是作者的史观和史识,有了正确的历史观,加上丰富的材料积累,以及精到的把握、概括、处理材料的能力,这是取得历史题材写作成功的先决条件。具备了上述的条件,也就具备了由"史"而"诗"的转换能力。

如同一切工艺的先期工作是材料的积聚和选择一样——材料不可能无限地堆积,材料的弃取和存留,取决于诗人的慧眼和才能。到了正式进入艺术创造的阶段,创作成败的关键,取决于作者实现"事实"诗化的"改造"进程——提炼、汲取和想象的升华。

毫无疑问,在组诗《复兴之路》的写作中,诗人精神境界的高远,他对于繁复历史的洞察力以及把握事实精髓的非凡魄力,决定并突显着组诗的特有品格。诗人对于历史过程的"全把握",区别和掂量每一个事件的价值,从而以高屋建瓴的姿态再现历史。《复兴之路》和《光辉的八一》相比,应当说,较之后者,它的题材更丰富、场面更壮丽、时空更宏阔悠远,因此处理的难度也更大。这时,我们终于窥见了诗人张阖自如、从容不迫、淡定自如的史家风采。

凝练精约可以认为是对一切艺术创造的基本要求,而精练则几乎是诗歌创作的铁律。沉沦、求索、曙光、解放、新生、奋起、展望,组诗作者以七个关键词,演绎七部大乐章,概括百年革命史,它惊人地展现了中国从衰落到复兴的全部辉煌。中国从推翻帝制、共和革命,直至进入世界舞台、展示它的大国雄姿,诗人向我们提供了一部精选的、浓缩的、同时也是充满诗意和想象力的袖珍的"诗的史"。

组诗的作者选材极"挑剔",用辞极"吝啬",可以说是惜墨如金,一丝不苟。这部史诗的叙述风格,始终都贯彻着精约的原则,从近代以来志士仁人的上下求索、激荡岁月、风云际会,都只是寥寥数语。举例说,对于解放战争中惊天动地的三大战役,他只用"气吞辽沈下淮海,再收平津扫顽凶"十四个字。单从精练这一点看,作者对于诗歌特殊品质的坚守,就是非常可贵也非常感人的。他的实践对于当下那些"口语"的泛滥,就是一个有力的警示。

从《光辉的八一》到《复兴之路》,作者充分发挥了中国古典诗词的优长,对这一诗歌传统的内容和形式,诗人都有深邃的体察和汲取,尤其在七言古、近体诗的创造性借鉴方面,成效尤为突出。《复兴之路》体式略近七言歌行,每章一韵,另章换韵,章句多少视内容而定,自由洒脱,意尽而已。其中不乏精美的诗意呈现,《沉沦》章的前四句,独立来看,就是一首美妙的七绝:

暮色沉沉岁已老
夜郎昏昏不知晓
大清腐败军备废
天朝日朽如枯槁

诗人新学旧学的积蕴深厚,往往于人们不经意间,显示出他积学的功力。精卫填海,中流砥柱,南湖烟雨,饮马延河,古典今辞,信手拈来,举重若轻。"呐喊声声巨龙腥",这里有鲁迅的身影;"英雄四起挽沉沦",让人想起郁达夫的小说。至于"山舞水唱花千树",我猜想,作者也许是"烂熟"并"活用"了刘禹锡《玄都观桃花》中"玄都观里桃千树,尽是刘郎去后栽"的佳句了!

行文匆匆,未免随意,不揣浅陋,谨为作者贺。

2010年5月1日,于北京大学中国新诗研究所

壮丽的中华史诗长卷[*]
——华文峰著《中华之歌》(三部合集)序

我们通常考量一首诗歌的价值,首先总要以它在诗歌实践方面是否提供了新的经验为基点。这是对于作为艺术的诗歌的最基本的尊重。要是一首诗在艺术层面未能有创造性的发挥与拓展,就会影响到我们对它的价值的评判。这是我们阅读和辨析诗歌价值的前提和出发点。在这方面,《中华之歌》当然是不完备的,它存在着一些令人质疑的因素(例如它的体例、知识性和说理性等)。即使如此,这首长诗依然有充分的理由引发人们的兴趣与信心,并由此得到阅读的满足。这方面牵涉到较为复杂的诗歌欣赏的道理。

阅读《中华之歌》始终伴随着一个复杂的心情。一方面,时不时地,有一些诸如"用诗来传递知识可行吗"的疑问跳出来,一方面,又不能不为它的丰富而驳杂(我避免用"渊博"这个词汇)的叙述所吸引。我们面对这部篇幅巨大、内涵丰富的长诗,首先是由于它的缜密的构思和宏大的架构、以及充盈其间的激情和气势而受到感动。

《中华之歌》是一曲对于中华祖邦的倾情的礼赞,在它奔涌澎湃的旋律中跳荡着发自肺腑的对我中华民族山川灵秀和灿烂历史的自豪感。我把它定位为抒情性的长诗。它的独特之处在于以抒情诗的体式包容和吸纳了咏史和咏物诗的品质、从而拥

---

[*] 此文刊于 2010 年 7 月 2 日《文艺报》。据文稿编入。

有并产生了史诗的效应。这部长诗着力于展现诗的两个基本层面的功能：其一，它充分发扬我国诗歌的颂诗的传统；再就是，它又有效地承袭了自古绵延而今的诗教的品质。长诗对这两方面作了较为完满的融合。

广泛的阅读、观察和积累形成的丰博的知识，上自天文历数，下及山川河海，历代帝王将相，节庆习俗，文明礼教，史籍典册，上天入地，无不赅备，使全诗具有诗体的百科全书的性质。因为是包罗万象，全知全能，当然难免会有知识方面的纰漏。这原也无妨，毕竟人的认知有限，无论多么博学强记，总有力所不及处。令人感动的是作者的倾心尽力。他能做到的，未必人人都能做到——

  龙山文化更加逼近文明的历史大门
  红铜、青铜和黄铜铸成了历史的钥匙
  良渚文化的磨制、切割和钻管技术
  使玉器的制作达到了空前的精致

也许动人的不仅是这些知识性的叙述，作为抒情诗的《中华之歌》，其中蕴涵着抒情主人公的主观的情感抒发。在字里行间，经常出现"二百万年的野蛮时期是多么的漫长和艰难，每一步进化发展都要付出那么多的努力"这样的感慨，有时在叙述过程中也会出现"一个节庆是一首诗赋，一年的节庆是一部诗书"这样的抒情性很强的诗句。这使长诗能够摆脱单纯的讲史叙事的性质，而赋予它强烈主观抒情的色彩。

《中华之歌》的写作有鲜明的特点，它的最主要的特点当然是源于诗人由衷的爱国情怀，以及颂扬古老文明的强烈愿望。作者自述，这是"发自内心的歌"。除此之外，我们还注意到他的创作的直接诱因，则是来自诗人对中华传统诗词的热爱，私心里"总想摹仿师承"。正是因此，才萌动了创作这首长诗的最初的意愿。

《中华之歌》的创作的初衷,乃是由于作者对中华诗韵的迷恋。直接地说,我认为它的灵感乃是源于对汉语诗歌传统的十三韵迷恋,这十三韵也成了长诗结构的基础。从序诗开始,他便把十三韵的构想融入其中。序诗共五十二句,四句一段,为十三段,用了十三韵。跋也是如此,四句一段,计十三段,也用了十三个韵。长诗主体共十三章,每章一韵,也是十三个韵。

可以说,全诗贯穿着对传统"诗韵"迷恋的精神。要是说,此诗的构思有着多方面的考虑的话,但"从韵出发"却是其中最重要的考虑。正是由于对长诗创作的这个认识,我坚定了我对作者创作支持的立场,并基本认可了这部存在着某些明显缺陷的长诗的写作。这不仅是由于他所尊崇的传统精神(这一点很多人都能拥有),而仅仅是由于他的"诗韵情结"。

人们都知道,构成汉语传统诗歌的持久魅力的,有诸多的因素,其中最为主要的乃是它极大地张扬并体现了诗人独特的情怀,而且把这种情怀点化成了诗中的意境和韵味。这一点,是其他国家的诗歌,甚至包括中国新诗在内所不具备或很少具备的。而这种效果的取得,很大程度是由于汉语诗歌极大地发扬了语言内在的音乐性,其中包括音响效果、对称效果、鲜明的节奏感等。长诗作者对于诗韵的倾心,正应和了上述的这种认识。

《中华之歌》的写作确定以传统诗韵为出发点,无视于可能有的"过分重视形式"的责难,迈出了勇敢的一步,是非常可贵的。从而把汉语内在的音乐性充分开掘、并发挥到极致,使它的诗行充满了铿锵的音韵和和谐的节奏——

> 你建设了多少恢宏的城镇村寨
> 你哺育了多少杰出的中华英才
> 你创造了多少灿烂的古老文明
> 你留下了多么厚重的历史记载

有明显节奏的长句,加上有规律的韵脚,造成了汉语新诗可吟可诵的音乐效果,《中华之歌》的实践弥补了我们普遍感到的新诗的缺憾。当然,因为它是"带着镣铐跳舞",有时也难免有牵强之弊。举例说,第六章:"自禹至桀十七世伐桀之年"往后,为了押韵,隔句连续出现:葬埋、四海、时代、由盛变衰、失败、朝脉等词汇,可谓苦心经营。但同韵字毕竟有限,为了应急,也有勉强"凑韵"的时候,如"皇权把朝纲更加主宰"的"更加主宰"即是。

当年《中国作家》编辑部为《中华之歌》的出版举行了座谈会,北京诗歌界的许多朋友都出席了。记得那次会上,与会者都肯定了诗人的辛勤劳作,认可了他的史观和史识,以及他对中华历史讴歌的激情。也许是诗人的宿愿在胸,也许是受了舆论的鼓舞,差不多是同一时间,诗人已悄然开始了另一部长诗的写作,这就是随后出现的《新中国之歌》。

《中华之歌》可以看作是一部规模巨大的诗体的中华文明史,而《新中国之歌》则是向中华人民共和国成立六十周年大庆的献礼之作,它是一部同样诗化的当代中国史。正如诗人自述的那样,它不仅是一部"发自内心的歌",而且是一部诗人自己的"我的生命之歌"。前一著作与我们民族和文明有关,而此时的《新中国之歌》,则与诗人自身的生命经历有关。诗人自语:"我是生在红旗下、长在红旗下、唱着'没有共产党就没有新中国'、'五星红旗迎风飘扬'长大的,我的生命是与新中国的命运紧密相连的。"①

这部长诗的创作与《中华之歌》一样,全诗的章节结构和韵律安排,悉依前著,依然是汪洋恣肆,音韵铿锵,且规矩井然。像这样的句子:

---

① 华文峰:《唱不尽的歌》,《新中国之歌》,中国文联出版社,2009年6月,第224页。

> 你的名称是用真理蘸着生命的鲜血书写
> 每一个笔划都凝聚着英雄的生命和鲜血
> 你的名称是中国共产党带领全国人民共同书写
> 每一个字的笔划都是那么坚强和团结

诗人充分运用并发扬中国传统诗韵的魅力,绘声绘色地展示建立和缔造新中国的坚苦卓绝、可歌可泣的历史进程。他看重的是史实,着意于历史事件的评说和再现,下笔之初,首重理路的厘清。诗人在尽情的讴歌中,甚至也没有回避和忘记我们曾经有过的曲折和错误:例如"大跃进"的灾难,例如"文革",是"错误理论指导下的错误实践——留下的深刻历史教训永记全国人民心头。"

诗人以饱含深情的笔墨,抒写六十年风雨途中中国人留下的深深浅浅的脚印,字里行间充盈着一泻千里的激情。但他在充分展现作者的知识和学养的过程中,依然坚持着诗歌的优美抒情的品性,章句间依然时时涌现如下的美丽精妙:"奔赴漠河迎接第一声晨钟——纵横戈壁追逐前人留下的大漠孤烟","攀上云贵高原采一段高原云霞——击水万里滚滚长江一路奔流东去"。这些描写,综合起来,构成了长诗华美、璀璨、明亮而极尽铺排的风格。

华文峰显然找到了舒展他的学识与才华的恰当方式,他积蕴于心的情感的火山岩浆,似是在这样气势雄大的体式中找到了喷火口。他的史诗写作也如开闸的激流,一刹那喷涌而出,腾空激荡,遍地漫流,繁丽满眼,蔚成壮观。继《中华之歌》、《新中国之歌》之后,诗的灵感踵至,书写更迅捷、也更流畅,视野更拓广,场面也更宏阔。中华史诗的第三乐章《天地人之歌》的相继问世,再一次带给人们以惊喜。

《天地人之歌》延续了前面两部作品的优长之处,不同的是,它更富有哲理的诉求,知识面也有大幅度的扩展。山川河海,村寨城郭、人文典籍、民族风习、囊括其中。特别值得珍惜的是,诗人通过天、地、人三者内涵和彼此关联的揭示,由衷地讴歌了天运转、地运转、人运转的充满生机的理念,以及对于天合地、地合天、人合天地这样一些和谐世界的祈愿。

在长诗《天地人之歌》中,诗人着重阐述了天地人三者之间的理想状态:天道、地道、人道,最后指归于所有人都明白和接受的"知道"(这是我的"杜撰")。我以为这是诗的"眼",是诗人创作的立意所在,这也是贯穿三部史诗写作的根本思想。不论诗人是在讲遥远的古代,或是在讲处身其中的当代,还是在讲富含哲理的思想,他的立意和目标总是为着我们的社稷万民的幸福安康祈祷。

2010年5月7日凌晨完稿于北京大学

楚歌一曲动江城[*]
——读柳忠秧长篇古体组诗《楚歌》

较之新诗,《楚歌》应该属于旧体,作者将《楚歌》定位于"古体组诗"是适当的。中国旧体诗分古、近体,《楚歌》从体制看,近于古诗歌行一类,但比旧时歌行,于奔放之中更显整饬。全诗四十四章,每章十行,每行七字,基本上是一章一韵,间或有"兮"字的嵌入,则是明显地增添了楚辞的元素。所以,《楚歌》是既保持了古体诗跌宕自如的气势,而又兼具近体诗讲究音韵美的一种诗歌体式。

据诗集注释本称,作者赋予《楚歌》的含义有三:一是取自项羽本纪的垓下之歌;一是取自汉乐府中与横吹曲、鼓吹曲并称的楚调曲名(如梁甫吟);其三,则是取自现代艺人演唱的同名歌曲《楚歌》。这就暗示了现在我们看到的《楚歌》是一篇来自多方灵示的、融通今古的综合之作。

作者是楚人,他选择以地理方位的楚地作为抒情的出发点,又在汗漫无际的人文时空中纵横驰骋他的想象力,从而铺陈咏叹楚文化的全部绚烂与华美。人们不难发现,贯穿全诗的理想精神,来自屈原和李白。屈原是楚国大夫,他的《离骚》和《天问》已是楚辞乃至中国文学的经典。而李白,他虽不是楚人,但楚文化影响并完成了他。酒隐安陆,仗剑去国,这已是中国文学史的佳话了。

---

[*] 此文刊于《文艺新观察》2010 年第 2 期。据文稿编入。

我们从组诗的每一个篇章中,都可以看到上述两个伟大诗人的身影。屈原的悲情激愤,李白的潇洒豪放,综合奠定了现在《楚歌》的基本风格。因为是以楚为歌,所以大凡楚地的山川形胜、名士佳人,典章辞赋,文采风流,装点得《楚歌》缤纷华美,令人叹绝。但综观全篇,组诗的作者似乎并不拘泥于以楚入诗,大凡中华民族的英杰猛士,其丰功伟业足以壮人心魂者,尽可歌且咏之。从这个意义上看,柳先生的《楚歌》是一曲荡人心魄的中华正气歌。

我的这些印象,是从读《楚歌》的第一章就产生的。就在这一章,他开篇明志:"夜读春秋寻大义",起点极高,可谓目穷五极,神游万里。他在这里先后提及的人物有:俞伯牙、钟子期、李白、孔子、文天祥、屈原、司马迁、司马相如、卫青、霍去病、唐太宗以及宋太祖,等等。总共十行,极其绵密,其中涉及的有楚人,也有楚外的人,他慨叹:

　　五千年来日月明
　　大江东去长空碧

他是以五千年的历史长卷为全视野的。柳先生写诗有一种阻挡不住的大气势,这取决于他的大胸襟。一曲《楚歌》的背景就是整部的中华文明史,柳先生囊括在胸,他写的是大诗。楚人多才气,更多狂气。沈德潜评李白:"太白以气胜",指的就是这种充盈诗中的气。眼下许多人写诗(旧体和新体),技巧是有的,就是缺"气"。柳先生不然,二十九章讲:"神韵古乐奏大吕,浩气精魂铸黄钟",他追求的是诗中的黄钟大吕。

看相关材料知道,组诗的作者是事业有成的成功人士。但作者并不骄矜。通读全诗,其间充满了悲悯甚至愤激之情。诗人为天下忧,对现世的失望,使他时作悲愤语——

　　我叹世间心不古
　　我哭寰中绝弦音
　　我号家园悲声远

九歌动地天亦惊

　　诗中出现的这个我,是屈原,是李白,也是诗人自己。最动人的就是这个"我",嗟叹民生多厄;"我恸众生多苦难,普济心舟渡慈航",这里是一个慈悲怀,一颗菩萨心。诗人自称是"侠骨丹心痴书生","把酒痛书大胸襟"。柳忠秧以诗歌的形式重现了屈原和李白的神韵,也无意间突显了诗人的自我形象:这是一个集热爱与悲悯于一身的情感丰沛的人,他有大情怀,他又有婉转缠绵的意绪:"我沐湘水吻湘妃,我思美人美人归。为伊不惧肝胆裂,为伊消得人憔悴",他原是一个真切的性情中人。

　　前面我称赞了柳忠秧诗作的大气势和大胸襟,这是他的长处,可能也是长诗的问题所在。屈原的悲情和李白的放达,在他们的诗作中都是开合自如,是适度的,因此不给人突兀之感。若是满纸悲愤和通篇豪语,失去节制,效果就会适得其反。《楚歌》的弱点在于平面铺展、一味激昂而少间歇,这就难免流于空泛。注释本作者曾以十六章"夜幸神女眠峡江"句为例,指出"这种说法过于狂放",就是委婉的批评。

　　楚人有才,楚女多情,风光绮丽的江汉平原是产生诗歌的地方。二十世纪六十年代初期,我曾有一段时间生活在江陵的星南乡。那里的稻田中镶嵌着无数水汪汪的池塘,那是古代云梦泽的遗留,那是《九歌》中湘君和湘夫人相会的地方。江汉平原水草丰茂,盛产棉花和水稻,更盛产美女——江陵的妇女的发髻上扎着红绒绳,插着闪光的银笄,她们印证着屈原和宋玉诗中的那些美丽的女性——那些神话中的湘夫人,都是现实生活中劳动着、歌唱并舞蹈着和爱着的女人们。

　　有点走题了,就此打住。谨以《楚歌一曲动江城》之题,为作者贺。

2010 年 5 月 17 日,北京——武汉

殷夫不朽*
——纪念殷夫诞辰一百周年

殷夫是中国新诗的骄傲。在被称为"红色的三十年代",作为左翼诗人,他的诗歌创作不论是在思想层面,还是在艺术层面,都是最优秀的和最杰出的一位。他是中国文学天空一道彗星的光芒。他的生命是过于短促了,短促得让人惋惜和伤感。他来不及充分展示他的才华,甚至也来不及展示他的生命的全部光辉,便匆忙地结束了。但只要了解现代中国历史的人都会承认,他的诗歌创作鲜明而强烈地体现了那个特定时代的诗歌精神以及在体现这种精神时所达到的艺术高度。

每一个人都生活在他的时代,对于诗人而言,他的最基本和最重要的使命,是通过他卓越的作品展示属于他的特有的时代精神。也许除此之外,诗人也还有更为广阔的属于他自己的诗歌空间,但是对于忠实于时代的诗人来说,这种时代精神的诗意展示,比什么都重要。对于今人如此,对于古人亦如此。不论是杜甫还是白居易,不论是陆游还是辛弃疾,不论他们的艺术已达到怎样的高度,作为伟大和杰出的诗人,人们对他们的评价,首先取决于:他们与他们所立身的时代和民众是否保持了紧密的关联。

从这个意义上说,所有的诗人都是"当代诗人"。可以这么认为,要是一个诗人对现世的社稷安危、民生疾苦无动于衷,而只是一意构筑他远离尘世的象牙之塔,那么,即使他造出了美仑美奂的诗歌,历史对这位诗人的定位肯定要大打折扣。正是在

---

* 此文刊于 2010 年 10 月 5 日《新民晚报》。据文稿编入。

这一点上,历史确定了殷夫的位置。正如他的诗句说的,"我是一个叛乱的开始,我也是历史的长子,我是海燕,我是时代的尖刺。"他无疑站在了时代的前列,他的声音是时代的最强音。

殷夫的时代已经离我们很远了,后来的人很难体会那一代人曾经拥有的激情。但毫无疑问,作为后人,不论你对历史的是非功过持怎样的态度和看法,面对殷夫这样以诗为生命、又以生命为诗的殉道者,他的有限的诗篇以及更加有限的人生,却给我们留下了无限的思考和感动。我们仰望浩瀚的星空,总为那划过天边的绚烂夺目的光焰所震撼。殷夫的生命是短暂的,而他的光芒却是永远的。

每一个人都有自己的时代,每一个时代都有属于自己的诗歌。有的诗歌,因为以个体生命对于历史的投入和感悟,而保留了整整一个时代的记忆和氛围。例如杜甫之于安史之乱,陆游之于南迁之痛。他们可能以史诗的形式,也可能是断章,甚至只是碎片。像殷夫,他的诗的断章和碎片,甚至还留着殷红的血痕!但是,因为以诗证史,他们在诗中、也在史中永存。

每个时代的特殊际遇,都造就了那个时代的理想主义者。历史可能苛求甚至责难曾经、可能有过的超越、甚至偏离,但是,所有为自己确定的理想而义无反顾的人,都值得后世的崇敬和缅怀。正是因此,我们要在黄花岗前,要在雨花台前,也要在南岳衡山的国军墓地前默立致敬!

抱歉,殷夫是诗人,而我却未曾涉及他的诗。我前面用了"最优秀"和"最杰出"的赞语,这是慎重地抉择的用语。鲁迅先生的言说在前,这是一些拒绝了"圆熟简练,静穆幽远"的诗歌。它是海燕,掠过奔腾的海面,不,它更是火焰,点亮了暗夜的天空。的确,他的诗是属于别一世界的,是属于我们又熟悉又陌生的世界的。

2010年5月31日,于北京大学中国诗歌研究院

相逢一笑*

到了台南,扑面而来的是椰林、沙滩、大海的温馨。会议在成功大学举行,成大的校园非常美丽,花影中的雕塑,一棵大榕树,占了大半个操场。这天痖弦与我同行,他指着一排房子告诉我,那里曾是军营,他住过,朱西宁和司马中原也住过,他们后来都成了作家。

上个世纪五十年代,他们都在军中服役,"我们在海边挖坑道,怕你们打过来。"痖弦说这话时,轻松而快活地笑着。太阳透过榕树的浓荫,花也似地洒下来。他知道那时我也在军中服役。不过两军不同,他们是"国军",称我们为"共军",这算是文雅的,很长时间双方是以"匪"相称。

我告诉他,他在这边挖坑道时,我在那边也挖:"我们也怕你们打过来"。我同样非常惬意地笑着。这些都是非常真实的故事。我服役的部队是人民解放军第三野战军二十八军八十三师二四九团。那时我们一个加强团挤在一个不大的岛上——福建莆田的南日岛,我们那时也是没白没黑地挖!那时我们的口号是"与阵地共存亡"。我的手上布满了血泡,扎了纱布,还挖。因为寂寞,我学会了抽烟。

会议的铃声在响,成功大学的师生们已在门前迎接我们。我来不及跟快乐的痖弦谈当日痛苦的一切,也许一切也在不言中,也许一切也都消散在历史的风烟中。此刻我们的心情是这

---

* 此文据文稿编入。

么好,南台湾有美丽的沙滩,美丽的椰林,还有美丽的成功大学花影中的雕塑,还有我们的会议,两岸共同的文化,两岸各具特色的文学和诗歌。这些美丽,比一切的短暂都久远。

那些坑道和碉堡消失了,还有那些误解、敌意和仇恨,也都消失了。而成功大学校园的花在盛开,那棵大榕树见证着我们今天的聚会:文学、诗歌、雕塑,还有我和痖弦的相逢一笑。

2010年5月31日于北京昌平北七家

星星伴我[*]

美丽的星星一路伴我。从乌鲁木齐到阿克苏,从拜城到库车。在唱响木卡姆的多浪河边,也在古龟兹千年沉睡的千佛洞,星星总用她那清澈如水的明亮映照着我。星星很美,大而深邃的眼睛,是淡淡的蓝色,犹如注满了雪水的喀纳斯湖;她的眉毛黑黑的、细细的、弯弯的,就像天边的绵延的昆仑山。星星的体态优美,像是一棵婀娜多姿的伊犁河谷的白杨。

星星是新疆的女儿。她的美丽是天然的、纯净的、不加修饰的。我们见面的时候,她娉娉婷婷,一身碎花长裙,尖底的高跟凉鞋。她说着流利的汉语。因为人在旅途,行动不便,后来她收起了长裙,而高跟鞋依旧。她习惯了穿高跟鞋。后来到了库车,在古龟兹花园有一个盛大的舞会,星星一路狂舞,举座欢愉。她十分遗憾地告诉我:可惜今天没穿长裙!

那次访问新疆,韩子勇厅长心细,特意安排她一路陪伴我。这样,在新疆的全部行程中,星星总在我的身旁。因为语言相通,我和星星很快就非常熟悉了。我们无所不谈。在阿克苏,那天傍晚星星一袭黑色连衣裙,珍珠项链和耳坠,我们一起散步。几乎从未有过,我向她谈起了人生隐痛,星星安慰了我。

星星是乌孜别克族,她的名字是尤鲁托孜-亚克亚,乌孜别克语原意是"星星"的意思。她任职于自治区文化厅,大家为了方便,叫她"星处长"。熟悉的人,干脆就是"星星"。星星介绍过

---

* 此文刊于2011年10月3日《新民晚报》。据文稿编入。

自己的身世,开始是舞蹈演员,现在分管艺术这一摊工作。前面我说到她是新疆的女儿,据她介绍,在她的亲人中,除了乌孜别克族,还有维吾尔族、塔塔尔族,甚至还有俄罗斯族的血统。难怪!星星是多民族的新疆大地上培育出来的一朵鲜艳的花。

星星的手机坏了,旅途中就不能用。直至我们在乌鲁木齐分手。我们的访问结束于 2009 年 6 月 21 日。我离开新疆没几天就发生了令人痛心的"七五"事件。我怀念星星,牵挂新疆的朋友。手机短信和电子邮件都不能用了,我只能在心中为他们祝福。

2010 年 6 月 1 日于北京昌平

一件大好事*
——贺《中国文学史资料全编(现代卷)》汇总再版

上世纪七、八十年代之交,万象复苏,文学的创作和批评空前繁荣,与文学有关的刊物和会议也是目不暇接,在这样的大背景下,文学研究相关资料的整理汇总工作也陆续上马。在中国社科院文学研究所的策划组织之下,自七十年代末开始,中国文学史资料全编的巨大工程也宣告启动。

记得当年,全国各个高校虽然百废待兴,对此事也都表现出参与的热情、并且选派了学有专攻的学者主持此项意义重大的工作。其方式,有独家认领的,也有诸家合作的,都是不计条件,埋头苦干,以期有成。至于出版门路,我所知不多,据说资金也多是自筹,或校方出,或出版社出,或社会公助,总是殚精竭虑,日以继夜,情景极为动人。

这类资料书有特定的对象,除了为数不多的业界人士,一些文科教师和学生,一些业余爱好者,一般读者是少有问津的。所以销路肯定有限,当然更谈不上赢利了。这就是八十年代感人之处,大家明知是赔本生意,不论是编者方,还是出版方,为了繁荣学术,大家都争着做。我记得当年的印象,往往各方领了任务,沉寂多年,突然某日,书出来了,有意外的欢喜,其间甘苦,也都略而不谈。

业内人士都明白,一本资料书的编辑过程,需要投入琐细而

---

* 此文刊于2010年7月13日《中国社会科学报》。据文稿编入。

艰苦的工作,那些从事此项工作的专家学者们,从劫后混杂的图书堆中扒梳整理,辨伪存真,总是挑选最好的版本,最权威的材料,为读者提供尽可能完整可信的文本。一本书如此,是真正的集腋成裘的工程。而一套资料书的汇总过程,则无疑是更加艰难的聚沙成塔的大工程了。书是断断续续地出,读者因为深知此中甘苦曲折,也都耐心等待。这个工作,从上世纪一直延续到新世纪,该出的出了,因为种种原因未出的,也都沉寂下来。

到了最近,始终参与此事的刘福春先生某日突然告诉我,全编的现代卷由知识产权出版社独立投资汇总出版了。这里说的"汇总",包括了如下三个部分:原先由不同出版社分别出版的;原已编好,但未曾出版的;已单独编成出版、但原先不属于"全编"的。这是广泛的"收编"并集大成的一个壮举,让人高兴得心跳加速!

做学问和从事创作不同,创作的要点是生活积累和体悟(当然还有灵感),做学问的人看重的是资料,资料是研究工作的基础和前提。学问不能凭空"创造",说话和判断要有根据,根据就是资料(史料,书面的、也包括口头的)。做学问的人,往往要投入很多的精力"找材料"。这些,学界中人都清楚。

现在有了集成式的"全编",这就是从天上降下来的福音。研究者一书在手,基本的材料尽收眼底,以往钻旧书堆、跑资料室、图书馆的种种辛苦劳顿,都由别人代劳了,这简直就是一种幸福!我们能不感谢创意、策划、组织、投资、编辑、出版的所有的单位、机构、特别是为此付出最大辛苦的专家学者吗?所以,我把这叫做"一件大好事"。作为受益者,我要感谢做了这些大好事的一切好心人。

全套现代卷的文学史资料,出齐了是二百余册,体例大体一致,就作家专集而言,一般是生平与文学道路,文学主张与创作思想,重要的评论文章,资料目录及索引等。所有的入选文字,也都有经过核实的原始出处。应该说,研究者需要的,编者都周到地想到并提供了。为了引证这种感受,我特地查阅冰心卷,我要寻找早年阅读冰心时印象深刻的《冰心全集·自序》中的一段话:

> 最后我要谢谢纪和江,两个陪我上山,宛宛婴婴的女孩子。我写序时,她们忙忙地抄稿。我写倦了的时候,她们陪我上山。花里、泉边、她们娇脆的笑声,唤回我十年前活泼的心情。

我找到了,也像是找回了过去的我。不过,不是"十年前",而至少是六十年前的记忆!不难设想,我此时怀有的,是怎样一种感激的心情!

当然,别人提供方便,减少了研究者寻找材料的重负,是大好事。然而,凡是有利也有弊。完全倚赖他人的提供,自己不动手,久而久之也会带来不会动手的弊端。资料的发现、整理和应用是一个学者的基本功,不具备这个基本功的就不是合格的学者。因此,我要格外提醒人们,不能因为拥有了完备的工具书而同时丧失了独立工作的技能。

2010年6月1日于北京大学中文系

人生至境*
——庆贺骆英（黄怒波）登顶珠峰

珠穆朗玛峰是永恒的伟大。人的生命短暂，但人能够到达。当人用有限的生命去追逐（我这里避免用"征服"）那永恒的伟大时，人所体现的强大是一种骄傲。全世界有几十亿人，但只有屈指可数的极少数人能够胜利登上珠穆朗玛峰。能够登珠峰的肯定不是平常的人，超凡的体魄、超凡的毅力、超凡的勇气、特别重要的、也许是一般人很难具备的——他必须具有战胜孤寂、战胜恐惧、最后是战胜生命极限的巨大的精神力量。所以，我认为登珠峰体现的是超凡的精神境界。因为这不仅是地球的绝顶，而且是生命的绝顶。

骆英是诗人，他写了许多优秀的、杰出的诗篇。现在，他用自己的行动书写了一首最壮丽的诗。骆英的整个登山活动，包括去年的"知难而退"（我说过，这是"成熟的智慧"），包括今年的一鼓作气，他终于完成了他生命中最壮丽的一首诗。这是他所有诗篇中一首最美丽的、可以毫不夸大地说，是一首最伟大的诗。

也许一个人事业有成并不难，财富的积累到达一个令人羡慕的高度也不很难。当一个人到达了一般人都在奋力追求的目标时，骆英选择了"7加2"①，而且"7加2"中最难的是珠峰极

---

* 此文刊于 2010 年 9 月 7 日《新民晚报》。据文稿编入。
① "7 加 2"是骆英计划中要登临的世界七座最高峰和南北极的两个高峰。

顶。登山不是一般的爱好,也不是一般意义的体育运动,登山是一种置一切于度外的自我挑战。登山的胜利是自我挑战的胜利。

他战胜了一切,包括恐惧,包括依恋和牵挂,也包括死亡。他争取的是一般人难以到达的人生的至境。我想今日的骆英一定有一种成就感。这种成就感不是中坤度过了金融危机,不是大钟寺的开业,也不是中坤事业的拓展、中坤今日的一切宏大叙事,而是彼时彼刻当他站在珠峰极顶,面对着无垠雪峰朗诵他的诗篇时所拥有的成就感。这是令所有的人都羡慕并景仰的成就感。

骆英的诗歌和他所领导的事业,骆英对于母校的一切深情贡献,都是值得赞赏的。但是对于他登山的胜利,我特别提出要为他庆贺。感谢骆英把北京大学的旗帜、把北京大学中文系的旗帜、也把刚刚建立的中国诗歌研究院的旗帜带到了世界的顶峰!

>2010 年 5 月 17 日于武汉翠柳村客舍
>——2010 年 6 月 3 日北京大学勺园

诗心在山水之间[*]
——《林国志摄影作品选》序

这里是云雾中的山峦,他说这是"秀出芙蓉";这里是凌空而下的飞瀑,他说这是"滚雪";这里有凌寒的蓓蕾,他说这是"凝雪"。他闻知林间飘来的"隐香",他又说是"香雨非雨";他望见了满山的秋叶,说这是"红醉"。这些都是林国志先生为他的摄影作品所作的题解。这说明,他不是一般意义的摄影,他的确是用诗人的眼光和心灵来审视和感知他所触及的一切风景。他是诗人。

说林国志是摄影家,他也许会谦辞。说他是诗人,他也许更要婉谢。我读过他的许多摄影作品,坚定地认为他是一位以诗人之心观察世界的摄影家。林先生毕生从事画报编辑,原先只是审读别人作品,后来他技痒,自己玩起了照相机。退休之后,更是乐此不疲。幸好他身强腿健,能爬山,能涉水,所向披靡。加上经久的历练而烂熟于心,一玩,就起手不凡,居然造就了诸多精品。现在出的这一本影集,收的只是其中的一小部分。

当然,林先生本非专业意义的摄影家,他始终只是业余。以业余之身价而取得专业的、甚至超过了专业的成绩,自然更令人叹服。关于摄影艺术本身,本人绝对外行——本人玩的只是一台傻瓜机——对此何敢置一词?那日受邀造访林府,国志先生翻箱倒柜,示我以他多年积累的摄影珍品,其中不少是近年的潜

---

[*] 此文刊于 2011 年 7 月 11 日《新民晚报》。据此编入。

心之作。夫人介绍说,他把所有的退休金,都用来玩这个了,痴迷到了甚至跋涉而不避艰险的地步。

欣赏林先生的作品,意外地发现他为这些作品所作的题辞,包括命题和立意,都迥异于一般的摄影家。一些摄影家,技巧不错,作品优秀,但命题往往失以简单,不能揭示物象背后的深意。而国志先生不同,他能以诗人之心去品味那一切,又出之以诗,于是他的作品,就不再是摄影,而是成为"画",成为表现诗情和诗意的"画"。这时他的摄影,也不再停留于简单客观的镜像的摄取,而是注入了主观情感的创造———一种对于美的深度的发现和表达。

林国志的这种创造,在他为摄影作品所作的题解中得到完美的展示。那些题辞相当精彩地、甚至神奇地表达了他的审美发现,从而使这种发现具有了艺术创造的品性。林先生把他的摄影作品称之为"心照"或者"心影",除去其中的禅意不可言说,从艺术的角度看,他从大自然中摄取的"照"或"影",不仅来自客观,而且来自内心,是心与物遇,神与象谐,外界之景,应和了心中之情。所以他手持的并非是单纯的工具,而实在是他内心的一支无形之笔。

林先生自言,"影从深心,心源真美","化悟万象,象表意境"。这种言说,都在强调这种物我融合的境界。这也是他的摄影艺术的真谛所在。他讲"诗情画意无形贵",情和意是无形的,无形比有形更可贵。这是他追求的艺术境界,也是他作为艺术家有异于人的独特之处。他做的是摄影,却更是心灵和情感的工作。举个简单的例子,也许别人眼里的武夷九曲水,只是一种吴带临风的婉转秀柔,而在他那里,却是"九曲忘愁",是直逼人的内心。你说这种主观的介入有多深,简直就是诗人独立特行的创造了!

斜阳烟柳,崩玉穿洞,他的摄像机善状世间万象。"斧劈群峰",气象非凡;"秀出芙蓉"柔情在心;而绿荷翠盖上的一只小螺丝,更是赢得他的会心一笑:"浪荡蜻蜓何处去,多情最是小螺珠。"但他的工作绝非仅此,他是山水知音,他殚精竭虑,要通过他的摄像机,印证人的内心的全部丰富性——他自己不描写,也不抒情,他只是无声地、静穆地揭示镜头背后的无声的喧闹,无形的深刻,无言的博大。"天际峰峦开合远,眼前洲渚有无中",他向往的是这样开合自如、有形无影的神妙境界。

我和国志先生相识于七十年前,我们不仅是同乡,而且是近邻,是门对门的亲如一家的好邻居。国志是兄长,是我幼年仰慕的偶像。他少时敏学聪慧,多才多艺,很早便显示出色的才华。我对他今日在诗、书、画,以及摄影方面所显露的惊人成就,一点都不感到意外。他就是我幼年心目中的那个沉静、儒雅、勤勉而博学的、了不起的林国志!

2010 年 6 月 22 日于北京大学

奇迹没有发生[*]
——两岸四地第三届当代诗学论坛开幕词

不知不觉,新世纪已经过了十年。动乱时世,不堪煎熬,岁月苦长。和平年月,声情并茂,人生恨短。记得十年前,我们满怀激情迎接新千年,有许多的憧憬,有许多的祝福,更有许多的期待。我们的期待是多方位的,首先是,期待着从此告别战乱,也告别"革命"。二十世纪有过两次世界大战,亿万生灵惨遭灭顶。二十世纪在中国还有过长达十年的"史无前例",造成了永远的伤痛。

我们祈求,如同一位中国诗人祈求的那样:

> 我祈求炎夏有风,冬日少雨,
> 我祈求花开有红有紫;
> 我祈求爱情不受讥笑,
> 跌倒有人扶持;
> 我祈求同情心——
> 我祈求
> 总有一天,再没有人
> 像我作这样的祈求。[①]

这位诗人深情呼唤在中国最黑暗的岁月,那时,黑夜到了尽头,曙光尚未来临。过了一年,中国开始了新的梦境和追求。我

---

[*] 此文刊于 2010 年 7 月 14 日《中华读书报》。据此编入。
[①] 蔡其矫:《祈求》,此诗作于 1975 年。

们把希望和幻想带到了新的世纪。祝福春天,祝福鲜花,祝福绘画和音乐,作为诗人,我们更祝福诗歌。

已经过去的二十世纪,为我们留下了辉煌的诗歌遗产。那些伟大的心灵,如同百花赶赴春天的约会,纷纷选择十九世纪的最后时光来到世界:艾略特是1888,阿赫玛托娃是1889,茨维塔耶娃是1892,艾吕雅是1895,叶赛宁也是1895,马雅可夫斯基是1893,洛尔伽是1898,博尔赫斯是1899,来得晚些的是聂鲁达,是1904,奥登是1907,艾青最晚,是1910,距今也整一百年了。他们都把最年轻的生命留在了二十世纪,他们是那个世纪的骄傲。

中国新诗诞生于二十世纪,它给那个世纪留下了可贵的诗歌遗产,那也是一个长长的名单。二十世纪的终结,二十一世纪的开端,人们总有殷切的期待,期待着如同二十世纪初期那样,从世界的各个方向,也从中国的各个方向,诗人们赶赴一个更为盛大的春天的约会。而奇迹没有发生。

在中国,诗歌如同往常那样,许多人在写,写的很多,但是很少有让人感动的、而且广为传诵的诗。也许"面朝大海,春暖花开"真的成了世纪的绝唱,从那时到现在,我们一直等待这样动情的诗歌,然而,奇迹没有发生,而我们依然等待。

我们不等待别的,我们只等待诗歌。世上有很多诱惑我们的东西,但那些都不长久,财富有多寡,荣誉有隆替,地位有高低,却都是过眼烟云。就是最宝贵的生命,也都不会永存。世间万物,都只是短暂,唯有诗歌永远。好诗长存万世,它不会衰老,伴随着一代又一代人,在他们的心灵中永存。愈是好诗,愈是永久,这是世上唯一能够永葆青春的不朽。

我们一直在等待奇迹。我们对此深信不疑。现在只是新世纪的第一个十年。也许一切都如往常,都如十九世纪最后十年那样,未来的伟大诗人,未来的艾略特,未来的聂鲁达,还有未来的艾青,他们已在二十世纪九十年代动身,正在赶赴新的一场春天的约会。

诗歌是做梦的事业,我们的工作是做梦。人们尽可以嘲笑一切,但是诗歌的美丽、高雅和神圣不可嘲笑。本世纪最初十年,灾难和恐怖不期而至,地震、海啸、形形色色的炸弹和坍塌。但我们依然怀有梦想,期待诗歌的奇迹出现。奇迹没有发生,我们还在等待。

2010年6月23日于北京大学中国新诗研究所

初识这个王家新[*]

有两个王家新。那个王家新早就认识,记得他在武汉大学上学时,我们就有联系,应属于"旧雨"了。前些日子在一个会议上,我和那个王家新还见过面,说起上个世纪八十年代最后一年,我们在北大召开的那个会议的"悲壮"心情,大家都很感慨。往事历历,已经不可寻觅了。整个八十年代,对于我们,都是一曲青春的挽歌——当年我从文革的阴影中走出来,开始了对于失去的青春的记忆,所以,虽然人已中年,却是与青春有关的岁月。

这个王家新是我的"新知"。他是书法家,更是诗人。我与他的相见,是在他作为"会所"的宽大的画室里。那里有一张其大无比的画桌,他在那上面驰骋他的笔底烟云。这个王家新口衔闻一多那样的烟斗,有一种名士风度。我们的会见是刘福春"安排"的,刘在我面前不知说了多少次的"王家新"。有趣的是,直到见面那天,我才发现他也是第一次见到这个王家新。

促成我们见面的,是另一位人物,他同时是刘和王的好友姜寻。这个姜寻也是"名士",他是诗人,更是京城顶顶有名的收藏家。他从少年时代就痴迷于"雕版"的收藏,现在已成大器,独自一人办起了"中国雕版博物馆"。馆址设在文津街国家图书馆院内——他的工作得到了国家图书馆的支持。此系闲话,不能多说了,因为我的目标不是说他,也不是说刘福春,而是要说这个

---

[*] 此文据文稿编入。

我们初见面的朋友——我们新结识的另一个王家新!

北京这地面很怪,它博大而又丰富,它吸纳着、积聚着各行各业的人才,而这些出人意想的出色的人才往往又是深藏不露的。前些天因为会议住进了地处旧鼓楼大街附近的竹园宾馆。一条窄窄的仅可容一辆小车进出的胡同,七拐八拐,就拐出了一座幽静清雅的院落。据说是盛宣怀的别第,董必武住过,康生也住过。一个貌不惊人的小胡同,竟然"窝藏"着一座钟鸣鼎食的王侯之家!你说北京有多神秘!

也是这个会议,我们的开幕式和第一天的会议被安排在另一处举行。此地叫做"梦端四十五号院",更奇了!梦端胡同因为金融街的修建,已在城市的地图上消失了。因为这四十五号院是一座经典的四合院,便被整体地搬迁到这里——阜成门内大街,连同旧宅中的一株二百多年的丁香树,也奇迹般地被迁移到"新居"来。梦端四十五号院的来历也不简单,它是康熙十七子果亲王的住宅,据说大太监安德海也住过。这是一座五进的四合院,也是"躲藏"在一个人迹罕至的"角落"里。说北京这地界藏龙卧虎应该是不夸张的。

话扯远了(当然不是无关),还是说说眼前的这个王家新吧。那天见面,他赠送给我他的书法集,还有影印的《王家新诗词书法》,那里都是他用各体书写的旧体诗词,有前人的,也有自己的。书法我是外行,不懂,喜欢不喜欢全凭直觉。我得意的是,我孤陋寡闻,早先并不知道于右任,不知道沈尹默,也不知道林散之,全凭这种"直觉"喜欢了他们的字,后来被证实我的喜欢是对的。北京书法界有很多显赫的人物,到处都是他们的字,而我却硬是不喜欢。

王家新的书法飘逸俊秀,收放自如之中流露出闲适从容的韵致,我几乎是一下子就认出它的"不俗"来。他的字如同他这个人,让人过目不忘。他师法多门,功底精深,而终自成体。特别是,由于他是诗人,诗书互为映衬,那醇醇的、酽酽的、让人如醉如痴的、清香悠远的书卷气更是力透纸背。他的书法是文人书法,全凭性情之所至,没有一般书法家的那种"匠气"。翻阅王家新的书法集,只觉得墨香满室,诗家神采跃然纸上,竟有如对知己的亲切感。

前面说过我于书法是外行,旧体诗虽懂一些,但声律一节,却也不甚了了。这些均非我的专擅,故未及多言,深恐出错。幸好这个王家新还写新诗,新诗可算是我的"本行",再说不懂,未免矫情了。从他的自述中我知道,他不仅自幼受到古典诗词的熏陶,而且还是新诗的热爱者。他收藏了自郭沫若、王统照、徐志摩,直到郭小川和海子的诸多诗集。他在早先朦胧诗集的篇页中,留下了从少年到大学时代的"陌生而亲切的笔迹和记号"。他还在《朦胧诗选》的扉页上题写了他的第一首"朦胧诗"。这些关于新诗的叙述,一下子拉近了我和他的距离。就是说,这个王家新从来与我的知趣与心灵都是相通的。

八十年代的第一个春天,一个少年诗人在悄悄地成长。从那时起,他用这种自由无羁的形式留下了肖邦的音响和节奏,也书写了人生最初的忧伤和感慨。1985是他的一个诗题,那是激情燃烧的岁月。那岁月属于王家新,也属于我。我那时正经历着一场又一场艺术和人生的拷问和碰撞,而青春年少的他,正在感受着初恋的甜蜜和感伤。要是我没有读错,兰色的学生裙,忘了地址的信鸽,咖啡屋里一张没写清楚的花笺,一个美丽的蝴蝶结,还有数年之后布鲁塞尔午夜一点四十五分的挂念,应该都是与他的情感经历有关的——我觉得我和他共同拥有了那个难忘的年代。

我没想到他在从事飞舞腾越的书写和旧体诗词婉转吟哦的同时,竟然写了这么多的新诗——一本内容丰富、境界高远的厚重的《北溟鱼》,记载了他诗意的青春岁月。有趣的是,当他在这种梦幻似的意境中书写着长长短短的断续而曲折的句子的时候,他的心中眼前却同时充溢着王右军、颜鲁公、米元章的满纸烟云,李太白和杜工部的笔底波澜!令人惊异的是,这些迥然不同的艺术环境,他不仅同时"拥有",而且竟然是这样的鱼水相谐,左右自如!

这样审美意趣跨越时空的交错融汇,造就了和提供了一种多向度、多视角的艺术可能性,当然也增添了抉择的难度。一般的艺术家面对此种境况,难免会匆促踟蹰。幸好是王家新,他的淡定自若,他的潇洒从容,他的睿智与定力,使他在"多彩纷陈"的艺术环境中应对自如,而且有充分精彩的展示。

他无疑是在新诗的写作中获得了意外的愉悦。王家新一定对新旧诗写作的差异有深刻的体察,旧诗的内蕴与新诗的洒脱之间存在的反差是明显的,他在新诗相对自由的体式中享受着驰想的快乐,他用朦胧而含蓄的言辞表达着更为复杂的意念。那里油菜花开,火车经过,永远的山梨花飘零如雨。而最令我感动的是,他在新诗的写作中依然追想它与古典经验的关联:"汉语诗歌永远也摆脱不了汉语的音韵和代代相传的民族的古典的灵魂深处的意蕴吗?我曾经迷恋那种古风,也许此刻仍在迷恋,诸如《丽人行》,诸如《美人》,诸如《1999梦回青铜时代》,那是我在书画意义上形成的与古人与那些模糊的朝代相对话、相联络的方式和渠道。"①

> 我是那个孤独的王的孤独的儿子
> 这个黄昏我踏进的是我遥远的家园
> 青铜器被分类排放着而我记得
> 它们当年的位置它们是互相关联的
> 我至爱它们的高傲和美仑美奂

---

① 王家新:《怀念诗歌季节》。

斑驳的锈痕无法覆盖①

这是他内心的声音。他用现代的方式传达他对于远古的召唤。在他人那里,这可能是一种面对新旧传统的抉择的困窘,可能是古与今、历史与当下的分野带来的两难境地,而在王家新这里,他只是一种怀想,一个依稀的梦。他找到了联系二者的"方式和渠道"。他在刚过去的世纪的黄昏,他毅然地以他"青铜般僵硬的身躯跨过时空的栏杆,汇入都市滚滚的车流"。② 在他人可能是因为新与旧的混合冲撞而感到痛苦的境况,在他这里却是因为"兼得"而泰然自若。

在我认识的人群中,年龄长者如我等,往往表现为对传统的依恋,而年轻一代则往往表现为对传统的隔膜。王家新却是"另类"般的与之绝然不同。这就是此刻我新结识的朋友,他以雍容的姿态,宽适的胸怀,接纳了、化解了,当然更多是融汇了现实与历史、继承与革新这个对于中国世代文人都是难解的"结"。

他的《怀念诗歌季节》是一篇深情的怀旧文字:少年时代的诗歌记忆,病榻旁守望生命、而又无力挽留生命的无奈,以及在朝鲜妙香山夜晚的独特感受,特别是他对诗歌的怀念,读后都有令人难以释怀的感动:

> 当年为了配合学习书法,我大量地阅读背诵古典诗词,后来试着写旧体诗,至今已整理出三百余首。参加工作后,我因为不写日记,自己定下规矩,以诗词的形式来记录经历和感想,旧体诗表现不了的,就写新诗,写所闻所见,特别是旅次之间、域外游历,便以诗歌的面目出现,洋洋洒洒地写来,没有什么顾虑约束,信马由缰。细细想来,我是那么地

---

① 《1999 梦回青铜时代》。
② 同上。

热爱诗歌,或者有着深渊的诗缘。①

这段叙述,使我想起"天才"、"勤奋"这些老话题,前者是先天的,后者是后天的,徒有天才而不勤奋,同样要落空。当然,一个人天分高,悟性好,再加上勤奋努力,那就什么都不在话下了。热爱诗歌的人有福了。我因为寻找这位新结识的朋友而在北京的小胡同里七拐八拐,最后竟然把他找到了,我也同样地有福了。

2010年7月7—9日,北京空前大暑,于滔天热浪中

---

① 王家新:《怀念诗歌季节》。

你摈弃了所有的喧哗*
——复刘中蔚

你的静默摈弃了所有的喧哗。失去了声音也许是你的不幸,而安谧与宁静永远属于你,还有色彩、线条、画面,还有所有的时间都飘溢在你的周围的那些活生生的气息,生活的气息,生命的气息,这一切都属于你,你可以是丰富的。

谢赠书,一本微不足道的三十年前的"老古董"唤起了我对于八十年代的记忆。

2010 年 7 月 11 日于北京大学

附:刘中蔚来信

尊敬的谢老,您好:

我是您的忠实读者,品读您的书已有多年,经年之前正是您的著作令我更好地领略了诗的意义与内涵,从此我爱上您的书。

更多了解您的作品,是在大学里,04 年我考入中国人民大学,开始了一段全新的校园生涯。在人大我加入校内文学社团"太阳书社",以求在四年中仍能多读课外书充实自己。幸运的是在书社读到许多好书,令我在四年中增长不少见识。当然,您的书自然是其中必不可少的靓丽风景,她们陪我度过校园的许

---

* 此文据文稿编入。

多美好时光。

08 年我取得毕业,本想继续求学,但如何也想不到,此时我却被查出患有肿瘤,虽经天坛医院手术,但因系听神经瘤,听力永远离开了我。

如今匆匆已过去一年了,失去了听力,求学成为了遥不可及的梦。在渐渐抛掉阴影后我开始思考我还能做什么。听力没有了我还能读书。我要好好利用时间多读书,不能使时光虚度!

今次呈信,夹书内两页信笺,可否请您为我留一页手迹?我没追过星,若说有偶像那就是您。能有您的手迹,我珍藏身边时时观之,似得到您的鼓励!恳请您应允,在此拜谢了!

这本《北京书简》,是我珍藏多年的一册您的早年著作,今次呈信,思其出版年久您或已无,谨送给您,请笑纳。

敬致

身笔两健

      刘中蔚拜上 2010 年 4 月 29 日

在抚顺发现诗意[*]

李松涛的组诗《深山创业》刊登在《诗刊》的复刊号,那是1976年。他的第一本诗集《第一缕炊烟》出版,是1978年。1976和1978,对于当代中国人来说,都是祥瑞的数字。我读这些诗的时间要比1976和1978更早一些,当时是臧克家先生提醒我注意这个年轻人,并且嘱咐我阅读他的作品。

深深记得当日阅读李松涛的那种心情。在文化和诗歌濒临绝境的年代,李松涛的出现,只能用寂寞的深山中升起的第一缕炊烟来形容。炊烟就是人家,炊烟就是生命,炊烟就是希望。李松涛的出现是一个美丽的预告,他给我们带来诗歌即将新生的最初的信息。

从那以后,我就和李松涛,还有今天在场的胡世宗成了朋友。我敬重这两位比我年轻的友人,在贫乏和困难的岁月,是他们给了我友情和温暖。在当年的人民日报编辑部,在我蔚秀园旧居的斗室,也在圆明园废墟之上。

李松涛不仅诗品高,人品也高。朋友间不用高级形容词,公平地说,在诗歌界,他的诗是上品,他的人格也是上品,他是一位诗品和人品完美统一的诗人。我读他的诗,从《深山创业》读起,读到诗的脚印,读到诗的飞翔:我飞,在云端,我是云雀,我在天

---

[*] 2010年8月7、8日,由抚顺市委、市政府主办"全国诗文名家抚顺行暨'松涛文苑'落成庆典"在抚顺举行,这是作者在庆典上的发言。此文刊于2011年3月24日《新民晚报》。据此编入。

上歌唱!他总是那么透明、热情和青春。随着年龄和阅历的增长,他对社会和人生的思考视野愈来愈开阔,悲怀愈来愈激烈,忧患也愈来愈深重。无倦沧桑,拒绝末日,忧患交响曲,都是松涛的心声。

我从阅读松涛的诗开始读他的人,我欣喜于结交了一位完全可以信赖的朋友。到了后来,他写什么,关心什么,怎么写,一切都不会让我感到意外,面对社会的不公,面对人生的疾苦,面对文化和自然生态的恶化,松涛有来自屈原和鲁迅的拳拳之心。松涛和我的心是相通的,我知道,他绝不会写于世无补的诗。

来到松涛的家乡,感受到了家乡对一位诗人的尊崇和敬重。我从来没有看到一个地方的政府部门和家乡父老,用这样隆重和高贵的方式表达对一位诗人的礼遇。这种举措也使我对抚顺这座城市产生了好感和充满敬意。松涛是一个普通文人,也是一个普通军人,我知道松涛在财富和权力上都不会有任何的优势,但松涛在才情、心智和品德上都是第一流的,而家乡的政府和父老乡亲看重的正是这一点。

抚顺这地方不仅有创造光明的煤,不仅有象征一个王朝起运的陵园,不仅有气势恢弘的山水,而且有一颗温情的诗心。抚顺是让人感到温暖的地方,它有宽广的胸怀和眼光,抚顺爱才。作为松涛的朋友,我要代他说一句:谢谢抚顺,祝福抚顺!

2010 年 8 月 7 日于抚顺

抚顺因诗意而美丽^{*}

读过郭小川的《两都赋》，钢都鞍山是到过的，煤都抚顺没到过。以为东北的工业城市都是灯火通明，机器轰响，热浪滚滚，再加上满天地的烟雾弥漫。一般说来，对于这些生产钢铁煤炭的城市，敬仰之心是有的，一般也不存赏心悦目的期待。这次到了抚顺，观感大变，知道这看法不仅过时，甚而竟是一种偏见。

从沈阳到抚顺，车子奔驰在高速公路上。公路两侧，全被绿荫护卫着，满眼都是绿色在闪光。因为有着先前的"成见"，我被这出人意想的美丽惊吓了。车过浑河，河岸连着青滩，眼前出现的，正是一派江南好景色，无边的绿茵，一直铺展到平原的尽头，再往前竟是山了。一共两天的会议，连同参观访问，日程排得满满的，我像是一个久经饥饿的人，尽情地吮吸着这里的美丽，真有"一日看尽长安花"的那份惬意。

首先是"松涛文苑"的落成，这是抚顺的创意。这个创意使我对这座对我来说是陌生的城市产生了亲切感。"松涛文苑"是抚顺给我的第一印象，它一下子拉近了我与抚顺的距离。城市养育了诗人，现在又以高雅而隆重的方式迎接了诗人。我在给"松涛文苑"的祝词中这样写："城市因向诗人致敬而拥有了永久的诗意。"我的人生阅历不能说不广，我对诗人的处境的了解也不能说不多，但就我的见闻而言，像抚顺这样以极高的礼遇向诗人表达敬意的，不是仅有，亦为罕见。因此说，抚顺是温情的，因而更是诗意的。

---

* 此文据文稿编入。

那日开过会,主人用车子送我们看正在建设的沈抚新城。这座未来连接沈阳和抚顺的新城,如今正隐约地出现在林荫深处。洁净的厂房,平坦的道路,到处都是鲜花和草坪。沈抚同城化的宏伟构想,正在辛勤的建设者手中变成现实。快速便捷的城际列车和城际公交,正在把相距四十公里的两座大城连接为一个整体。行走在新城的林荫大道上,就像行走在森林之中。这里看不到我们记忆中的那种钢花飞舞、马达轰鸣、烟囱林立的场面,这里是新世纪诞生的新城市。抚顺是美丽的,它的美丽超出了人们的预想。

抚顺的美丽中总包孕着如同松涛文苑所展现的那种人性的温馨。都说东北这地面辽阔、粗犷、豪放,而我却在这里发现了人间的温情。这种温情体现在雷锋纪念馆,也体现在抚顺战犯管理所——这是现代的抚顺所拥有的财富。抚顺人以雷锋为城市的骄傲,他们扩展了雷锋精神,不仅有奉献的一面,也有享受生活的人性的一面。雷锋用过的手表,雷锋穿过的皮夹克,雷锋写给女友的信件。温情也体现在抚顺人对于雷锋的纪念上——他们对这样一位普通的士兵,举行了最尊贵的葬礼。

抚顺的温情也体现在战犯管理所中,它在这里实行了人道的管理:学习、娱乐、文艺演出和体育竞赛。末代皇帝溥仪在这里关押过,他终于在这里成为了共和国的公民,周恩来说,这里创造了世界的奇迹。清王朝的肇兴是在抚顺,清王朝的结束——若是以溥仪的改造成为新人为标志——也是在抚顺。在战犯管理所听到介绍,溥仪和妻子李玉琴长期不在一起,感情疏远。管理所把李玉琴接到这里,希望他们和好。我们参观了他们洁净的卧室。当然,婚姻和情感是两个人的事,他们最后还是分手了。却给战犯管理所留下了一段充满人性温情的佳话。

2010年8月8日于抚顺佰宁宾馆

美不可言的八碟八碗[*]

终于有机会吃到地道的满族菜,地点是在新宾。新宾是满族自治县,属抚顺市管辖。它是清王朝的起运之地,赫图阿拉城是大金国的兴京,与东京辽阳,圣京沈阳并称关外三京,是如今保全最完好的女真族山城式的都城。赫图阿拉是清太祖努尔哈赤的诞生地,皇太极、多尔衮等诸多名将也都诞生在这里。这是清王朝的龙兴之地。

那日行程很紧,我们先拜谒了清永陵。永陵是清王朝祖先的陵寝,这里葬着努尔哈赤的父亲和祖辈。而后进入赫图阿拉,看了汗王井,看了金銮殿。老城的面积很大,电瓶车带着我们游走,走了走了,就近午了。午餐安排在这里的知名餐馆,吃地道的满族菜肴:八碟八碗①。前面说过,新宾是满族自治县,赫图阿拉又是努尔哈赤霸业发祥地,这里的满族菜应该是最正宗的。

在北京可以吃到全中国、乃至全世界的名吃。原先占领北京餐饮界的,鲁菜居首,大概是地缘的关系,山东靠近京城。鲁菜中葱烧海参最有名,北京菜中的酱爆鸡丁、乌鱼蛋汤等,可能都是鲁菜的影响。再后来是粤菜和川菜平分京城的餐桌。粤菜

---

* 此文刊于 2011 年 1 月 25 日《新民晚报》。据此编入。

① 八碟八碗席的内容,据手边的不同材料有不同的说明。一份材料说,肝肠、冻肠、冻子、面肠、面蛤蟆、卤猪头肉、拌干豆腐片、炸肝(以上为八碟);酸菜粉、素烩汤、甩秀汤、下水汤、烧肉块、烧肉丸子、粉花汤、川白肉(以上为八碗);随配的主食一般为粘豆包、粘火勺、烙烙(酸汤子)、春饼、豆面卷子等。另一份材料说,八碗是:雪菜炒小豆腐、卤虾豆腐蛋、扒猪手、灼田鸡、小鸡榛蘑粉、年猪烩菜御附椿鱼、阿玛尊肉。

清淡,川菜浓烈,各有优长,正好适应了不同口味的美食者。记得当年,偌大京城吃一顿川菜很不易,只有西绒线胡同的四川饭店一家。交通不便,自行车、公交车倒腾半日,能够吃一份麻婆豆腐,竟似是吃了顿龙肝凤胆。现在当然不同了,川菜已遍地开花!

东北菜进京是近年的事。京城里的政界商贾,演艺明星,白领佳人,吃腻了山珍海味,在时尚啃玉米嚼南瓜的同时,粗放的东北菜得以乘虚而入。猪肉炖粉条,小鸡烧蘑菇,一时颇得那些"吃坏了胃口"的人们的青睐。北京有几家"大食客",它的名菜"四大金刚",就是以这样的"野气"征服了那些"不知吃什么好"、又"不差钱"的主儿们的。

东北菜的核心应该是满族菜。清朝问鼎之后有满汉全席名世,那是一般平民百姓无法问津的,倒也罢了,不去想它。知情者介绍说,最能体现东北菜的精粹的,是满族的八碟八碗。而八碟八碗的故里则是新宾。新宾的满族菜做得最到家的,就是此刻我们驻足的赫图阿拉城宾馆(新近改名后金宾馆)餐厅。这里的满汉全席和八碟八碗据说最正宗。

开席之先是"汗王醉",本地白酒,度数不高。酒过三巡,菜上桌了。上菜也是东北风格,大碟大碗,不分上下前后,齐刷刷地全上来。主人介绍说,八碟八碗是四冷四热、四荤四素,即四热菜中两荤两素,四冷菜中也是两荤两素,共八碗,都用高而深的大碗盛着。八碟亦类此,也是四荤四素,四热四冷,充分展示东北人的粗犷豪放。另有主食,大多是粘黄米豆包、粘饽饽一类。

东北菜用料并不考究,用的都是常见的原料,做出的菜原汁原味,体现充足的乡土情怀。精致也许不是它的长处,质朴却是它至上的追求。它的最大特点是少装饰、忌琐屑,朴素、单纯、简洁,尽量少用佐料和辅料,突显原料的真质。中国菜系中用料讲究的,制作精细的,色香俱全的,造型精美的,是主流的趋向,大都原于南方各菜系,粤菜、淮阳菜、潮州菜、闽菜都是,而晋、陕、陇右诸地,特别是东北,风格与之迥异,崇尚的是简约单纯,大气磅礴。

那日上桌的一道炒鸡蛋,征服了我,使我不敢小觑这东北菜。这道菜不见葱姜,不用料酒味精,更不用西红柿或其他来搅混,是绝对的清一色鸡蛋,金晃晃,蓬松松,不咸不淡,不稀不稠,恰到妙处。炒鸡蛋是平民的家常菜,一般是不上酒席的,在这里却成了珍品。足见东北人的诚挚憨实。都说鸡蛋好炒,都说红烧肉谁都会做,其实,简单不等于容易,容易更不等于精彩。都是平常菜,都是不平常的效果:炸茄盒、白菜冻豆腐、血肠白肉酸菜粉、凉拌黑木耳,在这里都有了说不出的滋味。我体会到,吃菜吃到了最后,是对一种文化的认知和体悟。东北菜就是已经变得遥远了的当年马背上的民族的英姿与心志在餐桌上的再现。

这番宴席,最难忘的是八碟中的那道冷荤肉皮冻——昔日京城苦力常用以佐酒的小食品,这样最不起眼的吃食,却硬是被做到了令人叹为观止的极致:纯白色,透明如水晶,凝脆而柔韧,仍然是绝对的单纯,仍然是不用任何的添加,包括酱油、也包括花椒和大料。神奇的是极为清醇而绝无异味。

对菜肴从来是挑剔的我,对此却是无可挑剔。晚上是抚顺市的送别晚宴,席设罗台山宾馆,是豪华的全鱼宴,鱼是从大伙房水库现捞的,我当然应该留有余地去应付晚上的宴请。但是这一席八碟八碗实在太诱人,我无法放下贪婪的筷子。即使这样,我还是没有"穷尽"这一桌盛宴,待得依依不舍地要离开餐桌了,人们好心地告诉我,那款小小的、透明的果仁甜三角是天下最好吃的糖三角!

2010 年 8 月 16 日于昌平北七家村

重申一种文学理念*

《草房子》印刷一百次，大家都来庆贺。我在感奋的同时陷入了沉思。记得这本《草房子》出版十周年时，有记者问作者曹文轩此书是否达到了自己的"创作高峰"，并问及对当时的"好评如潮"的看法时，曹文轩冷静地回答道："不是因为它好，而是因为没有。"我体会此刻所谓"没有"，实在批评当下文学有缺失。这种缺失即指在物质丰裕、物欲张扬的年代文学在精神层面表现出的明显的贫乏。

我们心目中神圣的写作，被贬为一种纯粹的手艺，有的人甚至显耀自己是"码字工"。他们刻意地渲染文学创作与精神追求的脱节和无关。这些人以漠视和取消文学对人的精神影响为荣，他们把文学多向度的、多层面的功能单一化，从过去单一的政治，改变为今天单一的娱乐。文学是要给人以休息和快乐的，但文学的功能也不是所谓的"把娱乐进行到底"。要是真的如此，那么，我们有的是歌厅舞榭，有的是灯红酒绿，我们已经很娱乐了，我们还要文学干什么？

"不是因为它好，而是因为没有"的意思，就是因为文学是在空前地丰富着，也是在空前地贫乏着。我们的孩子，自从安徒生给了他们一丝卖火柴女孩的温暖以后，连同那个渔夫和金鱼的梦想，一切都变得非常地遥远了。有一天偶然地读到一首诗，豌

---

* 2010年8月29日，曹文轩的《草房子》印行一百次庆典在中国作家协会举行，这是根据在会上发言的一部分整理而成。此文据文稿编入。

豆花问蝴蝶："你是一朵会飞的花吗？"我非常地感动。同时我又感慨，我们的文学能够像这些童话和诗歌那样，给孩子提供美丽幻想的可能变得越来越少了。一百次印刷说明什么？说明它是贫乏和饥渴之后的需要。因为"没有"，所以"好"就格外地可贵。

面对《草房子》的百次印刷，我们为曹文轩庆贺，庆贺他的写作成就。但是，我又想，要是全中国只有这么一间草房子（即使是金房子），要是只有这么一部书印了一百次，对我们这么一个文学大国而言，我们也高兴不起来。也许我们的情况并非完全"没有"，但即使是"少有"，也令我们感到沮丧。

都说文学无用，文学的确不会给我们带来任何"实有"，但它绝非空无。文学是"无用之用"。这种看不见的"用"，质而言之，就是坚守和提升：坚守诗意的人生，提升人们的精神境界。《草房子》写了许多动人的人物和故事，都在反复地告诉我们：生活中有许多比金钱、物质、娱乐更重要的，那就是善良、同情、悲悯、友爱和美。而这正是曹文轩始终坚持的文学理念。广大的读者、批评家和出版家认可了这样的理念，于是有了如今辉煌的百次印刷！

一个人，一本书的成功绝非偶然，我愿借此机会重申这种"过时"的文学理想。

2010年8月29日，于中国作家协会

刻骨铭心的草房子[*]

　　读一本好书影响人的一生。记得童年时读冰心先生的《寄小读者》，其中一篇写冬天的夜里因为疏忽而让一只小老鼠被猫弄死的自我忏悔。这个小故事让我铭记一生：尊重生命，同情弱者，从此成为我的人生信条。"文革"灾难过后读巴金先生的《小狗包弟》，依然是爱和生命的一课，再加上他发自内心的忏悔，我的心跟随着这位前辈反思动乱年月，充满了沉痛和哀伤。

　　这些回忆是由于曹文轩的《草房子》印行一百次的庆祝活动而引起。一本书能够长印、长销而不衰，说明这是读者喜爱的书，是让人感动的、有益于人心的书。这样的书是能够影响人的一生的。《草房子》起初被定位于儿童文学（我不以为然，尽管我很敬重"儿童文学"），但它的确是一本不仅儿童读了有益、而且成年人读了同样有益的书。它寓深意于清浅，诉繁富于简约，是一本可以唤起不同年龄的人们的不同感受的、老少咸宜的书。

　　因为开会，这次我重温了书中的一些章节。作为成年读者，我的阅读同样地充满了由童心唤起的感动，为作家的温存、同情、悲悯情怀，也为它的高雅和优美所感动。至美不文，大爱无言，这书避免华丽的描写，也摈弃高调的说教，而是以平实和素朴的言说，从波澜不惊的日常生活中提炼那些发人深省的、养人心智的细节和情节，从而贻人以美感的启迪。

　　我说"波澜不惊"，其实也未必。例如小男孩桑桑最后的病，

---

[*] 未刊，据文稿编入。

却是让人揪心。依我的判断他得的应当是一种难以痊愈的顽疾,桑桑的父亲带着他遍访名医,多次都暗示着绝望,以至于有的情节呈现的是向着亲人与人世诀别的场面。哀情满纸,令人痛绝。就在人们普遍感到死别就在眼前时,作家突然向我们宣告了欢乐和希望,那位年迈的高人出语轻松:"不过就是鼠疮"。这结局给了我们最大的快乐。这就是曹文轩的大爱之情,他不忍看到美丽的生命之花来不及开放就凋谢的悲情。

这里藏着一种可贵的文学理念。文学是表现人生的,人生有希望也有苦难,人生充满了险境、丑恶甚至决绝。但文学的基本功能不是让人绝望,而是给人希望——尽管人生参透了毕竟是一场悲剧。文学的职责从根本上讲,就是希望、幻想、并且顽强地坚持"应当有的生活"。从这个意义讲,文学是表现(也可以说是制造)美丽的。桑桑的走出死亡的阴影,展现在他和父亲面前的充满希望的新生活,带给我们大家无限的宽慰。文学就是这样抚慰人生,并且让人快乐和热爱的。这是"美丽文学"的胜利。

《草房子》中的另一个可爱的小女孩纸月,她也有一个不完满的人生,母亲在她出生后投河自尽,她的父亲身份不明,是慈祥的外婆抚育她长大,因为美丽,坏男孩欺负她。纸月的身世也是令人叹惋的。最后还是动了作家的善心——纸月失踪了,与她同时失踪的还有浸月寺的慧思和尚——他还给纸月以父爱和可能的幸福童年。文学总是这样,它不仅"无中生有",而且让人"绝处逢生"。爱心,无所不在的关怀和抚慰,我似乎窥见了曹文轩的内心。这也是我们要感谢作家的原因。

作为读者,我不是把《草房子》当作儿童读物,我以平等的姿态接受了它给予我的影响和感动。我记住了那些平凡故事背后的意义,领受着作家给予我们的温暖和抚慰,使我们在绝境中看到生机,在哀伤中领略温情,在冰冷中拥抱希望。《草房子》是深入浅出的,它抚慰着受伤的心灵,让儿童领会世间的温情,迎接命运的挑战。它让成年人看到无边的祸患,并且以坚强的意志迈向人生的新境。

曹文轩洗尽铅华的文笔,含蕴着睿智的沉思,包括儿童并不理解的生和死,但他给予我们的不是一个简单的和肤浅的乐观,他的深刻是不露痕迹的:他让老年人体会到伤感,他让少年人感受到欢乐,他给予一切人以生命的尊严和高贵的启示,而他从不放弃的是爱、同情和悲悯,是美丽和善良。这是他坚定不移的文学信仰。淡定自若的创作心境,举重若轻的轻描淡写,而最重要的是——他懂得作为文学写作的高境界的节制和简约,这意味着一位作家的成熟。

曹文轩是我的北大同事,我庆贺他的创作成就。北大中文系的教授有做研究同时又创作的传统。建系一百年来这个传统一直延续着,从最初的周作人、沈尹默、刘半农开始,到废名,一直到我的老师吴组缃和林庚,他们都是创作研究"双肩挑"。到了我们那一代,传统有点中断,我自己就不会写作。是曹文轩赓续了这个可贵的传统,我们都感谢他。

2010 年 8 月 29 日于北京大学中文系

诗歌的北大[*]

今天我们的聚会是诗歌的聚会,北大校园因诸位的到来而充满诗歌的芳香。我们与诗结缘,是由于诗歌是文学中的精华和瑰宝,是由于它诗性地体现一个民族的心灵世界,体现这个世界的全部丰富和高雅。我们深知,诗歌不能在一个民族文化的革新与建设中缺席。它不仅是作为一种文学样式、也不仅是作为一门学问、更是作为一种精神而温润着、滋养着、并且默默地影响着一个社会、一个民族、以至一座校园。北大是诗歌的,诗与北大同在。

从北大建校之初到现在,诗歌伴随了这个学校所有的岁月。我看北大校史,单以1922年为例,当年的应聘教授名单中有这样的记载:周作人先生是欧洲文学史和外国文学书选读,钱玄同先生是文字学音韵甲和文字学音韵乙,吴梅先生是中国古声律、戏曲及戏曲史,吴虞先生是诗词史、中国诗文名著选,萧友梅先生是普通音理及和声学,黄节先生的讲题只有一个字:"诗"。由此可见当年北大对于中外诗歌的重视,它没有时下那样对诗歌有意无意地冷落甚而轻慢。有趣的是,在这份名单的后面,有当年应聘为讲师的、我们大家都熟悉的周豫才即鲁迅先生,他的讲题是小说史。从上面的介绍可以看出,那时的北大,几乎所有的教授的讲题无不与中国和外国的诗歌有关,而单单把小说的讲

---

[*] 2010年9月12日北京大学中国诗歌研究院成立庆典,这是作者在开幕式上的致辞。此文据文稿编入。

授留给了一位讲师。①

到了 1931 年,应聘的教授名录有,马裕藻、刘复、黄节、林损、许之衡、郑奠、俞平伯、沈尹默、沈兼士、钱玄同和陈垣。从这名单可以发现,在教授的阵容中依然着重于诗的研究,而且很多的研究者本身就是诗人,其中有的已经是当年新诗运动的先锋。由此联想到北大师生在创造和建设中国新诗过程中的贡献,那时他们以《新青年》和《新潮》为基地,倡导新诗革命,表现出极大的锐气和智慧。胡适先生和陈独秀先生是此中最英勇的领袖人物。北大师生以新诗人的身份,以前行者的姿态,出现在中国新诗发展的每一个关键时刻。北大于是被称为是新诗的摇篮和故乡。这些事实都验证着北大与中国诗歌的亲缘关系。

我来北大的时间很晚,就我个人的经历而言,也曾亲自领略过、并且沐浴着北大给予的诗歌的熏陶与洗礼。记得是半个多世纪前,游国恩先生亲自给我们讲授《诗经》和楚辞,他指定我们要熟读《诗经》风、雅、颂中的至少八十首。包括题解和注释在内的讲义是游先生自己做的。他还逐字逐句地为我们讲解《离骚》。在北大五年的本科学习,诗是最主要的内容。朱光潜先生和宗白华先生给我们诗歌美学最初的启蒙,王力先生的《汉语诗律学》,魏建功先生的《汉语音韵学》、林庚先生的唐诗和李白,王瑶先生的陶渊明、陈贻焮先生的杜甫,都是滋养我们成长的宝贵的诗歌营养。《全汉赋》以及《全宋诗》的整理、注释和出版,也都凝聚着北大师生的劳绩。

我们非常幸运,我们那时和健在的大师们共同呼吸和沐浴着燕园的阳光和空气,感受着他们诗意的人生和诗意的工作。

---

① 关于鲁迅先生的这段话,得到陈平原先生的订正。他在给我的电邮中说:"周树人被聘为讲师而不是教授,那是因为,他是教育部官员,在北大教书属于兼职,按规定,凡兼职一律称讲师,如清华教授陈寅恪在北大上课,也称讲师。"

北大校园当年真可说是大师云集,不仅集合了代表时代高度的诗人和诗歌研究者,而且还有阵容强大的诗歌翻译家的队伍:冯至先生、吴达元先生、闻家驷先生、盛澄华先生、田德望先生、温德先生、曹靖华先生、季羡林先生、金克木先生、陈占元先生、赵萝蕤先生、——从《神曲》到《荒原》,世界诗歌的重要典籍,无不凝聚着北大教授的心血。他们是翻译家,有的本身就是诗人。

燕园为我们提供了一片丰裕的生长诗歌的沃土,一片无比广阔的诗神飞翔的天空。为延续和光大北大前辈的诗歌理想,成了我们后辈学人铭记在心的责任和愿望,这就是二十多年前我们在中国语言文学研究所建立诗歌研究中心、七年前我们在北大正式成立中国新诗研究所、和今天在研究所的基础上,携手北大古代诗歌研究中心等机构建立中国诗歌研究院的历史动因。我们的工作得到北大校方的热情支持,学校相关部门以异乎寻常的速度批准了我们的申请;我们的工作,更得到校友骆英先生的全力支持。骆英先生是诗人,他是第一个登上世界最高峰珠穆朗玛峰、并且在珠峰顶上朗诵诗歌的中国诗人。骆英先生事业有成,不忘母校和诗歌,他不仅在物质上、更以他非凡的毅力和睿智在精神上支持了诗歌。

中国新诗研究所主持的十卷本《中国新诗总系》即将出版,三十卷本《中国新诗资料汇编》的工作亦已启动,《新诗评论》已出到十二期,新诗研究丛书已出版二十一种。新成立的中国诗歌研究院将在已经开展的工作基础上,依托北大的多学科、多语种和人才密集的学术优势,全面地开展中外古今的诗歌研究、诗歌批评和诗歌史的写作;致力于诗歌资料的整理和传播;并将有力地介入诗歌的创作、推广和出版;有效地加强国外优秀诗歌的译介和推广,加强诗歌的国际交流。我们期待着以诗歌在中国的发展繁荣,最终促进中国文化的新的发展繁荣。

感谢诸位在新学年开始的繁忙中来到北大,你们的到来是对我们的有力鞭策和鼓励。在今后的岁月中我们希望得到你们更多的支持和帮助。

谢谢！

2010 年 9 月 12 日于北京大学

亦喜亦忧话新诗*

诗歌是空前地活跃着并丰富着,有许多迹象表明,当今的诗歌创作正处于史上最良好的时期。写诗的人多,作品更多,频繁举行的研讨会和首发式、层出不穷的诗集和诗刊、名目繁多的评奖和层次不同的诗歌节,在中国文艺界,诗歌可谓是艳压群芳,夺人耳目。这些事实,即使是对当前诗歌激烈质疑的人,也很难无视和否认。特别是在举国哀伤的汶川以及玉树大地震中,中国诗人的声音可谓感天动地。令人惊异的是,面对诗歌的这种局面,除了那些写诗的人在那里自我欣赏,在诗人圈子以外,却是赞誉之声甚少而不满的言谈居多。

通常听人议论诗歌,有一种说法是,写诗的人比读诗的人多,另有一种说法是,诗多,但好诗少;诗人多,但有影响的诗人少。说的可能都是实情。但是反过来看,诗人多,诗人写的诗多,这总不是坏事,这说明在商潮滚滚中还有众多的人热爱诗歌,这种热爱至少意味着一种高尚的嗜好和不俗的趣味。对"读诗的人少"的议论,也要加以分析:当下丰富多彩的传媒手段夺取了众多缺乏时间以及更多缺乏耐心的受众,这是一种客观事实。读诗需要氛围,需要合适的心情,一般说来,在匆忙的环境中匆忙地读诗,几乎是不可能的。正是因此,我们原也不必为诗歌的读者少而懊丧。

---

* 此文刊于 2011 年 1 月 6 日《人民日报》,发表时题为《时代呼唤诗歌的担当》。据文稿编入。

但是,这一切并不能排除诗歌自身的原因。就是说,九十年代以后,包括进入新世纪的这十年,诗歌创作的确存在一些盲点,也有一些误区。剖析这些盲点和误区,纠正一些偏见,共同寻求诗歌重新赢得读者信任的契机,从而释放我们的焦虑,无疑有助于新诗的前进。我本人对这一时期诗歌的评价,也持一种审慎的态度。我认为数量多、产量大并不等于质量高、影响深远,热闹并不等于繁荣。事实是,我们在造就了丰富的同时,也造就了贫乏。因此我一直强调:慎言繁荣。厘清这些问题十分艰难,如同前述丰富而又贫乏的认定一样,我们几乎所有的失落都产生于我们的争取。

先说诗歌界重大现象的"个人化"。个人化的取代群体意识,的确恢复了诗人主体的自由属性,从而使诗人的自我表现成为一种常态。诗歌创作的个人化无疑是对诗歌性质和规律的再确认。它象征着历经曲折之后的诗学认知的进步。诗人的自我省悟和内心开发没有过错,但是当这种倾向成为非此不可的潮流,其流弊就是显而易见的。诗歌个人化的成果确实被滥用并极端化了,它使一些诗人误以为诗歌的职责只在于表达个人内心的碎片、甚至形成了内心与外界的阻隔以至"短路"。相当多的诗歌忘却自身以外的世界,而只沉迷于自说自话,诗歌于是成为仅仅表现个人私语与梦呓的专用形式。

另一重大误区是在诗的语言和形式方面。新诗建立之后对于诗的音乐性与节奏感的忽视乃至取消,这已是一个历史陈案,松散而直白的语言荡涤了诗歌本有的意趣与韵味。后朦胧诗时代对口语化的片面提倡,加速了诗歌的语言平面化与粗鄙倾向,诗歌创作中充斥着"今天我去找你,你妈说你不在"之类的所谓诗句。诗歌在一些人那里已变成"最容易的"的文学手段。这些所谓的口语诗把新诗仅存的一点诗意剥夺殆尽,人们有理由怀念并呼吁那些本来属于诗的那些优美的语言、高雅的意境、悠长的韵味以及鲜明的节奏,这些诗的基本属性的回归。

　　的确,诗歌写作从来都是一种个人的行为。尊重这种写作的独特性,是维护诗的神圣感的最起码的准则。但尊重个人对于世界的独特感悟、并且尊重完全取决于个人的对于写作的处理方式,绝不意味着诗人可以忘却并且拒绝对于社会的关怀。所谓的写作的冰点或零度状态,或者所谓的"诗到语言为止",都是一种观念的歧误。诗以个人的方式感知世界并承担对于世界的思考和启悟,诗绝对不是语言的游戏或所谓的"手艺"。诗到底是情感的,更是精神的。

　　中国社会从来没有像现在这样充满着活力。你可以在我们的前进中找出种种的弊端,但却无法否认它在前进这一基本事实。这是一个产生奇迹同时也产生着污秽的生活现场,人们可以无视这个日益丰富的事实,但却无法否认这一丰富而又复杂的年代——它生长着有异于以往任何年代的特殊的气质或者精神。时代呼唤着诗歌的关注和承担,也期待着这一时代的精英通过他们个人的领悟,概括并展示这一时代动人的脉搏和心跳。

　　所有的人都无法脱离他的时代。不管你如何声称你只为未来写作,但无可争辩的事实是,所有的写作都是当代的写作,由此类推,所有的诗人也都只能是当代诗人。唯有忠实于当代生活的诗人,才有可能影响后世。而这种影响首先是因为他创造性地保留了他所从属的时代的体温和气息,屈原如此,李白如此,陆游也如此。一个诗人回避了他所经历的时代生活,他充其量只是一缕飘散的云翳,时代过去了,什么也不会留下。

2010 年 9 月 20 日于北京大学

北大中文系的传统[*]

京师大学堂的成立到现在已是一百一十多年，而中文系的历史则是一百年。京师大学堂酝酿期间，原议设道、政、农、工、商等十科，因为戊戌变法的失败，实际只办了诗、书、易、礼四堂，以及春秋两堂，而且每堂不过十余人。当时的学校规模不大，更重要的是，它的性质仍和旧时的书院无异，毕业生仍授贡生、举人、进士等头衔。基本上是换汤不换药的。直至1910年实行改制，始设经、法、文、格致、农、工、商等七科，才有了新式大学的雏形。现在的北大中文系就是这次改革的产物。

北大是包罗万象的，中文系也如此。并包而兼容，驳杂而丰富，不歧视，不排他，让诸种学说在这里平等地对话、自由地竞争，形成一种百家争鸣、共同发展的生动局面。这就是北大、也是北大中文系的特点。这特点的形成，有赖于北大的历任校长、特别是蔡元培校长的鼎力倡导。就中文系而言，它在历史发展的每一个阶段，都注意吸收新派和旧派的各式学者加盟中文系的建设。各种学术主张的学者集中在一个系，在比较、对峙、驳难、交融的热烈氛围中，造就了中文系历久不衰的学术优势。在庆祝系庆一百周年的时候，我们当然不会忘记并决心保持和光大这一珍贵的历史遗产。

北大中文系有自己的学术传统。就研究领域而言，它是古今并重，中西交汇的；就学术风气而言，它是既注重考据实证，又

---

[*] 此文刊于2010年10月19日《新京报》。据此编入。

注重发明创新的。中文系有严谨求实的传统,更有鼓吹新学,站立在学术的前沿引领新潮、开风气之先的传统。

早在五四时期,以当日一批国学教授为中坚的北大学者,在这个反对旧文化、提倡新文化,反对旧文学、提倡新文学的伟大运动中,起了极其重要的作用。1918年1月北大的六位教授陈独秀、胡适、钱玄同、沈尹默、李大钊、刘复就接办了创刊于1915年的《青年杂志》并更名为《新青年》。从那时开始,《新青年》就成为倡导并推动新文化运动的重要阵地。紧接着,1918年冬,陈独秀等又办了《每周评论》。北大学生傅斯年、罗家伦、汪敬熙等创办了《新潮》月刊。上述这些刊物,是当日中国新文化运动的旗帜。

北大中文系从它建系之日起,就把目光投向了中国学术、文化、和文学的实际——这包括学术研究、典籍整理、理论建设以及文学创作等方面。当日北大师生的学术视野,甚至延展到范围广阔的语言文字和民俗文化的领域,如文字的拉丁化以及民间歌谣、故事和谜语的研究等。他们对中国文化的关怀可说是全方位的覆盖。这种关怀不仅表示北大师生的胸襟,而且表示他们作为新型学者的品质。

中文系是做学问的地方。做学问当然来不得虚假和轻浮,不仅要求深,而且要求实。但却也不是埋头书本,囿于自以为高深、实际上是狭小的天地。说到学术本身,研究工作的深广及其取得创造性的成果,也并不意味着它必然与现实的理论批评以及创作实践的脱节。毫无疑问,今天我们在纪念中文系百年系庆的时候,理应发扬光大中文系师生严谨求实的学风,创造求新的学风,而且更要发扬光大这种对于中国学术文化现实的专注和投入的精神。

2010年10月15日于北大中文系

遥远的风景[*]
——《日落日出》序

当今社会,城市已是中心,乡村变得遥远了。处身城市的喧嚣之中,能够读到这样一本专写农事的书,真是喜出望外!这书唤起了我的乡村记忆。在我的家族中,母亲那一系是生活在乡村的,外祖父的家在闽江岸,种花(茉莉、珠兰、含笑、还有高高的白玉兰,是熏茶用的),栽秧,也养牛。童年我到过那里,尽管为时短暂,心灵深处却认同了乡村。我家虽住城市,但那是城乡交界部,窗外的龙眼树下就是邻家耕牛的栖息地,出门不几步就是绿茵茵的稻田,还有清澈的沟渠。我们一家都是读书人,母亲却有很多乡村的朋友。

《日落日出》让我欣喜,不仅是因为作者写了农事——它几乎就是一本无所不包的文学的乡村手册,而且更因为作者写的就是我的家乡,是我熟知的外祖父的乡村、我自己心中的乡村。书中保留了很多福州方言的词语,都是我曾经熟悉、如今变得陌生的闽都十邑通用的方言——福州话。亲切的乡音,亲切的山水田园,亲切的家乡风习,打开书页的插图,那些如今已成古董的旧时农家常用的器物,加工番薯的,割取松脂的,扦插和嫁接果树的,烧炭的,放排的,育秧的,犁田的,薅草的,砻米和碓米的,榨油的,腌制果品的、还有拉、晒福州特产面线的……这些我童年时代熟悉的器物,都曾是我梦中的朋友,如今都一一展示在

---

[*] 此文据文稿编入。

篇页间。

书中的记述唤起了我浓浓的乡情,久远的岁月,岁月中流逝的久远的情感记忆,那一切如今是变得非常地遥远了,那些本色的、近于古典的农业社会的原景,包括器皿和工具——木制的、竹藤编的、铁铸的、石凿的,还有那些创造和掌握它的人们(其间蕴藏和凝聚着他们的智慧和汗水),那些人们曾经拥有的、如今多半已失传了的技艺,已逐渐地弥散在历史的风烟中了。它们是一个刻骨铭心的记忆,像是一支纯真的童谣,更像是一曲悠长的挽歌。

重要的还不是陈家恬神奇地再现了那令人梦魂牵绕的旧物旧事,而是在他的叙述中深情地融入了他独特的个人阅历和感悟,尽管他标明这是一本"农事散文"——在日益城市化的今天,这已非常难得——我们发现他写的却不限于"事",而是更着意于"人",是从事这些劳作的人。这是极可贵的。这些文字凝聚了作者对世代从事农事劳动者的尊重和敬爱,也展示了作为农家子弟的陈家恬风雨人生的经验,其中有钟爱,有欣慰,也有隐忍的无奈。作者自言,当他经过艰难的争取而"置换了身份"(指他高考落榜、回家务农,后来通过国家干部录用考试而从政的经历)后,"想的依然是农民,写的依然是农事"。

他以饱含深情的笔墨,细致生动地书写了他和他的亲人、朋友风雨朝夕(即他说的"日落日出")的谋生的历程,这一切是那样地艰难和沉重,又是那样地充满劳作和收获的喜悦。我们看到一颗质朴而热爱的心在跳动,为土地,为土地上的一切生灵,为自己的汗水,为付出辛劳之后获得的欢愉。尤为重要的是,当我们了解了作者的身世和经历:一个处身在远离城市的偏僻山村,没有任何社会背景,单只是依靠"自我奋斗"的农家青年无奈又坚定的蹒跚前行的足迹——陈家恬的成功给我们以深深的鼓舞和启示。

我们阅读他的书,他的书里不仅有如今多半失传的农艺、更透出了浓浓的文化和历史的气息,他把我国东南海滨先民们创造的乡村文明,连同他们的聪明才智,他们的黾勉勤劳,都化为了不灭的记忆而鲜明、生动、具体地保存下来。此外,也许是更为重要的,我们通过阅读他的书阅读了他这个人:一个人能够以坚强的意志和毅力,放下沉重、自强不息,终于把不利和困扰化为了通往成功的路径——他如今一面认真勤奋地履行着他所承担的职责;一面不忘他的酷爱,作为一位作家,他以朴素、生动的笔墨,细致地记叙了那些难忘的风景,还有那些艰难的农活。我们发现,这是一个有心人,他的工作超越了一般意义的文学写作,而是一种包含着文学特质的类似文化考古的开掘和留存,这里是作者笔下乡村盖厝的一个细节——

> 脊檩仍在完善之中。师傅一会儿拿下钩于脖颈的曲尺,对着这一头量量;一会儿抽出夹于耳边的扁笔,对着那一头划划;一会儿半蹲,凑近树头,瞇上一只眼,瞄瞄;一会儿把木头翻个身,再瞄瞄;一会儿再抽出墨斗,"轱辘轱辘"抽出墨线,"啪嗒"一声,弹出一条清晰的线段。最考验功夫的是,脊檩中间朝向前厅的那个部位,务必劈成手背状。师傅量了又量,划了又划,算了又算,刨刨修修,精细如绣花——满意之后,请人题写四个字:"紫薇銮驾"。

这是我童年非常熟悉的场景。感谢作者生动地再现了那一切,他的描写使我如对故人,唤起了我对逝去岁月的悠长的怀想。再看他笔下的"扎排",这是临江临水才能看到的劳动的画面,他细致地再现了这些木排制作的过程。这里是木排的棹的制作:

> 扎排的最后工序是制棹。棹,有如操纵杆,是木排的枢纽。一爿木排有三条棹:一条安装于排头第一节,一条安装

于排尾最后一节,一条备用。最重要的是头条,它承担指挥协调的重大使命。棹的选材与制作十分讲究。选用长约2—5丈,通身干透、大头小尾的杉木。制作时,架于柴马,墨斗先在它的中间弹出两条相距约1—5寸的平行线;翻过正对面,再弹出两条相距约一寸的平行线;最后,劈去墨线以外的木材,末端劈成便于掌握的圆柄。接着在第一界前头固定一截木枕。

很难设想,要是不曾亲历,或者亲历了不曾细察,甚或不曾亲历又乏于认真的观察和读记,上面这样的文字是断然无法写出的。可以认为,陈家恬的工作不仅仅是我们通常知晓和熟悉的作家的工作,他用文字证明了他不仅是一位富有创造性、同时也是一位善于展现浓郁的地方特色的有个性的作家。他的工作也证实了作为土地的儿子,他对劳动、劳动所体现的文化传承的热爱和敬畏。

我注意到陈家恬在描写的农事活动过程中所展现的人与自然和谐相处的精神,以及乡村普通人对环境的呵护、对一切生灵的悲悯情怀——简而言之,是一种人性之美。书中经常出现类似《烧炭日记》所记载的乡民朴素人性的光辉——依姆(即北方的大妈)从猎人枪口下挽救了追逼于绝境的麂子的生命,麂子"临走的时候,向她点头三下,像是三鞠躬",动人的是这样的结局:

> 两年后的一个黄昏,那座古厝沐浴在夕阳的余辉中,炊烟袅袅,一派祥和。麂不知从哪里跑来,慌里慌张,踔进依姆的厨房,咬住她的裤脚,拉着她往外走。她一离厝,后山就隆隆响起,山崩地裂,泥石流像巨铲,一下子铲走了整座古厝——

我童年经常听母亲讲这样劝善的故事,内中不一定是麂子,也许是乌龟,也许是兔子,也许是什么鸟类。陈家恬的农事中,有很多的这样的世事和人事,从自然到社会,从环境到人心,他的写作有广阔的外延,这体现了他创作所追求的高境界。

2010年11月1日,于北京昌平

高山流水有诗心*
——《半瞧己丑诗编》读感

刘舰平写诗清新自然,时见奇思。他的新诗好,旧诗也好。新诗我读到的不多,记得有一首《苇岸》,其中有句,过目难忘:

　　三十九载的守望
　　你变成一道
　　有些荒凉的岸
　　虽然你已睡去
　　仍不时飘出梦里芦花
　　清扫我们头顶的苍天①

这诗是我在《文艺报》上读到的,当时就剪存了。平时读新诗量大,但能为我注目并刻意收藏的,却是极少。这首《苇岸》算是少有的例外。苇岸已经远去,写他的守望变成了"有些荒凉的岸",而且从那里"不时飘出梦里芦花"。诗人把"苇岸"的名字嵌在美丽的意象中,优雅,而且清绝。由此可见他的新诗功力。对比新诗,刘舰平对旧体诗的写作显得尤为专注。他的《高山流水》是一次美丽的集结。这诗集是愉庆寄给我的,她郑重地嘱我不可轻看这位我陌生的诗人。我深信愉庆的品味和眼力,我当然会用心阅读。

《高山流水》是一本有别于新诗的旧体诗集,只收两种诗体:

---

* 此文刊于 2010 年 11 月 24 日《文艺报》。据此编入。
① 见《文艺报》2010 年 1 月 25 日《半瞧诗二首》。另一首为《逝者如斯》。

七言的是绝句,另一种则是近于古风、即作者自谓的"五言十行诗"①。刘舰平对于诗的见解比较通脱,并不拘泥,即所谓"旧体觅新辞,洋腔吟古意"②。这种五言体,我说是"近于古风",是因为它具古风不拘的形制,却又是一种定式,即每首十行,每行五字,隔行押韵,一韵到底,章中时见骈句,但这些联句无定位亦无定数。由此可见,它源于古风,又较古风严格,是一种既自由又有限制的新体式。

这种五言十行体,作者写得悠游自在,能够收放自如地定格他飞翔的想象。集中所见多系此体,按题材分,依子丑寅卯列序,分别是:怀古、乡愁、珍昔、心志。十行诗,五十个字,在他的笔下个个活蹦乱跳,挥洒自如,写的是心情意趣,正如他说的:"玩物未丧志,寻诗也逍遥"(《闲坐打油》)。诗对于他,是一种寄托,也是一种安慰。《尘埃》似是自况,"虽小比山高,虽轻上云霄。漂泊天地间,一生求逍遥。"此诗沉郁郑重而境界高远。

"逍遥"一语,诗中多见,正是他人生追求的写照。若将它与《隐世》对比着读,其中的"油盐酱醋茶,俗味且入诗",就可印证他的这种入世的逍遥观。他写的是诗境,也是心境。他把自由的人生态度,化为了翩翩飞翔的彩蝶:"天下三分醉,笑谈魏蜀吴"(《对酒当歌》),豪放之情溢于言表;"阳关三叠情,浊酒一壶醉"(《古琴酒话》)放达之中见深情;到了《俗子斋戒》的"采露洗心溃,慢煮忘魂汤。腥恶同根生,人鬼共皮囊",对世间万象的洞彻渗透在禅机之中。

刘舰平的诗风潇洒清俊,谋篇谨严,而遣词精当。他写秋末水乡风情,"鱼跃几点白,稻熟一片黄";他写除夜景致,"隔窗听

---

① 刘舰平:《盲目乐观之》:"虽与古风有染,但不究格律,只求意趣。所谓五言十行诗,并非定式——"。

② 《手机赋》句。

瑞雪,捧酒见月光"。前者色彩鲜丽,灿烂辉煌,后者窗外雪落有声,杯中月华如水,可谓炼字成金,声色绝佳。他才智过人,风姿绰约,深情缅邈。有时惜墨如金,有时则信马由缰,率性而往。举《望月》为例,古来此题车载斗量,多有传世名篇在前,而他却是另辟蹊径,艳夺众芳:"月在彩云中,云在夜空中,夜在泪光中,泪在酒杯中,酒在离愁中,愁在醉梦中,梦在游魂中,魂在月桂中——"而结句却是出人意想——

> 桂花为我香
> 我为嫦娥疯

这首望月,可谓"目无章法",全然率性而为,却偏偏造出了一首奇诗!至于他的另一种诗体,即我认为的七言绝句,他也写有专集,名曰"补卷"或"拾遗"①。从命名看,作者对似乎有点"偏心",重视的程度不若他钟情的"五言十行诗"。而我却十分看重这些诗,也同意有的评家所言:"有些诗是标准的近体","说是绝句恐怕无可挑剔","说明他原可以做一手典雅的近体,只是不愿走这条路"②。

我看被列入"补卷"中的一些诗,其中的佳者毫不逊色于"正卷",举例说,"雾变霞时西山美,云骑竹马天最蓝"(《真趣》);"妙手横出画框外,伸手一摸是杏枝"(《观画》);"柳枝牵来一弯月,又送唐诗入梦中"(《折柳》),等等。最精彩的是《春风急》:

> 满城胭脂待出嫁,
> 春风性急掀篱笆。
> 杨柳又添千条错,
> 不该乘乱犯桃花。

---

① 《高山流水》录七言绝句三十四首于卷末,冠名:《补卷:拾遗残瓯》。
② 陈善熏:《半瞧的诗》。

这里的"性急"已让人惊喜,至于杨柳的"千条错",竟是神来之笔,错换一个词义而境界全新,至于桃花的"乘乱"之"犯",更令人忍俊不禁。通常认为七言绝句的长处是清俊、隽永、圆润,这些长处他都不缺,如今再加上谐趣,竟是一个超越了。"清新庾开府,俊逸鲍参军",清新俊逸他全占了,能不为半瞧先生贺吗?

2010 年 11 月 11 日于北京大学

他周围浓浓的书卷气[*]

　　读屠岸先生的诗是很早的事,知道他是翻译家也是很早的事,至少是在我成了诗歌少年的时代。我也许是在当日的《诗创造》上,也许是在后来的《中国新诗》上知道屠岸这个名字的。那是上个世纪四十年代的下半叶,47、48至49年开国之前的一段时间。那时我无缘拜识先生,只能是在书中"远望"和"仰望"着他。80年代以后,诗歌界和学术界活动增多,这才有机会接近先生,这时则是"近望"(当然也仍然是"仰望")了。

　　屠岸先生待人的诚恳,认真、周密、细致是大家都知道的,他对晚辈尤其平易,总是爱护有加。雍容儒雅是先生的"形",谦和中正则是先生的"神",在我的心目中,他是一位让人打内心敬畏的智慧长者。

　　我们对先生的敬重首先是因为他的人格精神,再就是由于他的博学多才。诗是他的专长,他的新诗最为人称道。先生于西学积蕴深厚,诗歌创作中对十四行体致力尤多。新诗而外,先生的旧诗功力遒劲,有《萱荫阁诗抄》传世。在新诗人中,他是为数很少的既写新诗又写旧诗的诗人之一,至于先生(用常州话的)旧诗吟诵,已是业内一道漂亮的风景。屠岸先生还是一位杰出的翻译家,对莎士比亚和济慈的翻译,成就尤为卓著。此外,他还是戏剧评论家和编辑家,他的才华是多方面的。

　　先生祖籍江苏。江南人性情温和,先生更是忠厚长者。他

---

　　* 这是在首都师大诗歌中心和《诗探索》举办的"屠岸诗歌研讨会"上的发言。刊于2011年12月30日《新民晚报》。据文稿编入。

文质彬彬,举止儒雅,即使是那些行止不羁的卤莽者,在他面前也会变得慢声细语,断然不敢造次的。先生待人谦和,对后学晚辈更是厚爱奖掖有加,我本人就时时得到先生默默的支持和帮助,而对他始终心怀感激。大家对屠岸先生的敬爱发自内心,总觉得他周围弥漫着让人心醉的浓浓的书卷气。一般的人总被他的学者风范所折服,往往难以觉察他的坚定和凝重,特别是刚正严厉的、毫不含糊的一面。

我常拿他和我同样敬重的牛汉先生相比,他们是互相敬重的亲密的朋友,但他们又是性格迥异的人。牛汉先生耿直、率性、正气凛然,有北方人的豪放甚至"粗粝"的一面。但是相识久了,就会发现牛汉先生的刚中有柔,他的温情和柔软的一面是深藏不露的。同样,屠岸先生则是柔中有刚,而他的刚,也是被他外显的柔所遮蔽了——他信守的人生准则是坚定的和"不可侵犯"的。这一点,建议大家阅读他的《生正逢时》的"尾声",在那里,他对著名人物批评的锐利和严厉,可谓是与我们日常印象中的先生判若两人。

屠岸先生系名门之后,不仅家学深厚,而且家风纯正。先生铭记祖母的一句家训:"胆欲大而心欲细,智欲圆而行欲方。"这充满哲理的警语,铸就了先生丰富充实的人生。我们由此知道,先生身上展现的精神气质,不仅代表智慧,而且代表尊严。

我和屠岸先生的交往,始于八十年代。中国知识分子经过了文革动乱以及各种政治运动的余震,面对着一场空前荒漠的文艺,彼此了解加深。不仅是文艺理想的接近,而且更是心灵的接近,大家不约而同地走到了一起。那时我们经常在有关的会议上见面,彼此声气相投,度过许多美丽的时光。除了这里说到的牛汉先生和屠岸先生,还有郑敏先生、邹荻帆先生和张志民先生,他们都是我的老师,又都是我的朋友。

2010年11月20日于北京大学

玉取其润石取其坚[*]
——庆贺《孙玉石文集》出版

2010年北大中文系有一个长长的节日庆典活动。这年初始，举行了中文系百年庆典的"开幕式"——林庚先生百年诞辰纪念会。林庚先生与中文系同庚，今年也是一百岁，我们为敬爱的先生举行了隆重的纪念会。林庚先生代表了北大中文系的传统精神，我们纪念他，是为了继承和发扬这种精神。现在已是岁末，岁末是庆祝丰收的季节，继洪子诚先生学术文集出版之后，我们今天又迎来孙玉石先生文集的出版，这同样是一件值得庆贺的事。

我不知道十二月份系里是否还有重要的活动安排，但在我的内心是把孙先生文集的出版看成是中文系百年庆典的一个美丽的句号。由林庚先生那一代老师辛勤培育的像孙先生这样的后辈学人，如今正以他们的丰硕成果回报老师。他们的骄人业绩说明着、也验证着中文系的书香悠远、文脉昌盛。所以，我认为我们今天的研讨会具有象征意义：它是一个总结，更是一个开始——我们在共享孙玉石先生丰盛的学术成果的同时，更期待着年轻的学人发扬前辈学者的学术精神，做出超越前人的成绩。

我和孙玉石先生的友情迄今已逾半个多世纪。虽然我们曾在荒唐的岁月，做过一些违心的荒唐的事，但是北大对我们的影响是正面的和长远的。我们这一代人的成长虽然坎坷曲折，但是我们始终不忘北大给予我们的深刻启示，那就是始终坚守严

---

[*] 此文刊于《星河诗刊》2011年秋季卷（总第7期），据文稿编入。

肃、认真、求实的学术精神。在这些方面,孙先生实践最力,也最全面。论年龄我虽然比他痴长几岁,论学术私心里却始终奉他为学业的楷模。

他的学术视野比我开阔,涉及的领域也比我宽广。我基本上只是守着当代新诗这个小小的角落,做着一些力所能及的鼓吹与推广的工作。而孙玉石不同,他的研究不仅涉及新诗,而且致力于鲁迅和现代文学史的研究,他的研究是全方位的。孙先生对自己的学术预设是明智而坚定的,他深知鲁迅在整个现代文学史中的地位,也深知《野草》在鲁迅研究中的地位,他的学术攻坚战首先锁定了鲁迅的《野草》。这体现了他性格中的理性、冷静和坚定。

孙玉石的《野草》研究起步很早,在当代的《野草》研究者中,他可能是写作并出版《野草》研究专著的第一人。要是因为我的孤陋寡闻弄错了,至少,他的野草研究也是此中最深厚的集大成者,国内鲜有出其右者。这说明他的学术研究起步不凡。

因为这不是我的专业,不敢对他的鲁迅研究妄加评论。记得不久前在中文系百年系庆的纪念会上,作家刘震云一言中的:"孙玉石先生是世界上最懂鲁迅的人之一。他曾经比较过鲁迅先生和赵树理先生的区别。他说赵树理先生是从一个村儿来看这个世界,所以写出了小二黑、李有才,但是鲁迅先生是从这个世界来看一个村,所以写出了阿Q和祥林嫂。"[①]学海浩森,往往是能被人记住的三言两语最体现水平。

诗歌研究是他的强项,他致力于现代诗歌史的整体把握,他非常重视基于历史维度的梳理,就此进行规律性——特别是在审美层面上——的归纳整理。他十分注重史料的鉴别考订,尤其重视新资料的发掘和辨正。这些资料都来自第一手的原始报

---

① 刘震云:《作家是否上过北大是非常重要的》,见《中华读书报》2010年11月3日。

刊杂志,都是他点点滴滴地收集整理出来的。由于长期艰苦的实践,终于形成了目下这种动人的学术景观:即融历史、审美、史料与考据于一体的研究格局。这是孙玉石诗歌——学术研究有别于人的最基本也最重要的特色。

孙玉石还是现代解诗学理论和实践的全力倡导者。他系统地整理和归纳了现代解诗学的理论主张,并且予以深入浅出的阐释。他不仅自己身体力行,而且组织引导学生参与对诗歌经典的解读和阐析,在对象征派和现代派的经典的导读方面,他着力最多,功效最著,从而也为我国的新诗研究以及新诗的接受和普及作出了重大的贡献。

孙玉石是一位低调的、不事张扬的、默默工作的学者。在同辈学人中,他是最勤奋、最用功、也最具创造力的一位。他最让人钦佩的特点,是一旦锲入,就不离不弃,穷力而为,直至达到目的为止,这就需要甘于寂寞的巨大定力。孙玉石做事上心,他总是日以继夜,不折不挠,而且往往是在健康透支的情况下拼力而为。我认为他是从自己的名字中取了石的品格,即,学术工作中的坚定、坚强和坚忍的精神。

但他本质上更是一位诗人,从青年时代直至今天,他都在写诗。他虽是北方人,却不乏南方人的细致、周密和感性。他是一位重情感的人,对师长、对同事、对学生和家人,他的内心充满了温情。所以,我又认定:他一定是从他的名字中获取了玉的精神,即玉的温润,这一点不仅是在对待人际关系的方面,甚至是在对待文字和文本方面,他不仅对之充满了敬畏,甚至充满了温情。而后者却是不易觉察的。

我和孙玉石是老朋友了,不说一般的客气话。就以小文的标题:玉取其润,石取其坚,为文集的出版致贺吧!

2010 年 11 月 26 日于北京大学英杰中心

哈森诗集题辞*

在白洋淀那片曾经美丽如今被严重污染的水域首遇哈森，我们依然有一种返归自然的喜悦。对于这位来自大草原的年轻女子，这一片水域给她带来了一种陌生感，其中包含我和她的相遇。哈森委婉地把这种感受写进了她的诗："我不想歌颂只想欣喜我不想批判只想反思"（《必经之路》）。——记得那日，我们的小船驶临孙犁笔下非常美丽的采蒲台，所有的人因为那里难忍的气味而谢绝登岸。对此情景，哈森似乎有一种源自佛性的悲悯，她能够宽释常人的焦虑。

随后，哈森寄来了她的诗。她怯怯地告诉我，前几年刚学习汉语写作，对汉语的把握能力还是不够，"但是我想把一段时光记录并留存下来。"她是那么热烈地爱着诗歌，诗是她"分行的梦呓"。我曾说过，诗是梦境，是让人做梦的。人们因为生活中有欠缺，需要用诗来补偿。但是诗的美毕竟是从生活的美中悟得的。哈森就这样地诗意地"记录"着，有些稚嫩，却也真挚。她的天空因而就不仅美丽，而且丰满。

哈森的诗多短句，自然，清新，不喜渲染和奢华。她随性，然而节制，呈现出来的却是清丽、隽永。哈森善写风，写风的四季，写风的路径和脚步，写丁香花"是风一生中最深的花痕"。我知道风在草原是大而烈的，而在她的笔下，风多半是轻而柔的，但即使如此，哈森的风也有不易觉察的坚韧。她写过风和岩的爱

---

* 此文据文稿编入。

情,风是柔柔地吹,岩是深深地刻,刻着那岩石并不细腻的沧桑和班驳:"我在心里等候你的温柔。"

我觉察哈森的诗蕴含有一种与生俱来的禅意,梨花似雪,她看到一场悲怆的爱情,她说,那是"进行式的禅意","亦空亦满的悲喜"。她还说,植树和诵经一样,都是在为大地、为苍生祈福。她求佛,但是她入世。

2010 年 12 月 12 日于北京大学

致　辞[*]

亲爱的同事，亲爱的朋友：

在教育界和文艺界我都属于"超期服役"的人。人生最珍贵的是相知和信任。感谢各位对我在文艺评论方面曾经做过的尝试和努力的认可。能够当选为北京文艺评论家协会的第一届主席，对我而言，是一个殊荣，同时又是一个郑重的承诺。

借此机会，我想代表新当选的协会负责人向北京市文联对文艺评论家协会的成立所进行的长期的、繁琐的筹备工作的种种努力，向索谦先生、张恬女士，向他们所领导的年轻团队的朋友们表示衷心的感谢！

在文艺领域，文艺评论对文艺的整体发展的重要性是大家公认的。协会的成立将有利于凝聚文艺评论家的力量，使文艺评论发挥更大的社会效用、促进文艺更大繁荣。我想，这应该是建立作为社会团体的"文艺评论家协会"的首要之义。

北京汇聚了为数众多的全国最具实力、也最有影响的文艺评论家。但以往因为缺少沟通的平台，彼此之间进行深入交流的机会较少。通过协会这样的组织方式，把大家的热情和智慧积聚起来、表达出来，这是我对评论家协会的期望。通过评论家协会的各项活动，我们将在更加广泛的场合彼此之间展开真诚坦率和生动活泼的交流，让文艺评论产生更为深广的影响。这可以看作是成立"北京文艺评论家协会"的另一层重要意义。

---

* 此文据文稿编入。

在文艺创作和文艺评论事业繁荣发展的今天，我们从事文艺评论事业的动力更大了，但任务也更重了。在这一背景下"北京文艺评论家协会"的应运而生，对我们是鼓舞，更是鞭策。我希望在评论家们的热情参与和积极监督下，我们的评论家协会能高效运转，早出成果。同时，我也希望在协会的有效组织下，我们每一个评论家都能发挥更大的能量，能更加快乐、更加勤勉同时也更加轻松地开展工作。

新世纪的第一个十年很快就要过去，我们将迎接第二个十年的开始。再过十多天便是2011年，预先向各位祝福新年！谢谢！

2010年12月12日于北京文联小剧场

那盏灯永远亮着*
——怀念我的韩国兄弟许世旭

我从没把他看作是外国人,正如他从来没把中国看作是异乡。从一见面,我就认定他是我的骨肉同胞——那时严家炎、孙玉石、我与他初相识,我们就认定我们是一家异姓兄弟。四人中按年序排列,分别是1932、1933、1934、1935,我最年长,是老大,严家炎次之,他第三,孙玉石第四。以后见面,我们就这样老大、老二、老三、老四地互相称呼。

他总是匆匆地来,匆匆地去。他来了,我们兄弟四个就找机会聚聚。他嗜酒,我能陪他,可惜严、孙二位却是滴酒不沾。所以,我和他就没有开怀畅饮过。但毕竟,相知用不着酒,用的是心。我、严、孙,我们和这位韩国兄弟的心,始终是相通的。

记得当年,中韩两国尚未建交,我们之间的手足情就先于国家建立了。我们邀请他到北大来做讲演,讲的是诗,海峡两岸的现代诗。北大历来提倡学术自由,不管当时两国建交与否,只要我们认定了是亲密的朋友,这就够了。

许世旭在台湾的名气很大。他和台湾那般朋友诗酒流连,放浪形骸,早已混得熟了。台湾的朋友也从来不把他当外人。他自称"高丽棒子",朋友们也这么叫他。叶维廉说他是"一个用韩文用中文写作的属于韩国也属于中国的诗人。"洛夫也说:"许世旭对于中国传统文化熟悉与热爱,远远超过一般的中国人。"

许世旭从来不掩饰他对中国的深情:"台湾老家","台北是一只云雀","我的台北仍是二十六岁"。他把中国看成了另一个

---

* 许世旭有诗集《一盏灯》,百花文艺出版社,2005年7月。此文据文稿编入。

故乡:"我有两条母船,一条生来泊在北方的半岛,另一条生后泊在西太平洋的宝岛。——回航到宝岛北部,还没有落地,心已拍跳的毛病。心跳,就年轻人来说,情苗滋生的预兆,而这久违了的青春病,怎么复苏呢? 想必不是,而是如怯如惧的近乡病,可见家乡是暖人的,也恼人的。"①

他的另一种乡情是植根于中国文化,具体说,是汉字,汉字把他孵化成为了"中国人"。他对中国文化和诗歌的痴迷和透彻的理解,足以让土生土长的中国人为之汗颜。请看他的《中国诗人,必须中国》②,这是一篇精致的短论,寥寥数语概括了数千年中国诗学的根本:

> 翻开中国诗史、诗论,就会发现下列最基本的诗观。即以"诗言志"作为原论,再以"赋、比、兴"作为技巧要谛,再以"兴、观、群、怨"作为诗的功能,再以"气韵"、"境界"作为艺术的深度,再以"文气"作为自然的韵律。这些老调,换成现代名词的话,相当于抒情诗说、诗之描绘、比喻、联想、暗示手法……
>
> 作为现代诗人,必须现代,作为中国诗人,必须中国,而且作为诗人,必须艺术。让我们一齐祝福中国新诗的光明前途。

他的这些观点的剀切透彻,甚至一般的中国学者都难以抵达。这益发增添了我们对他的遽然离去的伤怀。就我本人而言,是失去了一位可亲可敬的异国兄弟;就中国诗歌界而言,是失去了一位参与了现代诗变革的杰出诗人;就中国学术界而言,是失去了一位精通并热爱中国文化、并毕生为沟通中韩两国文化交流贡献心力的最可信赖的朋友。

许世旭生前曾嘱我为他的诗文写些文字。可是,我总拖着。

---

① 许世旭:《一条小母船》,见散文集《移动的故乡》,百花文艺出版社,2004年1月,第208页。

② 许世旭:《新诗论》,三民书局,1998年8月。

以为来日方长,总有一天可以向他交稿。就是去年在衡阳,一切都如常,我们一起应邀到了洛夫的老家,我与他作为洛夫的异姓兄弟,一起参与了家乡为诗人举办的盛会,还一起登上了祝融峰。谁会想到,衡阳一别,竟是我们的永诀!

他一生都在爱着他的家人和祖国,也一生都在爱着他的另一个故乡——中国:"我宝贵的是我响亮的中国年龄"[①]。《一盏灯》是他在中国大陆出的诗集,在那里他依然深情地为中国祝福:"希望我的一盏灯能照亮中国的一块角落,还希望中国的读者能记住黄河的河口,在渡过黄海之那边有一个韩国的诗人从小喜欢中国,又爱上过中国人这种跨海的恋情。"[②]

世旭老弟,我不是诗人,我只能借别人的诗句来怀念你:

> 汉唐是你仰望的星河
> 明清是你落笔的泼墨
> 在大地的炊烟中
> 孤星一般
> 跨越了山水的极限
> 不再微醺
> 却突然多了酒后的蹒跚
> 缓缓以脚印踏出诗句
> 一走就是一生
> 一饮就是一世[③]

2010年12月17日于北京大学

---

① 许世旭:《我的台北仍是二十六岁》,《移动的故乡》,百花文艺出版社,2004年1月,第205页。
② 《一盏灯·自序》,百花出版社,2005年7月。
③ 潘郁琪:《雪的失约——骤闻韩国汉学家许世旭弃世之哀》,《创世纪》164期,2010年9月。

寂静何其深沉*
——记灰娃

灰娃十二岁去了延安(这本身就具有传奇性),人们对这个年幼离家的孤单的小女孩疼爱有加,她成了八路军的"小公主",革命大家庭的"掌上明珠"。尽管那年月有常人难以忍受的艰难困苦,但她的日子过得快乐、充实,而且感到幸福。外面世界的风雨硝烟,都不能夺去一个小女孩的天真和梦想,小小的灰娃"每天都有如节日一般快乐。"后来灰娃长大了,战火中迎接了自己庄严的"成年礼"。

当年的灰娃毕竟年小,她对延安的一切都欢喜,她热爱延安的那些人,她把他们叫做"艰苦、紧张而又欢乐的革命者"。小小的年纪,她当然不可能深刻地理解延安,理解它单纯中的驳杂,光明下的阴影。她一厢情愿地认同了、并且热爱了这座贫瘠山沟里的乌托邦,这里是幼小灰娃的理想国。她对延安始终怀有梦境般的亲切和欣喜。

她真情地拥抱了那里的一切:乐观、平等、友爱、正义,为追逐光明而时刻准备献身的理想主义,以及在严酷的缝隙中透出的些许人性的光辉。灰娃叙述说,"对每个人,这里都是一种新型的秩序,全新的同志关系。大家都是热血青年,为奉献,为理想,为牺牲而集合在一起。"延安的岁月在她的心目中是通体的

---

* 此文据文稿编入。标题出自灰娃《寂静何其深沉》中的诗句:"寂静何其深沉 声息何其奇异 宇宙一样永恒 参与了鬼神的秘密。"

光明,并且由此形成了此后对一切事物价值评判的标尺。

在灰娃的叙述中总是把延安时期和"49 年以后"加以区别。她觉得"以后"和"以前"不一样。她怀念"以前"拥有的社会环境和人际关系,他不能接受"以后"的现实,她甚至为此找到昔日的首长,吵着要回"以前"的延安。她把进城后的感到的一切,叫做"胜利的苦恼":"我觉得进入了一个怪诞世界。我从未见过那样的环境,甚至内心显现出幻象","我只是害怕,不知为何如此,也不敢和人说,怕人们责怪我。"①

灰娃只生活在"以前",而与"以后"的周围的世界格格不入。此时她面对的是无端的责难,从走路和说话,从姿态举止到穿着打扮,一切都错。由于心灵受到挤压和打击,她内心充满恐惧,她因被虐而成了新时代的"狂人"。这个在延安时代受到人们宠爱的骄傲的公主,终于在她所厌恶的、无休止的政治口号和政治批判中精神崩溃。

其实,灰娃始终钟爱着她心目中的革命。她童年抛弃了优越的家庭环境,青年时代又永别新婚的丈夫——一个年仅二十三岁的青年军官,洒血在鸭绿江彼岸的战场②——她始终无怨无悔,只是希望革命"不走样"。然而她面对的却是另一种令她惊诧与感到恐怖的现实。灰娃的遭遇使我们联想到鲁迅笔下的"狂人"。那狂人其实是最正常的人,当边上的人们醉生梦死的时候,他敏感地觉察到历史的颠倒,他以众人惊异的语言揭示了五千年"吃人"的历史。

我们如今面对的这个女性,她同样是时代的先觉者。当周

---

① 灰娃:《我额头青枝绿叶》,人民文学出版社,2010 年 8 月,第 123 页。
② 同上书,第 151 页,作者自述:"那时战火纷飞,部队调动频繁,我们之间没有时间多接触;加之部队接受了新的任务,我们匆匆履行完结婚手续,便背起背包奔赴前线了。——他奔赴战争一线,我们俩自是离多聚少。其实,把我们共同生活的那些个零星日子加起来,也不足一个月的光景。"

围沉浸在"颂歌"的欢乐时,她感到了黑暗的逼迫和苦难的降临,她的内心充满了恐惧与忧患。懵懂的众生不会有这种压迫感。灰娃属于我们时代神志最清醒、神经最锐敏的先驱者。她是一只吵人清梦的提前报晓的晨鸡,她在沉沉的午夜呼唤光明。

也许人们难以想象灰娃的失望乃至绝望的原由。那原由也许并不止于我在前面叙述的那"单纯"的"革命"。其实在当日延安集合了中国当时最有理想、也最有才华和智慧的青年。他们带来了中国和世界文化的精粹。中国最优秀的作家、诗人、艺术家和学者,都为着一个光明的中国而在这里播撒文明的火种。他们的言行举止,不可能不影响这个聪慧而好学的女孩。

在灰娃的自述中,我们可以看到当年以至此后都不过时的艺术经典和时尚术语:戏剧方面:《铁甲列车》、《悭吝人》、《新木马计》、《日出》、《雷雨》、《北京人》、《太平天国》;歌曲方面:《黄河大合唱》、《青年大合唱》、《酸枣刺》、《长城谣》,用俄语演唱的《五月的夜》、《夜莺曲》、《苏丽珂》、《牧羊女》;还有文学:托尔斯泰、巴尔扎克、莎士比亚;还有,伦巴、探戈、交谊舞——。此外,当然还有根据地土生土长的艺术品类。五十年代进了北大,灰娃接触更多的西方文化。由此可知,灰娃的憧憬和失落并不单纯。

灰娃比我年长,她去延安的时候我才七岁。当她成为延河边的一颗明珠时,我还在南中国的一座城市为了躲避战乱而不断地变换着小学。我们的时空是错置的。同样是经历了革命岁月,十七岁参加军队的我已失去了灰娃当年的纯真,我在严格的纪律中渴望自由。我们的共同点是有一个共同的理想。地球很小,我有幸与灰娃五十年代在一座校园中"相遇"①。人们告诉我,俄语系有一位引人注目的身穿白色连衣裙(那时有点"另

---

① 我们同年进入北京大学,我是中文系,她是俄语系。我们其实互不认识,同在一个校园而不曾"相遇"。

类",更因为她是老革命,就更引人议论了)的女生,可是我们无缘结识。

但作为同时代人,我们呼吸的是同样的校园空气,感受着同样的社会氛围,而选择却迥然有异:当时同在校中的林昭,选择的是激烈的公开考问,而灰娃选择的是无言的内心反抗,她们都为此而付出沉重的代价:健康、家庭、爱情、鲜血以至生命,当日的我,在矛盾重重的心情中选择了隐忍地保全自己。①

灰娃的生命是一个奇迹,她历经苦难,几度濒危,向死而生。是诗歌给她又一度青春年华,诗歌和艺术使她绝处逢生。她因眷恋光明而在黑暗中歌唱,她无心于做诗人,却无意间成为了将二十世纪的苦难和追求的全部诗意保全下来的诗人。当然,她是以血泪和伤痛为代价创造了这个诗歌的、同时更是生命的奇迹的。

2010年12月20日于北京大学

---

① 在《怀念林昭》一文中,我写道:"在那个炎热的夏季,我内心充满了痛苦。一方面,我为那些站在时代前列独立思考的、勇敢的言论而私心敬佩,另一方面,我又不得不被动地参与那些狂风暴雨式的'斗争'——看着那些当代的才俊之士、那些思想的先驱者一个个在我面前倒下。当我在这种恶劣的环境中卑劣而胆怯地存活的时刻,林昭正在为她的信仰而一径向前走去。"许觉民编:《走近林昭》,明报出版社有限公司,2006年2月。

培文坚持了高品位[*]

在中国出版界,培文是独特的,也是杰出的。它之所以杰出,在于坚持了高品位和高效率,从而,可以预期的是,也拥有了高回报。培文的眼光是长远的,它不认同目下流行的急功近利的那些做法。在市场竞争激烈的今天,能够始终一贯地坚持出有价值的书是困难的。而以有价值的书去与那些无价值或少价值的书竞争,则更难。培文的坚定令人感动。

培文的这种坚定,为北大赢得了荣誉。它与北大在学界的地位是相称的。培文彰显了北大思想独立、学术自由的精神。正是因此,培文在中国乃至国际的影响日益深远,它的魅力来自全体成员的敬业精神以及领导者的智慧和亲和力。

2010 年 12 月 26 日于北京大学

---

[*] 此文据文稿编入。

从根部到花瓣的距离*
——读林秀美

　　认识林秀美是在家乡福州的三坊七巷,那是秋日的一个亭午,她在小巷的尽头等我。她陪我拜谒了乡先贤林则徐的祠堂,走访了林觉民和他的妻子同窗共读的小轩,那里有一株他们手植的凝寒蓓蕾的腊梅。这一路,秀美和我谈论的是诗,令我们沉醉的也是诗。家乡的一切诗意被融化在美丽的三坊七巷中:林则徐和林觉民的诗是宏阔而壮丽的,严复和林纾的诗是飞扬而凝重的,林徽因和谢婉莹的诗则是聪颖而灵动的。

　　陪我访问的这位清清爽爽的南方女子,她也写着清清爽爽的诗。一切都如她的名字,不仅人是秀美的,诗也是秀美的。人的美在于心,诗的美在于情。她已出了几本诗集①,读了她的近作《河流是你》,这种感受更真切了。她走过许多地方,许多地方的美风景都化成了她笔下的美诗篇。

　　她说,"倒排岩就是一架竖琴","你命若琴弦弦断了才知道什么是千古绝唱"。她又说,倒排岩在她的记忆中,"一半记忆是此景一半记忆是此情"②。她总是能把眼中景,化为心中情,再写成情景交融的诗。有时她即景生情,不觉间就把自己写了进去,她自己也就成了风景中的人物。在《仙人谷印记》中,身边

---

* 此文据文稿编人。标题为林秀美诗集《河流是你》中一首诗的篇名。

① 我见到的有:《水上玫瑰》(作家出版社,2001年和2003年版),《想象》(2006年,海潮摄影艺术出版社版)。

② 见林秀美:《雨落倒排岩》。

"千年的葛藤"的缠绕,竟成了"我们不老的青春和缠绵的爱情"。另一首即景诗也是如此,面对眼前清澈的溪水,诗人忘情地说,我就是溪底那枚青石,我就是崖上那朵小花:

> 竹筏掠过眼前
> 就是你我前世未了的情缘
> 那小鸟,那游鱼
> 那是我最优美或最后的飞翔①

她从大自然的怀抱中处处感受到爱情的存在,她是为爱而生的。她有着属于诗人的那份纯真。她行走着,感受着大自然给予她的美丽。不论她在写什么,她总在写她自己,写自己的"身体轻盈内心高贵"②,她珍爱那美丽的一切。那些山间水涯的湿地,那些湿地上开满了蓝色的鸢尾花;③那些田野、密林、小径——她的家乡三明有秀美的令人陶醉的山水——那里高低错落地生长着花草;杜鹃、草莓和向日葵,风吹过,"大片的庄稼顺势倒伏","生命的色彩瞬间明亮"!④ 她捕捉了瞬间的美,这瞬间于是也成了关于生命和爱情的永久的感动。

林秀美把她所倾心的大地风光,看作是照亮生命的灯盏。她倾心于那些自在的小生命,满天星、蒲公英、野菊花、最高也最大的是向日葵,这些都是自然界最脆弱也最顽强的小生命。诗人钟情于这些"生命的灯盏",因为它们为歌唱春天而存在:

> 如果你是一滴水珠
> 请加入这生机勃勃的合唱
> 如果你是一张犁铧

---

① 见林秀美:《上清溪上》。
② 引自林秀美《内心的果实从别人的枝条盛出》。
③ 见林秀美:《四季行走于每一天》。
④ 见林秀美:《瞬间》。

请跟随耕牛的尾巴
　　收获油菜花的诗意①

　　她的生命因这种诗意而美丽。对此,她禁不住动情地说:"做一个感恩大地的子女多好"!她就是钟情大地的女儿。

　　《青荷》写的是荷花,秀美说,青荷的开放是一种"痛"。而令人惊奇的是,那"痛"竟发出了"相爱的声音"。表面看,是在写荷花,实际却是在写自己,是诗人自我心灵坦真的表白:"在一个夏季的等待中,我依然是你的一个小爱人"。被我引作此文篇名的《从根部到花瓣的距离》,写的依然是荷,是经历污泥的"丑陋"到达花开时的艳丽的荷。这个荷的成长,它的从根部到花瓣间的成长的距离,是艰难而苦痛的,是一个遥远的"从黑暗到光明的距离"。在这里,惯常写爱情的女子,她不期然地调转个方向,发出的是深沉的人生的感悟。

　　诗人已拥有了关于成熟人生的期待与辨析,她期待着"穿越"。她说,奔走,逼近,穿越是一生的宿命。在题为《穿越》的这首诗中,她继续了关于生命的追求和思考的主题,并有了更为具体的延伸。诗中出现一个陌生的称谓"哥哥",加上黑夜的意象,令人联想到上一个世纪那寻找光明的"黑色的眼睛"。这应当是对于那个诗歌时代的追怀。这其间,同样也是一个遥远的距离。这是一场艰难的穿越时空的争取和抵达。在被她称为的"挤压、紊乱自由"的秩序中,我们的诗人意态从容,她"赤足行走,长裙飘飘","我的长发和黑夜一样沉默"。

　　不要以为秀美的诗人只会在"在萨克斯音符中跳跃忧郁的情绪渲染如网"②,不要以为她只写"一路曼舞"和"为你相思"③

---

　　① 见林秀美:《生命的灯盏》。
　　② 见林秀美诗集《水上玫瑰》,这是《回家》中的诗句,作家出版社,2001年9月,第120页。
　　③ 见上引诗集《水上玫瑰》。"为你相思"是诗题,"一路曼舞"、"花样年华"都是诗集中一个辑的命名。

那一路的"秀美"的诗。其实在她的创作之初,她的与柔美相对的另一面,就在《十月,在路上》和《平凡中的不平凡》[①]等的写作中出现了。秀美的好处是她不单一地只写一种诗,她与同样是拥有花样年华的女诗人不同,她也写后面这一类很"阳刚"的诗,而且也同样地激情而美丽。

《八月的中国》和《别来看我爸爸妈妈》呈现着诗人为灾难而跳动的心,《格桑花不哭》也是为苦难而写,那深切的同情"来自我的家乡福建三明从金溪、沙溪到尤溪流域的千山万水"。《山村深处》是对一个非凡的普通人的礼赞。这些诗,她都写得认真,投进了她全部的爱和心力。秀美多方位的诗歌才能,特别是她那日益显得成熟的诗歌技巧,在《以春天的名义一路奔跑》中得到了较为集中的展示。人民的新生活从一缕风开始,池塘、稻花、虫鸣、花朵、星辰和无边的月色——醒来,擂响阳光的鼓声。一夜间,穿着蓑衣戴着斗笠的农民,把绿油油的秧苗和一颗颗会唱歌的心,总在那南来的风里。很明显,她的新鲜的用词,摈弃了此类容易有的陈旧感。

她能够十分熟稔地以抽象的言说来涵括繁冗的具体(同样排斥了琐碎的罗列),而这种能力,往往是柔情的女性诗人们所拒斥或难以抵达的。当下的诗歌写作,诗人的自我封闭,以及对于身外世界的冷漠或拒绝,已是相当普遍的病象,有些人习惯于以"纯诗"为盾牌,或以"不屑"于政治为借口,掩饰诗人的冷漠或自私。而我却在秀美的写作中看到了另一番景象,这是令人欣慰的。秀美是能轻能重,能柔也能刚,她的写作的确展示了收放自如的才华。

一些诗意绪含混,一些诗内涵单薄,即使在她自己十分看重的《穿越》中,也存在抒情向度不确定和理路不清的缺憾。秀美

---

① 见林秀美诗集《想象》,海潮摄影艺术出版社,2006年9月。

还年轻,她的写作还才起步,她正沿着自己设定的从根到花的距离和过程,一路艰辛地前行,她一定会在实践中不断地完善自己,用辛勤的劳作换取花的盛开,果的成熟。这是我对秀美的真诚期待。

2010 年 12 月 26 日—2010 年 12 月 31 日
福州—莆田—永泰—厦门
于永泰青云山云水阁

2010年工作汇报[*]

著作及文章

主编《中国新诗总系—50年代卷》,人民文学出版社出版,2010年9月。

主编《徐志摩名作欣赏》(新版),中国和平出版社,2010年10月。

论文《说不清的"现实"》,刊《文艺争鸣》,2010年3月。

论文《我的诗歌记忆》,刊中国海洋大学《王蒙研究》,2010年5月号。

论文《诗歌运动的记忆》,刊21世纪世界华文文学高峰会议手册,台湾新地文学季刊社,2010年4月。

文章《奇迹没有发生》,刊《中华读书报》2010年7月14日、台湾《创世纪》2010年9月号、香港《当代诗坛》2010年7月53—54期。

讲学及获奖

专著《回望百年》获中国当代文学研究会第12届优秀成果奖。

会议及讲话

2010年4月15日至4月24日,出席在台湾举行的《21世纪世界华文文学高峰会议》。在台湾大学发表论文《诗歌运动的

---

* 此文据文稿编入。

记忆》。并为刘再复、王润华的论文做讲评。
2010年10月4—8日,出席在冰岛举行的"空间与诗意——亚北欧诗歌行动"诗歌节,在会上朗诵《做梦都想跳芭蕾的李月》,并作题为:《距离的焦虑》的发言。
2010年11月27日至12月1日,出席中国当代文学研究会第12届年会暨新时期与新世纪文学国际学术研讨会,并在会上发言。
2010年6月26日至27日,出席由北京大学中国新诗研究所和首都师范大学中国诗歌研究中心联合举办的:"中国新诗:新世纪十年的回顾与反思——两岸四地第三届当代诗学论坛"。并在会上发言。
出席第一届苏曼殊诗歌奖,为评委主任。
出席深圳读书月,参加书香人家评选,为评委。

工作

主编《中国新诗总系》10卷,人民文学出版社,2010年9月出版。
应百花文艺出版社之邀,主编《百年新诗》,其中《艺文卷》、《乡情卷》、《情爱卷》、《都市卷》、《家国卷》、《情谊卷》、《人生卷》等卷的编选已完成。
编选散文集三卷,分别为《一条鱼顺流而下》、《依依柳岸》、《阅读一生》。已交付百花文艺出版社,即将出版。
参与筹建北京大学中国诗歌研究院。
参与筹建北京文艺评论家协会。

2011

为梦想和激情的时代作证*
——纪念《诗探索》创刊三十周年

1980年4月在南宁会议上发生了关于新诗潮的第一次激烈论争。那次交锋成了创办《诗探索》的最初动因。在会议结束返京的列车上,我们酝酿了这个刊物的诞生。1980年底,《诗探索》创刊号正式出版。《诗探索》之所以急匆匆地要赶在八十年代的第一年问世,是要为那个梦想和激情的年代作证,为中国文学艺术的拨乱反正作证,为中国新诗的再生和崛起作证。《诗探索》和"朦胧诗"理所当然地成为中国新的文艺复兴时代的报春燕。

新诗发生变革的事实和那个充满探索精神的年代,鼓舞我们创办这个旨在为新诗的革故鼎新而提供理论支持的、可能是中国诗歌史上首创的、当时也是唯一的一本纯理论的刊物。刊名"诗探索",意在鼓励和促进当年受到政治动乱严重损害的诗歌的复兴,意在彻底摈弃和摆脱那个黑暗年代加诸诗歌的所有思想艺术的枷锁,从而探索出一条通往开放、自由、多元的诗歌新时代。

《诗探索》已经坚持了三十年(其间有过短时的中断)。而且,作为一本学术性的、严肃的刊物,它始终没有申请到国家给予的刊号。没有固定的出版资金,没有自己的办公场所,甚至也没有正式的编辑,从主编到编辑都是不领报酬、也没有任何福利

---

* 此文据文稿编入。

的义工。这局面一直延续到今天,到眼下,而且看来还要延续下去!

《诗探索》履行创刊时的郑重承诺,坚持它对诗歌事业的敬畏和忠诚,始终站在为维护和光大中国诗歌的伟大传统、为了诗歌的发展进步而锐意探索和革新的前沿。《诗探索》不支持单一的和单向的艺术格局,它深知,艺术世界从来都是复杂的、多向的、甚至是混杂的,只有后者,才是常态,反之,则是异态。以多元求共存,以竞争求发展。《诗探索》的立场是坚定的,它选择了前进和自由,《诗探索》不想充当某一诗歌流派的代言人,也不谋求成为某一种风格的鼓吹者。它矢志不移地为诗歌思想艺术的前进和变革而贡献热情和智慧,它始终不渝地与探索者站在一起。

《诗探索》的基本成员来自高校和研究机构的学者、专家和诗歌界的理论工作者。三十年来,它以非凡的坚定和毅力,始终坚持学术的、公益的、非赢利的、同时也是非官方而不含贬义的"知识分子"的和"民间"的立场。

2010年12月31日至2011年1月1日,
于厦门—上杭旅次。

诗人与城市的距离*
——从伊路读起,读到哈雷

　　伊路的诗过去读过,这次不在手边,只找到她刊于《创世纪》165期的八首,即《因为有醒》、《世界的心总是隐隐的疼》、《愚人节》、《有一天会彻底停顿下来》、《昨天的雨和今天的雨连起来》、《孤独》、《我们闻到的浓香》和《暗和亮》。读的作品少,难免片面,但大体还是可以看到她近期写作的状态。

　　诗歌的话题很广阔,我的发言只想限定在这次会议的主题,即"诗歌与城市精神"上。读伊路的时候,首先想到的是她的性别,但在那里,性别的特征几近于无。可以觉察的到,她有意地模糊了性别。她似乎在排斥女性写作习见的那些温婉和细腻,她的诗甚至表现得有点坚硬。《我们闻到的浓香》写的是白玉兰——最能体现南国风情的、充满了柔情的一种花卉。但是在我们的女诗人笔下却是从"剑"到"刀"的伸张和抵达。①

　　这是非常独特的,可以说是"无心",却依然让人感到"有意"。她在有意地摈弃传统的"抒情"模式。她在有意地"冷却"那种随处可见的"温度"。在城市的某个角落,诗人看到的是"像一个巨人,在路的那头"的"很大的孤独"(《孤独》)。城市的天空布满了雨云:昨天的一场雨,连接着今天的一场雨。伊路不说半

---

　　*　此文据文稿编入。
　　①　她的诗句是:"玉兰花刚出蕾时像冒头的剑","到达到剑柄之下,每进去一点,剑就伸长一点","直到被挤得裂开,变成一瓣瓣小小的刀"。

句"焦灼"、"沉郁"一类的话,她只是吸着那种"白晃晃的凉气",轻淡地说着那种"骨头空空"的感受。

这就够了,我们得知,在城市里她并不快乐,在城市层层的喧哗和纷乱中,"世界的心总是隐隐的疼"①。在《暗和亮》中,她注视电脑,目睹时光的无情流失,"心就仿佛被狠狠地咬了一口"。这里是一种人生的成熟状态,体现着空漠和寂寥。当然,这未必是城市的过错,但确实发生在城市、并与城市有关。这是伊路。

哈雷同样是属于城市的,他的创作与城市密切相关。不论是哈雷,是伊路,还是我本人,我们都是城市的居民,都是现代文明和都市化的受惠者。日益繁荣的城市,带给我们便捷和享受,照理说,我们应当感谢城市,应该热爱这高度发达的现代文明——电气化、轨道化、网络化和数字化——才是,然而,我们与城市的情感却是复杂的,甚至是矛盾的。我们这些城市人和赖以为生的城市之间,却有着与生俱来的距离感。

我看到哈雷对城市的怀有某种警惕,甚至表现出某种倦意。在《2010,我跌入自己的节奏里》中,他表达了不安的心情:城市是一只喧闹而拥挤的鸟巢,眩目而刺耳的灯光是它的体温,它"孵化出生命",也孵化出一个"无度的世界"。哈雷这个年度的"自己的节奏"是令人烦躁的:"线条喧哗,风雨洗刷着艺术苍白的链"。"用骷髅串起璎珞","在斜阳喷绘的城堞煽起疾风",这里的风景并不单纯,是美与丑的交融,一种凌乱的组合。

哈雷上面那些诗句写的虽然是亲历的一个剧场的情景,表达的却是对城市的整体感受。在《岁末的光泽》中他看风景,以为"一抹兰香和花姿会明朗起来",从而"改变森林的神色",而令诗人失望的,他面对的依然是匆匆岁月中的那些"紧蹙的眉头",

---

① 这是伊路的诗题。

依然是令人厌倦的"紧张的人流":

> 一个白天和田园的麦子
> 你能走多远,走成我的远方
> 一个两眼空空的地方
> 一个叫海子的人跌倒的地方①

这是在城市向着远方的呼唤。远方就是远离城市的乡村。上面引用的诗中,再一次突兀出现了海子的形象。记得在《冬夜有感》中他写过,海子复活了,夹着三本书"和我一起挤入城市的缝隙"。我们这些城市的居民,都居住在繁忙而喧腾的"缝隙"里。读过海子的诗的人都知道,海子居住在城市,却总是悬念他的"村庄"和"麦地",他表现了与现代都会的格格不入。哈雷一再提及海子,提及这个诗人在城市的"来不及躲闪"而最后"归于宁静"的旷世悲情,当然不会是一个偶然。

哈雷一样是在思念乡村。他曾以《葡萄甜了》和《芭蕉绿了》为题,表达了他对乡村的眷恋和礼赞,葡萄甜了的时节是收获季,他用"藤蔓完全潦草起来"和"发黑的柱干也挡不住酒醉的鼾声"来表达收成的喜悦。"在我的喧嚣和你的寂静之间","这个时候我离你最近",他讲的是城市和乡村的距离。接着是另一首诗,《芭蕉绿了》也是表达想象中的久违的乡情:"我把通往田野的大门开启,在布衣下面很多思想会席卷而来"。在城市中,人们总是怀想曾经存在(甚至并不存在)的乡村,他们都有遥远的、甚至虚幻的关于乡村的记忆。

还是回到此刻我们谈论的两位诗人的作品上来,伊路有一首《想起你这个故乡》:

> 那么

---

① 哈雷:《岁月的光泽》。

> 我就把你的荒庙和祠堂当作故居
> 把那树桃花和那棵金桂叫往事
> 那些冷清清的课椅桌
> 和那个百无聊赖的女孩叫童年
> 我更愿意把你称为一个窝一个巢
> 由山径北风干草枯叶构筑而成
> 把一座山冈叫做孤独

遥远的故居和往事尽管充满了悲伤、寂寞和孤独,但仍然令今天生活在繁华中的诗人牵肠挂肚。哈雷同样也有这样对于《村庄》的记忆和怀念:"我的村庄满是苔滑,夜月照不尽的幽深",他的村庄不是伊路那样的"当作"、"叫"般的不确定,而是非常明确具体的:

> 一座石磨压成的村庄
> 扁扁的村庄福州往东两百公里
> 有廊桥跨过河面
> 木杵敲在青石板上
> 水车在不远处转动
> 至今还有炊烟袅袅飘荡

以上这些关于城市和乡村的谈论,我们想通过这样两位生活在昔日五口通商的开放城市的诗人,探究他们作为现代诗人为何依然有如此浓重的乡村情节?可以说,只是因为他们此刻被我们谈论,事情发生在他们的写作中,而却实实在在地代表了中国所有诗人的"通病"。

中国是数千年的农业社会,农民是这个社会的主体,他们是世代的"神"。农民中的富裕者成为了富农或地主,他们积聚了财富,而后流入城市逐渐地创造了城市文明。他们中的有识者,把子女送到了国外,从那里获得了另一种文明的启迪。西方文明融入中国,于是发生冲撞与融会、渗透与排斥,它造成了近代以来的中国与西方的纠结,一种"爱恨情仇"。

回到中国诗歌的话题,中国诗歌中令人揪心的种种矛盾,其中的古典与现代、中国与西方的冲突,一直延伸到眼下,不曾了结,也许永远也不会了结的乡村与城市的话题。

所有的中国诗人都是乡村诗人,所有的中国诗都脱离不了深远的乡村记忆。这种记忆转化而为一种永在的现代文明与乡村文明的纠结,一种既包容又排斥、既对立又融汇的非常奇特的中国诗歌现象。

我在昨天离开北京的时候,在我居住的北京郊野,一个名叫北七家的刚刚消失的村庄,在当日的《新京报》上,为着准备今天的会议写下了如下一些断续的词语:城市文明与乡村情结、城市是一种集聚、中国知识分子都是农业文明的代言人、现代都市与它(农业文明)基本无涉、一代又一代人走向西方、骨子里都是农民、胡适的道德取向、他的婚恋观、知识分子总在怀旧、怀念实有的与虚幻的乡村、没有现代的知识分子、西方有,中国没有——。

我常常记起八十年代初与吴亮的一次交谈,他说中国没有城市,中国是一个大乡村。上海是乡村,北京更是。现在北京已成了"另一个纽约",上海和广州也都成了国际大都会了,但是中国从骨子里仍然透出了永远不会消失的"土气"。中国正在迅速地走向城市化,乡村正在迅速地消失。中国广袤的国土上,中国所有城市的边缘,将没有乡,没有村,没有耕牛和水车,也没有令人心疼的廊桥和炊烟……而我们仍在寻找,寻找永远消失的乡村。

    2010 年 12 月 27 日,草稿于福州于山宾馆。
    2011 年 1 月 4 日,完稿于北京昌平。

他开辟了另一个审美的空间[*]
——贺《李瑛诗文总集》出版

李瑛出现在中国社会方生未死的重要时刻。他的写作结束了战争时代未能回避的、可以说本有的粗粝本色,他在沿袭战时诗歌雄健风格的同时,坚持并引领了细致、华美的诗风。他的诗开辟了戍边卫国的士兵心目中的一片新鲜而美丽的天空。

李瑛在诗歌界兼有知识分子和军人的双重身份,他是战地记者又是军旅诗人。他在硝烟尚未散去的疆土上几乎是第一次从精致细腻的向度,发现并审视被战云遮蔽的美感的时空。他能在大进军强烈的节拍中,寻找近于婉约的韵致,他成功地糅合了雄壮与轻柔两种貌似对立的审美取向。他在光明与黑暗、战争与建设的间隙里创造了一种诗的雍容与华贵。当然,这一切包容并体现着李瑛一贯追求的战士情怀。

他的诗影响了共和国整整一代诗人,特别是更加年轻的军旅诗人。许多年轻的歌者,沿着他辛勤的足迹走向成熟。尽管在他漫长的创作生涯中,仍然充斥着对于诗歌的误解与偏见,尽管他的创作环境长期以来充满了禁忌,但事实证明,他的坚持与追求得到了时间的认可。

2011 年 1 月 6 日于深圳旅次

---

[*] 此文刊于 2011 年 1 月 19 日《文艺报》。据文稿编入。

百花版《百年新诗》总序*

五四新文学革命最重大的成果,是诞生了新的诗歌形态——中国新诗。新诗区别于古典诗歌的特性很多,其间最易于为人们所识见并认同的,则是语言的转换:新诗是用接近于口语的白话写作,而古典诗歌则非是,它依然沿袭了文言的写作。语言的转换大大促进并密切了诗歌和社会发展以及人们日常生活的联系。诗从传统的领地——庙堂和书斋走向了大众和民间。其最明显的成效则是,诗歌涉及的题材更加宽广也更加深邃了。

语言的改变为诗歌的走向更加广阔的世界提供了先决的条件。当然,也由于这个原因,诗歌这一传统的囿于文人把玩的高深的形式,也变得易于为更广大、更通常的人们所掌握。正是因此,中国新诗如同冲决闸门的水,开始漫无际涯地向前奔泻,其表现的空间竟有了飞跃性的空前的展开。这局面促使诗歌有可能在更为宽广也更为深入的领域,展示它的智慧与才华。

人们于是在诗人的创作中看到了他们所熟知的或所乐见的人生万象,不仅是天空和大地、山林和海洋,而且是市井和乡间,大自大千世界的林林总总,家国兴亡的风风雨雨,小至啼饥号寒的小人物的悲情人生,乃至芸芸众生的悲欢离合、爱恨情仇。这一切,理所当然地都成了诗人驰骋想象力的无边疆土。

新诗表现领域的开拓,为编选者提供了可供广泛选择的可

---

* 此文据文稿编入。

能。数十年来出版的中国新诗的选本,为数颇多,体例各异,但那些选本总以年代和时段划分的居多,兼有跨年代的、以诗人为目予以编选的,其数也不少。我本人也做过许多类似的工作,大体也不出上述这些范式。这次受托主持百花文艺出版社的这个选本,是另辟蹊径,采用了模糊时间而以内容(题材)分卷的办法。

这原非我的创造,有季羡林先生垂范于前。他为百花社编的《百年美文》,即按地域、读书、生活、哲思、女性情感五类分卷,共十二册。先生这样做了,后辈岂敢不从!这次我是依葫芦画瓢,学着季先生的办法,按诗歌的内容分卷编选。"合谋者"是百花社的同人,事情的成败他们都有份,我不必单独承担责任。

关于如何分卷的设想,我得到李华敏老总和编辑魏志强等的支持,我们为此商讨过几次。依新诗创作的实际,初步拟定了若干类别,有家国、社会、人生、艺文、都市、乡情、情爱、情谊等。事情谈定后,百花社承担了大量的组织工作。他们的热诚得到学术界和有关专家的积极响应。诗歌研究界的中坚学者应邀充当了各卷的主编,工作开展得顺利。很快,我就看到各卷主编送来的初选篇目,事情有了很好的开头。我可说是坐享其成了!

可以认为,这套《新诗百年》是一部巨型的、系列的"同题诗"——不同的诗人在不同的时间写同一题材的诗——的汇集。这样的策划可能收到与以往选本不同的阅读效果,即读者可以在不同的时空中集中感受人们对相同或相似事物的情感表达的方式,从而更深刻地认识时代变迁施加于同一事物的不同影响。

以情谊卷为例,把殷夫的《别了,哥哥》和高兰的《哭亡女苏菲》,再和艾青的《大堰河——我的保姆》对照着读,我们读的是诗,更是社会和人。再看都市卷,把废名的《北平街上》、徐迟的《都市的满月》、在和公刘的《上海夜歌》加以对比,不同的城市、不同的年代,还有更重要的:不同的风格。这样,读者得到的就不限于认识的扩展,而是审美的延伸了。

　　我们从这些诗中读到的是一部完整的情感史。从家国兴亡到人生际遇——《炉中煤》燃烧着热爱中国的热情;《哀中国》则传达了感时忧世的哀音;一首当日的进行曲,传唱之后转变而为血写的庄严的国歌,这构成了中国新诗永远的骄傲。盛开的五月的鲜花,悲怆的松花江上的遥念,都化为了一句永恒的心语:我爱这土地!迎着雨暴和风狂,为祖国而歌,百年来几代诗人以他们的诗意的劳作,响彻着一个共同的声音,那就是热爱和希望。这些,我们将在相应的诗卷中得到满足。

　　当然,这样的体例也带来了某种欠缺,首先是完整的诗人因题材的切割而被"肢解"。其次,就是分类带来判断的困难,即诗的归类令选家处于两难的境地。"社会"和"人生"如何区分?还有"家国"与"社会",又如何判别?其实是你中有我,我中有你,是难以决断的。但"诗无达诂",古人说的,歧义乃至多义是诗的本性。不同的读者对同一首诗有不同的读解是正常的,以此类推,不同的编选者从"同"中读出了"不同"也是正常的。也许正因为如此而促成了阅读的丰富性。而这,正是我们所期望的。当然,选本的编者以自己的审美尺度和独到的判断"锁"定了诗的解释,将它定格在某点某处,本身也是一种冒险。所以,新的分类带来了新意,却也带来新问题。

　　2011年1月23日,于北京大学中国新诗研究所

天天快乐，天天进步*

Dear Nancy：

　　爷爷奶奶向你祝贺春节！

　　今年的春节我们特别高兴，第一，你顺利地结束了在美国的一年"留学"，而且取得了好成绩，成了一只让人羡慕的"小海龟"（爷爷特别羡慕你流利的英语，那是爷爷未能实现的梦想）；第二，你完成了小学阶段的学习，现在已修完初中一年上学期的学业，而且期终考试的成绩跃居全年级第一（重要的不是"第一"，而是一种经过自己的努力而取得的明显的攀升，后者尤其值得庆贺）；再就是你出版了自己的作文集《七彩的路》——年纪小小的谢典出了自己第一部作品，这是一件大事。爷爷奶奶都是作家，可是我们出版自己的文集，都是过了四十岁以后的事了。

　　你的文章我们都看了，写得很好。写了你对妈妈的爱，对爸爸的怀念，还写了你对老师和同学的深厚感情，都十分动人。文笔流畅，清新活泼，用词造句适当而贴切。有的文章如《我学会了洗袜子》，估计写得较早，可是却写出了从不会洗到学会洗的详细过程。特别是最后的总结："通过这次洗袜子，我从中知道了，无论做什么事情，都要有耐心，遇到困难不要着急，不要泄气，只有这样，才能有成功的希望。"非常对。

　　有的文章还很风趣，例如三篇《漂亮的衣服》，不用第一人

---

*　此文据文稿编入。

称,用的是"衣服"和"项链"的感受和体会,生动而有趣。

《七彩的路》是你的作文集的名字,也是你人生的象征。正如你自己体会到的,只要有耐心,肯努力,坚持不懈,摆在你面前的就是一条充满希望的七彩路。

祝我们亲爱的孙女天天快乐,天天进步!

爷爷奶奶 2011 年 2 月 3 日,农历辛卯年正月初一

有一些道理不会过时*

有一些道理不会过时,例如说文艺是教育人的,尽管这看法显得"陈旧",但不会过时。有些现象看来很新潮,却也不曾久远。人们须知,"时尚"是为消费而生,一旦被消费完毕,它也到了尽头。"时尚"总是短命的。记得八十年代流行"松糕鞋",我见未名湖边一女孩被那鞋子"翻倒"在地,活该!忍不住内心恶狠狠的"窃喜"。后来京城饮食界先后流行"鱼头泡饼"和"香辣蟹"(试想,"香辣"之后,还有蟹的原味吗?),那些赶时髦的人趋之若鹜,也都是商业行为,大都以短命见终。奉劝人们不要迷信那些流行,"时尚"有时甚至是丑陋的。

就我们此刻谈论的文艺而言,它的一些基本道理是恒定的,很难变,即使变,也很慢。例如说,小说要有人物有故事;诗要有音乐感和节奏感,都是些"陈词滥调",但都不会过时。艺术的世界是有别于现实世界、并与之相对应的另一种世界,它的实质是想象的、梦想的、是诗意而充满了审美意趣的。要是忽略了前边那一串简单的修饰语,而把艺术世界等同于现实世界,今天在座的我们均无存在的理由。

上面这些老生常谈的道理,可谓了无新意,但仍有价值,也不会过时。文艺评论家始终面对着上述的两个世界,既面对现实,又面对艺术。前者时刻提醒我们现实世界的诉求;后者则是

---

* 此文据文稿编入。

我们直接的对象。艺术家的"命"就是艺术,也只能是艺术,这就是永不过时的道理。

2011年2月23日于北京大学中文系

岁月中那些花瓣[*]
——谭仲池长诗《东方的太阳》读感

这肯定是一次艰难的写作。漫长的历史,曲折的道路,艰苦的斗争,再加上繁博的事件,以及关于历史功过的纷纭的评说,这样的题目足以让一般人望而却步。但是诗人的使命驱使着他,一个惊天动地的伟大叙事召唤着他,他勇敢地承担了。我知道长诗《东方的太阳》是有准备的一次认真严肃的写作。

中国长篇政治抒情诗这一诗体,兴起于战时,盛行于二十世纪五十年代。七十年代后期渐趋低潮,却依然是一道绵延不断的长流水,依然是一道激扬壮丽的当代诗歌风景。这种写作的一般特性,总以重大的事件为抒情的轴心,因此其与现实的政治的关联极为紧切。由于这一特性,长诗写作总是涵容了众多流行的时论术语。时序变换,时过境迁,那些当日被固定在诗中的、如今变得不合时宜的用语,往往造成了诗人日后的尴尬。

正是因此,文革结束后政治抒情诗遭遇了众多的诟病。但公正地说,政治抒情诗在它长时间的流行中,也意外地保留了时代特有的风貌,保留了包括不论其为正面的,抑是负面的特定的时代气息。这种源于革命时代的苏联传进的诗歌形式,由于当代众多诗人的实践,以其宏大的叙事,奔腾的气势,激情的宣泄,却也造成了一个时代的诗歌奇观。

谭仲池的《东方的太阳》就是这样一首涉及重大政治题材的

---

[*] 此文刊于 2011 年 8 月 3 日《人民日报》。据文稿编入。

长篇抒情诗,它属于传统的颂歌一类。颂歌难写,对一个领导一个国家的执政党的颂歌尤其难写。如何在众多类似的写作中另辟蹊径,脱颖而出,则是难中之难。博学多才的谭仲池勇于承担,他敢于在政治抒情诗屡遭质疑的今天,迎难而上,而且终于造出了值得称羡的成绩。

诗人把这一曲当代最悲壮、最宏大、也最曲折的抒情长歌,置放在五千年古老文明的背景中书写。他以诗人的情怀,以对中国绵远历史和灿烂诗歌传统的熟稔,使这首长诗成为充满诗情的"史的诗"和"诗的史"。他的歌唱嵌入了中国诗歌(包括《击壤歌》和《诗经》、楚辞在内)的古老元素,使这部长诗更显厚重和深沉。以此为起点,沿着诗歌的路径前行,诗人用华彩的笔墨,渲染这一段用理想和鲜血、也用苦斗和胜利写成的动人历史。当然,对比中国数千年历史长河中的那些刀光剑影,悲欢离合,这几十年也只是短暂的一瞬,即使只是这一瞬,其间所经历的艰难困苦,却也是令人感慨解颐的。

作者深知,《东方的太阳》虽然写的是史,但首先必须是诗。他着意于使之通篇充满诗的氛围。许多同类的作品,往往因"史"而忘"诗",他们满足于罗列现象,忙于说事,而往往忘了诗的根本。诗的根本是什么?是"情",而不是"事",尽管那些事构成了史。但这是诗的史,诗的因素是极其重要的。谭仲池落笔之初就紧紧抓住这个根本。他重视的不是那些事件的过程,而是岁月中飘洒的那些花瓣。是这些美丽的花瓣构成了历史的诗意和美。而这,正是催动和产生阅读愉悦的根本。

一部诗写的历史当然要有对于历史过程的深知和把握,但是所有这些"物质"都需要转化为"精神",所有这些"事"都需要转化为"情"。诗人在处理这些历史事件时突出地、而且是大量地使用了抽象化的笔法。许多具体的琐碎不见了,而代之以弹性的、灵动的、能够引发丰富联想的"抽象"。颂歌始于"东方之梦",这里有近代以来惨烈的和壮丽的历史画面,但诗人并不热心于正面的演绎和展示,他巧妙地摈弃了可能显得陈旧的言说,而把事实隐括在抽象的语词中,从而极大地诱发人飞扬的联想。

他写陈独秀和孙中山在上海共商国共合作,这原本是一件复杂的故事,而诗人却出以简约和跳动,他用的是:"烽火血迹炼狱悲愤刀痕信念理想哲学忠信坚勇"十个不连贯的单词,避免了叙事的繁冗和板滞,而给人以广阔的联想的空间。再如写毛泽东在北大求索真理(找到了"火之源"):"这火是梦之花光这火是爱之月光这火是夜之灯笼这火是生之黎明"。这些不同形容的"火",都指代着通常说的"光明",却有着别样的生动和鲜明。

作者积学广博,资料丰富,视野开阔,信笔写来,举重若轻。他用语极精,选词极美,笛中杨柳,灯下剑影,戈壁雕鞍,瑶台艳香,章页间充盈着优雅高贵的氛围。长诗以"东方之梦"为首章,他写中华远古的文明,他写近代以来的民族危难,笔墨简约而含蓄,但又有巨大的涵括。在一章的小序中,他说:"我相信从古到今乃至未来,它曾经的辉煌、沉浮、悲壮、雄奇,它曾经的古典、雅致、风华、文化,它曾经的磨难、担当、寻觅、探索,却永远都应是世世代代国人挥之不去的梦。"

也就在这一章里,诗人把传统的、原本可能显得肃穆的言说,出人意想地替换为"东方圣母的明眸"以及"一道比梦想更灿烂的彩虹"等显得轻松的形容。由此可以看出诗人通过更替习用的词汇而使文本平易亲切的用心。更新颖的比喻来自他写南湖会议的笔墨:

> 从这一天这一刻开始
> 在世界东方东方的中国
> 有世界上最大人群的最盛大的祈祷
> 一个创造光明的日出

从上面引用的"圣母的明眸"到这里的"盛大的祈祷",可以觉察到的是,诗人为了摈除"熟语"、为了获得"新意"所作出的勇敢的、可谓是超常的努力。

长诗谋篇谨严,立意精心,意象绵密,用词鲜丽。他致力于在浓重的政治语境中"出语不凡"。他清醒地知道,这是诗,在这里,内容是服从于诗的表达的。正是因此,他十分注重叙述过程的诗意呈现,他会把影响诗意传达的因素减少到最低点,而把那些岁月行进中沿路撒下的、我称之为的"花瓣",精心精美地展现出来。举例说,他写陈独秀"如一支饱经风霜的秋菊";他写李大钊的眼镜是"清澄的湖泊";他写流产的戊戌变法是"一朵没有赶上春天就凋谢的杜鹃花",如此等等,均让人耳目一新。

潇湘云水,君山竹泪,那里的竹溪、荷塘、石桥、簇拥着青峦叠嶂下的青瓦土墙,蛙鸣和萤火,照亮一个少年的梦。他用最美的文字写他自己的、也是毛泽东的家乡。语言的清新而不落俗套是他的优长,在他的心目中,整个革命的历史就是一部诗的历史,而诗的历史必须用诗的语言来表达。延安,"有一条诞生思想和诗歌的河流",西柏坡"是诞生他诗歌的故地",这些都是诗的源泉和故乡。

他把整个中国革命比喻为一场"灵与肉、血与火的涅槃"。《序诗》讲远古的太阳是一只火凤凰,光芒的翅膀划破黑暗和混沌:

> 一切一切的企盼呼唤绝望
> 一切一切的沉浮颠簸飞扬
> 一切一切的风霜雨雪雷电冰暴
> 一切一切的矗立俯仰匍匐凝望
> 一切一切的坠落经典崩裂辉煌

"一切都在燃烧的火焰中涅槃"。这里的用语和句式,不由人联想起五四时期的《凤凰涅槃》。这也许只是一次"偶遇",这也许竟是一个刻意而郑重的"回应"。在诗人看来,中国在历经百年国耻之后的再生,竟是又一次壮烈而辉煌的凤凰涅槃!在随后的篇章中,长诗一改前面端庄的韵调,转换了乐观、欢悦的节奏,以此迎接改变中国命运的"春潮澎湃"。诗人深情地追忆了那年、那月、那日,在北京工人体育场为诗歌《阳光谁也不能垄断》所爆发的雷鸣般的欢呼声:

> 这是苏醒的大地春天的脚步声
> 这是飞翔的翅膀搏击巨风的声音
> 这是前行的航船劈波斩浪的声音

《东方的太阳》生动地汇聚了雄浑而壮阔的历史的脚步声,这些脚步声弥散在征途中、烽烟里,盛开成了色彩斑斓的胜利之花。这是中国民众所珍惜和深爱的岁月中的花瓣。

2011年3月3日,于北京大学中国新诗研究所

一切与记忆相连的都很伟大*
——刘海星《太阳的眼泪》读后

我的阅读从他的《母亲你很伟大》开始,我的这篇文章的标题也取自这首诗。刘海星把伟大的颂歌献给了亲爱的母亲:生育和死亡,过去与现在,母亲如月光下的河水,和缓流淌,平静安详。正是因为平常,母亲成了长长的记忆:"一切与记忆相连的都很伟大"。感人的是,母亲"把岁月的记忆刻在自己的额上",这是一句非常平实的话,儿女惊心于母亲不觉间的苍老,他没有夸饰,也拒绝张扬的比喻。这是不写的"写",表达的是内心无言之痛。平常,恬静,淡淡的言辞表达着淡淡的伤感。这是刘海星诗歌给我的最初印象。

接着读他的《永远的大巴山》。他的经历中有一段与大巴山的情缘,这诗写的是一缕抹不去的"永远的乡情"。用的也都是平常语,一样地不事张扬,一样地寓深沉于简洁宁静之中:"连绵起伏的山脉都是黛青色的","溪水总在山崖间穿行,石头上长满青苔,像绿色的挂毯"。刘海星的写作很本色,很单纯,全凭诗人真实的、直接的感受,硬是造出了一种无装饰的深沉。借用古人的赞语,说它是"清水出芙蓉,天然去雕饰",也许竟是贴切的。

干净,透明,简约是他的底色。这多半与他的写作拒绝了"小圈子"有关。因为他是独立的,所以他意外地保持了诗歌的

---

* 此文刊于 2011 年 12 月 14 日《文汇报》,据文稿编入。标题引自刘海星《母亲你很伟大》:"一切与记忆相连的都很伟大一切要成为死亡的记忆都很伟大"。

纯净,他的诗没有被"污染"。当然,"污染"这词有点严重,说轻一点,是摆脱了时下写作的"坏影响"。不论我此处的措辞是轻是重,重要的是,他的写作的确保持了他自有的一份纯净。"流派"、"主义"、"流行"等等,这些时尚,都与他的写作无涉。因为不跟风,所以他"雪藏"了某种难得的单纯。他的写作让人醒悟:诗人的劳动说到底总是个体的,写作的独立性比什么都重要。

单纯和简洁并不意味着它排斥技巧或者缺乏艺术性,刘海星的长处恰恰是在看似无技巧处无声地显示他的功力。他几乎不用长句,他的诗句总是洁净的短促,但却是清丽,看似稚嫩,却是让人晃眼。前面说到他的大巴山,现在看他的太行山,他写太行山的"浓雾被撕成褴褛"。出语奇兀,举重若轻,不落窠臼。《太阳的新娘》记某次在高速路上见日食奇观,但见月亮钻入太阳,"燃烧出令人窒息的光芒",诗人出人意想地赋予它以近似情诗的意趣:"我想变成月亮挤进火红的炉膛和日食一同感受灼伤的异样"。短短四句,用语平常,却也是铿锵辉煌!

对于刘海星来说,诗歌也许只是业余,摄影更近专业。大家知道他是一位出色的摄影家。然而,反过来说,他是摄影家,更是诗人。他行走在大地上,摄取那些山川湖海、人生万象,他的镜头保存了自然界的瞬息万变,雄奇秀美,但风景毕竟只是无声的叙说,他感到了这一手段的局限的缺憾。他要用文字来传达和扩充那画面的"留白"——揭示画面背后的意义和暗示,于是他找到了诗,于是他成为诗人。

他成功地找到了绘画难以道出的、探及人的内心世界隐曲和幽微的方式。诸如:"春天是一只挂在树梢的蝴蝶",又如"烟花如雨心无所依傍";这些都是摄影或绘画之所短。刘海星对诗歌这一形式有很高的启悟和期待:"我始终认为,诗歌艺术是对人类想象力的挑战"。① 正是因此，他非常重视诗的飞腾的想象，他写诗正是迎接并践行这种挑战。他会把那些充分具象的风景，化为充分幻想、而且节奏鲜明，音韵铿锵的诗行。诸如《你不要叫醒我》："如果我已睡去就不要叫醒我如果我醒着就不要让我睡去"；再如：《忧伤的快乐》，但就这题目，就显示诗歌的优长。这样一些复杂的意绪，是具体的画面（包括摄影）所无法传达的。

"当所有的意象都化为绝唱伤痛就是离别的嫁妆"，②这诗句的确表现了某种成熟。读到这里，就知他涉足诗的领域、且对诗的真谛已深有体悟。这种体悟包括了前面述及的诗的想象性和表达情感的委婉隐曲等，除此之外，还有诗的音乐性（节奏、韵律和音响），这些被时下的新潮诗人们所忽视甚至唾弃的诗的基本特征。

这里是《梦中等待》："你为什么不从梦中走来让那丁香独自在夜色中盛开飘逸的月光孤独地覆盖风吹过冷冷地发白你为什么不从梦中走来云在走灵魂却无助地等待"。依然是短诗，依然是短句，依然是浅浅淡淡的文字，飘忽的思绪，孤清的情感，静谧中透出一缕抹不去的凄美。尤为让人感动的是，在当前诗中普泛地漂浮着语言泡沫甚至垃圾的时候，他是如此用心地选择着、锻造者那些精到的字、词、句，从而使他的文字充满了美丽的节奏，铿锵的音韵，更是保全了诗歌自有的音乐性。从这点看，"专业"为摄影的刘海星，即使在"业余"的领域，一样地表现出他素有的敬业精神。

2011 年 3 月 11 日，于北京大学中文系

---

① 诗集《太阳的眼泪》"写在前面的话"。
② 《骄傲的飞翔》中句。

寻花踏影到梦端[*]

——《中国新诗总系》出版感言

二零一零年六月下旬,北京大学中国新诗研究所和首都师范大学中国诗歌研究中心联合举办"中国新诗:新世纪十年的回顾与反思"的诗学论坛。会议的开幕式在梦端胡同四十五号院举行。梦端胡同四十五号院是清朝一位王爷的府邸,那里有千年的丁香古树。梦端这名字很奇特,不管是发端还是终端,都让人梦想,都是做梦的地方。恰好那天的开幕式我说到:"诗歌是做梦的事业,我们的工作是做梦"。我的发言引发了同济大学喻大翔先生的诗兴,他在会间以此赋诗纪盛:

楼台竹月起空山,
后海丁香卷巨澜。
此夜诗神吟何处,
寻花踏影到梦端。

二零一零仲夏我们开会的时候,《中国新诗总系》的全部书稿已在人民文学出版社紧张地排印、校对之中。从那时到现在,几个月过去了,又到丁香蓓蕾的季节,《中国新诗总系》已经出版。此刻我想到的,也还是一个梦字。编撰《中国新诗总系》的工作,对于我本人、还有今天到会的孙玉石先生和洪子诚先生来

---

[*] 此文刊于2011年4月12日《人民日报》,原题《诗歌是做梦的事业》。据文稿编入。这是同济大学喻大翔教授赠给本文作者的《竹园感怀》中的诗句,竹园,宾馆名,当日的会议入住于竹园,开幕式则在梦端四十五号院举行。

说,都是一个圆梦之举。我们从青年时代开始了诗歌梦,半个多世纪的梦想,今天终于变成了现实。

梦醒之后,一切细节都有些迷茫。此刻的心情,说是忧喜参半可能还不准确,准确地说,是忧多于喜。事情做完之后,经常想到的是,我们留下了多少"硬伤"? 留下了多少遗憾? 我们能补救我们的过错吗? 想到这里,心中总是忐忑。就以我负责编写的五十年代卷为例,那些作者,大都还健在,他们有的是我的前辈,有的是我的同辈,有的还是非常要好的朋友;我选了谁的诗? 没选谁的诗? 是疏忽了? 遗忘了? 还是一种坚持? 他们在乎吗? 我是否有愧于朋友? 总之都是这样一些很"俗"的念头在折磨我。

有人说,电影是遗憾的事业。我们编书,也是遗憾的事业。其实我在编书开始之时就下了决心:排除一切人情的干扰,不征求别人的、特别是被选者本人的意见,也断然谢绝作者的自荐。我自己这样做,也要求各卷主编这样做。我们都来自学院和学术机构,从内心深处,是希望维护我们服膺并珍惜的那种独立的、纯粹的学院精神。记得牛汉先生曾经说过,那些流行的诗选中,选一首的多半是"被照顾"的。我赞成牛汉先生的意见,但我希望在我的选本中,即使只出现一首,也必须是优秀的。

这一切,当然是为了坚持学术的尊严和学者的品格。令人欣慰的是,我们大体是做到了,我只举一个实例来说明。大系理论卷的主编是吴思敬先生,吴先生在诗歌理论和诗歌批评方面的杰出贡献是业界公认的,但在总字数达八十多万字的理论卷中,吴先生自己是一篇也不选。这当然不是疏忽,不是遗忘,也不是谦虚,而是一种可贵的、令人感动的坚持!

我是一个追求完美的人,但我深知世上难有完美之事。现在向诸位呈出的总系就是这样希望完美、依然留有遗憾的、令我内心不安的成果。我们尽心尽力了,但是我们无法尽善尽美。

我们今天的研讨会,不是庆功会、表彰会、也不是一般的首发式,是想以我们的工作为契机,在此基础上谈论中国新诗的研究、整理、选编、版本以及史料等问题,目的仍在于新诗的建设和发展。这就是:已经完成的工作,没有终结的思考。

感谢各卷主编,向你们道声辛苦!感谢你们接受我的邀请共襄盛举,也感谢你们的宽容,"忍受"我近于无情的"催逼",甚至同样近于"独断"的"粗暴"。正如刘福春先生说的,我们的这一场"战争"是有些悲壮的,所幸,这一切都过去了。现在,就等着我们收拾"炮火之后的残留",好好地总结并改进那一切。建议大家认真阅读每一位主编所写的长篇导言,那是他们面对历史的总结和思考,我更提醒大家不要忘了阅读他们所写的编后记,那里除了交代编选细节,表扬责编,还有对总主编善意的揶揄甚至"挖苦"——那些都是性情中人自然的真情流露。

北京大学中国新诗研究所是一个既无编制、又无国家固定经费、更无办公场所的"三无机构"。全部人员除了骆英先生(他的编制不在北大),其余七位成员中四位是退休教授,三位年轻一些的,也都是名副其实的业余(他们的编制在北大中文系,都有自己的教学和科研任务)。我们的工作得以开展,首先要感谢北大的校领导,从周其凤校长、张国有副校长到基金办邓娅主任,还要感谢北大中文系的领导,他们始终一视同仁地关心并支持我们这个"虚体"和"业余",为我们的工作开一路的绿灯。

在这里我要郑重地感谢中坤集团、感谢诗人骆英。是他的爱心和义举,使我们能够圆了这个长达半世纪的梦!骆英事业有成,不忘诗歌,不忘感恩,不忘母校和师长,他把精力和资金大量地投向教育、诗歌和文学。事实非常清楚,没有中坤的无私援助,就不会有现在的中国新诗研究所,也不会有《中国新诗总系》。

在此,我还要强调,骆英不是一般的企业家,他还是有抱负、有理想的文化人,他是诗人。他的感人之处,也许并不止于他注资于文化和诗歌的行为,也许最感人、也最深刻的是他的精神力量和人格魅力。骆英是一个百折不挠的人,他写过很多美好的诗篇(这些诗都是他在商务繁忙的间隙,在跨洋飞行的机舱里写成的),而我认为他的最美丽的诗篇是写在珠穆朗玛峰上的。假使世界上有一位诗人,以坚定的脚步一步一步地登上了世界最高峰上,而且迎着飓风和冰雪朗诵他的诗篇的,迄今仅有一人,那就是骆英。

最后,要感谢人民文学出版社,他们连续三年上报了总系的出版计划,他们的信任和坚持令我们感动。就我本人而言,我和人民文学出版社的友谊,可以追索到三代人,黄肃秋是第一代,是师辈;谢永旺是第二代,是同辈;杨柳是第三代,是学生辈。三代人共同的特点是:专业、敬业、坚持学术的高品位,一丝不苟的严肃精神。杨柳和我们的合作十分愉快,各位主编都在自己的后记中,真诚地表达了对杨柳的敬意和感谢。

今天邀请到会的媒体是《文艺争鸣》的朱竞,《中华读书报》的舒晋瑜,《文艺报》的王山,《新京报》的绿茶,他们都是我们的好朋友,也是我心目中的媒体的"金砖四国"。此前,三份报纸都在没有我们的授意下,主动及时地为总系作了精心的报道,现在就看《文艺争鸣》了,朱竞要加把劲啊!

2011年3月19日,于北京—怀柔—宽沟

为起草北京大学校歌致校长信[*]

（秀芹，请转周其凤校长）

周校长：

谢谢你的信任，委托我试笔起草北大校歌歌词。我深知此事意义重大，更深知此举艰难重重。博雅那天的宴请，给了我长久的不安。但是母校百年竟然没有可供传唱的校歌，作为北大的传人，总是心有深愧。为了不负你的重托，思考经月，删改无数，今天送去的，可能也只是一篇不及格的作业，但想到也许它会成了引玉之砖，私心也就得到了安慰。

歌词今托秀芹送上。我的用心立意，你一看就明，我不赘了。

那天席间你还说到北大的校训，也是至今没有（北大这学校真怪，没有校歌，没有校训，连湖也始终是"未名"）。校歌的事，你交给我了，我不做对不起你。校训你没有叫我想，本无需我用心。但事后我还是发挥了"积极性"，还是真的为此动了脑筋。我一不引经，二不据典，也不用文绉绉的古文辞，用的是五四提倡的大白话，就十个字：

独立的学术自由的思想

周校长，我以为这简单、明了的十个字，是体现了母校自蔡元培、胡适之到马寅初诸位校长一贯倡导并践行的伟大治学思

---

[*] 此文据文稿编入。

想之精髓的。

　　我知道,我的这个提议,目前很难被采纳。但我深信,人们日后想起我的这个建议,一定会理解并同情我的。给你添乱了,请原谅!
　　顺致
　　最好的祝愿!

　　　　　　　　　　中文系教授谢冕　2011年4月6日

思想是百年的荣光*
——为北京大学一百一十三周年校庆而作

绵延着千载的书香
心向着世界的远方
维新立校①
兼容万象②
百科汇聚开新潮③
辨正求真为兴邦
学术的殿堂
思想的原乡
博学、勤思、创造、理想
科学和民主
是我们永远的太阳

挽起那年轻的臂膀
肩负着明天的希望

---

* 此文刊于 2011 年 5 月 5 日《北京大学校报》。据此编入。
① 北大建校于 1898 年,是戊戌维新的"硕果仅存"者。又,鲁迅说过,"北大是常为新的"。
② 蔡元培校长的治校方针是"学术自由,兼容并包"。
③ 北大是五四新文化运动和中国新文学运动的发源地。北大师生创办了五四新文化运动最重要的刊物《新青年》和《新潮》。"新运"从字面的意义讲是"新的国运",从深层次讲,则是,北大始终站立在新思想和新文化的最前列。此处原稿为"开新运",2011 年 4 月 26 日勺园七号楼聚会,由高秀芹改"开新潮",特记。

红楼弦诵
燕园阳光
青春是永远的聚会
思想是百年的荣光
为时代前驱
作社会栋梁
自由、浪漫、明朗、健康
科学和民主
是我们永远的太阳

2011年4月7日定稿于北京大学中国诗歌研究院
　　2011年4月26日再改于北京大学勺园

给张欢的诗集作序[*]

一个天气晴好的下午,接到张欢的电话,希望我为她的诗集作序。声音清润柔和,还带着小学生似的怯意,不过,愿望表达得颇为恳切坚定,"如果序言不是您做,那么我就不加序言了吧",闻之不禁莞尔而又感动。我告诉她最近确有太多文章亟需完稿,她便不再要求,也没有变得失望或情绪低落,这使得我们接下来的闲谈舒畅自然,也让我这个无奈的拒绝者感到平静和欣慰,同时又有些不忍:难得这个明理、解意的孩子。

我曾说过,诗歌是做梦的事业。在这个挤压梦想的时代,梦想显得尤为高贵、纯粹。我很高兴地看到,多年来,张欢始终保持着这个梦想,并潜心探寻着梦的方式。相对而言,张欢更像个清醒的做梦者。她的诗有一种智性的清醒和绮丽的想象,这使她得以一边投入地享受着梦的自由,同时又对这抽象而变幻的梦有着另一番深湛的欣赏与懂得,如她的诗里写的,"置身事外又身在其中"。

她的诗和她的人有着一种相互反叛和超越的张力。在我的印象里,这是一个白皙清逸的颇有古典美的女孩子,谈吐举止和婉有仪,在人群里很安静,偶尔在会议上遇到她,她会主动走过来行礼,"师爷"叫得认祖归宗一般庄重认真,让我感到一种天真与虔诚,不像个女博士,更像一个民国时代的江南闺秀。而在她的诗歌里,这个古典而婉约的女孩子则成了十分前卫的现代派

---

[*] 此文据文稿编入。

的观察家,诗句中大量讥诮的比喻和反讽,"心怀鬼胎看不起/怀才不遇","精益求精跟破罐破摔/出于/同一颗野心",等等,尖锐、幽默、透彻又不动声色,故意对你的智力和认知模式进行挑衅;有时甚至带上一种拒人千里的清寒与冷傲,"连人类都不爱/对未来都不好奇",默默与这个喧嚣的世界保持着距离。然而这一切,却都透着一股挥之不去的忧伤,并会在不经意间拨动你的某根神经,是你以为已经麻木或喑哑了的最柔软的一根弦,于是,你突然发现,自己"读诗的表情温柔动人/像阳光流过修长的手指"。

可以说,张欢的诗歌里那强烈的讽喻色彩和一针见血的笔姿恰恰是对诗人自身的文弱与哀愁的掩护,愈是文气便愈是想要做侠客。尽管她以"局外人的抽象的真心"自况,诗里说"生活/在路过的时候/才值得感动",事实上,与她熟悉起来后便会发觉,她并非是看上去那样的不食人间烟火,并且,她对于事物的美感具有极佳的憬悟力与独特的才情,而这正是她对生活的爱与趣味。张欢时常将平凡的日常生活巧妙地入诗,聪明调皮而又合情合理,比如《老孟戒酒》给我印象很深,诗中的"老孟"是她硕士时期的导师孟繁华,也是我的学生,我的"师爷"身份正由此论定。其中有这样的句子:"元老的老,孟姜女的孟/社稷需要国宝,历史渴望艳福","杯中映出的老孟,水汪汪/是大观园里的梁山泊/重金属下的二泉月/而我们措手不及的是/老孟戒酒。消息确切","毕竟/夜夜还需笙歌/生生注定不息/然而/没有贵妃,哪来醉酒/才戒老孟,却见繁华"。读罢,忍俊不禁。

另一方面,张欢以她对于古典文学的修养和悟性,时常将古典诗词中的意象引入新的诗歌语境,难得的是,这种重新诠释显得自然而然,真诚明净,比如《乍暖还寒犹未定》,直接引宋代刘青夫的词为标题,实际上却是借用它的意境,当在人们都急切地召唤春天的时候,她却在这冬去春来的当下光景中发现诗意、深

味于流连,在别人都在向春天遥望挥手的时候,她轻轻问:

"可不可以
就此停一停?
听远寺疏云间的钟声
享飞鸥容与前的安宁
趁着还未春意闹
莫要辜负
这晓寒轻"。

　　读这首诗,使我有了诗和诗人重叠的感觉,尽管在张欢的这本诗集中这样的篇目不是主体,这或许也是编辑出于整体风格的考虑。我想起张欢对我说,分别从内容和形式的角度出发,她认为诗歌是在帮她寻求一种风格化的表达和表达的风格化。这句话听起来终于使她像个女博士了,我也非常高兴看到她在创作才华之外,还保持着对诗歌的研究兴趣。而今天,我最高兴的,还是看到了这样有灵气和风格化的诗人与她的诗集。

　　　　2011年5月12日 于北京大学中国新诗研究所

守望或者坚持[*]

　　文艺评论就是要对文艺作品评头论足。评论当然免不了要讲好话,但更多的时候要为作品"挑刺",讲"不中听"的话。这些"不中听"的话,往往更能发人深省,从而能够更有力地促进文艺的发展。讲好话和讲"坏话"都是文艺评论应有之义。讲好话大家受用,容易;讲"坏话"就难了,忠言逆耳。而文艺评论要评和要论的,往往重在后者。

　　先说"讲好话",就是通常说的与批评相对的表扬。尽管我因为爱讲好话曾经和孟繁华自嘲过,我们做的是"文艺表扬"。这命名其间含有自我揶揄和某些贬义,但我依然要对所谓的"文艺表扬"说几句公平话:表扬其实并不等同于庸俗,表扬是要把隐藏在作品内里的作家和艺术家的用心予以彰显,并与大家分享。我自己早年也曾学习过写作,知道一些创作的甘苦,因而面对作者的辛勤,往往心存怜惜,总要从中寻觅他的长处和优胜之处。

　　此即所谓的"表扬"。我的那些"文艺表扬"的"好话",就是在这样的背景下产生的。究其实倒不是拿了人家的什么好处,而把人家的"不是"说成了"是"——当然有些情感因素的纠缠也是难免。我不满意自己批评的过于温和的倾向,而非常心仪于那些不留情面的、充满锐气的批评。因为前面说过,说顺心的话容易,说难听的话难。一般的人,对评论家的挑剔总很拒绝。但

---

　　[*] 此文刊于 2011 年 7 月 25 日《文艺报》。据此编入。

艺术家的拒绝并不会导致那些有良知的批评家的放弃。

文艺的本质是自由，自由有它的规则。艺术家可以信马由缰，规则存于他的内心，创作的思想艺术的底线由他自约自律，靠的是艺术家的良知和操守。相对而言，批评家的自由度要小得多，他不能随心所欲。他是艺术家的挚友，也是艺术家的诤友，他的职责是批评。批评就是拿尺度来衡量艺术家的作品，就是前面说的评头论足。这本身就构成了二者先天的紧张关系。尽管我们希望彼此是朋友。

文艺批评的根本职责在于提升创作的质量，更在于提升欣赏者的质量。八十年代批评界盛行"我评论的是我自己"的说法，此言意在强调批评的主体意识，虽有其历史原由（特别是文革的深刻背景），现在看来却未免失之偏颇。我要强调的是：评论的要义原非只为自我表现，其本质更在于艺术审美准则的强调与坚持。批评不仅提升艺术家，批评更要提升广大的受众。

评论固然（也必须）可以展示评论者的个性，但是评论受约甚多。他不在于直接地表现自我，他只能通过作品间接地传达自己的好恶喜乐。评论不是对作品的复述和描写，评论是一种基于审美理想的认同和导引——无论是说"好话"还是说"坏话"——评论家的责任是对作品进行客观、理性和准确的臧否。评论面对的不是个别人，而是面对整个社会、整个大众。

有人误认为大众总是俗的，他要随众而取悦于流俗，甚至扬言他的作品或演出与精英无涉。这种把雅和俗、精英和大众、经典和时尚加以截然对立的观点，其实是对于艺术史的无知。《红楼梦》是大俗，却也是大雅；齐白石的虾和蝌蚪是大雅，却也是大俗；音乐方面，《五哥放羊》和《茉莉花》，你说究竟是雅还是俗？

娱乐不是艺术活动的终点，娱乐甚至也不是目的。艺术家的目的在于通过娱乐大众而后提高大众，即所谓的"寓教于乐"。你不能说金色大厅的新年音乐会不是娱乐，但那里充满了高雅的情趣,贵族的精神。艺术当然不必故作清高而无视大众的诉求,但艺术家却应对流俗和时尚保持一种警觉:时尚的不就是合理的,潮流的不就是经典的。良好的艺术家和评论家,总是不竭地追求者高贵和雅致、品位和境界,总是把目标锁定于国民精神的提升、建设和完善。

当今时势是时尚和潮流裹胁着一切人,充斥着一切场合。当艺术成为商品,当创造成为产业、当利益驱使着文艺的创作和演出,人们有理由为当前的艺术生态担忧:黄钟绝响而瓦釜雷鸣!那些明星和主持人,还有那些大腕儿们,他们导演着芸芸众生"娱乐至死"的狂欢。这不能认为是正常的现象。文艺创作不能趋同于低级趣味,文艺评论当然不能随波逐流。创作从来都是崇高的事业,评论从来都是理想和境界的坚守。尽管它们有时表现为"俗",有时表现为"雅",说到底总是为着提升和充实广大民众的精神和心灵。

彰显发微是一种坚持,指谬避俗更是一种坚持,创作和评论在如上一点从来没有分歧。无论是讲世道人心,还是讲真善美,它们都是一种对于艺术基本精神的坚持。我不埋怨没有好的文艺作品——那是一般读者的期望,尽管评论家也是读者,但我更遗憾没有好的文艺评论。学术论文水平的下滑、学术腐败的屡屡曝光、更要命的是,许多文艺评论文风枯燥纠缠,它们可以把原先简单的道理说得漫无头绪……

我们在物质和欲望方面,已经相当富有了,而我们贫乏的是心灵和精神层面的。我们精神的匮缺和心灵的虚空,已经触到了一个令人担忧的底线。世道沦丧,人心不古,能够挽住这个颓势的不是金钱,也不是权力,当然更不是热战或者冷战。宗教告诉我们天上有另一个世界,但是凡人总觉得那是遥远和飘渺。也许唯有文学和诗歌、音乐和美术,这些能够守护心灵的完美,从而挽救人心的颓败。

只剩下这条通道了,此外别无通道。而文艺批评就站在这条窄窄的通道口。我们不愿意说我们是什么,但我们的职责就是守望和坚持。当周围那些"有影响的人"在为那些低劣的、甚至恶劣的文艺作品"同声叫好"的时候,我们的声音可能是微弱的,甚至是孤独的。但是,除非我们什么也不做,我们依然只能这样地发出我们的声音。

2011年6月25日,于北京文艺座谈会

《河南诗人》创刊一周年纪念*

  各位好！很高兴接受邀请来这里一起庆祝《河南诗人》创刊一周年，这个会场非常隆重，省委宣传部的领导，河南文艺界、诗歌界各个机构的领导人，还有河南的老中青三代诗人和我们在一起来庆祝《河南诗人》创刊一周年。我接到邀请非常荣幸。我和匡汉、思敬我们三个人长期在一起办《诗探索》，我们三个人都充当主编。但是我们也不容易凑在一起的，今天一起到这儿来了。我今天讲话可能要稍微长一点，因为有很多的感受需要跟大家汇报，也长不了太多，我怕占用大家的时间。

  《河南诗人》我先前只是零星地读到几本，没有一个较为全面、较为细致的印象。昨天到房间看到全套六本，加上今年的一本，一共七本。初步的阅读以后，我有了一个比较完整、比较全面的印象。我认识到这是一个大型的、全面的、有着自己明确的办刊宗旨和诗歌理想的一本刊物。它不是我们通常讲的官办的诗刊，但是它有准印号，这说明它得到了省委宣传部领导的首肯，但是它又是民办的刊物，这个身份是很特别的：有准印号，得到领导的肯定、支持，但是又是很独立的民办刊物。

  这本诗歌刊物由一个企业来出资经营，一群充满浪漫情趣的年青人，由一个稍大一点的年青人领导着来经营这个刊物。它没有编委会，也没有我们通常见到的邀请诗歌界的名人挂名充当编委。一开始是一个主编，另外有一个策划主管、运营总

---

  * 此文据文稿编入。

管,也就三个人。第七期时加上一个主编助理,也就四个人。它的几个部门都叫主管,叫采编部主管、美编部主管、摄影部主管、专题部主管,有四五个编辑。这些主管的身份又都是企业的高管。所以由企业来办,由企业高管来编,我觉得这个诗歌刊物的主编和编辑都是"双肩挑"。这是我的判断,不知道错了没有。这是一个让人很新颖的感觉。

杨志学组织我们一班人来到这里,说是要我们来看看郑州。郑州是大名鼎鼎的啊,我是几次路过,都没有住下来,仔细地看看,认真地看看。因为郑州离北京近,我觉得郑州这个地方要认真地看才行,所以一直保留到今天,杨志学一说,我就一拍即合,我说我需要去看看郑州。(关于这一点,一会儿我再讲。)我来到这里,才对刊物有一个印象,我比较全面认识了《河南诗人》这个刊物,我觉得要是我不看郑州,就只看这个刊物我就值得了,这就是我的一个印象。

我退休以后,好像比以前在岗的时候还忙了。现在是没有拘束,不用请假,到处乱跑,到处乱看,也到处乱发议论,当然都是诗歌方面的事情。跑得多了,看得多了,也就有了比较,也有了判断。这个比较和判断我是有自信的,所以今天的讲话,我首先肯定这个刊物。我要说的是:我现在看到的,是我所希望看到的。昨天晚上匡汉问我诗怎么样,我说我没有细读,不敢说,但我可以肯定的是,它的诗是经过精选的,应该说编辑和刊登这些诗都是很严肃的。就它的策划、设计、总的办刊的方向来谈,我是完全赞成它的办刊宗旨的。我可以说,这是我的判断:这是一个有抱负、有理想、有自己追求的刊物。

首先引起我注意的是,主编杨炳麟先生为刊物所写的卷首语。他每期都写,每期都就诗歌的重大问题、他所思考的问题,发表自己的意见。我抄了一些,念给大家听:"诗歌应源自干净的心灵",这是创刊号的标题;"好的诗歌内应该潜伏着一种勇气和力量,应该葆有操守和自觉",这是一个话题;"贴近诗化思维的判断必须回到诗歌本体,精神层面的回归使诗歌具有了反倾销的力量……创作有精神气质的诗歌,首先要把技巧收起来,露出诗歌原有的本色……"这也是一个话题;"培养内心向上的空间",这句话太重要了!再重复一遍:"培养内心向上的空间,人类需要向好的情怀",这很重要。"需要创立一个完整的精神谱系。面对文明的裂隙,需要一针一线地缝补。拯救的责任不是仅握于超人之手,我们有责任警惕品质之死。""走出一个缺失公正的怪圈":"我反对不担责任。"——这句话也很重要:"我反对不担责任"!"不论愿意与否,诗或诗人的命运都紧系于时代。诗人应身处时代之先。"——在时代的前面。

我对这个主编很感兴趣,就想打听一下主编的文化背景,没有打听到。因为昨天又是唱歌又是跳舞,又是吃饭又是喝酒,我的正事就顾不得了。今天早上我正在喝咖啡,杨炳麟来了,我就问了一下,我知道了他的文化背景,我也知道他出生于农村。但是我要说,杨炳麟先生的那些话,都是非常专业的。他不仅是一个非常优秀的组织者,优秀的诗人,而且是一个优秀的理论工作者。而理论工作比起写诗来似乎还要困难。他看到的是全局,是根本。这是我想讲的阅读的感受。

下面呢,刚才杨炳麟已介绍了刊物的特点,首先是卷首语,我已经说过了。我也当过主编,当过历届主编,我就没有这么勤快过,我希望杨炳麟把他的卷首语坚持写下去,将来出一本书。卷首语我就不讲了,讲讲"窗外"吧。"窗外"现在的七期是由两位女士来写,一位女士叫刘絮冰、一位女士是纪梅,已经写了米沃什、写了阿赫玛托娃、写了里尔克、写了狄金森……我注意看了一下,好像缺了一两期,没有,很遗憾,我希望每期都有。像纪梅、刘絮冰这样的这么年轻的女性,写外国诗歌理论,这非常不容易,也非常异见。我觉得这应该坚持下去,我遗憾有一两期缺少了,大概是由于别种原因吧,我希望每期都不缺。下面要做的是阿拉贡、是聂鲁达、是普希金……多着呢!我希望坚持下去。"在场",远洋写了"在场",谷禾也有"在场","在场"是非常在场的!很靠近现实的,这个栏目很好。还有"红粉茶楼",哇!这个是很时尚的,都是一些美女在那和我们谈论诗歌,这让人眼花缭乱。"红粉茶楼"也好。"诗歌表情",那真是一个很严肃、很美丽的表情。翟永明露面过,好几个都露面过。还有旧体诗,创刊号登有陈有才的几十首民歌,都是七言体的。

昨天陈有才见了我,说我反对七言体的民歌,我想不起来这个反对。陈有才我们见面的时候不多,大概是在朦胧诗争论非常激烈的时候我们见过面。我没有骂过民歌,我没有反对过民歌,要是我有保留的话,我可能对古典形式的写的叫什么"古新体"有所保留。我觉得你要写,就写古体诗,就按照古代的规矩来写,我没反对。所以呢,陈有才先生,你的诗我读了,我还找出了好的句子来呢,你看啊:"母亲就在油灯下,夜半为我补童年。"多漂亮的诗句啊!夜半不是补破衣服,而是"补童年"。还有,他在山间见到几只鸟,他说:"它用京腔告诉我,剩下秋色咱俩分。"这也非常好的句子!所以匡汉和思敬能够为我证明,杨晓民也能够为我证明:我不反对民歌体,我从来都是主张"好诗主义"的。可能朦胧诗的时候有些例外。那时候我要站在现代主义这一边,来反对诗歌一体化、诗歌大一统,来反对那些编辑们的偏见。那个时候的我有一点被妖魔化。

后来思敬可以证明我:《诗探索》创刊三十周年,我写了一篇短文,我说《诗探索》这个刊物,不是为哪一个流派张扬的,我希望我们能够有包容性。我下面会讲到这一点。所以我只主张好诗,我不要诗人老谈主义,诗人不要老谈一些主义,要多写些好诗,这就是我在三十年里,也算是我慢慢的进步中所总结出来的一点东西。现在就讲这些了。

总之,这些好的栏目,我们要坚持下去,包括旧体诗,包括民歌体。得到的印象是什么?得到的印象是,刚才诗歌界的有几位朋友说过了,我现在说一下,《河南诗人》是大家的,是包容的,是多样的,因而它也是和谐的。我看到的是,这是没有门户之见,没有派别之争,这里也没有新旧之分。这就是我昨天晚上喝酒之余,今天早上早一点起来思考之余得到的一个印象。

我下面谈谈河南。我刚才讲了,郑州是我要郑重的访问的地方。大家知道,郑州的东边是开封,我看了地图,开封我没去过,大概是不到一百公里;郑州的西边是洛阳,大概也是不到一百公里。这些地方是中原腹地,我很郑重地留下来,要郑重地访问。河南的北边,我到过安阳。安阳我去过两次。那个地方,那个丰富,那就不用说了。我到过西安,我说那是唐诗的碎片。到了安阳,我说,那是《诗经》的碎片啊!那个地面地下挖起来,那不是秦汉,不是宋元,更不是明清啊!在安阳,那是殷商周……那都是非常远古的。我走了安阳。南阳我是更早地走过了。南阳比起安阳要年轻一点吧,但那也是诸葛亮呀!那是三国呀!所以,我郑重地留下来,要把郑州和开封、洛阳留下来慢慢地享受。

这个河南的诗人,我认识得太多了,刚才讲的陈有才,还有没到会的陆健、蓝蓝、王怀让等等,多得很,我都不一一讲了。我要说两位前辈,刚才杨炳麟先生也谈到了,一位是苏金伞先生。苏先生,我很遗憾,没有和他见过面,但是我和他有过间接的对话,是通过蓝蓝。苏先生在医院中对蓝蓝说,他表扬我说,谢冕是懂诗的。这句话就够了。他这么肯定我,就够了。我不会写诗,但我真懂得一些诗。所以杨炳麟把那个册子给我,说写满可以给我出版,我就惶惑了,我写不了那么多诗啊怎么办?不管这了。我不会写诗,但懂得一些。我读懂了苏先生的《埋葬了的爱情》,我读后写了一个读后心得,大概苏先生看到了。我特别感动的是它的后记,短短的后记。86岁高龄,为了年轻时代的一个没有完成的爱情。他说,"当时我出于羞怯没有亲她,一直遗恨至今……"这就是人性的光辉吧!他让我感动。大概就是在读了以后,我写了那个读后感以后,苏先生表扬了我。

苏先生的诗我以前也读了一些,特别感动我的是一首《我不知道她的名字》。一个小女孩,大概是一个大学生。苏先生把她看作外孙女。我知道苏先生没有儿子,只有好几个女儿,这个孩子应该是他女儿的女儿吧。他劝这个孩子赶快回家:"我想拽住她的胳膊,把她扶回家中,她流满泪水的青春的脸,多么使我心痛……"一样的是爱护后代的人性的光辉。这首诗四年以后发表在《诗刊》上,细节我就不讲了。总之,苏先生的诗让我感动,让我想起苏先生非常伟大的人格。青勃先生也是前辈。唐晓渡在,我们一起登的黄山。回来以后,他寄给我一本诗集,后来,他就离开我们了。这就是河南的诗人,让我怀念的河南诗人,让我尊敬的河南诗人。

明天主人邀我们访问嵩山,我怀念《嵩山北部山上的栗树林》:"让人沉默的是九月的栗树林。/让人疼痛的是远离夏天的栗树林。/月光下一群白鸟飞越,/让人说不出话,让人感到无望的/是覆盖了整个山坡的风中的栗树林。"这是河南的一位年轻诗人写的诗,十几、二十年前,我不认识这位诗人的时候,我读到了这首诗,我就为之感动。谁是研究音乐的,可以去读读这首诗歌当中的那种节奏感、那种音乐性,那种自由诗中体现的那种韵律,当然,还有她的疼痛感和她的无望,那种悲伤心情。这就是河南的年轻一代的诗人。我不知道我讲了多久了,那就讲到这儿吧!用这些话来祝贺《河南诗人》创刊一周年。

旧稿检索后记

一堆旧稿,积灰甚厚。一看,竟是尘封了四十余年的习作。起于一九六八,终于一九七四,是通常所说的动乱年月的私密之作,未曾公开、也不拟公开的。遗憾的是,一九六六和一九六七两年空缺,一字未曾留下,可见当日环境的险恶。一九六五以前和一九七五以后的,大体还有,在别处。

这些诗稿,多系伤怀之言。间或有展颜的,那也是"故作",其中也埋着隐痛。作品一字不改,悉依原样。我不想原谅自己,也不想隐藏自己。

迄今为止,所有诗稿均未发表。唯一例外的可能是《大氅飘飘》,不慎落入"网"中,被有心人发现了。甘肃平凉某报最近来电征求意见,要见报。我答应了,这可能是唯一的例外。

北大教育基金会答应为我编印成册,深谢!

谢冕 记于北京昌平北七家 2011 年 7 月 1 日

附　目次

告别(1968)

迎春(1969)

金合欢集(1969)

扁担谣(1970)

消失的足音(1971)

祝福童年(1971)

白云深处(1972)
大氅飘飘(1973)
赶摆(1974)

关于鲤鱼洲诗的信[*]

平原兄：

多谢你为《鲤鱼洲纪事》向我约稿，更谢你"越多越好"的宽容。关于鲤鱼洲，当年一起劳动的同事已写了许多。我瞎忙，抽不出时间写新的，因此才想起那些特殊年代公开的和不公开的写作（主要是诗歌）。你说，旧的也行。我这才翻出那时的"秘籍"。先找出"公开"的，其中有一首当年"很有名的"、曾在全农场的大会上朗诵过的诗：《扁担谣》。

一看，才知事情并不如你我想象的那么简单。我发现即使是这一首内容很"革命"的诗，如今的人们读起来也会感到"不知所云"的惊诧——不加注释可能会有很大的阅读障碍。而做起"注释"来，一首尚可，"越多越好"的工作量就很惊人。看来实现"越多越好"的承诺，是有相当的难度了。今天送去的只有《扁担谣》一首（至于其他，看情况吧！）。

现在要介绍的是这首诗的有关背景。《扁担谣》的写作距今至少已是四十年前。诗是写井冈山的，怎么会是"鲤鱼洲写作"？现在的人可能茫然。那年我们集体"下放"进入鲤鱼洲，干校经过一段时间的建设，生活、生产已初见端倪。就是说，住人的茅屋已盖好，道路已修通（当然是泥路），农田灌溉系统亦已完成。这时，那些人忽然想起我们是学校，应该搞些学校的事了。干校的事，是"劳动改造"，俗称"劳改"；学校的事，就是"教育改革"，

---

[*] 此文据文稿编入。

简称"教改"。这里说的"学校的事",即指"教改"。那时的领导英明,竟然会想到我们除了"劳改",还应当有"教改"。

农场场部决定派出一支教改小分队,为北大农场试办教育探路。以当时能有的思路,只能是在思想改造的前提下,"走革命化的道路"这一端。于是,当年的井冈山根据地就成了小分队定点的首选——根据地不仅有利于贫下中农的再教育,而且有利于革命传统的再教育。这就是为什么"鲤鱼洲"会扯上"井冈山"以及"扁担谣"的原因。

小分队的成员由中文系、俄语系、东语系、图书馆系和校医院等单位抽人组成,由我和向景洁负责。向景洁文革前担任中文系副系主任,"文革"中受到批判,靠边站了。大概是因为他对办学有经验,这次让他出马。而我本人在校时就曾"涉案""反革命小集团",此时又"涉案""516",日夜受到轮番的"批斗揭发"尚未脱身,也已待罪之身获此恩荣。至于小分队的其他成员,中文系的冯钟芸、贾彦德和石新春,俄语系的龚人放、董青子,东语系的黄秉美,图书馆系的李严等,他们的处境和心情,也好不了多少,大家都是受了惊吓后的战战兢兢。

这样的背景,这样的组成,加上身边还有工宣队的师傅负责监督和把关,我们当然是小心翼翼,如履薄冰。一行人身背背包,就这样走上了通往井冈山的"征途"。进山的第一站就是拿山。拿山的地名出现在著名的歌曲《十送红军》中,唱词中当年红军撤离井冈山,在拿山有一个动人的送别场面。我的《扁担谣》首句"流水不断忆拿山",指的就是此地。《扁担谣》中的那根扁担是真实的,我将它从拿山带到井冈山,带到鲤鱼洲,再从鲤鱼洲带回北京,一直十分珍惜。至于情感,那就复杂了,有真实的成分,又有扩张的成分,甚至也有"表现"的成分。

总之是真真假假,有真有假,也难排斥弄假成真的成分。这种情感对今天的人们来说是不可理喻的,而对生活在当年的人们来说，却是不难理解的。当年我是怀着自我批判的和自我改造的热情写作的。因为这是我"非秘密"写作的作品，当然自认为是"真实"的和"正确"的、也是可以公开的。写出后在小分队成员中传阅，得到认同。回农场后被当作是思想业务双丰收的成果，被安排在全农场的大会上朗诵，那时被认为是一种"殊荣"。

后来我十分厌恶自己的这种"虚假"的写作和这种的"被安排"的"讲用"。有一段时间我羞于提及此事。记得回京后，当日同行的龚人放先生（龚先生是小分队中最年长的，当时"破四旧"，我们都是直呼其名。此处按今例，称"先生"）回京后曾指定此诗索墨于我，我以"字太臭"婉辞了，其实就是上述的原因。

到了近年，看法始有改变，认为从置身于当时的情景看，我的这种包含了真情的"虚假"，被压抑的宣泄，以及今天我的这种"羞于见人"的对自己的"厌恶"，是最真实的。要是再加上我的那些不准备发表的、写在小本子上的"私密写作"，两相比照，那就是对于像我这样的当代知识分子内心复杂性的极好注释了。

话说多了，反而说不清了，打住吧！《扁担谣》全文如次，一字不改。

谢冕，2011年5月20日，于北京昌平

世界的极点也是生命的极点*

骆英诗集《7＋2登山日记》读感

提起笔来，我无法形容我此刻的心情。面对这些诗篇，我有些受惊的感觉。这不是我日常读到的那些诗，这是一些非常特别的诗。首先是，诗人的写作不同于一般的写作，这些诗篇是在特殊的背景、特殊的场合，以及特殊的心境下完成的。一般所谓的诗意或者抒情等等，在这里都意味着方枘圆凿、总难合榫，甚而是不相涉的。至于诗的技艺、手法云云，在这里言说，也显得是苍白而多余了。我承认，我的内心受到了震撼！我平时读诗甚多，读诗几乎成了我的职业。但在我的阅读经验中，像读骆英"登山日记"这样的震撼感，是极少有的。有些诗，时代感强，思想深邃，我会非常感动；有些诗，语言华美，意象奇兀，我会非常欣赏。它们都会给我带来欣喜，但是未必都能带来震撼。

"7＋2"是什么？是世界七大洲的最高峰，再加上南北两极的极点。登山探险界认为这九个点代表了地球的极点，是探险界的极限，即体现极高的境界。这九个点，骆英的足迹都到达了，而且令人惊喜的是，还留下了他的诗篇。关于前者，即足迹的到达，一般的诗人做不到；关于后者，即为此而留下诗篇，一般的登山者也未必能做到。这一切，骆英都做到了。到达的不仅

---

* 此文据文稿编入。

是他的足迹,还有他的心灵;到达的不仅是他的身体,更有他的精神。这就是他的写作给我震撼的原因。

骆英说,"山本来不在那里是我们找来了它"。这句颇有深意的话,我理解的意思是,你不去登山,山等于不存在,你攀登了,你付出了辛劳,你就拥有了它。骆英还说,"我注目群峰时群峰仰视我　但我知道那不是敬仰"。这是他登临极点时的感受,群峰在他的脚下。他始终感到了人在大自然面前的渺小,但是对于一个被群峰"仰视"的人,我们依然感到了作为人的自豪、甚至伟大。那不仅是体力、意志、更有精神!

我和骆英过去是师生,现在是同事(我们共同主持着一个诗歌机构的工作)。我忙,他更忙,我们很少直接交流的机会,但毕竟是相知的。骆英为人低调,不仅登山计划很少示人,而且诗歌创作也鲜为人知——只有事情实现了,我们方才有所知晓。虽然事前少有暗示,但他的珠穆朗玛峰登顶的计划,我们还是知道的。我的手机信箱里保持了我和徐红来往短信的记录。感谢徐红,她总是及时地向我们报告骆英登山的动态。

骆英第一次从北坡冲刺珠峰,他到达了平生未曾到达的高度,是8700米,那是2009年5月17日上午七点。他被冻伤了,距离顶峰8848只差148米。他退了下来。那次我祝贺了他,祝贺他到达的高度,更祝贺他的"后退"。我知道人生不可能总是"前进",后退的可能性随时都在。勇敢的人和智慧的人会审时度势,适时地选择放弃,骆英那次北坡登顶就是一例——尽管他可能是非常地不情愿。

时隔一年,即2010年5月17日——注意,这时间是骆英选定的,他依然锁定5月17这一天,与上次北坡登顶的时间完全相同——这里隐藏着一个愿望,即,去年未能到达的,今年一定要到达。而且必须是同一天。他是一个想到了就要做到,一时做不到,一定找机会实现它的人。他的性格中有一股跟自己过不去的"狠劲",坚定而且倔强——这一次骆英胜利地从尼泊尔方向登顶成功,时间是 2010 年 5 月 17 日 13 时。

他迎着山顶的狂风插上了中国国旗和北大校旗,而且吟诵了他的诗篇。我依然祝贺他,前次是祝贺"后退",这次则是祝贺"前进"。我平时很少写字,那天我特意写了"绝顶"二字送他。在祝捷的酒会上,我说:

> 也许一个人事业有成并不难,财富的积累到达一个令人羡慕的高度也不很难。当一个人到达了一般人都在奋力追求的目标时,骆英选定了 7+2,而且 7+2 中最难的是珠峰极顶。登山不是一般的爱好,也不是一般意义的体育运动,登山是一种置一切于度外的自我挑战。登山的胜利是自我挑战的胜利。他战胜了一切,包括恐惧,包括依恋和牵挂,也包括死亡。他争取的是一般人难以到达的人生至境。

骆英完成了这次登顶,他没有言说。他默默地做着他的事业,同时也在筹划着下一个行动。2011 年 4 月,徐红发来短信:"黄怒波董事长带队的'北极狐使命'探险队已于 4 月 13 日抵达北极点。自此他已成功完成 7+2"。原来他到了北极,我祝贺他完成了宏大的计划。骆英自己设定的目标都已达到,我以为他将就此止步。出人意想的是,他竟然忽略了他已经登顶珠峰的事实,他再一次地选择从北坡挑战珠峰! 到达北极点后他马不停蹄,骆英再一次扎营珠峰脚下。

过了不久,与前此到达北极的报告大约一个月光景,徐红再次向我们报捷:"热烈祝贺黄怒波董事长于 2011 年 5 月 20 日晨自珠峰北坡成功登顶。"我知道登顶不等于最后胜利,下山甚至更难。我发信问候,并问是否已回到大本营? 徐红回信:"他状态很好,勿念。再过大约两小时就见到他了,我们正往大本营赶。"那次徐红专程从北京到大本营迎接他。

这就是诗人骆英,可以想象这个来自西北的中国男人有多大的能量、毅力和自信!他一旦认定了目标,就一定要做到,而且一定要做好。三登珠峰,有后退,更有前进,一次南坡,两次北坡,而且都有诗!古人说,"再,斯可矣!"骆英是一而再,再而三!面对他行动的诗、诗的行动,我开头用了"受惊",其实只能是"震撼"。他的计划,他的行动,他的决心,还有他的诗,只能这样形容!

骆英是成功的企业家,也是成功的登山探险家,他更是成功的诗人。与众不同的是,他以诗歌的名义将这三种身份整合了起来:企业挣了钱,他把大量的资金投放给诗歌和教育事业;登山是一种探险,他把这经历、特别是登山的心路历程写成了诗篇。《7+2登山日记》就是这"三合一"的产物。它是诗,但不是通常的诗,是特别的、让人为之心动的诗——骆英创造了中国诗歌的奇迹。

这是一位在世界的最高处、最远处、也是最难处写诗的中国诗人。我孤陋寡闻,不知世界上是否有过这样的诗人?他的诗不仅记载了那些人迹鲜至的冰天雪地的万种险情,缺氧和冻伤,冰大板和冰台阶,一万次小心中的一次失手可能就是灾难,远处电闪雷鸣的雪崩,山友的骸骨,身边的死亡,他亲历的惊心动魄的一切,更重要的是,他的诗极其完整地保留了人在濒临艰危时的意绪和情感,生命的局限以及它的诸多可能性,特别是关于可能性表达,诗人承认,生命是脆弱的,同时也是坚定的和顽强的。

"登山日记"记叙了这一切,记叙了一个生命所拥有的全部丰富性和所能抵达的高度。诗人面对的始终是人生的极限(极高、极远、极深、当然更有极难和极险),他选择面对,而不是规避。人们今天可以羡慕他的成功,但鲜有人知道成功背后的付出和艰辛。在阿空加瓜大本营,他写《最后的放弃》,记的是一次登顶的失败:"登山就是这样,我已经习惯了最后的放弃,你不能跟这块石头作对,你也不能每一次都能成功。"认识到这一点,是人生的成熟。

除了失败,还有恐惧和痛苦,他也自然地袒露。即使是在成功登顶之日,他也不讳言他的孤寂甚至绝望:"系在一根绳子上是世上最孤单的人　向上是人间最痛苦的事情　在你握不住上升器时你会突然绝望"(《顶峰突击》);"终于回来了　大本营就像我千年的家　顶峰是我永生不再想回攀的地方"(《登顶之后》)。他做的是豪放的事,但他极少豪言壮语,有的是这种真情真心的袒露。《昆布冰川》讲的是恐怖,这首诗非常完整,我要全文引用:

> 穿越昆布冰川是一个白天的噩梦
> 它阴森森地在每一个冰岩后藏着长矛
> 踏着金属梯子跨过冰裂缝时心惊胆颤
> 因为裂缝的底部在三百里之深
> 风吹过冰川里响起无数口哨
> 雪块变成了印第安人的毒箭
> 坐下来乌鸦立即成群在头顶盘旋
> 它们等待你死去时啄食你的眼珠和舌头
> 它们会叫着你的名字将你催眠
> 昆布冰川从来都是它们行凶的现场
> 在雪崩惊天动地擦身而过时
> 你就如世界的孤儿在雪雾中听天由命
> 你看到你的腿在空中粉碎
> 你听见你的哭泣像冰块一样坚硬
> 在你最终站在了昆布冰川顶部时
> 你喃喃自语说了声"恐怖"

他写了现场的惊骇,更写了极度缺氧的晕眩和幻觉,诗人说,"昆布"就是"恐怖"。诗人是肉身,也是凡人。普通人能有的,诗人也会有,包括不甘情愿的"最后的放弃"和穿越昆布冰川之后的后怕。骆英在写这一切时,用语平常,不事夸张,显得冷静而节制。但那令人惊恐的一切,正是通过这平实的叙说得到传达。

骆英的诗路很宽,诗风变化莫测,早期的几本诗集和首先被介绍到日本的《小兔子》不说,单与这本登山日记同时送我手中的,还有《水·魅》、《写给中国女人的六封信》,以及《第九夜》等(他这么勤奋,在异常繁忙的工余,竟然写了这么多),这些诗作,有的象征,有的浪漫,有的现代,有的写实,风格各异。而这本"登山日记"则以平易见长,是很好读的。

他是登高山如履平地,临绝境而心态平和。他写墓地,那是一堆石头,面对这墓地,他自信"我肯定会走下来,因为他们已经死过了";他还写死亡的故事,一对恋人,两块墓碑相连,女友在8300滑坠,男的在8500失踪,他们都消失在冰川;那里更有惊人的风景,他见到的"午夜的月亮"缺少通常的美感——

　　我说我已听见雪坡上的呻吟与哀叹
　　因为月亮那里永远雪白痛苦也透亮

同样,"登顶之夜"也有他人难以承受的关于痛苦的陈说——

　　走一万步就有一万种痛苦
　　雪夜所有的痛苦又被冻硬

这些巨大的悲伤与惊恐,骆英都出以平常的近于白描的笔墨。这是他极力追求的艺术境界,"天然去雕饰",以平易显奇兀。我见过太多夸张的语言堆砌,也见过太多的以繁冗掩饰空虚,在骆英这里,他出语平常,却是众人所不能!他以这种方式向我们展示了世界极地的那些奇观。他在那些空气稀薄的营地,战胜着孤寂,也牵萦着万里之外的世间关怀:"我在一座薄弱的帐篷中抖动,就好像在金融危机中惊恐。"战胜这种寂寞的还有他对他的母校、他的事业的思念,以及他日夜牵挂的亲人和朋友的温馨。

在平常的语境中,他讲着不平常的故事。在严寒和风雪中,也在举步维艰的跋涉中,他紧张而宽释,有时还不乏诙谐和轻松。一个俄罗斯的登山者死去了,队友把他抱到帐篷,也许十个夏尔巴人能把它运到山下,可是他再也无力承担这费用:"没有人付钱时只能长眠在雪山　一场雪就把他掩盖　第二个登山季节山友会把帐篷建在他的身上　夜半他会突然说兄弟你压得我好疼。"他用同样诙谐的口吻讲述他的两个夏尔巴向导,他传达了冰雪中的友谊和温情。他也会用这种语气赞扬他的朋友,那些与他相遇山上的中国登山者。因为喜欢,我还是忍不住要再次引用他的诗篇——

　　山上的中国人带着烤鸭和炸酱
　　当然　也带着五星红旗和二锅头
　　王石从来不刮胡子也从不生病
　　他从南坡登顶好像再上香山
　　他就像珠峰顶上千年的瘦石
　　风吹雪冻隐藏起天地精华
　　王静为每个人端茶送水像在家待客
　　背起背包她就一直走到终点
　　汪建总在思考基因问题
　　他像个猫头鹰总是半闭着眼睛
　　他扇扇翅膀就到了7300米
　　可是他似乎总懒得离开帐篷半步
　　陈芳像林黛玉上山当了好汉
　　她细弱但总在向顶峰打量
　　钟霖走南极闯北极红光满面
　　他带来的巧克力甜点让人思乡流泪
　　他说是太太亲自挑选装进背包

登顶　他的背包也填满了爱恋
　　山上的中国人都很快乐
　　山下的中国人也都请放心

这让人想起杜甫的《饮中八仙歌》，杜甫写的是古长安市上那些放浪形骸的嗜酒如命的诗人们，①骆英这里写的是在登山探险营地的现代中国人的快乐和镇定。可惜骆英只写了五个人，不然，时隔千年，真可以比一比中国人的千年之变了。我很喜欢骆英这样自然随意的笔调，不经意间，他传达了当今中国这一群体人们的精神面貌：他们热爱生活，无拘无束，而且充满自信。

当然骆英也不一味地赞美，他用幽默的口吻讽刺了俄罗斯某处贪小便宜的警察，以及肆意加塞的俄罗斯人。他对中国人（当然是少数，甚至是个别）的丑陋，也有发自内心的疼痛，例如他在VIP室看到的两个偷酒的中国女人，对此就有无情的鞭挞。② 在此我看到骆英的悲伤甚至愤怒。

骆英在八千米的雪峰看到冰山雪莲，惊异于她的冻僵而依然粉艳。他也在世界的绝顶放眼："山峰的后面是山峰然后是茫

----

①　为了引起阅读的兴趣，今录杜甫原诗如次："知章骑马似乘船，眼花落井水底眠。汝阳三斗始朝天，道逢麹车口流涎，恨不移封向酒泉。左相日兴费万钱，饮如长鲸吸百川，衔杯乐圣称避贤。宗之潇洒美少年，举觞白眼望青天，皎如玉树临风前。苏晋长斋绣佛前，醉中往往爱逃禅。李白一斗诗百篇，长安市上酒家眠，天子呼来不上船，自称臣是酒中仙。张旭三杯草圣传，脱帽露顶王公前，挥毫落纸如云烟。焦遂五斗方卓然，高谈雄辩惊四筵。"

②　《关于偷酒的中国女人》。全诗这样写道：VIP室可是有钱人的地方　每个人道貌岸然一本正经　可是有两个中国女人偷酒　她们穿得可不是一般时尚　PL的衣裤香奈儿钱包　金丝边眼镜卡地亚手表　她们娇艳欲滴惹人垂青　她们打开了手中的大塑料提包　像松鼠她们不停地运酒运粮　每一个男人都装作没有看见　她们吃起粮食只吃一半　她们像母狼眼露贪婪　咳　我的中国女人我的中国脸面　我的几千年一声长叹　不拿白不拿　不贪白不贪　我的中国我的哀怨　富有并没有让我们显得富贵　发财并不会让我们减少贪婪　我的中国　我的伤感。

然 在世界的最高处反而看不见世界"。这的确是极高境界的诗,这是写在世界最高处的闪光的诗,是经历了怎样的痛苦和磨难,是战胜了怎样的恐惧和悲哀的融和着泪水、也融和着心血的流自心灵的诗篇。我相信如下的诗句将长留在人们的诗歌记忆之中:

> 在雪坡上我向东向西向北向南各走了三步
> 从此一个祖国就有了一个特殊的印记
> 在雪镜后泪水突然喷涌而流
> 还好这世界并不会有人看见
> 在阳光下我像大兵一样直立
> 我因此增加了人类的高度
> ——《珠峰颂之五》

面对骆英的诗,我感到了语言的乏力。"常恨言语浅,不及人意深"。在他的大气磅礴的声音面前,依然感受我的表达的无能和拙笨。

2011年7月24日酷暑,于北京大学中国诗歌研究院

诗探索·华文青年诗人奖评语

蓝野:他的平易的诗句里流动着亲情与人性的辉煌。《母亲》表现了坚强的北方汉子的柔情,《母亲节悄悄写下》则有淡淡的感伤。《石榴——给杜清秀》依然充满蓝野式的柔情,这是一首杰出的爱情诗——它无意间拓宽了传统情诗的空间。诗人表达情感不仅细腻且颇绵密。

谷禾:故乡是远去的风景,昔日的河流已经干涸,而月光依然明亮。那是最后一道有点伤感的温暖。谷禾的诗有流动感,语言清新而明亮,他的意象也有一种透明的美丽。

宋晓杰:白马芦花,银碗盛雪,清茶一盏,明月孤悬。意象奇兀,色彩凝重。宋晓杰的诗显得大气磅礴,她的秋野或者雪野都很辽阔,有一种豪气,毕竟是东北锦绣大地生长的女儿。她有意地规避了女性诗歌易有的柔软或者感伤。

杨方:云中湖泊,月下秋水,崖上杜鹃,棕榈苍翠。杨方善于捕捉和摄取天下美景,丰富他的诗歌的色彩。他对大自然的美感有独特的感受力。

王晓华:这一个春天,我只要一只布谷鸟,它知道我的梦幻;

---

* 此文据文稿编入。

我是荷花,这一日,要把自己"往碎里开","眼睛里的雾气只为一个人荡漾"。读王晓华的诗,有一种让人心动的柔情蜜意,即使是"暗恋是冷的",依然能够感受到她的炽热。

丁立:河南是我心仪的地方。我最先到过南阳,随后两度寻访安阳,发现那地方地上和地下的文化积存极其深厚。前不久郑重访问了郑州和开封,就剩下洛阳了。感谢丁立写了伊水和洛水,满足了我对河南全景的想象。丁立的诗长于智性的表达,而智性与诗性的结合无疑会增加诗的魅力。

江离:他的诗是理性的,能在日常场景中表达生活的智慧。

杨景荣:他的诗有浓重的生活气息,表达了诸多人生底层的焦灼、艰难和伤痛。他的表达有某些过于直接的缺憾。

吴乙一:流畅自由是他的语言特点。他的诗保留了许多生动的生活场景,当然,也保留了一些不应有的随意性。

君儿:他对世间万象有许多关怀,他表现了作为诗人的可贵品质。

2011,7,28

为《碧水行云渡远山》序*

韩永文先生早岁家境贫寒,喜书而无力购书。于是遍寻家藏书箧,遇书必读。中外古今,如饥似渴,过目不忘,及长,有成。后从政,业务之暇,总于诗文钟爱有加,公余吟咏,华章频传于朋侪间。

诗集《碧水行云渡远山》乃先生十余载心血凝成。先生慧于心而敏于文,虽政务繁忙,却始终不弃辞赋,令人心感。先生行止,遍及寰宇,美景流连,心志悠然,于是佳句泉涌。盖诗文滋心养性,从政者心忧民瘼,乐诗文者必有所助援焉!

先生足迹所至,心仪古今圣哲,多有由衷颂赞之词。兰亭雅韵,沈园伤情,长沙谒贾太傅祠,不忘安邦伟文。登岳阳楼,天下忧乐系于一身。寻胜临沂,无视风物,满眼战国兵书,春秋竹简,长记:史上春秋多恶战,太平盛事祈安澜。

文人心境,忧国忧民,先生识古辨今,并非一味怀旧而忘今事。银梭巡天,飞车凌云,遗银笋于广寒,心喜乐之,有诗为贺。是岁江南雪暴,后又汶川地裂,"社稷梦系情怀",依然牵萦一颗诗心。某日过通州潮白河,无水,伤怀久之,诗曰:"往来成阡陌,踌躇望京门。文明何所续,企见水流深。"

永文先生积学深厚,于诗词尤为专擅。五七律绝,各体词曲,均有佳构。华章丽句,脍炙人口,人惊洛阳纸贵!先生用字考究,九寨沟写"七彩山水楼"、"镜海三叠月",一个楼字,一个月

---

* 此文据文稿编入。

字,新意全出。又咏珠海石景山,乃五言绝句:"山间明月色,霜覆半山阁。冬日闻蟋蟀,银河落半郭。"用仄韵,颇得古意。

太平时势,诗韵传音,先生诗词结集出版,蒙不弃,以先睹为快。但见珠玑满纸,感世有才人,欣欣然作如上数语,以为出版之贺。

岁当辛卯夏月,于北京大学中文系

女人在雨中做梦*
——读张秀娟

她的笔名是苇子,而我只喜欢叫她秀娟。苇子是在我们认识之后用的。秀娟则是那年那日午后,在湖州的那座园林,在那个开满荷花的小轩旁,我初识的那个江南女子。那是一个会议后的休闲时光,我们去了湖州。她避开了一切喧哗,在那里独自对着满池的荷花沉思,有点忧郁,又有点矜持,更多的是一种沉静的美。我们就这样认识了。那时候我知道她叫秀娟,我愿意这样叫她,或者如她母亲那样叫她秀秀。

随后,我们就有了交往。秀娟是诗人,也写散文,有时也写别的一些文体,文字的涉及面很广,她对电影、绘画、音乐以及电视,对雷诺阿、马蒂斯、达利和肖邦,都有很深的悟性与认知。秀娟是多识、多才、而多情的女人。但我们的交往更多的是诗。她写了诗总给我看,有时我会说些意见,有时则什么都不说。诗是我们心灵的使者。

我们隔些时日总会见面。有时是在北京,有时是在杭州。会面也总是匆忙,但也都是美好的。北京是我的城市,杭州则是她的城市。北京的悠远和壮阔,杭州的妩媚和秀丽,都属于我们。秀娟出生并成长在"神仙居住的地方"。仙居那地方我到过,特别是"神仙居",那里的情侣石,情侣树,还有蜿蜒氤氲的情侣路,都是充满暗示与诱惑的。

---

* 此文据文稿编入。

我对秀娟的生活经历并无深知,她也许快乐,也许并不快乐。但我认定她是幸运的,她的生命中拥有一道江和一个湖。江是永安溪,那是她的母亲河,是她少女时代的象征;湖是杭州西湖,它是由少女而完成为女人的象征。一条美丽的江,加上一个更加美丽的湖,湖边河岸,凝立着一个穿白色舞鞋的女人。她的诗意与诗心总与水有关。难怪秀娟的诗总是多汁液的,总是蒙着湿漉漉的水雾。这是一个在雨中、水中做梦的女人。

先说她的江,她自谓是永安溪畔的一支苇子。此江是她生命与情感的原点。江是她永远的母亲。在秀娟的诗中,母亲与永安溪是永远的同一,是至爱的亲人与至爱的故乡的同一。《春天素描》可以视为她的少女时代的句号。突然而来的一道"金色的弧线",把原先宁静的生活弄得"凌乱不堪",这个永安溪畔无忧无虑的女孩,"挽上全新的发髻,出门时却穿错了衣裳"。她这样写她的成年礼:

　　相继开放了,书本,词语,野花
　　相继开放了,苜蓿,裙裾,肉体

她仿佛是一只蓝色的半透明的瓷器,脆弱,敏感,易碎。这正是恋爱中的女人的情态。这是他对春天的素描,也是对自己青春的礼赞。永安溪是她从少女到女人的界河:"永安溪拦腰进入我的女人时光,一丛芦苇命名了我"。接下来的笔墨是献给母亲的,她小心翼翼地写她的伤感与怀想,秀秀的呼唤在云朵的深处,门前的流水依旧,只是旧屋已更加破旧——。秀娟有一种举重若轻的本领,她的笔墨看似不甚用力,却是在众人不经意间显示她的内功:"雨滴声使玻璃弯曲"(《一场雨》);"端午过后,石巷深处慢慢柔软了"(《旧石巷》)。这里的"弯曲"和"柔软"都是独特感受的提炼。

要是我没有读错,《慢节奏的邮差》是写初恋的。就是要慢,要让他等,等到"苍老",甚至"绝望",然后相爱。这就是恋爱中的女人的狡黠。再后来出现的是孩子,她有意在诗中给孩子的父亲以灰色,而闪耀着光辉的是母性的橙色,粉色和纯蓝,母性是明亮的,当然也是伟大的。在诗集的第一辑,我们的诗人拥有一份自然、天真和单纯,这一辑属于秀娟的少女时光。到了组诗《沸蓝的湖》,一气排列下来的二十首,每一首都与西湖有关。也都与爱情有关,这里意象重叠、繁复,而且充满暧昧,我知道其中深藏着一个成熟女人的全部隐秘。她用了柔软,纠缠,怪异,混乱,艳丽,性感①这些词语对自我的想象。星星般闪烁的意象,落入那湖,它们落入那湖,那里的蓝色是燃烧且沸腾的。

故事多半是发生在江南的雨中。《一场雨》、《雨水》、《突然的雨在下着》,以及《雨季诗章》,她的诗中充满了雨意。一个女人在雨中等待。这里仿佛有一次密约,出租车来了又开走,房间的新鲜如同初识,雨丝是一缕扯不断的情思。她写热情与羞怯,写"红色的睡莲悄然开放",以及"喘息之中的妩媚"。她在她所喜爱的音乐中听到了爱情的召唤:"爱琴弦上肉体的激情,爱空气中细小的淫荡与甜蜜"②,这音乐也是性感的。我看到了女诗人在湖畔雨中的等待和约会,咖啡室明明灭灭的灯光,茶馆窗旁雨丝般的低语——。她正从少女完成而为女人。尽管她依然天真,有些任性,时有娇嗔,但她已经成熟:"我是大雪中的一个国家——孤独,洁净,结绳记事,不与他人交往"。她是特立独行的。

秀娟的西湖是我心仪的地方。我对她的拥有甚至心怀妒意。那年我到杭州,在西湖的中午有一个匆匆的约会,在西湖天

---

① 见《沸蓝的湖》小序。原文:"一个个想象自我的身体分离出去——柔软。纠缠。怪异。混乱。艳丽。性感。——一应俱全,它们落入湖中,沸腾,湖水与情感有了全新的颜色。"

② 见《音乐诗》。

地,也在断桥和平湖秋月,与我约会的朋友动情地对我说:西湖是恋爱的地方,西湖到处都是爱情的暗示与诱惑。这一切,秀娟都拥有了。也许她会在一个雨声淅沥的午夜有寂寞和孤独来袭,但这寂寞和孤独也是诗意的。

至于秀娟说的"悲剧中的喜剧,喜剧中的悲剧",以及"命运判决书的正面和背面"的所指,这都是生命的密码,外人是永难破译、也无需破译的。第二辑"沸蓝的湖"有很多隐语,有些繁复和生涩,人们只能依稀地猜想和揣测,这增添了阅读的难度。诗的隐曲是自然之理,但有些意象的不确定也是应当避免的。我无意为秀娟护短,诗歌的成熟与阅读的难度不会是正比。

一个诗人在湖边、在雨中做梦。穿过雨帘,我们望到了一个忧郁的背影。这本身就是一首美丽的诗。

2011 年 8 月 20 日,于北京昌平

读林志山的诗^{*}

当朋友辗转把林志山的诗歌送到我手里时,我看到这个北大学子已经写了很多年诗,已经出版了几本诗集,对于那些孜孜不倦写诗的北大学子,我总是充满了欣喜。北大是诗歌的圣地,美丽的校园滋润着年轻学子的心灵,北大的诗歌传统总是让年轻人很快浸润到诗歌写作的潮流中来。

在学校的时候我不认识这个叫林志山的年轻诗人,他好像也不是中文系的,这些都不重要,关键是他一直写诗,从少年时代到青年时代,从北大到珠海,诗歌一直陪伴着他,有诗歌相伴的生命是美丽的,我为北大有这样的学子而感到欣慰。

林志山是 70 后的新生代诗人,他出生于 1975 年,他 1993 年来北大读书的时候,北大的诗歌潮流已经从一个时代向另外一个时代转变了,带有明显新启蒙色彩的知识分子诗歌写作慢慢落下了帷幕,对诗歌艺术表达的探索随之也进入另一种范式。林志山在北大的整体诗歌写作氛围中获得的也许更多的是内在的感觉与诗意的形式,我没有读过他在此期间写作的诗歌。这个集子收录的诗歌是他最近三年的诗作,整体的调子是明快的,唯美的,诗歌的意象大多跟自然相关,相比于形式,他更关注内容的表达,他是一个言之有物的诗人,而不是一个耽于形式探索的诗人。这些是不是跟他的身份有关,他一个踏实地道的农民子弟,他眼中的大地和泥土浑厚朴实,他时刻为父辈们的辛劳而

---

* 此文据文稿编入。

饱含泪水,中国南方大地给予他的不是轻柔细腻的哀伤,而是含有金属味道的质朴重量。他的笔下有父辈们修水库的集体群像,有母亲生育的艰难,有为生存而奔波的乡农形象。每当他的诗歌触及这些匍匐在大地上的生灵时,诗人的笔触充满了苦难的哀痛。

诗人的心是敏感多情的,大自然的美,人类情感的美,都会引起他美好的吟唱。相反,却会刺伤诗人的心,让诗人的心浸泡在不安和伤感之中,《羽毛飞落满地》一诗,诗人被地上沾满鲜血的鸟所击中:"今天,2009年10月25日6点13分/回家路上,看到鸟儿断翅、羽毛飞落满地/林子将孤独,明天清晨将寂寞。"这个悲剧性时刻铭刻在诗人的记忆里,一个生命的粉碎性事件打破了诗人内心的平衡,他用几乎白描的手法来画出这个很快就被清理的事件。诗人的心总是过分柔软和敏感,对很多日常生活的体验大于常人,才会在平朴的生活之后看到断裂的存在。

我读林志山的诗,感觉他是一个美好的人,一个感恩的人,一个对生命怀有敬意的人,正如同诗人自己所说:

> 我要感谢美丽的诗篇,那些
> 善良的句子,使我满怀愧疚
> 它们像血液一样
> 流经我的身体
> 日复一日,年复一年
> 传递我内心的疼痛

他的疼痛产生于他对美好事物的留恋以及不能抵达之间,他是一个在物质主义时代哀悼精神存在的人,他好像城市的零余人徘徊在物质和欲望的路口,他毕竟是受过北大文化熏陶的诗人,他毕竟是从乡村走入城市的知识分子,这些给予他另一种视角,他是城市的打晾者,是内心感情的追寻者,他要用观察者

的目光来书写自己生存的现实:

> 这是某市西苑超市门口
> 一个冬天寒冷的夜晚,上帝
> 已经和卷叶虫一道打马而归
> 今夜,
> 许多伪劣商品声名鹊起
> 鲸鱼在印度洋吐出气泡
> 迅猛泡成一场海啸

在这首诗里,蝴蝶效应震动全球,鲸鱼的气泡就是一场海啸,冬天/伪劣商品,刀/夕阳,石榴/柔情,这些都是满含着诗情与伤感的意象,一个城市诗人内心的柔情蜜意忽然被寒冷的物质主义击碎。

当然,我最喜欢的还是他的抒情短诗:轻灵,唯美,富有想象力,仿佛南国的风吹开柔软的百合,诗人的心慢慢被打开,诗人的感觉被诗情画意般催开。此时的诗人就像一只单纯的小鸟,用迷人纯粹的歌喉歌唱着美好的世界。进入他诗歌的意象大多是来自大自然,在抒情短诗《青草沾满流星》里,抒情主人公对大自然的深爱,对青草和流星,对人间万物的期许,化作对人类最美好情感的咏颂。《静夜思》里对美好爱情的期待和赞美:"月华如水,只为勾勒你明媚的身影/你深藏的品质,使我从一朵火焰的底部/感到崇高的温暖。而你圣洁的灵魂/像花开的声音,令无数邪恶背过脸去。"诗人期待着美好圣洁的爱情,花开一样,让邪恶走远。显然,诗人心中的爱情是高贵的,是无与伦比的,他才有勇气来《请求》:

> 我请求,在太阳的茅棚内
> 重新放一把火,在月亮怀孕之前
> 使青草的乳房同时尖叫

> 于是。那些嗷嗷待哺的星星
> 就会葡萄一样落下来：
> 令所有的石头春暖花开！

诗人的爱让大自然万物花开，他点燃了所有富有生灵的万物：

> 此刻。我听到草莓体内
> 有雪花糜烂的声音
>
> 你碗中的红月亮啊
> 仍然握紧刀枪！
> 那鱼的灰烬
> 鹰一般展翅飞翔
> 更为惊险的是水草
> 她们在秘密引爆
> 上帝的粮仓……
> ——《鱼的灰烬》

在这条路过珠海的情侣之路上，诗人的感觉像春天的花一样盛开了。

遗憾的是，收集在这个诗集里的诗风格差别很大，除了这些美妙精致的诗，还有一些应时应景之作，表达了诗人对现实的关注，另一方面却提醒着我们诗歌的有限性，诗歌在表达现实时需要的艺术克制和分寸。好在林志山还很年轻，他的诗歌道路还很长，我祝愿他以后能写出更好的诗歌。

召唤与抉择[*]

  中国新诗的诞生在中国诗歌史上是一件天翻地覆的大事。新诗是以对古典诗歌的批判和质疑的"反叛者"的形象出现在中国诗歌史上的。新诗反抗古典诗歌的目标很明确,首先,是在形式和语言上要打破古典诗歌的藩篱,去文言和格律的约束而代之以白话和表达的自由;再就是在诗的内涵上,则是以荡涤传统诗歌的田园情趣和文人心态,而注入平民意识使之更加切近日常生活为目标。以上这些,都在胡适和陈独秀关于文学革命和新诗革命的文章里有清晰的表述。

  新诗是中国新文化运动和新文学革命的产物。而它的"潜伏期"则可以向前追溯到晚清的文学改良运动。诗歌改良的先驱是黄遵宪,他很早就意识到传统诗歌与生活现实的隔离。距今一百二十年前(1891年),他就在《人境庐诗草·自序》中发出了对于古典诗歌的质疑,呼吁人们注重今人今事的表达:"仆尝以为诗之外有事,诗之中有人,今之事异于古,今之人又何必与古人同?"他的未来诗歌的理想是:"古人未有之物,未辟之境,耳目所历,皆笔而书之。"他要求诗歌不再脱离人们现实的感受和处境,而把诗歌的写作"坐实"在现实生活之中。

  黄遵宪的最著名的观点是他主张"我手写我口",就是要把诗歌的写作拉到口语表达的"低处"来。这些言论,与后来的新诗倡导者主张非常接近,例如胡适也说过类似的话,1915年他

---

[*] 此文据文稿编入。

在与友人的通信中说过:"诗国革命何自始?要须作诗如作文。"①黄遵宪不仅有理论,而且身体力行,他用五言古诗的形式写了当时的一些新事物,电话、照相和火车等。这些致力,旨在改变古典诗歌那种远离人间烟火的悠远和空泛,而贴近于现代文明和实际生活。但他的实践没有成功,他们同时代人的实践也没有成功。

究其原因,就在于他们反抗得不彻底。其症结在于,他们依然坚持文言写作、在形式上又不能突破原先以五七言为基础的框架,他们试图在旧形式中装进新词汇和新思想,结果只能是削足适履、佶屈聱牙,造成了不新不旧的怪胎。这个结果,甚至连力主诗界革命的梁启超等人也不满意。② 这同样可以在胡适的论述中得到佐证。胡适指出过,"五七言八句的律诗绝不能容丰富的材料,二十八字的绝句决不能写精密的观察,长短一定的七言五言决不能达出高深的理想与复杂的情感。"③

新诗的最大功绩是废除文言而倡导白话,弃取格律而基本采用自由体。这就从语言和形式上获得空前的突破,也就是胡适说的"诗体大解放"。这是胡适等人的伟大贡献,他们的英勇"突围",使晚清以来诗歌改良的有志之士面临的困惑和焦虑迎刃而解。通道打开了,新诗的建设者于是有了可供自由驰骋的天地。

当年新诗的创造者的初衷,就是要把诗做得"不像诗",要把传统诗中的那些韵味和情趣(即胡适所谓的"旧词调")加以驱

---

① 《胡适文集》第1卷,北京大学出版社,1998年11月,第144页。
② 梁启超说,"当时所谓新诗者,颇喜挦扯新名词以自表异。丙申、丁酉间,吾党数子皆好作此体","此类之诗,当时沾沾自喜,然必非诗之佳者,无俟言也。"梁启超《饮冰室诗话》六十、六二,人民文学出版社,1959年4月。
③ 胡适:《谈新诗》,《星期评论》双十节纪念号,第五张,1919年。引自吴思敬主编:《中国新诗大系·理论卷》,人民文学出版社,2010年9月,第4页。

除。他们当时的这种决绝,我们现在可以视为极端。但新诗是巨变时代的产物,导致这种极端的基本原由,即在于它特殊的时代背景。包括新诗革命在内的中国新文化运动的深远背景,是中国在近代的颓败中寻求强国新民的前路。它想通过文化的振兴,达到救国图强的目的。而新诗革命则是这个整体追求的一部分。

当日人们的急切心情是要让诗歌直接促进社会进步和民众觉醒,而新诗的兴起正是服膺于这个大目标的。简要地说,新诗是中国百年忧患和现代焦虑的最直接的产物。不论是为了启蒙,还是为了救亡,诗歌从内容到形式的的革新,都受到时代潮流的驱使和约定。当日的想法,只要能传达时代的精神,只要能装进现实的内容,只要能表达人们的真实情感,这就够了。至于其余的一切,包括与诗歌同在的声律、韵味、诗意等等,是可以略而不论的。

新诗的诞生的确为中国的诗歌带来了新气象,原先僵硬的、丧失了创造力的、陈陈相因的诗歌,如今挣脱了镣铐获得了自由,充满了生机并带来鲜活的气象。当然,新诗革命也带来了诸多新问题,多年之后,这些问题不仅未曾消减,而且更加引起人们的关切。其实,早在热情激荡的当年就有人指出,人们往往记住了"新",而忘了"诗"。我们不能不佩服俞平伯,当年,他在极力鼓吹新诗革命的同时就指出:"白话诗的难处,不在白话上面,是在诗上面;我们要紧记,做白话的诗,不是专说白话。"①

这说明,即使在新诗诞生之初,人们已经预知了这场艺术变革所要付出的代价。但当日的人们为了追求诗歌与现代社会的契合,还是义无反顾地选择了新的探索与新的变革。他们毅然

---

① 俞平伯:《社会上对于新诗的各种心理观》,《新潮》第 2 卷第 1 号,1919 年 10 月。

地摈弃历经千年陶冶的精美绝伦的古典而投身于现代。白话诗开创了中国诗歌的新时代。对比古典诗歌的美轮美奂,它也许显得稚嫩甚至粗糙,但是它打破了千年的束缚,迈出了思想解放和艺术解放的第一步。它创造了一个全新的天地。

很难设想,要是不进行这一场革命,我们至今还沿着运用脱离日常口语的文言,依然让那些僵硬的律则束缚我们的思想情感,从而使我们的书写远离活生生的现代文明和现实生活、并且不断重复前人创造的意境和陈旧的言说,那将是何等可怕的情景!须知我们今天拥有的,是前人经过深思熟虑郑重抉择和果断实行的结果,作为后人,我们正享用着他们用无畏和智慧所创造的巨大遗产。我们将非常珍惜我们今天的拥有。

今天,当我们远离那个充满忧患的年代,当亡国的伤痛和生存的危机成为一道遥远的梦境,身处太平时世的我们也许会有遗憾,我们会痛感与古典传统的疏离和隔膜——那个绮丽华美的诗歌世界是那样地不可理喻地迷人!而它已离我们远去,我们只能远望那远去的背影。愈是远去便于是憧憬和追怀,便愈是想着恢复旧日的繁华。但是理智告诉我们,那毕竟是昨天的艺术,只是属于已经过去的时代的繁华。我们已经不可能回到古典,正如我们不可能成为李白的同时代人。

我们是现代人,我们有属于现代的抒情方式和思维方式。用我们现在使用的、接近于日常口语的现代汉语来写自由自在的诗,依然是我们今天的不可更改的事实。对于古典诗歌当然我们可以喜欢和热爱,也可以写作和发表,但我们深知,那艺术只属于那个时代,它可以优美,可以令人陶醉,但不可能成为现代交流的主要的和基本的方式。

我们注意到,过去受到摈弃的古典诗歌正在重新唤起人们的热情。和五四那一代人不同,如今的人们正在用客观、公正和平和的心态,重新认识和评价这中华文明的瑰宝。中国古典诗歌的魅力引起人们仿效和创造的愿望,当今,旧体诗词的写作已经成为新诗写作之外的又一种表现生活和抒发情感的方式。这是时代的进步,也是诗歌的福音。但不争的事实是,古典的方式不可能适应现代的生活,新诗依然是、而且始终是表现现代生活和现代情感的最适宜的方式。

2011年8月26日于北京大学中国新诗研究所

往北是通天河[*]

往北是通天河。通天河再往北,那里河流呈网状,有的是在地表,有的是在地层,水汩汩地冒出地面,在那里的沙碛和草甸间默默地集聚。这里离长江源头还有相当的路程,但远归远,却无时不在酝酿着一场充满生命力的迸裂、喷发和惊天的磅礴。

通天河过了玉树之后决意南下,这就是金沙江了。从这里开始,它万里奔流为了亲吻中原大地,也为了寻找伟大的出海口。

此刻我面对的是金沙江。金沙江出了青海地界,仿佛喝醉了酒,一路踉跄地奔流而下。那流水急湍如双刃剑,锋利地劈开两岸的峻岭巉岩。剑锋的一边是昌都,剑锋的另一边是甘孜,金沙江是一道电闪,硬是给它们划了一道永恒的边界线。它依然酒意微醺,贪看两岸的山光水色,也不免多情留恋。

横断山却是不管这种情意绵绵,它果断地引领那无羁的水来到了云南的丽江。丽江是雪水滋润的古城,水推动那风车,水流过河边的茶座和昏暗的灯笼,从高山村寨下来的牛群缓步走过石板的市街,牛铃显得遥远地梦也似的叮当着。

酒醒了,远道而来的金沙江,惬意地围着丽江城绕了一个满满的圆圈。也许是被东巴古文字的神秘所诱,也许是被那悦耳的纳西古乐所迷,也许竟是恋上了玉龙雪山上的仙女。它是完整地在古城的边上绕了一个圈,一个近于三百六十度的圈!

---

[*] 此文据文稿编入。

那日从山巅下到河谷。两山之间,江声如雷,来到近岸,却是惊涛崩裂。金沙江在这里来了个华丽的大转身,这就是著名的长江第一弯。而后,它回身再向北,好像是浪子回头,要返回那遥远的长江源。可是毕竟忍不住那美丽的诱惑,过了宁蒗地界,它还是恋恋不舍地回身南下。万里长江的第一弯,在这里画了一个完满而美妙的大"之"字。

在"之"字的第一个折点上,千仞绝壁的深谷中,金沙江到这里窄如一道裂缝,而激流受到两岸崖壁的羁束,却如受惊的烈马腾空跌宕,犹如雪峰半空爆裂,飞溅了漫天的白玉!这时节,冷不防,激流奔涌之处,一团火焰自高空腾跃而过:虎跳峡!

2011年8月30日,于北京昌平

长江是在梦中*

我们从江陵乘夜船去公安。公安城里灯火明灭,酒香满街。当年这里很"落后",没有霓虹灯,也没有广告牌,更没有嘈杂的播放器。昏暗中,城市像是在打着呵欠。几张红漆的桌椅,橱柜里堆放着卤煮的甲鱼——这是当时最便宜的下酒菜——有一面厚厚的闪着油光的案板,一溜儿排开蒙着红布的大酒坛。酒肆是寂静的,从那里飘出的酒香也是令人沉醉的寂静。

公安古城仿佛在等待乘舟千里、从江陵带着满身酒香来归的诗人。午夜,江陵在彼岸做梦,公安在此岸做梦,它们都是睡眼惺忪。看那古旧的情景,即使不是在唐代,至少也是在明代。这时节,袁宏道披着长衫,从书房静静地来到这酒肆。他和他的友人也是醉眼酡颜、步履蹒跚。袁宏道诗文均佳,而文尤胜。他的尺牍让人着迷。记得当年,我几乎能背诵他的那些潇洒风流的给友人书。

我们是利用公暇偷偷地从江陵来到公安的,为的是要在风清月朗的夜晚,和心仪已久的袁氏兄弟把酒一聚。夜深,长江是睡着了。江风习习,江声如鼓,那江水,如一匹无限延长的布,黑黝,闪着暗光,向着无限延长的遥远。隔岸灯火摇曳,夜航的轮船拉响沉闷的汽笛,靠岸,又离岸。人声也是如此,近了,又远了。

长江是在梦中。

2011 年 9 月 1 日,于北京昌平

---

* 此文据文稿编入。

我珍藏的《四世同堂》[*]

  这一套 1979 年百花版的《四世同堂》是我的珍藏。它在我的书库里静静地待了整整三十年。这书是老师吴组缃送给我的。八十年代初的某一日,我去吴先生在北大朗润园的寓所拜望他,那天先生兴致很高,我们谈话延续了很长的时间。五十年代吴先生给我们上过课,开始是古代文学和现代文学,后来是《红楼梦》专题。吴先生本身是作家,他的《红楼梦》研究从创作的角度进入,对情节结构、人物形象、甚至作品的风格形成等的分析,都表现了与一般红学家不同的特点。

  那天见面,吴先生操着略带安徽的口音谈了他的身世。吴先生说,兄弟数人中只有他的身体差一些,可却是活得最长。先生说,这是"歪墙不倒"。话题由此转到生命的诞生,吴先生认为这完全是一个"偶然事件"。他饶有兴味地说到生命的偶然性:万千精子中的一个与卵子的偶然相遇,便绽放了灿烂的生命之花。那一天的谈话,他强调的是,珍惜生命以及健康的道理。后来谈到了他的朋友,谈到刘白羽,也谈到老舍。

  吴先生在中文系素以直言著称。他有很多"名言",我们知道的有反右时说的,领导对知识分子的政策是"打一下屁股给一颗糖吃";"文革"中说的"赤地千里"。都是惊人之语。他谈到老友,也是毫不掩饰他的褒贬,对刘白羽的批评更是溢于言表。说到老舍,也有"名言",那就是老舍在解放后被神化了,又说,老舍

---

[*] 此文据文稿编入。

的问题是"太革命",而他自己则是"不革命"。"太革命",当"革命""革"到他的头上时,他就受不了——这造成了他最后的悲剧。而吴先生说,正是由于他的"不革命",却意外地保存了他。

我平时不记事,以上说的也只是大意,但相信也不会有太大的出入。那天临别的时候,因为说到了老舍,他顺手从书架上取下这套《四世同堂》送我。吴先生说,老舍生前送过我一套了,是原先出版的,还在,这套转送给你吧。于是就有了我这三十年的《四世同堂》珍藏本。

孙女谢典,今年上初二了。近期开学,语文老师布置她们阅读《四世同堂》。为了这书,她遍访书坊不得,归而求我。此书恰在,遂以为赠。因为这是我的珍藏,我在书的扉页上为谢典留言,记述了此书的来历。斗转星移,世事万变,文革风云,她当然不会知道。而老舍的悲剧人生,相信谢典以后终将知晓。读书,更要了解写书的人,这是我要告诉谢典的。

2011年9月1日,与北京大学中文系

竹林掩映的村落[*]

这是我的村落。它的名字很美,字面上是"星南",当地人读成"星兰"。星兰更美,星星如兰,兰如星星。星兰是长江边上的村落。长江还在远处,大约要走十多华里,那里的集镇叫滩桥。滩是江滩,滩边有桥,应该是江边的码头了。对于星兰而言,滩桥是一个大地面。

那时我住在星兰一队。从星兰到滩桥,十余里都是乡间小路。水网地区,遍地都是港汊河渠,稻田连绵着稻田,竹林连绵着竹林。稻田加上竹林,把大地遮掩得密不透风。这道路锦绣铺成,清晨是蛙声遍野,黄昏是炊烟缠绕。农家烧的是棉花梗和芝麻梗,空气里总是迷人的清香。

所有的瓦屋都没有窗子,与外界联系的唯一通道是堂屋的门。门竟日开着,鸡和燕子可以随意出入。不设窗户似乎是有意的,为了让柴烟满屋子飞,好熏那梁间储备过年的猪肉。农家节俭,每年养一头猪,半只卖钱补日用,半只留着自家过年(保存的办法就是烟熏)。平时是舍不得吃肉的。

这里是古云梦泽,是诞生楚辞的地方。楚人多才,楚女多情。楚辞里的色彩、节律、韵致和风情,都留传在鲜活的生命里。长江用乳汁浇灌了这里的田园风物,也滋润着这里的万千生灵。江汉平原上的女人鲜美如花,已婚女子都绾的发髻,发间缠红丝绳,髻间插银笄,银光闪闪。她们巧笑美目,倩兮盼兮,一个个鲜

---

[*] 此文据文稿编入。

明俏丽，一个个顾盼生辉，令人禁不住浮想九章九歌中那些如仙似幻的湘夫人和山鬼们。

星兰一队有座瓦屋，那是我曾经住过的家。这是独门独户的自然村，门前一水池，我从那里挑水，也在那里洗衣。门后是大片的竹园，春天的笋是我餐桌上的佳肴。房东的女儿回家了，我们就割一片烟熏的肉来款待她。

2011 年 9 月 2 日，北京昌平

万里巨流无声[*]

  长江浩浩荡荡到了武汉,一路上呼啸风云,漫卷天日,把湍流、险滩、峭壁、断崖,把一切的艰难辛苦都放在了身后。在武汉,长江改变了姿态,不是倾泻,不是冲击,而是包容万象的、近于温情的铺展。此时不论你是站在江岸,还是站在长桥的顶端,近看江流,它是"不动"的,它醉眼惺忪,如梦如幻。这是奔腾之后的沉寂,也是奋激之后的静谧。

  过了武汉再往东行,即是黄石、九江一线,惊涛浩淼,星月在天,依稀却是当年折戟沉沙之处,也许竟是把酒问天之所。文略武功,有若浩浩江流,涵融今古,一泻千载。长记当年携侣登镇江金山寺,见寺前嵌有前人诗句:"江流天地外,山色有无中"。一时惊为天造地设,似是某人、某年、某月、某日,专为此情此景而书。熨帖自然,深叹前贤笔墨,有若神功!

  这一路水网连绵,舟楫如织,波涌天地,天地间却是充盈着浓浓的诗意。转眼就是采石矶了,那岸边留有李白足迹,人们告知此系诗人酒酣捉月处,太白楼翼然此间,是后人对美丽和浪漫永远的追念。这正是:

  楼压惊涛万里江山供醉墨
  山临幽壑四时风物助诗怀

---

 * 此文据文稿编入。

流水在石头城下眷恋地打旋,秦淮雅韵,六朝金粉,但见燕子矶兀然险立江渚。这里是吴头楚尾,江山形胜之地,前人留下了美妙的文字:"篷窗中见石骨棱层,撑拒水际,不喜而怖","看水江澉洌,舟下如剑,峭壁千仞,碚礌如铁"(张岱:《燕子矶》)。
　　万里巨流无声。

辛卯中秋于昌平北七家

我也有一个梦想*

今天的聚会来了很多朋友。他们来自北京和全国各地,张默先生来自台湾,最远的来自冰岛。冰岛属于北欧,是最遥远的靠近北极圈的北欧。在大西洋汹涌波涛中的冰岛,它的东边穿越挪威海峡和巴伦支海峡是欧洲大陆,它的西边接近格陵兰岛就是美洲大陆了。遍地都是冰川、雪山和温泉的冰岛,它的澄澈、透明以及地热蒸发的温情,足以使全世界的朋友对它心存感激。感谢这些近道和远道的前来参加我们会议的朋友们!

我为今天的聚会写了一篇简短的欢迎词,原先想用"我也有一个梦想"做题目。后来觉得不妥,因为《我有一个梦想》是美国伟大的马丁-路德-金著名的讲演的题目,我不敢僭用这个题目。尽管我加了一个"也"字,但仍然不敢接近他灼人的光芒。人生说到底都是为寻梦而来,伟大的人有伟大的梦,平常的人有平常的梦。人们总是拒绝噩梦,而且总是彼此祝福天天做个好梦。做梦的权利属于金,也属于我,原是属于大家的。想到这里,我的内心也就释然。

借此机会,我想说说我自己。我用一生的时间只做了一个诗歌梦。孩提时节,我在南中国的夏夜,背诵过杜牧的"银烛秋光冷画屏,轻罗小扇扑流萤"①。少年无知,乱写新诗,精品绝

---

* 这是在北京大学中国新诗研究所举办的"北京大学中坤诗歌基金建立五周年学术论坛"上的发言稿。据文稿编入。

① 杜牧:《七夕》。

无,倒是留下了"一地鸡毛"。及至少长,发现那时代不适于诗,于是自觉"封笔"。但是痴心成梦,毕竟心有不甘,作诗不成,转而读诗。从那时起,读古今中外的诗,也读今天到会的朋友的诗。我的梦想就是为诗歌做点事。我想,我的同事孙玉石、洪子诚、张剑福、骆英等各位先生,也和我一样怀有为诗歌做点事的小小的愿望。

有了梦想,实行起来却是千般万般的难。记得二十世纪八十年代,我曾主持过一个叫做中国语言文学研究所的机构,我不做文学,也不做语言,私下里只想做诗歌。我在研究所的名下"非法地"(因为未曾正式批准)成立了一个诗歌中心。一台光明牌的文字处理机,加上一个长期在北大周边"游走"的年轻人,开了几次会,编了几年的《诗探索》。这些都是义工,不仅没有报酬,而且常常要自掏腰包。因为没有办公场所,也没有经费,过了不久,也就"梦断燕园"了。

这就到了我们今天的会议。七年前,从天降下来一位贵人,此人就是今天到会的骆英。关于骆英,我已经在不同的几个场合谈到他了,今天与会的也多是熟人,也都知道的,此处就省略了。骆英的出现的确在我的眼前出现了一线光明。在他的支持下,七年前我们成立了新诗研究所,五年前建立了中坤诗歌基金,一年前在原有的基础上,成立了中国诗歌研究院。骆英为此投入了大量的财力和精力。这位我当年的学生,这位与我同样做着诗歌梦的诗人,由于他的出现,我不再"梦断燕园",而且得以"梦想成真"。

比起那些叱咤风云的人物,我们的工作是微不足道的,我们只是以平常心,做平常事,如前所说,梦也是平常梦。我经常感慨,人生苦短,除了那些为数不多的杰出人物,大多数人的一生只能做一两件有意义的事。即使是这一两件事,如我曾经怀有的诗歌梦想,要没有时代的机缘和外力的支持,其结果也可能永远只是梦想而难于成真。

因为是在北大说到了梦,又说到了诗歌。我顿然想起在《野草》里写到诸多梦境的鲁迅先生。《野草》的《一觉》也许是先生梦醒之后的感慨。那天先生记起在北大的教员预备室,有位学生送给他《浅草》,他为这青年的赠品而欣悦,他谈到了《浅草》之后的《沉钟》:"那沉钟就在这风沙的漩洞中,深深地在人海的底里寂寞地鸣动。"先生说,"我爱这些流血和隐痛的魂灵,因为我觉得是在人间,是在人间活着。"①

这是《一觉》的结尾文字,我读后有悄悄的、也是深深的感动:

> 在编校中夕阳居然西下,灯火给我接续的光。各样的青春在眼前一一驰去了,身后但有昏黄的环绕。我疲劳着,捏着纸烟,在无名的思想中静静地合上了眼睛,看见很长的梦。然而惊觉,身外也还是环绕着昏黄;烟篆在不动的空气中上升,如几片小小夏云,徐徐幻出无名的形象。②

编《浅草》和《沉钟》的人中,有当年的冯至。先生怀念的和感慨的"驰去的青春"以及被昏黄环绕着的"很长的梦",应该是在怀想北大的年轻诗人,以及中国诗歌的未来吧!

2011 年 9 月 24 日于北京大学

---

① 鲁迅:《野草·一觉》,《鲁迅全集·二》,人民文学出版社,1959 年,第 211—212 页。
② 同上。

那些空灵铸就了永恒*

唯有精神久远

李白说:"屈平词赋悬日月,楚王台榭空山丘"①。他是说,即使是贵为天子的显赫与威仪,也是短暂的,而屈原的诗歌与日月同在。他说了这些话,感到意犹未尽,更强调说,"功名富贵若长在,汉水也应西北流"。李白的话是对的,世上的一切,包括人们非常看重的荣华利禄,也都只是过眼烟云。能称得上是永远的也许唯有他的酒,以及酒造就的他的诗,以及诗造就的人类高贵的精神和充满幻想的诗意世界。

我曾几次沿着唐诗的长廊前行。有时是从古长安出发,有时是从兰州出发,经八百里秦川,或是漫长的河西走廊,想象着当年在长安市上放浪形骸的那些诗酒的精灵们,迷醉于他们沿路撒下的芬芳华美的诗歌的吉光片羽。武威过后是张掖、酒泉过后是玉门、往后是安西和敦煌。从敦煌再往前走,就是那时的西域了。闺中望月的缠绵,醉卧沙场的壮怀,大戈壁的烽燧依稀可辨,心中默诵是当时气象万千的诗句:"长风几万里,吹度玉门关","劝君更尽一杯酒,西出阳关无故人","羌笛何须怨杨柳,春

---

* 此文为在第三届中国诗歌节诗歌论坛上的发言。据文稿编入。
① 李白:《江上吟》。

风不度玉门关"①,此时想起了诗中的玉门关和阳关,竟是无限地沉醉。

那日黄昏时节到达敦煌。三危山屹立苍穹,如一尊巨大的佛像,接受四方香客的朝拜。这里是沙洲遗址,这里是沙枣墩遗址,这里是日渐浅涸的月牙泉,这里是驼铃叮当的丝绸古道,可是那些诱发美丽诗句的阳关和玉门关却是堙没不存了。对着茫茫沙碛,但见一只鹰在天际寂寞地盘旋。

学者和诗人毕竟不同,学者会用平静的口吻讲述那历史的沧桑:"敦煌、阳关、玉门关及丝路通流之盛,去今千年以远。昔时故迹,或隐或没;古人亲见,今多茫然。"②考古学家和敦煌学家们认为古迹的堙没是自然之理,他们几乎摒除了所有情感的缠绕,用近于"无动于衷"的语气讲述那无情的迁徙和消失:"不唯现在的玉门县城不能认为即太初以前的玉门关,就是汉玉门县城也不是汉代太初以前的玉门关。"③

那么,旧时那些引发诗人千古兴叹和寄托征人万里乡思的古塞雄关在哪里?我们应向何处寻觅它们的踪迹?时间告诉我们,持久和永恒的并不是人们通常看重的那些,甚至也不是此刻牵萦着我们心灵的地表上的留存。那一切,都随着岁月的流逝而消弭在历史的风烟之中了,正如此刻我们寻觅玉门关和阳关而无所获一样。而诗歌证实了李白的断言。奇迹是诗人创造的。那些在历史的风烟中隐匿和消失的,却令人惊喜地因诗人的锦心绣口而永存。

现在不是诗人向历史学家求证和寻觅,而是反过来,是学者

---

① 以上引用的诗句,按顺序分别引自:李白的《关山月》、王维的《送元二使安西》,以及王之焕的《凉州词》。

② 李正宇:《敦煌、阳关、玉门关论文选萃·序》,甘肃人民出版社,2003年8月。

③ 劳干:《两关遗址考》。见纪忠元、纪永元主编:《敦煌、阳关、玉门关论文选萃》,甘肃人民出版社,2003年8月,第92页。

向着诗人求援了。当学者在现实的地图上找不到两关的迁徙痕迹时,是诗歌向他们伸出了援助的手。这里有一个实例。考古学家考证唐开元天宝时玉门关的位置,认为应当是与贞观时相同的。他引用的不是文化的遗存,也不是史籍和文献,竟是岑参的《玉门关盖将军歌》、《玉门关寄长安主簿》和《苜蓿烽寄家人》这些"史(诗)料"。

诗人的作品为考古学家的论证提供了关于时间、人物、地貌、节庆和具体场景、甚至时代氛围以有力的"实证"。下面引用的还是岑参的诗篇《敦煌太守后庭歌》:

城头月出星满天,曲房置酒张锦筵。美人红妆色正鲜,侧垂高髻插金钿。醉坐藏钩红烛前,不知钩在若个边。

学者依据诗中描写的情景考据:自苜蓿烽而去,便至敦煌。城头月出时的宴会,应当是上半夜月在上弦的时候。即应当是在正月十五以前。藏钩行酒,是当时岁腊的风俗,时方犹是新年。春酒送钩也应是新春的宴饮。"所以岑参的路,是从现在安西附近,即玄奘所出的玉门关西行,正月初一沿葫芦河过苜蓿烽,正月十五以前到敦煌。现在从安西到敦煌,仍有沿河走的路。——所以贞观到天宝,玉门关未换位置。"①这就是说,物质的玉门关消失了,而精神的玉门关却跨越时空、奇迹般地在我们的心灵中永存。

上面举的那例子,只涉及中华诗词魅力和创造性中很小的、甚至是很不重要的部分。诗歌毕竟不是历史,也不是天文和地理,它提供的主要不是"实有",而是"虚有",是精神和气韵。常识告知我们,诗歌是属于心灵的,它的实质和旨归是人们的精神

---

① 劳干:《两关遗址考》。原载中央研究院历史语言研究所集刊,11本,第287—296页。转引自纪忠元、纪永元主编:《敦煌、阳关、玉门关论文选萃》,甘肃人民出版社,2003年8月,第91—97页。

和想象。诗歌会神奇地改变一切。所有的眼前景、身外物,在它那里终将化为恒久的心中情。正是由于它是并非"实有"的"空灵",于是它能与日月同寿而归于永恒。当然,我们此刻是就诗中的优秀者或杰出者而言,而不涉及那些平庸的作品。平庸的作品不会久远。

伟大诗歌源流

我们为中华诗词自豪。因为它给了我们以智慧,而且更给了我们一颗世代相传的浪漫的诗心。中华诗词铸就了中华民族的灵魂,它使我们擅于幻想,是我们在精神生活中拥有高雅的情趣和隽永的韵致。我们的孩子很小的时候就受到这些诗词的熏陶和感化,诗歌是他们想象力和智慧的启蒙。当他们并不识字的时候,中华传统的歌谣就通过母亲或祖母的口,传到了他们童稚的心田。

稍后就是李白他们了。中国的孩子很早就学会想象天上的月华——不是天文学上的月球——而是诗歌世界中的天上宫阙、千里外的婵娟、白玉盘、与我共舞的诗性的天边月圆,是如霜、似水、漂浮在春江之上照着花林、照着流水的、让人想家的故乡明月。我们的孩子很早就学会了诗意的幻想。他们的天空是开阔的,也是空灵的和浪漫的。中华诗词哺育和滋养了中华民族一代又一代的子孙,这些诗词融入了我们的血脉,开启了我们的幻想的窗口。

诗词把大自然人性化了,它使我们具有了一种天然的对于自然风物的心领神会,我们几乎是与生俱来地能够用审美的、诗性的目光,审视我们拥有的和想象的一切,从而灵动地、潇洒地、同时更是飘逸地感受和体验那些空灵的世界。其实用不着别人的启示,我们几乎会"无师自通"地从乍放的柳芽中想象那把巧夺天工的无形的"剪刀"①；我们也能在迷蒙于有无之间的草色中，感受到季节悄然的转换②；至少在一千年之前，我们的诗人就教我们用超功利的目光领略和欣赏春天的江、江上的月、月光里飘散的淡淡的雾，从而发出悠长的叩问：

> 江畔何人初见月，
> 江月何年初照人？③

诗歌培养了我们优美的心灵，高雅的情操，使我们即使是面对极度的艰难，也能把那一切的困苦转化为优美和雍容。杰出的诗歌不仅诗化了我们的人生，而且健全了我们的民族的心智，它的影响贯穿在中华民族的全部历史中。事情也许不是从李白他们开始，而是更早，也不仅是先秦，甚至在上古，我们有长达几千年的完整的诗史。在最早的《击壤歌》那里，我们就听见了我们的先民无羁、洒脱、自由而浪漫的内心召唤。④ 此诗表明古代的士大夫和今日知识者的"清高"、或者对于权力的警觉与疏离，其自有源。

《诗经》是中国最早的一部诗歌总集，它的年代大约是商末周初至春秋中叶之间⑤，至少也是距今三千年上下的作品。把诗推到极为隆崇的地位而被视为"经"书，也许是中国所仅有⑥，也是中国诗歌的骄傲。问题不在于统治者和民间的重视，更在

---

① 贺知章的《咏柳》："碧玉妆成一树高，万条垂下绿丝绦。不知细叶谁裁出，二月春风似剪刀。"
② 韩愈：《初春小雨》："天街小雨润如酥，草色遥看近却无。最是一年春好处，绝胜烟柳满皇都。"
③ 张若虚：《春江花月夜》。
④ 《击壤歌》："日出而作，日入而息，凿井而饮，耕田而食。帝力于我何有哉！"
⑤ 商朝帝辛(纣)是公元前1075年，周朝武王(姬发)是公元前1040年；春秋中叶大约是公元前246年。
⑥ 《圣经·旧约》中有"诗篇"，但那是经中之诗。

于它一出现便是惊人的完整和成熟。《诗经》的开始就意味着完成（当然是经过后人的"删削"），它建立并宣告了一个诗歌体系的诞生：在诗歌的性质与功能上是"风、雅、颂"并备，在诗歌的艺术与技巧上是"赋、比、兴"俱存。

而《诗经》的意义，远不止于诗歌原则的建树，历来对于诗经的评价，都远远地超出了单纯的审美范畴。它被认为是一部"经夫妇、成孝敬、厚人伦、美教化、移风俗"①的全能的教典。在古代，《诗经》的功能远不止于艺术的和审美的，它是一种全面的教化。孔子教导他的学生们："小子何莫学乎诗？诗可以兴，可以观，可以群，可以怨。迩之事父，远之事君，多识于鸟兽草木之名。"②在当时人们的心目中，这些诗教不仅在于审美，更在于"实用"，孔子说："诵诗三百，授之以政，不达；使于四方，不能专对，虽多亦奚以为？"③

《诗经》的成为"经书"而与《礼记》、《左传》、《大学》、《论语》等并列而成为中华文明的经典，是由于它最早就形成"乐而不过于淫，哀而不及于伤"的诗性准则，它承载了中华文明的精髓。《诗经》是中华诗情的源头，对后世的诗歌有着深远的影响。它给了我们最早的诗歌创作的典范，即一种全面的由审美进入而达于优化人生的诗歌准则，是一种始于诗性而达于诗教的古代诗歌理念。迄今为止，它依然是中华诗词的灵魂和根本。

《诗经》是向我们全面展示诗歌魅力的集大成者。无论是从抒情或叙事的角度，也无论是从批判或颂扬的角度，它都是无可企及的典范。对于战乱的忧思，对于和平的向往，特别是对于人间温暖的缅怀，对于四时风景的咏叹，都为中华民族的优美情操

---

① 《毛诗序》。引自郭绍虞主编：《中国历代文论选》（上册），中华书局，1962年1月，第44页。
② 《论语·阳货》。
③ 《论语·子路》。

注入了永恒的活力。

> 昔我往兮,杨柳依依。
> 今我来兮,雨雪霏霏。
> 行道迟迟,载渴载饥。
> 我心伤悲,莫知我哀。①

《采薇》是征人劳顿思乡的哀歌,吟唱于艰危极重之时,令人震惊的是,这些劳卒的哀伤心情此刻却由于"依依杨柳"和"霏霏雨雪"的"好心情"的"嵌入"而得到了释放。这种近于"奢侈"的审美(对于悲哀)的介入,在提醒我们一种适当的诗的情感姿态。要是只热衷于"言说"而忘记这种"描写",那么再动人的至情的表达也无从说起。而正是《采薇》一类诗歌的抒情所给与我们的宝贵启示。

《诗经》是产生于中国北方的诗歌结集,它成为上古中国自民间直抵庙堂的美刺之音的空前集结。《诗经》思想境界高远,艺术积淀深厚,四言短句,吟咏再三,回环重叠,蔚为奇观。可以说,"诗三百"美轮美奂的资质之为后世所追崇,其恒久的盛况是空前,也可以说是因其"不见来者"而绝后的。历代都不乏对《诗经》篇章的颂扬的言说。《邶风·燕燕》被崇为"万古送别之祖"②,《小雅·采薇》被赞为:"历汉魏南朝至唐,屡见诗人追慕,而终有弗逮。"③

中华诗歌在南方的崛起,是由一位伟大诗人宣告的。这就是本文开头引用李白诗中讲的"屈平词赋"的创作者。要是说《诗经》代表的是以民歌为主体的群体的歌吟,那么,屈原的出现,则宣告了作为个体的诗人写作时代的到来。正如《诗经》是

---

① 《诗经·小雅·采薇》。
② 王士禛:《分甘余话》。
③ 陈子展:《诗经直解》,卷十六,复旦大学出版社,1983年10月,第543页。

不可替代的一样,屈原所代表的楚辞也是不可替代的。屈原充分个性化的诗歌,融君国与个人的忧思于一体,开启了整整一个时代的灵智。屈原创造了一个艺术个性异常鲜明突出的诗人形象,哀郢怀沙,香草美人,奇诡华艳,温雅皎朗。

个性突出的诗人的出现,标志着中华诗歌一个(由群体吟咏到诗人创作)新的时代的到来。北方——南方,群体——个人,歌谣——诗人创作,从自然推进到全面展开,从初始到成熟,中华诗歌就是这样一路经历曲折而健康地行进着。它有惊人的自我调节并自我完成的平衡力,它以绵延不断的后续的奇迹而成为一个古老的诗歌传奇。

一代又一代的诗人沿着屈原开辟的道路,独立而自信地创造着、延续着、展开着。自此而后,诗有魏晋汉唐之盛,词有豪放婉约之分,由此进入元、明,乃至于清,以诗词的繁华鼎盛,挺进于日益隆盛的叙事作品之中。这些"侵入"叙事和戏剧的对话与情节乃至细节的诗词曲赋的碎片,如星月点缀了中国近代文学的华彩。中华诗词因之也在所有的文学中永存。

历史抉择与内心隐痛

至于现代文学中白话新诗的出现,毫无疑问,这一场划时代的诗歌革命,它酝酿甚久,并非一时冲动的行为。这只要查看自黄遵宪、梁启超到陈独秀、胡适的一些关于文学改良和文学革命的文献即可明白。这是经过深思熟虑的一种历史性的抉择。

白话新诗的创意是以西洋诗歌为模本,更以数千年的古典诗歌为"假想敌",必欲去尽千年诗史的繁华锦绣,使之洗尽铅华,抛却隽永之神韵,摈弃铿锵之节律,由贵族返至平民,由台阁回归俚俗的义无反顾的行为。从黄遵宪的"我手写我口"到胡适的"要须作诗如作文",他们当年的目标,是要对美轮美奂的中华诗歌传统来一个大的手术,务求去其"文饰"而返回自然素朴。

这个弃取的过程的确造成了中国几代人的内心隐痛。

　　这一切,发生在鸦片战争之后、戊戌维新之间、最后完成于五四新文化运动中。新诗革命的缘起与当时的国势衰微、变革图新有关。改革诗歌旨在改变诗歌的与世隔绝状态,使诗歌能够与社会进步、民智开发、与民众的日常生活——传达新思想、引进新思维、表达新情感——保持最密切的联系,最终有益于强国新民这一宏大的目标。是故,白话新诗的诞生及其命运不是一个单独的举措,而是事关改变国运与中国的社会更新这一重大事件联系在一起的。

　　我们的确为此付出了代价。这就是:我们为此打碎了一只精美绝伦的古陶罐。这陶罐就是我们的祖先从远古的歌谣开始,经《诗经》、楚辞,以及而后历朝历代的诗人们奇思异想、呕心沥血铸造而成的古典诗歌。而这一主动的"破坏"换来的则是人人能读、能懂、甚至也能写的"白话"新诗——这种诗歌从表象看,与中国古典诗歌相去甚远,却是当日人们拼力坚持和争取得来的。当时的人们很为此兴奋和骄傲了一阵。胡适甚至将它与辛亥革命的成功相对比,认为是"八年来一件大事"①。

　　新诗运动的策划者的这种欣悦,是由于他们"攻克"了中国文化中最"顽固"的一座堡垒。这堡垒被认为是(事实可能也是)影响中国前进的障碍。那时的人和现在的人感觉可能不同,因为当时是国衰民弱,内忧外患,充满危机感的社会,当生存都成问题的时候,对于"陶罐"的破碎是不会太在意的。所以旧诗的被新诗所取代,尽管有人感到失落和惋惜,却也有相当多的人感

---

　　① 胡适:这是《谈新诗》一文的副题。胡适说:"这种文学革命预算是辛亥大革命以来的一件大事。现在星期评论出这个双十节的纪念号,要我做一万字的文章。我想,与其枉费笔墨去谈这八年来的无谓政治,倒不如让我来谈谈这些比较有趣味的新诗吧。"(引文中的标点是原来的,未改。)见吴思敬主编《中国新诗总系·理论卷》,人民文学出版社,2010年9月,第3页。

到了解放的快意——它毕竟带来了表达的自由。

太平年月人们的感受与动乱年月会有大的不同,一是距离战乱远了,人们渴望享受精美的东西,一是新诗本身存在问题,写作也不在意,于是愈发怀念旧诗的精致和韵味,从而普遍地产生怀旧的心理。这就是近来旧诗词重新受到青睐、而且喜爱它的人愈来愈多的原因。这现象同样地引发了维护新诗的人们的担心和警惕,甚至认为是一种倒退。

我们面临着新问题,我们对此需要重新的辨析。事实是时代发生了变化,人们的心境也发生了变化。当今时代我们尽管还有新的忧患,但是国家和社会已经强大和富有,我们不再穷弱,先前那种紧张和危机感得到放松和缓和。我们变得自信而从容。我们不会再把造成衰弱和落后的原因粗暴地归诸旧诗词——事实上它不能为社会的积弱担责。

中国人开始与古典诗歌"和解"。他们开始重新辨识它的博大与丰富、体悟它的精神华彩的魅力,而且重新开启了仿效与摹写的热情。破坏的激情退潮以后,理性与冷静占了上风。人们终于发现,旧诗不曾消亡,也不会消亡。在近百年的时代风云中,它成为一道潜流,依然鲜活地流淌在中华儿女的心中,依然默默地滋润着我们诗意的思维和情感。人们消解了对于旧体诗词的警惕甚至"敌意",乐于正视新诗与旧诗同源这一事实,在承认新诗革命的划时代意义的同时,也承认新诗的变革中同样包蕴着对于中华诗歌传统的继承。

新诗的确是展开了中华诗歌的新生面,它规避了古典诗歌那些与世隔绝的弊端,能够零距离地拥抱鲜活的现实生活。一种摆脱了格律约束的、接近于日常口语的自由的诗歌体式,空前地拉近了诗歌与社会变迁、日常生活的距离,它于是成为我们不可须臾脱离的表达思想情感的方式。

旧诗有伟大的传统,新诗创造了新的传统。我们完全有理由骄傲和自豪,我们从未失去旧有的传统,我们又创造了和拥有了新的传统。这是双翼,也意味着双赢。当代的中华诗歌,正以宽广的胸怀接受和包容一切形态的诗歌,各种各色的"主义"和方法,各种各式的形式和风格,当然更包容了:源于伟大的古典诗词传统的沿袭,以及同样伟大的白话新诗的无限创造力。

2011年9月30日,于北京大学中国诗歌研究院

这里是新诗的故乡*

　　这是一座诗的校园,诗歌的花在这里盛开。季节在转换,人在更迭,冬去春来,一代又一代,诗歌的花总在默默地、认真地开,鲜丽,而且热烈。先前,在红楼的花坛和人行道旁,也在汉花园宁静的院落中;后来,当校园迁徙到遥远的春城,诗歌的花依然盛开在翠湖边。随着时光的推移,在勺园、在朗润园、也在燕园的垂柳依依的湖滨,依然延续着诗歌的花事,每时每地,开得灿烂、也开得浪漫!

　　这里从来是诗的国土。古典诗歌和外国诗歌,在这里星月交辉,从来都不乏知音和吟者,这些来自故国和异邦的诗的精灵,在这里繁衍了鲜艳的诗之花。现在要说的是有别于前二者的新诗,一种适应着时代呼唤的新型的诗。胡适先生是"尝试"新诗的第一人。一个夜晚,月光透过窗帘,洒了满地。先生立于窗前,他感恩似的低语:"多谢你殷勤好月,提起我过来哀怨,过来情思。我就千思万想,直到月落天明,也甘心情愿!"①沈尹默先生好像是受到了感染,他吟的也是月夜情怀:"霜风呼呼的吹着,月光明明的照着。我和一株顶高的树并排立着,却没有靠着。"②

　　白话写诗,对于那些习惯了文言写诗的人,不免显得有点

---

*　此文据文稿编入。
① 　胡适:《四月二十五夜》。
② 　沈尹默:《月夜》。

生，有点涩，有点"乏味"，但用的是全新的语言，却是全新的感受，全新的气象。有人开了风气之先，就有人接着做推动风气的事。北大的人，就这样破天荒地开启了新诗的闸门。教授们和学生们好像是飙着劲儿，开展着新诗的赛事：先生们办了《新青年》，首先发难登了新诗；学生们不甘落后，也办起了《新潮》，也大量地刊登新诗。《新青年》也好，《新潮》也好，都是新思想、新文学、也都是新诗的园地。

　　北大是属于诗的，从这里走来了一代又一代的新诗人，他们走来了，又走远了，留下了诗的神采和芬芳。这些北大诗人，他们的名字组成了一长串明亮的星辰。他们几乎涵盖了一部中国新诗史。很难设想，要是抽去了北大以及与北大有关的那些诗人，一部中国新诗的历史是否还能成立？正是因此，林庚先生才把北大比喻为新诗的摇篮——摇篮旁的母亲的心。①

　　北大从来也不曾辜负诗歌的抚慰和托付，不管是风霜雨雪，还是月夕花朝，这里的诗之花依然灿烂地蓓蕾着、绽放着时代的芳香和美丽。从周作人到康白情，从徐志摩到冯至，从废名到汉园三诗人。这个诗歌原野散发的芬芳感染了所有的人，连一贯尖锐凝重的鲁迅也写诗，从旧体诗到新诗，再到《野草》，从而使他的作品融进了诗的柔情，连专擅小说的沈从文也把诗带进了他的湘西风情，使他的作品充满了田园牧歌的情调。

　　在中国诗歌复兴的二十世纪八十年代，北大师生也始终站在引领新诗潮崛起的前列，一直到"面朝大海，春暖花开"。这一路诗歌行进的鲜明足迹，一直激励着世代的北大人，他们与中国诗歌共命运。正是因此，作为这一光辉事业的后续者，他们不论是曾为诗人，还是曾为研究者，从来没有忘记这一庄严的使命。

---

　　① 林庚：《红楼》："红楼你响过五四的钟声 你啊是新诗摇篮旁的心 为什么今天不放声歌唱 让青年越过越年青"。这是林庚为北大学生刊物《红楼》创刊所写的诗。

今天这里奉献给诸位的诗歌的小册子,原是为印证这一切而印制的。它不仅是一个总结,一种纪念,我们希望它还是诗歌原野的向导和馈赠,而且更是一种答谢和感恩。有幸得到它的人们,要是因而拥有了关于诗歌与北大历史渊源的一点认识,对于我们这些编者而言,那就是一个莫大的欣慰。

2011 年 10 月 7 日于北京大学中国新诗研究所

题诗歌纪念册[*]

人们把情感和梦想揉成了美丽动听的词语,这就是诗歌。时间对一切都无情,唯独诗歌例外。

2011 年 10 月 10 日,于北京大学中国诗歌研究院

---

[*] 此文据文稿编入。

读报偶感[*]

中国的经济是大发展了,而文化的状况却令人担忧。忧虑者大多数是在知识界和学术界,而广大的文化界,特别是演艺界,似乎还是懵懂的,那里一派"升平景象",他们好像并没有什么焦虑。

经济好比是人的肌体,而文化则是人的灵魂。一个人的肌体再健康,而思想和精神的缺失却是致命的。经济出现问题,救急之道甚多,例如物价、股市、房市,等等,比较好办,亦可快速见效。举例说,我们连那空前的(但愿也是绝后的)"大饥饿"都挺过来了,我们还怕什么!

而文化不同,文化的出现问题,一是本来就难发现,二是发现了没有药到病除一说。治文化病用不上"急火",只能文火慢慢炖,"大跃进"不行,"大革命"更不行。风起于青萍之末,对文化的预警,事先的"察颜观色"即"把脉"极为重要。现在看来,这"脉""把"得有些晚了。

文化是什么?说深奥了也可以,说浅显了也可以。我曾经说过,文化可能就是一口痰,此人随地吐下的一口痰,足以证明此人的"文化"。文化也可能就是一个用语,一句"粗口",可能就是此人的"全部"。不妨想想,几千年了我们连随地吐痰的陋习都革除不了,"文革"后,我们连"谢谢"、"再见"都不会说,何况文明和高雅?

---

[*] 此文据文稿编入。

现在不仅是学术界和知识界的人们在忧虑,文化的现实已经惊动了高层,这是最让人感到欣慰的。我们真的应该"上下一心","唤起民众",共同承担起促进文化繁荣发展(包括重建)的"建国伟业"。

2011 年 10 月 19 日,于北京大学

公共空间与私人空间[*]

诗歌曾经是公共生活的积极参与者,我们从诗歌中听到了时代的潮音。在五四时期,在抗战时期,甚至是在政治运动频繁的二十世纪五十年代,那些通过艺术方式呈现的充满诗意的诗篇,为我们传达了时代的苦难和欢乐,我们从中感受到了历史前行的脚步声。这一切,在历史转折的八十年代,在新诗潮的高潮中,诗歌当然更是充实、完整地保持了时代的特有精神。而现在,诗歌的公共空间却是空前地消匿和弱化。

诗歌的公共空间之所以成为话题,原因在于诗歌固有的"私人性",在于诗歌的发生总是与私人的情感抒发有关。所谓的"情动于中,而形于言",诗歌的缘起总是私人性的。诗,因为诗有一个由个人因情而动然后及于他人的过程,于是就有了对于公共生活的"疏离"乃至"忽略"的警惕,因而也就有了历来关于诗歌不可脱离公共空间的强调与提醒。

诗的个人性与公共性始终是一对互为依赖又互为排斥的概念。对于一首诗而言,它的充分的个人性可能产生优良或杰出,而它的与时代精神的完美融合与彰显,则必定与诗的伟大与永恒相关联。这已是诗歌史屡见不鲜的事实。杜甫的《闻官军收河南河北》、陆游的《示儿》都是这样的作品。后人评陆游此诗曰:"'家祭无忘'之语,千秋而下亦为长恸。此其用心与子美何以异哉!"又说,"耿耿忠心,千秋遗训,呼唤着后世的热血男儿。"

---

[*] 此文据文稿编入。

陆游此诗嘉定二年十二月作于山阴,这一年年底逝世,是他的绝笔。

通常说诗歌到底是个人的,这话并没有错。二十世纪八十年代以后,强调个人化,其大背景是文革动乱,是为反抗"政治第一"的诗人们的无言的默契。诗歌一旦打开了私人空间,自由的阳光和人性的温馨一下子涌了进来,使当日的诗歌充满了活泼的生机,而且开拓了较之以往更为广阔的天地。但是事情一旦过了界限,其原本的性质便受到了伤害。

反顾当今的诗歌,个人的空间几乎取代了公共空间而成为一种不言而喻的主潮。相当多的诗人忘记了周遭的世界,忘记了世界上的善恶和是非、公理和正义,沉湎于个人,写着极端自恋的诗篇。他们自以为是,实行着彻底的"个人至上"甚至"个人唯一"的宗旨,只是咀嚼着小小的欢乐和悲哀,一些别人无法破解的自言自语。当诗歌的主潮淡出了公众的视野,可以断言,这就是一种病态。

人们可以把这一切归咎于是对以往的政治强加的反抗,但是他们没有理由因为倒脏水连同婴儿也一并倒掉。是的,政治曾经肆虐,但政治本身并不意味着灾难。政治与一切攸关,它涉及的总是重大的事件和主题,特别是关于天下兴亡、社会盛衰、民生苦乐这样一些重大的话题。这些,诗人能回避、能充耳不闻吗?诗人关怀这一切,当然并非"为政治服务"的卷土重来,更不意味着排斥诗歌的个人性。而是更高地要求于诗人,以富有个人特征地表达他们对于世事的牵挂和关切。

这就是我们此刻讨论的诗歌的公共空间的要谛,也许就是此时,一个充分个性的、同时又是充分公众的、既是非常独特的又是充盈着时代精神和公众关怀的诗人正向我们走来。

2011 年 11 月 11 日于北京大学

向诗歌致敬[*]

女士们,先生们,同学们:

首先,请允许我以中坤国际诗歌奖评委会和北京大学中国诗歌研究院的名义,欢迎各位应邀出席今天的盛会。

由中坤诗歌基金设立的中坤国际诗歌奖,每两年举办一次,每届分别授予一位中国诗人和一位外国诗人,此外,根据情况另设诗歌翻译奖,授予译介外国诗歌到中国的杰出的翻译家。应该说,全世界以各种语言写作的杰出诗人,都在我们的评选范围之中。但有一个条件,那就是国外诗人的作品必须译成中文、并在中国产生积极的影响的。

我们的工作始于 2007 年,为第一届,2009 年为第二届,现在是第三届。中坤国际诗歌奖的前两届,是由中坤帕米尔艺术研究院主持的。感谢唐晓渡、西川和欧阳江河三位先生为这个奖项做了卓有成效的开创性的贡献,从而为我们后续的工作打下了坚实的基础。从第三届开始,评奖工作改由北大诗歌研究院主办。我们将秉承并完善上两届确立的秩序与准则,继续有效地开展这项旨在繁荣创作和促进国际交流的诗歌事业。

中坤国际诗歌奖的评奖委员会由学术界有影响的专家组成。评委会始终殷切期待着那些拥有丰硕的创作成果并享有读者盛誉的杰出诗人进入自己的视野——评委会特别属意于那些具有深切的人文关怀、崇高的理想精神、独特而丰富的的艺术经

---

[*] 此文据文稿编入。

验、并形成稳定的创作风格的诗人能够成为这一奖项的获得者。中坤诗歌奖具有终生成就奖的性质。

我们之所以有上述这样的价值认定,源自我们长期形成并始终服膺的诗歌理念。在我们的心目中,诗歌不仅是一切艺术形式的高端,而且体现人类文明到达的极致,诗歌几乎就是高贵、儒雅和品位的同义词。诗歌从来都代表人类美好的情感、高尚的情操、博大的情怀,它始终以理想的光芒召唤人类的良知。

我们感谢诗歌,因为它在物质张扬的年代,带给我们以精神的丰满与充实;我们感谢诗歌,因为它在普遍缺乏情趣和想象力的平庸与琐碎中,给我们以梦想和安慰。诗歌告诉我们,世间的一切可能都是过眼烟云,而诗歌可能创造永恒。让我们像敬畏宗教一样敬畏诗歌,诗歌就是我们的宗教。

是的,我们是在表彰一种充分个性化和充满创造性地表达世界和自我的艺术,但我们更是在表彰一种始终与土地和人民欢乐与共、患难与共的可贵情感,我们更是在表彰一种充满悲悯、仁爱和伟大的人性光辉的精神、思想。

为此,我们选择中国最高学府的一座殿堂,举行这个神圣的颁奖典礼。我们选择了远离浮华和喧嚣,以隆重而庄严的方式,向诗歌致敬,向创造了诗歌的诗人致敬!

谢谢大家!

2011年12月6日,于北京大学百年纪念讲堂

想起一封信[*]
——怀念许觉民先生

想起一封信,想起许觉民先生。先生离开我们已经多年了,但我总没忘了他。我要写一些文字纪念他。于是,从夜晚到黎明,再从黎明到夜晚,在堆积如山的文案中,在工作台的边角旮旯里,我失魂落魄地寻找,我要寻找一封信——一封许先生给别人谈到我的信。我十分珍惜这封信,以我的习性,这封信一定被我保存在非常安全的地方了,它是不会丢失的。我很自信。我放下手头的工作,我坚持这一艰难的寻找。

终于,"灵感"来了,它一定被我夹在当时的日记本中了——我有这个习惯,大凡重要的信件,为了怕日子久了忘却,总会把它夹在相应日子的日记本中。这样哪怕是沧海桑田,天老地荒,只要人在、日记在,我最后总能找到它。果然,事实印证了我的记忆:我在新日记第三十三册的一个夹页里找到了那封信,连同寄信给我的上海朋友的信和他的名片,都完整地在那里静静地等待我的"发现"。

信是韦泱先生寄来的,他附言:"近为欧阳文彬整理书札,有许老一信,谈及您,请您存念。"许老就是许觉民,是他写给欧阳文彬的,谈的全是关于我的内容:

文彬同志:

　　五月十七日信悉。

---

[*] 此文据文稿编入。

谢冕的文章,是他的观点,他不会肯改,也不必改。倘编者改了,与他原意相悖,殊非相宜。他的诗论,一直对过去的历程持反思态度,偏颇恰是一种见解,其实也还是一种学术见解,与政治无涉。文中只要对"讲话"(延安)没有大不敬处(如有可稍加改动,我记得没有),就不算是问题。至于"二结合",不赞同的人极多,何独是他?我也觉得这是不能成立的一种理论。文学理论总是创作实践的结果才能抽象出来,独有这"二结合",乃先有理论,然后再照此模式去创造作品。事实上很难找出有"二结合"的作品。现实主义也有想象,浪漫主义仍不失真实,倘以此为准,那么什么作品都是"二结合"了。我觉得可以持否定意见,这类文章很多,谢的文章持此观点,我认为是可以允许的。在不失原意的前提下,文字上遇到不得宜处,您作些改动是可以的,但不宜改动原意,您看如何?

您对稿件把关,我十分赞同。是应该考虑周密慎重些。不过我想,谢文谈的是理论,是诗的历程,对历来新诗的见解,充其量是一种偏见而已,有反对的,也有赞成的。《文论系列》发一点有新颖见解的文章,有一定棱角,只要与四项原则不违背,我想使这套书有一点生气,有点敏感性总比那些四平八稳的论著要好些。当然,谬论不足取,他是有分析,有观点,有独立见解的。就这些说,我想正是"系列"要保持的特色之一。您说呢?

文艺形势乍暖还寒或乍寒还暖是长期存在的一种气候了。这里风云变幻,与上海不同,既热闹,又令人忧心忡忡。情况说不完,以后如有见面机会再当面陈说。

祝好

许觉民　5.20

许觉民先生那时或后来都没有向我谈及此信及信中所涉及的内容。一切都在他的支持下悄悄地进行着,并且得以完成。我推想,这封信里所述,应该是指八十年代末他为上海三联筹划并主编的一套理论书,其中有一本是我谈新诗的专著。整个八十年代,我因"朦胧诗案",属于"有争议的人物"。更何况还有八九夏季发生的那件惊天动地的大事,那件事影响了当时甚至以后的社情、文情。这一切过来人都心知肚明,毋庸我来饶舌。令人感动的是觉民先生撇开这一切,默默地独自承担了,而且坚定地支持了。他不告诉我,自有他的一份爱护、体恤之心。

书的出版是在九十年代初,准确地说是1991年3月。但出版社和欧阳文彬先生的审读,应该是在出版前、八九、九零之交的事。那时正是许先生信中说的"乍暖还寒或乍寒还暖"的特殊节气,当时文宣领域的那份微妙和暧昧,经历过的人应该也都不会陌生。对比之下,许觉民先生当日的所作所为,就特别地具有动人心弦的地方。他对我,不仅是一般的爱护,而且是以自己的身体来抵挡,更有一份难得的深知。在那个年代,像他这样一个负有领导责任的、有影响力的前辈,为他的一个作者承当着并辩护着,这是何等动人的情景!尤为令人感动的是,他做了,说了,但对当事人却始终未吐片言只语!

后来,过了些时,先生又向我约稿了。这次仍由他当主编,他自己有一本书,又约了与他心气相投的一些文学界同仁的书,是插图本,由他约请著名的漫画家配图。时势已变,大概不会再有上引信件涉及的那些枝节了,我想。当然,先生仍然什么也没说。只是到了书印出来了,他电话指示我关于赠书及稿酬等等事项。他是老编辑人,一切都不紧不慢、有序地进行,做他的作者真是省心。

先生始终活跃在出版界、学术界、批评界。他本身既是作家、编辑家,还是领导人——我知道的有:人民文学出版社的负责人,中国社科院文学研究所继何其芳、沙汀、陈荒煤之后的新一任所长,等等。他文质彬彬,待人谦和,博学又不失锐气,他有一双特别明亮的、可以穿透一切的眼睛。在中国文学批评界,在中国社会处于方兴未艾的转型关头,他和冯牧、陈荒煤、朱寨等前辈长者,一起承当了开启拨乱反正的闸门,让青年人恣意地享受新时代给予的庄严洗礼。他们以无声和有声的方式支持着文学事业的变革和前进。

许觉民先生是林昭的亲舅舅,尽管他从来没见过这位智慧而英烈的外甥女。但在他的晚年,还是全身心地投入了纪念林昭的活动:寻找旧物、整理遗作、建立墓地、出版纪念文集——。林昭七十冥寿,他以个人的名义在北京文采阁召开纪念会。那天北京弥天大雪,谭天荣、马嘶、张玲、王大鹏和黄文华——,一班林昭旧日好友纷纷从各地赶来。许先生主持其事,情景异常感人。

一封信来自上海,整整二十年前的一封信,勾起了我无尽的思念,思念有胆识、有智慧、有文采、多情多义的许觉民先生!

2011 年 12 月 18 日于北京大学

除夕的太平宴[*]
——闽都岁时记

　　进入腊月,母亲就开始忙碌。她默默地筹划着,一切是紧张而有序地进行着。先做什么,后做什么,止于何处、如何收尾,母亲胸有成竹。在腊月,母亲是战士,也是指挥员(其实她能够指挥的"兵"实在有限),但更多的是亲自冲锋陷阵的战士。闽地历来重视春节,腊月的"战斗"是为了迎接春节。

　　腊月的第一大事是除尘。这有实际和实用的意义,更有文化象征的意义。堆积了一年的杂物清理过后,就开始大扫除。母亲从乡下人(福州人对来自郊区农民的统称)那里买来青青翠翠的细竹枝,按照习俗用大红纸捆绑竹子的根端,扎成一把大扫帚,这就是除尘的主要工具了。母亲就飞舞着这充满喜气的红绿相间的除尘掸子工作。她用布巾罩住她美丽的发髻,把楼檐屋角的灰尘来了个彻底大清扫。

　　除尘而后,开始擦地板。在迎春的所有活动中,擦地板的活最重。当年福州城乡的房舍,基本都是木结构,家家铺的都是不上油的原木长条板。所谓擦地板,就是以人工清除地板上一年的积垢。清垢的办法是用细沙沾水用力反复搓。做这活时母亲双膝跪地,用抹布和水、和沙奋力搓擦。楼上、楼下、楼梯、临街的游廊,凡是有木板的地方,都不能遗漏。擦过,再用清水漂洗、搓干,这才安妥。

---

[*]　此文据文稿编入。

记忆中做这些事时,母亲是非常地劳累,却是非常地美丽。她原是农家女,劳动是熟稔的。嫁到了城里,她也习惯了城里的习俗。扫除了,清洗了,接下来是细致一些的劳作。那就是给所有的铜器除垢。香炉、烛台、抽屉和门上的铜锁,凡是铜质器皿、物件,一处都不能漏。这些事,母亲多半派我们做,一家姐弟在一起劳作,一起说说笑笑,也有一番乐趣。铜器除垢也有土办法,用香灰搅拌食用醋,先用湿布擦,后用干布,三遍就瞠光雪亮。

年前的卫生工作结束了,此时满屋生辉,大家都喜乐。母亲没有停歇,她开始有条不紊地、也是不紧不慢地购办年货。福州当年的习惯,过年的吃食基本都是自家做:年糕(一种香叶蒸的红糖年糕)、"肉丸"(一种芋头丝加肥肉丁和香料蒸的甜年糕)、"斋"(一种糯米制作的、带馅加清香竹叶蒸制的米粿)——。一切原料都是现采购。原料买来了,全靠手工浸泡、磨浆、揉、搓、捏、包裹,而后上笼屉蒸。从备料到成品,其间工序复杂,尽管也是忙成一团,却也是欢欢喜喜的。这时节,当灶屋升腾起蒸腾的热气,我们已经欣喜地觉察到节日是临近了!

这些艰苦的、却也是快乐的劳作,还不包括那些腌的、卤的、糟的、炸的、煮的,各种门类,分门别类制作。每一件事,都有它的要求,也都不简单。这一切,都要在腊月的中旬完成。这些琐琐碎碎,几乎无一例外地也都是母亲一人在做。腊月尽头就过年了,过年是享受,不做事的,母亲要赶在年节到来之前,将一切都准备好,为的是让我们省心地玩,为了贺节,为了团聚,更为了欢乐。

腊月二十四日是民间说的"小年",灶公的生日,俗称"祭灶"。祭灶是年节的序曲。更像是一部抒情的欢乐交响曲的第一乐章。在我们家,祭灶的第一步是重新布置、修整灶公的神龛。用了一年的神龛,有些陈旧了,每年祭灶前都要裱褙一新。

神龛的装饰主要由剪纸构成,底色是白色,剪纸是红色的,有神像,有对联,有花边。对联是草书体,祖上传下来的,不知出自哪位先人的手书,运笔飞动遒劲。每年都剪,用后留模本,隔年再用。那时年幼,但记得七言上联的末尾有"鼎鼐"二字。那时是不知解,也不求解。

祭灶日我们按规矩烧香、上供、叩拜。跪拜以后就有盼了一年的快乐:吃上供的灶糖、灶饼以及种类繁多的干鲜果。灶糖灶饼是福州民间糕点和糖果的小小的总汇:平时我们享用的只是个别的品类,如今是一拢儿涌向面前:核桃云片糕、猪油糕、糖耳朵、"鼠尾巴"、糖枣、花生酥、"红纸包"——。平时牵挂的,垂涎的,如今全到了眼前,这是在梦中吗?祭灶更像是一年快乐期待的最初的兑现。

小年过后,母亲酝酿着除夕的冲刺——这是腊月最后的一场"战役"。年夜饭是一年所有节庆餐聚中最盛大、最隆重、也最"奢华"(视各自的家境而言)的,因为这是一年中全家人最珍惜的大团圆的宴集。为了筹划并推出这顿年夜饭,母亲依然独当一面,沉稳地、有条不紊地进行这场冲刺。从备料到制作,她把手泡在冰冷的水里,她来不及梳理那紊乱的鬓角——母亲依然美丽地活跃在香气四溢的灶间,她变戏法似的从"魔箱"里变出了一桌丰盛的团圆饭。

正式宴会之前是敬奉神明和祖先。红烛烧起,香烟点起,挂鞭响起。跪拜过后,供桌前点燃了井字形搭起的干柴,我们点燃那干柴,熊熊烈火中,孩子们使劲地往火堆里撒盐!盐粒遇火,烈焰爆出清脆的噼啪声。据说是为了驱邪,我们更理解为欢乐地迎春!宴席是丰富的:——即使是艰难岁月,像我们这样并不殷实的清贫人家,依然是异常地丰富。

这一场酒席,更像是闽菜精华的荟萃:红糟鲢鱼、糖醋排骨、槟榔芋烧番鸭、炒粉干、芋泥、什锦火锅,最后是一道象征吉祥的太平宴(福州方言称鸭蛋为"太平","宴"是燕皮包制的肉燕的谐音,这是一道汤菜,主料是整只的鸭蛋、肉燕外加粉丝、白菜等)。平日里省吃俭用——有时甚至陷于难以为继的困境的家庭,在年节到来的时候,一下子却变得这样的"奢侈"!当年年幼的我,嬉玩中也曾有对于家境的隐忧,但这一切都被母亲的"魔法"化解了。那一定是指挥若定的母亲平日节俭中的的积攒。

　　伟大的母亲,她能在困苦中孕育幸福和欢乐,她为我们的欢乐化解了困顿,隐忍了痛苦。除夕的宴会是榕城岁时的一个高潮。母亲的辛苦至此也是一个短暂的放松。除夕的夜晚全家都是盛装出席,母亲也不例外,此时她虽人已中年,却是一副成熟的青春气象:一袭素净的旗袍,带上耳环,发髻插上鲜花,头发依然乌黑而光可鉴人。只有此时,她才呼唤众人端菜上桌,招呼众人给父亲敬酒。她坐定她的座位,静静地分享着全家的欢乐。

　　2011 年 12 月 21 日,于北京昌平北七家。

心仪于充满锐气的批评*
——对话诗评家谢冕

北京大学教授谢冕一直站在当代诗歌批评的前沿,关注着诗歌的健康发展。从上世纪80年代初的《在新的崛起面前》,到最近的《一个世纪的背影》,谢冕的诗歌批评一直贯穿着一种强烈的历史意识,并以诗化人格和诗性体验为支撑获得个人化的表达,一直为诗坛所称道。对话间,谈起朦胧诗、诗歌的担当和诗歌批评,这位年过八旬的学者无不是如数家珍,神采飞扬。

黄尚恩:您亲身经历过80年代初的朦胧诗论争,所写的《在新的崛起面前》一文对朦胧诗运动产生极大的推动作用。您当时是如何与朦胧诗产生碰撞的呢?

谢冕:早在上世纪70年代,一些具有现代主义色彩的"古怪"诗就已经开始在知青之间流传,后来慢慢"浮出历史地表",公开发表在期刊杂志上,很快受到了艾青、臧克家等老一辈诗人的批评。我是在1978年冬读到《今天》杂志所登的那些诗歌,它们深深地打动了我,因为诗中的内容完全是我感同身受的。而在艺术上,这些诗歌不拘一格,大胆吸收西方现代诗歌的某些表现方式,我所希望看到的诗歌现象终于出现了。1980年的"南宁会议"之后,我应《光明日报》之约写了《在新的崛起面前》,几个月后孙绍振也写了《新的美学原则在崛起》,对"朦胧诗"崛起

---

* 此文刊于2011年12月26日《文艺报》。据此编入。

表示支持。很快,朦胧诗就在读者之中广泛传播,这说明真正好的艺术品最终会被读者所接受。

现在反过头来看,我们这些所谓"崛起论"者并不高明,只是真实地将自己的阅读感受表达出来罢了。我们当时的阅历、学养比艾青、臧克家他们差得远了,现代主义、意象等都是他们曾经在写作中实践过的,他们比我们都清楚。只是当时是一个非常特殊的历史时期,大家的精神一直受到禁锢,艺术理念比较顽固,主流的诗歌都是表现时代的政治,当然也会见到一些大而无当的词语,一旦出现跟这种诗歌不同的写作倾向,必然会受到压制。我们之所以敢对固定的诗歌秩序进行挑战,仅仅是因为我们从朦胧诗中寻找到心灵的共鸣,觉得从一个新诗的研究者的立场上考虑,应该坚定地支持朦胧诗。所以,我在《在新的崛起面前》中写到:"接受挑战吧,新诗。也许它被一些'怪'东西扰乱了平静,但一潭死水并不是发展,有风、有浪、有骚动,才是运动的正常规律。"

黄尚恩:您在很多文章中对当前新诗提出批评,认为当前的诗歌缺乏社会承担。在当下的诗歌语境中,重申诗歌的担当精神有何意义?

谢冕:我觉得诗人要有承担,作家要有承担。一定有人会说,这个老头子老朽,总是说些陈词滥调。尽管你可能很讨厌这个词,不喜欢这个词,但是我还要说它。所谓"铁肩担道义,妙手著文章",文章(包括诗歌)就是讲道义的,诗人不讲道义是不行的。诗人是这个社会中有知识、有抱负、有境界的一个群体,他们应该站在其所属时代的前沿,用自己的诗歌高度概括时代,让人们通过诗歌看到时代精神和精神所达到的高度。80年代的诗歌有一种很可贵的精神,就是为时代代言。批评舒婷的人说她写的是"小我",是颓废的、软弱的,但她所表达的美丽的忧伤,概括了一代青年的普遍心理。顾城在《一代人》中写的"黑夜给了我黑色的眼睛,我却用它来寻找光明",更是鲜明地体现了一代青年的执著探索精神。

但是现在很多的诗人不再提诗歌的担当,而是喃喃自语,不知道在嘟嘟囔囔些什么。在那些特殊的年代里,我们太过于强调诗歌为政治服务,完全忽视了个体的生命隐秘及其快乐痛苦,这是不正常的,所以后来我们改过来了。但现在却走到了另外一个极端,那就是变得极端个人化,所写的诗歌不再关心这土地和土地上面的故事,而是用似是而非的深奥掩饰浅薄和贫乏。退一步来说,要是"私人化"得好,也是很好的诗歌,李清照的《声声慢》(寻寻觅觅)写的仅仅就是一个闺中女性的寂寞心境,却也非常动人。所以这个问题讲起来很复杂,一方面要尊重个性,另一方面又要强调它与这个时代是有联系的。所以,重提诗歌的社会承担,并不是简单地恢复诗歌为政治服务,也不是完全抹杀个体感受、忽视艺术性,而是强调诗歌应该和时代有关系,应该通过你的诗表达出伟大的、充满复杂甚至很困难的时代精神,这样你才对得起你的时代。

黄尚恩:网络的兴起为写作者提供了较低的准入门槛,人人都可以写诗,诗歌也更趋多元化。这是否意味着中国新诗迎来了它发展的最好时期?

谢冕:网络确实为诗歌写作者提供了一个自由宽松的平台,写出来的诗歌不需要编辑、不需要审核就能直接面向读者了,这是网络时代一种很自由的现象。诗歌能够很便捷地发表,并迅速得到读者的回应,会激发出诗人更大的写作热情,这是好的一方面。但这终究不是一个正式的发表渠道,所以也会让很多诗人降低自己的写作标准,不注重诗作的打磨,诗歌写作变得随意化。现在网上出现的很多口水诗,根本不顾诗歌的艺术追求,全是闲言碎语,没有任何语言美感。当然,我们不能因此全盘否定网络诗歌,我只是反对网络写作的某种倾向。我知道,在这浩大的网络诗歌海洋里,肯定存在着一些优秀的诗歌,只是就像沙里淘金,想找出来确实是非常困难的。

说到"人人都可以写诗",如果从写作权利的普及来说当然是值得肯定,但我认为诗歌并不需要全民来写。诗是文学当中的皇冠,是一种很高贵的文体,不适合"很多人"来写,也并不是人人都能写的,它要求你具有一定素养,特别是要掌握语言内在的技巧和规律。现在确实写诗的人很多,但读诗的人不多,这种反差太大了,而且还在加剧。理想的状态应该是,写诗的人不多,但写出很多好诗,并有广泛的读者喜欢阅读。然而,现在的诗歌如同往常那样,许多人在写,写得很多,但是很少有让人感动的、而且广为传诵的诗。也许"面朝大海,春暖花开"真的成了世纪的绝唱,从那时到现在,我们一直等待这样动情的诗歌,然而,奇迹没有发生,而我们依然等待。所以,从诗歌写作环境的角度看,当前诗坛日益自由、宽容和多元化,确实是中国新诗发展的好时期。但从诗歌创作的成功来看,我们慎言"繁荣",慎言"最好时期",因为这个时代缺乏优秀的有代表性的诗人诗作。

黄尚恩:您的诗歌批评具有两个鲜明的特点:一是敢于提出问题,讲"不中听"的话;二是用诗的语言来写诗论,富于诗意性。这是您刻意追求的批评范式吗?

谢冕:批评就是要对作品评头论足。批评当然免不了要讲好话,我自己早年也曾学习过写作,知道创作的甘苦,因而面对作者的辛勤,往往心存怜惜,总要从中寻觅他的长处和优胜之处。但批评更多的时候要为作品"挑刺",讲"不中听"的话。这些"不中听"的话,往往更能发人深省,从而能够更有力地促进诗歌的发展。但是,讲好话大家受用,也很容易;讲"坏话"就难了,忠言逆耳。特别是在当代文学这一领域里,你批评的作者可能就是现实生活中的老朋友,这就更需要批评家具有一定的勇气。就当前的诗歌批评来说,很多时候就是一味地说好,一个小圈子互相吹捧,弄得诗人晕乎乎的。批评家不掌握全局,没有历史的眼光;只限于描述出具体的现象,却没有自己的看法,缺乏提出问题、解决问题的勇气。当然,我也不满意自己批评的过于温和的倾向,而非常心仪于那些不留情面的、充满锐气的批评。

　　我确实一直追求用美文的笔法来写诗评,但这并不是什么新鲜的做法。用诗意的语言写诗评,这是古已有之的传统。古代的诗话、词话,甚至几乎所有的文论著作,都是使用一种富有诗意的语言对作品进行品评的。只是现在大家都已经习惯了四平八稳的论文体,而忽略了我们的诗意传统。从少年时代起,我就酷爱诗歌,也尝试写了一些作品,虽不成功,但也体会到了创作的甘苦,对诗歌的内在规律有了自己的认识。在写诗评的过程中,我也试图将这种认识带到文字中来,始终用"自己的话"表达自我的阅读感受。一般来说,我会尽量先做一个普通读者,去体会把握作品中的诗意,其次才以一个研究者的身份对它进行评论。另外,诗歌的本质是审美的,诗歌批评应该回到诗歌本身,如果文学批评偏离了文学甚或忽视了文学,就是批评的忘本。

最是柳梢月圆时*
——闽都岁时记

在我的家乡榕城,腊月最忙碌、最紧张、最辛苦、也最快乐。腊月的每一天都是在辛苦中劳作,在劳作的欢乐中等待,等待可以是一种焦虑,却是可预期的幸福。这一切,都在除夕摇曳的烛光里,缭绕的香烟中,也在近处、远处、此起彼落爆竹声中,画上一个完美的句号。除夕夜民间有守岁的习俗,这春天到来的前夜,大家享受了家庭团聚的欢乐,是欢乐之后的休憩。为了迎接春天的欢乐,尽管人们经历了整个腊月的忙碌,依然让打盹的眼皮硬撑着:守岁!

此夜,大家相约不睡。特别是小孩子们,硬是比试着谁能坚持到最后。吃过团圆饭,不同年龄段的人各自寻找玩伴,寻找玩乐的去处。女眷们多是四人一组打起福州传统的"四色"("四色"是一种纸牌,细长的窄条,由四种颜色构成,好像男人是不玩的),小有输赢。却是一种安谧、温柔、文雅的娱乐。男人们则是推牌九或打麻将,这些项目有点粗放,投放的银钱也多,不若"四色"那般雅致。孩子们多半选择在有些寒意的户外放鞭炮,无目的地追逐、撒欢,力竭始归。

除夕的团圆宴是一年中最盛大的家庭餐聚。除夕宴后,作为家庭主妇的母亲仍然忙碌。她要给小孩子们准备新年的衣着。富裕人家,新鞋、新衣、新帽,一切都是新的。而我们这样的

---

* 此文据文稿编入。

清贫人家,却是难为了母亲,她总是东拼西凑,浆浆洗洗,居然给每个孩子弄出了"焕然一新"——母亲真是伟大的"魔术师"。接着,她要悄悄地给孩子们准备压岁钱,一份一份的红纸包过、放妥。这些事做过,已是子夜时分,母亲又开始正月初一敬神敬祖的准备了。大家享受欢乐的时候,也是母亲辛劳的时候。

正月初一是被破晓的鞭炮吵醒的。此时天色微明,大家眯着惺忪的眼,强忍着倦意打开房门。南国有些轻寒的空气中飘浮着温暖的喜悦。拱手,叩首,一片"恭喜发财"的贺岁之声——新的一年就这样开始了。新年的第一件事就是给神明和祖宗上供,供桌围上红缎的桌裙,喜气洋洋。上供的仪礼是庄严而肃穆的,大人烧香,孩子跪拜。先天地,后祖宗。

往年,福州民间宗教比较开放,基督教因为五口通商开埠较早,当时已盛行,我们都不拒斥,颇有好感。在我们家,敬的神也杂,灶神、土地公、观音菩萨,都设有香炉。父亲则偏重于道,一尊吕祖瓷像是供在条案正中的,新年了,我们没忘了给吕祖上香。敬神之后是祭祖,我们家有一座神主龛,是家族传下来的,里面奉养的神主,都是逝去的先人。在幼时,我们从中受到了孝敬祖先和关于死亡的启蒙。

及今想来,整个的辞旧迎新的过程,通过那些严肃的、秩序的、愉悦而轻松的、有些近于繁琐的细节,传递给我们的,却是完整的中华文明的赓续和民间文化的传承这样一些庄严的信息。对于我们,当时是浑然不觉的,然而却是历久弥新的。细节就是程序,程序构成了记忆,革命以后,我们简化了、甚至消除了这些细节,使我们成为一个失去记忆的民族。

初一的中午,有一场别有新意的宴席,是全素餐。此时大家享用的,正是凌晨供神的祭品——是母亲在全家休憩的除夕夜一人操作的:带着红根的菠菜和油豆腐、红菇和白菜心、绿豆芽和山东粉、金针菜和香菇、黑木耳、冬笋、茭白、油面筋……母亲用这些原料变魔术般地做足了香气四溢的十道菜。整个腊月，吃够了鸡鸭鱼肉，这道全素席，的确是别开生面，精致而华美。数十年过去了，想起来依然唇齿留香！

初一是家庭、亲属内部的庆新活动，大家守在家里，闲话或打牌，女人们也有相拥做针线的，一般都不外出。初一以后，则是频繁的走动了。春节的假日是"不设限"的，一切全由民间自主，当年无人加以约定。吃、玩、再加上这种频繁的走访拜年，亲朋好友，平时少有来往，借这年节联络情感。这就是一种文化，文化是嵌在那些仪式和细节中的。我们往往因为它的"无意义"而轻忽了它，而我们所轻忽的恰恰是无可替代的"意义"。

玩着玩着就到了正月中旬，从腊月的紧张繁忙到如今，一个多月过去了。我们疯般地玩上了瘾，这就该到了元宵节了。元宵是仅次于除夕的一个节庆，也恰是年节庆典的尾声，一个多月的闲散喧腾应该"收心"了。而中国传统的习俗却是越是该"收缩"就越是来一个再"放大"——要玩就玩个痛快。

榕城元宵节和别处一样要吃元宵，但我们的元宵却与别处不同，搓成圆圆的是一样的，糯米磨浆包馅也是一样的，不同的是馅，虽然有甜的，但主要的却是肉馅的，碎肉、加上海米、香菇之类的，粘粘的、糯糯的。汤却是什么都不加，清清的、滑滑的、爽爽的。吃过元宵，月亮升起来了，洒了满地的碎银。望那柳树梢头，一轮团团圆圆的元宵月！新年伊始，我们念想的、祈求的，就是这种清新、皎洁而透明的圆满！过去认为是迷信，现在审视，却是民间质朴的情感。

元宵是灯节，最难忘，家家彩灯悬挂的时节。孩子们兴奋莫名，也是人人手举一灯，满街满巷地游走。福州的灯彩很有传统，工艺精细，造型佳好，兔子灯是举着的，鲜红的橘子灯，浅红的荷花灯，都是举着的，绵羊灯底下有木轮，我们拖着它跑动。最让人喜欢的是走马灯，透过薄薄的棉纸，映射出转动的人物故事。福州灯事最盛处是著名的南后街,沿街生长出著名的三坊七巷,元宵节当夜,南后街满街灯彩,飞光流影,极闽都一时之盛。

元宵节以柳梢的明月和人间的花灯宣告了春节花事的落幕。繁华而喧闹的春节过了,春天也来到了,此时南国的江城吹着暖暖的和风。风是从闽江的江流上吹来的,吹过那一片橄榄林和白玉兰的枝叶,橘子红过,茉莉香过,竹叶依然青青。闽江流过福州的城市和郊野,向着浩瀚的东海。岁岁年年,人们总是用这样的花灯和明月,用这样的心情和和仪式,为家人祈愿,为万民祝福。

2011年12月31日,于昌平北七家

中国新诗史(插图本)

此为作者正在进行中的一部专著,已完成过半。拟意中尚有《昨夜星辰(1891—1914)》、《凤凰涅槃(1915—1926)》、《风从远方来(1927—1936)》等篇章。据文稿编入。

我爱这土地
——中国新诗 1937—1948

灾难降临的时刻

　　北京飞速发展的轨道交通有一道地铁线通车后,由远郊房山通往城区只需半个小时。这条地铁,沿途经过著名的"卢沟晓月"①。卢沟桥斜倚着宛平城,宛平城垣屹立在永定河岸。永定河缓缓地从宛平城边流过,城不大,却是迷漫着浓重的历史风烟。这座宛平城见证了二十世纪中国一场旷日持久的抵抗战争。战争的最初一点火星,是在这里点燃的。它造成了中国人长达八年的浴血苦斗,亿万人家破人亡,流离失所,那是一个悲惨的年代。

　　战火中诞生了悲歌慷慨的战争文学:小说、战地报道、木刻、街头剧,歌谣和小曲,也诞生了抗战诗歌,烽火中走来一代新诗人。他们与五四那一代先驱者不同,他们的写作实践,与其说是为了语言的革命、是为了艺术的创新,不如是为着唤起民众而发出救亡图存的呐喊。一九三八年三月二十七日,中华全国文艺界抗敌协会在汉口成立,它的《发起旨趣》称:"团结起来,像前方

---

　　① "卢沟晓月"为金章宗命名的燕山八景之一。金人赵秉文所作的《卢沟》是迄今发现的最早咏卢沟桥的诗篇:"河分桥柱如瓜蔓,路人都似犬牙。落日卢沟沟上柳,送人几度出京华。"卢沟桥始建于金世宗大定二十九年(1189年),完成于章宗明昌三年(1192年),全长 267 米,宽 6－7 米,最宽处可达 9－5 米。有桥墩 10 座。桥身两侧石雕护栏各有望柱 140 根,柱头上雕有大小石狮 500 多个。

战士用他们的枪一样,用我们的笔,来发动群众,捍卫祖国,粉碎敌寇,争取胜利。"

现在我们回到战争爆发的现场,历史那惨痛的一页是这样打开的——

> 战事是在一九三七年七月七日午夜前不久的黑夜中开始的。按照庚子协定,从一九零一年起,日本就已在华北的北平和天津间屯驻了军队。而在那个和煦的夏夜,一中队日本军队在距北平十五公里的卢沟桥(马可波罗桥)附近举行野战演习,那里是控制所有与中国南方交通的具有战略意义的铁路枢纽所在地。日本人突然宣称他们遭到中国士兵射击,急点名发现,他们的一名士兵失踪了。于是,他们要求进入附近中国人驻防的宛平城搜寻。中国人拒绝后,他们妄图猛攻这座城镇,未能得逞。这就是战争最初的冲突。①

当日任宛平县长的是福州人王冷斋。他在事变发生后有诗记其事:"一声刁斗动孤城,报道强邻夜弄兵。月黑星沉烟雾起,当时七夕近三更。"诗后有记:"民国二十六年七月七日之夜,近十一时,枪声忽作于宛平城外,后查知为日兵所发。"②一九三七年一个阴谋的圈套,蔓延为一场近代以来最为惨烈的持久战。

---

① 〔美〕费正清、费维恺编:《剑桥中华民国史》下卷,中国社会科学出版社,1998年7月,第623—624页。
② 钟兆云:《王冷斋:卢沟桥事变中最先与侵略者抗争的福州人》。"1935年,王冷斋应保定军校老同学、时任二十九军副军长兼北平市长秦德纯邀请,出任北平市政府参事兼宣传室主任。1937年1月1日,河北省第三区行政督察专员公署成立,专事处理中日交涉事件及下辖宛平、大兴、通县、昌平等四县政务,王冷斋又被任命为督察专员兼宛平县县长。"他另有诗赞勉当日抗日将士曰:"暗影沉沉夜战酣,大刀队里出奇男。霜锋闪处寒倭胆,牧马胡儿不敢南。"见《闽都文化》2011年春季号,第59—60页、第65页。

战争造成中国的苦难,也激扬了中国人争取独立自由的信念与决心。战争爆发后,形势急转直下,华东一带相继沦陷,生灵涂炭自不必说,即是教育文化亦受到严重摧残。这是战争第二年来自上海沦陷区的报导:

> 上海县自去年十一月沦陷以后,全境教育,悉数停顿。新建校舍,六十余所,大半毁坏。据最近调查,以中心、强恕、颛桥、北桥等校损失最钜。其余遍布乡村的校舍,日军恐惧游击队之藏匿,亦多加以摧毁。当日机来县轰炸时,各校弦诵之声,犹未停歇。幸教育当局,防范严密,故各校学生尚少发生生命危险。唯五权小学,炸死二人。
>
> 目前该县在日人控制之下,实行奴化教育,开学的,在浦东有十余校,在浦西只有两校,各校行政,均受日人支配。所谓书籍,竟是三字经,千字文,论语,孟子等,以前教科书,概须拣出焚毁,校中不得集会,即国庆日亦不许纪念。且不时有日人来校检查,学生不多,每以贫苦江北儿童充数,教师以老学究居多,曾任县立学校之教师则不满十人云。①

这里记载的只是战争爆发的第一年在一个局部地区(上海县)的一个局部领域(小学教育)的片断场景,巨大的灾难在随后的岁月中将惊人地展开,中国的苦难才露出巨大冰山的一抹淡

---

① 见《文献》卷之二,E35页的《日军暴行录·被摧残的上海教育》。1938年11月10日出版。中华大学图书有限公司发行。《文献》是上海"孤岛"时期出版的文献性的刊物,月刊,阿英主编。引文中标点符号用法不规范,照录。1984年3月,柯灵在《复印〈文献〉赘言》中说:"《文献》月刊为已故阿英同志所主编,一九三八年十月,创刊于已成'孤岛'的上海。目的是在斧钺中散播火星,划破长空的黑暗,并为伟大的民族解放战争保存历史文献。""秦始皇和希特勒焚书,火光烛天,中外古今,遥相辉映。文化大革命中的造反派后来居上刷新了焚书史的记录。但竹帛难销,常常是炕灰未冷,霸业已虚。《文献》历经八年抗战,十年浩劫,而终于未曾灭绝,就是一个小小的例证。"

淡的云影,才只是一座巨大火山飞溅的一粒小小的火星。即使如此,诗歌已经点燃了不可抑制的激情,下面是我们读到的抗战最初的歌谣:"拿起线来抽起针,想起我前方作战人,不绣鸳鸯与蝴蝶,替他做几件棉背心。""口水讲干舌讲困,千言万语你不听,你不当兵不嫁你,留你一世打光棍。""二姐去当看护娘,小妹肩枪上战场,风头不比男儿弱,一队女兵上前方。""一件件的棉被心,也表爱国一份情,愿身化作棉和絮,与我将士同寒温。"①

这些诗句保持了最质朴的民间状态,这是诗,但不可以艺术的高低判断其价值。这是一个以生存和救亡为唯一目标的年代,在这个年代谈论艺术或诗意显得多少有点"不合时宜"。诗歌无疑是站在一个伟大时代的路口,随后的事实可以证明,不论是草创期的"尝试",还是成熟期的探求,甚而革命诗歌的提倡,抗战的爆发无疑催使新诗来到一个新的转折点:炮火的轰鸣淹没了缪斯的竖琴,国土的沦丧、生民的涂炭,迫使人们放弃一切优美抒情的意念。

侵略者的血腥唤起了民众抗日救亡的热情,上面引用四首来自敌占区的民谣,向中国广袤国土的热血民众发出了最初的奋起抗战的信息。在中国广大的前线和后方,民众在有效的号召和组织下全面地进入了战时状态。原先创造社的骁将成仿吾走完了万里长征的全程,作为一位革命家此时办起了陕北公学。他在关于陕北公学的情况介绍中,从一个侧面传达了当时全国青年的抗战热情:

> 过去在国内战争中间,外面的青年走进边区来学习是很少的。西安事变和平解决以后,事情就不同了,差不多每天都有青年学生从全国各地通过各种关系走了进来。边区

---

① 《抗战歌谣四首》,原载阿英编《文献》卷之二,F17页。中华民国二十七年十一月十日,上海,中华大学图书有限公司发行。

政府为了满足这些青年的要求,在抗日军政大学附设了一个第四大队。开始的时候还只准备吸收二百名左右,但结果在几个月中间不得不吸收了六百名以上。卢沟桥抗战开始以后,全国青年学生来的更多了,他们首先是从华北方面大批涌进来,接着就从全国各地像无数点线一样,继续不断的进来了。为着适应这样的客观要求,边区党政当局及一些教育家创办了这个陕北公学。①

成仿吾提到的陕北公学,是随后延安抗日军政大学的母体。在抗战进入一周年的时候,延安抗大号召全校教职学员以及全体的事务人员,"为创造大量突击员而斗争"。那是1938年的春天,抗大举行了盛大的毕业典礼。四千人集合在操场,高唱他们的毕业歌:

> 在战壕里准备好了明早就冲出去!
> 抗大是一道坚强的战壕吧!
> 学生在战壕里!
> 感谢抗战的血火,
> 感谢它烧红了这巨块钢铁。
> 感谢抗战的突击,
> 加工的锤炼了这巨块钢铁。
>
> 是时候了,同志们!
> ——该我们走上前线,
> 我们要去打击侵略者。
> 怕什么艰难万险!
> 我们的血沸腾了!

---

① 成仿吾:《半年来的陕北公学》,《文献》,卷之一,G9 页。阿英编,中华大学图书有限公司,中华民国二十七年十月十日。

不除日寇不回来相见。
快跟上来吧,
我们手牵手,
去和我们的敌人血战,
别了,别了,同学们,
我们再见在前线!①

这是战争爆发后最响亮的一首诗,它号召中华儿女走上战场与侵略者拼死一战。这些歌唱者本身既是诗人又是战士。这些诗于是同时又具有了战歌的性能。

中国怒吼了

其实危机早就潜伏着,只不过是卢沟桥畔响起的枪声作了悲哀的宣告而已。敌人的觊觎,国土的被蚕食,中国民众早已感到了国势的艰危,为了争自由、争独立,全民奋起抗战是唯一的出路。诗歌当然地走在了时代的前面。上面引用的是沦陷区和共产党领导的敌后根据地的诗歌动态,进入一九三七年,在中国的广大国土上,诗歌活动已经形成了以动员投入保卫国土为核心的全面的抗战热潮之中。

最早发出抗战的最强音的是诗场社,这一年的七月二十五日该社刊出《诗场号外-卢沟桥事件专刊》,刊有黄宁婴的《卢沟桥》、芦荻的《卢沟桥》、鸥外鸥的《中国守卫中国土地》等。此年八月一日,《抗战》第一号出版,刊出郭沫若《抗战颂》、冯玉祥《九八》等诗。八月二十五日由征军、王亚平、戴何勿主编的《高射炮》诗刊创刊,刊有郭沫若《前奏曲》、覃子豪《给一个放逐者》、关露《抗战妇女》等诗。这一个月,《诗歌综合丛刊·开拓者》出刊,

---

① 《延安抗日军政大学展开抗战突击运动》、《抗日军政大学毕业同学上前线》,《文献》卷之一,G1—G8。中华民国二十七年双十节刊。

刊有《疯狗礼赞》(郭沫若)、《把强盗打回老家去》(穆木天)、《北方的军队》(覃子豪)、《和平颂》(任钧)等。这些,都是中国诗歌最初的怒吼。

一九三七年八月三十日《救亡日报》发表《中国诗人协会抗战宣言》:

> 民族战争的号角,已经震响得使我们全身的热血,波涛似地汹涌起来了!我们再也不能容忍敌人的横暴,不能接受屈辱的和平了!过去事实证明:敌人的贪心是不灭尽我中华民族是不肯罢休的。东四省的版图早已变色,如今平津又已失守,华北陷在敌人的炮火围攻之下,淞沪被敌人的海陆军在威胁着,在这危急存亡的瞬间,我们如不甘心做奴隶就只有发动全面的抗战,给敌人以迎头的痛击,全国的同胞们,大家奋力起来吧,迎着这民族战争的号角声,在政府的领导之下,武装起来,奔向敌人去,杀个你死我活吧!这是我中华民族的生死关头,也是半殖民地的中国翻身的序奏啊!
>
> 在这种全国抗战的非常时期里,我们诗歌工作者,谁还要哼着不关痛痒的花,草,情人的诗歌的话,那不是白痴便是汉奸。目前最迫切的任务,就是将我们的诗歌,武装起来:我们要用我们的诗歌,吼叫出弱小民族反抗强权的激怒;我们要用我们的诗歌,歌唱出民族战士们英勇的战绩;我们要用我们的诗歌,暴露出敌人蹂躏我民族的暴行;我们要用我们的诗歌,描写出在敌人铁蹄下的同胞们的牛马生活。我们是诗人也是战士,我们的笔杆也是枪杆。拿起笔来歌唱吧,前方的战士,正需要我们的诗歌,以壮杀敌的勇起!拿起笔来歌唱吧,后方的同胞们正需要我们的诗歌,以加强抗敌的决心!拿起笔来歌唱吧,全世界上我们的同情

者,正需要听到我们民族争自由平等的号叫!①

一九三八年四月,茅盾主编的《文艺阵地》创刊②。发刊词指出:"这阵地上,立一面大旗,大书'拥护抗战到底,巩固抗战的统一战线'。这阵地上,将有各种各类的'文艺兵',在献出他们的心血;这阵地上将有各式各样的兵器——只要是为了抗战,兵器的新式或旧式是不应该成为问题的"。创刊第一期,署名周行的专论《我们需要展开一个抗战文艺运动》。在题为《玛耶阔夫斯基八年祭》的论文中强调:"讴歌革命,在中国就是讴歌在进行中的民族革命战争,这已经是诗人无可逃避的责任。鼓舞抗战的热情,带来胜利的确信,预示了前途的光明。诗人是时代进军的号筒——强烈的音响,兼以激烈的鼓动。"③这期刊物,刊登有林林、力扬、王亚平等人的诗作,同期的《文艺阵地》还刊登了丁玲、舒群主编的《战地》创刊的消息。

"战地"、"阵地"、"战线"、"战士"或者"运动",一时成了文艺和诗歌的代名。文艺是为救亡而存在的,诗人就是士兵,诗歌就是士兵手中的武器。在战时,这一切的比喻和联想都是自然而然的。一切诗歌的力量,终于集结在抗战的大旗之下,从这里发出了战时诗歌的战斗之声。诗歌是应当为救亡图存而歌唱和呼号的,诗歌应当摈弃那些与伟大的人民斗争不协调的绵软的、无力的、甚或是"萎靡"的声音。这是当日广大诗歌工作者普遍的认识和意愿,这种体认由于众多诗人的实践,终于演化而为贯彻

---

① 《中国诗人协会抗战宣言》,原刊《救亡日报》1937年8月30日。选自《中国新诗总系·史料卷》(刘福春主编),人民文学出版社,2010年9月。

② 茅盾主编:《文艺阵地》创刊号,中华民国二十七年四月十六日文艺阵地社出版。《文艺阵地》为抗战期间国民党统治区重要文艺刊物,生活书店出版。初为半月刊,后改为月刊。1938年4月在汉口创刊,于香港编辑,继迁上海、重庆出版。出至1942年11月七卷四期,被迫停刊。

③ 李育中:《玛耶阔夫斯基八年祭》,《文艺阵地》创刊号。同注8。

中国四十年代诗歌基本的和鲜明的审美追求。

关于诗歌走向民众的最动人的情景,应该是在当日西北边区,那里开展了轰轰烈烈的包括诗歌在内的文化运动。有报道介绍那里开展的街头诗歌的运动:在困难的物质条件下,他们曾为这一运动,出了一厚册油印的《街头诗运动特刊》。他们指出,在今天,因为抗战的需要,同时因为大城市已失去好几个,印刷、纸张更困难了! 我们展开这一大众诗歌——包括街头诗的运动,不用说,目的不但在利用诗歌作战斗的武器,同时也就是要使诗歌走到真正的大众化的道路上去。[①]

当时在广大国土上传唱着由周巍峙作词并谱曲的《国共合作进行曲》,这是一首表达了抗战激情的诗,现在已鲜为人知了:

> 国民党和共产党,
> 现在已站在一条战线上;
> 他们贡献了全部力量,
> 一齐走上了抗日的战场![②]

当然,更有由贺绿汀词曲的、唱遍大江南北的《游击队歌》,也是从西北根据地首先唱起的。[③]"我们都是神枪手,每一颗子弹消灭一个仇敌,我们都是飞行军,哪怕你山高林又深,在密密的树林里,到处都安排同志们的宿营地,在高高的山冈上,有我们无数的好兄弟。没有吃,没有穿,自有那敌人送上前! 没有枪,没有炮,敌人给我们造! 我们生长在这里,每一寸土地都是我们自己的! 无论谁要强占去,我们就和他拼到底!"诗歌就是这样以歌曲的形

---

① 《西北边区的文化运动》,引自《文献》卷之三,H10 页。中华大学图书有限公司,中华民国二十七年十二月十日出版。

② 同上注,G1 页。

③ 同上注,G18 页。引用者介绍:"这一支歌最先流行在陕北,八路军战士最早唱出了它。新四军奉命改变成立,歌谱流到了新四军战地服务团歌咏组的同志们的手里,于是他们开始在各队教者,现在是新四军战士们个个会唱了。"

式,走在了抗日的最前线,成为鼓舞人民的有力武器。

从事这种适合歌唱的诗作者很多[①],丰子恺曾就他作曲的《我们四百兆人》发表过他对战时诗歌风格的见解:"纵观近来所流行的歌曲,大多数歌曲趋'柔丽'或'勇猛'。'柔丽'是中国作曲界的老毛病,像某种小歌剧,竟是'柔丽'得使人肉麻得可指斥为'亡国之音'!'勇猛'是前者的反动,是抗战以来新作品的特色。原有可取,但只宜作冲锋杀敌之助,不是经常的'精神的粮食'"。[②]

抒情的放逐

在全民抗战中,诗歌成为有力的武器,艺术是服从于战斗的。炮火硝烟,浴血奋战,当然崇尚的是坚韧和粗犷,它必然远离传统的优雅的情趣、隽永的韵味,从而给予诗歌以伟力而非其他。对于战争的关注至少给诗歌带来新的审美向度,那就是叙事成分的加强以及对于传统的抒情手段的轻忽。

战争的场景引发人们的重视,人们以突出鲜明地再现的特性,强调他们的关注。这一倾向在当时的一些诗中已有鲜明的呈现,如王亚平《失地上的故事》(《文艺阵地》第 1 卷第 4 期)、梢龄《记马排》(《文艺阵地》第 1 卷第 11 期)、蒋必舞《天柱山的争夺》(《文艺阵地》第 1 卷第 5 期)。这种对于写实的强调,源于人们的文艺价值的重新考量,这原也在情理之中。此一倾向,遂成

[①] 2010 年 9 月 22 日《中国文化报》谈到抗战歌曲时说:"一曲《松花江上》,唱尽东北沦亡血泪史。作曲家张寒晖目睹流亡同胞的悲惨境遇,深感悲愤。他将北方女性的哭声艺术化,谱成《松花江上》的曲调,以如泣如诉、壮烈低回的情韵诉说着……今天,当我们传唱《义勇军进行曲》、《毕业歌》、《黄河大合唱》、《游击队歌》、《松花江上》、《旗正飘飘》、《团结就是力量》等不朽抗战歌曲时,我们感受到的不只是旋律和音符,更是民族魂魄的经久回响。"《那鼓舞人心绵延不绝的力量——抗战文艺作品回眸》,新华社记者 璩静 廖栩 白瀛

[②] 丰子恺:《我们四百兆人·附说》,《文艺阵地》创刊号,第 28—29 页。

为随后长时期的诗歌叙事化的滥觞。

而对于抒情的警惕,则是伴随着诗歌表现战争而来的、一种新的艺术风尚。较早对此做出理论表述的是徐迟,他的题目就是《抒情的放逐》:

> 人类虽然会习惯没有抒情的生活,却也未必习惯没有抒情的诗。我觉得这一点,在现在这个战争中说明它,是抓到了一个非常好的机会。因为千百年来,我们从未缺乏过风雅和抒情,从未有人敢诋辱风雅,敢对抒情主义有所不敬。可是在这战时,你也反对感伤的生命了。即使亡命天涯,亲人罹难,家产悉数毁于炮火了,人们的反应也是忿恨或其他的感情,而决不是感伤,因为若然你是感伤,便尚存的一口气也快要没有了,也许在流亡道上,前所未见的山水风景使你叫绝,可是这次战争的范围与程度之广大而猛烈,再三再四地逼死了我们的抒情的兴致。你总觉得山水虽如此富于抒情意味,然而这一切是毫没有道理的。所以轰炸已炸死了许多人,又炸死了抒情,而炸不死的诗,她负的责任是要描写我们的炸不死的精神的,你想想这诗该是怎样的诗呢。①

徐迟承认抒情是美好的,但是抒情在当前并不是需要的。他认为在中国当今的战争中,诗应当具有建设的价值,"而抒情反是破坏的"。他语出惊人:"至于这时代应有最敏锐的感应的诗人,如果现在还抱住了抒情小唱不肯放,这个诗人可是近代诗的罪人。"②这种论点在当日是普遍的,这是当日时势所促成的。

---

① 见《顶点》第1卷第1期。1939年7月10日。引自吴思敬:《中国新诗总系·理论卷》,人民文学出版社,2010年9月,第283—284页。
② 《中国诗人协会抗战宣言》,原刊《救亡日报》1937年8月30日。选自《中国新诗总系·史料卷》(刘福春主编),人民文学出版社,2010年9月。

很少对诗发表意见的端木蕻良,在《诗的战斗历程》中质疑从《蕙的风》(汪静之)到徐志摩诗中弥漫的"肉的氛围"(对此,作者自言"并没有讽刺的意味"),认为"那时的诗的歌吹发狂的降落在个人主义狭窄的观念上,因为他的政治理想是模糊的。以为我们抄袭了别的先进国家的政治制度,就一切都解决了。——显出悬空和无理想,甚至陷入了低级物质的官感的窄狭描写里去。"他力主诗的战斗性:

> 诗的战斗性由于他的文字的节省,反映的具象化而且它能够以最纤维的或最粗豪的笔触抒写出情愫的各面。——在文学上,最煽惑的形式是诗的形式,最战斗的词语,是诗的词语。因为它可以包含最雄武的政治讲演,辛辣的抨击和高度武装的搏斗。①

闻一多把诗的这种战斗性喻为"战斗的鼓点",而诗人则应是"擂鼓的战士"。他的《时代的鼓手》是当日让人耳目一新的论文,对上述"战斗诗"概念作了非常精到的表述:

> 单说新诗的历史,打头不是没有一阵朴质而健康的鼓的声律与情绪,接着依然是"靡靡之音"的传统,在舶来品的商标的伪装之下,支配了不少的年月。疲困与衰竭的半音,似乎比历史上任何时期都变本加厉的风行着。那是宿命,是历史发展的必然阶段吗?也许。但谁又叫新生与震撼的时代来得那么突然!箫声,琴声(甚至是无弦琴),自然配合不上流血与流汗的工作,于是忙乱中,新派,旧派,人人都设法拖出一面鼓来,你可以想象一片潮湿的发霉的声响,在那壮烈的场面中,显得如何的滑稽!它给你的印象仍然是疲

---

① 端木蕻良:《诗的战斗历程》,《文艺阵地》第1卷第10期,第315—317页。中华民国二十七年九月一日出版。

困与衰竭。它不是激励,而是揶揄,伤蔑这战争。①

在闻一多的叙述中,鼓声与箫声、琴声是代表着截然不同的情感与趣味的,在和平时刻与战争环境,人们因处境不同而对审美产生重大的位移,这是自然而然的。闻一多不认同那些类似赶潮或为了装点自己而匆忙地"拖"出的鼓,而它发出的声音却是"潮湿的发霉的声响",这在时局转移中是让人沮丧乃至愤恨的。直到田间的出现,听到他发出的"战斗的鼓点",这才令人耳目一新,"便不免吃了一惊",原来中国也存在着这样的声音!

闻一多盛赞田间,欣喜之余,他不免为此生发了诸多的联想:"这里便不只鼓的声律,还有鼓的情绪。这是鄑之战中晋解张用他那流着鲜血的手,抢过主帅手中的槌来擂出的鼓声,是祢衡那喷着怒火的'渔阳掺挝'甚至是如诗人 Robert Lindsey 在《刚果》中,剧作家 Eugene Oneil 在《琼斯皇帝》中所描写的那非洲土人的原始鼓,疯狂,野蛮,暴炸着生命的热与力。"②

闻一多的这些言论是因读到田间的《多一些》而引发,而最能代表田间诗歌的战争风格的,是他奔放而沉着的《自由,向我们来了》:

> 悲哀的
> 种族,
> 我们必须战争啊!
> 九月的窗外,
> 亚细亚的
> 田野上,
> 自由啊——

---

① 闻一多:《时代的鼓手》,引自《闻一多全集·三》,上海开明书店,1948年。据生活·读书·新知三联书店,1982年8月版,第399—401页。

② 同上注,第404页。

> 从血的那边，
> 从兄弟尸骸的那边，
> 向我们来了，
> 像暴风雨，
> 像海燕。

此诗作于战争爆发后不久，刊登于一九三七年十一月十六日出版的《七月》上。它无疑是为新诗的创作开辟了新生面。短促、简练、精粹，拒绝所有的装饰和形容，以最原始的朴素出现在人们的视野中。它当然是与所谓的华美的夸饰，以及优雅的情调不相关的。田间的诗句是一声声沉着坚定的鼓点，是决心、力量，以及义无反顾的前进的呼啸和呐喊，田间的风格是抗战中国的诗意呈现，它展示了新时代中国诗歌的新风尚。

生当战时，妻离子散，国破家亡。此时的诗歌是从呼号和宣泄中获得灵感，是从冲锋和搏斗中获得旋律和节奏。国土沦丧，生灵涂炭，家园毁于兵燹，生命且不保，谈什么情韵的悠长、谈什么辞藻的华美！此时的审美的最高境界，只能是田间这样年轻、勇敢、粗糙而显得有点"野蛮"的声音。这是一种告别了传统的知识分子趣味的新的诗歌，它获得了闻一多有辨析的激赏："胡风评田间是第一个抛弃了知识分子灵魂的战争诗人，民众诗人。他没有那一套泪和死。但我们，这一套还留得很多，比艾青更多。——但田间的知识分子气，胡风说他抛弃了，我看也没有完全抛弃，如'自由向我们来了'，为什么我们不向自由去呢？艾青说，'太阳滚向我们'，为什么我们不滚向太阳呢？"[①]

放逐抒情，其实是放逐闻一多所批评的知识分子感伤的"泪

---

① 闻一多：《艾青与田间》。原载《联合晚报·诗歌与音乐》第2期，民国三十五年六月二十二日。引自《闻一多全集·三》，生活·读书·新知三联书店，1982年8月，第580页。

和死"的那一套,去掉那些幻想的、"给现实镀上金"、但"又对赤裸裸的现实爱得不够"的毛病。其实,在这些诗中,属于诗的根本的抒情的本质依然存在,那就是如同田间那样擂鼓诗人击出的战斗的鼓点。进入抗战时代的中国诗歌,这些原先人们感到陌生的诗情和诗意,正在变成普遍的趣味和选择。

这有当时的言说为证:"《顶点》是一个抗战时期的刊物,她不能离开抗战,而应该成为抗战的一种力量。为此之故,我们不拟发表和我们所生活着的向前迈进的时代远离的作品。"①"诗人,起来,现在这时节不能贪取甜蜜的睡乡。莫忘了,千万战士热血流在中原的沙场上。"②

至此,中国诗歌不仅进入了战时的状态,而且也形成了战争的风格和气势。郑伯奇对此有一个乐观的总结:"新诗是在抗战中进步了,新诗的运动是在抗战中统一了,新诗的派别是很多的。从浪漫派一直到意象派,凡是西洋文学史上所有的流派,都在中国的新诗坛上出现过,流行过。抗战以来,在抗战的旗帜之下,诗人的步骤变成了一致。不同流派的诗人在同一的诗刊上,为了祖国的独立自由而歌唱。抗战的血的现实制约了一切流派的诗人的作风。"③

战斗的鼓点

战争诗风格的形成源于战争。战争是生与死的搏斗,战争本身的惨烈、悲壮,奠定了此类诗的情感基础。它是与花前月下

---

① 《顶点·编后杂记》,《顶点》第一卷第一期,1939年7月10日。引自刘福春主编《中国新诗总系·史料卷》,人民文学出版社,2010年9月,第233页。
② 萧三:《出版〈新诗歌〉的几句话》。原刊《新诗歌》第一期,1940年9月1日。引自朱子奇 张沛编《延安晨歌》,陕西人民出版社,1984年5月。
③ 郑伯奇:《略谈三年来抗战文艺》。载《中苏文化》,抗战三周年纪念特刊,1940年7月7日。引自刘福春《20世纪中国新诗图文史》(1940—1957),未刊稿。

的温柔缠绵无涉的,它是厮杀、爆炸、是冲锋陷阵,是裹着血光的呐喊,是义无反顾的牺牲。因此,对战争诗歌的功能的最好概括,是号角,也是战鼓。这是与和平年月的笙歌弦管判然有别的另一种歌吟。要说抒情的话,这也是另一种抒情,有时是控诉,有时是呼号,有时则是悲泣,它的歌吟也带着粗粝、甚至暴力的性质。

战声可能发自一个个体,却是最大化地代表了受苦受难的求生存的群体。在战声中,个人的哀乐是微不足道的,它是为众生发言的。从这点看,高兰的《哭亡女苏菲》[①]:

> 孩子啊!
> 你随着我七载流离,
> 你随着我跨越了千山万水,
> 我却不曾有一日饱食暖衣!
> 记得那古城之冬吧!
> 寒冷的风雪交加之夜,
> 一床薄被,我们三口之家,
> 吃完了白薯我们抱头痛哭的事吧!
>
> 姗姗而来的是别人的春天,
> 鸟啼花发是别人的今年!
> 对东风我洒尽了苦女的泪,
> 向着云天,
> 我烧化了哭你的诗篇!

---

① 高兰的《哭亡女苏菲》刊载于1942年3月29日《大公报·战线》。作者自言:抗战时期,作者在重庆一所中学任教,时遭解聘,生活困苦,以致七岁的女儿患疟疾因无钱医治而夭折。1942年3月,作者在女儿去世一周年时写下了这首悼诗,倾吐了内心的痛苦与愤慨。

他写的虽是一个家庭的悲伤,表达的却是整个民族的悲伤。这首感动了千万人的抒情诗,传达的绝不仅仅是一己的哀戚,一个生命的夭亡,唤起了万众感同身受的同声一哭!

闻一多把战争诗歌喻为"鼓点",这让人想起鲁迅对白莽(殷夫)诗曾经做过的比喻:是东方的微光,是林中的响箭,是冬末的萌芽,是进军的第一步,是对于前驱者爱的大纛,也是对于摧残者的憎的丰碑。一切的所谓圆熟简练,静穆悠远之作,都无须来做比方,因为这诗属于别一世界。① 他的这种评语,体现了一种期待,是对于"别一世界"的诗的期待。鲁迅此语是为左翼写作的赞词,不经意间恰好证明了中国左翼诗歌与抗战诗歌的衔接。

可以说,田间乃至艾青的出现,也是一种历史的对接。这种"战斗的鼓点"的风格和节奏,早在革命文学倡导时期,在以蒋光慈、殷夫等诗人为代表的写作中就已经显露出端倪。进入抗战,诗歌全部继承了革命诗歌的传统、特别是中国诗歌会的传统,而且予以更为健康鲜明的发扬。这里说的"健康"、"鲜明",即指抗战以来的诗歌、较之以往少了些闻一多所批评的"泪和死"的那一套。更简括、更果断、更朴素、也更有力,是一声声激动人心的战鼓。

作为与左联和抗战诗歌相连接的,是"中国诗歌会"的倡导和实践。在中国诗歌会成立的《缘起》宣告了他们的诗歌信念:"在半殖民地的中国,一切都在急雨狂风里,许许多多的诗歌材料,正赖我们去摄取,去表现。但是,中国的诗坛还是这么沉寂:一般人还在闹着洋化,一般人又还只是沉醉在风花雪月里。"它强调:诗歌是现实社会的反映,社会进化的推进机,创造大众化

---

① 见鲁迅《白莽作〈孩儿塔〉序》。此处不注《鲁迅全集》出处,特别引用黄礼孩陈陟云主编的《新诗九十年序跋选集》第 141 页。该期为《诗歌与人》总 21 期,2009 年 1 月。

诗歌(诗歌大众化)尤其是最急切的使命。① 其中实践最力的是蒲风、任均和杨骚。这里是蒲风写于一九三七年九月十五日的《游击队》：

> 游击队！游击队！
> 你们的出现
> 像闪电；
> 一个闪烁！一个闪烁！
> 接着
> 一个勇猛的搏斗，
> 给他们一阵暴风雨。②

这是卢沟桥事变后最早发出的一声热情的战颂，我们从中可以望见继续跟进者的未来的声音和风采。还有他写作于同时的《路》，也是这样急促有力的、令人警醒的短诗：

> 等着
> 大刀的砍杀，
> 上吊的刑罚，
> ——不是
> 路！
> 路，
> 在前方
> 武装，

---

① 任均：《穆木天和中国诗歌会》。引自卢莹辉编：《诗笔丹心》，文汇出版社，2006年11月，第232页。
② 蒲风：《六月流火》，花城出版社，1983年8月，第215页。这是蒲风的诗选，分别选自《茫茫夜》、(1934)、《六月流火》(1935)、《生活》(1936)、《钢铁的歌唱》(1936)、《摇篮歌》(1937)、《抗战三部曲》(1937)、《黑陋的角落里》(1938)、《真理的光泽》(1938)、《在我们的旗帜下》(1936)、《儿童亲卫队》(1939)、《取火者颂集》(1939)、《可怜虫》(1937)。

打鬼子,
——抵抗!①

这些诗句,与闻一多所肯定的田间的写作何其相似!中国诗人战斗的鼓点源自三十年代革命诗歌的呼号与呐喊,尽管它们因时代不同而在内容上有区别,但它们所传达的情绪确实一致的。中国新诗的诞生是由于时代的召唤,它在急切中为"新"而忘"诗",这在当时的批评中已有涉及。随后一些"艺术至上"的"唯美主义者"为匡正此倾向而倡导诗的审美性。这些人中,就有此时全力推崇田间诗歌的闻一多。对此,田间谈过他的感受:"在我的印象中,过去的闻先生仿佛是一个严峻的自由主义的学者,后来的闻先生仿佛是一位热血沸腾的勇士;过去它是在低吟,后来则是狂呼了。"②

闻一多的转变说明了中国新诗人的传承的使命感,却也再度展现了中国新诗的宿命:我们始终游移在时代与艺术之间、表现纯美与为现实服务之间,我们始终处于两难的境地。但此时,在全民奋起抗战的热潮中,我们的心情与闻一多、与蒲风、也与田间是同样的,我们为战斗的鼓点、也为所有的擂鼓的诗人感到欣慰与骄傲。

于抗战诗歌的发扬与倡导最力的是作为理论家与诗人的胡风。一九三七年十月胡风主编的《七月》在汉口创刊。七月社在代致辞《愿和读者一同成长》中说:"我们认为,在神圣的火线后面,文艺作家不应只是空洞地狂叫,也不应作淡漠的细描,也得用坚实的爱憎真切地反映出蠢动着的生活形象。在这反映里提高民众的情绪和认识;趋向民族解放的总的路线。文艺作家底

---

① 蒲风:《六月流火》,花城出版社,1983年8月,第212—213页。
② 田间:《哀悼闻先生》(原文后注:"1946年7月,去雁北的前夜")。引自田间《抗战诗抄》,新华书店,1950年1月。

这工作,一方面将被壮烈的抗战行动所推动,所激励,一方面将被在抗战热情里面涌动着成长着的万千读者所需要,所监视。"①

从那时开始至一九四一年九月,《七月》从汉口而重庆,一直跟随着抗战的进程而坚持着、奋斗着。此后,进入四十年代,胡风又以《希望》、《七月诗丛》的刊名陆续推进着这种为抗战而呼号的诗歌的写作实践。② 这些书刊的出版者从希望社而到泥土社,出版地点从重庆而到抗战胜利后的上海。许多抗战的诗歌名篇,如胡风的《为祖国而歌》、田间的《中国底春天在号召着全人类》、《给战斗者》、艾青的《雪落在中国的土地上》、《向太阳》、天蓝的《队长骑马去了》,以及绿原、鲁藜、亦门、杜谷、牛汉等的诗作,都在胡风所主办的出版物上发表。

诗歌史记载着这些非凡的业绩。特殊的环境和机遇,加上一批如胡风这样的谙熟诗歌创作规律、并拥有号召力和组织力的编者的热情投入,促使中国诗歌在这一阶段有着明显的突进。此中,《七月》和《希望》致力最多,收效最著。回顾抗战以来的诗歌运动,自闻一多"鼓点说"的倡导开始,由于众多诗人的参与,新诗的确展开了新生面,其特点也有着有别于前的鲜明。集结在《七月》、《希望》等刊物周围的创作群体,到了二十世纪八十年代在由绿原和牛汉主编的诗集《白色花》中得到集中的显示。

与此相近的还有由魏巍主编的《晋察冀诗抄》,收集了战时活跃在晋察冀抗日根据地这一带的以田间为代表的诗人群体的作品。这一地区包括了当年同蒲路以东,津浦路以西,正太、石德路以北,以及平北、冀东、察哈尔、热河等的广大地区。他们也

---

① 见《七月》第一期。1937年10月16日,汉口生活书店。
② 《希望》一、二两集,每集四期,自1945年12月至1946年10月。《七月诗丛》出版时期跨度较大,亦有二集,起自1941年7月,止于1951年1月。

是写作的主题和风格都极为接近的诗人群。魏巍在诗集的序言中介绍了这一群体的写作情况:

> 那时的出版条件是极端困难的,可是油印诗刊就出了五六种。出版时间最长,发表作品最多的是《诗建设》,先后由田间、邵子南、方冰等同志担任编辑,除发表诗创作外,还经常发表诗歌评论。它在团结作者,促进创作上起到了很大作用。此外,晋察冀各地还出版了《诗》、《边区诗歌》、《新世纪诗歌》、《诗战线》等几种诗刊。为了使诗歌更紧密地配合斗争,深入群众,还采用了诗朗诵、诗传单、街头诗等几种形式。①

这些活跃在战火中的诗歌创作,给中国新诗带来了新的特点。首先是,诗人和现实的社会生活的联系空前地紧密了。在以往,被称为是深入并表现了底层民众的诗,多半是以文人的、知识者的旁观的姿态介入,用因袭的"怜悯"、"同情"的眼光观察表现那一切。早期的实例就是胡适等人笔下的《人力车夫》,虽然有可贵的同情心,却依然保持着一种"居高临下"的角度和距离。战争起来了,大家都面临着亡国毁家的命运、此刻诗歌对于苦难的宣泄、对于暴虐的控诉,已不是一般的"观察和体验",而是自己的亲历,那种十指连心的痛感来自内心。当然依然不失"代言"的成分,却实在是一种发自内心的"自言"。说的是自己,表达的却是民众,是众生。前面引用的高兰的《哭亡女苏菲》是典型一例,诗人写的是家庭的哀戚,唤起的是万众的嗟伤。

这是诗人的歌,也是战士的歌,也是平民的歌。在这里,以往界限分明的抒情者和抒情对象的身份模糊了,浑然一体了。这是了不起的、跨越性的进步。举一个鲜为人知的诗人的作品

---

① 魏巍:《晋察冀诗抄·序》。中国青年出版社,1984年10月。

为例：

> 我是农民
> 穿上军服，我就是兵
>
> 有犁锄一样的
> 我有一支枪
> 有种子一样的
> 我有子弹
> 土地永不荒弃
> 土地上有我的旗
> 战斗永不失败
> 战斗的有我的血和意志①

这里，有"我"、"农民"，以及"兵"，还有一个诗人自己，是隐身的。在这首诗中，抒情主体和抒情对象是一体的，诗人和世界是一体的，他们的情感不仅同步而且同体。对此现象，绿原曾说过：他们"追求自己在创作过程中，必须通过严格的自我审查，争取同人民大众的思想感情相通——而不能像在抗战以前的书斋、讲堂中一样，让诗成为与世隔绝的孤芳自赏或顾影自怜的独白。"②

抗战给诗歌带来了一个新时代。这个新时代的标志，表现在诗歌与民族的存亡、社会的兴衰，以及大众的悲欢从来也没有这样紧密的关联，诗人在这种与时代共荣辱的写作中，历来作为知识者的身份被淡化了，诗人不再是置身局外发表感慨的人，也不仅是超然的写作者，而且自身也是"被写"的"诗中人"。这是新诗建立之后，从"新诗革命"到"革命新诗"人们一直期待着、追

---

① 卫寄宇:《在星下面》组诗中的《兵》。载《希望》第 2 集。
② 绿原:《百色花·序》。绿原、牛汉编，人民文学出版社，1981 年 8 月。

求着而始终未能实现的目标,如今在抗战诗歌的实践中变成了现实:它把中国诗学"言志"、"载道"的传统提升到了新的高度。

尤为重要的是,抗战诗歌也创造了新诗语言的划时代的成就。中国新诗由文言写作的格律诗一跃而为用白话写作的自由诗——其间有新诗格律体的尝试,但不是严格意义上的格律诗——其卓然独立的标志,是周作人的《小河》。这是业内人士趋于一致的认识。但"独立"并不是"成熟"。新诗自由体的成熟、特别是语言的成熟期,是由于抗战诗歌的写作。抗战诗歌促进了新诗语言的成熟,也创造了自由体诗歌创作的高峰,这是抗战诗歌对于中国新诗的伟大贡献。

闻一多说的与"箫声"、"琴声"相对照的"鼓声",只是一种形象化的表述,具体一些,是由从诗歌内涵的自新与飞跃,风格则是刚健粗放代替了柔弱细腻,以及包括语言、词汇、节奏、韵律在内的一系列因素的综合的特征。语言的自然直接,意象的朴素简洁,节奏的明快短促,情绪的明朗昂扬,特别是田间式的短句短行的广泛应用,形成抗战诗歌的时代性的审美特征。"战斗的鼓点"促成了中国诗歌自突破古典的格律之美而后的诗歌散文美的完成,而奠定和完成新诗的散文美的格局的代表者,则是艾青。

从芦笛到号角

抗战诗歌是艾青诗歌创作的高峰期,大约也是此时,他发表了著名的《诗的散文美》,这可以看作是他的美学宣言。文章说:"由欣赏韵文到欣赏散文是一种进步;而一个诗人写一首诗,用韵文写比用散文写要容易得多。但是一般人,却只能用韵文来当作诗,甚至喜欢用这种见解来鉴别诗和散文。"他认为"散文的自由性,给文学的形象以表现的便利;而那种洗练的散文、崇高的散文、健康的或是柔美的散文之被用于诗人者,就因为它们是形象之表达的最完善的工具。"①

抗战诗歌体现着中国新诗的语言从白话草创的稚嫩而定型,再到由艾青写作体现出来的成熟,这种成熟正是新诗的成熟的标志。正如评家所总结的:"中国的自由诗从'五四'发源,经历了曲折的探索过程,到三十年代才由诗人艾青等人开拓成了一条壮阔的河流。把诗从沉寂的书斋里,从肃穆的讲堂上呼唤出来,让它在人民的苦难和斗争中接受磨炼,用朴素、自然、明朗的真诚的声音为人民的今天和明天歌唱:这便是中国自由诗的战斗传统。"②

这种成熟性的完整体现在艾青的创作中。绿原在谈到"白色花"诗人们的创作继承了中国自由诗的战争传统时说:"本集作者们作为这个传统的自觉的追随者,始终欣然承认,他们大多数是在爱情的影响下成长起来的。"③受艾青的影响的不仅是"白色花"诗人群,而且是当时以至后来的中国的新诗创作,无不受到艾青的深刻影响。艾青是代表一个时代的诗人。中国战时诗歌因艾青的忧郁和悲哀而彰显了特定的时代精神。人们从他的《我爱这土地》中听到了自己内心的声音——

> 假如我是一只鸟,
> 我也应该用嘶哑的喉咙歌唱,
> 这被暴风雨所打击着的土地,
> 这永远汹涌着我们的悲愤的河流,
> 这无止息地吹刮着的激怒的风,
> 和那来自林间的无比温柔的黎明——

---

① 艾青:《诗的散文美》。原载《广西日报》1939年4月29日。见吴思敬《中国新诗总系·理论卷》,人民文学出版社,2010年9月,第281—282页。
② 同上。
③ 同上。

——然后我死了,
连羽毛也腐烂在土地里面。

为什么我的眼里常含泪水!
因为我对着这土地爱得深沉——①

饱满而亢奋的情绪支配着抗战诗歌的写作。人们的悲哀、伤痛和积郁,从那些单纯、素朴、短促有力的节奏中获得一种释放、宣泄和鼓动的慰藉,但是,当满中国所有的诗歌都只敲响一种共同的、甚至显得统一的"鼓点"时,会感到为获得这种单纯甚至单调所付出的,可能也造成了以时代的缺失。尽管在当前,人们并不怀疑这种呼号和呐喊来自内心的要求,但这毕竟是诗,诗归根到底是属于艺术的,人们知道田间代表了艺术的高度,但更多的诗人们的写作中所表现出来的直白的呼喊,并不与诗的品质等同。

因此当人们看到艾青从彩色的欧罗巴举着彩色的芦笛出现在中国,人们很快就认同了他的色彩和声音。艾青的那支芦笛,是他对于欧罗巴真挚的记忆。而他对于波特莱尔和兰波的心仪,则是他的欧罗巴记忆的主体——那是自由的、现代的欧罗巴的芦笛!而此刻,芦笛正吹响在中国的梦中——诗人因自由的理想而陷身中国的巴士底。艾青写大堰河和芦笛时,距离抗战烽烟的燃起还有三、四年的光景。但面对中国的积重,艾青已经觉醒。

比《芦笛》写得更早一些的是他对于奶娘"大堰河"的礼赞。诞生于殷实家庭的艾青,由于亲生的遭遇而感知于一个普通农妇无私的爱,诗人由此而思及育他、养他的伟大的人民和土地。

---

① 艾青此诗作于1938年11月17日,选自诗集《北方》。他的《诗的散文美》则作于1939年。

"呈给你的儿子们,我的兄弟们,呈给大地上一切的,我的大堰河般的保姆和她们的儿子,呈给爱我的如爱她自己的儿子般的大堰河。"艾青带着他心爱的芦笛和他对大堰河的爱,投身于抗战的歌唱,他感到了中国大地彻骨的寒冷,芦笛于是换成了号角。

雪落在中国的土地上,寒冷封锁着中国。在这样的天气里,他和他所遇见的中国的农夫以及农夫的儿子们,一样地感到了中国道路的崎岖和泥泞,饥馑的大地,以及向着阴暗的天伸出颤抖的、乞援的双臂的深陷于苦难的人们,他希望自己的这些诗句,能给寒冷的中国"带来些许的温暖"。艾青是迎着太阳歌唱的。他的悲哀的心中,充满希望和期待。早在一九三七年春,他的心就被太阳的火焰之手所撕裂,阳光把陈腐的灵魂搁弃在河畔,他于是说:"我乃有对于人类再生之确信"。①

热爱人民和土地的诗人把芦笛换成了号角。他带来的是比芦笛还要多彩的虽然悲哀、但却是举着火把的向着光明的战斗的旋律。劳辛说:"在抗战时期,诗人的芦笛变成号角。号角总是比芦笛嘹亮的。芦笛播出受难者的歌;而号角却吹出对敌人的攻击进行曲。他的笔触胶滞在中国老百姓战斗行列里的愿望的生活","他以一种乐观的心情来歌颂光明的事情,这在他的诗作中有不少太阳和黎明等具体的形象来体显出来的。他也希冀把中国的民族性——旷达和深沉发掘出来。"②

艾青此时的诗歌创作不仅以独有的方式,凝聚了中国式的忧郁和感伤,并使这一切上升为典型的美感意蕴。他以接近欧化的语言,新颖而丰满地发挥、开掘现代汉语的潜在魅力,他以此表达他对中国大地和人民的挚爱。而且,他也使自由体白话

---

① 艾青:《太阳》中句,见诗集《旷野》。
② 劳辛:《艾青论》。劳辛著:《诗的理论与批评》,正风出版社,1950年11月沪初版,第9页。

新诗语言的运用和探索臻于完美,尤其在诗歌语言的散文美的追求方面,由于他的勇气和执着,终于使以白话书写的新诗终结了初期散漫、平淡和缺乏凝练的缺憾,而抵达稳定、成熟的诗学高度。从欧罗巴带回来的芦笛,终于成为鼓舞和催进中国人民奋起救亡和争取自由的号角和火炬。

笔者曾在艾青去世后追念他的文章中论及他在新诗诗学方面的杰出贡献:"中国诗走出古典到达现代,经历了诸多的曲折和痛苦,这个过程在艾青手中得到完成。在新诗的发展史上,胡适是光辉的起点,郭沫若传达了五四时代的浪漫激情;而白话新诗文体的完成则是艾青。""艾青感受了这大陆无所不在的忧患:战争和饥饿、不公和强权这一切的沉重都注入了艾青清醒并有点洒脱的笔下,造出了独异的诗美奇观,这就是艾青的个人风格:沉郁的内涵和自由形式的和谐。"①

在战云密布的中国大地,诗依然在顽强地生长着。二十世纪四十年代有很多大事,一是争取抗战的胜利,一是内战已露出端倪。诗歌处在两个战争之间,于是出现了"主题"转换的复杂局面,"争独立"和"争解放"胶着地在"季节转换"的诗歌运动中呈现。这情景有点微妙。随着二战的接近尾声,此时的矛盾仍是民族的和救亡的。接着是内战的摩擦加重,争斗加剧。到了四十年代后期紧接着就是几场大战,亢奋的激情取代了那些年的颠沛辗转。这就是,战烟依旧,离乱依旧,而反映在中国人的情绪上,却是另一番景象:有人庆新生,有人叹流亡,一边是解放翻身的欢欣,一边是去国毁家的悲情。这是悲欢交集、欲说还休的复杂世代。

从诗歌现象上看,胡风、蒲风、艾青那一代人的创作起始较

---

① 谢冕:《永远沐浴着他的阳光》。见谢冕《阅读一生》,百花文艺出版社,2011年4月,第153—155页。

早,"白色花"中,有些人的创作始于抗战前,更多的人则是敲着鼓点、吹着号角进入为抗战呼号的队列。其中也包括了上面说到的晋察冀根据地的那些诗人,他们的大多数写作始于抗战爆发后,有的人的写作则接续到五十年代,成为了战后年代的写作中坚,如郭小川、贺敬之。不论他们的经历如何差异,但他们作为战时的歌者的身份则是相同的。他们共同实践并见证了中国自由体诗歌主潮的建设和成熟,他们以自己的创作连接着五四白话语体和以散文为基本形态的新的诗体的写作。

但是随着四十年代的到来,这种以自由体为主潮的秩序受到了挑战。形成这种局面的诱因,与其说是艺术的,毋宁说是政治的;与其艺术板块的裂变,毋宁说是基于现实功利的重新分割。人们注意到,三十、四十年代之交的中国政治地图,基本上由三大板块构成:共产党领导的解放区及广大的敌后根据地,它的基础是广大的乡村;国民党领导的"大后方"、它的基本构成是未被占领并坚守的大、中城市为中心,开始是武汉、长沙,后来是桂林、昆明、重庆;而敌伪占领的,则是以上海"孤岛"为标志的沦陷区。就艺术的影响和传统而言,后二者基本是在延续五四建立起来的流风余韵,而解放区则出现了迥然不同的景象。

从相关的史料可以看到,尽管战争在近处或远处继续凌厉地进行着,特殊环境留给诗歌的空间还是十分艰危,但是诗歌还是按照它既有的规律顽强地运行着。四十年代初期,中国人久经战乱,已经适应了战争带来的离乱和痛苦的际遇,他们已经没有战争初期的那种祸从天降的仓惶和惊怵,他们已经对苦难"处变不惊"。人们已经习惯了家破人亡、颠沛流离的动荡生活。有许多的伤痛和磨难,依然有淡定的坚忍。诗歌也是如此,人们已经能以不惊不乍的日常状态来安排和培育诗歌。

首先是诗歌活动的频繁举行。这里举一些关于战时诗歌活动的记载:

一九四一年五月三十日中华全国文艺界抗敌协会在重庆举行首次诗人节,于右任、郭沫若、阳翰笙、老舍、姚蓬子、潘梓年等出席。"我们决定诗人节,是要效法屈原的精神,是要使诗歌成为民族的呼声,是要了解两千年来中国诗艺术已有的成就,把古人的艺术经验,作为新诗创作途中的养料——是要向全世界高举起独立自由的诗艺术的旗帜,诅咒侵略,讴歌创造,赞扬真理。"①

一九四一年九月十四日重庆诗人召开第一次座谈会,冯乃超主持,出席的有郭沫若、姚蓬子、阳翰笙、安娥、臧云远、方殷、任钧、罗荪等。郭沫若在会上发言论析了《诗经》与楚辞的语言。紧接着,九月二十六日,再开第二次座谈会,阳翰笙主持。主题是"新诗歌的样式问题",臧云远、常任侠、姚蓬子等发言。②

一九四一年十二月,成都文艺协会召集诗歌座谈会,讨论的主题是"诗与音乐"。叶非洛主席,报告抗战以来之诗与音乐的联系问题。讨论的范围涉及诗歌的写作、语类、形式等问题。报道见于《创作月刊》创刊号。③

以上数例,可以看出当日后方诗歌活动的频繁。特别值得注意的是,当时尽管环境险恶,但是人们依然坚持着诗歌的艺术追求。由于战时已成"常态",人们心智的成熟使他们不再满足于那种始终如一的鼓点式的节奏和方式,人们开始考虑属于诗的最根本的属性——诗意和诗性。从芦笛走向号角,再从战斗的号角走向多彩的芦笛,这并不是倒退,也不是循环,而是成熟。

---

① 中华全国文艺界抗敌协会《诗人节缘起》。1941 年 5 月 30 日《新华日报》。转引自刘福春《20 世纪中国新诗图文史》(1940—1957),打印稿。
② 见刘福春《20 世纪中国新诗图文史》(1940—1957),打印稿。
③ 同上。

在战争的间隙里,人们终于有机会深情地回望曾经被"放逐"的"抒情"。

在战时,人们出于战斗的激情,往往因这种激情忽视了诗的特性,而把一般的战斗呼喊等同于诗。这种体认,在进入四十年代之后已引发了论者的注意。S. M.(阿垅)在他的评论中敏锐地对对诗人和士兵作了区分,其实,也是对诗和生活作了区分。他在诗评《读艾青底——》中说:"这个吹号者底声音,是一个诗人底,而不是一个士兵底,是智慧的力,而不是粗野的歌曲,这,只有一个诗人才能够用抒情的言语说出,而一个朴拙的士兵是不能够的,士兵不能够有诗人所有的,正像诗人也没有士兵所有的。而艾青,他是一个诗人啊。"①

一种既重视诗的战斗性,又注重诗的艺术性的氛围,正在悄悄地形成。艾青无疑是处于他的创作的巅峰期。他在写出诸多战争的杰作的同时,也从未忘了他革新诗歌语言的意愿:

> 我确是如一些批评者所说,在同时代的诗人里面,比较努力地创造新的词汇的人。我最嫌恶一个诗人沿用一些陈腐的滥调来写诗,我以为诗人应该比散文家更花一些功夫在创造新的词汇上。——假如我们没有把文字重新配置,重新组织,没有把语句重新构造、重新排列,假如我们没有以自己的努力去重新发现世界,发现事物与事物的关系,人与事物的关系,人与人的关系,我们就没有必要去制造一首诗。——大胆地变化,大胆地把字解散开来又重新拼拢,重新凝固起来。——语言的应该遵守的最高的规律是:纯朴、自然、和谐、简约与明确。②

---

① S. M.:《读艾青底——》,见《诗创造》第 5 期,1941 年 11 月 5 日。出处同前注。

② 艾青:《我再怎样写诗的?》,《文艺学习》第 2 卷第 3—4 期,1941 年 3 月 10 日。

很少见到艾青这么具体地谈论语言创新的问题,由此可见当日诗运的一般氛围。人们开始从战争初期的那种直接呼喊的满足中醒悟,从而回到了艺术的本位上来——决定诗歌价值的,除了现实的追求,到底还是艺术自身。上面艾青的那一番关于诗歌语言的言说之所以可贵,正是由于它传达了四十年代初期非常重要的诗歌信息——人们尽可从情感的考虑"放逐抒情",但战争的阴影不会长久地遮蔽诗歌审美的空间。

延安的想象

然而,更加复杂的局面也出现在同一个时期。这种诗歌艺术的复杂性,如同往常那样,是由中国政治局面的复杂性决定的。四十年代初,在以重庆为中心的广大地区,在战争的间隙中,诗歌依然延续着五四以来以自由体为核心的艺术传统。诗人的知识分子身份是确定的,因此,人们也并不对诗人个性化的艺术实践另有期待。在这些地区(抗战胜利后更有扩展)诗歌仍然沿着原有的路径行进着。

而在共产党领导的敌后根据地,那里的情形与前述的截然不同,那里是一片广大的乡村地带,文化的基本形态是乡村文化,和现代城市存在着距离造成的文化的差异。在那里,文学或者艺术、诗歌的受众,从整体上看,是低文化或者或者基本是文盲的农民。正如毛泽东强调的,这里的文艺和诗歌的服务对象、即"文艺作品给谁看的问题",与前者彼此判然有别,他明确地指出了二者的差异——

> 在陕甘宁边区,在华北华中各抗日根据地,这个问题和在国民党统治区不同。和在抗战以前的上海更不同。在上海时期,革命文艺的接受者是以一部分学生、职员、店员为主。在抗战以后的国民党统治区,范围曾有过一些扩大,但

> 基本上也还是以这些人为主,因为那里的政府把工农兵和革命文艺互相隔绝了。在我们的根据地就完全不同。文艺作品在根据地的接受者,是工农兵以及革命的干部。根据地也有学生,但这些学生和旧式学生也不相同,他不是过去的干部,就是未来的干部。各种干部,部队的战士,工厂的工人,农村的农民,他们识了字,就要看书,看报,不识字的,也要看戏、看画、唱歌、听音乐,他们就是我们文艺作品的接受者。①

这就是毛泽东制定文艺策略的前提和基础:立足于广大的乡村,以及乡村中广大的缺少文化的农民,以他们可以和可能接受的方式满足他们的需求。毛在许多场合多次讲过,文艺要为人民大众服务:"什么是人民大众呢?最广大的人民,占全人口百分之九十以上的人民,是工人、农民、士兵和城市小资产阶级。"②其核心仍然是农民。毛分析过"工农兵"或"最广大的人民"这些概念的内涵,认为农民做工就是工人,农民穿上军装就是士兵,而干部即是从这些人中选拔出来的,说到底,也还是农民。

毛认为文艺首先是为工农兵的,为工农兵所创作,为工农兵所利用的。而为今日最广大群众所最需要的是"初级文艺"。他要求作家改变原有的立场,放弃原先的趣味和习惯,以工农兵自己所需要、所便于接受的东西去满足他们。因此他提醒作家应该注意群众中流行的文艺方式:

---

① 毛泽东《在延安文艺座谈会上的讲话》。1942 年 5 月。引自吉林师范大学、吉林大学文艺学编写组《文艺方针政策学习资料》,吉林人民出版社,1961 年 1 月,长春,第 108 页。(此处引文本来可以直接引自"毛选",但是手边这书伴我多年,一直是得心应手的工具书,用起来有一种亲切感。)

② 同上书,第 114 页。

我们的文学专门家应该注意群众的墙报,注意军队和农村中的通讯文学。我们的戏剧专门家应该注意军队农村中的小剧团。我们的音乐专门家应该注意群众的歌唱。我们的美术专门家应该注意群众的美术。一切这些同志都应该和在群众中做普及工作的同志们发生联系,一方面帮助他们,指导他们,一方面又向他们学习,从他们吸收由群众中来的养料,把自己充实起来,丰富起来,使自己的专门不致成为脱离群众、脱离实际、毫无内容、毫无生气的空中楼阁。①

在关于文学的思考中,除了要求文艺工作者改变立场,把文艺基点放到适应无文化或少文化群众相适应的位置,同时也要求以他们能够接受的民族的形式予以实现。他的表述是抽象的:"中国文化应有自己的形式,这就是民族形式。民族的形式,新民主主义的内容——这就是我们今天的新文化。"②虽曰抽象,其指向却是明确的。讲话发表的当年春节,延安各界为实践讲话的精神,开展了春节文艺演出活动,延安《解放日报》为此发表社论《从春节宣传刊文艺的新方向》,肯定了当日的实践——

他们的成功,首先是因为反映了群众的现实生活、实际斗争,反映了群众的思想感情;其次是因为他们的表现形式符合于群众的实际,语汇语法是群众的语汇语法,容貌服饰是群众的容貌服饰,腔调姿势是群众的腔调姿势,离开了这些,则内容的真实性就无法表达;第三是适当地采取了并提炼了群众自有的某些艺术传统,譬如歌谣、年画、戏装、秧歌

---

① 毛泽东:《在延安文艺座谈会上的讲话》,1942年5月。《文艺方针政策学习资料》,第121—122页。
② 毛泽东:《新民主主义论》,1940年1月。同上书,第79页。

舞、秦腔、郿鄠等等,——①

延安讲话并没有直接设计在"新文化"形态下的新诗形态,但一切迹象都表明,诗歌也如文学的其它体式一样,面临着对于五四传统的改写。这种改写是由五四的完全取法西方而转向取法本土;由原先的近于全盘欧化的倾向、有意无意地忽略民间或民族的资源的倾向,转向寻求中国传统、特别是民间传统的回归。延安开展的民间化运动,以与群众联系最多的戏剧改革为前导,京剧改造和秧歌剧的提倡走在了文艺改革的前面。座谈会召开的次年,中共中央宣传部作出决定,以戏剧与新闻通讯这两种最切近实际的形式为切入点,逐步铺开工农兵方向的实践,这无疑是一种战略性的考虑:

> 在目前时期,由于根据地的战争环境与农村环境,文艺工作各部门中以戏剧工作与新闻通讯工作为最有发展的必要与可能,其它部门的工作虽不能放弃或忽视,但一般地应以这两项工作为中心。内容反映人民感情意志,形式易演易懂的话剧与歌剧(这是融戏剧、文学、音乐、跳舞甚至美术与一炉的艺术形式,包括各种新旧形式与地方形式),已经证明是今天动员与教育群众坚持抗战发展生产的有力武器,应该在各地方与部队中普遍发展。②

我们从中依稀可以窥见未来文艺改革的总体思路,即使文艺向着民族的、民间的、向着低文化甚至无文化的工农兵所能够接受的方式"复归"。周扬在论及解放区文艺的特点时指出,这是和"自己民族的、特别是民间的文艺文艺传统保持了密切的血

---

① 《从春节宣传看文艺的新方向》,1943年4月25日,解放日报社论。同上书,第367—368页。

② 《中共中央宣传部关于执行党的文艺政策的决定》,1943年11月7日,解放日报1943年11月8日。《文艺方针政策学习资料》,第6页。

肉关系"的文艺。他以《白毛女》为例,认为"《白毛女》是在秧歌的基础上,创造新型歌剧的一个尝试。文艺座谈会以来,文艺工作者在搜集研究与改造各种民间形式上,都做了不少的工作。其中最主要的收获是秧歌。我们在农村秧歌的基础上创造出了新的人民的秧歌。"①

延安当日的思路,是以适合群众欣赏习惯的民间的秧歌取代"不合时宜"的"大、洋、古",用装进了新内容的旧秧歌取代只能在大城市演出的大歌剧。从《夫妻识字》、《兄妹开荒》演进为《白毛女》、《赤叶河》,就是此种思路的具体化。这种改革,在文艺的各个领域次第展开,而且取得了明显的成效。其间以赵树理的小说创作最为显著,赵树理实现了小说表现农民和通往民间的重大的艺术变革。除了戏剧和小说,在音乐和绘画方面,也陆续出现了把民间经典化的有力实践。

在新诗领域,动作显得迟缓,这种迟缓不免带来了焦虑。直至李季《王贵和李香香》的出现,这才使焦虑得到缓解。陆定一为这部长诗写了序言,第一句话就是:"我以很大的喜悦读了《王贵和李香香》,因为这是一首诗。"不了解这背景的人们一定会为这"不通"的措辞纳闷。其实,陆定一以这种方式透露了他的"期待的焦虑"——当各个部类都有了变革的成绩的时候,人们对诗歌的期待,就显得非常地迫切。这有陆定一的文章为证:

> 自从文艺座谈会以来,首先表现出成绩来的是戏剧。那年就有新式的秧歌出场了。《兄妹开荒》现在已经传遍全国。新的戏剧运动,范围非常广大,改良的平剧出现了。新

---

① 周扬:《新的人民的文艺》。这是周扬1940年7月5日,在中华全国文学艺术工作者代表大会上的报告。原载《中华全国文学艺术工作者代表大会纪念文集》,新华书店1950年版。引自谢冕 洪子诚编《中国当代文学史料选》,北京大学出版社,1995年12月,第25—26页。

式的歌剧《白毛女》出现了。这方面的收获最快,最丰富。戏剧真正到了人民大众里面去了。

其次跟着来的,是木刻。这方面革除了外国气派,采取了中国气派,也有很大的成绩。现在解放区的木刻,代表了中国,在全世界有了地位。

来得更晚些的,是小说和说书,这是这一两年间才有的。小说里面,如《李有才板话》、《吕梁英雄传》、《抗日英雄洋铁桶》、《李勇大摆地雷阵》等,获得广大的读者,并在小说的领域里展开了新的一页。在说书的方面,有韩起祥编的许多本子,显出民间艺人惊人的天才。

比较来得晚的,就是诗了。《王贵与李香香》就是这样的诗。用丰富的民间语汇来做诗,内容形式都好的,在外面有袁水拍(按即马凡陀)先生,现在我们这里也有了。①

这情景正如五四的新文学革命,一旦新诗试验成功,白话文学的胜局就定了。同样道理,讲话确定的工农兵方向,一旦李季的《王贵与李香香》出现,胜局也就定了。我们不难从陆定一的"喜悦"中得到这个信息。打个不合适的比喻,此刻的李季的试验,其功效真有点像胡适当年的"尝试"。当然,这个比喻并不适当。简单地说,在胡适那里,他的尝试有很强大的原创性,而在李季这里,原创的元素被强大的模仿所代替。但的确,李季的出现使"期待"成为了"事实"。请阅读充满西北情调的乡村长曲的片段:

玉米开花半中腰,
王贵早把香香看中了。
小曲好唱口难开,

---

① 陆定一:《读了一首诗》。引自黄礼孩 陈陟云主编《新诗90年序跋选集》,第204页。

樱桃好吃树难栽,
交好的心思两人都有,
谁也害臊难开口。
王贵赶羊上山来,
香香在洼里掏苦菜。
赶着羊群打口哨,
一句曲儿出口了:
"辛苦一天不瞌睡,
合不上眼睛我想妹妹。"
停下脚步定一定神,
洼洼里声小像弹琴:
"山丹丹花来洼洼开,
有那些心思慢慢来。"
"大路畔上的灵芝草,
谁也没有妹妹好!"
"马里头挑马不一般高,
人里头挑人就数哥哥好!"
"樱桃小口糜米牙,
巧口口说些哄人话,
交上个有钱的花钱长不断,
为啥要跟我这个揽工的受可怜。"
"烟锅锅点灯半炕炕明,
酒盅盅量米不嫌哥哥穷。
妹妹生来就爱庄稼汉,
实心实意赛过银钱。"
"红瓢子西瓜绿皮包,
妹妹的话儿我忘不了。"
"肚里的话儿乱如麻,

> 定下个时候说说知心话。"①

李季的现身实现了"新的文化在一个一个地夺取旧文化的堡垒"②的战略梦想,这种梦想,用陆定一的话来说就是,"革命的文艺如果不学会自己的民族形式,即劳动人民所喜见乐闻的形式,哪怕内容很好,也不可能在几万万人的头脑里把旧文艺的影响打倒、肃清"③。这是李季的贡献。他使被此刻称之为的"延安的想象"现出了轮廓。

民族的和民间的

延安的想象有强大的现实依据,那就是根据地支持了战争,战争中建立起来的政权,必须为根据地广大民众服务。而在现阶段,这种服务必须是通俗的、习见的、甚至是低级的,因而也是普及的。延安的取向是从高处往低处拉,摈弃群众不能接受的大城市的那一套,从"夫妻识字"和"小放牛"开始。这种意向,木刻、剪纸、秧歌都不难,甚至戏剧和小说、说书也不难,难的是"从来高级"的诗歌。而对诗歌的处理,也只能是由高处往低处拉。李季这样实践了,他给大局的呈现带来了补益。李季的出现,使延安提出的工农兵方向的蓝图出现了"全景"。

李季的《王贵与李香香》创作理路,完全符合延安的文艺想象,即,内容是表现人民的翻身解放,形式是来自陕北的民歌谣曲,因此它是民族的和民间的。也许,它的更具有长远的意义则是,它改变了新诗建立以来以自由体为主体的格局,形成了重返格律的趋势——不管这种格律并非旧格律的同义词,也不管这

---

① 李季:《王贵与李香香》。这里用新华书店 1949 年 9 月上海版,该书为中国人民文艺丛书之一,上海洪兴印刷所印行。

② 李季:《王贵与李香香》。

③ 陆定一:《读了一首诗》。

种重返会走多远。民族的和民间的,在五四时期受到轻漠的命题,此刻却拥有了某种神圣感。文艺工作者莫不期望以此为目标趋之以成。李季在诗歌中是最先抵达者。他的思路完全符合延安提出的方向,他使新诗具有了与前不同的新面貌——那就是新诗拥有了民族的和民间的形式。

李季把改造自己和改造诗歌视为同体。改造自己即投身于自己原先不熟的生活中去,从体验他人开始,然后对比自己,再将自己设想为他人。因为当日的理论认为,即使是作为小资产阶级的诗人的"自己"依然是渺小的,而作为工农兵的"他人"则是伟大的。李季把他所认知的这种关系,叫做"我和三边、玉门"的关系。他自言:"离开了三边和玉门,我几乎连一行诗也写不出来——从我自己和三边、玉门的关系,却使我懂得了从心里爱着一个地方,把你自己变成一个不折不扣的当地人,这一点,对于像我这样的作家是多么重要。"李季认为,这是他的"长时期的取用不尽的诗的源泉。"①

这种深入"不熟悉"的生活、再把自己"忘记"的体验生活的观念,是与前全然不同的一种写作观念:越不是自己的,就越是好的;越是自己所陌生的,就是越应该去熟悉的。诗,从写自己变成了写他人;从"个人主义的人间本位主义"(周作人语),变成了离开了工农兵的生活就"写不出一句",这是一个重大的改变。除了写作的内容的转移,也许更重要的在于,要求写诗必须去掉知识分子的腔调,换上工农兵的腔调。记得五四当年,胡适尝言,当时最为急切的目标,在于去掉"旧词调"、即去掉旧诗词的

---

① 李季:《我和三边、玉门》,载《文艺报》1959年第18期。见北京师范大学中文系当代文学教研组编《当代文学教学参考资料·诗歌》,1980年7月,第193—195页。

腔调[①]；而现在，则是去掉知识分子的、其实即是五四建立起来的多少显得欧化的"洋"腔调，换上当时提倡的属于工农兵的"土"腔调。

在这方面，李季是"开一代新诗风"的始作俑者。《王贵与李香香》采用的是陕北信天游的调式，这种在当地流行的民歌体，多用于男女对唱，双句为一组，是互问式的。首句起兴，次句为即兴的言说，双句押韵，另章可换韵。其句式以七言为基础。字数可视语气需要自由添加，终是奇数，当地习俗喜用重叠的形容词，增强了语言的活泼性。从道理上讲，这种调式是可以唱的。因为是以七言为基础，所以从语言的构成看，回过头来又接通了受到五四初期排斥的"旧词调"上来。

这是一种诗歌的"返祖"现象，具有警觉意味的诗学回归。这对新诗而言，带来的是一次不大也不小的"震感"。《王贵与李香香》的出现是一个标志，以此为开端，先天性的欧化的新诗从此增多了本土的色彩，这对于深陷于西方陷阱的新诗而言，未必不是佳音。这一切都发生在二十世纪四十年代的后半期，中国的局势在出现新的变数，诗歌也是。正如中国所有的文化运动都牵萦背后的政治一样，这次由延安讲话引发的文化艺术变革，其根本动因也在于此。

[①] 胡适在《谈新诗》一文中反复谈到旧诗的"词调"问题："词曲的发生是和音乐合并的、后来虽有可歌的词、不必歌的曲，但是始终不能脱离'调子'而独立、始终不能完全打破词调曲谱的限制。直到近来的新诗发生、不但打破五言七言的诗体、并且推翻词调曲谱的种种束缚；——这是第四次诗体大解放。""我所知道的'新诗人'，除了会稽周氏弟兄之外、大都是从旧式诗、词、曲里脱胎出来的。沈尹默君初作的新诗是从古乐府化出来的。——我自己的新诗、词调狠多，这是不用讳饰的。""此外新潮社的几个新诗人——傅斯年、俞平伯、康白情——也都是从词曲里变化出来的、故他们初做的新诗都带着词或曲的意味音节。此外各报所载的新诗、也很多带着词调的。"原载《星期评论》"双十节纪念号"第五张，1919年。引自吴思敬《中国新诗总系·史料卷》，人民文学出版社，2010年9月，第1—5页。

《王贵与李香香》最早的版本是一九四六年十一月的东北新华书店版和太岳新华书店版。它的出现距离一九四二年五月的讲话,是显得迟缓了,但是,诗毕竟是迟缓的。正如五四当年那样,新诗的出现,就是那场革命的定局。李季带了头,一时蔚为风尚。收在诗集《佃户林》中的,大抵都是这样民间风格的诗。徐秋风的《唱毛主席》、严辰的《新婚》和刘衍洲的《弹唱小王五》是信天游体;柯仲平的《拔掉敌人最后一条根》、邵子南的《大石湖》、鲁煤的《红旗竞赛歌》和胡征的《槐树下》是五七言四行一节的民歌体;王希坚的《佃户林》是五言歌行体,以及儿歌、催眠歌等。各路诗人,不论他们原先服膺的艺术信条如何,此时莫不以饱满的热情投身于新的诗歌潮流之中。

在民族化的诗歌写作中,阮章竞是致力最多的一位,他以全方位的试验,奠定了民族化新诗的根基。《圈套》是一首长诗,出现在一九四七年的二月,作者特别标明它是"俚歌故事"。"俚歌"是民间通俗的谣曲,"故事"则是诗的叙事,意即用民间歌谣的方式写成的叙事诗。《圈套》作为长诗当然是韵文,但它并不刻意分行,基本是根据内容的分段连写。用的是七言体民歌的调式。同年写作的还有《送别》和《盼喜报》,也都是民歌的方式。《送别》用的也是信天游的格式:

　　鹅毛毛的大雪纷纷地下,
　　上前线的新兵骑上马。

　　银装的高山棉敷的路,
　　老娘的头发像雪花。

　　亮晶晶的眼泪滴滴第洒,
　　喉咙抽咽声沙哑。

呼呼的北风顶头刮，
勒紧了缰绳听娘的话。

而《盼喜报》则是四行一节的传统的民歌格式。阮章竞从此时起便有意识地进行多向度试验民间形式的写作。他的创作取法多方，但都是在民间流行的形式中建立创作的根基。他的这些作品，被收集于列入中国人民文艺丛书的《圈套》中。《圈套》之后，他于一九四九年开始了长诗《漳河水》的创作。《漳河水》把新诗写作的民族化推向了成熟的经典化的高度。《漳河水》的写作始于建国之前，而成书和出版则在建国之后，这是一部跨时代的大诗。① 它见证了一个时代的终结，又见证了一个时代的诞生。诗前有作者的《小引》，因为它提供了当日探寻的踪迹，故全录：

离开漳河一年多了。今年春天，回去一趟，正碰上是桃红柳绿的时候，一天偶尔在河边走走，山坡树林间传出歌声来，娓娓悠扬觉得好听。是妇女生产互助组唱的。她们在歌唱自己的翻身，歌唱自己的劳动，歌唱自己的快乐。

太行山——我的第二故乡，太行山的人民和全华北的人民一样，在共产党的领导下，消灭了封建剥削制度，解放了自己，并和自己的子弟兵——中国人民解放军比肩作战，从自己的家门口，先打走一个日本帝国主义，接着又打走一个蒋美匪帮军队，建立起一块自由幸福的新天地。太行山的妇女，过去在封建传统、习俗的野蛮压迫下，受到了重重的灾难。但随着抗日战争，减租减息，解放战争，土地改革，这两个时期的伟大斗争，她们获得了自由，认识了自己的力

---

① 作者在长诗的后面记载：1949年3月26日初稿完于卧虎坡，1949年12月改写完于北京。序文《小引》后注：1949年，除夕，序于北京。该书正式出版于1950年9月，为中国人民文艺丛书之一种，上海新华书店发行。

量。十多年来,她们忍受着难以设想的重负,支持人民解放事业;并且不断地和封建传统习俗作斗争。在党的领导下,积极参加生产,获得妇女彻底的解放自由。她们的丰功伟绩,在祖国解放的史诗中,占着光荣的一页。

自听了歌声以后,萦绕脑中。找人口述,录下些片段的歌儿,自己又模仿着编了些,组织成现在的样子。

三个女主人公到底是哪个村的,没打听出来。群众说好多村都有这样的故事和大同小异的歌儿。

这些片片断断的歌儿,原无题名,也无章段和小题。因故事发生在漳河两岸,民间歌谣中常用头一句做题名的,故名《漳河水》。

题名是有了,但这篇东西,是由当地许多民间歌谣凑成的,代表这些歌儿的总的形式叫什么呢?每个词儿都注明是采用什么调吧?如《开花调》、《刮野鬼》、《梧桐树》、《绣荷包》、《打寒虫》、《大将》、《一铺滩滩杨树根》、还有好多失名的。可是这些歌谣又因人因村,唱得不大相同,我所听过的《开花调》就有五六种,据当地同志说还要多;而且也不能说明曲调的总的形式。如陕北的《郿鄠》、《道情》、是总的形式名称,其中包括很多曲调名:《刚调》、《虞美人》、《剪剪花》等等。说是"山歌",在北方很少听说这两个字;说是"秧歌",太行山的秧歌是一种戏曲名,和平常唱的歌儿,有严格的区别;说是"快板",快板是"说"的不是"唱"的;说是"诗",群众叫"念",用文人的说法是"朗诵",现在这些东西分明是唱的;"乐歌"、"乐曲"、"乐章",太文雅,"合唱"、"大合唱",更是胡诌;"牧歌"、洋来洋去;"夜曲"、"夜歌",也不对,人家常常在白天唱的。写《圈套》用了"俚歌故事"四个字,曾引起个别同志的不同意,这回如果名不正,就更言不顺了。想了好多时候想不出来。

> 有一天,碰见两个牧童在河边放羊,嘴里也哼着这些歌儿。我问他们唱的是什么,回答是"小曲"。故把许多曲调总名叫"漳河小曲"。

诗人在这里详细叙说了命名的困惑。其实,在这背后隐藏着这部作品与其他同类作品写作上的差异。当日盛行一种对于民间格式的直接套用,而《漳河水》不同于此。首先关于内容,说的是妇女翻身,但却非"实录",是"好多村都有这样的故事",可见已涉及文学创作的虚构及典型性的原理。至于形式,命名的困难正说明它是一种"博取"——因为是一种对于"民间"的"活学活用",看起来"什么也不是",而恰恰是一种脱离了"原样"的再创造。这在当时竞相直接模仿或直接搬用民间形式的习尚中,是一个令人鼓舞的现象。

从李季的《王贵与李香香》到阮章竞的《漳河水》,再从他的"俚歌故事"到"漳河小曲",我们看出了,对于民间形式学习的可贵的新趋向,这表现了一种文学思维的成熟。二十世纪四十年代新诗的这种创作景观,证明了一个事实,即,在一个特殊的年代,由于一个特殊的际遇,一个出于意识形态的功利动机,经过诗人的有力的、创造性的实践,直接回答了新诗建立以来人们对于全盘欧化的疑虑。民族的和民间的思索、关于中国诗歌传统的思索,终于回到了人们的视野。

也许《漳河水》提供给我们的还不仅于此,它不仅提供了民间的元素,还提供了古典的元素,它提供中国新诗民族化的成熟的经典。这里是《漳河小曲》:

> 漳河水,九十九道湾,
> 层层树,重重山,
> 层层绿树重重雾,
> 重重高山云断路。

清晨天,云霞红红艳,
艳艳红天掉河里面,
漳水染成桃花片,
唱一道小曲过漳河沿。

诗人说这是牧童唱的小曲,我们怎么看也像是中国宋词或是元人小令的某种衍化。水墨画般的浓郁的情趣和韵味,传达着解放的欢欣,它是一部交响乐章的序曲,预示着后面宏伟叙事的展开。《往日》、《解放》、《常青树》,其中总有类似"漳河小曲"这样的导引,而作为叙事主体的,则是诗人在太行山区听到并予以收集、加以改造的繁多的民间曲调。这种古典和民间的穿透、交叉和融汇,造出了异常动人的新诗的传统美。久违了的民间情调,久违了的中国韵味,都说这是对于五四西化传统的违逆,却更像是对于中国诗歌源泉的接续与传承。

一个基于意识形态需要的艺术变革,意外地纠正了历史原因造出中国新诗的偏离。也许这种纠正本身一样也意味着某种偏离,但无可置疑的是,中国诗歌经历了战争的苦难,正在走出"往日"的阴影,迎接了艺术的另一种意义的"解放",而且预示着新时代的诗的"常青树"的卓然生长。

抉择与坚持

时间来到了战争的后期。整个的二十世纪四十年代,结束了一个抵抗外国侵略的战争,接连着是一场发生在意识形态差异的国共两党领导的战争。在后一个战争中,共产党是胜利者。它由弱者转为强者,从遥远的北方一路进军,一路浴血凯歌猛进。作为胜利者,它当然有能力、也有理由推行自己的主张和政策,其中包括了文艺方针和策略。延安的想象不再是想象,而是准备随着战事的推进,把这种经验推广到全中国,使之成为一个统一的指针或范式。一种在战争年代成长起来的文学形态,一种本来为适应战时的环境和民众的习惯而形成的艺术风尚,如今却要在幅员广大、文化悬殊的国土上成为一种统一的模式,这不啻于是一个冒险。

随着战争的胜利,胜利者为自己的成就自豪。这种情绪在第一次全国文艺工作者代表大会周扬的报告中,有充分的流露。"文艺座谈会以来,文艺工作者在收集研究与改造各种民间形式上,都做了不少的工作。其中最主要的收获是秧歌,我们在农村旧秧歌的基础上创造了新的人民的秧歌,它的影响现在已遍及全中国。"①这在当时是一种风气。诗歌创作方面由此所引发的倾向,已引起论者的警觉。有一篇文章认为不能把《王贵与李香香》这一形式误会成是诗的唯一形式:

> 最近在读到的一部分诗歌作品里,就形式讲两行两行的诗很不在少数。我想,把诗写成两行两行的样式,如果不是故意,或抱着某一种单纯的"迎合"心理,是可以的。因为李季的《王贵与李香香》就是利用了陕北民间的顺天游这一曲调在毛主席文艺思想、方针指导下由实践获得的成果之一。——有些人因为陆定一同志在《读了一首诗》中表扬了李季的《王贵与李香香》,便死抱住这一形式,认为这种形式便是诗的唯一形式,这是不对。还有人不管写什么内容的诗,非要把它弄成两行两行的样子不可,这更是错误的。因为《王贵与李香香》的这一成果,只能显示着实践文艺群众化的这一总的文艺的方向,而不能把《王贵与李香香》本身

---

① 周扬:《新的人民的文艺》。原载《中华全国文艺工作者代表大会纪念文集》,新华书店 1950 年版。引自《中国当代文学史料选》(谢冕 洪子诚主编),北京大学出版社,1995 年 12 月。

这一形式误会成是诗的唯一形式。①

但潮流是阻挡不住的。诗歌创作方面的一体化倾向,原不只是表现在两行一节的顺天游体生硬照搬,而是表现在以内容的单一为表征的高度的思想一体化上。这已给新诗的发展带来明显的影响,此是后话。抗战后期和解放战争进行中的大后方,延安传来的信息已是举国兴奋的核心。延安的文化举措,包括它的文学诗歌模式,已在悄悄地被传播和被模仿,它的指导性和方向性的位置,已是不言而喻的。

人们以告别黑暗和迎接光明的虔诚之心,期待着新社会的到来,也以同样的心情欣然接纳了随着新的文化形态而来的文学和艺术的新潮流。在诗歌方面,这种潮流表现为在大众化和民族化的旗帜下的、向着民间—古典传统的重新认同。这一趋势,就自然地疏离了甚至中断了新诗建立之后的欧化进程。要需强调的是这一进程是那些拓荒者审慎地认知并确立的。

此后的诗歌发展事实验证了这个"转向"。四十年代后期,许多有影响的诗人开始对新诗历史进程的反思。"现在我们的新诗和中国千年以来的诗的形式(或者说习惯)太脱节了。所谓'自由诗'也太自由得不像诗了。和中国古典诗的脱节,和民间的诗歌也脱节,因此,新诗直到现在还没有能在这块土壤里生根。""汉字如果暂时仍不能废除,何以不能写旧形式的诗呢?"②

在这种背景下,许多诗人对传统诗歌采取了重新的"回望"。

---

① 纪初阳:《诗的民间形式研究》,《人民日报》1949年7月30日。见刘福春:《20世纪中国新诗图文史》(1940—1957),未刊稿,第153页。
② 萧三《谈谈新诗》,《文艺报》第1卷第12期,1950年3月10日。见《中国新诗总系·史料卷》(刘福春主编),人民文学出版社,2010年9月,第304—305页。

这种"回望"的幅度是很大的:内容的颂歌化和大众化①,语言的古典化和民歌化,以及对于旧格律的重新审视和对于建立新格律的构想,其中包括了对自由体诗的反思。在这样的氛围里,受到积极推许的不仅是李季的《王贵与李香香》,王希坚的《翻身民歌》,还有张志民的《死不着》、《王九诉苦》。

一九四六年的十月和十一月,四十年代最具代表性的两部诗集《马凡陀山歌》(袁水拍)和《王贵与李香香》(李季)相继出版。② 它们的出版无疑为当时的诗歌的通往民间的进程增添了动力。

这几乎是一股不可阻挡的潮流。但是潮流不能夺去诗歌本有的自由品性。二十世纪四十年代初期,也就是延安发出新的文艺召唤的那个时候,在中国西南的一隅昆明,那里的西南联合大学简陋的校区里,集聚了一批年轻的大学生和他们的老师们。他们依然延续着新诗固有的思路,追求并实践着他们对于新诗的现代主义的梦想。当日的西南联大,不仅是民主运动的堡垒,而且也是新诗现代化的重镇。与他们站在一起的有闻一多、李公朴、朱自清、冯至,还有燕卜荪。

它好比是一座艺术的孤岛,无视外界的风吹草动,一心一意地继续着他们对于新诗的伟大探索。同样是一九四二年,当日记载,五月,冯至的《十四行集》出版,六月,卞之琳的《十年诗草》出版。关于前者,评论说——

---

① 关于诗歌大众化的理念,王亚平在《论诗歌大众化的现实意义》中说:"它不但要求形式大众化,内容大众化,就是作者本人的生活也应该大众化。只有这样才能符合这个伟大丰富的民主内容,才能在各种形式的基础上创造出一种更被人民大众所欢喜的形式。"《文艺春秋》第3卷第5期,1946年11月15日。

② 1946年10月马凡陀(袁水拍)诗集《马凡陀的山歌》由生活书店出版。当时广告:"马凡陀的山歌,有时采自由诗体,有时借山歌小调,有时仿陶行知和冯玉祥的形式,但均别出心裁。而以诗人的热情向现实的黑暗挑战,投以讽刺的刃,今日尚少与比肩者。"1947年7月《诗创造》第1辑。

冯至先生可以说占有诗的全意义。每个成品都是一个艺术的完整，一个诗的印证。那样纯，那样美，而对于人生的参悟那样深透。他是人生圣地的巡行者，具有艺术的德行，他知道创作过程的甘苦。有光，他指给我们光，有阴暗，他指给我们阴暗，他是人生最忠实的信徒。他本已就是智慧的化生。哲人的沉思与诗人的温情在他的笔下取得了融协。希望，想象与向上向善的心欲在他的表现里交织着。他兼有说理与抒情的长才。他提炼了语言。他顺从了而又主宰了形式。①

关于后者，李广田有长文（约四万余字）专论《十年诗草》的艺术成就，分别从章法与句法、格式与韵法、用字与意象各个方面全面论述卞之琳诗歌的艺术，这种专心致志地、细心系统地研谈新诗的艺术性的文章，在当时甚至在今天都是罕见的。从三十年代后期直抵四十年代，中国新诗是在战争的硝烟中艰难地行进，前面述及的抒情的放逐，正是自然之理，诗歌不再迷恋温柔缱绻的情趣，也不再追求精致细密的技巧，而始终为悲壮而惨烈的战斗高歌猛进，这才是文学和诗歌的崇高目标。在战争中，艺术始终是次要的，温馨的抒情更是显得多余的。

李广田写诗的艺术，时间是一九四二年十一月二十六日，这一年文学界发生的大事，已是举世皆知。由此带来的一切变化，随后即有明证。也就是在巨大的潮流卷来之时，这里却有着别样的宁静风情。且看《诗的艺术》是如何谈论卞之琳的诗的？李广田引用卞诗《长途》的一节：

几丝持续的蝉声
牵住西去的太阳，

---

① 杨番：《读"十四行集"》，《诗》第3卷第4期，1942年11月。

晒得垂头的杨柳
呕也呕不出哀伤。

他分析说,"'几丝持续','牵住西去',这些字的声音,都可以教读者听到那蝉的声音,而且是倦意的蝉声。以下两句中的'头''柳''呕''呕'都是一种郁塞的声音,真仿佛夏天走长路,又热又累,简直喘不过气来,而这里又是写杨柳,没有风,杨柳也闷得难受。"①这种摈弃了空洞的大论而深入到一个字甚至一个声音的切磋探究的精神,不仅是在当时,即使是在今天也是凤毛麟角的稀罕。我们空言太多,泛论太多,而诗歌艺术却是一个字、一个音见精神的。

一九四二年的《亚洲》(Asia)刊登一篇论及卞之琳的文章称:"他身材短小瘦弱,看起来弱不禁风,一副厚厚的眼镜后面闪动着浅灰色的眼睛,他的声音微弱,表情迷茫,让你有置身九霄云外之感。它对整个外表和本质及其诗中的幻想情调,会一同造就如下印象:他一定是世上最不堪这场战争的狂暴风云一击的。可是他就这么出现了,而且是一个优秀的战时诗人,完全无愧于这个名号。不过,也不要认为战时的诗人就一定以笔为枪去战斗,言辞轰轰如发射子弹一般。想象一下吧,狂暴的海水侵袭着巨大的礁石,一只白鸽就在海水中经受着冲刷。白鸽最容易受到狂暴海水的伤害,可是它依然以最为从容的姿态震动它那雪白的翅膀,不因喷溅的浪花而受挫。无论面对何种困难,一个诗人就应该这样。"②

大后方的西南联大校园,当时弥漫着的正是这样与外界迥然不同的氛围。冯至当时住在远离昆明的郊外山间,他每周步

---

① 李广田:《诗的艺术》第55—56页。开明书店,民国三十七年一月,第四版。
② 陈世骧:《一个中国诗人在战时》(陈越译)。《亚洲》(Asia),1942年8月号。转引自人民大学复印报刊资料《中国现代、当代文学研究》,2011年第6期。

行从乡下住地往学校上课,他的典雅的十四行就是在这样的环境里"吟"出来的。① 有趣的是这种艰难困苦中的"闲适",是这种从容的心境。冯至说到它的形式——"至于我采用了十四行体,并没有想把这个形式移植到中国来的用意,纯然是为了自己的方便。我用这形式,只因为这形式帮助了我。正如李广田先生在论十四行集时所说的,'由于它的层层上升而又下降,渐渐集中而又解开,以及它的错综而又整齐,它的韵法之穿来而又插去',它正宜于表现我所要表现的事物。它不曾限制了我活动的思想,只是把我的思想接过来,给一个适当的安排。"②:

> 深夜又是深山,
> 听着夜雨沉沉。
> 十里外的山村、
> 念里外的市尘,
>
> 它们可还存在?
> 十年前的山川、
> 念年前的梦幻,
> 都在雨里沉埋。
>
> 四围这样狭窄,

---

① 冯至《十四行集—序》:"一九四一年我住在昆明附近的一座山里,每星期要进城两次,十五里的路程,走去走回,是很好的散步。一个人在山径上,田埂间,总不免要看,要想,看的好像比往日看得格外多,想的也比往日想得格外丰富。那时我早已不习惯于写诗了——从一九三一到一九四零十年内我写的诗总计也不过十几首——但是有一次,在一个冬天的下午,望见几架银色的飞机在蓝得像结晶体一般的天空里飞翔,想到古人的鹏鸟梦,我就随着脚步的节奏,信口说出一首有韵的诗,回家以后写在纸上,正巧是一首变体的十四行。这是集中的第八首,是最早也是最生涩的一首。"明日出版社,1942 年 5 月出版;文化生活出版社,1949 年 1 月再版。

② 同上。

> 好像回到母胎;
> 我在深夜探求
>
> 用迫切的声音:
> "给我狭窄的心
> 一个大的宇宙!"

然而,正是这种的不经意,竟说出了那里的延续着战前中国校园里的学术氛围。环境是艰苦的,条件是简陋的,而艺术趣味却是始终保持了学院精神的高贵而典雅。当日的联大校园,积聚了中国当时最有希望的一批学者和诗人。在闻一多、朱自清、冯至等前辈诗人的引领下,一批更加年轻的诗人在成长。他们中的一些人,成为后来影响中国诗歌的"九叶诗群"的重要成员:穆旦、袁可嘉、郑敏、杜运燮以及未被列入"九叶"的、实际上与之风格相近的西南联大的诗人们。王佐良的《一个中国新诗人》,说的是穆旦,其实论的是在西南联大出现的一批新诗人:

> 这些诗人们多少与国立西南联大有关。联大的屋顶是低的,学者们的外表褴褛,有些人形同流民,然而却一直有着那点对于心智上事物的兴奋。在战争的初期,图书馆比后来的更小,然而仅有的几本书,尤其是从国外刚运来的珍宝似的新书,是用着一种无礼貌的饥饿吞下了的。这些书现在大概还躺在昆明师范学院的书架上吧:最后,纸边都卷起如狗耳,到处都皱折了,而且往往失去了封面。但是这些联大的年青诗人们并没有白读了他们的艾里奥脱(即艾略特,引用者)与奥登。也许西方会吃惊地感到它对于文化东方的无知,以及这无知的可耻,当我们告诉它:如何地带着怎样的狂热,以怎样梦寐的眼睛,有人在遥远的中国读着这两个诗人。在许多下午,饮着普通的中国茶,置身于乡下来

的农民和小商人的嘈杂之中。这些年青作家迫切地热烈地讨论着技术的细节。高声的辩论有时伸入夜晚;那时候,他们离开小茶馆,而围着校园一圈又一圈地激动地不知休止地走着。但是对于他们,生活并不容易。学生时代,他们活在微薄的政府公费上。毕了业,作为大学和中学的低级教员,银行小职员,科员,实习记者,或仅仅是一个游荡的闲人,他们同物价作着不断的,灰心的抗争。他们之中有人结婚,于是从头就负债度日。他们洗衣,买菜,烧饭,同人还价,吵嘴,在市场上和房东之前受辱。他们之间并未发展起一个排他的,贵族性的小团体。他们陷在污泥之中。但是,总有那么些次,当事情的重压比较松了一下,当一年又转到春天了,他们从日常琐碎的折磨里偷出时间心思来——来写。①

这一段文字把我们带到了战时的西南联大,带到了出现那一批年轻作家生活写作的具体氛围之中。而在这些被称为的新诗人的群体中,其中杰出的代表则是穆旦。"在穆旦的诗中,中国风情和西方方式,现实的苦与历史的沉压,活生生的画面与对于人的、民族的生存状态,生命的最内在的感受和把握有着非常熨帖的融汇。穆旦创造了一种新的可能性,以刺刀般的尖利刺入历史的深层,造出了表面冷淡的内在爆发力。"②当然,最深刻的见解依然来自王佐良:

> 但是穆旦的真正的迷却是:他一方面最善于表达中国知识分子的受折磨而又折磨人的心情,另一方面他的最好品质却全然是非中国的。在别的中国诗人是模糊而像是羽

---

① 王佐良:《一个中国新诗人》。此文写于1946年4月,在昆明。原载《文学杂志》。第2卷第2期,1947年。

② 谢冕:《新世纪的太阳》,时代文艺出版社,1993年6月,第226页。

毛样轻的地方，他确实，而且几乎是拍着桌子说话。在普遍的单薄之中，他的组织和联想的丰富有点近乎冒犯别人了。这一点也许可以解释他为什么很少读者，而且无人赞誉。然而他的在这里的成就也是属于文字的。现代中国作家所遭遇的困难主要是表达方式的选择。旧的文体是废弃了，但是它的词藻却逃了过来压在新的作品之上。穆旦的胜利却在他对于古代经典的彻底的无知。甚至于他的奇幻都是新式的。那些不灵活的中国字在他的手里给揉着，操纵着；它们给暴露在新的严厉和新的天候之前。……

  穆旦对于中国新诗写作的最大贡献，照我看，还是在他的创造了一个上帝。他自然并不为任何普通的宗教或教会而打神学上的仗，但诗人的皮肉和精神有着那样一种饥饿，以致喊叫着要求一点人身以外的东西来支持和安慰。大多数中国作家的空洞他看了不满意；他们并非无神主义者，他们什么也不相信。而在这一点上，他们又是完全传统的。在中国式极为平衡的心的气候里，宗教诗从来没有发达过。我们的诗里缺乏大的精神上的起伏，这也可以用前面提到过的"冷漠"来解释。但是穆旦，以他的孩子似的好奇，他的在灵魂深处的窥探，至少是明白冲突和怀疑的。[①]

  从冯至到穆旦，他们走的依然是新诗西化的道路。这对于处在革命情绪高涨的时代，特别是民族处于危难而寻求独立解放的时代，可能是"不合时宜"的，然而却是"弥足珍贵"的坚守。从远处看，是中国新诗从五四发轫，一直"别求新声于异邦"，是按照西方的诗歌模式来创造中国新诗的，说是坚守也不为过。从近处看，新诗自来的自由与多元的传统，不可能被某种倡导的模式所"统一"。大一统是没有出路的，他可能造成新诗生态的

---

① 王佐良：《一个中国新诗人》，《文学杂志》，第2卷第2期，1947年。

危机,这一点是五十年代以后的事实所证明了的。此处叙述的穆旦,王佐良说他"对于古代经典的绝对的无知",不禁令人想起艾青,艾青之所以成为一个国际性的诗人,也是由于他的文化背景的"非中国化"。

一九四一年的十二月,也就是先于一九四二年文艺革命高潮到来之时,穆旦用他自己的声音,唱出了对于战时中国的独特的赞美诗①——

> 一样的是这样悠久的年代的风,
> 一样的是从这倾圮的屋檐下散开的
> 无尽的呻吟和寒冷,
> 它歌唱在一片枯槁的树顶上,
> 它吹过了荒芜的沼泽,芦苇和虫鸣,
> 一样的是这飞过的乌鸦的声音。
> 当我走过,站在路上踌躇,
> 我踌躇着为了多年耻辱的历史
> 仍在这广大的山河中等待,
> 等待着,我们无言的痛苦是太多了,
> 然而一个民族已经起来,
> 然而一个民族已经起来。

一个民族已经起来

一个民族已经起来。他们最终甩掉了战争的阴影,迎接了一个崭新的黎明。诗人们用自己的声音赞美了民族的新生,也用自己的声音埋葬了一个旧时代。那曾经是多么悲壮的一页诗

---

① 此处引诗的题目是《赞美》。

史。公刘在为诗集《黎明的呼唤》[①]写的序中,描绘了当日中国这一幅动人的画面:"四十年代后半叶是灾难深重的岁月,半个中国在水深火热中呻吟、挣扎;革命的早行者们不时在这里和那里发出一声两声怒吼,但都很快就或者被扼杀或者被掩堵了。而另外的半个中国却正以鲜血燃烧起一片辉煌的烈焰。辉煌的这一半理所当然地感染着和吸附着污黑的那一半。"公刘深情地回忆起他当年十分喜爱的一支歌曲:

当黑暗将要退却,
而黎明还在遥远的天边
唱起红色的凯歌
——我们为什么不歌唱!

当锁链还锁住
我们的手足,鲜血在淋流;
而自由已在窗外招手
——我们为什么不歌唱!

四十年代后期,战事在辽沈、淮海、平津,在江淮平原、在长江两岸激烈地进行。岁月激荡,瞬息万变,这时的上海已是风声鹤唳,但诗歌依然顽强地生存者、发展着。文网酷烈,物价飞涨,诗歌的生存环境十分严重,但是写作、出版照样进行。一九四七年七月,《诗创造》第一集"带路的人"出版,"编余小记"说:

[①] 《黎明的呼唤》,由圣野、曹辛之、鲁兵编选,四川人民出版社,1982年6月。编选者的《编后》特别有针对性地指出:"从这些诗篇可以看到,当时的诗歌创作在表现形式上是不拘一格,多种多样的。即使是属于一个流派,也往往各有个性。诗人们从自己的生活出发,用自己所喜爱熟悉的独特的风格,去表现自己的思想和感情,是和当时人民的思想感情融合在一起的。应当写什么,不应当写什么,这样写才算正统,那样写即成异端,这只能成为枷锁,不利于新诗的发展。"

> 在这个逆流的日子里,对于和平民主的实现,已经是每一个人——不分派别,不分阶级——迫切需要争取的。因此我们认为在诗的创作上,只要目标一致,不论它所表现的是知识分子的感情或劳苦大众的感情我们都一样重视。不论他是写社会生活,大众疾苦,战争惨相,暴露黑暗,歌颂光明,或是仅仅抒写一己的爱恋、抑郁、梦幻、憧憬——只要能写出作者的真实情感,都不失为好作品。同时今天不是一个理想的社会,每一个诗人都有他的不同的生活习惯、生活态度,对现实问题的看法也有着程度上的差异。能够放弃自己的阶级立场,个人的哀怨喜乐,去为广大的劳动大众写作,像某些诗人写他的山歌,写他的方言诗,极力想使自己的作品能成为老百姓所喜闻乐见的,这种好的尝试,都是可喜的进步;但是像商籁体,玄学派的诗,及那些高级形式的艺术成果,我们也该一样对其珍爱。①

这段话不是无的放矢,它是一种"重申",表达了某种"隐忧",也表达了一种坚持。重点是在诗歌的多向度和多种可能性的表述。这让我们想起一九五七年《星星》创刊号的"稿约",几乎都在"重申"。不幸的是,这种"隐忧"后来都被证实为"不妄"。过了一年,即一九四八年又有一个诗刊在上海面世,那就是《中国新诗》,它的出现是对诗歌创作的严肃性的一次再宣告:

> 到处有历史的巨雷似的呼唤:到旷野去,到人民的搏斗里去,到诚挚的生活里去。它以它的光叫我们知道:只有在历史的光耀里才有人的光耀,人的存在只因为他的严肃的工作,人的存在只因为他的自我的牺牲——在生活里也在文艺与诗的创作里。

---

① 《诗创造编余小记》,见《诗创造》第一辑《带路的人》,1947 年 7 月。

> 我们是一群从心里热爱这个世界的人,我们渴望能拥抱历史的生活,在伟大的历史的光耀里奉献我们渺小的工作。我们都是人民生活里的一员,我们渴望能虔诚地拥抱真实的生活,从自觉的沉思里发出恳切的祈祷、呼唤并响应时代的声音。①

《我爱这土地》这篇文字的写作,始于令人悲愤的一九三七年,中国诗人伴随着他的人民和他的军队经历了殊死的抗争,直至法西斯的灭亡。紧接着这场战争的结束,又开始了三年的国内战争,那同样是悲苦惨烈又惊心动魄的。值得骄傲的是,诗歌没有缺席,诗人们始终以自己的歌声记载着、并鼓舞着人民的斗争。

这篇文字结束于一个永久定格的年份。北京的十月,当一个庄严的宣告如雷滚过天边,此时和此后(大约是八月到十一月),一场又一场惨绝人寰的屠杀正在山城重庆的黑夜进行。可以告慰历史的是,在那里的牢房和刑场,那些手无寸铁而又视死如归的人们,依然用诗歌抗议那暴行。在何建明关于红岩的纪实文学中,留下了这些非专业的诗人们用鲜血写成的诗篇,其中如《示儿》(蓝蒂裕)、《我的"自白"书》(陈然)、《天快亮的行凶》(文泽)、《黑牢诗篇》(蔡梦慰)等——。他特意记下了一位诗歌青年的感人的故事——

> 年仅二十一岁的女青年黄西亚,是一位美丽而充满热情的姑娘,她先后在《西南风晚报》和保育院幼稚园工作,并一直在地下党领导下从事对国民党部队的策反工作。一九四九年九月十三日被捕,她在被捕前送给同学一首《一个微笑》的诗中这样表达她的人生志向:"——以自己的火,去点

---

① 《我们呼唤"中国新诗"代序》。引自《中国新诗》第一集,1948年6月。

燃别人的火。用你笔的斧头,去砍掉人类的痛苦;以你诗的镰刀,去收割人类的幸福。牢记着吧,诗人!在凯旋的号声里,我们将会交换一个微笑——"现在,她在敌人的枪口下实现了自己的诺言,当鲜血浸红了她的衣衫的生命最后时刻,姑娘的脸上依然充满了胜利的微笑。①

历史翻过了沉重的一页,而我们的耳边依然响着那穿越铁牢的声音,那是渣滓洞难友们集体朗诵监狱里的"人民歌手"古承铄的《天还没有亮》:

> 天还没有亮
> 忌讳说黑暗
> 黑暗黑黝黝
> 痛苦看不见
> 就是看得见
> 也是不忍见——
> 有亮照出来
> 照给大家看
> 纵然狂风暴雨多
> 为了发光要大胆②

纪实文学的作者把这些诗叫做"最后的诗赋",也是永恒的诗赋。

2011 年 7 月 11 日,完稿于北京昌平北七家

---

① 何建明:《最后的诗赋》,《文艺报》2011 年 6 月 15 日。
② 同上。

为了一个梦想*
——中国新诗 1949—1959

放声歌唱的年代

　　这一年对于中国现代史而言非常重要,它是改变历史的一年。当这一年的第一线阳光降临时节,白雪皑皑的淮海战场上,炮弹正在空旷的冰雪原野上空飞驰,连天的爆炸震惊了一个动荡的岁月。中国人在创造一个新的开始。这一年春天到来的时候,长江上万船齐发,这就把春天的绿意带到了江南。诗人说,"时间开始了!"①时间就是这样开始的。这位后来受尽磨难的诗人,当时用明亮的语言表达了他的感恩的心情——1949 年的一场初雪,小草感谢明媚的阳光的照耀:我是幸福的,冰保卫着我,雪拥抱着我,我会睡得很温暖,我会梦得很平安。②

　　全中国的诗人,都以满心的欢喜迎接了这个新开始的时间。这一年秋天,一个新的政权在隆隆的礼炮声中诞生。袁水拍的《新的历史今天从头写》以坚定的语气对此总结说:"几千年人吃人的道路到此走完! 一百年帝国主义侵略史的道路到此走完!"③徐迟也用断然的语气宣告:"雪封山的季节已经过完,雪

---

　　*　此为《中国新诗总系》1949—1959 所传的导言。人民文学出版社 2010 年 9 月。
　　①　这是胡风的一个诗歌总题,下分《欢乐颂》、《光荣颂》、《安魂曲》等乐章。
　　②　胡风:《小草对阳光这样说》。诗后注:"1949 年 12 月 4 日晚看见初雪的时候,口成。在北京。"
　　③　袁水拍此诗写于 1949 年 9 月 22 日。见《袁水拍诗歌选》,人民文学出版社,1985 年,第 331 页。

封山的时代也已告终"。① 何其芳把这一天称为《我们最伟大的节日》：

> 中华人民共和国
> 在隆隆的雷声里诞生。
>
> 是如此巨大的国家的诞生，
> 是经过了如此长期的苦痛
> 而又如此欢乐的诞生，
> 就不能不像暴风雨一样打击着敌人，
> 像雷一样发出震动着世界的声音——②

轰鸣的雷电把一个受尽苦难的民族带到了一个新的起点上。不论今后的道路如何坎坷曲折，但这终究是一个伟大的开始。对于全社会而言，战场正向着南方推移，而且用不了多少时间，战争即将结束。经历了长期战乱的中国人民，从此将在和平的阳光下劳动和工作。尽管前途的艰难险阻不可预料，但可以肯定的是，荡涤战争的乌云，清理道路的泥泞，建设的年代从此开始了。

全中国的诗人满心欢喜地迎接了这个新时代。建国初期，诗人萧三曾赋诗赠友，那时他们都已不年青，却依然是一派的青春曼妙："休看我饱经风霜模样，一辈子不失赤子心肠。这时代

---

① 徐迟:《春雷》中的诗句，作于1955年。引自诗集《战争，和平，进步》，作家出版社，1956年。

② 诗前有序："1949年9月21日，中国人民政治协商会议第一届全体会议在北京开幕。毛泽东主席在开幕词中说：'我们团结起来，以人民解放战争和人民大革命打倒了内外压迫者，宣告中华人民共和国的成立了。'他讲话以后，一阵短促的暴风雨突然来临，我们坐在会场里面也听到了由远而近的雷声。"见《何其芳文集》第一卷，人民文学出版社，1982年，第213页。

说什么'老当益壮'？来来来,我和你大声歌唱！"①这是放声歌唱的年代,"凡是能开的花,全在开放；凡是能唱的鸟,全在歌唱。"②这首短诗,是迄今为止对那个时代最精简的概括。新的春天一般灿烂的生活在广袤的国土上展开,从祖国的四面八方传来了年轻的、充满希望的歌唱。诗人们满怀喜悦地向亲爱的祖国祝贺晨安：

> 我推开窗子,
> 一朵云飞进来——
> 带着深谷底层的寒气,
> 带着难以捉摸的旭日的光彩。
>
> 在哨兵的枪刺上
> 凝结着昨夜的白霜,
> 军号以激昂的高音,
> 指挥着群山每天最初的合唱——
>
> 早安,边疆！
> 早安,西盟！
> 带枪的人都站立在岗位上
> 迎接美好生活中的又一个早晨——③

全社会都弥漫着这种早春情调。中国时局动荡,从三十年代到如今,一个战争接连着另一个战争,民众心理普遍存在者对

---

① 萧三：《自题照片赠老柯》。原载《诗刊》1957年1月号。
② 严阵：《凡是能开的花,全在开放》。原载《诗刊》1957年1月号。此诗写于1956年9—10月。
③ 公刘：《西盟的早晨》。次诗作于1954年。选自诗集《黎明的城》,中国青年出版社,1957年。

于和平安宁生活的祈愿。他们把这种突然降临的日子,看成是满天朝霞的清晨,看成是开满鲜花的春天。在这个时期,人们来不及回顾往日的辛酸,更无暇重品曾有的忧患,明朗的色彩,欢快的节奏,透明的形象,乐观的情调,这是与新时代相称的单纯的诗。

这里引用的是五十年代一首非常典型的诗:"一个姑娘走在田边大道上,她一面走着一面歌唱;她肩上飘着一条花围巾,她黑黑的脸上透出红光。天空那么蓝,那么光亮,没有边界的麦田像一片海洋;哦,她不是在大道上行走,她是在春天里轻轻飞翔。"①应该说,许多人都写过这样的诗,李季写过,闻捷写过,徐迟和邹荻帆也写过。这里所传达的情感是轻松的,节奏是明快的,它表现了健康而乐观的时代风尚,字里行间,有一种无所牵挂的轻松与安逸。那个单纯的年代,人们的思想也单纯,也许前面还有泪水和血污,但真纯的人们只知无牵无挂地向着前路。

充满希望的时代诱发着诗人的灵感,这是放声歌唱的年代。作为这个年代最具代表性的诗人是贺敬之,他的最具代表性的诗篇就叫《放声歌唱》。在歌剧《白毛女》中曾以激情的笔墨揭露黑暗的诗人,在新的年代用同样激情的笔墨歌颂光明和新生。贺敬之是来自延安的共和国新一代诗人,他与那些长期生活在大后方的诗人不同,他与新生活不隔膜,也很少陈旧的包袱,他的放声歌唱自然得近于天成。他用的是"楼梯体"。在错落有致的诗行排列中,有时舒缓,有时激荡,释放着充盈的革命激情。

"楼梯体"在此时的流行是可能有马雅可夫斯基的影响。但不论是贺敬之还是郭小川,以及写《和平的最强音》的石方禹,他们的创作采用这一文体是由于表达的需要。五十年代流行的政

---

① 吕剑:《一个姑娘走在田边大道上》。见《溪流集》,中国青年出版社,1957年。本诗写于1954年3月。

治抒情诗,因为激荡澎湃的抒情需要这样激荡澎湃的文体。他们不是对马雅可夫斯基的照搬,而是放声歌唱的需要。特别是贺敬之,他的贡献在于使这一看来欧化的体式拥有了中国的神韵。研究者指出:他的诗中"句与句、节与节之间经常有相当工整的对偶,这不但有助于诗篇节奏的匀称与多样的统一,而且也加强了诗篇的句节之间的内在联系。"①

因为政治上采取"一边倒"的策略,所以诗的创作也受到苏联诗歌的影响。除了马雅可夫斯基的"楼梯体",还有伊萨柯夫斯基,他的基本整齐的抒情体式被很多诗人移植过来。从闻捷的《天山牧歌》以及李季后来的"石油诗"、到李瑛和诸多军旅诗人表现边疆生活的抒情诗,都可寻到伊萨柯夫斯基抒情叙事的痕迹。这些诗后来被称为生活抒情诗,是早春时节的放声歌唱另一种通行的体式。

一个时代有一个时代的诗。这个新开始的时代,空前的胜利和成功,展示在全体中国人民面前的是无限光明的前途,整体的早春时节的氛围,奠定着这个时代的诗的基调:乐观、向上、喜悦和欢快,它杜绝灰色和阴暗,后者被认为是失去信心的与时代不和谐的落伍。这些判断今天看来有些幼稚,但事实上很长时间都是评价一首诗的隐性的标准。

"一体化"的宏图

在此之前,就影响而言,延安事实上已经是中国的中心。在战争还未结束时,延安就已为夺取全国的胜利做了准备。延安要把它的希望与梦想在广大的国土上变为现实。在意识形态方面,特别是在文艺和诗歌方面,延安有充分的决心,要把它在战

---

① 潘旭澜、曾华鹏:《为伟大的党伟大的祖国放歌——读贺敬之近年来的诗》,《文汇报》1963年1月8日。

争环境中形成的模式,向着中国广袤的国土推广。在诗歌领域,这更是坚定不移的目标。在中国新文学的发展中,曾经有过诸多的不同的文艺观点的论争。那时的论争也涉及革命的文艺理念的传播与推广,但由于缺乏有力的行政力量的支持,大体也只停留在争论的层面,而不可能形成统一意志而付诸实施。现在的形势有了根本的变化,文艺是在政党和政权的领导之下,行政力量的强大足以使抽象的理念成为具体的事实。

早在延安文艺座谈会讲话之后,就有一系列的行政措施以贯彻执行讲话所涉及的文艺政策。据材料,讲话后即作出"决定",强调"讲话"是具有"普遍原则性的,而非仅适用于某一特殊地区或若干个人的问题。无论是在前方后方也无论已否参加实际工作,都应该找到适当和充分的时间,召集一定的会议,讨论毛泽东同志的指示,联系各地区各个人的实际,展开严格的批评与自我批评。"①

这种通过行政手段贯彻推行一种文艺思想的方式,在获得全国政权之后有了空前的加强。这是一种行之有效的方式,能够保证把延安点燃的火种在更广大的地区予以推进。应该说,进入五十年代的中国文艺(包括诗歌在内)所追求的,就是这种把火种普遍点燃的工作——就是说,通过一定的措施在全国范

---

① 《中共中央宣传部关于执行党的文艺政策的决定》(1943年11月7日)。《解放日报》1943年11月8日。这份决定内容非常具体涉及面很广也很具体,例如,指出"今天的文艺战线上,与民族斗争阶级斗争的其他战线一样,不但存在着保持着小资产阶级错误思想的分子,而且还混有若干为敌人反动派所派遣的奸细破坏分子,他们过去利用我们的尊重文化人(这是对的)与若干同志中的自由主义倾向(这是错的),散布思想毒素,进行反对人民的破坏革命文艺队伍与革命文艺队伍的纯洁性的活动。"又如:"内容反映人民情感意志,形式易演易懂的话剧与歌剧(这是融戏剧、文学、音乐、跳舞甚至美术于一炉的艺术形式,包括各种新旧形式与地方形式),已经证明是今天动员与教育群众坚持抗战与发展生产的有力武器,应该在各地方与部队中普遍发展。"

围内推广并实行已经在解放区实现的文艺、诗歌模式。在小说和戏剧方面,出现了以赵树理为代表的一批表现根据地生活的作品。① 这些作品的出现给延安讲话提供了事实的验证,日后也成为一种范例。诗歌的出现要晚一些,因此,当李季的《王贵与李香香》出现的时候,引起了一番惊喜。②

1949年7月5日在北京举行第一届文代会。会上周扬的报告详细介绍了解放区的文艺创作成就,其中作为诗歌的例子,提到李季的长诗《王贵与李香香》。周扬以肯定的语气断言:"毛主席的《在延安文艺座谈会上的讲话》规定了新中国的文艺的方向,解放区文艺工作者自觉地坚决地实践了这个方向,并以自己的全部经验证明了这个方向的完全正确,深信除此之外再没有第二个方向了,如果有,那就是错误的方向。"③在这里,周扬用的是"规定",用的是"完全正确",事实证明这是不可讨论、也无可置疑的。

大约也是这个时候,新华书店及时地以"中国人民文艺丛书"④的名义,出版了系列地体现了延安讲话精神的作品,此举

---

① 周扬在《新的人民的文艺》中列举了马烽、西戎的《吕梁英雄传》、赵树理的《李家庄的变迁》、《李有才板话》、《小二黑结婚》、袁静、孔厥的《新儿女英雄传》、邵子南的《地雷阵》、王力的《晴天》、王希坚的《地复天翻记》、丁玲的《太阳照在桑干河上》、立波的《暴风骤雨》、马加的《江山村十日》等小说为例。

② 陆定一在《读了一首诗》中说:"比较来得迟的,就是诗了。《王贵与李香香》就是这样的新诗,用丰富的民间语汇来做诗,内容形式都是好的,在外面有袁水拍先生,现在我们这里也有了。"原载《延安日报》,1946年9月28日。转引自王永生编《中国现代文论选》第1册。贵州人民出版社,1982年8月。

③ 周扬:《新的人民的文艺》。原载《中华全国文学艺术工作者代表大会纪念文集》,新华书店,1950年。

④ "中国人民文艺丛书"编辑例言:一、本丛书定名为"中国人民文艺丛书",暂先选编解放区历年来,特别是1942年延安文艺座谈会以来各种优秀的与较好的文艺作品,给广大读者与一切关心新中国文艺前途的人们以阅读和研究的方便。二、编辑标准,以每篇作品政治性与艺术性结合,内容与形式统一的程度来决定,特别重视被广大群众欢迎并对他们起了重大教育作用的作品。(下略)

意在为全国的作者提供一种范例。这套丛书中诗歌的选本有王希坚等的《佃户林》、阮章竞等的《圈套》、李季的《王贵与李香香》、阮章竞的《漳河水》等。① 这些诗集中前两种是多人诗选,后二种是个人长诗,风格大体都是来自民间老百姓喜闻乐见的体式,以民歌体为主。如"王家集有个小王五,王五命乖黄连苦"(刘衍洲:《弹唱小王五》);"长辛桥家西,有个佃户林,远看草连草,近看坟连坟"(王希坚:《佃户林》),都是来自民间的歌谣的借用与变种。

当时的理论也竭力推进这种主题和风格的普及,四十年代中后期,劳辛是一位专注于诗歌的批评家。他在《叙事诗的本质》文中指出:"假如我们要把诗歌从暖房里的盆景移植于广阔的旷野里,使它是属于人民的艺术,那么,我们的诗人必须去掉那些知识分子的抒情心情使自己的诗能表现农民的泥土气息和工人的组织性。只有这样,它才能作为斗争的一把利刃,作为幽暗中的一支火把。那么,我们的诗作者应该向群众学习他们的情感,向现实生活去觅取诗的题材。同时,必须向丰富的民间歌谣去学习他们的技巧,只有在这条件下产生的诗才能够合老百姓的脾胃,才能够为老百姓所喜闻乐见的东西。"②

这些提倡和启示,特别是关于向丰富的民间歌谣学习技巧的提倡,都旨在导引新中国的诗歌向着延安确定的方向,把当日的实践成果在更广阔的地区普遍地展开。它的指向是非常明确的,那就是内容上表现工农兵的喜怒哀乐和形式上的为工农兵所喜闻乐见。三十年代以来争论不休的大众化的内容和民族的形式等等,在这里都找到了定论和答案。现在的问题就是实践。

---

① 《圈套》1949年8月出版(其中包括阮章竞的《圈套》、《送别》和《盼喜报》,以及张志民的《王九诉苦》和《死不着》),《佃户林》和《王贵与李香香》1949年9月出版,《漳河水》1950年9月出版。

② 劳辛:《诗的理论与批评》,上海正风出版社,1950年11月,第97页。

这种既定的关于民族、民间风格的推广,在当时是令人鼓舞的长期期待的一种梦想的实现。这方面成功的典范既已出现,一切的讨论已无意义。

对以往解放区经验的充分自信,导致一种更为坚定的提倡。殊不知这种提倡因周围环境的改变,特别是它已不能适应幅员广阔的疆土上自然、语言以及习俗的巨大差异,以及更为广大的地区民众文化素质和欣赏习惯上的巨大差异,任何一种诗歌风格都难以做到融通一致。但是坚定得近于固执的观念,却始终支持着在已经变动的时空中,以一往无前的决心推行一种认定是"最好的文学"中的"最好的诗歌"形态。其实,早在五十年代初期,人们就有过这样的隐忧。何其芳批评过那种"企图简单地规定一种形式来统一全部新诗的形式"的倾向。[①]

李季的《王贵与李香香》、阮章竞的《漳河水》、还有张志民的《王九诉苦》等等,都是向民间歌谣形式学习借鉴获得成功的典范。整个形势是要求向更广泛的层面推广这种已被认定为成功的写作。但是,新诗业已形成的传统,产生新诗的根据和基础,以及新诗自身的多向追求,方方面面都在质疑着这种走向单一模式的可能性。应当承认,民族的和民间的风格有它的优长之处,也是中国新诗所欠缺的,但是使之成为一种新的诗歌的统一风格能否行得通,这是不能不加以考辨的。

在全国范围内推广一种诗歌的运作方式,一般是鼓励诗人放弃自己的"小天地"和"小情趣",投身到工农兵群众中的"大天地"和"大情趣"中去,彻底改变自己的习惯和趣味,最好是彻底放弃自己的知识分子的优越感,把立场转变到工农兵方面来。这种号召和实践的结果,首先是以广大诗人彻底否定自己过去的实践及其经验,最后导致诗人创作个性和自信力的丧失为沉

---

① 何其芳:《话说新诗》,《文艺报》第2卷第4期,1950年4月。

重的代价。

在新的时代里,诗人所能做的,就是以"改造思想"的方式批判自己过去的写作,重新确立目标,使自己纳入并接受一个既定的模式。化"个人"为"集体",化"知识分子"为"工农兵",改变应当否定的"洋腔洋调",为工农兵所喜闻乐见的"土腔土调"。这种思路有其形成的历史。由于革命取得成功,条件变得更为充裕,对建立新秩序及实现诗歌的"大一统"也更有信心。

已经拥有盛名的李季认真地执行了这样的路线。他的《王贵与李香香》的创作,是他在三边工作生活了整整三年之后,"把自己变成不折不扣的当地人"[①]才写出来的。战争胜利之后李季试图在玉门油田重寻三边那种感觉,但已是事过境迁,原先的"信天游"已不适用于当时。李季说:

> 生活向前发展了,当我们还没有来得及研究生活的这种巨大变化时,我们的描写对象(也是我们的读者对象)——广大的人民群众的思想感情,已经发生了根本的变化。——一句话,过去的个体农民的汪洋大海,变成了合作化的新农村。这时候你要用"五谷里数不过豌豆圆,人数里数不过咱俩可怜! 庄稼里数不过糜子光,人数里数不过咱俩凄惶!"的调子来描述这些正在形成中的社会主义新型农民,那会是多么不协调啊![②]

诗人仍在新时代探索新的可能性。李季后来写《菊花石》,采用了"盘歌"和湖南民歌的调式,但这种改变也未曾获得成功。

---

① 李季:《我和三边、玉门》。李季说:"总结了三边的生活经验,我尽力地忘掉自己的作家身份,从一切方面(从工作、生活到思想感情)把自己变成一个和当地所有人一样的'玉门人'。这当然是困难的,但却不是不可能的。经过几个月的努力,连最熟悉我的同志,也不得不好心地告诉我说,'你简直一点儿也不像个作家,可不要忘了你的本行哪!'"原载《文艺报》1959 年第 18 期。
② 李季:《热爱生活,大胆创造》,《文艺学习》1956 年第 8 期。

李季一直想坚持他的民间诗歌的道路,终究还是选择了放弃。而使他获得新的荣誉的,是他在《玉门诗抄》中的多数诗篇所采用的格式,即四行一节,大体整齐、基本押韵的"半格律体"。许多来自战时乡村的诗人,在新的历史时期虽然想坚持、但终究也只得另辟蹊径,张志民、阮章竞、戈壁舟、王希坚,都不同程度地对自己原先的风格作了调整。唯一不变的也许只有王老九,他原本就是农民,民歌到底是属于他的。

诗歌发展的历史已经昭示,在诗的领域中强行推进一种或几种诗歌模式是违背诗的规律的。舆论一律尚且难以做到,诗歌一律更是匪夷所思。文学和诗歌的"一体化"并不是福音,它可能意味着一场灾难。

人们现在终于认识到,诗到底是一种个体作业,唯有充分的个性化,才能有充分的创造性。愈是个人的,便愈是诗的,这与"方向"无关,也与"道路"无关。但是这种诗歌观念的形成已久,不易轻易改变,因此这种向民歌学习的潮流,并不因一些诗人的创作的受阻而式微。在随后发生的"大跃进"中掀起了一番更大规模的论战,此是后话。

第一关键词是颂歌

颂歌是二十世纪五十年代中国诗歌的灵魂,它极大程度地影响了中国诗歌在当代的行进和发展。谈论这一时段的诗歌,颂歌是绕不过去的一个概念。追根溯源,颂歌的理念应该到延安的讲话中去寻找。周扬无疑是这一理念最忠实的阐释者:"我们是处在这样一个充满了斗争和行动的时代,我们亲眼看见了人民中的各种英雄模范人物,他们是如此平凡,而又如此伟大,他们正凭着自己的血和汗英勇地勤恳地创造着历史的奇迹。对于他们,这些世界历史的真正主人,我们除了以全副的热情去歌颂去表扬之外还能有什么别的表示呢?"①

牵涉到歌颂还是批判、揭露的话题,延安讲话已经在敌我和善恶的层面做了明确的判定。讲话当时就驳斥了"我不是歌功颂德,歌颂光明者其作品未必伟大,刻画黑暗者其作品未必渺小"的论点,说:"歌颂资产阶级光明者其作品未必伟大,刻画资产阶级黑暗者其作品未必渺小;歌颂无产阶级光明者其作品未必不伟大,刻画无产阶级所谓黑暗者其作品必定渺小。"②

颂歌有着明确而确定的内涵,这也是受到普遍认同的:"当诗人歌颂祖国的时候,首先想到的必然是领导人民推翻反动统治、建立人民共和国的中国共产党","爱祖国的主题是和爱我们的国家制度、党和政府的政策相结合的"。③为了维护这一判断,周扬从文学史的角度对鲁迅关于"国民性"的批判予以防卫性的、新的诠释,他没有直指鲁迅的"过时",而认为在新的时期一种"新的国民性正在形成之中"。他指出:"我们不应当夸大广大人民的缺点,比起他们在战争与生产中的伟大贡献来,他们的缺点是不算什么的,我们应当更多地在人民身上看到光明。这是我们所处的这个新的群众的时代不同于过去一切时代的特点,也是新的人民的文艺不同于过去一切文艺的特点。"

在新的历史时期,许多诗人正是这样出于道义的认知,以感恩的心情把诗歌置放在歌颂的基座上。因此,不能认为颂歌形态的出现及其推广只是由于提倡,客观地说,也出于"自愿"。诗人们感受到了新的生活的全部辉煌,他们感到了责任和使命,在很大程度上这种歌颂是出于内心的要求。同时也在这种急切之中忘了诗功能的宽广和博大。

---

① 周扬:《新的人民的文艺》。见《中华全国文学艺术工作者代表大会纪念文集》,新华书店,1950年。
② 毛泽东:《在延安文艺座谈会上的讲话》,《毛泽东选集》第3卷,第828—830页。
③ 袁水拍:《诗选》(1953—9—1955—12)序言,人民文学出版社,1956年2月。

"我们的文学应当去发掘我们的伟大的人民的心灵之美,从而把这心灵的'火焰山'煽得更旺盛。我们的人民是勤奋而又聪敏的,朴质而又乐观的,朝气勃勃而又善于思考的。现在,又处于一个意气风发、精神振奋的前所未有的时代,党的思想力量和社会主义精神已经掌握了千千万万人的心。诗作者可以从这里得到无穷的启发,并且真正能够像普罗米修斯那样从这里取得了圣火,然后赋予高度的热力还给人民。"①

上述郭小川的论点体现了当年诗界的总体氛围和基本认知。不仅乎此,有的诗人还把这种诗歌的责任和使命感与诗的基本性质相混淆:"诗人对于现在,应该是个歌颂者,对于将来,应该是个预言者。"②说这话的是当年被鲁迅推为最优秀的抒情诗人的冯至。当时认同一种简单的推理,所谓诗歌即指颂歌,诗人的根本使命定位于新生活的歌颂者。极而言之,有的诗人甚至认为文学和诗歌的重大使命就在于歌颂领袖。③

这些立论在五十年代是谁都不会产生异议的正常。而且一直延续到文革动乱的结束。这种"诗歌只能是颂歌"的观念,是支配二十世纪大部分时间的基本观念。它造成了20世纪后半叶中国诗歌的独特景观,却也造成这一漫长时间中的诗歌灾难。

---

① 郭小川:《权当序言》。见郭小川著《谈诗》,上海文艺出版社,1978年12月,第103页。

② 冯至:《漫谈新诗的努力方向》,《文艺报》1958年第9期。

③ 诗人郭小川的儿子郭小林有不只一次的回忆谈到此事。"父亲几年前讲的不也是'造神说'吗?他曾在给我的信中写道,'无产阶级革命文学的最高使命是歌颂伟大的领袖毛主席'。"(语见郭小林:《惶惑与无奈》)又有一则:"这十年他的创作方向已几经转换:首先是真诚地作为党的喉舌在热情讴歌;后来发现党也会犯错误而开始有了一点粗浅的独立思考,几乎是无意识地流露了一些个性色彩,竟遭到了粗暴无情的猛烈批判;从此他再也不敢心有旁骛,放弃了'文学是人学'的定律,越来越痴迷于'造神文学'——1971年初他在给我的信中就曾说:'歌颂伟大领袖毛主席是无产阶级革命文艺的最重要使命(大意)。"(见郭小林:《1976:一个政治诗人的最后痛苦》)以上材料均见郭小惠等编《检讨书——诗人郭小川在政治运动中的另类文字》,中国工人出版社,2001年1月,第308、328页。

前面已经提及,20世纪中期的当代诗歌,在颂歌这一总的理念的笼罩下,诗歌形态基本不出于政治抒情诗和生活抒情诗这两大门类。前者的代表诗人是贺敬之和郭小川,后者的代表诗人是闻捷和李季。这四位来自解放区的诗人,他们举重若轻,承担了奠定共和国诗歌主流形态的创造性工作。

政治抒情诗是应时代的召唤而诞生的诗体,也是五十年代最主要的诗歌体式。在政治意识高扬的年代,日益膨胀的阶级斗争的理念激发着全民高昂的政治热情,政治抒情诗为传达这种激情提供了适当的方式。这是一种专为表现大题材而设的诗体,它一般由重大的政治性事件所引发,而后以全方位的历史陈述所覆盖。往往是由今日的胜利回望历史上的抗争,从中揭示今昔之间的内在关联,论证这些斗争的正义性和必然性。

贺敬之的政治抒情诗大抵从当下的某一重大政治事件出发,围绕一个或数个历史性画面而展开抒情。他注重历史对于现实合理性的印证。郭小川的政治抒情诗也以广阔的历史为大的背景,但他更注重针对当前的问题发言。因为这类诗歌往往紧贴现实政治,而政治又往往多变,于是被诗歌"固定"的政治往往会成为诗歌的"陷阱"。现实的"政治"说变就变,而诗歌无法变。政治抒情常常诗因为这种"事过境迁"而陷入尴尬的境地。①

在那个年代,政治抒情诗是易于接近群众的一种诗歌方式。

---

① 例如贺敬之的《十年颂歌》涉及庐山斗争的文字即是。贺敬之自述:"我曾用真情实感去歌颂光明事物——我们的党、人民和社会主义祖国,是应当做的。但是另一方面,我还必须说,我对社会主义事业的理解是太肤浅、太幼稚了,对我们生活中的矛盾的认识是过于简单,过于天真了。这就使得我在作品中不能准确地而大胆地表现矛盾斗争,因而就不能更深刻、更有力地反映和歌颂我们的时代。例如《十年颂歌》这首长诗,今天看来不仅显得无力,而且其中关于庐山的那段批判性的文字还是错误的。在编印这本集子时,尽管我对别的作品除仅做个别文字的改动外一概保存原来的面貌,而对这一篇中的这一整段,我不能不以负疚的心情把它删除。"见《贺敬之诗选·自序》,1979年7月10日。引自北京师范大学中文系当代文学教研组编:《当代文学教学参考资料·诗歌卷》,第95—96页,1980年7月。

在重大的政治性集会上,在节庆日的朗诵会中,在报刊和机关团体的出版物上,都有它的身影。那个年代盛行大型的现场朗诵,而政治抒情诗则是朗诵会的主角。贺敬之的《放声歌唱》、《雷锋之歌》、《十年颂歌》,郭小川的《向困难进军》、《投入火热的斗争》、《闪耀吧,青春的火光》,已经成为五十年代影响深广的诗歌经典。

功利主义的价值理念并不满足于抽象的意识形态抒情,它还要求具体地再现那值得歌颂的一切,包括事件、场景、情节和人物,亦即富有细节的叙事的因素。要是说颂歌有它特定的内涵的话,这就是除了政治激情的传达(这是非常重要的),还应该具体而形象地表现当今生活的丰富多彩。这就形成了五十年代颂歌主体的另一个形态——生活抒情诗。在这一方面,李季和闻捷是最有代表性的诗人。其实,将此类诗歌定性为"抒情诗"未必适合,它应属于广义的叙事诗的范畴。但这种诗体采取"说事"的手段以达到政治抒情的目的,则是实况。

五十年代形成的生活抒情诗写作,更多地决定于对新生活的认识和发自内心的热爱。战争的结束,建设的开始,过去荒芜的土地,如今鲜花盛开,过去贫穷的穷乡僻壤,如今响起马达的轰鸣,过去贫病交加的人民,如今昂首阔步行进在自由的国土上。新的生活、新的人物、新的故事,诱发着诗歌的"贪婪"。新生活给予新诗人的职责,是要满腔热情地、而且是要详尽地"记述"这一切。记述即意味着歌颂,越是详尽的记述就越能显示歌颂的诚意。诗人的庄严使命在于将这新生的一切保留在诗歌的记忆之中。

人们终于找到了颂歌的另一种形态。即除了歌颂政治,还要歌颂政治笼罩下的生活,生活中的故事、情节和细节、当然更主要的是人物。生活抒情诗有效地把叙事的因素引进到颂歌中来(这种引进可能给诗歌的抒情本质造成损害,以后的论述将要涉及),它的确造成了五十年代颂歌形态的一道独特的风景,从而也极大地拓展了颂歌的范围和内涵。

还是李季,是他率先把描写的笔触从战争中农民翻身的故事及时地转移到建设新的生活的场景中来。诗人一如既往地投身到火热的建设中的厂矿和工地,如同当年选择"三边"那样他选择了玉门油矿。他在油矿的工地上寻找新人新事,在那里他发现当年赶着毛驴驮盐的边民,如今开起了拖拉机。他在生活中发现了新的诗意。《玉门诗抄》中的"石油诗"就这样一篇一篇地展示在新的读者面前。

李季给我们带来我们所陌生的新的生活场景和新的人物形象。他以热情的笔墨再现那沸腾的建设工地动人情景:"辽阔坦平的戈壁滩就在我的脚下 行驶着的车队像一群小小的甲虫 排成长列的白云前来把我慰问 乐队总是那高傲的山鹰的嗥鸣"。① 在这样充满热情的画面上,总有从战争中走过来的今天的建设者:"刀痕是长征时留下来的 抗日战争的纪念在肩膀上 解放战争中丢失了一个手指头 这一脑袋白头发是转业以后的奖赏"。② 他追求的就是这种把战争和建设加以"拼接"的效果,李季的颂歌意识就建立在这个基础上。

闻捷有自己的关注点。他把目光移向了遥远的边疆,那里是一片新展开的沃土,那里生长着新的人物和他们新的业绩。闻捷的抒情对象是生活在天山南北的各族儿女。他的选择是时代的选择。他以诗人的直觉感应了时代的召唤。随着战争的走向远方,祖国的劳动者和建设者的脚步也迈向了远方。时代展开了华美的画图,在西北边疆也在西南边疆,新的生活向人们展示它无限的丰富、美丽和神奇。

闻捷的目光和彩笔定格在那里,他以锦心绣口向我们传递神秘边疆的全部美丽。诗人感知我们这个多民族组成的大家庭,应

---

① 李季:《我站在祁连山顶》中的诗句。
② 李季:《厂长》中的诗句。

当有与时代协调的新诗体式来表现它的丰富性。于是他向我们唱出了一曲又一曲迷人的《天山牧歌》。说是牧歌,其实已经脱离了原始民歌形式的简单照搬,而是采用了与新的时代审美情趣相和谐的体式。这种体式的基本特征是基本押韵、字节大体整齐的半格律体。闻捷在这些诗中成功地创造了与时代风尚相一致的劳动加爱情的叙述模式。他把美好的劳动和同样美好的爱情加以衔接,通过歌颂劳动和爱情来歌颂创造新生活的新人。

这种诗歌模式很容易让人追溯起三十年代文学中的革命加爱情的叙述模式。这种联想有其合理性,革命已经成功,现在代替革命的是建设和劳动。正如当年歌颂革命一样,如今歌颂建设,凡是为革命或是为建设作出贡献的,都是诗歌和文学应当歌颂的,这正是颂歌的功利性的合理表现。不同的是,现在诗人笔下的劳动已告别了以往时代的痛苦和沉重,在天山牧场和葡萄沟展开的劳动场面是伴随着歌声和舞步进行的。

李季和闻捷都是以诗叙事的能手。在《玉门诗抄》和《天山牧歌》之后,他们都有长篇叙事诗问世。李季的《杨高传》三部曲分别由《五月端阳》、《当红军的哥哥回来了》和《玉门儿女出征记》组成,是以诗记事的一种尝试。闻捷则有长诗《复仇的火焰》一、二部问世。二人在短诗创作取得丰富经验之后写作长诗,已经表现出相当的成熟。《复仇的火焰》注重引边疆风物的细节入诗,它注意把中亚腹地静穆苍茫的自然景观与民族习俗的华贵富丽结合起来。史诗性的宏伟结构与充满当地风情的细节描写,在闻捷的诗中也有完美的融汇:

> 落日的光辉渐渐暗淡,
> 晚霞的彩色正在飞速变幻,
> 橘黄、桃红陡然变成了绛紫,
> 绛紫瞬息间又化为灰蓝。

> 帐篷的天窗升起炊烟,
> 漫游的羊群低鸣着涌进围栏,
> 飞倦的云雀悄声落入林丛,
> 黄昏笼罩着巴里坤草原。

闻捷成功地将哈萨克民间习俗、歌谣、服饰、自然风光融成了一个草原民族的诗意世界。但不论是闻捷还是李季,他们擅长的作为颂歌的生活抒情诗,由于过分追求把生活的具体情景纳入诗中,造成了抒情环境中叙事的泛滥。这缺陷不单属于闻、李二人,它几乎是五十年代诗人的"现实主义传染病"。

当"叙事"在诗中肆意泛滥,当抒情诗变成了无节制的事实交代的絮叨,当烦琐的对话和事件的堆砌充斥着诗歌的时候,抒情诗是否还存在就成了问题。这种弊端,在李季的名篇《师徒夜话》和《客店答问》中,也在公刘的《毛泽东思想照猛丁》(1951)、《兵士啊,你们要小心!》(1952)中有明显的流露。这种对于"叙事"的痴迷,这种照搬和堆积的"现实主义",已经泛滥成灾。在那些诗中,因为过度"热情"的、急切的"装填","情"已被"事"挤压得无处藏身,"诗"理所当然地也"蒸发"无可寻觅了。

以上对五十年代诗歌作为"灵魂"和"第一关键词"的颂歌的产生和发展作了回顾,对颂歌的两种体式也作了剖析,应该承认,颂歌这种诗歌形态的确代表了并体现了五十年代开始的社会想象,它与那个充满激情、而且"一往无前"的时代精神是完全合拍的。但是,当颂歌成为一种戒律,以此来厘定诗人的立场并判决诗歌的优劣、存亡时,它的负面的价值就突显了出来。单以"反右派斗争"为例,许多被认定为"毒草"的诗歌,其实就是一些非歌颂的诗歌。流沙河的《草木篇》、公木的《据说,开会就是工作,工作就是开会》、邵燕祥的《贾桂香》都是触犯了这一戒律的。几乎所有这类诗歌都遭到了雷殛。从这点看,五十年代开始的颂歌,又是制造诗歌悲剧的渊薮。

抒情主体的移位

一旦认定诗歌的性质在于歌颂,随之而来的必然是对抒情主体身份的重新认定。如前所述,对于作为颂歌主体的歌颂者而言,首先必须拥有正确的意识与立场。正如那篇著名的讲话指出的,你是无产阶级,你就不会歌颂资产阶级,反之,亦然。因此,对于唱颂歌的诗人来说,抒情主体的先进性就是首要之义。这种体认把抒情主人公的"纯化"推到了一个极限的高度。

建国之后第一本《诗选》①的主编袁水拍通过该诗选的序言对抒情主人公提出了新的要求:"诗人既不能是一个隐身者,也不能是一个旁观者,更不能是一个伪善者!诗人只能是一个革命者,一个共产主义的战士,一个像毛泽东同志所说的'毫无自私自利之心'的人,'一个高尚的人,一个纯粹的人,一个有道德的人,一个脱离了低级趣味的人,一个有益于人民的人'"。② 贺敬之在"大跃进"高潮中也发表了类似的主张,认为诗人必须有"对共产主义光辉未来的理想","必须是共产主义者的无限广阔的胸怀",而且还"必须是集体主义者,是集体的英雄主义"。③ 贺敬之一直坚持这样的认识,直至文革动乱结束。"诗,必须属于人民,属于社会主义事业。按照诗的规律来写和按照人民的利益来写相一致。诗人的'自我'跟阶级的、跟人民的'大我'相结合。'诗学'和'政治学'的统一。诗人和战士的统一。如此等

---

① 人民文学出版社,1956 年 2 月出版。内收 1953 年 9 月至 1955 年 12 月期间的作品。
② 此文写于 1956 年 1 月 18 日。见《诗选》(1953-9—1956-12),人民文学出版社,1956 年 2 月,第 12 页。
③ 贺敬之:《漫谈诗的革命浪漫主义》,《文艺报》1958 年第 9 期。

等"。① 他认为这代表了社会主义诗歌的根本特征和本质意义。

许多诗人都在这样的标准面前处境尴尬。他们所能做的,只能是对以往的创作予以彻底的否定。这种否定,何其芳早在《夜歌·后记》中已经做过。② 如今的诗人面临的是比何其芳当年更为强大的压力。许多诗人都有过像冯至这样的自我检讨:认为自己先前的诗作"真是苍白无力、暗淡无光。它们干巴巴的,没有血肉,缺乏又远大又切实的理想","我最早写诗,不过是抒写些个人的一些感触,后来范围比较扩大了,也不过是写些个人主观上对于某些事物的看法;这个'个人'非常狭隘,看法多半是错误的,和广大人民的命运更是联系不起来。"③

大约从上个世纪三十年代左翼文学运动开始,文学理论方面就开始了对"个人主义"的批判。这种批判的势头到了"工农兵文艺"时期达到了极限的状态。与批判文学个人主义相对的是关于"集体主义"的提倡。集体主义是进步的,顺乎潮流的,而个人主义则是落后的,渺小的,它明显地具有不合法性。个人主义被认为是对群众意识的消解,"阶级斗争精神在这里被个人反抗的精神所代替了","强调个人与生命本位,主张宽容而反对斗争,实际上是企图把文艺拉回到为艺术而艺术的境域中的反动倾向"。④ 此种理论的褊狭性,在其他文体那里也许不甚突出,

---

① 贺敬之:《战士的心永远跳动》,《郭小川诗选》英文本序,1979年5月30日。见《郭小川诗选·续集》,河北人民出版社,1980年。

② 何其芳曾经真诚地对自己那些"反复地说着那些感伤、脆弱、空想的话","有什么了不得的事情值得那样缠绵悱恻,一唱三叹"的写作进行检讨。认为"现在自己读来不但不大同情,而且有些感到可笑了"。见《夜歌和白天的歌·初版后记》,《何其芳文集》第2卷,人民文学出版社,1982年,第254页。

③ 冯至:《漫谈新诗努力的方向》,《文艺报》1958年,第9期。

④ 邵荃麟:《对于当前文艺运动的意见》。原载《大众文艺丛刊》第1辑。香港1948年3月出版。转引自谢冕、洪子诚主编《中国当代文学资料选》。北京大学出版社,1995年12月。

而在诗歌这里,却无异乎是对于抒情主体的取消。

在这样的背景之下,抒情诗中的"我"就成为一个非常敏感的话题。诗人社会的、阶级的、乃至国家的代言的身份,必然无止限地要求着这个"我"必须从"真我"中脱壳而出。它必须彻底改变那种自然的、本真的、同时也必然是"狭窄"的"小我"状态,他必须将此转化为一个实际代表着、代替着无限广大的"集体"而存在的虚拟的个体——"大我"。而这个以"我"的面目出现的"大我",其实就是"我们"。这个"大我"所指称的是通体光明、力量无边、而且始终代表着真理和正确方向的群体。

对于"小我"的否定和排斥,对于"大我"的肯定和张扬,使许多诗人在抒情主体的确立上如临深渊,如履薄冰。他们小心翼翼地尽量不在诗中出现我的形象,他们宁肯模棱两可。在五十年代的抒情诗中,出现最多的是"我们",典型的句式如"社会主义——我们来"。[①] 而要是需要在诗中直接出现"我"的字样时,则要格外地谨慎。

比较成功的是《放声歌唱》中关于"我"的描写。有评论肯定地指出:"一首歌颂党的长诗,用了四分之一的篇幅来抒写'我自己',这是一般并不多见的。如果诗人在这一章里仅仅是为了表现'我自己',那么就很可能成为这一支颂歌中的噪音",如今出现的"诗中的"我",是诗人自己,也是成千上万在革命圣地延安成长起来的革命者"。这篇评论进一步论述了特定条件下"我"的属性:"抒情诗中的'我',可以是但又不一定是诗人自己。然而,无论哪一种情况,'我'与'我们'越是充分的统一,诗篇就越有力量,越能引起读者共鸣。"[②]

既然诗中的我可以是、也可以不一定是诗人自己,既然强

[①] 贺敬之:《三门峡——梳妆台》中的句子。
[②] 潘旭澜、曾华鹏:《为伟大的党伟大的祖国放歌》,《文汇报》1963年1月8日。

调了"我"与"我们"的"充分统一",那么,"小我"存在的合法性就是非常可疑的。这种抒情主人公从"小"到"大"的移位,造成了决定中国新诗命运的旷日持久的动荡。诗中的我因其神圣化的身份导致愈演愈烈的膨胀,最后当然只能是"自我"的消失。在相当长的一个时期,我们在中国诗中看不到各具个性的"真性情",也看不到诸多仅仅属于诗人自己的"小情趣"。随着真我的消失,诗也就消失了它应有的那份趣味和韵致。事实证明,不间断的对于"小我"即"个人主义"的批判,摧毁了诗歌的根基。

更为严重的是,由此形成了一种理念,认为诗是非此不可的,人们开始围追堵截哪怕是仅仅残余的"小我"的痕迹,包括穆旦那样要"埋葬"昔日之我的真诚用心,①也被判定为"毒草"。这种风气一直蔓延到六、七十年代,形成了抒情主体的"假、大、空"现象。"假"是由于失真。"大"则是抒情主人公的指代失当,往往是至高无上的"群众"、"党"和"国家",大而无当的言辞比比皆是。至于"空",则是这一切恶性发展的必然指归并由此形成陋习。

在处理"大我"与"小我"的关系上,郭小川显然没有贺敬之那般幸运。他因在总题为《致青年公民》的组诗中使用了"我号召你们","我指望你们"等句子,遭到强烈的责难。郭小川事后不得不承认:"实在是口气过大,所以,在以后的各首中,我就改正了"。他为此专门作了解释:"我要说明的是,我所用的'我',只不过是一个代名词,类如小说中的第一人称,实在不是真的我,诗中所表述的,关于'我'的经历,'我'的思想情绪,也决不完

---

① 穆旦的《葬歌》发表于《诗刊》1957年5月号。诗中说:"哦,埋葬,埋葬,埋葬!""希望"在对我呼喊:"你看过去只是骷髅,还有什么值得留恋?你的七窍留着毒血,沾一沾,我就会瘫痪。"

全是我自己的。"①自此之后,他修改了自己的看法,他认为"诗中间,是可以出现'我'字的。但这个'我',必须是无产阶级或英雄人民中的一个,最好是他们的代表,是他们的代言人。个人是集体中的一员。"②

诗中的我当然不会是"真的我",这与文学的再创造规律有关。但文学的再创造,是以作家的亲身体验及其积累为前提,而后经过提炼和综合的"糖化"作用再造而为作品中的人物情节。在诗歌的再创造过程中,诗人自我的存在比任何形式的文学创作都重要,可以这样认为,无我就无诗。要是说,在其他的文学写作中应当回避"真我"的直接进入,而在诗歌这里,这种回避的必要性就会降到最低点。诗不应当排斥"真我"。回过头来看上面郭小川关于"实在不是真的我"的辩解,就显得没有必要了。

"百花时代"

二十世纪五十年代中国大陆有一个短暂的百花时代。这个梦幻般的早春情调神奇地出现在急雨暴风的夹缝之中。进入五十年代,随着新生活的开始,也开始了不见终点的学术和文艺的批判运动:关于电影《武训传》的批判、关于小说《我们夫妇之间》的批判、关于胡风文艺思想及"胡风反革命集团"的批判、关于胡适、俞平伯学术思想的批判、关于丁玲、陈企霞和对《文艺报》的批判,"以及愈来愈频繁的对所谓的"右派分子"的批判,如此等等。那时仿佛有不竭的热情和嗜好,发动并开展着这些连环套般的文艺批判运动。从整体上看,它们构成了五十年代中国大

---

① 郭小川:《关于"致青年公民"的几点说明》。此文作于1957年9月2日。转引自北京师范大学中文系当代文学教研组编:《当代文学教学参考资料·诗歌》,1980年7月,第4页。

② 郭小川:《谈诗书简·二》,1969年10月写于北京。《谈诗》,上海文艺出版社,1978年12月,第28页。

陆特殊的文化景观:是一个又一个批判运动,驱使着中国文艺陷入愈来愈窄狭的逆境之中。

与这种批判运动形成巨大反差的,是五十年代中叶提出了"百花齐放、百家争鸣"①的方针。这一举措虽然出人意表,却也暗合了当时隐在的对现实的不满和变革的要求。外界的学者评价说:"百花齐放政策给予了知识分子一定程度的自由,以赢得他们的合作和提高他们的本领。另一方面,也允许他们批评官员,以改进官僚体制和提高它的效率。"②

敏感的诗歌首先对此作出回应,1957年两本诗歌刊物同时问世。《诗刊》创刊号刊登了毛泽东的旧体诗词十八首,毛在来信中支持了新诗的创造和发展。③《诗刊》创刊之初决心贯彻双百方针,先后发表了风格流派各异的诗人如汪静之、穆旦、杜运燮、陈梦家、萧三、饶梦侃、柯仲平、林庚、王老九、黄声孝、纳·赛音朝克图、康朗甩等的诗作,发表王统照、朱光潜、谢冰心等的诗论,卞之琳、罗大冈等的译诗。

与北京的《诗刊》相呼应,在成都创刊的《星星》发出了让人耳目一新的稿约,这篇稿约表达了《星星》编者的诗歌观念:

> 我们的名字是"星星"。天上的星星绝没有两颗是完全

---

① 毛泽东在指出:"百花齐放、百家争鸣的方针,是促进艺术发展和科学进步的方针,是促进我国的社会主义文化繁荣的方针。艺术上不同形式和风格可以自由发展,科学上不同的学派可以自由争论,利用行政力量,强制推行一种风格,一种学派,禁止另一种风格,另一种学派,我们认为会不利于艺术和科学的发展。艺术和科学中的是非问题,应当通过艺术界科学界的自由讨论去解决,通过艺术和科学的实践去解决,而不应当采取简单的办法去解决。"见《关于正确处理人民内部矛盾的问题》(1957年2月)。《毛泽东选集》第5卷,人民出版社,1977年4月,第388页。

② 〔美〕R.麦克法夸尔、费正清,编:《剑桥中华人民共和国史·革命的中国的兴起》,中国社会科学出版社,1998年7月,第256页。

③ 毛泽东在《关于诗的一封信》(1957年1月12日)中指出:"诗当然应以新诗为主体,旧诗可以写一些,但是不宜在青年中提倡,因为这种体裁束缚思想,又不易学。"原载《诗刊》创刊号,1957年1月出版。

相同的，人们喜爱启明星、北斗星、牛郎织女星，可是，也喜爱银河的小星，天边的孤星。我们希望发射着各种不同光彩的星星，都聚集到这里来，交映着灿烂的光彩。①

这种对诗歌多样化的期待在阴晴莫测的年代顷刻间化为了泡影。《稿约》在第二期的版面上消失得无影无踪。即使如此，勇敢的《星星》编者还是采用《编后草》的方式重申他们的主张。在这篇题为《七弦交响》的《编后草》中，他们再次表达了他们对于诗歌情感的丰富性以及创作自由的期望：

> 人民有七种感情：喜、怒、哀、乐、爱、恶、欲。
> 缪司有七根琴弦：喜、怒、哀、乐、爱、恶、欲。
> 诗人的心，就是缪司的七弦琴。
> 诗，总是要抒情的。没有不抒情的史诗，没有不抒情的叙事诗，没有不抒情的风景诗，也没有不抒情的哲理诗。
> 中国有六亿人民，六亿人民的感情，是一个无比宽阔的大海。如果谁说"抒人民之情"会限制诗，那真是一件奇事。但如果谁要偏爱着"单弦独奏"，只准抒某一种情，那也只能说是一种怪癖。
> "百花齐放、百家争鸣"，在诗应该是让七弦交响。——
> 人民的情感是丰富的，各式各样的。往往在一首诗里有各种不同的情感交织在一起。
> 让七根琴弦交响起来吧！只不要忘记，这七根琴弦的基调，是：爱人民！爱祖国！爱生活！②

一方面是严厉的批判运动在进行，一方面却是充盈着理想主义的浪漫情怀在展开，仿佛真是一个"解冻"的百花盛开的季

---

① 见由石天河、流沙河、白航等任编辑的《星星》创刊号。1957年1月。创刊号上发表了流沙河的《草木篇》、曰白的《吻》等作品，引起巨大震动。
② 《星星》第2期。1957年2月出版。

节的到来。这是后来同样难逃批判命运的《解冻》,它的确传达了当年的那份纯真:

> 是花都在开,有芽的都绽出来,
> 欢呼这只爱抚的手,拿出最好的,
> 一切都从头创造,过去的已经深埋
>
> 春风伸出慈爱的手,温柔而有力
> 推醒了沉睡的,抹掉不必要的犹豫,
> 使一个个发现新的而大欢喜。①

以两种诗刊的创刊为标志,中国诗歌理所当然地迎接了它的"百花时代"。二十世纪中期欢呼新生活的热潮过后,人们的心境平静下来,在习以为常的日常生活景象中发现了它的缺陷,乃至"光明中的阴影"。恰值此时,上面号召"整风"和"鸣放"。诗人们天真而单纯,激情使他们遗忘并违逆了"颂歌"的坚定的律则。他们一旦偏离,随只而来的"整治"却是无情的。

五月正是繁花似锦的季节,那一天,在北京大学校园大膳厅的东墙上,张贴了一首题为《是时候了》的诗篇:

> 是时候了
> 　　向着我们的今天
> 　　　我发言!
> 昨天,我还不敢
> 　　弹响沉重的琴弦,
> 我只可用柔和的调子
> 　　歌唱和风和花瓣!
> 今天,我要鸣起心里的歌,

---

① 杜运燮:《解冻》,《诗刊》1957 年 5 月号。

> 作为一只巨鞭,
> 鞭笞死阳光中一切的黑暗!①

　　作者是两位在校学习的中文系学生。诗人高擎五四民主自由的火炬,以无畏的"火葬阳光下的一切黑暗"的呐喊,传达了他们心中的愤懑和不平。当年他们激情汹涌,少不更事,却也为此付出了沉重的代价。② 这是一个特别的春天,也许是由于时势的感应,也许是由于多时的积郁,满眼繁花中竟然刮起了一阵巨风。勇敢的诗歌打破了周遭的宁静:"那无边的林海被我激起一片狂涛　那平静的山川被我掀得地动山摇"。这阵摧枯拉朽的风显然十分自信,"那些枝枝烂叶在我面前企图逃退　那些陈旧的楼阁　被我吹得遥遥欲坠"。③

　　当然,不论是火炬还是大风,都不会创造奇迹,现实一如既

---

① 沈泽宜、张元勋:《是时候了》。原载《广场》1957年创刊号。《是时候了》是北京大学第一张诗体大字报,写于1957年5月19日。作者是北京大学中文系的学生。该诗张贴后反响甚大,两位作者随即均被错划为"右派"。《是时候了》也被当作"反面教材"广为转载和批判。《中国百名大右派》(张衫尔著,朝花出版社,1993年版)和《反右派始末》(叶永烈著,青海人民出版社,1995年版)征引了该诗。

② 张元勋在《北大往事与林昭之死》中回忆说:"五月十九日那天,春光明媚,气候宜人,确实是兴致最浓。参加那次活动的有马嘶、李任、孙克恒、薛雪、康式昭、谢冕、任彦芳、杜文堂、张钟、林昭和我,我们一早就从北大西校门口乘"332"公共汽车到颐和园,十张入园券共一元五角,而后沿知春亭向北,走长廊至排云殿,登佛香阁至智慧海,到后山沿苏州河从后门出颐和园,而后乘车返校,抵北大已是下午五点多。那天,林昭带着一个"120"照相机,她做摄影师,拍了许多照片。后来我们每人都洗印了,但至今只有一张在知春亭畔的合影还夹在我的一本旧书里,在公安局、监狱、文革之火的历次洗劫中幸存了下来。成为"5—19"《红楼》编委会颐和园之游的唯一的纪念,也是《红楼》编委会的唯一的一张合影纪念。那天的黄昏时分,北大的学生大餐厅的东门外的墙上出现了大字报。非常巧合,那天在大餐厅里正举行一个全校性的大会,是党委副书记作报告。天气已暖,在餐厅外的广场上坐满了人,于是墙上的大字报立刻便被人发现了,大餐厅东门外渐渐围满了同学,许多人用手电照着,注意地读着那在红色标语纸毛笔大字写成的诗行:《是时候了》。"引自陈均编选《诗歌北大》,长江文艺出版社,2004年7月,第211页。

③ 张贤亮:《大风歌》。载《延河》1957年7月号。

往地按照自身的逻辑进行。"百花"在无情的风暴中凋零。事实击碎了人们关于春天的幻想。无经验的人们遇到了"阳谋"的尴尬。① 春风何事也欺人！关于百花齐放的号召，发表于此年的早春二月，正是春寒料峭、乍暖还寒的时节。到了五月，本应是繁花似锦的绵绵春意，却迎来了风狂雨暴之后的满园荒芜。花朵们不知就里，把无情的风雨看成了吹绽百花的暖流。

"新民歌"与"开一代诗风"

在"意气风发、斗志昂扬"的五十年代，诗歌仿佛是一只被不断抽打的陀螺，旋转就是它的宿命。也许有一天它将停住它的"红舞鞋"，但不是现在。1957年严酷而炽烈的夏季过去了，而季节并未退烧，要是把五十年代以来历次批判运动以至反右派斗争所达到的高潮比喻为火，那么，随之而来的体现更大狂热的"大跃进"，就是浇在这火上的油。火遇到了油，会产生怎样的效果，不言而喻。

在中国，历史的很多时候，诗歌会成为社会的焦点。"大跃进"时代，诗歌不仅没有缺席，而且扮演了主角。"新民歌"（也叫"大跃进民歌"）的提倡及其推行，使诗歌成为大跃进时代的文化标签。"新民歌"作为毛泽东发起的大跃进运动的先行者，热火朝天地进入了历史舞台。毛本人对新诗的不满由来已久，他企图改变新诗的现状，在理论上提出中国诗的出路是在民歌和古

---

① 毛泽东：《文汇报的资产阶级方向应当批判》（1957年7月1日）："让资产阶级及资产阶级知识分子发动这一场战争，报纸在一个时期内，不登或少登正面意见，对资产阶级反动右派的猖狂进攻不予回击，一切整风的机关学校的党组织，对于这种进攻在一个时期内也一概不予回击，使群众看得清清楚楚的，什么人的批评是善意的，什么人的所谓批评是恶意的，从而聚集力量，等待时机成熟，实行反击。有人说，这是阴谋。我们说，这是阳谋。"《毛泽东选集》第5卷，人民出版社，1977年4月版，第436—437页。

典诗歌的基础上发展的主张。① 1958年4月,中共八大二次会议发出"各省搞民歌"的号召。1958年4月14日《人民日报》发表《大规模地收集民歌》的社论。新民歌运动于是大规模地兴起。

这个关于新诗发展基础的理论,是以无视新诗产生的背景、以及新诗业已形成的传统为前提,在学理上和事实上都与中国新诗的实际相违。② 但因为这意见来自最高当局,当日无人公开质疑。关于新诗发展道路的提倡,继续印证了自四十年代开始酝酿、至五十年代已蔚为大观的诗歌的"大一统"意图。不过这次的定下的目标和规模都较以往更为明确,它进一步强化了工农作为文艺创作主体、以及文人写作必须彻底改造的理念。质而言之,即通过新诗的民歌化(实质即掺和了"大众"因素的新诗的古典化),达到新诗的一体化的宏远目标。

新民歌运动展开的节奏与气势,与当日如火如荼的"大跃进"配合默契。这是政治与诗歌"联姻"之后产生的奇妙的结合体。它由握有权力的最高行政部门发出号召,而后逐级下达,动员了最广大的群众参与。这是一次全民的文化运动。大跃进时代需要大跃进民歌为其造势,大跃进民歌又反过来歌颂了这个全民的"狂欢节"。当日的口号和目标是:人人都写诗,人人是诗人,即所谓的"如今歌手人人是,唱得长江水倒流"。

按照统一的目标和要求,发动并吸引全民来参加一个诗歌

---

① 最早关于提倡民歌的意见见诸文件的,是以中共四川省委名义发出的关于收集民歌民谣的通知。通知指出:"中国诗的出路,第一是民歌,第二是古典诗词歌曲,在这个基础上发展起来的新诗,可能更为人民群众所欢迎。"(这是毛泽东的话)。《四川日报》1958年4月20日。

② 不管五四时期的新诗革命存在什么问题,但新诗的诞生是以反抗旧诗并用白话诗取代之的事实是确凿的。新诗以西方诗歌为师,这也是事实。再说民歌(主要是汉族民歌),它的句式和押韵都与旧诗有纠缠不清的千丝万缕的关联。现在再以此为发展的"基础",甚至目之为"出路",岂非历史的颠倒?

运动,来为一个同样是全民参加的政治运动服务,它极大地扩展了"颂歌"的实践、并且使诗歌的"大一统"变得更为切近和可预期。就此,当日的《诗刊》及时地发起了"开一代诗风"的讨论。①舆论全面地支持和配合了这个讨论。这些举措,其实就是进一步强化五十年代开始的文艺和知识分子的改造运动,从而在统一的主题和功能的涵盖下推进诗歌风格和形式的一律化。

这个诗歌运动的气势和规模是空前的,犹如当日大跃进的气势和规模。"新民歌"是五十年代特有的时代精神的集中体现。它全面地体现了这个时代的总体氛围,从而成为文艺为政治服务的典范。这种受到特别推崇的诗歌形态,是在所谓的革命的现实主义和革命的浪漫主义相结合的目标下,用民歌形式(基本是汉族民间歌谣七言四行的绝句形式)以不加节制的形容表现极其夸张的内容的一种随意性的小诗。因为它有很强的现实的政治含义,所以得到了高度的肯定和赞扬。它的空想的狂热,以及无限膨胀的夸张的形容,是后来文革中的诗歌"假、大、空"倾向的滥觞。

当时的文艺界领导人郭沫若和周扬联名主编了《红旗歌谣》。他们在《编者的话》中指出:"诗歌和劳动在社会主义、共产主义新思想的基础上重新结合起来,正是在这个意义上,新民歌可以说是群众共产主义文艺的萌芽。"他们高度评价说:"这种新民歌与旧时代的民歌比较,具有迥然不同的新内容和新风格,在它们面前,连诗三百篇也要显得逊色了。"②周扬预言:"未来的

---

① 作为一种提倡和证实,作家出版社于1958年7月编辑出版了《诗风录》。收集郭沫若、柯仲平、萧三、袁水拍、田间、李季、阮章竞、邵子南、公木、张志民、严辰、魏巍、臧克家、戈壁舟、邹荻帆、丹辉、刘岚山、巴牧和丁力的作品。编者在该书的《序》中说:新诗还没有能够很好地和工农兵群众相结合,还没有真正地做到为工农兵群众所喜闻乐见。主要原因,就是诗人们过去没有很好地做到像今年4月14日人民日报社论所说的"和群众相结合,拜群众为师,向群众自己创造的诗歌学习。"

② 见《红旗歌谣》,红旗出版社,1959年9月。

民间歌手和诗人,将会源源不断地出现,他们中间的杰出者将会成为我们诗坛的重镇。民间歌手和知识分子之间的界线将会逐渐消泯。"①

评论者为此不惜作出极高的评价。贺敬之说:"大跃进的民歌的出现,及其在整个诗歌创作上的影响,已经使我们看到:前无古人的诗的黄金时代揭幕了。这个诗的时代,将会使'风''骚'失色,'建安'低头。使'盛唐'诸公不能望其项背,'五四'光辉不能比美。"②袁水拍说:新民歌"真实地反映了大跃进中中国人民的英雄气概,丰功伟绩。它们体现了党所提倡的革命的现实主义和革命的浪漫主义相结合的精神。在艺术形式上具有充分的民族传统风格。它的作者,集体的诗人,是超越了屈原、李白和杜甫的,在当前世界诗坛上,也可以称得上是出类拔萃的大诗人。"③

周扬和郭沫若把大跃进民歌叫做共产主义文艺的萌芽,有其明确的政治含义。当日蓬勃开展的大跃进,被称为是向着共产主义进军的运动,新民歌以诗歌的方式配合并证实这一运动的合理性。这是就其整体而言,从局部的意义看,自四十年代提出工农兵的文艺方针,直至五十年代,总在始终不渝地推广这一"唯一正确"的经验,以期达到建立统一模式的目的。新民歌的出现,使原先模糊和不确定的意图,变得更为具体明晰了。

新民歌所昭示的,质而言之,就是它体现了工农兵作为创作主体的理想格局,以及以民间歌谣为基本形式的诗歌模式的形成。文人诗人的主流地位受到了挑战,他们整体被明确无误地置放于"被改造"的位置。他们被告知,除了接受这种诗歌秩序

---

① 周扬:《新民歌开拓了诗歌的新道路》。原载《红旗》创刊号。引自《诗刊》编辑部编:《新诗歌的发展问题》第1集,作家出版社,1959年1月,第13页。
② 贺敬之:《关于民歌和"开一代诗风"》。载《处女地》1958年7月号。
③ 袁水拍:《成长发展中的社会主义的民族新诗歌》,《文艺报》1959年19—20期。

别无选择。这种形势极大地刺激了中国诗歌界,诗人们只能被动地(当然也有主动的)放弃自己以往的风格,重新开始学写这种新民歌体的诗歌。四十年代以来孜孜以求的诗歌大一统的梦想,终于在这个特殊的年代以特殊的方式"实现"了。

这究竟是祸?是福?历史自有评判。

自由与格律再思考

新诗和自由体原本就是一枚铜币的两面。因为胡适等人当初创造新诗,其意即在打破旧诗的格律之约束,用白话写诗。打碎了格律的枷锁,诗体自由了,新诗也就成立。但是后来的事实发展,却使初衷有了改变。新诗的毫无章法可寻,它的过于"自由"而导致的韵致全失,逐渐招来了不满。一些人在新诗的自由体之外别立新体,这才有了新诗格律体的尝试。这路诗人,以新月派实践最力,成就也最著。因是之故,朱自清才在《中国新文学大系·诗集》的导言中最后说:"若要强立名目,这十年来的诗坛,不妨分为三派:自由诗派,格律诗派,象征诗派。"[①]

但不论实践是如何多样,新诗建立之后的"主体"仍是自由诗。这不仅在五四的最初十年是如此,三十年代之后的中国诗歌会诗人、以胡风为代表的"七月派"和艾青、田间等人、以至于晋察冀边区的诗人们的创作也如此,统共形成并奠定了中国新诗自由体的基本的、权威的地位。重大的改变和质疑发生在四十年代初期,延安的讲话提出了"喜闻乐见"和民族形式的主张。延宕到五十年代,进一步提出了新诗要在民歌和古典诗歌的基础上发展的道路方向的问题。这才使问题发生了逆转。

五十年代初期,战事基本结束,开始了和平建设的时期。这

---

① 见《中国新文学大系·诗集·导言》。上海良友图书印刷公司,1935年10月15日初版。

样的形势诱导人们思考文艺和诗歌如何适应新的时代的问题。创刊不久的《文艺报》举行了题为《新诗歌的一些问题》的笔谈。① 这是新中国建立之后举行的首次关于诗歌问题内容广泛的讨论,而且参加讨论的又是一些具有代表性的诗人,所以这次讨论具有不可忽视的意义。

《文艺报》的笔谈中,给人最为突出的印象,是对于自由体的批评和异议,以及对于格律诗的期望。萧三认为:"现在我们的新诗和中国千年以来的诗的形式(或者说习惯)太脱节了,所谓的'自由诗'也太'自由'到完全不像诗了。和中国古典诗脱节,和民间的诗歌也脱节,因此新诗直到现在还没有能在这块土壤里生根。"② 田间原是自由诗的坚定实行者,他现在也转过身来主张"注意格律,创造格律"。他说:"五四以来,我们曾经反对过格律,认为它是枷锁,它是牢狱,而主张自然的韵律,这在当时不能说完全错。当时我们是不甘心做庸俗的绣花匠,不同意格律即等于诗的看法。现在我们对于我们过去的那些血汗,不必一笔抹杀。——我们要把自己所声明不要的东西,再拣一部分回来重新研究。"③

田间的意见具有明显的反思历史的意味,是很有代表性的。他是被闻一多喻为擂鼓的诗人。在战争年代,田间的那些自然、短促、热烈、坚定有力的"鼓点",能够非常有力地地传达那种热情的追求、坚定的信念、坚强的抗争。田间的自由诗成为那个时代的号角。现在他开始改变这种追求,转而向格律寻求对于新生活的配合。

当一个个性解放、张扬自我的时代开始的时候,人们自会在

---

① 该专栏在《文艺报》第 1 卷第 12 期刊出,时间是 1950 年 3 月 10 日。参加这次笔谈的有:萧三、田间、冯至、马凡陀、邹荻帆、贾芝、林庚、彭燕郊、王亚平、力扬、沙鸥。
② 萧三:《谈谈新诗》,《文艺报》,第 1 卷第 12 期,1950 年 3 月 10 日。
③ 田间:《写给自己和战友》,《文艺报》,第 1 卷第 12 期,1950 年 3 月 10 日。

打破一切束缚中得到一种释放的快意。自由体诗的出现,是与五四狂飙突进的时代精神相和谐的。而五十年代与之不同,这是一个重新建立秩序,讲求社会整饬的时代。严格的纪律,建设的思路,井然有序的等级区分,以及稳定的社会格局,正是建立律化诗歌的适当环境。就这样,诗人们开始了对于自由与格律的重新思考。

关于现代格律诗的提倡,前此,何其芳有过这方面的探讨,随后,臧克家也发表了类似的建议。现代格律诗(也有叫做"新格律诗"或"半格律体"、"半自由体"的,所指近似)在一些诗人如闻捷、臧克家、李季、何其芳那里有过初步的实践。其样式大体是:句式大体整齐,四行一节(节数不拘),每行字数相近(最好顿数一致),押大体接近的韵。这种体例与后来提倡的:"精练、押韵、大体整齐"的主张相似,其模式与闻一多当年的《死水》几无差异。

这种思考当然与延安的倡导以及目前开展的新诗发展道路的讨论有关。而讨论的核心,就不能不是眼下出现并受到极大关注的大跃进民歌。这样,如何评价和对待新民歌就成了问题的焦点。何其芳和卞之琳就是这样被推到了前沿的。他们被认为是对民歌有"保留"和有"怀疑"的代表人物。① 当日的热狂,

---

① 前后意见和引录甚多,不可能一一枚举。这里分别择要引出何、卞二人的文章片段以为佐证。何其芳:"今年五月号的《人民文学》上,公木有一篇谈诗歌的文章,说我'反对或怀疑'过'歌谣体的新诗'。为了证实我的记忆可靠与否,我翻出我1950年写的《话说新诗》,1954年写的《关于现代格律诗》来看了一下——。在《话说新诗》里,我说民歌体比比五七言诗的限制要小一些,可能有发展的前途,因而可能成为新诗的一种重要形式,并且认为说书、大鼓、快板等民间韵文,对于农民群众和文化水平比较低的群众是一些很可利用的形式,写得好也就是诗。在《关于现代格律诗》里,我再一次肯定突破了五七言诗的字数整齐的民歌体可以作为新诗的体裁之一而存在,并且认为在文化水平不高的群众中间,民歌体和其他民间韵文形式完全可能比现代格律诗更容易被接受。这样的意见是不能叫作'反对',也不能叫作'怀疑'的。"(《处女地》1958年7月号)卞之琳:"我们学习民歌,并不是要我们依样画葫芦来学'写'民歌,因为那只能是伪造,注定要失败。"(《处女地》1958年7月号)

使人们很难冷静地对待他们那些有分析的、慎重的、同时也是符合新诗实际状况的意见。

周扬在《新民歌开拓了诗歌的新道路》中批评新诗："群众不满意诗读起来不上口,特别不满意那些故意雕琢、晦涩难懂,读起来头痛的诗句,总之,群众厌恶洋八股。有些诗人却偏偏醉心于模仿西洋诗的格调,而不去正确地继承民族传统。"以此为发端,从1958年春开始直至1959年底,在全国范围内开展了声势浩大的"新诗歌的发展问题"的讨论。国内重要报刊、各界代表人物,都卷入了这场内容广泛的、当然是以大跃进民歌为核心的论战。① 从新诗的历史看,涉及的报刊和参与的人数之多、讨论的问题之广泛、规模之大、历时之久,都是空前的。《诗刊》编辑部为此编辑了四集的《新诗歌的发展问题》讨论文集②,总字数约八十万字。

新诗中的自由体或格律体,前者是五四草创时期的成果,后者则是旧日的投影。在中国,新诗的建立犹如打破精致的古瓷瓶,以换取适用的粗陶罐。人们在享用陶罐带来的自由时,却依然迷恋那失去的曾经的辉煌。这就是中国在诗歌生产方面的心理落差。路已开辟且畅通,而人们总还是怀旧。此即所谓新诗与生俱来的"老问题"。

这些问题积蓄已久,一旦遇着一种新的提倡,例如"回到民族传统"、"工农兵喜闻乐见"、"新民歌的新道路"等等,便会立即

---

① 就报刊而言:有《人民日报》、《文汇报》、《文艺报》、《诗刊》、《人民文学》、《文学评论》、《星星》、《长江文艺》、《处女地》、《蜜蜂》、《雨花》等,或辟专栏或发表笔谈。就发表文章的人,这里只是不完全的名单:周扬、邵荃麟、袁水拍、田间、徐迟、贺敬之、郭小川、方冰、阮章竞、何其芳、卞之琳、萧殷、力扬、沙鸥、宋垒、闻山、丁力、郭沫若、张光年、臧克家、唐弢、赵景深、傅东华、天鹰、冯至、茅盾、李霁野、李希凡、李冰、骆文、林庚、王力、朱光潜、罗念生、周煦良、金克木、季羡林、楼适夷、曼晴、徐景贤——等。

② 均由作家出版社出版。第一集1959年1月;第二集1959年9月;第三集1959年12月;第四集1961年12月。

"反弹"。二十世纪中叶这次空前规模的大讨论,似乎意在以大跃进为契机,在全民学习新民歌的环境中迅疾地推进新诗的"一体化"。而可预料的是,这次不会、并没有成功,而且,看来今后也不会。

现代主义幽灵

与中国大陆诗歌的格律化倾向相反,在中国的台湾和香港,新诗基本上是继续在自由体的轨道上运行。五十年代初期台湾和大陆的诗歌呈现出鲜明的两极反差的景观。在大陆,为了适应为政治服务的需求,诗的"颂"的功能被空前地强化。诗歌的抒情和叙事的作用,被集纳在颂扬和肯定现有秩序的框架内。在民歌和古典诗歌的基础上发展新诗的理论的提出及其实践,使新诗与五四的诗歌革命的传统形成了"反向"的行进——即向着它原先否定的方向复归。这是诗歌的"反祖"现象——尽管其中有着深刻的历史渊源,以及可以理解的、合理的因素。

而台湾则全然不同。虽然在五十年代初期台湾的诗歌环境与大陆有相似之处。战争造成的两岸对峙的、紧张的局面,使台湾的文艺也充满了矛盾和冲突。在"战斗文艺"的号召下出现的"战斗诗"的写作,同样是政治意识化的产物。台湾学者把1950—1959这一时期的台湾文学归总为"反共怀乡文学时期",就突显了它的政治因素。①

国民党政府于1949年撤退台湾海岛后,颁布戒严令。既为鼓舞士气巩固军心也为掌控言论,于是透过党政军等管道发行

---

① 应凤凰:《戒严时期台湾文艺杂志发展历程及谱系》,《新地文学季刊》第1期,郭枫主编,2007年9月,台北。应凤凰在这篇论文中把当代台湾文学作了如下分期:1950—1959 反共怀乡文学时期;1960—1969 现代主义文学时期;1970—1979 乡土写实文学时期;1980—1987 多元文化文学时期。见该刊第74页。

各种刊物,五零年代文坛生态,最大特色是,由官方支持的文艺出版机构接二连三成立。短短十年间陆续创刊约三十种文艺杂志,除了诗刊,很高比率来自官方经费。政府动用大笔预算推行文艺运动与文艺教育,如成立"中国文艺协会"、"中国青年写作协会"、"中国妇女写作协会"等作家团体。党部每年拨经费给各团体办刊物之外,也动员作家到各地办座谈会,到电台广播,到前线劳军,以配合国家政策,发扬战斗精神。①

这些叙述,对我们不仅不陌生,倒是似曾相识。② 台湾"战斗诗"的写作并没有产生奇迹,相反,由于反感它的意识形态化、而促使诗人寻求排除了杂质的作为艺术的真诗。五十年代由诗人带头重新燃起对于现代主义的热情,究其原由,不能排除这种"逆反"的隐曲的心理因素。"战斗诗"因为内容浅露空洞,也缺乏诗意的提炼,很快就沦为"反共八股"而被唾弃。代之而起、并以一道亮光跃入人们眼帘的是《现代诗》、《蓝星》和《创世纪》共同推进的现代主义诗潮。

现代派诗歌的幽灵重新游荡在中国的台湾。这情景从近的方面来看,是带有高层文化色彩的纯文学对于"非诗"的反驳和对抗;从远的方面来看,则是中国新诗的现代主义血脉在台湾诗歌的延续和伸张。与此形成鲜明对照的是,此时现代主义在中国大陆已经基本销声匿迹。以穆旦和杜运燮为代表的、后来被称为"九叶诗派"的诗人群体已遭重创。③ 一些受到西方诗歌影

---

① 《新地文学季刊》,第75页。

② 有趣的是,应凤凰的论文谈到,1950年6月创刊的《军中文摘》,出版五十八期后于1953年改名为《军中文艺》。改名后的《军中文艺》称,它旨在"建立时代化、大众化、革命化、战斗化的民族文艺"。这"四化"我们就很眼熟。1956年《军中文艺》再该名为《革命文艺》。这"革命文艺"我们也不陌生。同注65。见《新地文学季刊》第1期,第76页。

③ 这里指的是五十年代对穆旦的《葬歌》和杜运燮的《解冻》的批判,这些批判使"九叶诗派"整体受挫。

响较多的诗人也被动地、或"主动"地开始写"新民歌",其中包括卞之琳、徐迟和蔡其矫。

在大陆,现代主义在"民族作风民族气派"的抑制下,已无藏身之地。倒是有一个"例外",那就是汪曾祺。他在《诗刊》发表组诗《早春》,①其中一首是《彩旗》——

> 当风的彩旗,
> 像一片被缚住的波浪。

还有一首是《杏花》——

> 杏花翻着碎碎的瓣子——
> 仿佛有人拿了一桶花瓣撒在树上。

前一首诗在当日遍地"写实"的环境中,唤起了人们对于非凡想象力的记忆。后者简直就是庞德《在一个地铁车站》②的毫无贬义的"中国制造"。也许是汪曾祺的小说家的身份保护了他,使他成为一个"漏网者"。

现在回到台湾。台湾的现代派活动,最早可以追溯到1951年覃子豪、钟鼎文等首创的《新诗月刊》,以及1952年由纪弦独资创办的、仅出了一期的《诗志》。③ 到了1953年,仍由纪弦独资创办的《现代诗》出版。它的出版给台湾诗坛吹进了一股抒情的纯正之风,很快就在它的周围集合起一批艺术追求者。纪弦声称:"用白话或口语写了的本质上的唐诗宋词元曲之类,我们不要","凡是贩卖西洋古董到中国市场上来冒充新的——我们也一概拒绝接受","惟有向世界诗坛看齐,学习新的表现手法,

---

① 原载《诗刊》1957年6月号。
② 庞德的《在一个地铁车站》。
③ 此处资讯,参考了由黄重添、徐学、朱双一合著的《台湾新文学概观》。鹭江出版社,1991年6月。同时参考的,还有由刘登翰、庄明萱、簧重添、林承璜主编的《台湾文学史》。海峡文艺出版社,1991年6月。特此一并志谢。

急起直追,迎头赶上,才能使我们的所谓新诗到达现代化。"①

1956年1月,《现代诗》出满12期,纪弦发起召开现代诗人第一届年会。宣布成立"现代派"。最初加盟者83人,后增至115人。成为台湾规模最大的诗人团体。② 会上纪弦发表了他的诗歌观点,这些观点概括为著名的"现代派六大信条"。③ 六大信条举波特莱尔为现代诗的出发点,以及否定继承的"横的移植"的断言,具有极大的挑战性,其余诸条如"创新"、"知性"和"纯粹性"等,均与中国新诗史上的象征派和现代派的传统有关。知性是三十年代现代主义反对浪漫主义的重要概念。徐迟曾提出"放逐抒情"的主张,认为由此可导致诗的"间接性"、"客观性"和"戏剧性情景",从而使诗不是以情动人,而是以思启人。④ 纪弦即路易士,⑤是他把现代主义的火种从大陆带到了台湾,在那里燃起了现代派的烈火,一扫当日"战斗诗"的颓风,从而给台湾诗坛注入了新鲜的空气。

稍后成立的是1954年3月由覃子豪、钟鼎文、余光中等发起的蓝星诗社。⑥ 覃子豪早年参加过"新诗歌运动",钟鼎文早

---

① 《现代诗》创刊号《宣言》(1953年2月1日),见《中外文学》第10卷第12期(1982年5月)。转引自刘登翰等主编的《台湾文学史》下卷,海峡文艺出版社,1993年1月,第109页。

② 据《台湾新文学概观》介绍,1956年1月由纪弦发起正式宣布成立"现代派","几乎网罗了台湾大部分知名诗人,其中包括方思、林亨泰、郑愁予、林泠、曹阳、黄荷生、季红、罗马(商禽)、白秋、德星(楚戈)、罗行、辛郁、杨允达、黄仲宗(羊令野)、叶泥、秀陶、沙牧、张拓芜(沈甸)、朱沉冬等。"见该书第104页。

③ "现代派六大信条"发表在《现代诗》第13期(1956年2月1日出版)。

④ 徐迟:《抒情的放逐》,《顶点》,第1期,1939年7月。

⑤ 纪弦(路易士),1913年生,原名路逾,河北清苑人。诗作甚丰,著有《易士诗集》(1934)、《行过的生命》(1935)等。

⑥ 据白少帆、王玉斌、张恒春、武治纯主编的《现代台湾文学史》介绍:"属'蓝星'成员并经常为之撰稿的有:覃子豪、余光中、钟鼎文、吴望尧、夏菁、梁云坡、郑愁予、黄用、罗门、周梦蝶、向明、张健、林泠、阮囊、季红、蓉子、叶泥、覃红、旷中玉、王宪阳等。"辽宁大学出版社,1987年12月,见该书第309页。

年曾以番草的笔名在《现代》发表作品,是现代派的一员。他们都是传递现代诗的火种的人。1954年10月,"创世纪"在左营成立,张默、洛夫和痖弦是创世纪诗社的"三驾马车"。到了1959年4月,创世纪诗社吸收了"现代派"和"蓝星"的一些成员,阵容大为扩大,成为推动现代诗运动的中坚力量。①

也和大陆的新诗运动一样,台湾现代诗的发展也始终伴随着激烈的论争。论争来自诗歌界内外各个方面。从现代诗内部看,最初起而反驳"六大信条"的是覃子豪。他在《新诗向何处去?》②的长文中有针对性地提出"六项正确原则"。而最激烈的抨击来自苏雪林,她在《新诗坛象征派创世者李金发》中批判说:"大陆沦陷,这个象征诗的幽灵,又渡海飞来台湾,传了无数徒子徒孙,仍然大行其道。"他指责台湾现代诗"晦涩暧昧到了漆黑一团的地步"。③ 对此,覃子豪与苏雪林,以及更多的人对此有过反复的交叉评论。论战一直延续到七十年代。

关于现代诗的论争,诚如痖弦所言,"论战似乎都是从诗的语言开始,但争论到最后,几乎全胶着在传统与现代的思辨上。"④这种论争不论发生在中国的什么地方、什么时候,总与中国新诗的发生和发展的背景有关。五四当年,先哲们"以夷为师",从西方盗来火种,其中就有现代主义的幽灵。不想"谬种"

---

① 《现代台湾文学史》:"在张默、洛夫、痖弦的倡导下,于1954年10月在高雄左营成立了'创世纪'诗社,并于同年10月10日出版了《创世纪》诗刊。其主要成员有:季红、商禽、叶维廉、叶珊、白秋、管管、大荒、菩提、碧果、羊令野、李英豪、彩羽、朵思等。"见该书第310页。

② 覃子豪的《新诗向何处去?》发表在1957年8月出版的《蓝星诗选》创刊号。

③ 苏雪林的文章见《自由青年》第22卷第1期,1959年7月。此处引文转引自白少帆等的《现代台湾文学史》第314页。本文写作时还参阅了刘登翰等的《台湾文学史》下册第123页。

④ 痖弦:《现代诗的反省——当代中国新文学大系导言》。转引自白少帆等:《现代台湾文学史》,辽宁大学出版社,1987年2月,第316页。

流传,留下诸多"祸患"。人们抚今追昔,总被那瑰丽华贵的传统所"折磨",对于这来自西洋的"不明飞行物"更是始终心存芥蒂,遇有机会,总要痛击。在台湾有苏雪林这样的前辈,在大陆,这样的前辈就更多了。但看八十年代关于朦胧诗的争论便知,此是后话。

彼岸悲情

时间制造欢乐,时间也制造悲情。那时,并不是全中国都在欢呼时间的开始,在中国最大的一座岛屿上,那里的时间成了过去式,时间被"锁定"在1949年。这一年对于一个民族而言,并不是真实的狂欢节,它可能意味着是一个旷古的悲剧:国土被分成了两半,心被分成了两半,诗也被分成了两半。一部分中国人在此岸欢祝胜利,另一部分中国人在彼岸流着思乡的泪。台湾高擎现代主义大旗的、如今已臻九五高龄的纪弦,他的不老的心中深藏着《一片槐树叶》:

> 这是全世界最美的一片,
> 最珍奇,最可宝贵的一片,
> 而又是最使人伤心的,最使人流泪的一片:
> 薄薄的,干的,浅灰黄色的槐树叶。
>
> 忘了是在江南,江北,
> 是在哪一个城市,哪一个园子里拣来的了,
> 被夹在一册古老的诗集里,
> 多年来,竟没有些微的损坏。
> 蝉翼般轻轻滑落的槐树叶,
> 细看时,还沾着故国的泥土哪。
> 故国哟,啊啊,要到何年何月何日

>   才能让我再回到你的怀抱里
>   去享受一个世界上最愉快的
>   飘着淡淡的槐花香的季节？——①

　　诗人们把亲爱的大陆放在了身后。在记忆的深处,秋天的落叶纷飞。此刻,诗人面对这夹在古老诗集之中、珍藏了数十年的这片槐树叶,时间被"定格"在那枯黄的叶片上了。遥想那槐花飘香的清晨或傍晚,遥想那变得遥远的熟悉的、热爱的土地和亲人,这里传达的是旷古的哀愁。在另一位诗人那里,他的念想更遥远,那里是宣统年间的风,吹动悬挂在屋檐下的那串红玉米——

>   它就在屋檐下
>   挂着
>   好像整个北方
>   整个北方的忧郁
>   都挂在那儿②

　　就这样,整个北方的忧郁,整个中国的忧郁,就悬挂在那座记忆中的、永远的屋檐下。彼岸的悲情对当日中国辽阔的国土上的"欢乐颂",产生了极大的反差。二十世纪五十年代的中国新诗,就由这样巨大的反差所构成。从诗歌情感的内质来看,是欢乐与悲哀的交错;从诗歌的走向来看,是"一体化"的诉求与现代主义的展开的交错;从诗歌的总体结构来看,是由内容到形式的整饬与对于自由表达的冲破的交错。反差造就了丰富。正是这种丰富使我们在大陆的诗歌贫乏中,得到了来自彼岸的同样是中国诗人给予的补偿。

　　有时我们反顾五十年代的整体上的诗歌成就,常常慨叹那个

---

　　① 见《纪弦自选集》,黎明文化事业股份有限公司,1978年。此诗作于1954年。
　　② 痖弦:《红玉米》。此诗作于1957年12月19日。选自《痖弦诗集》。洪范书店,1985年。

时代留下的过多的缺憾。以大跃进的狂热为例,今日反思竟有不敢相信的、梦幻般的错觉。而那是事实,是的确在中国大地上发生过的事实。由这样的政治狂热所生发出来的诗歌狂热,也是事实。从鸦片战争以来,中国就在做着强国之梦。因为积弱甚久,忧患弥深,诸方探路,往来冲突。为了实现这个百年梦想,竟然无所不用其极!在社会的改造上如此,在意识的普及上亦如此。

回想这一个时段的诗歌历史,一个新生的政权雄心勃勃地要在辽阔的国土上建立一种它所认定的文学的和诗歌的模式,即此处我们所谓的"梦想",的确是深深地植根于这片土地、并符合这个民族百年来的追求的:

> 从现代的社会角度看,中国的民族主义已经成熟,更因中国普遍存在的文化主义、文化特性意识和以往的优越感而高涨起来。社会结构中的深刻变化已经削弱了扩大的父系家族世系对妇女和青年的控制。军人、工商业者、教师、从事文艺工作的知识分子、出版商和新闻工作者、甚至革命者和党派成员的新的职业的作用已得到承认。[①]

这是域外的历史学家对当时社会环境的分析,这些分析证明了中国实现包括诗歌"一体化"在内的宏大目标的条件已经具备。我们此刻加以辨识的、自1949至1959年间的这段诗歌历史,就是为了一个梦想而实施的诗歌策略的历史。梦还在继续,梦还不到醒的时候。诗歌将伴随着中国的痛苦和欢乐,一直走向"中国梦"的成为现实。

2008年3月14日,历时竟年,完稿于北京昌平北七家村。

---

① 〔美〕R.麦克法夸尔、费正清编:《剑桥中华人民共和国史·革命的中国的兴起》,中国社会科学出版社,1998年7月,第37页。

动乱年代[*]
——中国新诗1960—1975

颂歌仍在继续

　　这一段诗歌史是异常的。诗歌的生存环境极其严峻。要是说，前一个十年还有对于早春时节的期待与怀想，还有天真烂漫的对于未来的美好理想的憧憬，那份空想的纯净与天真，如今已烟消云散。告别了五十年代，诗歌也告别了那些虚妄的想象，这些想象综合了新的国家体制的建立、充满激情的批判运动、"反右派"、"大跃进"以及对于"即将到来的共产主义"的颂赞等多种因素，形成了旷日持久的大陆诗歌的颂歌运动。

　　几乎所有的颂歌都有鲜明而强大的政治宣传的意图和背景。在这类颂歌中题材只是一个中介，各种各式的素材和情节，都无例外地服务于一个唯一的主题——这个主题经常被形容为无可替代的最重要的和最正确的。当这一切意图在新诗中被完整地实现的时候，新生活开始时的那种崇尚"写实"的热情（亦即"现实主义"的热情）就被这种抽象而宏大的"歌颂"的激情理所当然地取代了。

　　我们在这些颂歌创作中可以看到，当代诗正在逐渐摈弃那种拘泥于"事实"的、甚至是琐碎地罗列情节、记述过程的嗜好，而趋向于对认定的精神价值的播扬；原先那种发现、展示新的人

---
[*] 此文据文稿编入。

物和新的事件和细节的热情正在减弱,而转向对于更"宏大"、也更"永恒"的主题的鼓吹与宣泄。

絮絮叨叨的叙事习性到了大跃进民歌,已转而为气吞山河的"我来了"①式的"浪漫"狂歌。中国诗歌到了大跃进民歌的出现,已经完成了诗歌史的又一次当代转换,即由诗歌的"叙事体制"向着诗歌的"抒情体制"的转换。当然,我们这里所使用的术语都是"中国制造",只是文艺在当代中国的社会语境中的变异性的厘定,是与这些概念的原意并无必然关联的,"叙事"如此,"抒情"如此,各式各样的"主义"亦如此。

所谓的新民歌开辟了诗歌的新道路,或所谓的大跃进民歌是共产主义文学的萌芽②,等等,与其说是诗歌事件,不如说是政治意愿。这一点,生活在中国大陆的人们并不难理解,也许中国以外的"旁观者"会看得更为客观真切:

> 为了将工农兵的现实批判引导至肯定乐观的方向,必须用美好的未来冲淡现实的绝望色彩。对未来的信念,应该并且能够克服现实中存在的问题,因此反而更能增添内心的自信感。要想利用对未来的信念来压倒现实生活中的苦难,就必须令这种机制在创作主体内部站稳脚跟。所以从本质上来说,现实主义与浪漫主义的关系,是以"浪漫主义的胜利"为前提的。

> 新民歌不是为了变革社会现实,不是为了艺术,甚至也不是为了自我满足。它既是一种生产运动,也是一种政治运动,是工农兵自发地积聚力量,缓解中国与美苏之间的危

---

① 《我来了》是大跃进民歌中最著名的一首:"天上没有玉皇,地上没有龙王,我就是玉皇,我就是龙王,喝令三山五岭开道,我来了。"

② 郭沫若、周扬为《红旗歌谣》所写的《编者的话》中说:"新民歌可以说是群众共产主义文艺的萌芽,这是社会主义新时代的新国风。"红旗出版社,1959年9月。

机及对立关系所走的一条独立自主建设社会主义的道路。①

这种转换所蕴含的艺术层面的意义,几乎完全为政治层面的意图所覆盖,甚至根本就不是基于艺术意愿的诗歌变革。只要这个政体存在,对于它的功利性的歌颂也就存在,那么,诗歌创作中的颂歌体制也就有理由长期存在。从这个意义上看,中国新诗的颂歌形态就不会是短暂的现象。

六十年代中国的上空,正酝酿着一场空前的雷暴。当日的最高领导者基于对巩固政局和延续革命的利益考量,已在紧锣密鼓地进行着发动"文化大革命"的准备工作。六十年代初,毛泽东就文艺形势连续发表了两个批示②,这两个措辞严厉的批示被认为是重新强调阶级斗争的重要信号。毛的批示是此后一系列的文艺——政治批判的先声,也是文革风暴到来的前奏。

进入六十年代,毛对时局和现状的不满日益加深。③ 对当

---

① 〔韩国〕金慈恩著:《大跃进民歌研究》。这是金慈恩的博士学位论文,2008年5月首都师范大学印制。引文见该论文第19页。

② 1963年12月12日的批示说:"各种艺术形式——戏剧、曲艺、音乐、美术、舞蹈、电影、诗和文学等等,问题不少,人数很多,社会主义改造在许多部门中,至今收效甚微。许多部门至今还是'死人'统治。不能低估电影、新诗、民歌、美术、小说的成绩,但其中的问题也不。至于戏剧等部门,问题就更大了。社会经济基础已经改变了,为这个基础服务的上层建筑之一的艺术部门,至今还是大问题,这需要从调查研究着手,认真抓起来。许多共产党人热心提倡封建主义和资本主义的艺术,却不热心提倡社会主义的艺术,岂非咄咄怪事。"

③ "在本世纪六十年代初期,毛泽东对中国的政治形势越来越不满。在一个接一个的问题上,党通过了一系列毛认为不必要和不能接受的政策,如:农业恢复承包,工业中采用物质刺激,公共医疗过分集中在城市,双轨制教育的发展,文化艺术中一些传统主题和风格的再现等等。这些政策大多是在反右和大跃进之后为恢复团结,提高生产力而制定的。可在毛的眼中,这些措施只会产生一定程度的不平等、特殊化、特权阶层和不满,而这些与他的社会主义社会是完全不相容的。"引自R.麦克法夸尔、费正清编:《剑桥中华人民共和国史-中国革命内部的革命》,中国社会科学出版社,1998年7月,第119页。

时的政治方向和政策举措的不满,构成了毛对时局的深重忧虑。这使他不惜冒极大的风险,决心发动一场"革命内部的革命"以挽救他所认为的修正主义危机。而以文艺为突破口的对于修正主义的批判,正是毛执政以来发动革命批判的一贯思路。就诗歌而言,有了反右派斗争和大跃进民歌的"演练",它充当了阶级斗争的进军号的角色,自是在情理之中。

二十世纪五十年代是中国大陆诗歌的"狂欢节"。颂歌时代一直延续到六十年代。六十年代初,诗歌承袭了大跃进民歌的余绪,"英雄时代英雄多,英雄事迹写成歌。诗歌写了亿万首,再写亿万也不多。"这些诗歌的主题依然是劳动、战斗、革命,除此之外,原先对于毛的歌颂的内容则明显地有了强化:"六亿人民一条龙,龙头就是毛泽东。节节龙身随头走,飞天跨日舞东风。"①诗歌无疑是沿着五十年代开启的颂歌道路上行进着,它在行进中不断强化着对于毛个人的颂扬。此种颂扬到了文革,则发展到了极致,成为当代迷信的滥觞。

阶级斗争主潮

中国当代文学在经历了大跃进和共产风之后的六十年代初期,仿佛是经过了极度的亢奋,心力突告衰疲,生发了某种渴望"闲暇"的心情。加上当日因饥饿导致的浮肿病在全国蔓延,形势极为严重,政治家们无暇他顾,遂留下了一点"艺术自由"的空隙。这形势给"顽固"的艺术以机会,从而构成了一个短暂的文艺"小繁荣"的局面。时间大约是大饥饿之后的1961至毛发表两个批示的1963的前后三年。

较早传递轻松信息的是后来被称为九叶派的诗人陈敬容,她率先写了人们已非常陌生的芭蕾的美丽:"是空中飞舞的羽

---

① 此处的两首引诗,引自路工:《创造春天的歌》,《诗刊》,1960年6月号。

毛？是海面漂浮的水藻？——这般轻盈！万千形态都被你摄取：忽而像流水，忽而又宛若行云。"①随后，郭小川发表《秋日谈心》：

　　昨晚呵，我们下班后就到公园里聚首，
　　高高的明月呀，曾伴我们穿波浪荡轻舟；
　　今朝呵，他们又相约来到我的小楼，
　　暖暖的秋阳呀，又照我们高谈阔论尝新酒。②

不必细问他们"谈心"的内容，只看这些描写所传达的情调，对比前此萧飒的斗争氛围，判然是另一个世界。最典型的是沙白的组诗《江南人家》，其中的《水乡行》简直就是一幅远离世间纷扰的桃花源风景："水乡的路，水云铺；进庄出庄，一把橹。要找人，稻花深处；一步步，踏停蛙鼓。"③与此相近的还有严阵的《江南曲》，④其中《采莲曲》说："莲盆儿分开，莲盆儿靠拢，采莲的歌曲忽西忽东，那歌声好像对世界说，羡不羡慕我们这诗一样的生活？"

文艺的其他形式，例如散文，当时影响甚远的杨朔的《茶花赋》、《荔枝蜜》⑤，还有小说《二遇周泰》⑥等，这些作品写的都很"轻松"，很"甜蜜"，而且都很重视长期被冷落的"艺术性"。但是，不幸，这个"小阳春"的小小的空隙转瞬即逝。很快，当无情的饥饿不再威胁着人民的生存，惊魂初定的领导者，终于缓过神

---

① 陈敬容：《芭蕾舞素描》，《诗刊》1961年第3期。
② 见《诗刊》，1962年第6期。
③ 见《诗刊》，1962年第2期。
④ 严阵：《江南曲》，上海文艺出版社，1961年6月出版。收有《梅信》、《桃花汛》、《采莲曲》、《杨柳渡夜歌》等，这些作品均作于1960、1961之间。
⑤ 杨朔：《茶花赋》，《人民文学》1961年3月号；《荔枝蜜》，《人民日报》1961年7月23日。
⑥ 陆文夫：《二遇周泰》，《人民文学》1963年第1期。

来,几乎是惯性地重新燃放出阶级斗争的烟雾。阶级斗争是中国诗歌(也是中国文艺)挥之不去的怪影,它给诗歌以无以摆脱的重压。

要是说"颂歌"是五十年代诗歌的关键词,而"阶级斗争"则是这一时期诗歌的关键词。

进入六十年代,由于上述那种对于阶级斗争的再强调,颂歌的内涵有了明显的"扩容",即歌颂党对于阶级斗争的号召、领导并取得胜利。在五十年代,颂歌的内涵相比之下是较为单纯的,黑暗的消亡,光明的来临,胜利的欢欣。

而此刻的颂歌,却在呼唤着昨日业已消散的斗争的烟云的来归,党号召人们不要沉醉在今日的欢愉中,而应拥有深重的警觉:失败的敌人绝不甘心于他们的失败,他们随时都会卷土重来。诸多的诗人响应了阶级斗争的号召,重新焕发了热情,形成了颂歌加战歌的新局面。张志民的长篇抒情诗《擂台》①,赋予乡村中的擂台以新的含义——不是村庄原先意义的、用以演出的场所,而是两个敌对阶级生死搏斗的舞台。陆棨为此写了总题为《重返杨柳村》②的组诗,"重返"就是重返阶级斗争的现场,进行"血泪史"的再叙述,使人们不忘那些随时都准备"复辟"的阶级敌人。

阶级斗争的意识,提供的不仅仅是诗歌的主题,而且还含有特殊的艺术风格的提倡和特殊的审美的范式的提倡。此时的颂歌是一种摈除了欢乐的沉重,它甚至不回避阴谋和血腥——在表现敌人的残暴时。许多诗歌都在努力唤醒人们对于阶级敌人的仇恨,不遗余力地创造躲在阴暗角落里的凶狠的"假想敌"。这些诗歌告诫人们不要在幸福中沉醉,它们不断地在诗中制造

---

① 张志民:《擂台》,《诗刊》1963年第8期。
② 陆棨:《重返杨柳村》,《诗刊》1963年第3期。

和"再现"悲苦和惨烈的情景,力图将读者导引到"你死我活"的现场。

毛强调阶级斗争要年年讲、月月讲、天天讲,这种理念成为六十年代诗歌的基调。短暂的、几乎是"偷袭"般的"轻松"消失了,代之而来的是无休止的沉郁,甚至是不可理喻的悲惨。《爱情的故事》①(张天民)中的爱情不仅不甜蜜,而且充满了酷烈:铁镣、血迹、还有呐喊和血书。这一时期出现了相似题材的还有《悲壮的婚礼》:"就在这旧日的靶场,一对革命的情侣,在他们殉难的时刻,举行了悲壮的婚礼。"也是手铐,也是脚镣,还有"破碎的衣衫迎风舞"。②

与爱情有关的还有《婚期问题》③,虽然不是过去时代悲哀的故事了,而在现代,这问题依然有着并不轻松的"严重"。诗中男主人公给女友留话,"你明天下班的时候,我在井口等,重新谈谈婚期问题,你可要冷静":

"我估计你的思想就不大通,
多亏你还是个像样的劳动英雄!
人家都热烘烘地夺高产、迎春节,
我们俩结婚——难道就不脸红?"

当别人都在为革命而忘我劳动的时候,谈论结婚便是可耻的。他们断言,所谓的婚期问题,"这主要是政治影响问题","这当然也是思想觉悟问题",却绝对不是与个人生活有关的问题。幸而写这诗的不是别人,而是当年屡遭批判的郭小川,他最后还是勇敢地给我们留下了一丝人性的温馨。

---

① 张天民:《爱情的故事》,《诗刊》1962年第3期。
② 那沙:《悲壮的婚礼》,《诗刊》1962年第6期。
③ 郭小川:《婚期问题》,《诗刊》1961年第2期。两位当事人为了集体的利益(春节不误工)而决定延期举行婚礼。但诗人最后还是"安排"了领导给予假期。

在大的时代背景下,许多属于私人生活的问题,变得微不足道了。有一首诗写工农兵大学生暑期"探家":"大学今天放暑假,姑娘急把背包打。"同学们齐声来逗她:"急着探家为的啥?"她回答,"说俺想家猜对啦!"原来是,上学一年了,她想念她的工厂——这番是"姑娘回厂走'娘家'"①最有趣的是《夫妻夜练》②:"吃罢饭,刷罢碗,窗关紧,帘拉严。是串亲戚?是走娘家?不,夫妻搞夜练。"③不论是工农兵大学生有点"神秘"的"探亲"也好,还是新婚夫妻让人匪夷所思的"夜练"也好,都说明着那个时代的错乱,导致了普通人的心理失常:

> 这一戏剧性转折把诗歌本可能表达的乡情、亲情升华为阶级情的抒写,探访个人"小家庭"的人性主题被回归阶级"大家庭"的革命主题所超越。——延安解放区曾有《夫妻识字》、《兄妹开荒》等表现现代家庭生活的文艺作品,他们开辟了一个传统:不再表现脉脉温情的血缘家庭生活,不再展示传统式家庭生活的天伦之乐;家庭成为"革命大集体"的有机组成部分,家庭生活与政治生活亲密地连为一体。这首《夫妻夜练》诗把上述传统发挥到了极致;这里没有半点新婚小家庭的温馨浪漫气息,笼罩着这个农家小院的是浓浓的战争气氛,家庭变成了这对小夫妻进行阶级斗争教育和苦练杀敌本领的"战斗堡垒"。④

---

① 张镒:《探"家"》。见《祖国的早晨——北京工农兵诗选》,人民出版社,1975年8月。

② 见蔡文祥的诗集《金色的运动场》,人民文学出版社,1977年5月。转引自王家平:《文化大革命诗歌研究》,河南大学出版社,2004年12月。据王家平考订,此集作品均作于1976年9月以前。

③ 蔡文祥的这首《夫妻夜练》非常典型。

④ 王家平:《文化大革命时期诗歌研究》,河南大学出版社,2004年12月,第196—197页。

这里所说的个人"小家庭"与革命"大家庭"的碰撞与排斥的现象,正是新文学诞生之后"个人主义"与"集体主义"、亦即随后出现的"小我"与"大我"之争的延续。当日革命文学的倡导者认为文学表现"个人"不仅是颓废的、而且是不体面的,而将个人利益服从于大众和革命,则是进步的、高尚的。我们从前面引用的那些诗句可以看出,集体的、战斗的"大主题"曾经怎样粗暴地践踏着仅仅属于个人的私密空间、甚至在这窄小的空间里以暧昧的言辞"高扬"那种令人匪夷所思的"战斗精神"。这证实中国诗歌此刻已深深地陷入不可理喻的泥淖之中。

文革诗歌模式

二十世纪五十年代一些诗人曾断言诗人应当是"歌颂者",抒情诗就是歌颂的诗。我们考察当代颂歌行进的路径,可以看到它最初是面对可以理解的对于新时代的歌唱。而后,诗歌响应了表现和歌颂新的生活和新的人物的号召,从而延展了颂歌的内涵。以此为开端,此类诗歌又顺理成章地纳入了主要用来歌颂"伟大"的轨道。这是颂歌在当代的最后完成——它不仅成为一种风尚,甚至成为一种律则。这是我们观察中国当代诗歌不可忽略的一个基本事实。

进入六十年代之后,阶级斗争主题与颂歌主题的融合,最后促使了"颂歌加战歌"的主潮的形成。这种诗歌模式更加严重地约束并阻塞了写作的诸多可能性。主题的单一,内容的空泛,表达的乏味,风格的雷同,加上无所不在的随时都可能产生的凌厉的批判,中国诗歌正步履维艰地蹒跚在一条愈来愈窄的路上。

文革导致了颂歌形态的大面积扩张,也宣告了作为一种"诗歌模式"的定型。文革诗歌模式是诗歌与特殊时代合谋的产物。应该承认,这一时期形成的诗歌以非常独特的方式彰显了并代表了异常年代的"时代精神"。我们把它指称为一种模式,在于它是以一种定型的范式、甚至是批量生产的方式不断重复制造的诗歌行为。

作为这一诗歌模式的最突出的特征,是诗歌投入了神化个人的空前狂欢。在这种"全民狂欢"的气氛下,不仅是原本就"渺小"的个人价值受到蔑视,而且曾经被推崇的"集体"价值也受到了冷落,当文革的暴风"横扫一切"的时候,传统的诗歌的价值解体了,它被推向了极端的偏激——它可以无视一切丰富、复杂的历史和现实的存在、而只认可对于唯一"伟大"的颂赞。这是异乎寻常的,不幸却是真实的。

就此一时段诗歌的内涵而言,宣讲文革的必要性与合理性;以及宣讲在毛的领导下,革命从胜利走向胜利的历程,几乎就是它的唯一主题。所有的诗都在用高度雷同的、近于千篇一律的方式讲述革命的历史——往往是在"东风浩荡,彩霞满天"之后连次序和排列都完全一致地展开它的内容:大体总是秋收起义、三湾改编、井冈会师、万里长征,以迄于当今的文革风暴、反帝反修等等"史迹"的罗列。

对于上述历史的和现实的叙述,一般都采用最美的和最大的形容,无限叠加的溢美的华丽,构成了造神时代的"庙堂气象"。这是一种刻板的、固化的文体,形容日出,总是"冉冉升起",形容领袖,总是"神采奕奕,满面红光"[①]。所有的诗读起来都只是一首诗。不同的只是(因为文化水准或写作习性等形成的)表达的差异。所有的颂诗都在进行着运用高级词语的竞赛,

---

① 这样的形容比比皆是。举例说,"天安门城楼上,升起了金色的红太阳,看!我们伟大的领袖毛泽东神采奕奕,满面红光,来到了我们身旁",全国科协毛泽东思想宣传队《毛主席来到了我们身旁》,国家科委系统革命造反派《科技战报》第15期(1967年6月2日)。又如:"东风尽吹,旭日东升,光芒万丈。看伟大统帅,步履稳健,神采奕奕,满面红光",文学兵《沁园春》,载红卫兵华东师大新师大《新师大战报》第3期1967年9月30日。转引自王家平:《文化大革命时期诗歌研究》,第158页。

一般认为,用词的高级度即等同于忠诚度。这种竞赛是漫无止境的。当然,其结果只能导致诗歌的内涵愈来愈空泛也愈虚假。

决定文革模式诗歌的时代性的,首先是上述涉及的题材和主题的因素,其次则是与时代精神密切契合的特殊的形制。文革模式普遍采用了骈文体,严格的或不严格的骈偶构成的字、词、句、段、章,一般都一一相对,井然有序,一如这个肃杀凌厉的年代。"蓝天"对"白云","鲜花"对"红旗","排排窑洞"对"层层梯田","碧波粼粼"对"绿树葱葱",到处都是"听,大河上下,长城内外,看,巍巍五岳,茫茫九派"[1]、"云涌星驰,飞泻滔滔江河,雷鸣电闪,射出道道剑火"[2],这样一些现成的骈句。这是当日流行的"气势宏大"的经典式的句型——

> 红日高悬,照亮灿烂的今朝
> 明灯闪闪,照亮光辉的未来

> 看小小寰球,还有几只苍蝇悲鸣
> 望茫茫九天,还会出现几片阴霾[3]

除了骈偶,还有押韵(当日自由体并不流行),通篇都是华辞丽句的堆砌,极尽华靡修饰之能事,而内容则是了无新意的、不厌其烦的、陈旧的重复。这些充满革命八股腔调的诗歌,滥觞于五十年代出现的长篇政治抒情诗。不过,当日富含时代激情的华彩,此时已沦为无节制的泛滥和空泛的堆积了。

随着"文革"的深入,红卫兵充当了这个运动的重要的、甚至

---

[1] 引自王怀让:《毛主席万岁》,见《文化大革命颂》,人民文学出版社,1976年6月,第4页。
[2] 引自龚益明:《红色暴风雨之歌》。同上书,第12页。
[3] 引自王恩宇:《中南海呵,我心中的海》。见《理想之歌》,人民文学出版社,1974年9月,第1、4页。

是主要的角色。毛对于政局的严重关切,他对原先共同奋斗的战友的不信任感,促使他动员并依靠广大的红卫兵以造反、夺权的方式维护个人的权威。红卫兵运动是文革运动最直接的产物。"在文化大革命形形色色的思想及政策的发明中以激进的号召怀疑党和各种形式的权威(主席的权威除外)是这场动乱之初最为引人注意的现象。回顾起来,毛对上层领导的否定并不像当时表现出来的那样广泛,尽管如此,他实在走得太远了。——毛至少是在冒险,他不惜打碎他曾经为之奋斗四十多年的政治机器,以便从中清除他的敌人。"①

毛依靠这些激进的年轻人举行了全国范围的造反运动。红卫兵不仅有自己的组织,而且可以"夺权"的方式行使党和行政的职能。在此基础上,红卫兵运用自己的组织力量夺取了政权的权力,并且发出了自己的声音。各种报刊、传单和印刷品刊载了大量的红卫兵诗歌。这些诗歌当然承继了传统颂歌的基本职能,而且大面积地扩展了它的战斗诗的特性。

毛的群众基础中最积极的一部分是高中和大学里的学生。他们参加"文化大革命"的红卫兵运动主要出于年轻人正常的理想主义,理想主义使他们与毛一样对地位优越的社会成员,对不平等,对六十年代中似乎正困扰着中国的官僚机构的迟钝感到愤慨,毫无疑问,这些学生也很愿意得到因参加毛的反修运动而带来的地位与权力。②

红卫兵诗歌创作的初衷,是基于上述的动因——为了理想主义的实现。因为这些诗歌是在非常时期出现的,所以它的发表有异于平时。最习见的方式是通过广播、大字报和散发传单,

---

① 〔美〕R.麦克法夸尔、费正清:《剑桥中华人民共和国史 中国革命内部的革命》,中国社会科学出版社,1998年7月,第88、89页。

② 同前注,第126—127页。

大量是登在红卫兵自办的小报上。据专家提供的信息看,当日也曾出版若干种的诗专集。①

这些诗歌的写作,不同于一般的诗歌写作,最大的不同在于它的实用性:这是一些"有用"的诗歌。首先,是"有用"于"表忠心",作者希望它所表达的"忠心"能在诸多组织的对抗中战胜对手。这一特点,使红卫兵诗歌的写作中竞相使用高级的词汇,使诗歌充斥着巨大而虚幻的形容:"只要中国永远红,老子流血乐无穷;只要中国不变色,老子死了也值得。"②"高擎红旗捧雄文,为干革命赴北京。我头我血何所惜,誓死忠于毛泽东。"③最典型的是这一首:"森林作笔还嫌少,宇宙当纸还嫌小,海水磨墨还不够,毛主席的恩情永远颂不了。"④这些夸大无边的言辞,甚得大跃进民歌的"神韵"。

到了夺权升级为武斗的阶段,"战斗诗"的产量剧增。这主要是为了适应派性斗争的需要,是借这类"战斗诗"以鼓舞士气、争取武斗的胜利的。这些诗歌的出现,使文革诗歌的重心产生了由颂歌向着战歌的倾斜。战歌就是战斗的歌,是用来作战以最终战胜"敌人"的。

最早的红卫兵战歌是从北大附中的红卫兵唱出的《革命造

---

① 刘福春在《寻诗散录·"文革"十年诗集叙录》中列举有:《迎着铁矛散发的传单》(武汉钢工总宣传部、红司(新华工)宣传部、新湖大红八月公社编印,1967年8月刊行);《江城壮歌》(钢二司武汉水利电力学院、钢工总新人印东方红兵团编印,1967年10月刊行);《战地黄花——八一八诗选》(吉林师大革命造反大军八一八红卫兵《革命造反军报》编辑部编印,1968年8月18日,长春内部发行);《写在火红的战旗上——红卫兵诗选》(首都大专院校红代会《红卫兵文艺》编辑部编辑,1968年12月出版)。刘福春著:《寻诗散录》,广西师范大学出版社,2008年9月。

② 《只要中国永远红》,湖北红卫兵歌谣,引自《写在火红的战旗上》,第49页。

③ 庞士让《狱中诗抄》(一),载西北大学红卫兵总部《新西大》,第34期(1967年8月8日)。

④ 《毛主席的恩情永远颂不完》,工宣队一连尚玉安,《复旦战报》1968年12月13日。

反歌》：

> 拿起笔，作刀枪，
> 集中火力打黑帮。
> 革命师生齐造反，
> 文化革命当闯将。
> 杀！杀！杀！嘿！①

这首战歌充满了杀伐之气。但此时文革烈火刚刚燃烧，当时的"武器"还是"笔"，不过是以笔为枪，是一种指代。"杀！杀！杀！"也是"假"的，是当时正在实施的"大批判"。文革初期的"革命行动"仅限于"口诛笔伐"，并没有发展到后来的真枪实弹。不论如何，它毕竟是开了这类杀气腾腾的诗的风气之先。以此为开端，随后出现的诗歌，随处可见那些令人厌恶的血腥和污秽："天塌下来地接到，砍掉脑袋碗大疤"，"碧血横飞，迸溅处，红花朵朵"，"干就干，拼就拼，老子一腔热血泼给你"，都是这样的粗鄙、野蛮的声音。

这些诗歌不是艺术现象，而是名副其实的政治现象。即就政治而言，它的诸多篇章也表现为极端的浅陋、偏激，以及失去理智的癫狂："为了保卫您老人家，我们面对死亡，满脸笑容"，"想起了您，我们热泪滚滚，力无穷；想起了您，我们刀山敢上，火海敢冲"，等等，都是一例的不着边际的豪言壮语。

在艺术层面，我们可以用非常冷静、客观而从容的态度来考量它的价值。但是非常遗憾，除了流行辞藻的堆积，除了对于"神圣"的痴迷的、愚昧的颂扬，无论从何种角度观察，它都乏善可陈。这是一些畸形的"创作"。也许它的价值即在于它"真实地"保存了那个时代的变态，我们从中发现了一个可悲而又扭曲

---

① 北大附中红旗战斗组：《革命造反歌》，载北大文化革命委员会《新北大》第4期（1966年9月2日）。

的时代。

公平地说,数量宏大的红卫兵诗歌并不全是以上所述的那样一无是处。在令人疲惫的阅读中,偶尔会有一些诗作引起你的注意,细一寻究,那竟是出自专业诗人的作品。在武汉印制的《狂飙曲》,其中有一首《赠武汉造反派战友》:

> 日光空气水,诚然是宝贝;
> 还有大民主,比命还宝贵。
> 舍得一身剐,才能大无畏。
> 左派不夺权,无罪也有罪。①

语言很精粹,一查,原来是专业诗人的作品。当然,此中也留下了不可避免的时代印迹。

与此相似的还有《迎着铁矛散发的传单》。这是一本诗集,它的作者是当年已经成名的诗人。刘福春在他的《寻诗散录》中介绍说:诗集封面与书名页未署著者名,实际著者为白桦。收《我也曾有过你们这样的青春》、《一个解放军战士的公开答话》、《孩子,去吧!》、《"七·二〇"纪实》等诗十九首。诗集编者的《后记》有这样一些话:

> 这些诗是在武汉最困难的时候、在军内一小撮反革命修正主义分子严密封锁下写出来的。当时不能保留手稿,而且没有办法复印、转抄。全是那些不相识的英勇的小将迎着铁矛把这些诗张贴和散发出去的。——这些诗不是艺术品,是当时急迫间用来打击敌人的武器。必然很粗糙。红司(新华工)和钢工总的战友们认为可以收集起来复印一下,可能是由于这些诗从某些侧面记录了武汉革命造反派

---

① 此诗见《狂飙曲》第45页。作者为诗人梁上泉。原诗后有注:"梁上泉是青年诗人,曾被反革命修正主义分子任白戈打成'反革命'。"此诗是他从北京回重庆路过武汉写给革命造反派的。

战士艰苦战斗的历程。同时,也是广大指战员忠于毛主席、坚决支持左派革命群众的佐证。①

无声的厮杀②

所谓的红卫兵战歌已基本丧失作为诗歌的审美属性,但即使仅仅剩下那么一点点"写作的冲动",也许仍证明它与诗有关。因为写作从根本上讲,乃是一种诉求,虽然这种诉求未必涉及艺术,但却涉及意愿。文革已进入尾声,这场旷日持久的闹剧,也许很快就要落幕。年事已高的领导人对此已是回天乏力。潜伏的危机,政事的变数,召唤着那些野心和阴谋。各种势力都想借重文艺和诗歌的特殊功能开展并实现他们的企图。

要是说,文革初始的点火"三家村"、制造《海瑞罢官》冤案,以特定的文化现象为突破口,从而展开了如火如荼的空前的大运动。到了此时,即到了七十年代,政治野心家们再次对文艺、特别是对诗歌感兴趣,从而认定它是一枚举足轻重的砝码,甚至认为是一枚可以震撼全局的炸弹,那是全在情理之中,不会有多少人怀疑的。

七十年代的文革运动,大串联已经式微,武斗的硝烟正在消散,整个运动在重新组合和集聚新的力量。以江青为首的阴谋集团正在紧锣密鼓地绸缪着毛以后的政治图谋。世人皆知,江青的政治发迹始于她一手炮制的"样板戏"文艺怪胎——这是戏剧,现在她把手伸向了诗歌,她以同样的伎俩制造了七十年代的

---

① 引自《寻诗散录》,第 237 页。
② 《小靳庄诗歌选》第 1 集,1974 年 12 月由天津人民出版社出版;第 2 集,1976 年 4 月由天津人民出版社出版。写作时间都在出版时间以内。《西沙之战》,张永枚著,1974 年 7 月由人民文学出版社出版。作者稿末自注:"一九七四年三月十日完稿于北京。"

两个引人注目的诗歌事件:一是"小靳庄诗歌",一是诗报告《西沙之战》。两个事件都发生在七十年代。

"小靳庄诗歌"是一件预设、授意、并大力动员而"制造"出来的人为的"诗歌运动"。至于《西沙之战》,"制造"的性质则同,但却是指定专人、按照原定的意图,在严重授意下进行的"命题写作"。前者是动员群众,后者是指定专人,目标是相同的,即以诗歌的手段达到政治的目的。这从他们的言说中可以发现其真意图:"在伟大的批林批孔运动中,小靳庄的贫下中农以势如破竹的革命气概,狠批林彪效法孔老二'克己复礼'反革命罪行,狠批孔孟之道,用马克思主义,列宁主义,毛泽东思想占领思想文化阵地——是对林彪、孔老二鼓吹'上智下愚'、'天才论'的有力批判。"①

不长的引文中充斥着当时流行的政治用语,这些对于现在的人们来说,是非常地陌生了,林彪和孔子有什么关联?为什么不是孔子,而是"孔老二"?离开了当时的政治环境,这里呈现的扑朔迷离是现今的人们所难以理解的。这些政治用语的背后,都暗藏着某种阴谋,不过只是借那些刻意制作出来的诗歌幻影,予以隐曲地表达而已。

《西沙之战》是对发生在七十年代的一场为保卫海疆进行的战斗的反映。长诗的写作被认为是"成功地学习运用了'三突出'的创造原则——在众多的英雄人物中,突出地塑造了阿沙、钟海、阿春三个英雄形象,把他们的英雄创举有机地交融于一体。"②"《西沙之战》是一首壮丽的诗篇。是新诗创作中学习革命样板戏创作经验的成功范例。作者运用革命的现实主义和革

---

① 《小靳庄诗歌选》《后记》,天津人民出版社,1974年12月,第170—172页。
② 尹在勤:《新诗学习革命样板戏的成功范例——评诗报告〈西沙之战〉》,《四川大学学报》,1974年第1期。

命的浪漫主义相结合的创作方法,源于生活又高于生活。"①

需要区别的是事实和事实后面的真正用心。以《西沙之战》的写作为例,当日以异乎寻常的、可以说是非常隆重的方式推出,②其真正原因何在?这里有一段叙述可以为人们解惑:

> 西沙自卫反击战胜利后,本来与此事无关的江青想在上面捞些资本,于是,1974年1月28日,江青"背着毛主席和党中央,用个人的名义给西沙军民写'贺信'。她只字不提毛主席、党中央和中央军委对西沙之战的领导和关怀,却把自己吹嘘成唯一关怀西沙军民的领导人,把自己装扮成批林批孔运动的发动者和主持者。写信还嫌不够,江青又派专人'代表'她到西沙'看望'前线军民。《西沙之战》的作者就是她派去的一个'代表'。临行,江青面授机宜:'你回来要写作品'"。③

作者奉命写出的就是这本《西沙之战》。它和"小靳庄诗歌"一样,都是政治阴谋的产物。这是一场无声的厮杀,是文革落幕之前的一次政治博弈。这个博弈始于六十年代的"海瑞罢官"而延续至今,直至此时此际的七十年代围绕着《创业》和《海霞》的评价所进行的斗争,当然,也包括了此刻我们谈论的诗歌事件:"小靳庄诗歌"和《西沙之战》。

就在此时,就在1975年的秋九月,就在距离小靳庄所在的宝坻县一百多公里的天津静海县的团泊洼,此时身陷囹圄的诗

---

① 任犊:《来自南海前线的战歌——读张永枚同志的诗报告〈西沙之战〉》,《文汇报》1974年4月19日。

② 该诗完稿于1974年3月10日,3月15日即在《光明日报》用两个版面全文刊登。接着,全国各报一律转载,电台不断广播,出各种的单行本。此外,吉林人民出版社出蒙文版;西藏人民出版社出藏文版;各种出版社出多种语言的外文版、盲文版。

③ 见刘福春:《寻诗散录·"文革"十年诗集叙录》,广西师范大学出版社,2008年9月,第270页。

人郭小川,面对秋风梳理着的静静的团泊洼,以自己充满悲愤的思考,参与了文革最后的"厮杀"[①]。蝉声消退,蛙鸣止息,雁将南归,正是秋凉时节,万物都在静默中沉思,诗人发问:团泊洼,团泊洼,你真是这样静静的吗?全世界都在喧腾,哪里没有雷霆怒吼,风云变化:

——至于战士的深情,你小小的团泊洼怎能包容得下!
不能用声音,只能用没有声音的"声音"加以表达:
战士自有战士的性格:不怕诬蔑,不怕恫吓;
一切无情的打击,只会使人腰杆挺立,青春焕发。

战士自有战士的抱负:永远改造,从零出发;
一切可耻的衰退,只能使人视若仇敌,踏成泥沙。

战士自有战士的胆识,不信流言,不受欺诈;
一切无稽的罪名,只会使人清醒,头脑发达。

战士自有战士的爱情:忠贞不渝,新美如画;
一切额外的贪欲,只能使人感到厌烦,感到肉麻。

战士的歌声,可以休止一时,却永远不会沙哑;
战士的眼睛,可以关闭一时,却永远不会昏瞎。

请听听吧,这就是战士一句句从心中掏出的话。

[①] "厮杀"是郭小川在《团泊洼的秋天》里的用语:"这里没有刀光剑影的火阵,但日夜都在攻打厮杀。"

团泊洼,团泊洼,你真是那样静静的吗?[1]

郭小川显然非常重视这首诗的写作。他曾把它抄给一位朋友,稿后注明:"初稿的初稿,还需要做多次的修改。"他知道这充满激情和信心的诗篇,"不合你秋天的季节",但他依然坚信:"到明春准会生根发芽"。

这是诗人郭小川倾其一生的革命激情为抗击暴虐所作的"最后的抗争"。因为此诗的写作涵括了郭小川的终身服膺的革命理想和信念,展示了他所认为的"战士"的追求、操守、品格、情怀等充分的抒发,更由于它在艺术上继承了五十年代《向困难进军》、《致青年公民》开始的政治抒情诗的充沛的激情,特别是它集中地融汇了诗人最富创造性的六十年代《厦门风姿》、《甘蔗林·青纱帐》等作品所体现的艺术追求——这些追求概括地说,是在新诗中融进中国传统辞赋的形式特征,大量使用排比骈偶,句式上集短为长,辞藻繁丽,音韵铿锵,极度铺张,反复咏叹,它展示了郭小川诗艺的成熟。

这是乱世的一曲正气歌。由于此诗集中地体现着他的思想艺术的最高成就,又是他竭尽心力的抒发,《团泊洼的秋天》可以视为是诗人郭小川的绝唱。[2] 在动乱年代乌云密布的天空,《团泊洼的秋天》是阴霾中一道惊天的闪电,它带给翘首冀盼而近于绝望的人们以一线希望:人们从那里听到遥远天边的春雷滚动的消息。

定格于四点零八分

文革动乱进入第三年,各方都在惨烈的厮杀和鏖战之后喘

---

[1] 郭小川:《团泊洼的秋天》。1975年9月写于团泊洼干校,刊载于《诗刊》1976年11月号。此诗发表时诗人已在河南林县去世。

[2] 《团泊洼的秋天》之后,周、毛去世写有悼诗,有的未能竟篇,均不佳。

息。当年处于风暴中心的红卫兵,面临着繁华之后的消沉。有一篇文章记叙了他们当年的心态,其中谈到诗歌:

> 从六八年下半年起狂热的理想开始降温,对人生和社会的思索开始走向深化。贫穷、寒冷、饥饿、劳累——究其竟却还不是最深的痛楚,大环境的压抑最令人窒息。这时写诗的人已有不少,我们这一代人接受的诗歌教育是以毛主席诗词为版本,因此起初写旧体诗的人居多。写诗不是为了发表,主要是抒发情绪,把那些混杂着青春、理想、郁闷、茫然的情绪浓缩在字斟句酌之中。①

那些当年由于"需要"而被奉承为"革命小将"的红卫兵已成了秋日之扇,如今正在无奈地被驱遣到远离父母的异乡。他们之中的一位——后来成为诗人的郭路生(食指),用诗记下了那撕心裂肺的离别北京的一刻:"这是四点零八分的北京,一声尖厉的汽笛长鸣,我的心变成了一只风筝,风筝的绳线就在妈妈的手中——这是我的北京,这是我的最后的北京。"②

那是一场巨大风暴之后的顿时凝滞的片刻,也许不是一分,也许只是一秒。郭路生以诗人的敏锐,捕捉了这一永恒的瞬间。这不是一次家人间普通的离别,这次离别牵涉了千家万户。表面上的亢奋背后,凝聚着深沉的困惑和悲哀。四点零八分是一个历史镜头的诗的定格,这是诗人对于动乱时代的总结性的描绘。

这诗很快不翼而飞,以朗诵和传抄的方式在全国各地的知

---

① 齐简(史保嘉):《诗的往事》。见刘禾:《持灯的使者》,广西师范大学出版社,2009 年 5 月,第 5 页。
② 郭路生(食指):《这是四点零八分的北京》,作于 1968 年 12 月 20 日。原载《相信未来》,漓江出版社,1988 年 3 月。

青中流传,当年凡是读到这首诗的无不为之动容。① 它像是一点火星,点燃了巨大群体的悲情,一个书写和倾诉的愿望。诗歌无疑是当时最适宜的方式,这就是一个诗歌群体——知青诗歌最初的受到的启示,到后来强大形成的原因。对此,齐简(史保嘉)回忆说:

> 这个群体的出现最初是在一九六七年。一方面,被迫中止了学业的年轻人满怀求知的渴望和对周围世界的困惑不解,从不同的角度和途径进行着不懈的探索;另一方面,从领袖到学生普遍膨胀的理想主义与严酷的现实开始对撞,产生了一种无可奈何的人生喟叹。这年秋天,我以弟弟养在瓶中的热带鱼为题写了一首《临江仙》:"剑头凤尾翩翩舞,清涟顾影婷婷。静如秀玉动生莹,彩鳞多婀娜,锦腮自含情。杯中有水乐便在,何必逐浪平生。龙门堪劝鲤兄明:似我非无志,终饰案头瓶。"②

引文中的这一番话,写出了知青诗歌写作者的心态。他们有过青春的梦想,但是梦已破灭。"似我非无志,终饰案头瓶",这种遗憾和悲哀是难以言传的,也许只有诗歌能够传达于万一。一些无家可归的青少年,从城市被驱赶到了陌生的地方,他们举目无亲,经受着艰苦生活的煎熬,这还只是一个表象,而内心的

---

① 何京颉:《心中的郭路生》:"郭路生是唯一念诗能把我们念哭的人。一次他朗诵《四点零八分的北京》,当时有两个女生还没听完就跑出厨房,站在黑夜中放声大哭。凡是经历过一九六八年冬天北京火车站四点零八分场面的人,没有不为此诗掉泪的。那时每天四点零八分都有一班火车把北京知青送走。当时的电视故事片显示了这样的情景:在火车徐徐离站时,知识青年从车窗中探出上身,脸红得像打腊的大苹果,人人手持红宝书,整齐地喊着:'毛主席万岁!'而实际情景是,在车上车下哭成一团。有的学生被打成反革命,关在学校,连家也不能回,被工宣队直接押上火车。他们的父母抱着为他们备好的行李,来见最后一面,哭成了泪人。"见《持灯的使者》,第151页。

② 齐简:《诗的往事》第3—4页。

疑惑、痛楚、甚至惶恐——理想的幻灭,不可预期的未来,则是更为沉潜的深刻的悲哀。郭路生的《希望》差不多也是写在这个时候,它表达了曾经有过的希望,以及希望的破灭:

> 多希望你是温暖的阳光
> 能融化我心中冻结的冰层
> 冰雪下还掩埋着有希望的小草
> 寒风曾折断过它修长的细茎
>
> 可你只是匆匆的夕阳
> 只是一片惨淡的血红
> 雪水中刚刚挺起身的小草
> 又将饱经冬夜的寒冷
>
> 带着夜间痛苦的泪痕
> 草儿微笑在兰蓝色的黎明
> 昨天才被暖化的雪水
> 而今已结成新的冰凌①

郭路生的诗唤起了他们的表达和倾诉的愿望,诗歌既是他们内心的抚慰,也是他们情感交流和宣泄的渠道。诗使他们发现了自己,发现自己内心复杂又丰富的蕴藏。知青诗歌作为文革后期的一道风景,在中国许多知青点上,以主要是以"地下写作"以及相互唱酬和传抄的方式传播着。这些诗保留了那个时代青年内心的伤痛,也留下了当日生活的沉重记忆。为数众多的诗歌青年以这种方式,表达着特殊年代复杂的意愿和心境。

因为当时毛泽东的诗词盛行,故知青诗歌新、旧体并行。在

---

① 郭路生:《希望》,作于1968年夏。见郝海彦主编《中国知青诗抄》,中国文学出版社,1998年2月,第5页。

旧体诗的写作方面,亦有写的好的,这些诗同样保留了那个年代令人难忘的记忆和画面。这是一首刘立山创作的绝句:《迁户口去陕西插队》。诗前有小序:"一九六九年元月二十八日下午十五时二十分作于北京西城区福绥境派出所";诗后有注:"作者家人于一九六六年九月八日被遣返冀中农村,唯其一人留京。两年后作者亦离京赴陕西插队。"诗是这样的:

青云不坠去天涯,
艺苑浇开寂寞花。
此刻警官轻命笔,
黄昏闹市已无家。①

再一首是他的《探亲》。诗前亦有序:"一九七一年六月六日作于河北新城县":

垄柳堤花满路香,早无闲意赏春光。
层峦徒步迷晨雾,"货列"藏身入大荒。
露宿新城寒彻夜,幸餐陈饼暖饥肠。
风尘千里还乡泪,有痛深埋莫告娘。②

读这些诗,想动乱岁月的点点滴滴,足可令人感慨欷歔。我们应感谢这些诗歌的作者,是他们为我们保留了那些"有痛深埋莫告娘"的时代隐痛。这些"地下写作"的诗歌,旧体是少量的,其主要的部分还是新诗。在新诗的写作中,那些后来成为朦胧诗的代表人物的人,已经崭露头角,而更多的则是原先爱诗后来转作别事的作者。赵哲是原北大附中六九届高中毕业生,曾插

---

① 刘立山,1948年生,原北京四十中68届高中毕业生。1969年初赴陕西省富县张家湾公社川庄大队插队。此诗引自郝海彦主编《中国知青诗抄》,第312—313页。

② 此亦沉哀之语,"货列"指运煤车,"陈饼"指行前作者女友为其做玉米面枣饼。第317—318页。

队于白洋淀,现为医生。她的《等》表达了那个时代青年人的苦闷与绝望:

> 等待,苦苦地等待,
> 等待什么?说不出来。
> 待决的囚徒求生,
> 幽会的恋人求爱。
> 而我在等待什么呢?
> 世界的末日迟迟不来!
> 与其如此,
> 请给我一粒子弹吧,
> ——只是要快!①

知青诗歌的写作与流传,是在"没有诗歌"的时代里的一股不可遏制的暗流。从历史行进的角度看,这种"没有"中的"有"更是一种必然。但是在当时这类诗歌的流传是有风险的。一九六九年五月,江苏省江浦县的插队知青任毅因为创作《知青之歌》被捕入狱,原判死刑,后因许世友的批示而改判十年有期徒刑。② 诗人严力在《阳光与暴风雨的回忆》中,也写到他最初阅读郭路生《相信未来》时的紧张心情。③ 作为知青的一员,林莽在论述这种写作时说:

---

① 见《中国知青诗抄》,第74页。作于1970年。
② 见《重庆晚报》1998年6月12日,童菲:《"知青之歌"和被"判刑"的作者》。
③ 严力:"一九六九年夏天,百万庄的朋友给我看了一份手抄的诗稿,一张皱皱巴巴的纸,歪歪纽纽的文体,是郭路生的《相信未来》。这首诗让我感到很新奇,是我识字以来第一次看到中国人自己写出这样的文字,尽管无人能回答未来在哪儿。那朋友说不要把《相信未来》传给你不相信的人看,因为有可能被告发。我认认真真地把这诗抄了一遍,经历过抄家的惊吓,不知道该把它放在什么地方最安全。最后我把它背下来撕掉了。"北岛、李陀主编:《七十年代》,第304—305页。牛津大学出版社。

> 它告诉我们,那些源自青春生命的语言以其敏锐的触角所触及的,正是人们当时力争理解与超越的。它前瞻的暗示性,标志它们是与时代相关的不可或缺的写作。——对于处在蒙昧状态中的那个特殊时期的一代青年,那场人们始料未及的"大革命"到来时的兴奋与冲动,随着个人在现实中的遭遇,开始与那个时代所赋予的理想发生了根本性的冲突,不同阶层的青年同时开始了不同向度与不同层次上的怀疑与反叛。那些绝对的东西开始消解,一切领域里不可逾越的戒条,也在那种怀疑精神中发生了必然的动摇。①

这是这些诗歌产生的背景和环境。本文作者也曾专文评价知青诗歌的写作:

> 这里保留了真诚的动机,也保留了历史和环境赋予它们的全部复杂性。它们如今成为了一块又一块精神化石,带着激情,也带着缺憾:那里有高温燃烧的焦记,也有陨落和埋葬留下的伤口和断痕;既记载着单纯,又记载着不单纯;既有豪情,也有悲哀。②

进入七十年代,一些知青以工农兵大学生的身份开始被选送到大学,进行当时所谓的"上、管、改"③。这些知青,也把他们的诗歌理念带到了学校。这些诗歌延续了知青诗歌的理想和激情,也延续了当时流行的诗歌模式。其中最著名的是《理想之歌》。④ 这首诗吸收了以往政治抒情诗写作、特别是文革诗歌写

---

① 林莽《以青春作证》,《中国知青诗抄》序二,中国文学出版社,1998年2月,见该书第5—6页。
② 谢冕:《记忆是永远的财富》,《中国知青诗抄》序一,见该书第2页。
③ 所谓"上、管、改",指上大学、管大学、改造大学。
④ 《理想之歌》,发表时署名"北京大学中文系七二级工农兵学员集体创作",实际上是这个年级的陶正、张祥茂、于卓、高红十四位同学集体写作的。最初发表于《人民日报》。后收入人民文学出版社编辑的同名诗集《理想之歌》中,1974年9月。

作的经验,技艺上更为成熟,内容也更显集中凝练、突出了当日继续革命和反对和平麻痹的思想,以及批判个人主义等的内容,有意识地向着"时论"靠紧,评论肯定了它的现实针对性。

长诗作者注意运用具有典型意义的细节,以突显它的立意,例如,写一个夜晚发现"卷刃的镢头"被人无声地"加钢"了,由此串接上"老八路"、"上甘岭英雄",昨天的战斗和今天的劳动,从而有效地展延了作品的内涵。由于"加钢"这一细节的开掘,砧声和炉火的相关意象,使长诗的寓意得到更为深广的延伸:

> 锤声叮当,
> 为理想之歌加进了
> 继续革命的节奏,
> 火光熊熊,
> 把理想之歌的
> 每一个音符熔炼。

长诗采用了类似《放声歌唱》的抒情形制,总体上是跌宕起伏的"楼梯体",而内在的旋律却是"外松内紧"的骈偶体。"楼梯"是参差错落的,外观上不齐整,而字词、词组、节行乃至段落的处置,却是力求工整的两两相对。《理想之歌》因为是有组织的"命题"写作,所以,像"四点零八分"那样的发自内心的惊恐和悲哀"消失"了——作者们不是没有、而是不敢有所流露——而只能让"豪迈"充斥了所有的篇章,这给长诗带来了明显的缺憾。

持灯的使者[①]

春天是在坚冰之下孕育的。当北风正在呼啸肆虐着大地,

---

① "持灯的使者",此处借用刘禾编的书名。《持灯的使者》,广西师范大学出版社,2009年5月。

其实春天也正在酝酿着蓓蕾。在北京,山桃是春天的前奏。山桃是百花中最不起眼的一种花,有一点点浅得发白的红,说不上美丽,更说不上艳丽。它总是生长在人迹罕至的角落,默默地开花。在它开花的时候,春天一点影子也没有。它往往是开放在凛冽的风雪中。而后,当河岸的柳梢泛黄,山桃的花时已过。此时,金黄色的星星一般美丽的迎春正式宣告了春天的到来。

这山桃花,就是我们此刻说的七十年代,迎春叙述的是八十年代,它叙述的是八十年代开始的、中国文艺复兴的春天的故事。七十年代在人们的印象中几乎是默默无闻的。然而,八十年代的全部辉煌,是由静默无声的七十年代为它准备的。是"无声"的七十年代孕育了"喧腾"的八十年代。套一句学界的流行语:没有七十年代,何来八十年代!

郭小川之所以伟大,是因为他发现当日表面平静的团泊洼,其实是喧腾、嘈杂、而且是"时刻都会轰轰爆炸"的。《团伯洼的秋天》是七十年代中叶一支"无声"之歌。它其实已经预告了一个伟大的时代。这是诗人以他的最后的燃烧为代价发出的声音。

春在冻层之下萌动。那些尚被噩梦折磨的人、那些身陷囹圄而且前景未卜的人,此时仿佛都听到了坚冰迸裂的声音:春在召唤。那些因各种"罪名"被羁押和流放在各地的诗人们,都在"阴暗的角落"里悄悄地开始了迎接春天的准备。牛汉的名篇《华南虎》、《悼念一棵枫树》;绿原的名篇《重读〈圣经〉》;曾卓的名篇《悬崖边的树》,①均写于此时。许多诗人都在为参加新时期的大合唱而时刻准备着。

也是此时,一位完全与世隔绝的女诗人灰娃,以极为特殊的方式参与了七十年代的争取。这位来自延安的当年的小"灰

---

① 牛汉:《华南虎》,写于1973年6月;《悼念一颗枫树》,写于1973年秋;绿原:《重读〈圣经〉》,写于1970年;曾卓:《悬崖边的树》,写于1970年。

娃",进城后进了北京大学。她完全无法面对文革的疯狂,此时正陷落在精神崩溃的深渊。她在病危之际写下的两篇准备毁弃的诗篇,意外地被保留了下来,一篇是《我额头青枝绿叶——》(1974),另一篇是《墓铭》(1973)。① 两首诗都表达了挣扎的痛苦以及与现世不妥协的决裂。其中《墓铭》有句:

> 生而不幸我领教过毒箭的分量
> 背对悬崖我独自苦战
>
> 与维纳斯阿波罗对垒
> 弓开箭鸣飞矢钻动我心上飕飕交锋
>
> 我抵抗生命陡峭的风浪,一人
> 流尽人间眼泪,只剩些苦涩回声
>
> 从峭壁迸溅散发野草泥土气息
> 带着魔法力量,我发誓
>
> 走入黄泉定以热血祭奠如火的亡灵
> 来生我只跟鬼怪结缘

七十年代的确是"静静的",但七十年代的确又是"喧腾的"和"嘈杂的"。在七十年代,我们不仅看到了那些当时还"压在坝下"(郭小川)的"矛盾重重"的诗篇,也还有飘自深山的艰难而青春的"第一缕炊烟"②。当人们行进在满目疮痍的国土,突然眼

---

① 灰娃著有《山鬼故家》、《灰娃的诗》等诗集。文中所列两篇总题为《文革拾遗》,后缀有作者 1997 年 5 月写的《附记》;

② 李松涛的诗集:《第一缕炊烟》,写作完成于 1976 年之前。《诗刊》1976 年 1 月 1 日刊出其中一组《深山创业》,《第一缕炊烟》,上海文艺出版社,1978 年 11 月出版。

前出现了耀眼的"红花满山",①这是何等的惊喜！应当感谢诗人们在贫瘠的岁月给了我们意外的丰富。他们的诗句,在禁锢的年代的确给我们以对于思想解放和艺术自由的浮想。

这里是李瑛从祖国北部边疆带给我们的清新的、充满了美感的"亮晶晶光闪闪的小河水"。这些清新的诗句出现在当日,不啻是黑暗中的一道亮光。我们从中发现已变得非常陌生的诗人对于美的感受力,以及再现这种感受的想象力,经历了那么多的磨难而创造性并未消泯,这充分说明中国诗歌的顽强生命:

  草原牧女又多了一面镜子,
  马厂小伙又多了一条带子,
  乳厂师傅又多了一根弦子,
  亮晶晶光闪闪的小河水。

  从你,我还听见多了一百种鸟的歌声,
  从你,我还看见多了一百种草的颜色,
  从你,我还闻见多了一百种花的香气,
  亮晶晶光闪闪的小河水。

整个七十年代,那些在动乱岁月中经历了血与火洗礼的一代人,都在痛苦中等待,在悲哀中沉思,理想的火炬没有熄灭。理想主义的星火,在内蒙草原,在西双版纳密林,在杏花村,也在白洋淀,在广袤国土的众多的角落,土炕边,煤油灯下,闪烁着,点亮人们的眼睛。书籍和诗歌,还有思想,都在谨慎而又兴奋地悄悄地传递着。他们是一批盗火者,也是一批持灯的使者。

张郎郎的《宁静的地平线》(请注意,他这里的"宁静"和郭小川的"静静"词义相近)有一段关于七十年代的叙述:

---

  ① 李瑛的《红花满山》,作于1972年,人民文学出版社,1973年1月出版;《北疆红似火》,作于1973年,定稿于1975年1月,人民文学出版社,1975年7月出版。

一九七零年代,我听说许多人在全国各地草棚里、油灯下,一肚子理想,满脑门子深刻在写着、画着、唱着,做着文艺梦。都是形形色色、不同层次、不同境遇的理想主义者。玩文学的差不多都是这种人。他们琢磨、创作,试图活出个模样,寻找意义。也许他们就这样歪打正着,一不留神为中国艺术传承做了很多事。

在那个年代,大面儿上看来是个文化贫瘠的时光,他们这些活动渐渐形成了文化潜流,在地下交汇着、涌动着。所以,到了八十年代才会有那样一次划时代的文化群体勃发。①

从那个年代走出了整整一代新人,他们是自立的,他们又是反思的。他们在七十年代后期的严寒中孕育着美丽的蓓蕾,这些蓓蕾将迎着中国新时期的阳光,开出灿烂的花。新诗潮和"星星画展"就是新时期最先绽放的鲜丽的报春花,它们勇敢地站立在七十年凛冽的寒风中,向亲爱的人民宣告:一个伟大的文艺复兴的时代即将到来。

此文始作于2008年初,搁置经年。庚寅春节假期续写。
2010年3月5日,完稿于北京昌平北七家。

---

① 张郎郎:《宁静的地平线》。见北岛 李陀主编《七十年代》,第93页。张郎郎,1943年生于延安,1968年毕业于中央美术学院。现为普林斯顿中国学社研究员,有文集《从故乡到天涯》等。

一个世纪的背影*
——中国新诗 1977—2000

重新开始的时间

时间开始了。这是胡风的一个诗题。此诗写于二十世纪四十年代的最后一年,距本篇文字所述的时间已是半个世纪以前的事了。② 欢乐的讴歌,真诚的祝愿,憧憬和希望,光荣和梦想,这是那个时代最具代表性的诗意。饱经忧患的中国人,在黎明前的黑暗中眺望黄土高原上初生的一道阳光,用激情的颂歌,迎接了一个新的时代。

从历史的长河看,这的确是一个新的时间的开始。中国结束了半封建、半殖民地的历史,作为一个独立、健全的民族站立在世界的东方,③这是开天辟地的大转折。革命和建设在新生的土地上进行,一切都是新的。新的一切改变着中国,改变着人民的生活,也决定着人民的命运。

但是,这新开始的时间运行得非常的艰难曲折。有很多的鲜花笑语,也有很多的泪水血污。幸福伴随着苦难,破坏紧追着

---

* 此为《中国新文学大系·诗卷》(1976—2000)所作的导言。上海文艺出版社 2009 年 3 月出版。据文稿编入。

② 《时间开始了》是一部系列抒情长诗,胡风作。首章《欢乐颂》,原载 1949 年 11 月 20 日《人民日报》。

③ 上引《欢乐颂》结束于如下这些逐渐短促而有逐渐加强的句式:"占人类总数四分之一的中国人从此站立起来了!""中国人从此站立起来了!""从此站立起来了!""站立起来了!"正是突出了这种民族历史性"站立"的主题。

建设,在这段诗歌史之前,时间是那样地令人珍惜,又是那样地令人惊恐。① 无休止的"革命"和"斗争",无休止的"改造"和"批判",使文学和诗歌无所适从。一次又一次的"运动"过去之后,是一批又一批的诗人的"消失"。

最早消失的是以胡风为代表的"七月派",他们在一场莫须有的"反革命集团"事件中整体地消失。1957年火热的夏天,有一场如火如荼的"反右派斗争",以艾青为代表的一大批诗人成为这场运动的牺牲品,再次同样整体地消失。再后来,就是震惊世界的"文化大革命",长达十年之久的狂风暴雨席卷了几乎所有的写作者,对诗歌而言说是"一扫而空"也并不过分。中国已经没有诗歌,② 要是有,那就是只剩下令人触目惊心的三个字:假、大、空。

这是个欲说还休的年月。叙述这段历史要有足够的耐心和毅力,要忍住那无尽的悲情,要用理性的冷静从乱麻中理出头绪。需要赶紧说的是,上边那些文字说到的"消失",只是属于"成批"和"有形"的一类,并不包括那些零散的和无形的消失,而后者,其数量可能还要数倍于前。在这段诗歌历史开始之前,我们的历史是既欢乐又悲哀的,许多诗人(连同他们的诗)弥散在苍茫的风烟之中。我们只能在历史的夹缝中寻觅那些失落的诗的踪迹。胡风以及和他一样以无保留的热情写过时代的颂歌的诗人,他们也许没有料到,正是他们所歌颂的曾经是辉煌的、后来变成严酷的时间,无情地扼杀了他们的歌唱。

幸好,历史终于翻开了新的一页。1976年的10月,如同当

---

① 何其芳写于1952—1954年的《回答》诗中就出现"惊恐"一词:"从什么地方吹来的奇异的风,吹得我的船帆不停地颤动;我的心就是这样被鼓动着,它感到甜蜜,又有一些惊恐。"

② 1978年1月,邵燕祥写了《中国又有了诗歌》:"还我笔,还我歌喉,我要唱人民的爱憎,革命的恩仇";1980年,郑敏在香港《秋水》发表《诗呵,我又找到了你》。可见,诗在中国曾经"埋没"和"失踪"。

年胡风写《时间开始了》的那个时刻,中国人民终于拥有了一个重新开始的时间。这就是政治家和历史学家通用的"新时期"的开始。而在这个新时期到来之前,中国经历了怎样的一个阵痛啊!那是一个大塌陷、大迸裂、大震荡的年月,更是一个大悲哀孕育着大欢喜的惊心动魄的年月!

1976年是天崩地裂的一年。有一阵巨大的陨石雨袭击了中国的北方,空前的大地震使唐山几乎成为一片废墟,这场地震无情地夺走了数十万生命。1976年一月,周恩来去世。周的去世爆发了天安门前声势浩大的花圈和诗歌的大示威。七月,朱德去世。九月,毛泽东去世。毛的去世引发了全民为之振奋的粉碎"四人帮"的大事件。民间有传言,是天怒人怨,是天塌地陷,是文臣武将,是左膀右臂的摧折!总之,一个时代从此结束了,从此结束了一个让人希望和欢喜又让人失望和悲哀的时代!

中国诗歌没有辜负这激动人心的岁月。《天安门诗抄》记载了人民的抗争和无畏、智慧和勇气。它证实,中国诗人不会在高压和残暴面前沉默。尽管人民手中没有枪炮,但是诗歌遵从了特定时代的要求、成为手无寸铁的人们以正义反抗邪恶的武器。以悼念周恩来的逝世而爆发的"天安门诗歌运动",撰写了近代以来中国诗歌史最为壮丽的一页——

> 1976年,当那些喷吐着愤怒的诗篇出现在清明寒冻的雨雾中时,人们只是为大体是古老的传统体式中挟带的雷电所震慑。那是血与火铸就的斩魔的诗剑。这当然意味着诗歌人民性传统的恢复。然而,它并不意味着其它,特别不意味着诗歌艺术的复苏乃至全面的创新。但是,无可置疑的是,天安门前那呼啸的烈焰,点燃了一个诗歌新时代。①

---

① 谢冕:《中国最年青的声音》。引自《谢冕文学评论选》,湖南文艺出版社,1986年4月,第132页。

中国在等待。等待随着政治形势的改变而导致的文学艺术（包括诗歌）的大变革。当然，从这里到那里，从这点到那点，从一个结束到另一个开始，这个过程不仅漫长而且充满艰险。中国是在阵痛中，中国在孕育着一个新的诞生。随后的年月所发生的一切事实，都在说明这个古老民族的积重有多深，前进的路上、特别是艺术和诗歌想要在旧有的陈式中突围的路上，所将遭遇的艰难险阻，是世界其他地方的人们所难以想象的。

一连串重大的政治事件造成了决定中国命运的历史大转折。在意识形态支配一切的年代，诗歌和文学的繁盛往往受制约于政治的脉动。黑暗与光明际会的时刻，人们习惯地挑选他们熟练的诗歌方式来表达他们的激情。政治抒情诗于是顺理成章地成为了人民喷发热情的恰当的形式。这个时期是政治抒情诗的多产年月，出现了李瑛的《一月的哀思》、柯岩的《周总理，你在哪里？》、贺敬之的《中国的十月》、光未然的《革命人民的盛大节日》等一系列脍炙人口的名篇。

政治抒情诗是政治意识高扬年代的产物。它以重大的政治事件为题材，以激昂、热烈、奔腾的气势，传达集体人群的共同情绪。政治抒情诗杜绝非群体性的情感，在那里，诗人充当了代言的先知，诗人是群情的引领者，诗人的歌颂之声往往是国家意识的一种传导。政治抒情诗的主人公是确定的，那就是虽然显得抽象却又不产生歧义的"人民"。诗歌的作者以他们的写作体现了"大我"的愿望和情怀而引以为豪。

全民政治情绪高昂的年代，适宜于宏大的叙事和群众性的场合，长篇政治抒情诗往往成为最富于鼓动性的方式。它适宜于传达和表现政治对于诗歌的整体期待：借此以呼唤和传递对于重大政治事件的热情。在二十世纪后半叶的大量的群众性场合，政治抒情诗充当了宣传员和鼓动员的角色。郭小川和贺敬之是其中最杰出的代表。1976年发生的一系列重大事件，再次激起了人们的政治热情,政治抒情诗理所当然地再次充当了传导和抒发这种激情的手段。遗憾的是,杰出的诗人郭小川没能为此贡献出他的诗篇,他在黑暗已经过去、曙光刚刚来临的时刻,告别了他所深爱的土地和人民。

一个旧的时代正在过去,一个新的时代正在诞生。对于诗歌而言,一个以群体的意志为主导的"集体抒情"的时代正在过去,经过一番激烈而痛苦的蜕变,以普遍的人性和受到尊重的主体性的诗歌实践,正在逐渐地取代业已定型的创作模式。从这里往后叙述的文字,是一个崭新的开始:一个真正体现了时代精神并充分张扬个性的诗歌,正以自由、开放的姿态书写着中国诗歌史新的篇章。

悲喜交集的归来

时间是最公正的,时间将清算历史的错误,并调整社会行进的方向。文革动乱的结束,意味着新的时间的开始。百废待兴,首先是给那些受到错误待遇的生者和死者昭雪平反。被迫的流亡者和逃亡者的归来,是这一时期中国社会(包括中国的诗歌)最为动人的一道风景。长达数十年的先后的离散,人们哀悼那些无辜的死者,庆幸自己还能看到天空晴朗的一天,尽管带着心灵和肉体的累累伤痕,①但还是真情地感谢着重新开始的时间。

---

① 以艾青的一段经历为例,可以看到那些被流放的诗人的一般遭遇。〔俄〕R. E. 切尔卡斯基这样叙述说:"他们住的地方没有床,五年多都睡到地窝子地上,睡在没有阳光、没有电灯的黑暗之中,在那里他的右眼失明了","艾青当了打扫厕所的'清洁工'。——艾青已经是快六十岁的人了,但是为了老实'改造',他还得天天去打扫厕所;夏天,天气炎热,臭气逼人;冬天,寒风刺骨,破冰掏大便。日复一日,月复一月,年复一年!"见切尔卡斯基:《艾青:太阳的使者》(宋绍香译),中国文史出版社,2007年1月,第176页。

艾青的复出是这批归来者中最具象征意义的一个事件。1978年4月30日上海《文汇报》发表艾青的《红旗》①。这首诗新意不多,但体现了艾青一贯的清新明朗的风格。而它的出现这一事实所传达的意义,也许超过了诗的本身。至少在艾青这里,它表达的是,尽管历尽折磨,作为诗人,心依旧,诗也依旧;而对于中国诗歌界,则是一声响亮的宣告,中国终于又有了诗歌!

艾青把他复出之后的第一本诗集取名《归来的歌》,这名字有很强的历史感,它概括了整整一代中国诗人的命运。擦干身上的血泪和污秽,在新的时间里讲述灾难岁月的往事,讲一条活生生的鱼怎样变成了化石;讲一棵树怎样被奇异的风吹到了悬崖边上;讲滴血的趾爪在水泥墙上留下血淋淋沟壑的华南虎。②在这些带着愤怒的含泪的叙述中,我们发现了一直受到轻忽和否定的、久违的"个人",个人的命运因苦难的叙述而得到呈现。

在中国新诗的历史中,"个人"(更多的时候被指称为"个人主义")一直是非常敏感的话题,它是一种与"集体"相对立的存在。前者总是渺小的和罪恶的,而后者总是伟大的和崇高的。理论肯定后者而贬抑前者,于是形成了中国诗中长时间的"忘我"或"无我"的状态。诗歌的"归来"首先是"个人"的归来。特定时期的社会悲剧,引发了普通人的命运沧桑的感慨。控诉和批判残暴的结果,无意间却突显了对于个体生命的关注和尊重。当然这种关注和尊重并未超越社会谴责的层面。

但不论如何,这是归来者对于中国新诗史的意外的贡献。中国的诗人终于有机会在社会的失序和异常的背景下来谈论一己的悲欢了。我们因诗人的叙述而认识了中国历史的重负,以

---

① 原文是:"火是红的,血是红的,山丹丹是红的,初升的太阳是红的;最美的是 在前进中迎风飘扬的红旗!"

② 这里分别指艾青的《鱼化石》、曾卓的《悬岩边的树》和牛汉的《华南虎》诗中的意象。

及底层的无助与受难。诗到底是立足于个人的情感体验,只有对于生命过程的真实体悟,他方可抵达众生。归来的诗不仅让我们认识了诗人的蒙难,而且通过它还深刻地认识了中国社会的痼疾。

动乱结束,人们感慨欷歔面对久违的一切,有一种梦一般的被埋葬的感觉。老友相对,彼此打趣是"出土文物"。"归来"的诗意对掩埋和发掘的主题非常敏感,除了被掩埋的化石,还有钻石:一种是对于失去的岁月的怀念,一种是对于顽强的生命的赞赏。世事的变迁常有异兆,那年华北某地常林乡民种地发现巨大的钻石,"常林钻石"于是成为抒发被掩埋与重新发现的情感的媒介。"不知道有多少亿年 被深深地埋在地里 存在等于不存在 连希望都被窒息"——艾青的诗讲发现者和被发现者一刹那的相遇:"两种光互相对照 惊叹对方的美丽"。①

与此类同,贝壳和珍珠的意象也受到诗人的钟爱。贝壳是离开大海的生命,寄托了这些幸存者悲哀的记忆。而贝壳中那些柔软的肉体,经历过痛苦的磨砺,却铸就了闪光的珍珠。所以,蔡其矫说珍珠是"贝的创伤",是"痛苦的结晶、海的泪"。流沙河是一写、再写贝壳。艾青写《虎斑贝》:"在绝望的海底多少年 在万顷波涛中打滚 一身是玉石的盔甲 保护着最易受伤的生命"。这写都是诗人对于生命的自我陈述。

是苦难的经历给过去贫瘠的诗歌注入了这么多新鲜的元素。在以往,因为只被允许"乐观向上"而显得异常单调的诗歌,一下子因涌进了这么多的悲怆和惨烈,而猛然变得空前地丰富起来,这真是应了"国家不幸诗家幸"这句话了。社会的动荡,家庭的离散,命运的惨痛,诸多因素的融合,归来的诗歌给中国新

---

① 艾青:《互相被发现——题"常林钻石"》。蔡其矫和流沙河也都以常林钻石为题写过诗。

诗带来了意外的收获,这就是变贫乏为富足。

这些在各个时期离散的诗人的聚合,使被极"左"路线割断了的新诗传统得以恢复。宽容而公正的时间改正了历史的歧误,归来的诗人回归了接续了新诗的五四传统。他们的归来终止了对于新诗无休止的破坏,归来者的贡献在于新诗的建设。许多带着累累伤痕的归来者,都满怀希望地迎接了新的文艺复兴的春天。他们希望在新的历史时期创作上有一个新的开端,包括在艰苦岁月中九死一生的穆旦。[①] 陈敬容的诗句最能代表这批归来者的不老的诗心:

> 怎能说我们就已经
> 老去?老去的
> 是时间,不是我们!
> 我们本该是时间的主人。[②]

20世纪80年代是新诗伟大复兴的年代,伴随着随后就要谈到的新诗潮的崛起,也伴随着更加激烈的"朦胧诗"大论战,新诗摔掉了昔日的噩梦,进入了堪与五四相比美的相对自由、宽松的建设时期。这里所谓的建设,并不单指创作的繁荣,还有对于新诗历史的延续和修复以及大量的拨乱反正的工作。80年代

[①] 1976年12月29日,穆旦给好友杜运燮写信,鼓励杜要像春蚕吐丝那样写作:"何况你没有到那种时候,可就不吐丝了,多么可惜!对我说,是要和者多一些,减少寂寞之感。现在你可坐在家里弄文件的翻译(一种糊口活),条件是便于弄弄诗,我倒希望你不止是这一首。调子回到从前的,取消了你上次写的那种民歌加旧诗的词句,这是我觉得可喜的一点。思路也开展些,不过也有些 truism,如:冬天来了,春天还会远吗,大干的冬天,之类。主要的在于太说理,忘了形象的完整;说理多则动人少。"李方:《挚友心语》,《诗探索》,2006年第3辑,时代文艺出版社,2006年12月,第88页。

[②] 陈敬容:《老去的是时间》。此诗作于1979年3月14日。

最初两年,《九叶集》和《白色花》①两部诗选的编辑出版,是最有建设性的事件。

《九叶集》的作者们郑重重申诗是现实生活的反映的理念,但又有他们的一贯的强调和解释:"这个生活既包括政治和社会生活中的重大题材,也包括生活在具体现实中人们的思想感情的大小波澜,范围是极为广阔的,内容是极为丰富的;诗人不能满足于表面现象的描绘,而更要写出时代精神和本质来,同时又要求个人情感和人民情感的沟通。"②作为一个诗歌群体,"九叶"诗人除了具有深厚的中国诗歌传统之外,他们的西学基础同样深厚,特别是不同程度地具有鲜明的现代主义倾向。二十世纪四十年代后半期,这些诗人在当时时尚的文学潮流中是一个异数,他们长期受压制和被歧视。时代走向清明,"九叶"在新时期的阳光下伸展着浓郁的春意。后来,他们作为现代诗的前辈成为"朦胧诗"最有力的支持者。

集结在《白色花》旗帜下的诗人,是一批受到胡风影响并多少与之有联系的诗人。③ 他们也有自己的诗歌信仰和追求。他们努力把"诗和人联系起来,把诗所体现的美学上的斗争和人的社会职责和战斗任务结合起来",他们强调诗人的自我意识:"诗的主人公正是诗人自己,诗人自己的性格在诗中必须坚定如磐

---

① 《九叶集》,收辛笛、陈敬容、杜运燮、杭约赫、郑敏、唐祈、唐湜、袁可嘉、穆旦九人诗作。江苏人民出版社,1981年7月出版。《白色花》绿原 牛汉编。此书收阿垅、鲁藜、孙钿、彭燕郊、方然、冀汸、钟瑄、郑思、曾卓、杜谷、绿原、胡征、芦甸、徐放、牛汉、鲁煤、化铁、朱健、朱谷怀、罗洛等二十人诗作,人民文学出版社,1981年8月出版。

② 袁可嘉:《九叶集·序》。

③ 绿原在《白色花·序》中说:"胡风先生作为文艺理论家,他对于诗的敏感和卓识,以及他作为刊物《七月》、《希望》编者所表现的热忱和组织能力,对于这个流派的形成和壮大起过了不容抹杀的诱导作用。"见《白色花》,人民文学出版社,1981年8月,第3页。

石,弹跃如心脏,一切客观素材都必须以此为基础,以此为转机而后化为诗。"①这是一群和前述《九叶集》的诗人们艺术追求各有尊崇的诗人,他们因胡风一案的牵连多少受了磨难,但他们代表了中国诗歌的正气和良心,他们无愧于历史。绿原在《白色花》序言的最后说了如下沉痛的话——

本集题名《白色花》,系借自诗人阿垅一九四四年的一节诗句:

> 要开作一枝白色花——
> 因为我要作这样宣告,我们无罪,然后我们凋谢。

如果同意颜色的政治属性不过是人为的,那么从科学的意义上说,白色正是把自己身上的阳光全部反射出来的一种颜色。作者们愿意借用这个素净的名称,来纪念过去的一段遭遇;我们曾经为诗受难,然而我们无罪!②

新时期酝酿着一场气势壮阔的诗歌复兴。在这个高潮到来之前,这批满身心伤痕累累的归来者的劫后重逢,成为了动人心弦的前奏。他们以动乱惨烈时代中的个人血泪经历,谱写了中国新诗最真实的一页。他们又以与五四新诗传统对接的艺术经验弥合了惊人的文化断裂。他们以自己创作实绩结束了丑陋的由谎言和虚情充填的历史。归来者血迹斑斑的脚印,画出了中国新诗的一道希望的彩虹。

在新的崛起面前

自20世纪40年代以来,由于中国始终处于危急的战争环

---

① 绿原:《白色花·序》,《白色花》,人民文学出版社,1981年8月,第4页。
② 同上书,第9页。

境中,特殊的形势决定了中国文艺选择了特殊的道路。日益严酷的内忧外患使一切都服从于生存的需要,不断推进诗歌和一切文学艺术的"革命化",是此时中国唯一的可能选择。在一种庄严的承诺下,以"革命"的名义,对文学和诗歌进行了不遗余力的、旷日持久的"一体化"的改造。新诗"一体化"的工作取得了空前的成效,五四时期那种个性各异的自由创造的流韵,已被荡涤殆尽。在"文革"结束之前,我们面对的只有一种从内容到形式都高度一致的诗歌。这是新时期到来之前的诗歌事实。新诗的一体化以诗歌的陷于绝境为代价。新诗走着一条愈走愈窄的险径。

但是,冰雪覆盖着春天的希望。就在文革最混乱的那些年月,处于绝望的诗歌正在孕育着新的萌动。早在文革如火如荼的年代,社会上焚书毁乐的疯狂行动正在肆无忌惮地进行着,与此同时,相当多的知识者、特别是上山下乡的知青群体,已经悄悄地掀起了地下阅读的行动。除了内部出版的灰皮书、黄皮书[①]之外,知青自行油印或手抄的地下读物,也在悄悄地传播。

早在六十年代初叶,北大和周边的学校一些思想激进的诗歌爱好者,已有类似诗歌群体的结社出现。[②] 这种局面一直延续到遍布知青群落的各个角落,其中尤以北京知青聚居的白洋

---

① 萧萧在《书的轨迹:一部精神阅读史》中说:"一位在河北白洋淀地区插队的原北大异端思想(共产青年社)读书圈子成员后来回忆道:'那时,我们狂热地搜寻'文革'前出版的灰皮书和黄皮书;我的一个初中同学的父亲是位著名作家,曾任文艺部门的领导,我在她家里发现了数量颇丰的一批黄皮书,记得当时最有启蒙意义的书是爱伦堡的《人,岁月,生活》。'"见廖亦武主编《沉沦的圣殿》,第11页。新疆青少年出版社,1999年4月。

② 参阅牟敦白《×诗社与郭世英之死》及张郎郎《"太阳纵队"传说及其他》。见廖亦武《沉沦的圣殿》。陈超在《"×小组"和"太阳纵队":三位前驱诗人——郭世英、张鹤慈、张郎郎诗歌论》中亦有论述,人民文学出版社,2007年4月。

淀最为知名。① 在新诗潮涌起之前，人们对已有诗歌秩序的厌恶以及对未来新诗的期盼，已是坚冰下面的潮涌，过渡期以自己的方式给人们以信心和希望。作为朦胧诗的先驱，前述那些地下诗歌社团的活动为新诗潮提供了有力的准备。宥于当时特殊的社会环境，那些诗歌作品多以传抄或自印等方式流传。

作为准备期的诗人之一，黄翔的写作起始于六十年代。写有《独唱》："我是谁，我是瀑布的孤魂 一首永远离群索居的诗。我的漂泊歌声是梦的游踪，我的唯一的听众是沉寂。"他的这些早期的写作已经显示出与当日主流诗歌的巨大差异。他的《野兽》，也是一篇狂野不羁的咒语，诗人自况是一只被追捕的野兽，也是一只被野兽践踏的野兽，"即使我只仅仅剩下一根骨头，我也要哽住我的可憎年代的咽喉"(1968)。黄翔的诗秘密写作在异常的年代，后来以"启蒙社"的名义自印发表。他的诗表达了对这些年代的诅咒和憎恶。黄翔承继了新诗的浪漫激情，他的长篇抒情诗《火神交响曲》点亮了黑暗年代的希望的火光。

同样的时代，相似的年龄和经历，另一位诞生在战争环境中的诗人食指（原名郭路生②），也是准备期的有影响的诗人。黄翔以野兽自况，食指则自比疯狗："受够无情的戏弄之后，我不再把自己当成人看，仿佛我成了一条疯狗，漫无目的地游荡人间。——假如我真的成一条疯狗，就能挣脱这无形的锁链，那么

---

① 多多《被埋葬的中国诗人(1972—1978)》："芒克是个自然诗人，我们十六岁同乘一辆马车来到白洋淀。白洋淀是个藏龙卧虎之地，历来有强悍人性之称，我在那里度过六年，岳重三年，芒克七年，我们没有预料到这是一个摇篮。当时白洋淀写诗的人，如宋海泉、方含。以后北岛、江河、甘铁生等许多诗人也都往那里游历。""1973年以后的诗人就多了。史保嘉、马佳、杨桦、鲁燕生、彭刚、鲁双芹、严力等等。其间我还见到了更老一辈的牟敦白，他和甘恢里、张郎郎一代，属于从60年代就开始艺术活动的。"《沉沦的圣殿》第199页。

② 林莽《并未被埋葬的诗人》："食指生于新中国诞生的前夜。1948年11月母亲在行军路上分娩，故取名郭路生。"《见沉沦的圣殿》第109页。

我将毫不迟疑地放弃所谓神圣的人权。"关于这首题为《疯狗》的诗,有人评论指出,"在食指这里,遍体鳞伤的悲歌中也含有彻骨的冷傲,而且,这种冷傲不是疯狂者的亢奋呐喊,而是在绝境中至为清醒的自我获启"。[①] 他的《鱼儿三部曲》以陷于绝境的鱼儿控诉了黑暗的年代;他以撕心裂肺的《这是四点零八分的北京》记述了动乱时代最惨烈的一幕生离死别:

　　　　这是四点零八分的北京
　　　　一片手的波浪翻动
　　　　这是四点零八分的北京
　　　　一声尖厉的汽笛长鸣
　　　　北京车站高大的建筑
　　　　突然一阵剧烈的抖动
　　　　我吃惊地望着窗外
　　　　不知发生了什么事情

　　　　我的心骤然一阵疼痛,一定是
　　　　妈妈缀扣子的针线穿透了心胸
　　　　这时,我的心变成了一只风筝
　　　　风筝的绳线就在妈妈的手中

　　食指的诗在知青中广泛地得到传播。[②] 评论指出:"郭路生

---

　　① 陈超:《冰雪之路上巨大的独轮车》。见《中国先锋诗歌论》,人民文学出版社,2007年4月,第149页。
　　② 一位当年和郭路生在一起的知青回忆说:"郭路生的名声和诗歌很快传遍了方圆百里,附近的公社及大队的北京知青纷纷来拜见诗人,和他谈诗,使我们的杏花村快成了诗圣朝拜地了。——郭路生的诗很快如春雷般传遍了全国有知青插队的地方。他的诗不但在陕西内蒙广为传抄,还传到黑龙江兵团。于是,不断有人给郭路生写信。有索诗的,有谈诗的,有对诗的,更有崇拜他的女性写信来爱并寄来照片的。"戈小丽:《郭路生在杏花村》。见《沉沦的圣殿》第68页。

的诗歌所体现出的强烈而健康的平民风格,使他能够闪电般眩目地突破 X 诗社和太阳纵队的求索者们极其狭窄的青年贵族圈子,锲入时代,以"文革"中特有的手抄本文学的形式广为流传。——郭路生的可贵之处在于他把一种狂飙突进的启蒙意识融入了中国人所熟悉的传统形式,他的诗节奏铿锵易于朗诵仅从皮肤表面就能使人感触到血管。"①食指的诗歌在没有诗歌的年代点燃了一代人内心深处诗的火种,在新诗潮出现之前,他是一位启蒙者。他的诗继承了中国新诗理想精神,他成为了连接传统诗歌与新诗潮之间的一座桥梁。

诗歌的转机是伟大的时代赋予的。正如中国社会的转机最后总决定于政治因素一样,事情还是要追究到地动山摇的 1976 年,正是那一场殊死的政治决战,引发了改革开放的新时期的到来,也引发了中国文学和诗歌的新时代的到来。作为新诗历史的新的一页的象征性事件,其标志是由于一份名为《今天》的刊物的出现。说来凑巧 1978 年中国开了一个决定命运的会议,《今天》的诞生也是这一年。②

《今天》的创刊号发表了由北岛起草的《致读者》,这篇发刊词代表了这批挑战者对于中国文学和诗歌的见解,其实就是一篇艺术革新的宣言。文章谴责了"精神的太阳"只能允许一种

---

① 廖亦武:《沉沦的圣殿》第二章《平民诗人郭路生》引言,新疆青少年出版社,1999 年 4 月,见该书第 53—55 页。
② 北岛于 1992 年 6 月 6 日在伦敦大学的"中国当代诗歌研讨会"上接受采访时说:"我想当时整个的背景,可能很多人已经知道了。《今天》一共出版了 9 期,从 1978 年 12 月到 1980 年 12 月,实际整整两年。以后我们就赶紧地成立了'今天文学研究会'。9 月份成立,当然进行了一次民主选举,选出文学研究会的编委。所以 9 月份到 12 月份之间又出了 3 期文学资料。另外,我们组织了两次比较大型的朗诵会,在 1979 年的 4 月 8 号和 1979 年 10 月 21 号,这两次朗诵会也可以说是 1949 年以后唯一的。"刘洪彬整理:《北岛访谈录》。见《沉沦的圣殿》第 334 页。

"官方色彩"的背谬,指出"在血泊中升起黎明的今天,我们需要的是五彩缤纷的花朵,需要的是真正属于大自然的花朵,需要的是真正开放在人们内心的花朵。"①《今天》有着非常鲜明的人文精神的关怀以及深刻的历史反思的批判精神,当然,艺术追求的现代性和革新倾向,更是他们关注的核心。

其实,《今天》并不是专门的诗刊,它也发表中短篇小说等其他文体的作品,但它的诗歌最引人注目,在它的周围集聚了一批当时中国最优秀的诗人。北岛、芒克、舒婷、食指、多多、严力、小青、方含、江河、杨炼、顾城等这些后来代表了新诗潮实力的诗人,都在上面发表过诗歌。这些人在"思想一律"的年代偷吃禁果,那些被宣判为"毒草"的书籍,成为支撑他们在贫乏年代反抗精神禁锢的动力和信心。"地下阅读"丰富了他们的心志,也启迪了他们的自由精神。他们以反叛的姿态,在没有自由的年代向往自由的春天。

毋庸讳言,《今天》受惠于当时有利的政治环境。北岛自述,《今天》是在1978年那个特使的背景下诞生并展开工作的。②《今天》虽然只存在了很短的时间,但它像是一个"孵化器",成为随之而起的新诗潮的前兆。从当初在《今天》发表的那些诗歌作品可以看到,对于文革动乱以及个人迷信的批判,对于人文理想的张扬,对于人性自由的呼唤,以及在艺术上的着眼于横向经验的借鉴和汲取的强调,都是后来构成新诗潮的最基本的内涵。这样看来,《今天》的出现,以及在它出现之前的那些前驱者的奋

---

① 《今天·致读者》见《今天》创刊号。
② 北岛在回答采访时说:"当时这个背景和中共中央的权力斗争有很大的关系。就是邓小平想搞改革,向华国锋的'两个凡是'挑战,所以召开了著名的十一届三中全会。实际上《今天》出版在12月22日。我还记得邓小平在11月26日接见日本社民党委员长的时候说:'写大字报是我国宪法允许的,我们没有权力否定或批判群众发扬民主'"。见《沉沦的圣殿》,第33页。

斗甚至献身,都是新诗潮的准备。

所以,大凡研究新诗潮的,都会把它和《今天》这个群体联系起来。正是由于《今天》勇敢的和富有创意的实践,为新诗潮的崛起提供了最有力、也最具开创性的经验。事实上,人们对于"新的崛起"的最初的关注,乃是由于《今天》的存在这一事实。这些诗篇最初出现在西单民主墙,出现在高校的校园,它的那些带着深刻的时代印记和刻痕的作品,以及前卫的艺术理念,给处于迷茫中的人们以希望。所以,说《今天》是新诗潮的摇篮也未尝不可,他们本来就是一体。

新诗潮拥有为数众多的诗人,他们是一代人,大体都有动乱时代家庭离散、流亡失学的经历,他们有受欺凌、受侮辱和受蒙骗的记忆,他们对于社会的变异和历史的歧误有鲜明的反思和批判意识,在灭绝人性的年代他们呼唤人的尊严和个性的发扬。上述这些,在他们的诗中体现为弃绝"假大空"的豪言壮语,排斥了铺天盖地的集体抒情,以及对个体生命的尊重和把握,以"自我表现"的方式展示以往受到轻蔑的个体生命的体验、或者是仅仅属于"小我"的隐秘感受。诗人获得了心灵的解放,他们终于可以按照自己的方式表达或宣泄情感和思绪(哪怕是仅仅属于一己的欢乐和哀愁)而不必听从于他人。

于是,新诗潮的写作者被批评者视为"目空一切"的"惹不起的一代"。[①] 其实,许多后来者冷静地发现,支配包括北岛在内的那一代人的写作的,仍然有着自觉的庄严的承担,他们并不自私,而是立志要为时代言,为一代人代言。年青的挑战者甚至强烈不满他们的前行者那浓厚的意识形态倾向。但无论是批判者

---

① 艾青:《从"朦胧诗"谈起》:"他们对四周持敌对态度,他们否定一切、目空一切,只有肯定自己。他们为抗议而选择语言。他们因破除迷信而反对传统,他们因蒙受苦难而蔑视权威。这是惹不起的一代。他们寻找发泄仇恨的对象。'崛起论者'选上了他们。"见姚家华编:《朦胧诗论争集》,学苑出版社,1989年7月,第167页。

还是企图超越者,心怀不满的人们都已经失去耐心。特别是那些批判者,他们把新诗潮目之为洪水猛兽,认为是于国于民都是"不祥的声调"。①

中国新诗一体化的过程历时太久,无形中培养了一代只能适应一种固定模式诗歌的读者和批评者。这些人的趣味和习惯是标准化了的,他们只认同一种受指定的单一的和排他的诗歌形态,他们不可能兼容其他。这样,他们在"大我"、"集体"、"明朗"、"乐观""歌颂"等等似是而非的戒律之下,自然无法忍受那些"异端"的挑战。一场激烈的论战就是不可避免的。

1980年4月南宁会议召开,会上爆发了后来被称为"朦胧诗"②的大论战。会后,谢冕发表《在新的崛起面前》。这是最早公开支持"朦胧诗"的一篇文章。文章尖锐回顾了新诗走过的道路:

> 我们的新诗,六十年来不是走着越来越宽广的道路,而是走着越来越窄狭的道路,三十年代有过关于大众化的讨论,四十年代有过关于民族化的讨论,五十年代有过关于向新民歌学习的讨论。三次大讨论都不是鼓励诗歌走向宽广

---

① 孙犁语,见《诗刊》1982年第5期《读柳荫诗作记》。原话是:"这些诗,以其短促、繁乱、凄厉的节拍,造成一种于时代、于国家都非常不祥的声调。读着这种貌似革新的诗,我常常想到:这不是那十年动乱期间一种流行声调的变奏和翻版吗?从神化他人,转而神化自我——实际上这是一种连贯的、基于自私观念的、丧失良知的、游离于现实的人民群众之外的、带有悲剧性的幻灭过程。"

② 最早使用"朦胧诗"概念的是章明。他在《令人气闷的"朦胧"》中说:"有少数作者大概是受了'矫枉必须过正'和某些外国诗歌的影响,有意无意地把诗写得十分晦涩、怪僻,叫人读了几遍也得不到一个明确的印象,似懂非懂,半懂不懂、甚至完全不懂,百思不得一解。对于这种现象,有的同志认为若是写文章就不应如此,写诗则'倒还罢了',但我觉得即使是诗,也不能'罢了',而是可以商榷、应该讨论的。所以我想在这里说一说自己的一孔之见。为了避免'粗暴'的嫌疑,我对上述一类诗不用别的形容词只用'朦胧'二字;这种诗体,也就姑且名之为'朦胧体'吧。"见《诗刊》1980年第8期。

的世界,而是在左的思想倾向的支持下,力图驱赶新诗离开这个世界。尽管这些讨论曾经产生过局部的好的影响,例如三十年代国防诗歌给新诗带来了为现实服务的战斗传统,四十年代的讨论带来了新诗的中国作风、中国气派的新气象等,但就总的方面来说,新诗在走向窄狭。有趣的是,三次大的讨论不约而同地都忽略了新诗学习外国诗的问题,这当然不是偶然的,这是受我们对于新诗发展道路的片面主张支配的。片面强调民族化群众化的结果,带来了文化借鉴上的排外倾向。①

《在新的崛起面前》肯定了"朦胧诗"最初的实践,主张对新的探索"适当的容忍和宽宏":"我们有太多的粗暴干涉的教训(而每次的粗暴干涉都有堂而皇之的口实),我们又有太多的把不同风格、不同流派、不同创作方法的诗歌视为异端,判为毒草而把它们斩尽杀绝的教训。而那样做的结果,则是中国诗歌自五四以来再也没有出现过'五四'那种自由的,充满创造精神的繁荣。"②

长期以来,新诗浸淫于一体化的进程中,到了文革,是近于绝域了。一旦新诗潮涌起,恍若密云的天空透进了一线炫目的光亮。这对于陷于庸常的诗界而言,不啻是一声惊天的雷鸣。批评界不意间以"崛起"相形容,一时成为一个"事件"。继《在新的崛起面前》之后,又连续出现孙绍振的《新的美学原则的崛起》③和徐敬亚的《崛起的诗群》④。三篇诗论,不约而同地以"崛起"名题,这种巧合却也印证了中国新诗在衰颓中出现转机所给

---

① 谢冕:《在新的崛起面前》,《光明日报》1980年5月17日。
② 同上。
③ 载《诗刊》1981年第3期。该刊在发表此文时加了编者按语。
④ 此文载《当代文艺思潮》,1983年第1期。

予人们的第一时间里的感受。

三个崛起的作者从社会的、历史的、和审美的等不同的角度各自论证了朦胧诗出现的必然性和合理性。因为这些论述关涉到对新诗历史演变的总体评价,关涉到新与旧、古与洋、秩序与陈习的关系,以及欣赏与批评的惰性等根本性的命题,在诗歌界乃至社会上反响较为强烈,这些因素导致了八十年代初、中期对朦胧诗及其支持者的严厉批判,并被先后纳入"反资产阶级自由化"和"反精神污染"等政治批判中。[①]

但不论经历了怎样的挫折,朦胧诗提供给中国社会的巨大冲击,正逐渐地被历史所接纳和认同。新诗潮的一代的作者,他们以勇猛的、不拘一格的姿态写作的诗篇,正逐渐地成为中国不灭的记忆。人们终于欣然地认可了当年这个看来有点另类的"闯入者"——因为他们毕竟代表了一个重新开始的时代的声音。历史的天空记住了那些含着血泪的诘问和宣告:

> 卑鄙是卑鄙者的通行证,
> 高尚是高尚者的墓志铭。
> 看吧,在那镀金的天空中,
> 飘满了死者弯曲的倒影。
>
> 冰川纪过去了,
> 为什么到处都是冰凌?
> 好望角发现了,
> 为什么死海里千帆相竞?

---

① 关于朦胧诗的论争文章,姚家华编有七百余篇的不完全的目录,见学苑出版社的《朦胧诗论争集》。对朦胧诗的批判文字,较系统的有郑伯农的《在"崛起"的声浪面前》(载《诗刊》1983 年第 6 期)、程代熙的《致徐敬亚的公开信》(载《诗刊》1983 年 11 期)、柯岩的《关于诗的对话》(载《诗刊》1983 年第 12 期)等。

我来到这个世界上，
只带着纸、绳索和身影。
为了在审判之前，
宣读那些被宣判的声音：

告诉你吧，世界，
我——不——相——信！
纵使你脚下有一千名挑战者，
那就把我算做第一千零一名。①

  朦胧诗代表着对于时代的反省精神，它有着异常锐利的批判性。但若把它等同于简单的政治意识，则可能产生认识上的误差。朦胧诗究其实质是一次艺术的革新运动。当然，它的重要内涵是对于人性的关注："人们迫切需要尊重、信任和温暖。我愿意尽可能地表现我对'人'的一种关切。"②再就是对于现代艺术的倡导和实践，"诗面临着形式的危机，许多陈旧的表现手法已经远不够用了，隐喻、象征、通感，改变视角和透视关系、打破时空秩序等手法为我们提供了新的前景。"③

后新诗潮的挑战

  迄今为止，我们看到的诗人直接的对于新诗潮的阐释，除了前引北岛和舒婷的片断叙述的以外，似乎在别人那里一切都来不及做，就这样，这个刚刚涌起的潮流，才是跳出来几朵绚烂的

---

 ① 北岛：《回答》。载《诗刊》1979 年第 3 期。
 ② 舒婷：《人啊，理解我吧》。见老木编：《青年诗人谈诗》，北京大学文学社，1985 年，第 21 页。
 ③ 北岛为《上海文学》"百家诗会"所写的诗观。见老木编《青年诗人谈诗》。北京大学文学社，1985 年。

浪花,眼看着就要被后来的浪潮所淹没。这种"古怪"的、初见端倪的挑战,迎接了最初的质疑,随后是异常激烈的批判。这匆匆进行的一切,似乎来不及说一些类似"总结"性的话,又立即迎接了另一番挑战。不过这一次与前不同,论争双方并非"宿敌",而是原先的"战友"。不论承认与否,这些新的质疑者是在新诗潮的影响下开始创作的,但他们又以不容置疑的方式急迅地"否定"了他们的前辈。

从 1980 年的展开对新诗潮的最初的质疑,到 1983 年前后的电闪雷鸣般的批判,再到《诗歌报》和《深圳青年报》联合举办的 1986 现代诗群体大展,统共不过数年光景。这是一个急匆匆的年代。一种忙乱的节拍,映现着普遍的焦躁和肤浅。总是急于表现,总是急于"超越前人",总是梦想着"开天辟地"。当日的空气中弥漫着一种没来由的坐卧不宁的那种焦躁的气氛。

人们日思夜盼的自由如梦幻般突然的降临。这种匆匆降临的、也许并不真实的幸福感让人手足无措。随之而生的焦躁和轻浮,也传染给社会最敏感的神经——诗歌。摆脱了长久囚禁的笼鸟,一旦拥有了飞翔的自由,有一种近于癫狂的无羁。中国的事情就是这样地充满喜剧性,在前边,对于新诗潮的批判正如火如荼,在后边,"pass 北岛"的呼声已起于四野。那些攻评新诗潮为"古怪诗"的论者,由于观念和理论的陈旧,已显示出回天乏力的疲惫,而这些来自原先营垒的挑战却是风头正健,它显示了一个更为让人目眩的局面的到临。

以对于新诗潮的挑战为标志,集结了被称为后新诗潮的新一代诗人。他们以各自自以为是的诗歌主张书写着各式各样的诗歌。这些诗歌的第一次集结式的展示,是前面提到的 1986 两报现代诗群体大展。① 当然,新诗潮的那些代表诗人事实上并没有被取代,但的确原先的格局已因此产生变动。

中国新诗自20世纪50年代以来形成的大一统的诗歌格局,因新诗潮的出现而被改变。原先坚固的壁垒,由于"异物"的闯入,仿佛是在统一体中打进了一根粗粝的楔子,顿然有了一道巨大的裂缝。于是透进了新鲜的空气和明亮的阳光。新诗潮改写了中国当代诗歌的历史,它使原先的大一统的诗歌产生了它的对立物。但这并不意味着诗歌的多元时代的到来,它充其量只是一种"异质"的加入:从来不容置疑的"颂歌"之外居然出现了"我不相信"的宣告;从来都是集体大抒情之外居然出现了"自我"的个性召唤,如此等等。

尽管这种加入产生了巨大的震撼——它动摇了数十年精心经营的大厦的坍塌。但是,雄心勃勃的性急的新一代人,他们已经对新诗潮失去了耐心。他们质疑的首要目标是作为新诗潮核心的为时代代言的性质。这种性质体现了一代新人最为可贵的使命感。即所谓的"黑夜给了我黑色的眼睛,我却用它寻找光明。"②挑战者声称他们"只代表自己,我们无力代表一个时代",

---

① 这里指的是由《诗歌报》和《深圳青年报》联合举办的"中国诗坛1986现代诗群体大展"。徐敬亚在《86"诗歌大展"20年后说》中提到:"1986年12月21日,《诗歌报》与《深圳青年报》分别刊发了'中国诗坛1986中国现代诗流派(引者注:原文如此)大展'的第一辑与第二辑(分别为两个整版)。10月24日,《深圳青年报》刊发了第三辑(三个整版)。总计7个整版(新五号字),按当时的统计是13万字。全部三辑共发表了64个诗歌流派、100余位诗人的作品与宣言,以及我写的'前言'《生命:第三次体验》及《编后》。"徐的文章载《诗歌报月刊》2006年11月总第15期。

② 顾城:《一代人》。原载《星星》1980年第3期。

他们致力于使诗歌"回到个人"。① 他们说是"无力",是一种谦辞,其实是"不屑"。这就等于剜去了新诗潮的心脏。以此为发端,开始了一个使诗歌脱离公众关怀而回到纯粹个人的时代。

在艺术表现上,新诗潮的最大贡献,在于引进意象表现等现代手法,造成了诗意的朦胧,从而在新诗的艺术领域展开了一场美学变革。而后来的挑战再一次瞄准了这一要害。他们向意象造成的罗列和雕琢,以及艺术的贵族倾向发难。非常醒目地提出口语写作的主张。"'意象'!真让人讨厌,那些混乱的、可以无限罗列下去的'意象',仅仅是为了证实一句话甚至是废话。假如六十年前新诗的标志是白话文,那么今天应该再一次提出:新诗必须是白话文的新诗。再也不能容忍那些标签似的术语,退色的成语,堆砌铺张的形象,和充满书卷气、脂粉气的诗。"②

伴随着失序状态而到来的,是一个诗歌多元的时代。对此我曾说过:混乱造就美丽。牛汉把后新诗潮命名为"新生代",他表达了前辈诗人的欣喜:"这里没有因袭的负担,没有伤疤的阴

---

① 见于坚和韩东:《在太原的谈话》。于坚:在成都有人问我,是不是要和北岛对着干。我说,我不是搞政治的。我们和北岛实际上是两代人,他有他的生活方式和对诗歌的理解,我们却是另一回事。你无法把苹果和石头加以比较吧?韩东:我觉得还是可以比较的,因为已经有人这么做了。关键在于这种比较不能停留在"不同"上面。而应是我们是什么样的,又怎么做。但这个问题对我而言仍然太大。我只知道自己。这也许就是一种根本方面的不同吧?于坚:某些北岛的研究者认为北岛代表了一个时代,这也许是有根据的。但是在我们,似乎只代表自己。我们不想也无力代表一个时代。韩东:这样做太费劲了。我们拒绝的正是那种抽象的对人的理解。正如你所说,我们只代表自己。这种使诗歌回到个人的愿望,是不能和几年前讨论的有关"自我"的命题相提并论的。"自我"是一个非常抽象的概念。而"回到个人"就是回到你于坚、我韩东这样具体独立的人。原文载《作家》1988年第4期。

② 王小龙:《远帆》。见老木编:《青年诗人谈诗》,北京大学五四文学社,1985年,第106页。这篇文章中还有如下一些话:"北岛等人的诗在许多青年的作品中投下了影子。大学生们差点向舒婷唱起《圣母颂》。""另一些青年走了出来。他们把'意象'当成一家药铺的宝号,在那里称一两星星,四钱三叶草,半斤麦穗或是悬铃木,标明'属于'、'走向'等等关系,就去煎熬现代诗。"

翳和沉重的血泪的沉淀,没有瞳孔内的恍惚和忧虑,没有自卫性的朦胧的铠甲,一切都是热的蒸腾,清莹的流动,艺术的生命——没有他们认为的上代诗人那种对世界的不信任感和忧虑感,诗的不羁情绪有了广阔的空间,有冲击和渗透心灵的威力,激发人们去联想,去梦想,去思考,去垦拓,去献身。"①

作为一个新的转型,后新诗潮为中国新诗提供了诸多新的可能,其与新诗潮对比,最重要在于如下这些迹象:即,从集体到个人,从外在到内心,以及从贵族到平民。这些诗歌表现庸常的人生,从情调到语言都力主平民性和口语化。但是作为核心的变化,则是重新寻求生命的真谛。② 对于新诗而言,这同样是一次惊天巨变。

个体的自由,语言的口语化,结构的松散,内容的切近日常生活,摈弃了可憎的豪言壮语,从此再也不确认权威,诗歌再度成为人人均可把握的文体,这对于禁锢已久的诗歌而言不啻是一个福音。但在这挣脱一切束缚的过程中,诗歌的庄严寄托以及诗意的缺失却是无可挽回的遗憾。当诗变成人人都可为所欲为的时候,诗歌的危机也就不可避免地到来。

90年代的市场经济使物质和享乐成为社会的主调。物质的丰盛与精神的贫乏构成了反差。急迅的节奏和匆忙的生活,挤走了仅剩的若干诗意,快餐文化和影视节目夺取了人们的剩余时间。人们渴望诗歌能够丰足他们的精神空间,但是诗人无为。同样情景,读者和批评家的愿望,又在自负而又自信的诗人

---

① 牛汉:《诗的新生代》。原载《中国》1986年第3期。
② 徐敬亚在《生命:第三次体验》中说:"这是空前混沌和空前澄澈的局面。一方面非理性的喧响传达了色彩纷呈的生命意念,充满躁动;另一方面,人摆脱了一切外在的束缚,仿佛恢复了天地开创之初的净明。""分裂再一次发生,但这似乎是最后一次了人自身内部中上帝与魔鬼的分裂。这将是一场永无休止的战争。"徐敬亚著:《崛起的诗群》,同济大学出版社,1989年4月,309—310页。

那里构成了逆反。诗歌是在一味地"繁荣"着,而读者又是一如既往地在"等待"着和"失望"着。在 20 和 21 世纪之交,诗歌在人们的期待中按照自己的逻辑,造出了无尽的诗歌事实,而读者的不满几乎与日俱增。

失去约束的诗歌,可能会带给诗人以极大的创作自由。但过度的自由对诗的伤害可能是致命的。当诗失去了节律和韵致,当诗不再以精美的构思和优美的旋律打动人的时候,人们要问:诗还存在吗?这是由来已久的问话,它是中国人心头的"结",时间愈久,结就愈紧。在物欲横流而人们又无暇顾及的今天,人们只能无奈地把问话留给遥远。

20 世纪即将退潮的时刻,来自麦地的诗人海子在一个寒冷的凌晨,写下他的悲伤的、也是最后的诗句——

> 在春天,野蛮而悲伤的海子
> 就剩下这一个,最后一个
> 这是一个黑夜的孩子,沉浸于冬天,倾心死亡
> 不能自拔,热爱着空虚而寒冷的乡村[①]

海子的诗歌及其死亡具有象征意义。他在这首诗中反复强调的"就剩下这一个""最后一个"具有隐喻性,甚至就是一句谶语。他是一个早慧的诗人。在多年以前,他已经预感到诗歌的这种令人担忧的倾斜。"做一个诗人,你必须热爱人类的秘密,在神圣的黑夜中走遍大地,热爱人类的痛苦和幸福,忍受那些必须忍受的,歌唱那些应该歌唱的","诗歌是一场烈火,而不是修

---

① 海子:《春天,十个海子》,此诗写于 1989 年 3 月 14 日凌晨 3 点一4 点。海子是新诗潮之后最为杰出的青年诗人。海子,原名查海生。1964 年 5 月出生于安徽省安庆城外的高河查湾。1979 年 15 岁时考入北京大学法律系,1982 年开始诗歌创作,1983 年毕业后在中国政法大学政治系哲学教研室任教。1989 年 3 月 26 日,他在河北省山海关卧轨自杀。

辞练习"。① 这最后的那一句话,提前回击了此后一些人认为诗只是语言技艺的主张。

海子是中国坚持到最后的一位浪漫诗人。他的生活方式和诗歌理想是超然的,当人们在讨论诗歌应当向下的时候,他却把目标定在高处。他绝对不能认同那些流行的说法,他反对仅仅把诗歌定位在修辞上。海子主张"伟大的诗歌",而不是平庸的诗歌。"在伟大的诗歌方面,只有但丁和歌德是成功的,还有莎士比亚。这就是作为中国诗歌目标的成功的伟大的诗歌。"②

他的存在与世俗并不相容,甚至是格格不入。他陷于痛苦的深渊而不能自拔。以诗人的敏感,他已经"看到"了随后愈演愈烈的沉陷。他最后只能有这样的选择。20世纪80年代的最后一年,因为他不忍心看到随后就将出现在中国大地的黯黑和鲜红,他选择他热爱着又心疼着的春天与人世永诀。关于海子的死,有许多的传闻和猜测。一个人最后选择自己结束生命,要有足够的勇气和决心,当然更有复杂的难以言说的原因。③ 但这种年轻的死亡的确令人悲痛。

可是,这种死亡的悲剧还在延续。海子去世之后,骆一禾日以继夜地整理这位天才朋友的遗稿。1989年5月13日写完

---

① 海子:《我热爱的诗人——荷尔德林》。周俊、张维编《海子、骆一禾作品集》,南京出版社,1991年7月,第184页。

② 海子:《诗学:一份提纲》之《伟大的诗歌》。见周俊、张维编《海子、骆一禾作品集》,南京出版社,1991年7月,第164页。

③ 关于海子的死,这里引用他的挚友骆一禾和西川的说法。"从浪漫主义诗人自传和激情的因素直取凡·高、尼采、荷尔德林的境地而突入背景诗歌——史诗。冲力的急流不是可以带来动态的规整么?用数学的话说:两点之间的最短距离是直线。——这就是1989年3月26日的轰然爆炸的根源。"(骆一禾:《海子生涯》)"关于海子的死因已经有了各种各样的说法,但其中大部将证明是荒唐的。——他所关心和坚信的是那些正在消亡而有必将在永恒的高度放射金辉的事物。这种关心和坚信,促成了海子一生的事业,尽管这事业他未及最终完成。他选择我们去接替他。"(西川:《怀念》)以上引文见《海子、骆一禾作品集》,第305、308页。

《海子生涯》。1989年5月14日凌晨,骆一禾脑血管大量出血倒地不起。这位海子的挚友同样地拒绝了这个可诅咒的夏季。他在北京天坛医院昏迷十八天之后,于1989年5月31日去世,时年28岁。[①] "最后来临的晨曦让我们看不见,让我们进入滚滚的火海",[②]他的死亡也是他的诗所预言的——

> 留下天堂,秋天萧杀,今年让庄稼挥霍在土地
> 我不收割
> 留下天堂,身临其境
> 秋天歌唱,满脸是家乡灯火
> 这一年春天的雷暴不会将我们轻轻放过[③]

1989年6月10日,永远难忘的悲哀的夏季,空旷而肃飒的长安街上,行走着一辆孤单的灵车。他的老师和朋友再一次为年轻的诗人送葬。他们也送走了充满幻想的激情而浪漫的岁月。

心不会被隔绝

时间制造欢乐,时间也制造悲情。从20世纪50年代的隔绝到现在,时间又悄然度过了近四分之一的世纪。隔海的浓浓的乡情,诉诸笔墨也难尽意。70年代,一位诗人在炮声的间隙中听到了海浪的喧腾:"一个浪对一个浪说过来 一个浪对一个浪说过去 说了三十年只说一个字 家",海水迷蒙处,似是母亲端来洗澡水,用手抹去母亲脸上的水珠——

---

① 骆一禾,1961年2月6日生于北京,祖籍浙江临安。少时曾从父母在河南农场劳动。1979年考入北京大学中文系。1983年毕业,分配到《十月》杂志社任编辑。
② 骆一禾:《壮烈风景》。见《海子、骆一禾作品集》。南京出版社,1991年7月。
③ 骆一禾:《灿烂平息》。同上书。

> 却抹来满掌的皱纹
> 满掌冷冷的铁丝网①

隔绝的时代终于被冲破。1981年高准的《葵心集》从境外传入国内。② 高准是最先打破坚冰的人。1981年12月6日《美洲华侨日报》和1982年1月9日《参考消息》都对高准的访问大陆作了报道。《美洲华侨日报》新闻说——

> 台湾著名诗人高准,7日应中国作家协会的邀请赴中国大陆作为期一个月的访问。高准原任台北中国文化大学教授,1979年9月曾来美参加衣阿华大学主办的"中国文学前途座谈会",同时参加的有来自中国大陆的作家萧乾和毕朔望等人,造成了海峡两岸作家的首次正式聚会。
>
> 他此次前往中国大陆访问,是自7月中旬中国作家协会发表欢迎台湾作家往访声明之后的第一人。高准表示:"我是中国人,中国本来就是我的!我从不承认任何人有权阻挠我走遍中国的土地!"所以他最希望的就是要以中国人(而不是持外国护照)的身份公然地去大陆再公然地回台湾。因为这本来就是他应有的权利。

经久折磨人的乡愁终于在20世纪最后的年月得到释放,尽管这个过程是艰难曲折的。时间又过了几年,台湾诗人向明的文章再一次见证了两岸诗人聚会的又一个历史性的场面。向明

---

① 罗门:《遥望故乡》,作于1975年。
② 1981年北京大学叶蕚声教授访美归来,转交汪景寿教授给谢冕的信,并高准的《葵心集》。汪在信中说:"这里向你推荐的是台湾诗人高准,属于年青一代的乡土诗人,为台湾当局所不容,政治上向我靠拢。他的《葵心集》在台湾被禁,亟想在国内出版,请你过目,看看有没有可能性。叶兄说,较易实现的是请你从中选几首,荐给《诗刊》,最好有《诗探索》大主编——即谢冕同志——作一短文,略加评介。为此,把爱荷华中国艺术创作中心所撰高准的背景材料一并带去。一切由叶兄面陈,拜托。"汪景寿的信写于旧金山,1981年9月20日。

回忆香港诗人犁青为这样的聚会所做的努力：

> 1988年1月15日洛夫和我应《文学世界》的邀请赴香港访问，其时正值广州《华夏诗报》在广州召开珠江电视诗会，到有来自北京、上海、福建、及香港的著名诗人。当时两岸尚未接通，我们不能进入大陆，大陆的诗人也不能来香港，犁青见状，乃特别回到香港于1月17日在他府上接通长途电话由洛夫和我与从未谋面，但却心仪已久的大陆著名诗人白桦、张志民、野曼、向明等通电话，互相问候道好，相约会面时期等，时间长达一小时。这是当年传遍全国包括台湾的海峡两岸诗人首次"热线对话"。大陆诗人兴奋异常，我和洛夫则激动不已，那真是历史的一刻。①

一道浅浅的台湾海峡，造成了近代以来同胞离散的最大悲情。但上述两件事实说明，政治和意识形态的差异，并不能割断亲情的往来。心的向往会成为无可阻拦的智慧和勇敢。国家的统一需要待以时日，而文学和诗歌却能超越时空的局限创造奇迹。亲同骨肉的中国诗人不仅在文化的血缘上，而且在诗意的融会上，都有着难以隔绝的情感心理上的会通。诗歌能创造奇迹，诗歌能够先与政治意识实现民族和睦。

这一时段的台湾诗歌，经历了五、六十年代的现代诗论战，此时已趋于平静。② 台湾诗歌在经历了现代派的冲击之后，获得了一番现代艺术观念的洗礼，显得更为成熟。一些有影响的

---

① 向明：《微笑诗人——犁青》。见卡桑、黄自鸿编：《犁青先生年表》，汇信出版社，2002年12月，第130页。

② 1956年1月，纪弦发起成立"现代派"。在此之前于1953年2月成立"现代诗社"。纪弦以"领导新诗的再革命，推行新诗的现代化"为号召，并提出著名的"现代派六大信条"。1954年3月，覃子豪、钟鼎文、余光中等发起组织"蓝星诗社"。1954年10月"创世纪"诗社由张默、洛夫、痖弦等发起并创办《创世纪》诗刊。至60年代有文晓村、王在军创立的"葡萄园诗社"、林亨泰等发起的"笠诗社"。

诗人正悄然调整自己的艺术方位,从中国诗歌传统中汲取有益的营养以丰富创作。也许是因为沟通日益频繁,乡愁却是日益浓重。余光中关于乡愁的那些名篇,如《民歌》、《乡愁》、《乡愁四韵》均作于 70 年代,洛夫的名篇《边界望乡》也是这一年代的作品。这些表达民族的心灵"内伤"①的作品,同样是 20 世纪悲情的记忆。

由于长久的阻隔,两岸诗人互不了解。80 年代大陆实行改革开放政策,政治形势宽松,各方交流亦有加强。为了增强相互了解,大陆方面在资料奇缺的情况下,率先出版了第一本《台湾诗选》,这是 1980 年。过了不久,再编《台湾诗选》(二),这是 1982 年。② 而后,两岸三地多有致力,先后有多种介绍台湾、香港及澳门的诗选出版。就台湾诗歌的选本而言,有纪璧华编选的《台湾抒情诗赏析》(香港南粤出版社,1983)、非马编选的《台湾现代诗四十家》(人民文学出版社,1989)、犁青编选的《台湾现代百家诗》(漓江出版社,1990)等。

与此相关的是诗人的互访和各种会议的召开,长期互不了解的情况有了根本的改善。

世纪绝唱

本章文字的记述始于 1977 年,开始的时候我们讲到这是一个重新开始的年代,讲到惊心动魄的充满希望的 1976 年。从那时到 20 世纪结束,这意味着中国新诗将要走过它的百年历史。回望世纪沧桑,反顾新诗从诞生之初到现在所经历的艰难险阻,

---

① 语见洛夫的《边界望乡》:"望远镜中扩大数十倍的乡愁 乱如风中的散发 当距离调整到令人心跳的程度 一座远山迎面飞来 把我撞成了 严重的内伤"。

② 《台湾诗选》,人民文学出版社编辑部编,1980 年 4 月,共 175 页。《台湾诗选》(二),人民文学出版社编辑部编,1982 年 7 月,共 237 页。

自有一份难以言说的复杂心境。这一年,也就是1977年的4月18日清晨四时,何其芳在心脏病复发后口吟七律《偶成》:

> 天涯芳草碧如茵,无复追风与绝尘。
> 花若多情应有泪,臣之少壮不如人。
> 笑看鼠辈如山倒,能令龙骖晓日新。
> 敢惜蹒跚千里足,还教田野踏三春。①

何其芳于此年去世,这诗可能是他的绝笔。诗人生于1912年,1936年与卞之琳、李广田合作《汉园集》时他才24岁,是何等才华横溢的年轻!他把青春和才情留给了逝去的岁月,写此诗时虽然多情依旧,他已步履蹒跚,毕竟已是一派黄昏景象了。

又是一个世纪末。世纪末预示了一个时代的终结。对于中国诗歌而言,可能更意味着一种无以摆脱的沉重。一个又一个为中国诗歌作出贡献的诗人,都选择将自己的声音留在永远的20世纪。我们只能怅惘地望着他们的背影消失在苍茫的风烟中。②

我们的怀念牵萦着一个世纪远去的背影。开始的时候,诗人们以满心的喜悦迎接了新的时间,而后在这个时间里经受无尽的磨难,终于有了悲喜交集的归来(有的人再也没有归来)。他们每一个人的经历都是一部泪水和血污写成的诗的历史。我们要在这卷文本下限的2000年,保留下这个世纪最为典型的一个身影,这个身影由历时久远的苦难和同样久远的等待所构成。他是诗人昌耀,这位五十年代流放在青海高原的囚徒,曾经渴望

---

① 见《何其芳文集》第1卷,人民文学出版社,1982年,第363页。
② 这是一张长长的名单,我们不忍列举所有的名字,因为他们是我们可亲可敬的老师和朋友。这里只是例举:穆旦(1977)、何其芳(1977)、李季(1980)、袁水拍(1982)、萧三(1983)、田间(1984)、胡风(1985)、俞平伯(1990)、冯至(1993)、邹荻帆(1995)、汪静之(1996)、徐迟(1996)、艾青(1996)、苏金伞(1997)、张志民(1998)、冰心(1999)、昌耀(2000)、金克木(2000)、卞之琳(2000)等。

温饱和自由,渴望心爱的女性的抚慰,却不能静享这迟到的安宁。在生命的最后时刻,一位他所深爱的女子从遥远的江南来到病榻旁,她送来了一束红玫瑰。最后是泪流满面的诀别。经受着剧痛的诗人在病榻上写下他一生中最美丽、也最痛心的诗篇《一十一支玫瑰》:

> 三天过后一十一支玫瑰全部垂手默立,
> 一位滨海女子为北漠长者在悄声饮泣。

这诗写在 2000 年 3 月 15 日。这是诗人的绝笔。至此,诗人可能感到该见的、该写的都已如愿,他已不再留恋。2000 年 3 月 23 日他以决绝的方式结束生命。① 昌耀远去的身影让我们怀想充满苦难的 20 世纪:诗人因诗而获罪,又因诗而获荣。就昌耀而言,他把 20 世纪的苦难经历、才能和智慧,全部的丰富性,都浓缩在他的诗中。

诗人把他一生的心血熔铸在青海高原,他的经历和他的追求造就了一个个性突显的诗人。昌耀的语言文体是奇兀的,他"承袭了高原民族艰难生态中的那种心理滞涩,体现着与当代主流文化畅晓、典雅审美趣味相反的格调。以洪荒感、酷烈感、狞

---

① 卢文丽:《追忆昌耀老师》。"昨天,我听到了千里之外传来的噩耗,却不敢相信这个事实——2000 年 3 月 23 日上午 9 时 45 分,您那颗坚强的心停止了跳动。""现在,一切可能有的希望都破灭了。一个电话能够毁灭那么多东西。我的枕边是那本《昌耀诗选》,封面是熟悉的脸庞:瘦削、仁慈而刚毅。扉页上是熟悉的笔迹:一笔一画,十分工整。我的桌上是几天前您嘱人转交的诗篇——《一十一支玫瑰》。这束临别时捧给您的祝福,此刻又回到了我的手中,它们是如此宿命而哀绝。"中国文联出版社,2002 年 12 月。燎原:《高地上的奴隶与圣者》。"2000 年 3 月 23 日清晨 7 时,当时年 65 岁的他在肺癌的侵扰中,从医院三楼的阳台朝着满目的曙光纵身一跃,他定然是听到了天堂召唤的晨钟。是写于 1990 年 1 月 22 日《极地民居》中那神秘的谶言让我们再次惊悚。他是在什么状态下于十年前就已知晓在这个世界上 65 岁的人生阳寿,而又那般的镇定和自负? 呔——'一弹指六十五刹那无一失真'!"《昌耀诗文总集》,青海人民出版社,2000 年 7 月。

历感,以及荒旷粗悍中的风霜感,从本质上映现着他之不愿获得现代心灵安慰,也绝不与世俗性生存认同的精神姿态。"①

20世纪造就了许多苦难,苦难也磨炼了众多的天才。世纪的经历犹如一列火车抵站,另一列火车又呼啸着冲向烟雾迷蒙的远方。20世纪的结束使全体的中国诗人有一种爱恨交加的依依之感。这个战乱和动荡中逝去的世纪,终于在它最后的年月还生活的安宁与写作的自由于它的人民。诗人辛笛辞世于新世纪,他是安详地"听着小夜曲离去"的。②

新世纪的第一年,诗人曾卓病中赋诗《没有我不肯坐的火车》:他对世界充满了眷恋,他要乘坐火车"去寻找温暖和记忆 到我没有去过的地方 去寻找惊异、智慧和梦想"。他的诗引发了同样在病榻上经受着折磨的诗人公刘的灵感,他作《不是没有我不肯坐的火车》回应,他回忆了受到生活虐待的痛楚之后说:"可见不是没有我不肯坐的火车,可见也不是不管它往那儿开;唯一得感谢火车的是 它教我踏遍了人生的大小站台。"再过一年,诗人野曼与曾卓、公刘作了唱和:《也有我不肯坐的火车》:

　　这一生我第一次害怕坐上火车
　　是因初生的共和国火车猛烈颠簸
　　最惊心的是整列火车轰然出轨

----

① 燎原:《高地上的奴隶与圣者》,《昌耀诗文总集》,青海人民出版社,2000年7月,第33页。

② 这是辛笛的诗题,原诗如下:"走了,在我似乎并不可怕 卧在花丛里 静静地听着小夜曲睡去 但是,我对于生命还是 有过多的爱恋 一切对于我都是那么可亲可念 人间的哀乐都是那么可怀 为此,我就终于舍不开离去"。辛笛于2004年1月8日在上海逝世。此诗刊于2004年3月号上半月刊。

万千迷信上帝的众生化为淤泥①

　　始于眷恋而终于反思,这些关于火车的唱酬,凝结着对于已经过去的世纪的刻骨铭心的记忆。通过火车的意象,概括了他们的欢乐、痛苦和期待,是对于刚刚过去的世纪的诗的概括。三个诗人关于火车的叙述,都是从个人生命的体验出发的。曾卓保持了天真的记忆和信念,公刘的意象中混合了苦涩与无奈,野曼则赋之以予整体的批判意向:向往火车的呼啸前行,又惊悸于它的失控越轨。总体而言,这就是对于20世纪中国的简约凝练的勾画。

　　这是又一个世纪之交。在整整一百年前,那时的意象不是火车,而是舟船。上个世纪的第一年,即1901年,梁启超认为当时的中国正处于"过渡时代"。他说:

　　　　今日中国之现状,实如驾一扁舟,初离海岸线,而放乎中流,即俗语所谓两头不到岸之时也。语其大者,则人民既愤愚民专制之政,而未能组织新政体以代之,是政治上之过渡时代也;士子既鄙考据辞章庸恶陋劣之学,而未能开辟新学界以代之,是学问上之过渡时代也;社会既厌三纲压抑虚文缛节之俗,而未能研究新道德以代之,是理想风俗上之过渡时代也。②

　　梁启超的理想已在一个世纪的动荡中逐步成为现实。中国人民为此付出沉重的代价。中国现在虽然仍有积重,然而已初

---

　　① 曾卓的诗作于2001年10月18日。公刘的诗后注:2001年11月7日初稿,11月14日改定于安徽中医学院第一附属医院。2002年2月25日《华夏诗报》145期刊出。野曼的诗原题是《也有我不肯坐的火车》,《诗刊》2002年12期发表时题目改为《我昼夜兼程的追寻》。

　　② 梁启超:《过渡时代论》。原载《清议报》83册,1901年6月26日。见夏晓虹编《梁启超文选》上册,中国广播电视出版社,1992年8月,第266—267页。

步富强,社会正在逐步走向开放和民主,人民也享有比过去任何时候更多的自由。诗歌原是心灵的飞翔,诗歌的自由没有边界。记得也是整整一百年前,即1899年的12月31日,这位中国改良主义的先驱者、诗人梁启超在流亡日本一年多之后,正乘船由东方向着西方航行。那是19世纪的最后一个夜晚,也是20世纪的最初一个黎明,平时很少写诗的梁启超,在波浪滔天的太平洋上写下跨越世纪的《20世纪太平洋歌》:"少年悬弧四方志,未敢久恋蓬莱乡。誓将适彼世界共和政体之祖国,问政求学观其光。乃于西历一千八百九十九年腊月晦日之夜半,扁舟横渡太平洋。其时人静月黑夜悄悄,怒波碎打寒星芒。"诗人思及祖国前途,心不能静,"满船沉睡我彷徨,浊酒一斗神飞扬。渔阳三叠魂潜伤,欲语不语怀故乡。纬度东指天尽处,一线微红出扶桑。"①他终于在太平洋的狂涛巨浪中迎接了20世纪的第一线阳光。

多灾多难的20世纪已经过去,那些为中国的命运祈祷和奋斗的大师也已走远。他们的离去,给我们留下一片空旷。在这灯红酒绿、纸醉金迷的"欢乐今宵",我们将用什么来填补这无边的空旷?新世纪给我们留下的是新的思考和新的忧患。

2007年自春及夏,
8月20日完稿于京城大暑之中。
北京大学中国新诗研究所。

(作者附注:此文是为将由上海文艺出版社编辑出版的《中国新文学大系》第5辑《诗卷》所写的导言。)

---

① 梁启超:《20世纪太平洋歌》。见吴松、卢云昆、王文光、殷炳昌《饮冰室全集点校》第6集,云南教育出版社,2001年8月,第3734—3735页。本诗最初发表于1902年2月8日《新民》第1号。

生活永远始于今天[*]
——中国新诗 2001—2010

不是开始的开始

　　二十世纪已经过去。对于这个世纪,世人都怀有一种复杂的心情。这个世纪有过两次惊心动魄的世界大战,还有无以数计的大大小小的战事,有的战事至今仍在继续。人们在新世纪即将到来时曾真诚地祝愿:告别苦难,远离战争,希望这是一个和平的世纪。但是不幸,祝愿声尚未消逝,纽约的两座擎天大楼在一场恐怖袭击中成为了废墟。这颗让人感到恐怖的、其大无比的"飞机炸弹"的爆炸,震惊了全世界:人们良好的世纪祝愿化为了泡影!

　　二十世纪对于中国人来说,也具有特别的意义,这个刚刚过去的世纪,曾使中国蒙受苦难和耻辱:外国入侵,国破家亡,内战连绵,政治动乱;也是这个世纪给了中国以新生和希望:香港、澳门先后回归,海峡两岸出现了和平的转机,中国经济发展,国力增强,国际地位得到提高,举国上下专注地致力于社会进步、人民安康的事业。

　　二十世纪中国诞生了五四新文化运动:反对旧道德、提倡新道德;反对旧文学、提倡新文学。这个运动极大地改变了中国长

---

　　* 这是郑玲《幸存者》中的诗句:"朝着黎明走在已埋葬的岁月之上幸存者不诉说回忆——生活永远始于今天在应该结束的时候重新开始"。《诗刊》,2001年1月号。此文据文稿编入。

期的自闭状态,推进了中国的现代化进程。从晚清的"诗界革命"到白话新诗的试验,诞生了有别于中国传统诗歌形态的新的诗体——中国新诗。早在民国五年(1916),胡适便给未来的中国新诗,送来了两只美丽的黄蝴蝶。① 这是新诗诞生的最初的信息。诗人是时代的先觉,新诗创立之后的第一代诗人,他们以诗的名义,给二十世纪的中国一个划时代的意象:再生的凤凰。②

新诗在二十世纪的血与火的沐浴中,历经百年沧桑的考验,终于迎接了一个崭新的世纪:凤凰已经新生,女神再造了一个逐步走向健康、吉祥、和谐的中国。就新诗而言,人们对这一在八十年代重新崛起的文学品种,在新世纪当然有新的期待。记得二十一世纪即将到来的前夕,2000年的平安夜,笔者和一批诗人,正飞行在北京去往大连的空中——我们要赶赴那个世纪最后一次的诗歌聚会,我们要为新世纪祈愿,为诗歌祝福。③ 是日风雪严寒,大连机场跑道封冻。但寒冷不能阻挡人们内心的热切,各次航班分别取道沈阳、青岛、烟台诸地终于迂曲地抵达。

然而,艺术和诗歌的行进,显然不会理睬人们内心的召唤,也不会遵从社会发展的律则——诗歌从来是我行我素的。期待终归是期待,而开始未必是开始。2001年第一期的《诗刊》,封面的基色是灰暗的,有一点暧昧,还有一点混杂。读者不会从中联想到这是充满期待的第一年、第一期、第一页。没有祝词,甚至也没有卷首语,只是在它不显眼的角落有一则"编后留言",似

---

① 胡适:《朋友》:"两个黄蝴蝶 双双飞上天 不知为什么 一个忽飞还 剩下那一个 孤单太可怜 也无心上天 天上太孤单"。载《新青年》第2卷第6号。
② 郭沫若:《凤凰涅槃》,《女神》,上海泰东图书局,1921年8月。
③ 2000年12月25—27日,由大连金生实业有限公司、《收获》、《作家》、《上海文学》、《当代作家评论》、《山花》及作家出版社、《文学报》、《大连日报》周刊部等九家单位联合主办的"大连—2000年中国当代诗歌研讨会"在辽宁大连举行。会后发表宣言:"2000—大连意见。"

乎是不甘情愿地提到："新世纪的第一期，总会让读者有许多期望"。其语气平淡得近于冷漠，与当时全世界都在热烈举行的"千僖之祝"构成了鲜明的反差。

一切都在开始，一切又都不是开始。幸好该刊开辟的"新世纪诗坛"刊登了郑玲的诗，在这期刊物那个僻冷的角落里，我们终于惊喜地发现了我们所期待的"开始"：

　　生活永远始于今天
　　在应该结束的时候
　　重新开始！

诗歌没有新闻，诗歌不会重视外界的喧腾。幸好有郑玲的这些诗句，给了我们一种"重新开始"的提醒。也许不仅是提醒，也许真的怀有新的期待，与《幸存者》同时发表的，是这位诗人非常重要的诗篇《悬崖上的囚徒》[①]，那形象是惨烈的：

　　一头麂子
　　把身体弯成弓
　　挣扎于千寻谷底之上
　　它
　　在同什么样的命运斗争
　　——在一口一口地
　　啃断自己的
　　被夹注的那只脚

这是一个"用自我伤残的英勇"，"可怕而从容地争取自由"

[①] 郑玲：《悬崖上的囚徒》。诗后注："2000年8月于芳村"。《诗刊》2001年1月号。本文作者在多次场合都提到这首让人震撼的诗，它在很大程度上是诗人的自况。郑玲在散文《野刺莲》中写了她蒙难中的爱情，可为佐证。该文见《文艺报》2010年1月20日。

的生命：

> 没有外界的救援
> 绝不可忘记自己
> 能用来抗拒死亡的
> 还有一副牙齿
> ——它便一口一口地
> 啃断自己的脚

这是为了告别的期待。期待着像这只麂子这样的惨烈地告别苦难。祈望新开始的时间，人们无须再为自由而以这种极端的方式伤残自己。二十世纪有过诸多这样的悲剧，记得当年，困厄中的牛汉也写过麂子的诗，诗人以被阴谋暗算的、经受过苦难的过来人的身份，向着美丽、善良而又天真的麂子发出惊怵的警报：

> 你为什么这么天真无邪
> 你为什么莽撞地离开高高的山林
>
> 五六个猎人
> 正伏在草丛里
> 正伏在山丘上
> 枪口全盯着你
>
> 哦，麂子
> 不要朝这里奔跑[①]

但是那麂子依然为着它的美丽的奔跑而舍生忘死，结果是

---

① 牛汉：《麂子，不要朝这里奔跑》。1974年初夏，作于咸宁。选自诗集《白色花》。

成了另一只"悬崖上的囚徒"。我们期待着诗人用他的如同郑玲所展示的这样的画面,时刻警醒我们不忘二十世纪给予我们的苦难的记忆。这是过去世纪极为宝贵的精神遗产。但是希望毕竟空悬,遗忘意味着一切。那些沉重的世纪记忆——例如麂子的忘了阴险的枪口,再如它为自由所付出的身体和鲜血——早已飘散在二十一世纪不见天日的灯红酒绿之中。

遭遇并陷入世俗

二十世纪九十年代后期,市场经济的活跃,激活了人们长期受到压抑的物质欲望。人们戏谑地改写原先庄严的口号,例如改"把革命进行到底"为"把爱情进行到底"、甚而"把娱乐进行到底"。"娱乐至死"以强势的进攻,通过屏幕、舞台、手机短信、小报乃至广告,无孔不入地浸淫了诗歌庄严的领地。物欲占领了社会生活的大部空间,精神成为一种匮缺。面对诗歌无可奈何的退场和缺席,评论界有深层的忧虑,谢冕批评说:

> 有些诗正离我们远去。它不再关心这土地和土地上面的故事,它们用似是而非的深奥掩饰浅薄和贫乏。当严肃和诚实变成遥远的事实的时候,人们对这些诗冷淡便是自然而然的。①

在另一篇文中,他继续质疑:

> 面对当前的诗歌现实,我们在感受到丰富的同时也感

---

① 谢冕:《有些诗正离我们远去》。原载《中国文化报》1996年7月28日,《诗刊》1997年第1期全文转载。孙绍振发表在《星星》1997年第8期的《向艺术的败家子发出警告》,以更严厉的措辞抨击诗人的"陷入理念化"的倾向:"由于把表现理念作为新诗的根本任务,就必然导致新诗的艺术准则发生了混乱。既然诗歌的任务就是表现某种文化哲学理念,就必然与诗歌的一切传统的艺术成就彻底决裂。"《诗刊》1997年11、12期重刊该文。

受到贫乏。我们此刻面对的是失重的诗歌。诗人们在摈弃了千篇一律的口号和呐喊之后,开始了几乎是同样千篇一律的悄声细语。他们"深入""生命内部"探测莫测高深的"终极关怀",他们很少关心或不关心这些"哲学"以外的历史和现实。他们专致地琢磨"意识流动"而微察纤毫;他们自怜而又自恋,说的是他人无法进入更无法解读的深奥。——在这一切的背后是对诗的思想含量和精神价值的轻忽。①

表达这种忧虑的还有另一位新诗潮的支持者孙绍振,他著文尖锐地批评当前的诗歌写作:

> 诗坛的虚假产生于人格的虚假,又必然普及着人格的虚假。虚假的势头在 90 年代愈演愈烈,其实质是表现了一种中国知识分子理想的危机和精神的堕落。——不少人以把个人和社会、传统、文化的对立绝对化为时髦。对于国家和民族不负任何责任是理所当然的,而要想有所匡正倒是可笑的。可悲的是,这种游戏人生观所造成的堕落竟然成为民间的"正统"。这就使以虚假为荣,变成了以精神的崩溃和堕落为荣。②

---

① 谢冕:《平静的追问——在武夷山现代汉诗学术研讨会上的发言》,《厦门文学》1998 年第 1 期。

② 孙绍振:《新诗潮应该反省了——根据在武夷山现代汉诗学术研讨会的发言改写》,《厦门文学》1998 年第 1 期。1998 年第 1 期《诗刊》发表孙绍振的《后新诗潮的反思》,内容大体相近。编者在发表时加了按语:"这篇文章,具有孙绍振同志的一贯文风,观点鲜明,尖锐泼辣,锋芒毕露。篇幅虽长,但是好读。从中可以强烈地感受到一位富有历史感和社会责任感的诗论家坚守诗歌艺术、勇于追求真理的执著精神。他对后新诗潮的反思,真诚坦率,直言不讳,能够给人启发,值得我们重视。"这个编者按语,不由人联想起同一个刊物在 1981 年第 3 期为同一个作者所写的另一篇文字的按语,对比着读,非常有趣。

长期蒙受精神禁锢的人们,骤然面对诸禁开释的社会,人的本欲受到了鼓舞,竟以贪婪而近于无所顾忌的方式、痴迷于享乐和游戏。这样的大形势诱使诗歌迷恋物欲而废弃精神的坚守。这就是孙绍振说的"以精神的崩溃和堕落为荣"。这是一场命中注定的遭遇战,世俗的诱惑如滔滔之水淹没一切,包括诗人曾经的自尊与矜持。

经历过八十年代后期(一部分人)对于新诗潮的质疑乃至否定,失去了方向的诗歌如同决堤之水四处弥散。既然诗歌不再为时代甚或他人代言,既然诗歌已经厌倦并拒绝政治及其说教,既然诗人不再对社会和人性承诺和担当,那么,卸下了精神枷锁的诗歌,便没有理由不在无所顾忌的空间漫游和狂舞。而冥冥之中诱导着诗歌的是远离了崇高的世俗。

无条件认同世俗的诗歌对所谓的"贵族趣味"或"贵族倾向"(这是"第三代"对新诗潮的批判用语)的否定的结果,必然是回到(其实是堕入)"平民"(即"世俗")的深渊。在文学艺术的诸品种中,也许诗歌的状况并不是最糟的,至少生来贫困的诗人,还保持着对于财富和金钱的距离感。对于诗歌最具腐蚀性的是它误以为是"自由"境界的忘却世间万象万物的自私。

诗人沉湎于个人的"内心",而这所谓的"内心"是与世无涉的。它近于冥想,似乎有什么禅机或哲理,其实多半是迷狂的自恋。伪装的深刻,给诗歌蒙上一层神秘的面纱,一时竟相仿效的"哲理思考"、"终极关怀",都是这一路似是而非的货色,例如什么什么的"几种方式",其实只是一只什么都能装进去的故作高深的空袋子。一旦沉湎于世俗的表象而不能自拔,便会诱使诗歌远离对现世的关怀而陷入迷思状态。九十年代之后的诗歌写作,充斥着这一类可疑的作品。

一首诗叫《削吃一只苹果》,通篇都是莫名其妙的自言自语:"现在,这只带柄的果核,躺在这些皮屑上这些皮屑,散落在这张废稿笺上/我抽出餐纸。习惯地擦了擦嘴/和手指——接着打一个嗝"。全诗近六十行,始终都在讲这只苹果,果核和皮屑,诗人坦言:"这是个无聊的颇为有趣的问题","终又陷入玄虚的泥淖/此类怪想需要及时克制"。①

再读一首《有限》:"两瓢米、三勺盐、十毫升油、几十粒味精/半吨水、两度电、一个字煤气,需要时再加上一把伞,几声咳嗽",作者自语:"对一个家庭一天生活的数字化描述多么轻而易举"。②还有一首,是取自另一个选本的《深夜的游戏》,游戏就是写诗,写诗就是游戏:"总是在深夜写诗——名词两钱动词三两习惯用语九克/个性一勺才华半盅情感和理性适量/与时光万物的气息调兑——涂在纸上",最妙的是这一句:"涂成首首必将废弃的诗"。③

明明知道是"无聊"而"玄虚的泥淖",明明知道都将是被"废弃"的,可仍要不断地生产。上面引的那些诗不是随手拈来,都取自当年优秀(还相当权威)的选本。但却都是这样的破碎、琐屑而乏善可陈。选本如此,那些铺天盖地的"杂碎"的遮蔽和覆盖就可想而知了。在一个会议上有批评家沉重地谴责了像"今天我去找你,你妈说你不在"这样的所谓"诗"。④

进入新世纪的诗歌是这样地粗鄙、委琐而不可自拔。造成这一现象的,可以溯源于此前关于诗歌口语化的极端的主张。口语写作盛行于朦胧诗以后,它是一个误导,使许多人以为会说话就会写诗,它极大地混淆了诗与非诗的界限。在九十年代末,已有人开始反思:

---

① 杨克主编:《2006 中国新诗年鉴》,花城出版社,2007 年 10 月,第 64 页。
② 《诗刊》主编:《2008 中国年度诗歌》,漓江出版社,2009 年 1 月,第 120 页。
③ 同上。
④ 2010 年 3 月 20 日陈超在北京大学《新诗评论》创刊五周年研讨会上的发言。

口语写作是一种充满了险境与陷阱的高难度动作,八十年代中期关于口语诗的讨论现在看来只是些小儿科问题。口语写作不是"诗的"或"非诗的"分野,而在于你是否写出了"诗的"。难度也正在这里,险境与陷阱也正在这里。现在的问题是许多以"口语"或"后口语"自我标榜的诗人,把口语已经弄成了口水。——粗鄙的口语写作者正在败坏口语写作,说废话就是说废话,贴上口语的标签并不能挽救自己的浅薄与苍白。[1]

民间立场与口语化

上个世纪末中国诗界发生过一场大的论争——"口语写作"和"知识分子写作"的论争。这就是人们通常说的"盘峰论剑"。盘峰是北京平谷的一家宾馆,是会议的现场。[2] 盘峰论剑的深层原因,多半可以溯源到新诗史上的诸多关节,例如知识分子写作的取法于西方即所谓的西化问题,民间写作倡导的平民意识与历史上曾经有过的大众化问题,等等。这番论战火药味很浓,当年活跃诗界的代表人物大都卷入。但随后不久又都告疲乏,于是不再热议了。分歧据说是"立场"的分歧,其实未必。"民间的"写作者何尝不是知识分子?"知识分子"又何尝真的脱离了民间——他们都是知识分子,又都未脱离过民间,这不是分歧的根本。

---

[1] 秦巴子:《我的诗歌关键词》。杨克主编《2000中国新诗年鉴》,广州出版社,2001年7月,第520页。

[2] 1999年4月16—18日由北京作家协会、中国社会科学院文学研究所当代室、《北京文学》杂志社、《诗探索》编辑部联合举办的"世纪之交:中国诗歌创作态势与理论建设研讨会"在北京平谷盘峰宾馆召开。持"民间立场"和"知识分子立场"的代表人物都参加了会议。会上双方有激烈的论争,舆论称之为"盘峰论战"或"盘峰论剑"。

于坚认为:"所谓的'民间写作'与所谓的'知识分子写作'之间的根本分歧,是因为后者常常要标榜某种彼岸式的意识形态,在一种意识形态的统治中,另一种意识形态被神化为彼岸、远方、理想主义,成为'生活在别处'的全部理由。不依附此权力话语,必依附彼权力话语。而民间依附的永远只是生活世界,只是经验、常识,这是那种你必须相依为命的东西,故乡、大地、生命、在场、人生。"①上面引文所述的"彼岸"、"远方",庶几有点接近实际,但亦有似是而非之处,难道知识分子写作不依附他所说的故乡、大地和生命?显然不具说服力。

而且,就两派写作的大致走向而言,他们在远离宏大叙事以及沉浸于自我表述方面,倒是相当一致的。他们之间在事关诗歌指向的重大层面不存在矛盾,他们不约而同地忽略了眼前身边发生的重大事件。究其原因,最大的分歧应当是在"口语"。口语是民间极力的主张,而在争论的对方,其主要资源则是欧化的语言(即被认为是知识分子的语言)。所以语言的差异是根本的差异。而作为这种差异的标志就是:口语。伊沙的表达证实了"口语"与盘峰论战的关联:"发生在这一年里的'口语热'是中国新诗自盘峰论争以后其精神核心重返先锋所激起的一个最外化的现象。"②这位民间写作的代表诗人十分肯定口语化的贡献:

> 在中国新诗每一个关键的十字路口,饱遭歧视的口语诗都充当了指示前进的标志牌。——来自生命的本体的口语也与打破旧有的审美模式的先锋与探索有着天然的亲

---

① 于坚:《当代诗歌的民间传统》。见杨克主编:《2000中国新诗年鉴》,广州出版社,2001年7月,第9页。

② 伊沙:《现场直击:2000年中国新诗关键词》。引自杨克主编:《2000中国新诗年鉴》,广州出版社,2001年7月,第433页。

近。我早就说过,"非口语"又是什么样的语言?书面语?文化的语言?来自典籍?来自"前辈大师"?对于创造,它们是可靠的么?①

这一段文字有点含混,在他的叙述中,口语与其他全是对立的。他认定口语是创造的,但是难道别处就不存在创造的可能?口语已泛滥成灾了,为什么还在坚持以"非诗"来反对语言的诗化?幸好有人已经清醒地觉察到这种主张的负面意义:"粗鄙的口语写作者正在败坏口语写作——当口语写作被简单化、粗鄙化之后,诗就已经随波逐流了。稍有觉悟的诗人所做的努力,就是在写作中强塞进一些意象、象征、隐喻、叙述、调侃、戏拟之类,企图留住片刻的诗意。"②

于坚是力挺口语写作的诗人,他在许多场合都为口语写作辩护和推广。他在一次与谢友顺的长篇对话中,谈到他对朦胧诗的质疑:"朦胧诗一开始就给人一种诗语写作的印象,诗语是什么?就是在书面诗歌中已经被认可的诗歌行话。朦胧诗是用诗歌行话写作的,它的原创力不在语言上,而在意象、意义上。我的诗当时是被视为非诗的,因为不是诗歌行话,而是对读者的诗歌习惯来说比较陌生的日常语言。"③于坚生造了"诗语"这个词,接着又指定了"诗语"与"口语"的对立。他坚定地认为,"诗歌是从口语开始的,口语是诗的原始基础。世界越来越文化,越来越知识,越来越图书馆,成千上万吨的纸张把世界的本真遮蔽起来,只有诗歌那种命名的力量,可以坚持着语言的原始基地。"

但不论论者如何肯定,口语写作的弊端已经完全显现。它

---

① 于坚:《汉代诗歌的民间传统》,第432页。
② 秦巴子:《我的诗歌关键词》。
③ 于坚 谢友顺:《诗是不知道的,在路上的》,《南方文坛》2003年第5期。

将诗歌的魅力化解,从平淡到庸常,甚至粗俗。① 除了分行尚保留着对于诗的"提醒",让我们无从寻找哪怕是一丝诗美的痕迹。这里是一首随手拈来(也是来自权威选本)的《小强日记》:"2月6日晴/今天天气真好/太阳照了一天也不累/我早上起来/小鸡跑到我的床上来了/——晚上/妈妈把小鸡的妈妈杀了/我们吃了她的尸体/真香啊"。② 如果这就是诗,人们当然有理由质疑它的价值。为了说明这遍地皆是的空洞,这里再抄录一首《口香糖》:

> 一进门
> 母亲告诉我
> 邻居家的　上吊死了
> 我楞了一楞
>
> 嘴巴又不停地动了起来
> 母亲问我吃的是什么东西
> 我伸出舌头
> 给她看了一下③

这一颗口香糖索然乏味。也许其中有"深意",但明眼人知

---

① 这里举一首粗俗的例子:《便秘之诗:一排肛门列队走过》:"一号肛门嘴上无毛二号肛门不够味道三号肛门见鸟就咬四号肛门正在敷药——我的尾椎可以炖山药——"。见杨克主编:《2002—2003中国新诗年鉴》,天津社会科学院出版社,2004年6月,第355页。至于平淡和庸常,多不胜举,例如:《王小刚的冬天》:"王小刚露出下体/在这个冬天等待夏天/并于12月末/瑟瑟发抖尿出一个理想/而此刻池塘正等待冰封/一群鱼儿聚成一朵花/王小刚站在池塘边上/排泄出一个瀑布"。同书,第558页。

② 杨克主编:《2002—2003中国新诗年鉴》,天津社会科学院出版社,2004年4月,第547页。

③ 杨克主编:《2006中国新诗年鉴》,花城出版社,2007年10月,第145页。这首诗体现了一般从事口语诗写作者的诗歌理念。

道它在重复已经有过的被重复了无数遍的、那么一点点不深的"意"。于是人们要问,诗中充斥着这样没有意蕴的絮叨,这能叫创造吗?口语诗因为从者甚多,而这些人又误以为写诗就是这样地容易,这就形成了前面说到的"泛滥"。这些诗就是因为"诗意"的空缺,而使人感到了陌生、遥远、甚至反感地拒绝。①

诚然,不能因为"泛滥"而全盘否定许多人趋之若鹜的诗歌实践。他们的实践,为我们提供了思考的契机。以雷平阳引起争议的《澜沧江在云南兰坪县境内的三十七条支流》为例,此诗的写作确有用意,应该承认是一份特殊的文本。它确实期待着一种新的理解与解读。全录如下:

> 澜沧江由维西县向南流入兰坪县北甸乡
> 向南流1公里,东纳通甸河
> 又南流6公里,西纳德庆河
> 又南流4公里,东纳克卓河
> 又南流3公里,东纳中排河
> 又南流3公里,西纳木瓜邑河
> 又南流2公里,西纳三角河
> 又南流8公里,西纳拉竹河
> 又南流4公里,东拿大竹菁河
> 又南流3公里,西纳老王河
> 又南流1公里,西纳黄柏河

---

① 这里有一个关于诗歌的调查,"网人"记者黄谨以《新诗,你离我们是近还是远?》为题,向二十名大学生网上问卷。其中引用一首《死亡之谜》:"1997年我的初中同学王小红触电而死/女孩不是电工,不是工厂工人/也不是学物理的理工科学生/和电毫无关系/女孩子还不能用劳动挣一分钱/触电而死绝对偶然/公元xxxx年xx人发明了电/我敢说xxxx年以来,王小红/是所有电死的人当中/最美的一位。"对"这样一首诗——你以为是诗吗?"的问话,20人中,13人认为不是诗,3人认为是,但不是好诗,4人表示不知道。见《2002—2003中国新诗年鉴》。天津社会科学院出版社,2004年6月,第487页。

又南流9公里,西纳罗松场河
又南流2公里,西纳布维河
又南流1公里半,西纳弥罗岭河
又南流5公里半,东纳玉龙河
又南流2公里,西纳铺肚河
又南流2公里,东纳连城河
又南流2公里,东纳清河
又南流1公里,西纳宝塔河
又南流2公里,西纳金满河
又南流2公里,东纳松柏河
又南流2公里,西纳拉古甸河
又南流3公里,西纳黄龙场河
又南流半公里,东纳南香炉河,西纳花坪河
又南流1公里,东纳木瓜河
又南流7公里,西纳干别河
又南流6公里,东纳腊铺河,西纳丰甸河
又南流3公里,西纳白寨子河
又南流1公里,西纳兔娥河
又南流4公里,西纳松澄河
又南流3公里,西纳瓦窑河,东纳核桃坪河
又南流48公里,澜沧江这条
一意向南的流水,流至火烧关
完成了在兰坪县内130公里的流淌
向南流入了大理州云龙县[①]

人们在这种看来单调的"重复"中,觉察到了它单调中涌现的情景的更迭,以及由诗人在场的"体察"中予以强调的江流"一

---

① 诗载《天涯》2005年第4期。

意向南"的坚定。作为新颖的诗,它的意义当然不容忽视。但显然,此法不可重复乃至模仿,若如此,就会败坏读者的胃口。作为滥觞的是于坚写于1995年的《零档案》。《零档案》是始作俑者,也是有价值的。但即使如此,也是不能重复,所有的此类写作,都只能是"一次性"。它留给人们的创造(人们通常爱说的"原创")的空间实在太小。要是成为模式,那是诗的不幸。

在二十一世纪的多元格局中,即使是最优秀的口语诗,也不可能成为唯一的角色,更不会成为诗的主潮。何况这类诗歌从根本上背离了诗歌的原质——抒情的、韵律的、优美的,诗歌到底是审美的。所以,发生在盘峰宾馆的那一场论战本无意义,读者的期待不是谁胜谁负,而是期待着属于时代潮流的多元共生的双赢——即使你满口鄙俗的话,只要是好诗。读者并不理会你持的什么立场,"民间"的,还是"知识分子"的,但所有的人都在期待无愧于时代的好诗。

欲望书写及"下半身"

二十世纪九十年代商潮汹涌,犹如以往岁月的政治淹没一切,如今是市场淹没一切。当一切都成为商品,诗歌自然难以幸免。诗歌的商品化,突出地表现为它对于欲望的臣服,当物质的诱惑以无可遮拦的姿态长驱直入,冲击着诗歌坚固的精神壁垒,原先矜持的诗歌处境尴尬,表现出无可奈何的避让。

有评论把新世纪诗歌的大众文化特征归纳为:一、世俗化—狂欢;二、表达身体;三、喜剧—杂语。文章指出:"学院和人文知识分子成了戏谑和冒犯的对象。作为精英文化的策源地和主体,它们代表的高雅和严肃曾经既是大众的想象,也是大众的焦虑。但是世俗化提供了另一种通俗的价值观——对世俗的遗忘也遭到了世俗的报复,使学院和人文知识分子在当前的社会结构中的功能逐渐失败。"①

二十世纪末有人断言,这将是欲望写作取代政治写作的年代。潮流的形成受到社会情势的鼓励,首先是原本受到压抑的个人欲望得到释放,再加上日益发达的市场经济提供的物质满足的条件,诗歌的陷落就是必然。欲望写作和身体写作是物欲升腾时代的产物。它萌起于九十年代而盛行于新世纪。

2000年是具有标志意义的一年,它意味着结束,也意味着开始。这一年开始的时候,谢冕在《新诗与新的百年》中表达了他的新的期待:"期待着重新塑造诗人作为社会良知和标举理想旗帜的形象,也期待着中国所有的诗人不媚俗而始终坚持至美的诗家园。少一些意气的纷争,多一些切实的实践,为诗歌艺术的精益求精而不懈地创造性地贡献出自己的才智。"②

与这期《诗探索》几乎同时出现的是《下半身》的创刊号。沈浩波在他的宣言式的《下半身写作及反对上半身》中发出反抗的声音:

> 传统是什么东西,为什么你们都认为我们的写作必须跟它有关?我们有我们自己的身体,有我们从身体出发到身体为止的感受。这就够了,我们只需要这些,我们已经不需要别人再给我们口粮,那会使我们噎死的。我们尤其厌恶那个叫做唐诗宋词的传统,它教会了我们什么?修辞吗?我们不需要这种修养,那些唯美的、优雅的、所谓诗意的东西,差一点使我们从孩提时代就丧失了对自己身体的信任与信心。

---

① 李青果:《寻找一种新的命名方式——当下诗歌的大众文化特征初探》。原载《南方文坛》2003年期。见《2002—2003中国新诗年鉴》,天津社会科学院出版社,2004年6月,第376—384页。

② 谢冕:《新诗与新的百年》,《诗探索》2000年第1期。此文作于2000年1月6日。

只有找不着快感的人才去找思想。在诗歌中找思想？你有病啊。难道你还不知道玄学诗人就是骗子吗？同样，只有找不到身体的人才去抒情，弱者的哭泣只能令人生厌。抒情诗人？这是个多么孱弱、阴暗、暧昧的名词。所谓思考，所谓抒情，其实满足的都是你们的低级趣味，都是在抚摩你们灵魂上的那一堆令人恶心的软肉。①

在这篇措辞激烈的宣言中，作者发出了让人瞠目的惊人之论："所谓的下半身写作，指的是诗歌写作的贴肉状态"，"追求的是肉体的在场感，注意，甚至是肉体而不是身体，是下半身而不是整个身体"，"只有肉体本身，只有下半身，才能给予诗歌乃至所有艺术以第一次的推动"，作者最后宣告："诗歌从肉体开始，到肉体为止"。②

另一位论者论述了这一极端的诗歌理念提出的背景，概括为"三个结束"和"三个开始"：三个结束是，一、"知识分子写作"与"民间写作"之争的结束；二、"民间"与"伪民间"混淆局面的结束；三、平庸的九十年代的结束。三个开始是，一、纯粹肉体写作的开始；二、颠覆经典，诗歌不归路的开始；三、人是文化的最大成果，要坐到文化的背面，必须从"你不是人"开始。③

诗歌走上了他们认定的不归路，其实未必，因为更多的实践者依然在进行着他们自以为是的实践。他们也许知道这些主张，也许并不知道，他们深知，这种"狂欢"只属于一部分人的，对中国新诗的整体并不会产生影响。但毕竟是有人在写作这类

---

① 沈浩波：《下半身写作及反对上半身》。见《下半身》创刊号。杨克主编：《2000中国新诗年鉴》，广州出版社，2001年7月，第544—547页。
② 这篇"宣言"最后说："我们亮出了自己的下半身，男的亮出了自己的把柄，女的亮出了自己的漏洞。"
③ 朵渔：《我现在考虑的"下半身"》。见《2000中国新诗年鉴》。广州出版社，2001年7月，第560—574页。

诗,而且也在一部分人中欣赏并流传。了解是必要的,这不涉及承认与否。

记得新世纪第一期《诗刊》曾在开卷的"青春方阵"中,刊登了题为《一个渴望爱情的女人》:

> 一个渴望爱情的女人就像一只
> 张开嘴的河蚌
>
> 这样的缝隙恰好能被鹬鸟
> 尖而硬的长嘴侵入①

此诗有点预言的性质:女性、爱情、强烈的性暗示。但那时她没有标榜是"身体写作"或"下半身写作"。又是"青春方阵",又是迎向新世纪的开卷之篇,不知一贯行事严谨的《诗刊》编者是否预感到并迎合了未来的潮动?到了后来,由于有明确的提倡,这类作品日见其盛了,特别是一些女性的作者。② 这在即使是见怪不怪的年代,也还是引起人们的惊异。也许作者的同代人能够理解这一切,霍俊明在他的著作中全文引用了尹丽川被称为"下半身写作"的"经典"的《为什么不再舒服一些》:

> 唉再往上一点再往下一点再往左一点再往右一点
> 这不是做爱这是钉钉子
> 噢再快一点再慢一点再松一点再紧一点
> 这不是做爱这是扫黄或系鞋带
> 喔再深一点再浅一点再轻一点再重一点
> 这不是做爱这是按摩、写诗、洗头或洗脚

---

① 赵丽华:《一个渴望爱情的女人》,《诗刊》2001 年第 1 期。诗后标明写作时间是 2000 年 1 月 4 日。

② 她们下笔的大胆超过了那些男性作者。

为什么不再舒服一些呢恩再舒服一些嘛

再温柔一点再泼辣一点再知识分子一点再民间一点

为什么不再舒服一些①

霍俊明分析说:"这首诗你可以说它暧昧、色情、下流、肮脏,或者说它根本就不是诗歌而是'淫词浪语'的荤段子,但是尹丽川的意图可能更多是出自激愤和反讽,她所挑战的正是积习中的男性化的阅读'意淫'。而诗中的'再知识分子一点'、'再民间一点'显然是70后诗人对当年盘峰论争的认识与批评。"②

在一个道德沦落、目迷五色的年代,所谓的"身体写作"应运而生毫不足怪。犹如当年"诗到语言为止"的宣告一样,"诗到肉体为止"的宣告,更像是语言狂欢之后的肉体狂欢。诗歌成了欢场,是幸与不幸,日后自有公断,此处从略。其实,这一切本来与诗歌没有多大关系,肉体是肉体,而诗歌是超越了肉体的。不能说诗与肉体无关,但诗的确不是肉体。诗歌始终是诗歌,诗歌的生命和价值从来都不是始于身体又终于身体的。

这些身体写作的倡导者声称他们的寻找的是活的人,作为动物的有生命力的人,他们不知道在这种寻找(狂欢)中失去的,恰恰是人与其他一切生物的区别。人是有精神的,这是人与一切生物的区别所在,而精神则是诗的至高的标志。

---

① 尹丽川:《为什么不再舒服一些》。见霍俊明:《尴尬的一代——中国70后先锋诗歌》,广西师范大学出版社,2009年7月,第290—293页。作者就此诗作注说:"2007年11月1日到2日,在海口召开的21世纪中国现代诗研讨会上,与会者重新提起了70后诗歌并且以沈浩波和尹丽川的'身体'性诗歌为例。有意思的是,与会者分成两派,一部分批评家对沈浩波和尹丽川口诛笔伐,另一部分人却大加赞赏。"
② 霍俊明:《尴尬的一代——中国70后先锋诗歌》,广西师范大学出版社,2009年7月,第292页。

另一种乡愁

在中国诗中,乡愁是永远的主题。古代戍卒边关,黄沙荒漠,遥远的闺怨牵萦着一缕扯不断的乡愁。那是古诗中传统的意象。二十世纪中叶,台湾海峡彼岸悲声四起,那是由于内战,小小的一道海峡隔断了骨肉至情。一片夹在旧书中的槐树叶子,保存了旷世的愁思;一颗宣统年间的红玉米,一直飘摇在中原平野的屋檐。这是政治造成的家人离散,游子飘零。①

新世纪的乡愁不是一种离散,而是一种消失。离散可能是时限的,而消失注定是永久的。二十世纪末叶中国经济的崛起,其标志是市场的扩张,是迅速的城市化,后果是导致城市的无限膨胀。城市实行了对乡村的占领,也实现了对乡村的遗忘。故乡是渐行渐远的背影。这那些身强力壮的乡民,组成浩浩荡荡的潮流涌想了城市,他们把家园留在了身后,他们在城市成为边缘人。"衰草支撑的澄净天空,留下了一条回家的路,和没有归乡人的巨大的虚空";"忧郁的风,已无力扶起一缕炊烟";"一个人就像一个村子,有时心里空得不知所措"。②

当乡村被淹没在遥远的迷漫中,升起了无边的乡愁:"六十岁的母亲在地上割草她戴着一顶旧草帽她弓身九十度靠近土地她的脸快贴到了镰刀"。③ 这幅画面被永远定格了,诗人说,"我这一辈子也写不完这首诗"。还有一首,也是想念乡村母亲的:"肯定是黄昏,娘扶烧火棍,嘴唇干裂,炊烟渐稀,娘在喊我。"④ 这些,都传递着遥远的思念,这种悲愁是长久的,是由于母亲和

---

① 这里分别是纪弦和痖弦诗中的意象。
② 这些引诗分别见王志国:《异乡的春天》;王燕生:《家园》;牛定国:《一点忧伤》。
③ 冯楚:《母亲在割草》。
④ 陈亮:《娘总在黄昏时分喊我》,《诗刊》,2009年1月下半月。

乡村都变得遥远了!

批评家注意到那些离开了乡村的诗人对于家园的追忆和牵挂。霍俊明谈到江非笔下的平墩湖:"作为一个乡村在后工业时代的隐喻,在江非这里其实承载了历史记忆和现实承重的无限苦涩。它就像一张空空的药方,在沉重和病痛中煎熬一代人。当'瓦尔登湖'成为诗人们朝圣的圣地时,'平墩湖'成为我们透过迷蒙的历史和错乱的现实在20世纪末、21世纪初在中国的尘世中抓到的一把沉甸甸的泥土和苍凉的根须。"①

不仅是江非的平墩湖,许多对乡村留有记忆的诗人,都不由自主地把他们心爱的家园化成了文字,徐俊国的鹅塘村②,刘希全的南宋村。刘希全说:"一个小小的村庄,南宋村对我来说,它比世界上任何一个村庄都要大,并且意味深长。"诗人把他的村庄永远地留在了他的诗中:

> 多少年过去了,南宋村混杂的气味
> 仍然呛鼻:我知道哪些是灰菜的,哪些
> 是古柏的;知道哪些是菠菜的
> 知道哪些是枣树的,知道哪些是黑蜘蛛的
>
> 太阳落山,南宋村还依稀可辨
> 那是祖父的坟头,泥块松动,但青草茂盛
> 不远处,他的儿子,我的父亲
> 三年前也从异乡来到这里安睡
> 父亲,好像在微微喘息
> 但再也听不到
> 我长跪在地,泪水红肿的啜泣

---

① 霍俊明:《尴尬的一代》,广西师范大学出版社,2009年7月,第105页。
② 徐俊国:《鹅塘村纪事》,作家出版社,2008年11月。

> 太阳落山,那些流逝的光阴
> 在这里可以忽略不计,正如
> 我的远眺,与回忆无关
> 是的,发生在南宋村的一切
> 包括童年的我
> 都留在了南宋村①

新前不久去世的画家张仃写过一幅大篆斗方:"故园不可思",正是乡愁的极致表达。绿原在生命的最后写过《再见》,也是充满乡愁的告别:

> 再见,村边小河和河上的小桥
> 再见,穿过小桥在河上划的小船
> 再见,在小桥上向小船招手的伙伴
> 再见,我不肯躲避、又其奈我何的暴风雨
> 再见,可望而不可即、索性不去了的彼岸
>
> 于是挥挥手迈开了脚步
> 一迈步就会越走越远
> 只要始终凝神朝前看
> 虽然步步回头怎么也带不走
> 舍不得的小河、小桥和小船②

---

① 刘希全:《南宋村,太阳落山》,见诗集《慰藉》,光明日报出版社,2009年8月,第49—50页。刘希全,1962年12月出生于山东莱阳,2010年9月21日因突发心脏病在北京去世。著有诗集《爱情的夜晚》、《夜晚的低吟》《此情此景》、《慰藉》等。为哀悼他的遽然去世,《新京报》于2010年9月26日以整版志哀。《光明日报》也于2010年9月27日刊登《希全诗选》,其中《爱你》有句:

② 绿原:《再见》。此诗写于2008年5月。见《诗刊》2009年11月,上半月。

这是另一个意义上的乡愁,是在工业社会的逼迫下乡村逐渐消亡的一曲挽歌。世代耕作的农民不得不背井离乡到城市谋生,他们成为乡村的弃儿,他们只能在回忆中思念那渐行渐远的父亲乃至祖父的风景。这一次乡愁与以往的都不同,余光中和痖弦的乡愁,家乡只是在远处,没有消失,那种思念可追寻,而如今,却是永远不再!一篇关于村庄的诗歌评论指出,诗人笔下的村庄是疼痛的:这是"让人无比揪心无比流泪无比疼痛的村庄。——他走出了乡下的疼痛,又走进了城市的疼痛,城市的村庄里带有乡野枯涩的味道。"[①]

大地曾经摇撼

新世纪的第一年,即公元 2001 年的 9 月 11 日,美国纽约的标志性建筑双子星座大厦在一次突然的恐怖袭击中,轰然倒塌。这是新世纪伊始最让人不安的信号。而中国诗人对此的反应近于冷漠。那些平日叱咤风云重要的诗人几乎集体缄默。至今我们检视当年的创作,发现依然没有重要的作品可以留存。据说当时,互联网上甚至传出一片"叫好"的声音,这消息多少让人不安。值得欣慰的是,我们终于有幸读到一位有良知和正义感的青年诗人发出了中国人的关切与谴责的声音。长诗《2001 年,9 月 11 日》[②]这样呼吁:

> 不要用个人的躯体
> 秘密地制造恐怖
> 也不要用国家的机器
> 公开地制造恐怖

---

① 王名凯:《疼痛的村庄——读唐诗的村庄》。
② 胡丘陵:《2001 年,9 月 11 日》。台海出版社,2003 年 10 月。胡丘陵,1964 年生于湖南衡阳,著有《一种过程》、《岁月之纹》、《拂拭岁月》等。

> 不要使用人体炸弹
> 也不要使用核子炸弹————
>
> 让手中的钢刀
> 都成为收割的镰刀
> 让所有的枪声
> 都变成禾苗拔节的音响
>
> 让所有的炸弹
> 都用来开山凿石吧
> 或者,融化高山的冰雪
> 浇灌荒凉的沙漠

论者指出:长诗"记录了心灵被撞击的历程,通过意象暗示,传达了诗人热爱和平,热爱生命,反对恐怖,反对战争的诗歌理想和人类精神。——整首诗读下来,时而紧张,时而舒缓。章与章之间,节与节之间,语气、语调、节奏上的变化和转换都显现出一种动态、硬朗而又舒展的音韵之美,同时给人以强烈的悲剧感。"[①]事过多年之后,人们依然铭记此诗独有的魅力:"它不仅仅书写了这个事件,表达了诗人的情感经验和对当时具体历史语境的思考,同时更是以现代诗的特殊肌质、构架,严密的句群及细节呼应去穿透这个事件本身,表达诗人独特的感悟和想象。"[②]

在人们视野中淡出的抒情长诗的重新出现给人以欣慰。这种抒情长诗以当前重大的事件(主要是政治事件)为基本题材,可以说是专为政治的长篇书写而设置的一种体式。它滥觞于抗

---

① 蓝棣之:《2001年,9月11日·序》。台海出版社,2003年10月。
② 陈超:《心灵对"废墟"的诗性命名》,《文学报》2007年2月8日。

战时期，以艾青和田间的实践最力。但当日体制多着眼于情绪的宣泄，不大着意于具体事件和意识的契入。到了五十年代，出现了贺敬之和郭小川的创作，他们在原先的抒情格局中有意地嵌入了许多历史的事件和情节，从而使此类诗歌内容更加强化，具有了更多的"咏史"的性质。贺、郭二人在建立和完备长篇政治抒情诗方面成绩斐然，是此中最有力的代表性诗人。

五十年代一篇非常著名的政治抒情诗《和平的最强音》不出于他们之手，作者石方禹是一位"陌生的闯入者"。他的这篇力作以开阔的国际视野，突出的反帝主题，充沛的情感以及广博的知识、瑰丽的词汇、铿锵的节奏而引起广泛的注意。他的诗歌代表了获得独立解放的中国人民的心声。当然这首诗有它的局限，而这种局限是难以逾越的。置身于壁垒森严的冷战时代，长诗涉及责任、正义、真理等的价值判断往往会受囿于当时的意识形态的羁约。

现在回到胡丘陵的长诗引发的话题上来，自从二十世纪末叶中国实行改革开放政策，国门大开，思想解放，交流畅通，其影响涉及国家、社会的全方位，包括国民的心态。文学和诗歌当是首先受惠者，以诗而言，自从八十年代以降，迈向现代的步伐加剧，诗人的写作着力于"个人"，其价值趋向和道义判断也多有倾斜。由于对文革极端政治的反思，更加强了对"集体"的警惕。诗歌不仅有意地远离甚至排斥事关社会国家的大事，而且也对国际事件采取漠然甚至冰冷的姿态。

诗歌的价值取向产生了重大的偏离，这种偏离大抵表现为：轻集体而重个人，弃公众关怀而沉溺自我。诗人因厌倦政治而排斥、反对表现政治——政治是什么，政治就是代表个人以至集体的事关大多数人的大事，试想，离开和排斥了这些，诗歌剩下的会是什么？"纯诗"的提倡强化了这种认识的误差，一些人偏执地认为个人以外的任何加入都将带来"不纯"。他们的这种

"洁癖"十分可怕。

二十世纪的灾难已成历史。人们对新世纪的期盼和祈愿是告别战争、告别"革命"、也告别恐怖和流血,人们祈求永世的太平。2001年9月11日的突然袭击,使这一切良好的愿望化为泡影。巨大的爆炸声并没有惊动一些人的个人梦,他们依然在房间的一隅自说自话。这就是我们此时述及的在巨大震撼面前"集体失语"(或曰"麻木")的深刻原因。

随着新世纪而来的,不仅有纽约大爆炸,接连发生的海啸、风暴、洪水、SARS和禽流感的肆虐,这不断发生的灾变考验着中国诗人的良知和承受力。但情况依然是,少有巨大的回应,更缺乏足以传留的警世的名篇。现在到了2008年5月12日14时28分,北纬31度,东经103-4度,中国汶川地区发生了大地震。最早传递这信息的是当时没有具名的《生死不离》[①],它以手机短信的方式引发了悲哀的飓风:

> 生死不离,你的梦落在哪里
> 想着生活继续
> 天空失去美丽,你却等待明天站起
> 无论你在哪里,我都要找到你
> 血脉能创造奇迹,
> 你的呼喊就刻在我的血液里

---

① 《生死不离》的作者是王平久。此诗未见公开发表,当时在网络和手机上流传。地震后收入海峡文艺出版社的诗集《生命之重》(该书由茶居萧何编选,名誉主编高洪波,顾问谢冕,孙绍振。2008年8月出版)。令人不解的是,这样一首当时影响极大的诗,几本重要的年度诗选均付阙如,就我此刻手边拥有的2008年年度诗选:杨克主编的花城版《2008中国新诗年鉴》;王光明主编的花城版《2008中国诗歌年选》;诗刊社主编的漓江版《2008中国年度诗歌》。这些主编,都有意无意地冷落了这首引发全中国悲情的诗篇。

生死不离，我数秒等你消息
　　相信生命不息
　　我看不到你，你却牵挂在我心里
　　无论你在哪里，我都要找到你
　　血脉能创造奇迹
　　搭起双手筑成你回家的路基

　　生死不离，全世界都被沉寂
　　痛苦也不哭泣
　　爱是你的传奇，彩虹在风雨后升起
　　无论你在哪里，我都要找到你
　　血脉能创造奇迹
　　你一丝希望是我全部的动力

　　惊愕和绝望之际喊出的第一声就是：生死不离！这是生者的吁求，也是亲人诀别的心灵悲声。山崩地裂，阴阳两隔，惨烈中唯一的祈求就是："无论你在哪里，我都要找到你"，"你的一丝希望就是我全部的动力"。什么是动人的诗？在此刻，能喊出千万人的心声的就是好诗。那种与世无涉的"技巧"，在这里显得有点束手无策了。血肉与共的撕心裂肺的剧痛，是无须修饰的。诗是心灵的抚慰，重要的是这种疼痛感，而不是所谓的"深刻"。《生死不离》是一首素朴的诗，真情，凝括，不矫作，平常的语词间隐藏着经典式的警句，唤起了千万生民的同声一哭！

　　在地震当天第一时间流传的还有当时也是佚名的作者写的《孩子，快抓紧妈妈的手》[①]。这是一个失去孩子的妈妈对于亲子的哭唤，当日手机上传遍了这位母亲悲哀的声音，这是一场生

---

　　① 幸好，在前述三个选本中王光明主编的年选收入此诗，署名"无名氏"。海峡版《生命之重》则考证出作者是苏善生。

者和死者的肝肠寸断的对话：

> 孩子
> 快,快抓紧妈妈的手
> 去天堂的路
> 太黑了
> 妈妈怕你,碰了头
> 快,快抓紧妈妈的手
> 让妈妈陪你走
>
> 妈妈,你别哭
> 泪光照不了
> 我们的路
> 让我们自己,慢慢地走
> 妈妈
> 我会记住你和爸爸的模样
> 记住我们的约定
> 来生一起走

这是生者与死者的对话,对话是虚拟的,但却是人间至情的表达。记得当时多少人含泪读着手机传来的诗句,情景极为感人。此时此刻,诗歌终于走出了那小小的客厅和书房,回到了那变得有些陌生的公共空间。诗歌不再耻于谈论关怀、悲悯、或同情这些词汇了。有多少诗人面对这突发的灾难扪心自省,诗人责备了曾经的"轻浮"甚至"可耻"[1]。国家为这些蒙难者降旗举丧,汽笛长鸣,哀声遍野。社会进步表现在对生命的尊重。许多

---

[1] 朵渔:《今夜,写诗是轻浮的——》:"请不要在他的头上动土,不要在她的骨头上钉钉子,不要用他的书包盛碎片！不要把她美丽的脚髁截下！",此诗最后注:"2008年5月12日夜草,13日改,14日改,15日改。"可见写作的艰难。

为地震结集的诗选都取名"生命",央视"我们"栏目主持人王利芬的诗文选本是《生命礼赞》,海峡出版社的一百位诗人的一百首诗取名《生命之重》,都强调了生命的主题。

  截至撰写这些文字的此刻,21世纪第一个十年尚未终了,而灾难似乎尚不肯罢休。2010年的夏季气候十分异常,满世界都是暴雨飓风,生灵在滚滚热浪中艰难地喘息。在中国,继汶川地震之后,又有玉树地震,三峡水位创了新高,重庆暴雨连绵,甚至历来干旱之地,也是江河泛流。接着是甘肃的舟曲,山洪造成的泥石流夺取了千百生命,无数人无家可归。2010年8月15日,国旗再度下降,举国哀悼。写过《生死不离》的诗人王平久,于哀悼日的前夜在网上发表"写给舟曲的歌",时间是8月14日凌晨4时40分,他说:"总是食言,说了不写歌,却又写歌。有泪就有歌。心是舟,曲是爱。心爱舟曲,便是歌。相信,一切会过去,一切也会开始。"下面是他新作《风雨同舟》,也是一首语言简洁流畅的好诗:

    有风我们一起挡
    有雨我们一起扛
    风雨中我们是海洋
    希望是彼岸的目光

    有难我们一起上
    有苦我们一起享
    危难中我们是力量
    勇敢是生命的放荡

    越有风雨越要飞翔
    越到最后越要坚强
    站起来是因为信仰

风雨是明天的阳光

风雨同舟心是爱的船桨
风雨同舟有你有我逆流而上
风雨同舟天地落在身后两旁
风雨同舟爱是心的远方

　　大地震的悲歌一曲,使诗有机会走出个人的私密世界,造成与公众空间的契合,诗人以自己的行动证实他们没有遗忘人民,他们的心与人民的甘苦、悲欢与共,特别是在灾难降临之际:"山崩地裂之后'人民'就不再是抽象的了人民就是那些被压在最下面的人就是那些在地狱的边缘上惊慌逃难的人——"[①]废墟中一只美丽的发夹,一个带血的书包,用自己的身体护着学生的老师,那些舍死忘生的士兵和救援队员,这就是人民,这就是我们诗歌的最重要也最长久的主题。

　　二十一世纪的最初十年,有一场比瘟疫还可怕的SARS袭击了中国,而后是汶川大地震、玉树大地震,除了这些让人心痛的事件,还有盛大而辉煌的奥运会和上海世博会,还有共和国的花甲之庆,接连不断的眼泪和欢笑构成了世纪初绚丽多彩的诗歌画卷。高昂的情绪,激情的想象,短章和长句,从数十行直至长达数千乃至万行的抒情篇章竞相出现,蔚为一时之大观。

　　但事过之后的冷静观察,其中能够超越时空而能保留在记忆中的诗篇并不多见。这情景让人深思。其间原因多半是由于缺乏独到的角度,也缺乏奇特的运思,广阔而深刻的对于事理的开掘,多数的倾向流于事件的罗列和铺排。已成惯性的政治抒情的方式,激昂的铺陈,炫耀式的颂赞体,制约着更多的可能性。

---

① 王家新:《人民》,茶居　萧何主编《生命之重》,海峡文艺出版社,2008年8月,第148页。

这些抒情的惰性约束了面对大事件所应拥有的大境界和大情怀的揭示与发扬。

诗歌没有陷落

世纪初的诗人们的写作表明,诗歌没有陷落,诗歌在顽强地坚持。一系列重大的事件中,诗人没有缺席,他们的在场,给了我们以信心。在更多的场合,诗人们在调整自己的姿态。2006年6月13日沈浩波在长沙岳麓山诗歌节上反思了以往的经验:"朦胧诗以后,沉浸在反抗意识形态、语言解放、思想解放和个人写作的中国先锋诗歌,不但将传统的浪漫主义和现实主义当作陈腐之物,更将'直面时代'视为与艺术背道而驰主流货心生不屑。"他说:

> 今天的时代,是一个浩浩荡荡的时代,一个迅速摧毁一切又建立一切的时代,是一个如同开疯了火车般的时代,是一个疯狂地肆虐着所有人内心的时代,是一个令人瞠目结舌气喘吁吁的时代。这么大的时代,这么强烈的时代,我们的诗人却集体噤口了,到底是不屑还是无能?时代的发展越是快,其核心就越难被我们所把握我们不能就远离这个时代,就畏惧这个时代,作为这个民族的诗人,我们不能集体对这个民族正在发生的一切视而不见,何必非要扭捏着去接受一个"诗歌在时代之中"的借口而不能去主动地"直面我们的时代"呢?要知道,这个时代正是由我们每一个人构成的,我们的心灵天然就能够感知这一切,为何要放弃,定要躲进书房、躲进语言、躲进艺术呢?①

---

① 沈浩波:《诗人能否直面时代?》,见杨克主编:《2006 中国新诗年鉴》,花城出版社,2007 年 10 月,第 284—285 页。

事实上,人们面对生动而驳杂的诗歌现实,都有着一种复杂不安的心态。杨克主持诗歌年鉴历时十余年,每年他都亲自书写工作手记。在这些文字中既留下了他的欣悦也留下了遗憾。2004年的工作手记:"这是个'量'的时代真正的诗仍是罕见的、稀少的,如同精神,它总是看上去无所不在,而结晶体其实非经历磨难不能生成。——当下新诗仍需保持变化的活力,因此诗人对语言的态度完全可以自由、自由、自由——但写作同时也意味着每一字每一词都不肯让诗人自由。现代诗并不怕形'散',让人痛感的是普遍内在的'密度'和'精度'不够这确实是一种无奈的多元的诗歌现实。——年鉴所要呼唤的,那就是在一个物欲的、身体的年代,诗人心性也必须觉醒。"[1]杨克委婉的用词表达了他对失控的"自由"的担忧。诗歌对于语言的"放任"和"纵容",已是众所周知的事实。不幸的是,诗是一种对语言最考究、也最苛求的艺术。

新世纪的最初十年,新诗除了上面叙述的涉及大题材的展开的问题,其实并没有出现任何的新意。也许人们不能忍受这样的刺激,但一个无须回避的事实却是:诗歌无大事,大国无大诗。也许那些充分自信的写作者立即反驳,什么大事,什么大诗?你到底要的是什么!所有的质疑都不是无因的,不论是正方还是反方,无可争辩的事实是,诗歌依然是在漫无边际地、也漫无目的地四处漂流着。失去了主潮之后,甚至也不存在可追寻的流向,否定了权威之后,干脆就是沾沾自喜的各自为政!

一个时代应该有一个时代的代表性诗人,他的存在影响全局。五四时期有郭沫若,抗战时期有艾青,大后方有穆旦和他的朋友们,解放区有《王贵和李香香》和《漳河水》,五十年代有贺敬

---

[1] 杨克:《2006中国新诗年鉴工作手记》,花城出版社,2007年10月,第364—365页。

之和郭小川,八十年代有北岛和舒婷,最后是海子——二十世纪最后的浪漫诗人。他们引领着诗歌的潮流,他们的诗风影响了整个时代。

而此刻我们的事实是,所有的诗人都在写着自以为是的诗,而所有的读者也都在自以为是地摇头。所谓诗人的自以为是,是说诗人并不知道自己该写什么,怎么写。诗人们在挖空心思写那些"深刻"的诗,有写切西瓜的几种方式的,有写飞鸟的几种颜色的,也有写水的几种温度的,平庸、琐碎和无意义就是他们的追求。那些所谓的纯诗所体现的哲理,其实就是千篇一律的浅薄。

失去了精神向度的诗歌,剩下的只能是浅薄。同样,失去了公众关怀的诗歌,剩下的只能是自私的梦呓。诚然,诗人看重的是他的独立自主的品质,他的工作是个体的劳作,但的确,正如一位诗人所说:诗歌"有可能表达某种共同的经验和情感,从而在其他人那里唤起'共鸣',他甚至有可能为一个时代的经验和困惑'命名'。一个诗人要坚持一种写作的难度,不向任何时尚和风气妥协,坚持按照自己的艺术标准写作,但在另一方面又要保持一种对历史、人生和灵魂问题的关怀。只有这样,它才能具有某种'公共性',才会具有穿透人心的力量。"[①]

这段文字智慧地处理了个人写作与公共关怀的关系,它指向了造成当今诗歌创作颓势的要害。自从八十年代打开思想解放的闸门,文学和诗歌挣脱为政治服务的羁縻,返归个人写作的自由空间,已成一股不可阻挡的潮流。一些新进的诗人,不屑于表现社会国家的"宏大叙事",竞以回归自我的小天地为时尚。诗歌沉溺于私语状态久之乃成为常态。这就造成了面对巨大事

---

① 王家新:《诗歌能否对公众讲话?》诗生活网,2004年11月20日,北大五四文学社座谈会上的谈话。

件的仓皇失措和"失语"的尴尬。这样的局面由于本世纪频发的灾变以及接连的诸多节庆的"宏大叙事",引发了悲欢交汇的旋风,从而使那些偏见与积习无形中得到了纠正。

人们对诗歌的不满由来已久,而诗歌业界中人却从来不予理会。有人面对质疑反问:你到底要诗歌干些什么?回答应当是,诗歌可以而且应当按照诗人的意愿为所欲为。但诗人同样没有理由对社会的重大问题无所用心。历史上所有的伟大诗人都不会陶醉于自我抚摩而远离人间的大悲哀、大欢乐。对于诗人而言,为自己所处的时代、为自己所热爱的国家乃至为人类的命运而书写和吟咏从来都不意味着羞耻。

对二十一世纪诗歌的祈愿是一曲和平和友谊的梦想:

> 一个拥抱一个世界
> 你的世界是我们的拥抱
> 拥抱很大很小的世界
> 世界很远很近的拥抱
>
> 一个微笑一个世界
> 你的世界是我们的微笑
> 微笑有情有爱的世界
> 世界有涩有甜的微笑[①]

之所以引用这首歌曲,除了肯定它建立于世界大视野的言说,更是有感于它的节律追求接近于我们心目中的诗,现下的诗是离开诗的语言的精致和音乐性越来越远了,这不能不让人感慨焦虑。新世纪的行进不觉已是十年,我们曾经期望它将带给我们什么。然而,似乎一切照旧,甚而愈行愈远。

---

① 2010上海世博会志愿者主题歌《世界》。

已经过去的二十世纪,为我们留下了辉煌的诗歌遗产。那些伟大的心灵如同百花赶赴春天的约会,纷纷选择十九世纪的最后时光来到世界:艾略特是1888,阿赫玛托娃是1889,茨维塔耶娃是1892,艾吕雅是1895,叶赛宁也是1895,马雅柯夫斯基是1893,洛尔伽是1898,博尔赫斯是1899,来得晚的是聂鲁达,是1904,奥登是1907,艾青最晚,是1910,距今也整一百年了。他们都把最年轻的生命留在了二十世纪,他们是那个世纪的骄傲。

　　中国新诗诞生于二十世纪,它给那个世纪留下了可贵的诗歌遗产,那也是一个长长的名单。二十世纪的终结,二十一世纪的开端,人们总有殷切的期待,期待如同二十世纪初期那样,从世界的各个方向,也从中国的各个方向,诗人们赶赴一个更为盛大的春天的约会。而奇迹没有发生。

　　在中国,诗歌如同往常那样,许多人在写,写的很多,但是很少有让人感动的、而且广为传诵的诗。也许"面朝大海,春暖花开"真的成了世纪的绝唱。从那时到现在,我们一直在等待这样动情的诗歌,然而,奇迹没有发生,而我们依然等待。①

　　等待,这是一种焦虑,也是一个结语。

　　2010年7月30日,北戴河"全国诗歌理论会议"归来,写毕。事后多次修改。2010年9月21日在上海松江惊闻刘希全噩耗,返京再改,以为我对这位年轻朋友的永念。2010年9月26夜记于昌平北七家。

---

① 谢冕:《奇迹没有发生》,《中华读书报》,2010年7月14日。

2012

2011年工作汇报*

文集

《依依柳岸》谢冕著 百花文艺出版社 2011年4月
《一条鱼顺流而下》谢冕著 百花文艺出版社 2011年4月
《阅读一生》谢冕著 百花文艺出版社 2011年4月
《咖啡或者茶》谢冕著 长春出版社 2011年12月

论文

《时代呼唤诗歌的担当》《人民日报》2011年1月6日
《他开辟了另一个审美的世界》《文艺报》2011年1月19日
《诗歌是做梦的事业》《人民日报》1011年4月12日
《守望或者坚持》《文艺报》2011年7月25日《文艺争鸣》2011年8月号
《召唤与抉择》《西南大学学报》2011年第6期
《那些空灵铸就了永恒》《中国艺术报》2011年10月19日

创作及评论

《思想是百年的荣光》(诗歌)《北京大学校报》2011年5月5日
《大氅飘飘》(诗歌)《平凉教育》2011年6月24日
《美不可言的八碟八碗》(散文)《新民晚报》2011年1月25日
《寻找外公的家园》(散文)《闽都文化》2011年春季号

---

* 据文稿编入。

《在抚顺发现诗意》(散文)《新民晚报》2011年3月24日
《士兵情怀 儒将风采》(评论)《文艺报》2011年5月11日
《诗心在山水之间》(评论)《新民晚报》2011年7月11日
《岁月中那些花瓣》(评论)《人民日报》2011年8月3日
《星星伴我》(散文)《新民晚报》2011年10月3日
《我珍藏的"四世同堂"》(散文)《新民晚报》2011年11月17日
《一切与记忆相连的都很伟大》(评论)《文艺报》2011年11月14日
《他周围浓浓的书卷气》(评论)《新民晚报》2011年12月30日

访谈

《期待让人眼前一亮的好诗》《河南日报》2011年6月21日
《引领先进文化:谢冕心中"永远的校园"》《平凉教育》2011年6月24日
《文化:"雅"与"俗"要良性互动》《光明日报》2011年8月10日
《当代诗人应有"社会承担"》《深圳特区报》2011年11月3日
《现代诗人必须回顾古典》《深圳商报》2011年11月3日
《"我看到了江都的创造精神"》《江都快报》2011年11月23日
《"心仪于充满锐气的批评"》《光明日报》2011年12月26日

会议

2011年12月,出席在闽江学院举行的谢冕、孙绍振、徐敬亚"三崛起"高峰论坛。

2011年11月,出席在上海松江举行的上海诗歌朗诵节,为《诗探索》华文青年诗人奖评委并颁奖。

2011年10月,深圳读书节,在深圳大学举行与洛夫对话会。

2011年10月,出席在厦门举行的第三届中国诗歌节。出席在厦门大学和集美大学举行的"诗歌论坛"。发表论文《那些空灵铸就了永恒》。
2011年9月,出席《人民文学》在包头举行的"诗歌的公共空间"研讨会。
2011年6月,出席在郑州举行的《河南诗人》创刊一周年座谈会,并被评为该刊编委。

工作
参与筹备中国诗歌基金五周年纪念册的工作,并作序言《这里是新诗的故乡》。
为骆英《7+2登山日记》作序:《世界的极点也是生命的极点》,并出席诗集出版的研讨会。
在中坤诗歌基金五周年纪念会上发表《我也有一个梦想》的讲话。
参与筹备第三届中坤国际诗歌奖的工作,担任评委会主任,并出席颁奖会,作题为:《向诗歌致敬》的讲话。

2012年1月1日,于北京大学中国新诗研究所

简洁创造了温暖*
——读车延高

诗人说,简洁创造了圣洁,他说的是他笔下的雪原风光①。我说,简洁创造了温暖,我说的是他的诗,具体说,是他的诗所创造的独特的风格。他的诗,诚如这本诗集的名字所昭示的,很温暖。读他的诗是一种享受,清丽的语言,睿智而充满异趣的意象,那些奇幻的词语,自然地、似是不假思索地叠加着,涵容着那些优美的眼前景和心中情。诗句是流畅的,却又是精致而蕴藉的;他不追求艰涩,也不故作深奥,他的遣词用语,看似通彻透明,却又是曲折深致的。他以通常的词语,引导着我们进入他的世界,让人若行走于幽冥的山谷,眼前出现的是一潭清影,一泓绮丽:深邃、清洌、却又是梦也似的轻摇曳着的。

清新,却又有点神秘。简单,却又是须经琢磨方能体味的。他能在常人所见的平常中产生奇想,又能以通常言辞奇特地表达这种仅仅属于他的幻想或心绪。这些独特而温暖的意象,在他的诗集中几乎就是一种"常态"——奇词丽句俯拾可得:

　　我把星星从天边摘下
　　镶嵌在屋后的每一座山顶

---

* 此文是为车延高获得鲁迅文学奖的诗集《向往温暖》所写的评论。据文稿编入。

① 这是车延高诗集《向往温暖》中的一首诗题,其中有句:"孤独时分,简洁创造了圣洁"。

月就在崖边,是一轮惊心动魄的美①

这是一些艺术作品中常见的画面,他写得自然而别致,却有一点巧。星月之夜的美景,经他这么随意地"转换"一下,可谓境界全新。我们仅从这首诗的命题《一树光宗耀祖的花香》——一树"花香"就很奇特,而且还"光宗耀祖"——中就看到作者惊人的用语的智慧。另一首诗题也有新意,叫《青春被纺车织成线》——他指的是母亲纺出的线里保存了母亲的青春。读着这样的诗句,我们完全不会吃惊,因为事实证明了他充盈的才气。再看,《骑半个月亮去接你》,题目奇,诗更是夺人:

等最后一场雪被太阳埋葬,你就来
我会通知草原
让一匹马骑半个月亮去接你

格桑花排列成等待,自由的花香
逃离了顶顶毡房
在蜜蜂野性的翅膀上张望②

要是说格桑花"排列成行",平平而已;这里说格桑花"排列成等待",可谓奇兀。在诗人那里,花香不是人云亦云的"弥漫",而是"逃离",自由的花香逃出了毡房,而且居然还会在蜜蜂的翅膀上"张望"!须知他写的是花香啊!你就不能不为他这些"轻易"道出的绮丽所惊叹。"一腔幽怨嵌入月亮的苍白","一柄琵琶哭哑了弦"③,他惯常于以虚写实,把动词和名词、形容词随意地置换,他就会如此这般地"折腾"我们习以为常的词语。草原上的雪不是"融化",而是被太阳"埋葬";春天是被"通知"并让一

---

① 见《一树光宗耀祖的花香》。引自诗集《向往温暖》,后同,不再注明。
② 见《骑半个月亮去接你》。
③ 见《一柄琵琶哭哑了弦》。

匹马"骑半个月亮"接来的。这就是他手底练就的真功夫。在别人那里,春天可能是千篇一律的,在他这里,春天却是独一无二的。他写春天的草芽拱破冰雪是:"草籽啃着泥,吃三月的新鲜";他写春麦发芽:是春天用牙把自己咬破,"在土地上制造音符"①;他展示草原早春的气息更奇诡,简直是出神入化——

> 那些很懂事的牛羊好像也感觉到了
> 心无旁骛,认真地低头读书
> 把一根根草嚼成草原的诗句②

他写得轻松,优美的想象畅如泉涌,他确是举重若轻。但人们往往只看到他的"轻",却忽略了这背后的"重"。他真的是写得快乐,却也是吟得辛苦。许多优美、瑰丽、神奇,是经历了千辛万苦的淬炼出来的。但他依然显得娴静,娴静得如他笔下的月华:"月落魄为一枚闲章"③。即就这一枚"闲章"而言,却也非同小可,都知道,在中国诗词中,家喻户晓的"月亮",经历了无数的比喻和形容,什么"白玉盘",什么"天上宫阙",与此刻脱口而出的"闲章",其间的距离少说也有千年之遥。

他的诗是美的,景色美,人也美。他笔下的女性不论是江南的还是塞北的,也不论是古典的还是现代的,都是风情万种,令人不忘。这是古典美人:双臂是唐朝的藕节,一块青石卧于灞桥,如横陈的玉体,怕碰醒三千佳丽④;这是现代美人:水一样的身子铺在床上,一朵荷花摇摇摆摆,是家里白白细细的瓷器。⑤俗说"米脂的婆姨绥德的汉",他写米脂的婆姨也充满情趣:"喝

---

① 见《我想问》。
② 见《骑半个月亮去接你》。
③ 见《意境以外的意境》:"水底,月落魄为一枚闲章哪个朝代的驳岸端坐在石头上替一个女子梳妆"。
④ 见《在时间里洗手》。
⑤ 见《不用窑变》。

了多少南瓜汤,才有那么一对奶,采了多少黄花蜜,才有这么一双眼"。① 读着他的这些诗句,可以感觉到他惊人的才情。

他总是这样随心所欲地吟咏着。茶余,酒后,兴之所至,信笔拈来,俱成佳句。识他的人知他嗜酒,故他笔底总有盎然的酒气。他把自己"喝成了红颜",惺忪的睡眼望去,杯盘狼藉的诗歌和散文醉着,躺下的筷子铺出了一条天路。这仿佛是在自况。他是未饮先醉,醉了还饮,而后以他的锦心绣口喷出了满天繁星。状物如此,写情亦如此。诗中总洋溢着一份酒香和酒意,而流露的却是诗人的真性情,他的诗因其美丽而富于想象而给人愉悦和温暖。

深厚的古典修养使他的写作优长于诸多同辈诗人——至少在词汇与联想的丰富性方面是如此。他读《葬花词》:初抹的胭脂被他吃了,只能用牙咬断一世孽缘;他怀念遥远的一位诗人:院门前的橘树是为一首诗栽的,九畹溪的眼睛像流水一样透明。② 他从古典里开掘出许多新奇,那些华彩的词句从他的笔底联翩而出:眼睛像绝版的蝶恋花,一缕相思,搀扶那一抹孤芳自赏的闺怨。③ 当然,古典的修养只是助力,诗人自我的想象力比什么都重要。他说过,我时常有梦:每片叶子都是诗稿,我是阳光的一片草原,我是月色的睡不醒的摇篮。④

诗人生活在一个纷繁的时代,他表现的不只是沉静之美,古典之美。他也有现实的关怀和焦虑,他也深知民间的劳碌和辛苦。乡村,劳作,母亲的纺车,那些被岁月消磨了青春的姐妹,那个让他记住母爱的人,还有大地上的苦难,那些地震中失去孩子的母亲们的悲伤,他都没有忘记。面对这些,他都有悲哀的、然

---

① 见《米脂的婆姨》。
② 见《时间是说话的青天》。
③ 见《一首词从院落里出来》。
④ 见《我时常有梦》。

而依然美丽的诗篇。诗人的爱心依然充盈在他的字里行间。有的诗,依然保留了他独有的机智和幽默,这是他眼中的乡村风景:从来不洗澡的河流,一群牛羊在"研究"拖拉机。①

当然,相比而言,这些以现实为题材的诗,有的有些随意甚至拖沓,缺少了他自成风格的那份精致和细腻。《乡里来的》、《怕乡亲盲目羡慕的眼睛》、《把自己当扁担的人》等都或多或少地存在这种缺憾。联想前些日子关于他的二、三首诗(这些是不在获奖诗集《向往温暖》中)在网上的被广泛引用和诟病的"事件",联想到那些诗作的对于语言的有意无意地轻率,虽说那些议论有些偏颇,公平地说,批评是触及了他在写作中的一些问题的。

当然,"事件"已经过去,我们如今冷静地面对他的这部获奖诗集,公平地说,他不仅没有辜负了这一重大而庄严的奖项的名声,而且,对他而言,获得以鲁迅命名的文学奖是名至实归。这就是我对车延高的迟到的祝福和庆贺。

2012 年 1 月 1 日于北京大学中国新诗研究所

---

① 见《一群牛羊在研究拖拉机》。这首诗中也有佳句:"三月睁眼,粉红的桃花搁浅在山坡醒来的草和树叶练习张望"。

岩佐昌暲和中国文学*

  岩佐昌暲先生是资深的汉学家,数十年来,他全身心地致力于中国和日本的学术交流。在中日两国的学术界,岩佐先生的深厚学养和治学精神受到普遍的尊敬。岩佐昌暲对中国文化、文学的研究是全面的,但侧重于中国现、当代文学特别是中国新诗的研究。他发扬了日本学者尊重史料和考据的学风,他的学术研究扎实谨严,在广泛阅读和占有材料的基础上结合对研究对象生平、著述进行深入准确的考辨,立论稳妥,言必有据,论述深邃。

  岩佐先生长期执教于九州大学,因为地缘优势,对曾经在日本留学、特别是在九州生活学习过的中国作家与日本文化、学术的关系之研究尤为关注。岩佐先生在九州大学六本松校园以"现代中国讲座"为学术平台,领导日、中两国学生以九州大学为中心,专门展开中国留日现代作家的研究。其间涉及郭沫若、陶晶孙、张资平、夏衍以及鲁迅等著名作家,以及若干日本作家的专题讨论,成绩斐然。关于此事,岩佐先生在说过:

    在日本,如果说东京和京都与中国现代文学的关系最为密切的话,那么接下来的可能就是九州了。但是,中国现

---

* 此文据文稿编入。作者按:这是我为岩佐昌暲译著:《中国新诗的步伐》所作的序文。需要说明的是,岩佐先生谦称该书是"译作",而我却认为他是既"译"又"作",客观地说,他是该书的作者之一,故称"译著"。此说明未曾事先征得岩佐昌暲先生首肯,十分抱歉。

代文学与九州存在着很深缘分这一事实,几乎没有被九州的当地人所知晓。例如,在序章中提到的陶晶孙这位创造社的作家,其母校九州大学医学部原来就不知道他就是毕业于本校的陶炽。当时陶炽所在的医学部以为他是日本人——①

他默默地做了很多类似陶晶孙这样的史料考证的工作,他为日中两国文化交流所做的工作是持续不懈且不事声张的。他编著的《中国现代文学与九州》只是总体成就中的一部分。岩佐先生因为对中国"文革"前后的历史有深切的感受,长期以来他把更多的精力贡献于"文革"文学及红卫兵诗歌、知青文学方面的素材搜集、整理和研究上。② 我记得关于知青长篇抒情诗《理想之歌》,他曾与作者之一的高红十通过心件,翻译并有过精彩的推荐。

我和岩佐昌暲先生结识于上世纪八十年代初,第一次见面,我们有点"浪漫",约会在北海公园的琼华岛。这就开始了我们的友谊。九十年代初期,我盛情邀请他来北大做访问学者。他在北大协助我做了相关的研究项目。我和我的学生们都敬重他,从他身上我们学到了求真务实、一丝不苟的学术精神。那时岩佐就告我,他要与我合作做一本中国现代诗歌方面的书。他的想法是,以我的若干著作为母本,由他译成日语,再做必要的改写和补充,这些事,都由他来做。我答应了。

他回国后就投入了紧张的教学和研究工作,其间还担任繁重的学术行政的任职。我也是陷入了身不由己的日常琐事之

---

① 岩佐昌暲编著:《中国现代文学与九州·编后记》,南京师范大学出版社,2011年3月,见该书第196页。
② 这方面的著述有:《中国少数民族和语言》(光生馆,1983年),《红卫兵诗选》(合编,中国书店,2001年),《"文革"时期的文学》(花书院,2004年),《八十年代中国的内景——文学与社会》(同学社,2005年)等。

中。除了必要的问候,我们很少见面。这就到了我从北大退休,随后他也从九大退休的时候了。但他是一诺千金。他一直没有中断他决心做的事。现在的这本《中国新诗的步伐》正是他当年想做的那本书。

时间已过了至少二十年,他一边应对着日常紧张的教学、研究和繁琐的行政事务,一边坚持着这本书的翻译和写作。据我手边的材料显示,《中国新诗的步伐》的1919—1949部分的第一册完成并印制于平成十八年(2006年)十二月三十日,第二册是平成十九年(2007年)六月二十五日,第三册是平成二十年(2008年)十二月二十五日,第四册是平成二十二年(2010年)十二月二十五日,第五册是平成二十三年六月二十五日,第六册是平成二十三年(2011年)十二月十五日。与此同时,此书的其他部分也是这样不间断地进行着。他的毅力和决心真是令人感动,他是锲而不舍,金石为开!

他的工作是繁重的,绝不仅限于翻译。译只是初步的和基础的工作,为此他已做了极大的努力。我不懂日文,但我相信他的敬业精神,他一定会把我的文字视同己出。更大量的工作是在翻译以外的,我所知不全,仅就我掌握的而言,一是注释,他为了适应日本读者的阅读水平,对文本做了许多基本的详尽注释;再就是,也是适应日本读者对中国新诗的了解程度,并为了引起他们的阅读兴趣,他在原文之外附加了许多诗人的经典作品的选译——大家都知道,诗几乎是不可译的,岩佐先生做到了,可知他付出了多大的辛苦!二十年的坚持,加上至少六年时间的诗选的翻译和注释这些后续工作,面对他今日的成功,我只有发自内心的感谢和感动!

我对不少的中国朋友说过我和岩佐昌暲先生的交往。我从岩佐身上不仅看到了一位学者的风范,而且看到了作为传统的日本知识者的品质。我经常引用的是一件在日本人看来极平常的事例,那年我访日,在九大住了一段时间就开始从九州沿东京、大阪、京都、奈良、再回到东京的为时近月的学术访问。离福冈时岩佐告诉我,一个月后的某月某日中午十二时,他到我下榻的宾馆,陪我前往机场送行。

一个月后,我们约定的当日中午十二时正,我的门铃响了,站在门前的正是岩佐昌暲教授!我向我的中国朋友介绍这一"小事"时,心中想的不仅是岩佐先生,而且是整个的日本文化。

2012年1月1日,于北京大学中国诗歌研究院

又见苏忠[*]

　　《吹剑》有点诡异,《禅初》别具禅意,《青变》寓远古之幽思,是情到深处的顿悟;《夜坐衡山》想母亲的叹息和眼泪,惊得满山落叶簌簌。

　　他的诗意象奇幻,却出语平常。他的诗天宇宽广,却被那份自有的清醇化成了简约。《扶风》是苏忠近作的汇编,多为短句、短章,无冗词,无赘语,简约是他的基本风貌。

　　有时深情绵缈,飘逸着记忆的风烟;有时关涉现世,聚结着日常的烦忧。山晴雪,雨离别,枝乱颤,都是他的所见、所感,美言词,而深邃别有意蕴。

2012 年 1 月 14 日于北京大学

---

[*] 此文据文稿编入。

遥远依然亲近[*]
——读田思

那年从北京飞新加坡,飞行四个多小时才出国境,又大约两小时的光景方才抵达狮城。后来从新加坡飞吉隆坡,再从吉隆坡飞沙捞越,一次、再次地进出关,验证护照,这才感到了路途真的不近。沙捞越又叫北加里曼丹,它的南边紧挨着就是印度尼西亚。毫无疑问,我们那时就在赤道线上梭巡着。尽管南海近在咫尺,可是中国大陆却是非常遥远的北方了。

在沙捞越的首府古晋,迎接我们的马来西亚朋友中就有田思。一样的肤色,一样的语言,接触多了,才知道还有更重要的,那就是一样的中华文化。那时田思正执教于古晋中华第一中学,他带领学生组织了一个非常成功的拉让江诗歌朗诵演唱会,为我们的沙捞越之行增添了繁丽的色彩。田思先后就读于南洋大学和马来西亚大学,他是中文系出身,曾获得马来西亚大学的文学硕士学位。田思有着很高的文学素养。他还是一位用华文写作的诗人。

在马来半岛,华族的先民参与了当地的开发和建设,他们和本地的各个民族融合在一起,以汗水和智慧创造了社会的进步和繁荣。他们无愧于生养他们的丰饶的土地和人民。就华族的几代移民而言,一方面,他们亲密无间地融入了那个社会,另一方面,他们却奇特地,甚至是顽强地保存了自己的语言、习俗、信

---

[*] 此文据文稿编入。

仰、完整的中华文化。他们把中国大陆带来的中华文明的火种,在异国他乡绵延、传承、世世代代地发扬光大。这真是异常感人的历史事实。

当时我在古晋,后来在诗巫,从不觉得是在遥远的异邦。我们和当地的诗人相聚,就像是在大陆,在内地的某一地、某一日,和亲密的朋友很平常、也随意地聚会一样。我们饮茶、谈诗、闲谈或者会议,亲切而且自然。在马来西亚,我们像是在走亲戚。诗巫被当地人称为"新福州",作为家乡人,我除了熟悉的乡音,更是享用着熟悉的福州美食:传统工艺制作的肉燕、光饼、鱼丸、猪肉干、地道的闽菜。在诗巫的拉让江畔,我还"遇见"了来自家乡的福德公公以及伟大乡亲——林默,据说他们是明朝漂洋过海来此安家的。

我很早(与他会见之前)就读田思的诗。读他的诗不仅没有任何障碍,而且非常亲切,因为语言相通、而且情感的内涵与方式也相近。要有一些差异,那就是他的诗中充满了我们感到有点陌生的马来风情。他热爱生他养他的那片土地,他以汉语文字表达了他的这种热爱。热带雨林的浓荫和阵雨,一望无际的水田有水鸟惊起于苇丛,"像是一串白色的连音符"。还有九重葛牵引的晒台,巴乌莫长屋升起的袅袅炊烟,拉让江涌动着慈母般的脉息。这些都给我们以新鲜的喜悦。

最让感动的是他对遥远祖邦的怀想和崇敬之情。他的笔下丰富地传达着中华文明的信息,他写惊蛰、写端午、写中秋月、斟杜康酒、品陆羽茶,他读王安石,读苏东坡,他的诗中"跳动着李白和杜甫的灵感"。他用汉字写作,也用汉语吟唱,他本人就是中华文明铸就的知识者。不仅乎此,他付出心血,把这种深沉的中华情结传授给下一代。他教他们读唐诗:"孩子,这些黑蝌蚪排队的地方,藏着一个很好玩的唐朝"①;他告诉他们亲切的乡音:"或许是你奶奶留声机上转动的潮曲,或许是你爷爷陶瓷上手捏的龙纹,我把先人传下来的心血,用方方正正的笔迹画给你看。"②

"黑蝌蚪"、"潮曲"或者"龙纹",都是他永铭于心的中华文明的符号,也是他准备传给下一代的文化遗产。而诗歌就是其中的一种方式。有一首诗叫《墙上的声音》,其实就指的是悬挂墙上的中国字画——中华文明的象征,他不仅自己欣赏,而且依然没忘了把此种心境传给后人:"孩子,当他三岁时牙牙学语,我就让你在抑扬顿挫的跌步中,伴随着那些平仄的韵律成长。"③

由此我们可以悟到,为何在离大陆遥远的半岛,即使年代久远而中华文明却能奇迹般世代赓续的原因。诗人笔下的"孩子"有时是实指自己的子女,有时则指他教育的学生,他自己就是中华文明的薪传者。这是无须号召或指令的,全凭那颗心、那种爱,是一种集体的、自觉而又无声的心灵的召唤。诗人虽然世代生活在远方,他总找机会回乡寻根访祖。这不是一般人寻幽访胜的行旅,对他来说每一次都是朝圣之旅。在洛阳,在白马寺,在龙门石窟,也在泰山和杭州西湖。那年泰山遇雪,即使雪封山道也不能令他却步。对他来说,每一次回归祖地都是信徒的朝觐,都是向先祖的致敬。

对于田思而言,用汉字写诗是一种严肃的事业,他以此表达他的所思所想,诗是他的心声,而不是技巧的炫耀。不论是在马来西亚,新加坡,还是在中国或世界的其他地方,他的诗歌天空

---

① 田思:《教孩子读唐诗》。
② 田思:《乡音》。
③ 田思:《墙上的声音》。

非常广阔,他总是用诗来传达他的牵挂和忧虑,为万众的忧乐,为生民祈福。那日他从加帛返回诗巫途中,他发现蛮横的现代建筑正在吞噬江岸迷人的自然风光,他为"消失的梦谷"而痛心。① 诗人是入世的,他始终不能忘记他所处的社会和人生,他的心始终牵萦着人世的苦难,他的爱心博大而宽广。

小自一间"没有女主人的书房",大至世界各处发生的爆炸和流血,纽约双子星座大楼的坍塌,伦敦地铁的毒气袭击,峇厘岛夜总会的连环爆炸,他都不能释怀,也都有诗歌昭示他的"内心的海啸"②。远隔万里,他为中国的汶川地震抒写着悲情,《压不扁的微笑》、《我还想跳舞》、《女字是怎样写的》,他的这些悲痛的诗句定格了灾难来临时惊心动魄的场景。他坚信:滚烫炽热的泪将汇成一道温泉,灾难与殇痛之后必有热泪,它将映照人性的光辉。③

我曾在一些场合表达过我对一些诗人对世事冷漠的不满,现在我在万里之外找到了知己般的安慰与补偿。田思的这些诗作,体现了作为诗人的良知。遥远却是亲近。诗人始终站在真理与正义的一端,他弃取世俗与流行而庄严地承担了使命。他的那些表达了美好情感的诗篇代表了人类的尊严。他堪称是汉语写作的骄傲。田思新著《雨林诗雨》汇聚了最能代表诗人创作高度的名篇,他的这些诗篇照亮了他所诅咒的黑暗的天空。面对名篇《诺科玛》,面对他对这只智慧的海豚"你是二十一世纪最伟大的逃兵"的颂扬,我忍不住击节赞叹!④

---

① 见田思:《消失的梦谷》。
② 这是田思一首诗的题目,在这首诗中,除了上文引用的诗句,也还有对于社会现实的批判:
③ 见田思:《灾难之后必有热泪》。
④ 田思的《诺科玛》原诗有注:"诺科玛是美国海军陆战队中一只受过训练的大西洋搏鼻海豚,具有深测水雷的本领。它在3月28日和同伴首次在伊拉克执行扫除水雷任务时逃跑了。"

在当今的诗歌写作中,我目睹太多的矫作与滥情,也目睹太多的自私与冷漠,在他们那里,诗歌的神圣感消失了,代之以无休止的他人无法解读的喃喃低语,他们缺乏的正是此刻我们聆听到的诗人的博大的爱与恨。一些诗人应当在诗人伟大的悲哀中感到羞惭——

> 天空如此肃杀
> 纠缠着一只嗜喝石油的秃鹰
> 与沙漠之枭的恶斗
> 而落满一地的
> 却是无数白鸽带血的羽毛
>
> 天空该如此冷酷
> 像不断旋转的绞肉机
> 绞死五十万个幼童的未来
> 绞死几万只在海湾栖息的水鸟
> 毁灭沙漠周围的植被与生物链
> 连古文明发源地的两河
> 也在山埃和毒气下窒息①

是的,天空如此接近,却又是如此遥远。是的,诗人居住的国度如此遥远,它与我们的心却又是如此接近。这就是我此刻放弃了我和诗人共有的最隆重的节庆日,在万家在和平的灯火中欢庆团圆的夜晚,在窗外北京上空——也许在古晋或者诗巫或者吉隆坡的上空也是如此——灿烂的烟花映照下,我暂时放弃与亲友共庆春天的欢乐,在书房的一角,独自聆听遥远却又亲近的诗人的心声的缘故。

---

① 这是田思《天空如此接近》诗中的部分段落。

田思无疑是忠实地继承并发扬了中国新诗伟大传统的杰出诗人,它的创作保存并体现着我们最为珍惜的诗人的品质和操守,他是汉语诗歌写作的骄傲。他的诗如那吹过热带雨林的微风,又如马六甲海峡和南海温煦的浪花,澄澈而透明——他创造了真诚、质朴、清爽、俊朗的诗歌风格。

2012年1月22日至25日,农历辛卯除夕至壬辰正月初三,于北京大学

西窗相对默然*
——读庄晓明

案前放着庄晓明的诗稿。这篇文字的题目取自他的题为《李商隐》的一首诗。他说:隔着这秋夜雨帘,与你西窗相对默然,红楼仍是那么冷远,如青瓦上的雨声,寂寞濡湿了诗句。他的意境来自李商隐的《巴山夜雨》。但他没有简单重复李义山原意。而是由此生发开去,完成属于自己的想象。"红楼冷远"也好,"寂寞濡湿"也好,以及随后出现的"折射出一个王朝的黄昏"也好,从词语到想象,他都是在别求新意。

在《十四行·中国诗人》这组诗中,除了李商隐,他同时还写了从杜甫、白居易到苏轼、陆游等唐、宋两代的诗人。他写杜甫:你从容饮下人间苦难,吟出星瓦铺排的诗句;他写陆游:你伫立驿外断桥边,辨析一朵梅花黄昏的凋零;他写李清照:月儿已凋谢西楼,银银地镀闪你的两鬓。他用现代的词语再现了古典的魅力,更有诗人自我的评说。可以看到,他是在进行一次对于古典的重新解读,也是今人与古人的对话,体现了现代人对于远古诗情的加入和阐释。

我现在阅读的这本诗集,与一般的诗集有异,它全由组诗、长诗和诗剧组成,不见散篇。值得注意的是,它的题材虽有现代的,但多半取自古典,或古人、或古事、或古迹。他写魏晋风流,写盛唐气象,写宋元、写明清,人物之外,还写瓜州古渡,写瘦西

---

* 此文据文稿编入。

湖,写平山堂,那些逝去岁月中的闪光碎片,那些慷慨悲歌、诗酒风流的本事传说,都在他的笔下熠熠生辉。此外,他在浓郁的古典的氛围之中,特意引用了来自域外的十四行诗体——尽管他的十四行并非严格意义上的——但毕竟也造出了一种互相对照和映衬的效果。

庄晓明的诗和诗歌评论我先前就注意到,他是当代为数甚少的熟谙古典典籍的青年诗人。他读书颇多,博闻强记,有相当丰盛的旧学根底(据闻均是自学心得)。近期我有机会与他交谈,知他嗜书成癖,于古典用心尤多,这在年轻人中实属难得。现在,我们从此次展示的他的诗歌中,再一次得到印证。

这本诗集的第一组诗是《秋兴》。诗题来自杜甫的同题诗,也是八章,也许是偶然,也许竟是刻意,意在指明一种承继和延续的用心。他的写作体现古今的对应和贯通,他无意隐匿这一内蕴的出发点。有趣的是,他借用了古题,用的并不是少陵原诗的七律,却是"自创"的十四行体。他的写作虽也如老杜那样有感时伤世的成分,但更多的是传达现代人的意绪,是诗人自我心灵的外显。我们读杜诗处处可以感受到的秋天的落寞和凄清,而在作者这里却更在空灵中寓予更多的禅意。

在杜甫浩如烟海的诗作中,他的《北征》,他的"三吏三别",为他奠定了"诗史"的身份,但不可忽视的是,历史更愿意承认他的《秋兴八首》是杜诗抒情的杰作。庄晓明以新诗的方式同题赋兴,这里有明显而浓厚的向前贤致敬的初衷,也包含了一种延续和继承的自我挑战的隐愿。在庄晓明的诗中,我们触目可见满眼的秋色秋景,心中也是充盈着秋意秋情。但无言的强调依然是一种自古而今诗意的穿越。

他是用现代语言和现代意象表达他此刻的秋天感受:

  我无法拒绝这秋天的蔚蓝
  她从红枫那边

或早晨的窗外升起
　　使我忆及生活中的美好岁月
　　洞烛尘世的幽微
　　尤其这样的十月
　　我独立空虚的平原
　　接受这覆盖的蓝色火焰

　　他所看到的也是杜甫不曾看到的。平原有衬托着红枫的蔚蓝，瑰丽的秋色以及覆盖着整个天空的"蓝色火焰"，他从中悟及的生命的幽微。同样的秋色却是别样的感怀。庄晓明深知古意却是出以新境。他不是食古不化的人。

　　写魏晋风流也是如此，各题均有小序，约略述及对象行止。而看本文，却是真正的借题发挥，另辟蹊径。如写《与山巨源绝交》："让我与强权丑闻绝交 与尘世的黑暗告别 去寻觅我的炉火，诗篇 醉意中的生命天地"，这正是诗人自己对于生命价值的召唤和期许。再如《采薇日记》和《在孔子的水边》，前者文体独特，充满了现代意蕴，后者"祈祷着饥饿"、"祈祷着洪水"、"祈祷着孤独"，却是从感叹生命的流逝原意出发，而有了全新的扩展。

　　中国古典诗歌是中华文化的瑰宝，也是新诗的源头（尽管新诗在语言上有了革命性的变革），从古典汲取营养，用以丰富新诗的表现力，使五四新诗形成的新的传统和伟大的古典诗歌传统有更好的结合，这应当是中国全体新诗人的共同愿望。庄晓明现在的实践，无疑是为我们提供了非常丰富的启示。

2012年2月1日，农历壬辰正月初十，
于北京大学中国新诗研究所

有谁留下履痕[*]
——读罗春柏

  罗春柏为人认真,作诗也认真。他的诗如他的人,是实实在在的。读他的诗,不像读别的作品,他的写作不属于汪洋恣肆、意象密集的那种,说不上浓郁,却端的是恬淡的。不是他缺乏激情,而是他深藏了或转化了这种激情。他的才情是内敛的,低调而不张扬。他只是认真地做,不图外边的热闹,只是按照自己的方式默默地做。每一个字,每一个词,每一个比喻,每一个形容,都是细心地选择,字斟句酌,绝不苟且。春天摘花,夏日捕蝉,秋风吹过盼新年。[①] 他总是把一字一词熨帖地置放在最合适的位置。

  罗春柏的诗多短制,大都是短句、短章,画面甚疏朗,用字极省俭,形容重清雅。他的写作是一种洗尽铅华的清绝。他一般不用繁辞丽句,不知者以为是他不能,其实是他不为。他崇尚简约,慎言寡语,下笔总是寥寥,表面上似是拙于言辞,其实乃是刻意而为。罗春柏追求的是一种淡远的风格,人们往往因为他的这种追求而轻忽他的深沉乃至他的禅机。他"狡黠"地利用这种清清浅浅的诗风,而成功地"雪藏"了深潜的意义。他让人在他的"极易"中寻觅,而这种寻觅有时却是"极难"。他的确是有意

---

  [*] 此文据文稿编入。标题见罗春柏:《思维的碎片—何需理由》:"悲悯的泪水救不了楼台凋零,烈日抵不住夜幕降临。过客无数有谁留下履痕"。
  [①] 同上。

无意地造出了一个审美的迷局。

以写阳光为例,在别人那里难免会有一番极度的铺排和夸饰之处,在此类诗中总易见到满眼的金光闪闪之处,而在他这里却是清清淡淡的描写,他在遥远而陌生的爱丁堡,那里的阳光却是意外地清纯:

仿佛漂洗过,淡淡的一抹
橄榄油般轻轻地滑落①

这里的阳光是与众不同的:"漂洗"、"滑落"、只是那"淡淡的一抹",他就是这么淡,这么轻,却是道人所未道。他的诗就如他给诗集起的名字,就是那些"枝头的绿羽"——轻轻的、清清的、还有青青的,是飘浮在、飘拂在枝叶间的羽毛一般的细细的叶片。他一般不用浓墨重彩,他总是如此这般别出心裁的清浅平淡。打开诗集,随处都可"捕捉"这些轻扬在空气中的细细的羽毛——风把落叶飘起,飞雁带走翅膀:

淡淡的银霜
透出无言的清凉②

他把描写和装饰降于最低点,给诗篇留下巨大的空白,让人们用自己的想象去充填。他有自己坚定的审美追求,他在诗中极力营造一种宁静、安谧的境界,他极力化解一切的浓重和强烈,而使那一切的绚烂归于自然,他寻求的是这样"清凉世界"。除了禅意的幽思,他也不拒绝现世的关注,但即使是写"大"题材,如写对大地江山的爱,他依然是一以贯之的短促的篇章,简洁的用语,依然是充盈着丰富的简约:"浩瀚的大海 你以浪花的灿烂 掀起我的激情 心帆已经高扬 遥远的他乡 你以明

---

① 罗春柏:《爱丁堡的阳光》。
② 罗春柏:《九月》。

月的温柔　抚慰我的思念　游子不再苍凉"。①

　　读罗春柏，令人如入一座深藏不露的庭院，或许是一道影壁，或许是一片假山，或许是一丛竹影，却硬是生生地把整座园林的灵动和深沉隐藏了。他着力创造的正是让人在"平淡"和"简约"中获得并体验丰盈。从事写作的人都有体会，文章也好，诗词也好，繁复易而简约难，铺排易而凝缩难。滔滔千言者难免泛泛，吝于辞令者未必枯涩，罗春柏的写作证实了这一点。

2012年2月6日，壬辰元宵，于北京大学中国新诗研究所

---

① 罗春柏：《爱的诗行》。

与你相遇人生很美丽[*]
——《湘夫人的情诗》序

这是湘夫人写给她的情人的诗。湘夫人的身世既不可考，作为局外人，我们当然无从、也许更无必要对她的情人有更多的"考订"。说真的，即使我们真有这个隐秘的愿望，想对她的爱情寻根究底，但我们能做得到吗？我们还是断念吧，要知道，爱情有它特定的空间，它只发生在两个人之间，它具有永远的私密性。

作者是个隐身人，她半遮半掩，含而不露，如真似幻——似是伫立月下，似是藏身花丛，又似是飘然云端。愈是如此，便愈是诱人遐想。想象中的湘夫人一定是举止优雅，多情善感的人，不然，她怎么可能写出那么感人的诗篇？爱她的和被她爱的人真是有福！

其实我们不必太拘泥于事实的如此这般，诗歌多半属于虚幻和想象，诗歌重的是情感，不重事实。诗歌说的，说有就有，说无可能就无，我们原也不必太把诗人的说事认真了。当然，这是一般的"通论"。事情落实到湘夫人的这些情诗，看她的那份认真的快乐和幸福，那份彻骨的痛苦和伤悲，看她为了得到爱和因为失去爱的那份要死要活、丧魂落魄的样子，你就不能太不把它当回事了——她是真实的。

这个女人是情种，她的生活的整个魂儿，就是爱情。爱情给

---

[*] 此文未刊，据文稿编入。

她灵感,爱情使她美丽,爱情让她年青,爱情就是她的命。可以这么说,她是为爱而活的,她几乎一生都在恋爱!她爱得真挚、大胆、无所顾忌,一付我行我素的气派。我读湘夫人,内心艳羡那些被她爱的人和爱她的人。同时,又被她那奔涌的和磅礴的激情所烧灼。我欣赏她的情意绵绵的私语,更欣赏她天老地荒的倾诉!

不由想起一个古老的问话:"问世间情为何物,直教人生死相许?"在情感被普遍地沦为游戏的今天,湘夫人的情诗以及这些诗所传达的纯情的、甚至有点古典的意韵,总给人以"恍若隔世"的怀旧的伤感。

这些诗篇片断地、接力棒般地辗转到我手边,其间数易其人,而且来人总是诡秘地说:"坊间寻得,作者不明。"但却是毫不含糊地嘱序于我。友情为重,我岂能辞?

这个神秘的湘夫人是谁?

犹忆当年读《红楼梦》,总忘不了那个充满诗意的场景:憨湘云醉眠芍药茵。当日众姐妹给宝玉过生日,湘云酒醉花丛之中。众人闻讯一路寻来:"果见湘云卧于山石僻处一个石凳子上,业经香梦沉酣,四面芍药花飞了一身,满头脸衣襟上皆是红香散乱,手中的扇子在地下也半被落花埋了,一群蜜蜂蝴蝶闹嚷嚷的围着,又用鲛帕包了一包芍药花瓣枕着。"①

这是此书最让人着迷的一章,这园子里汇聚了当日最有灵气的、集美色与智慧于一身的年轻女子,黛玉的痴,宝钗的惠,平儿的俏,妙玉的雅,晴雯的黠,曹雪芹独独把"憨"字送给了这位醉眼惺忪的史湘云,可谓一字而境界全出。也许现实中的湘夫人就是这样一位美丽、聪慧、奔放而率真的、聪明又充满"憨态"的女性;也许湘夫人心仪的竟是这位从来咬音不准、满口"爱哥

---

① 曹雪芹:《红楼梦》,第六十二回。

哥"的史小姐！也许她的笔名"湘夫人"竟是从湘云小姐那里"顺"过来的？一份材料告诉我们，大凡七分聪明又带着三分"憨态"的女人最可爱。

我读湘夫人，当她沉浸于一杯浓情蜜酒的爱恋之中，我感动于她那刻骨铭心的痴迷；当她全身心地投入于她的所爱而又无可补偿，她的自制与镇定、以及化解哀痛的能力，又令我异常惊讶她非凡的坚韧。多情多义的女人，侠骨柔肠的女人，她也许不属于我们居住的人间，她或许竟是仙人——她是上帝的女儿，她住在湘江澧水之间那植遍兰蕙的香巢里，她也住在楚辞中，梦幻般行走在屈原的心间笔底。

此刻秋风乍起，木叶飘落，有人在湖滨等她：

捐余袂兮江中，
遗余褋兮澧浦。
搴汀州兮杜若，
将以遗兮远者。
时不可兮骤得，
聊逍遥兮容与。

沅有茝兮澧有兰，
思公子兮未敢言。
荒忽兮远望，
观流水兮潺湲。①

情人的馈赠，她的凝望和等待，在江中，在河岸，这就是恋爱中的湘夫人，也就是我们亲爱的湘夫人前生的爱情诗。

我现在手边的这一百余首情诗，生动地保留着属于今世的

---

① 屈原:《九歌·湘夫人》句。

湘夫人恋爱中的脉搏与体温。写作一如她的为人行事,真性情,无遮拦,肺腑之言,感天动地。她的诗是心有所感,笔走天涯,不求文饰,全写心情。也许匆促,也许简约,确是情之所至,临纸忘言。此乃人之常也,无庸苛求,何况是热恋中人!

读湘夫人的情诗,要紧的是一个"真"字。相遇是一种缘分,相遇是浪漫的,相遇更是美丽的。

谢冕教授学术纪事

1932 年

1月6日谢冕诞生于福建省福州市。诞生日为旧历辛未年十一月二十九日,这是按旧历推算的。据王光明1986年5月在福州考察称:谢家"最早在福州市旧米仓一排巷(原杭城试馆)。谢出生于化民营,并在这里读小学。抗战时期搬到仓前山程埔头马厂前4号。关于杭城试馆,一说可能是上杭人参加科举考试的借宿地。一说是旧米仓囤积大米之地。宋时南门兜还是泛水之地,船只直通旧米仓。因此,'杭'可能是'航'的音误。"

据长兄谢址(承绅先生)1968年提供的资料称:谢家世居福建长乐坑田乡。至曾祖尊鸿公始迁闽侯洪塘乡。尊鸿公早年读书,中年改仕为估,曾开设茶纸行于福建崇安并经营外海(川走山东)生意。生二子,长友兰,即谢之祖父,另有叔祖。祖父早年读书,清时为邑庠生。叔祖则继承做生意,旋置业于福州郎官巷厝,并设分栈于城内。曾祖殁,叔祖相继去世,生意失败,家道中落,即卖掉郎官巷旧厝,与叔祖分家。谢家友兰公一支即迁往闽侯冯宅乡。旋又迁回福州经营商业。

父谢应时,出生于1887年旧历八月十四日,卒于1962年旧历八月十六日。母谢李氏,出生于1897年旧历九月十二日,卒于1967年旧历七月初一日。

1937 年

9月,入福州私立化民小学读书,至1938年7月。

1939 年

9月,入福州私立独青小学,至1943年7月。

1943 年

9月,入福州仓山中心小学。在此遇李兆雄先生,得先生帮助,终生铭感。1944年7月,小学毕业。

1945 年

9月,考入福州三一中学(Trinity College Foochow)。这是英国人(其实是爱尔兰人,当时爱尔兰未独立)办的教会学校。在此遇到余钟藩先生和林仲铉先生。两位先生都是文学启蒙老师。在此读完初中并高中一年,至1949年8月福州解放。高中时期结识张炯,为同班同学。

1948 年

11月26日,散文《公园之秋》发表于福州出版的《中央日报》上。这是第一次发表文学作品。文章写道:"枫叶红似榴火,我不想做一首华丽的赞美诗,我想,那是血;那是苦难大众的血迹;他们,这批可怜的被献祭的羔羊,被侮辱了,被宰割了,在黎明未降临之前,他们被黑夜之魔夺取了。血,斑斑地染在枫树叶子上。"

1949 年

3月,在黑暗势力的高压中,在一家进步学生的刊物上发表题为《见解》的诗:

泪是对仇恨的报复，
锁链会使暴徒叛变，
法律原是罪恶的渊薮，
冰封中有春来的信念。

黑夜后会不是黎明？
有人在冀企着春天！
历史的车轮永不后退，
寂然的火山孕有愤怒的火焰。

8月29日,在福州参加中国人民解放军二十八军八十三师文艺工作队(驻防福州城守前,后移防甘蔗)。同年9月16日,在《星闽日报》发表散文《我走进了革命的行列》。

1955 年

4月,复员回福州。7月,参加全国高考,8月录取于北京大学中文系1955级文学一班(张炯同时录取,再次为同班同学)。8月29日抵京,开始为期5年的大学生活。此年,加入北大诗社。

1956 年

任《红楼》诗歌组长。本年6月15日,南京军区政治部颁发奖状,奖励谢所作诗歌《好像还是在家里一样》。

1957 年

与张炯合作长篇报告文学《遥寄东海》(载《红楼》1957年第4期)。

1958 年

北大中文系 1955 级集体编写《中国文学史》,任编委。历时一个暑期,国庆节前夕,二卷本成。翌年,大改,为四卷本。仍为编委。

1959 年

在徐迟的倡议和鼓励下,与孙玉石、孙绍振、刘登翰、洪子诚、殷晋培六人合作编写《新诗发展概况》,并开始在诗刊连载。约半世纪后(即 2007 年),《新诗发展概况》的已刊和未刊稿以《回顾一次写作——"新诗发展概况"的前前后后》为书名在北京大学出版社出版。

1960 年

毕业于北京大学中文系,留校任教。此年秋,即下放北京门头沟区斋堂人民公社,任公社办公室主任,后为清水人民公社办公室主任,历时约三年,于 1962 年回校。

1962 年

为北大本科生开设《文艺学概论》。

1963 年

2 月 2 日至 7 日,在北京市文联第三次代表大会上当选市文联第三届理事。(本届理事会选举老舍为主席,曹禺、吴作人等为副主席)。

1966 年

文革乱起,诵杜甫"不眠忧战伐,无力正乾坤"句,终以此获罪。杜甫此诗题为《宿江边阁》,作于大历元年,原诗是:"暝色延山径,高斋次水门。薄云岩际宿,孤月浪中翻。鹳雀追飞静,豺狼得食喧。不眠忧战伐,无力正乾坤。"

此年,焚徐迟给谢的所有信件,约二十余封。

1968 年

在江西鲤鱼洲五七干校劳动。劳动之余,偶有诗作。所作《扁担谣》有"星满天,月如镰,村头流水过浅滩"之句。

1972 年

北大中文系 1972 级学生入学,本届学生分设文学创作和文学理论批评两个班。曾带领本届学生赴西双版纳收集材料进行文学创作。后又带领全体学生在京西斋堂乡洪水峪和燕家台深入生活,开展学习和写作训练。为了开展教学,便于学生学习创作,在当时严重禁锢的情况下,主持编选了一套包括《诗选》、《短篇小说选》、《散文特写选》、《戏剧曲艺选》、《外国短篇小说选》以及文革以来发表的作品选,共六册。由北大印刷厂印行。

1973 年

主持再编选一套作品选。《编后》说:"为了帮助学员学习创作,去年,我们编选了若干较好的当代作品,分成《诗选》、《短篇小说选》、《散文特写选》、《戏剧曲艺选》等刊印供学员阅读、借鉴。现在我们继续按照这四类体裁,从无产阶级文化大革命后出现的许多具有崭新面貌的作品中进行编选,分册陆续付印。"

1974 年

9 月,负责指导 1972 级创作班工农兵学员陶正、高红十、于卓、张祥茂创作长诗《理想之歌》,由人民文学出版社出版。1976 年 1 月 25 日《人民日报》全文刊出。

1976 年

带领北大中文系 1974 级学生在人民日报文艺部实习,亲历了丙辰清明的"天安门事件"。

1977 年

此年,断续进行《北京书简》的单篇写作。12 月,应邀参加《人民文学》举行的文艺座谈会。这是粉碎"四人帮"后的第一次文艺界大聚会,北大参加者还有曹靖华、吴组缃、王瑶等。会议自 12 月 27 日起至 12 月 31 日闭幕,被认为是中国文联和中国作协恢复工作的"筹备会"。

1978 年

9 月 14 日,参加北京市文联理事扩大会。16 日在会上作《控诉"四人帮"对文学教学的摧残》的发言。21 日大会结束。10 月 6 日,参加中国作家协会赴华北油田访问团,北大参加者还有王力、王瑶先生。

1979 年

8 月,中国当代文学研究会在长春成立,当选常务理事。长春会后访问大连,应邀在大连作家协会召开的文学座谈会上讲话。与陈愉庆久别重逢。

10 月 29 日至 11 月 16 日,中国文艺家协会第四次全国代表大会及中国作家协会第三次全国代表大会在北京召开。谢与会,北大参加者尚有:王力、魏建功、杨晦、吴组缃、章廷谦、林庚、王瑶、曹靖华、金克木、朱光潜、闻家驷、季羡林、段宝林、费振刚,共 15 人。11 月 16 日大会闭幕。会后,邀请白桦、刘宾雁、刘绍棠、张洁来北大讲演。

1980 年

4月8日,参与筹备的中国当代诗歌讨论会(简称南宁诗会)在南宁召开。这是中国现、当代诗歌史上第一次全国性的讨论诗歌理论问题的学术会议。谢在会上发表题为《新诗的进步》的发言。这篇讲话共分三部分:一、诗人的使命重新得到确认;二、诗的艺术得到第二次解放;三、诗的队伍有一个空前的壮大。发言最后呼吁对所谓"不免古怪"的诗的尊重和理解,指出"读得懂或读不懂并不是诗的标准","有的人追求一种朦胧的效果,应当是允许的","编辑部和批评家不应该对不同风格流派的诗怀有偏见——看不懂的东西不一定就是坏东西。在艺术上即使是坏东西,靠压服和排挤是不能解决问题的,要竞争。"(该文后被收入全国当代诗歌讨论会编的文集《新诗的现状和展望》一书,广西人民出版社,1981年1月出版)发言引发了随后长时间的"朦胧诗"大论争。5月7日,在《光明日报》发表《在新的崛起面前》(此文后被称为"第一个崛起")。南宁诗会中酝酿创立中国第一家诗歌理论刊物《诗探索》,于本年年底创刊,任主编。

6月24日至30日,北京市文联第四届、北京市作协第三届代表大会召开。当选北京文联四届理事,北京作协三届理事会常务理事。

7月,诗歌评论集《湖岸诗评》在云南人民出版社出版。

11月17日至27日,中国当代文学研究会第二次学术讨论会在昆明举行。在会上作题为《迎接诗的新时代》的长篇发言。发言共分三部分:一、飞跃的发展,一个勇敢扬弃的过程;二、一代人在觉醒,新的力量在崛起;三、多样的、真正宽广的道路,是中国新诗的希望。发言指出,"思想上的准备,加上艺术上的准备,思想上的觉醒,加上艺术上的觉醒,使新诗在新的时代的崛起成为必然。""当前的危机,决不是什么捧杀,恰恰相反,尽管不曾骂杀,却还有骂的。朦胧、气闷、没落、颓废,不加分析的指责古怪——一边在骂,一边却喊捧杀,这公平吗?""我主张对一切有益于人的诗的宽容,也主张对一切有偏激情绪的人的宽容。"

1981 年

2月,诗歌创作论《北京书简》在人民文学出版社出版。

5月,中国作家协会举办首届新诗评奖,为评委。评委中还有艾青、臧克家、冯至等人。会间,冯至先生宣纸题赠"给我一颗狭窄的心,一个大的宇宙"。为此次评奖撰文《时代召唤着新的声音》(载《诗刊》1981年8月)。

1982 年

本年为北大中文系 1977、1978、1979 级开设《中国新诗研究》专题课。前来选修的还有汉语专业 1978 级、法律系 1978 级、历史系 1978 级、图书馆系、哲学系 1979 级等。此学年,还为北大分校中文等系讲授关于当代诗歌思潮研究的课程。

8月31日至9月10日,应新疆大学的邀请赴乌鲁木齐,主持中文系首届当代文学硕士生周政保等人的论文答辩。并在新疆大学、石河子文联等处作学术讲演。

此年,开始招收第一届中国当代文学硕士生。季红真、黄子平、张志忠入学。

长篇论文《历史的沉思》在《当代文艺思潮》杂志连载。该文获北京大学优秀论文二等奖。

1983 年

本学年,为中文系本科生开设《中国诗歌研究》。硕士研究生吴秉杰、钟友循、李书磊入学。

6月,诗歌论文集《共和国的星光》由春风文艺出版社出版。

1984年

本学年,为北大中文系1982、1983级,图书馆系1983级开设《中国当代新诗问题》,为必修课。此年,硕士研究生张颐武、于慈江入学。

9月,中国当代文学研究会创办的中国文学函授大学成立,被任命为副校长。

12月,27日至31日,出席中国作家协会第四次全国代表大会。被选为全国理事。并在大会上作《彼此照耀的崇高》的发言。

1985年

本年,为北大分校中文、历史、法律等系本科生开设《新诗潮研究》,为必修课。

3月,经教育部批准,建立北京大学中国语言文学研究所。1986年11月28日,由北大校长办公会议决定,任命谢为中国语言文学研究所所长。

9月,获教授学衔。

12月,诗歌文论集《论诗》由青海人民出版社出版。

本年,由阎月君、高岩、梁芸、顾芳主编的《朦胧诗选》在春风文艺出版社出版。为此书作题为《历史将证明价值》的序言。这是中国第一部新诗潮选集。该书至2001年已是第八次印刷。同年,老木主编的《新诗潮诗集》上、下卷,由北大五四文学社印行。为本书作题为《新诗潮的检阅》的序文。

1986年

经国务院学位办批准为第三批博士研究生导师。开始招收指导中国现当代文学的博士生。北大中文系从此开始了培养中国当代文学方向博士生的历史,谢是北大第一位被授权指导中国当代文学方向博士的导师。

4月,文学评论集《谢冕文学评论选》由湖南文艺出版社出版。

6月,中国当代文学研究会第五届年会在呼和浩特举行,谢未与会。本届年会选举谢为中国当代文学研究会副会长。本届年会还举办首届中国当代文学研究成果表彰奖,《谢冕文学评论选》获奖。

9月17日至10月10日,应西北师范学院的邀请赴兰州讲学,并沿河西走廊至敦煌。

10月,专著《中国现代诗人论》在重庆出版社出版。

11月,2日至7日,在上海金山参加由中国作家协会举办的中国当代文学国际讨论会。在会上就朦胧诗的地位与价值作了发言。此次会议,与苏联的契尔卡斯基教授阔别二十余年后重逢,并结识了瑞典的马悦然、美国的周策纵、李欧梵、苏联的费德林、德国的马汉茂、顾彬等。

11月29日,应华侨大学之聘,为该校兼职教授,赴泉州讲授中国当代文学。至1987年1月16日结束。

1987年

第一位博士生程文超入学。

6月,北京师范大学文艺美学博士生刘晓波毕业。因导师黄药眠先生去世,谢被聘为刘的导师,出席论文答辩会。答辩委员会主席为王元化先生,委员有高尔泰、蒋培坤等。

7月,7日至20日,赴奥地利。参加在维也纳举行的中国改革与文学的国际学术会议。结识卡明斯基、燕珊、李夏德等奥地利友人。

12月,11日至20日,赴香港。参加由香港大学、香港中文大学等主办的"现代主义与中国文学"的国际学术讨论会,谢在会上发言,并为会议执行主席之一。

1988 年

5月,北京大学90周年校庆,为纪念文集《精神的魅力》撰写《永远的校园》一文。其中有如下一段话:"这真是一块圣地。数十年来这里成长着中国几代最优秀的学者。丰博的学识,闪光的才智,庄严无畏的独立思想,这一切又与先于天下的严峻思考,刚介不阿的人格操守以及勇锐的抗争精神相结合。科学与民主是未经确认却是事实上的北大校训。正是它,生发了北大恒久长存的对于人类自由境界与社会民主的渴望与追求。"

11月30日至12月3日,北京作家协会举行第二届会员代表大会。被选举为北京作家协会副主席。

12月,专著《文学的绿色革命》在贵州人民出版社出版。

本年,台湾《创世纪》杂志73—74合刊刊出谢的《完整的太阳已经破碎》一文。纽约《美洲华侨日报》先后刊出谢的《置身于文化冲撞的困惑》和《混乱作为秩序》二文。

本年,博士生韩毓海、马相武、张玞入学。

1989 年

3月26日至4月10日,赴广西宜山,应邀在河池师专讲授中国当代文学。4月11日,在南宁,应邀在广西壮族自治区文联举办的报告会上讲当代文学问题。4月16日,应邀在广西大学讲演。

3月,诗学专著《诗人的创造》由三联书店出版。

此年秋后,推出"世纪之交的文学反思与九十年代文学展望"的博士讨论专题。并在此基础上发展为定期举行的学术沙龙——"批评家周末"。"批评家周末"坚持凡十数年,前后参加此活动的,有来自国内外为数众多的学者。

此年,接受美国康奈尔大学白培德、荷兰莱顿大学贺麦晓为高级进修生。

1990 年

此年,博士生黄亦兵、李杨入学。

10月22日至11月23日,访问美国。此年10月26日,应杜克大学的邀请,参加"中国现代文学的政治与意识形态"的国际学术会议,在会上作题为《中国改革与中国当代文学》的发言。会后访问华盛顿、纽约、芝加哥、旧金山等地。先后在杜克大学、哥伦比亚大学、Rutgers大学、伯克利大学等作学术讲演,并专程访问西北大学、芝加哥大学和耶鲁大学。在耶鲁大学会见了张充和、郑愁予、白谦慎等先生。

本年,博士讨论文集《世纪之交的凝望》编成。

1991 年

本学年开始为研究生、本科生、作家班及进修教师、访问学者讲授中国当代文学课。

3月,诗歌思潮论《地火依然运行》由上海三联书店出版。

5月2日,北京大学新诗研究中心举办"1991:中国现代诗的命运和前途"学术研讨会。6月25日,《诗人报》增刊出版这次学术讨论会的专号。谢著文:《苍茫时分的随想》。

此年,博士生王利芬、祁述裕入学。

同年,为香港《二十一世纪》杂志"展望二十一世纪"专栏撰写"世纪末寄语":《多元秩序与文化整合》。

1992 年

此年,博士生尹昌龙、孟繁华、陈顺馨(香港)入学。

3月,为纪念海子逝世三周年,谢主持在"批评家周末"举行座谈会。谢为此作《思念海子》一文。

5月29日至6月7日,应伦敦大学的邀请赴英,参加题为Recent trends in P. R. C. poetry 的国际学术会议。谢在会上发言。首次与洛夫见面。

6月9日至6月12日,应莱顿大学的邀请赴荷兰,参加题为"现代中国诗歌——时空之桥梁"的国际讨论会。谢作"中国诗歌研究的新发展"的讲话。

1993 年

此年,博士生尹国均、马基迪—阿明(埃及)、史成芳(一年后转比较文学)入学。

3月,赴大连,参加国家教委少数民族预科教材审定会,为审定组成员。

5月,赴济南,为山东大学美学研究所主持博士论文答辩。

6月18日至8月25日,应香港岭南学院现代中文文学研究中心之邀赴港访问研究。完成关于香港学者诗歌创作的研究项目。在此期间先后访问香港大学、香港中文大学、《香港文学》等单位并广泛结识港、澳、台作家、学者。8月26日至9月1日,应香港市政局的聘请,为香港第二届中文文学双年奖诗歌评委。评委中还有也斯、蔡炎培、黄国彬,以及来自台湾的杨牧。8月27日,在骆克道公共图书馆举行关于"新诗的创作与欣赏"的讲座。

6月,专著《新世纪的太阳》由时代文艺出版社出版。与此同时,在李杨的协助下,十卷本二十世纪中国文学丛书亦编成并出版。此丛书是国内有影响的中青年批评家的一次集结,参加者有钱理群、王富仁、程文超、陈晓明、张颐武、李杨、李书磊、王光明、韩毓海等。这是90年代开始的关于中国二十世纪文学——文化研究的最初成果。

10月,受聘为第一届国家图书奖评选委员会委员。

11月,中国当代文学研究会第8届年会在苏州举行,谢与会。谢的著作《新世纪的太阳》获中国当代文学研究优秀成果奖。苏州会后应邀赴南通,在南通师专作学术讲演。

本年,接受荷兰莱顿大学柯雷、加拿大蒙特利尔大学胡可丽为国外访问学者。

1994年

本年,博士生孙民乐、林祁、苏秉锡(韩国)入学。

本年,为北大昌平校区本科生讲当代文学作品赏析。4月22日,应中央党校之邀,作中国当代文学的讲演。8月23日,在《诗刊》研讨班上讲课。《北京大学学报》本年4期刊出《冯至先生对新诗建设的贡献——冯至先生周年祭》一文。

本年,接受日本九州大学岩佐昌暲教授为国外访问学者。

1995年

本年,博士生高秀芹、慎锡赞(韩国)、刘圣宇(后转洪子诚教授名下)入学。

本年,继续为北大昌平校区本科生讲当代文学作品赏析。同年,为中文系助教班作题为《失重的文学》的讲座。

本年,接受日本秋田大学佐佐木久春教授为国外访问学者。

12月,与张颐武合著的《大转型:后新时期文化研究》由黑龙江教育出版社出版。本书首次提出"后新时期"的概念。

1996年

1月18日至2月10日,在海南岛定安伊甸园宾馆,开始《1898:百年忧患》的写作。

5月31日至6月7日,经香港赴台湾,参加由《中央日报》主办,由中华文化总会、中国文艺协会、台湾大学文学院、台湾师范大学国文系、中国妇女写作协会、台湾国家图书馆协办的"百年来中国文学学术研讨会"。中国大陆参加者还有贾植芳、吴祖光、张贤亮、陈思和、陈平原、夏晓虹、刘登翰等。结识梅新,晤见纪弦、彭邦桢先生。并与台湾诗歌界《现代诗》、《创世纪》、《蓝星》、《葡萄园》、《秋水》等同人餐叙。并在会上作《文学沧桑一百年》的讲话。会议结束后,为此次会议著文《一百年才有一次的聚会》,先后发表于上海《文学报》、台北《中央日报》。

9月20日至10月19日,应日本九州大学邀请访问日本。先后在九州大学、神户大学、京都大学、同志会大学、佛教大学、东京大学作学术讲演。9月25日,应邀在福冈亚洲太平洋中心作关于中国文学的演讲。该中心邀请文学界人士进行讲演,这还是第一次。会见中心事务局长池田英志、研究发展系长则松和哉、唐寅先生等。

10月,在北京举行的中国当代文学研究会第九届年会上,再次当选该会副会长。

11月6日至12日,赴苏州参加中央广播电视大学中国当代文学的教材审定会。

此年10月,与孟繁华主编的十卷本《中国百年文学经典文库》在深圳海天出版社出版,作题为《回望百年文学》的序文。12月,与钱理群主编的八卷本《百年中国文学经典》由北京大学出版社出版。在序言中说:"从上一个世纪末到这一个世纪末,是完整的一百年,这一百年的中国社会,发生过很多重大的事件。这些事件直接或间接地影响着中国的文学。就社会而言,这一百年的经历,是由古典中国向着现代中国的衍变过程;就文学而言,则是开始并完成了由旧文学向着新文学的完整过渡的过程。不论是从社会发展的层面,还是从文学发展的层面看,这一百年对于中国都是意义重大的,是充满追求的激情和刻骨铭心的苦难的历程。"两套丛书出版后,引起关于文学经典问题的讨论。

1997 年

本学年继续为北大昌平校区本科生讲当代文学作品赏析。

1月4日至11日,应香港市政局的邀请,参加香港文学节,为诗歌组讲评人。1月8日,在九龙中央图书馆,与羁魂共同主持"诗歌研修班",讲演并回答问题。在港期间访问岭南大学文学院,并与余光中、钟玲等会面。

2月19日至3月3日。应澳门大学的邀请赴澳门。为澳门大学文学院首届硕士研究生讲授中国当代文学,共32学时。

2月,文艺短论集《世纪留言》由中国广播电视出版社出版。

5月24日至6月8日,访问新加坡及马来西亚。先后访问新加坡国立大学、南洋大学、马来西亚大学等。5月30日在吉隆坡举行学术讲演,题为《中国的改革与新时期文学》,分别为:一、时代的给予;二、充满痛苦的变革过程;三、享受自由的文学;四、世纪末的期待。会后,接受《南洋商报》的采访。5月31日,出席《南洋商报》文艺系列丛书的推介会。会见当地文艺界和新闻界人士。6月1日至6日,访问砂劳越。6月3日,在诗巫,举行题为"诗人的创造"的拉让江诗会,谢在会上作关于中国当代诗的发言。

7月24日至8月1日,在武夷山,出席第一届现代汉诗国际研讨会。在会上对当前诗歌创作提出批评,引发了对80年代后期以来的诗歌评价的争论。

7月,散文随笔集《流向远方的水》由四川人民出版社出版。

10月,散文随笔集《永远的校园》由北京大学出版社出版。

本年,应上海文艺出版社之邀出任《中国新文学大系(1949—1976)》诗卷主编。本集主编原为邹荻帆,但邹先生不幸去世,谢承担了此项工作。此年10月30日,《文学报》整版刊出谢为此书所作导言:《再现了历史阶段的诗歌形态》。同年10月香港出版的《诗双月刊》36期亦全文登载此文。

1998年

1月,受聘为首届鲁迅文学奖诗歌奖评委。

5月,为北京大学百年校庆著文《一百年的青春》(此文刊载于《光明日报》1998年3月19日)。文称:"这所大学,它诞生在灾难深重的年代,它承袭了这大地上的全部忧患,生发而为抗争和奋斗、追求和梦想。在'广育人才,讲求时务'的召唤中,走来的一代又一代学人,万家的忧乐、社会的盛衰、充盈着这批最新觉醒的中国精英的心灵之中。当周围处于蒙昧和混沌状态时,这里的呼唤和怒吼是黑暗中国上空的惊雷!"其中有一段文字谈及马寅初校长:"他的潇洒不羁,在思想禁锢的年代,是一缕带着暖意的和风。马寅初终于以诤言获罪,他的《新人口论》遭到围攻。马寅初勇迎风暴,他的《重申我的请求》是一道惊世骇俗的雷电:"我虽年近八十,明知寡不敌众,自当单枪匹马,出来应战直至战死为止,决不向专以力压服不以理说服的那种批判者投降。"坚定的人格,坚贞的气节,凛然不屈的坚持,在马寅初沉重的金石之声的背后,人们不难发现那种年轻了一百年的北大精神。"

5月,由谢任主编、孟繁华任副主编的《百年中国文学总系》由山东教育出版社出版。谢作总序《辉煌而悲壮的历程》指出:"回望上一个世纪末中国天空浓重的烟云,反思中国社会百年来的危机与动荡给予文学的深刻影响,它使我们经受着百年辉煌的震撼,以及它的整个苦难历程的悲壮。中国百年文学是中国社会最亲密的儿子,文学就诞生在社会的深重苦难之中。"此年5月4日,为庆祝《百年中国文学总系》的出版,谢主持在绿杨宾舍举行百年中国文学研讨会。会后,谢作《校园外的庆祝》一文。

7月,著作《论二十世纪中国文学》由河北教育出版社出版。

7月15日至8月1日,赴新疆,为石河子大学中文系研究生班讲授中国当代文学。7月31日,在乌鲁木齐与新疆诗人20余人在一心书店会面。

10月,散文集《内心风景》由中国文联出版公司出版。

11月,中国当代文学研究会第10届年会在重庆举行。这次年会的主题是纪念中国当代文学发展五十年。出席会议并提供论文《文学的纪念(1949—1999)》(此文刊载于《文学评论》1999年4期)。文章的小标题分别为:特殊的文学阶段;强国新民传统与社会功利主义;农民文化的支持;新的文学形态的胜利;曲折的道路;写实主义及其流变;文学营造"欢乐王国";两个世纪末;三次文学"改道"。此文最后说:"中国当代文学半个世纪的行程,给人们留下了欲说还休的纪念。它仿佛是行进在榛莽与泥泞途中,一路艰难地走来,把泪水、血水,以及更多的汗水洒在那绵长而悠远的路上。有许多的狂热和悲慨,也有许多的悔恨与醒悟,苦难曾如头顶挥之不去的阴云,而突破层云之后的灿烂阳光,更让人感到了生活毕竟还是美好的。"在这次年会上,著作《论二十世纪中国文学》获研究会第6届优秀研究成果表彰奖。

12月27日,赴苏州大学,主持该校文学院博士论文答辩。

1999 年

此年,最后一位博士生(慎锡赞,韩国)毕业。此年,北大中文系博士后流动站接受第一位中国当代文学的博士后肖鹰进站,谢担任导师。同年,接受日本大阪外国语大学博士生岛由子入校,谢担任导师。此年,接受最后一批访问学者,也是历年接受访问学者为数最多的一年(他们是:杨克、方明、彭玉娟、赵栩、林凤、庄伟杰、黎明鹏)。至此,近二十年来谢接受并予以辅导的进修教师、国内外高级进修生、以及国内外访问学者总数已达百人左右。

此年,北大实行教师岗位津贴制,谢被评为一级。

6月,当代学者自选文库《谢冕卷》由江西高校出版社出版。

9月,诗歌史论《浪漫星云》由广东人民出版社出版。

2000年

1月,论文《百年中国文论述略》在《东南学术》2000年1期发表。

2月,在北大离休。坚持了十余年的"批评家周末"亦告结束。

5月18日至5月29日,应德国图宾根大学的邀请,赴德参加为纪念闻一多先生诞辰一百周年的国际学术会议。中国被邀请者除谢外尚有闻一多先生的长孙闻黎明。谢为会议提供论文《中国新诗史上的闻一多》(此文载《香港文学》2001年5月号),并在会上作即席讲演:《人格与学养的统一》(此文载《人民日报》2002年3月24日)。会后访问法国、比利时、卢森堡、荷兰等国。

6月,文艺短论集《西郊夜话》由福建教育出版社出版。

11月,中国当代文学研究会第11届年会在肇庆举行。谢在换届选举中再次当选为副会长。

12月24日至28日,经沈阳飞大连,出席本世纪最后一次诗歌会议。圣诞夜抵大连。出席此次会议的还有郑敏、牛汉、李欧梵、是永骏等。在会上作题为《告别二十世纪》的讲话,并参加起草会议宣言:《2000:大连意见》。

本年,受首都师范大学中国诗歌中心之聘,为该中心校外专职研究员(只设一人)。

2001年

9月,21日至24日,为第二届鲁迅文学奖理论批评奖评委赴绍兴,参加颁奖仪式。

10月25日至11月3日,赴湖州参加"21世纪首届中国新诗研讨会",在会上作题为《一个世纪的梦想》的发言。此文后载《绿风》2002年第3期。

11月8日至12日,赴澳门,受聘由澳门基金会与澳门笔会主办的第四届澳门文学奖评委。

11月26日至12月2日,赴深圳。受聘为深圳读书月特别顾问。11月28日在深圳读书月论坛上发表题为《从文学建设想到文化建设》的讲话。会后接受《深圳商报》、《深圳特区报》、《深圳晚报》以及深圳电视台等媒体的采访。

2002年

1月,散文随笔集《燕园问学》由中央党校出版社出版。

3月,参加在南京举行的《文学评论》编委会,并应南京大学之邀作学术讲演。

4月,《谢冕论诗歌》由江西高校出版社出版。

5月,东南大学百年校庆,邀请百名人文学者到校讲演。于5月13日和5月15日在东南大学分别作《新文学一百年》和《人文精神与现代社会》的学术报告。5月15日,在南京师范大学文学院作学术讲演。

5月23日至5月27日,应韩国东亚大学的邀请赴釜山,参加东亚大学举办的"从文化大革命到八十年代之间中国知识人的内面转变"的国际学术会议,在会上发表论文《论新诗潮》(此文后发表于《中山大学学报》2002年第5期)。

6月8日至6月13日,应邀为中山大学文学院第一批博士毕业主持论文答辩。并先后在中山大学、华南师大,以及广州商学院作学术报告。

9月19日至9月24日,应邀访问金门。参加金门举行的诗酒文化节,以及中秋夜晚的金厦两门海上联欢赏月活动。作散文《一生中最美丽的月亮》。

10月8日至10月13日,参加文化部在成都举行的"21世纪文学与美术发展趋势论坛",与会并在会上发言。11日,在四川大学作关于诗歌问题的讲演。

10月13日至10月19日,在芜湖。应邀参加在安徽师范大学举行的中国近代文学学会第十一届年会,在会上讲话。讲话稿《近代文学浅识》后发表于《安徽师范大学学报》2002年第六期上。文中指出:中国当代文学的一些品质、内涵和存在的问题,均可溯源到近代文学的一些先行者的思考与实践上面来,特别是与早期启蒙主义先驱者推动"白话文学"的努力分不开的。可以说,近代文学是新文学之父,没有近代文学的艰苦求索,勇敢实践,新文学的诞生和发展是不可能的。

11月,应聘为中央电视台新闻中心"感动中国——2002年度人物"推选委员。推选的刘姝威、黄昆、姚明等十人当选。

此年,受钟文之托主编十卷本《20世纪中国新诗大系》。分别由孙绍振、蓝棣之、孙玉石、杨匡汉、洪子诚、程光炜、王光明、吴思敬、刘福春担任各卷主编。为大系作总序。这篇序言后以《论中国新诗》之名发表在《文学评论》2002年第三期。发表此文时,《文学评论》编者在"编后记"中说:"谢冕先生《论中国新诗》。其逻辑起点是中国旧诗。中国古典诗歌创造了中国文学的极度辉煌,确立了新诗审美的不可超越的规范。然而,这个规范确立之时便正是危机发生之日,五四前后的新诗正是对这个规范的挑战,也是对这个危机的排除。新诗为寻求适应时代潮流而经历了艰难的探索,其中包括对传统的继承。谢冕先生说,新诗的成立使它成为现代中国人无可替代的传达情感的方式。

谢冕先生是研究当代诗歌的权威学者,他将目光与兴趣回溯到新诗出世之初和成立之前,或许觉得最近十几年的中国新诗暂时无话想说。90年代以来,或许是海子自杀以后,已经有很长一段时间了,劝人阅读新诗,有点像劝人大胆消费一样,效果总觉不大。但愿我们已有了传达情感的另外方式。"

本年,论文《百年中国文论述略》获《东南学术》1998—2001年度优秀论文奖。

2003 年

4月,应山东省教育厅之聘,任教育部普通高中课程标准实验语文教材主编。7月申报并立项成功。10月15至17日赴济南与省教育研究室、山东人民出版社有关人士研讨编写事项。10月31日,出席教育部举行的编写研讨会。

6月,为香港大学主办的犁青诗歌国际研讨会(研讨会以SARS流行而改期)撰写讨论会网上序言《走向世界的中国诗人》并论文《诗人的大情怀——论犁青》。该二文后刊载于海南师院学报2003年4期。

8月25日,应福建省教育厅之聘赴福州,担任福建师范大学更名为福建大学的专家论证组成员。

9月28日,应邀赴厦门大同中学与中学生见面,作关于诗歌问题的讲演,并为大同中学建校八十周年题词"大同之光"。10月3日赴闽西,参加在龙岩举行的第八届"红土地蓝海洋"笔会。谢的厦门之行《厦门晚报》有专版访谈录发表。

10月8日至10月13日赴广西梧州。受聘为广西大学梧州分校兼职教授,并在该校进行三场中国当代文学的学术讲演。《梧州日报》等传媒作了报道。

11月2日至6日,出席由中国当代文学研究会、温州师范学院、温州市山水文化传播有限公司联合举办的21世纪中国现代诗第二届研讨会暨唐湜诗歌创作座谈会。谢分别在两个会上发表论文,并应邀在温州师范学院作学术讲演,以及出席方明诗歌创作座谈会。会后访问雁荡山和楠溪江。归后作散文《温州的月光》(一、二)。

论文《论中国新诗》由北京文联和中国作家协会分别推荐,被评为第三届中国文联文艺评论奖一等奖。11月13日至11月19日赴太原出席颁奖典礼,并参加关于当前文艺的理论研讨会。会后赴晋南诸地参观考察。此行,《山西日报》、《山西经济报》、《晋中日报》等作了报道及访谈。

此年,主编《小学生古诗文读说背用》六册,由新华出版社出版。

2004年

1月1日至1月8日,应云南省当代文学研究会及个旧市的邀请,赴个旧参加该市第二届文代会,并出席巴金题碑的"金湖文化广场"及沈从文题碑的"文学林"揭幕仪式。1月5日作题为《文学的理想与理想的文学》的学术讲座。会后访问丽江。此行作有散文《个旧的春天》、《红河河谷的密林深处》。

1月27日至30日,赴济南。出席并主持山东省教育研究室及山东人民出版社举行的、由谢担任主编的部颁普通高中必修语文教科书定稿会。书稿5册于2月18日送教育部审。

2月10日,出席北京文联举行的第2届文艺评论奖颁奖大会。论文《论中国新诗》获一等奖。在会上作《我的感谢和期待》的受奖感言,会后接受《信报》采访。

2月,《厦门文学》2月号在"百年福建文学"专栏刊出"谢冕专辑"。刊发《文学是一种信仰》、《暴风从生命的窗口吹过》、《辉煌而悲壮的历程》及王利芬、季红真、张志忠、李书磊等人的评介文章,并胡杨的《谢冕学术纪事》。同期刊物尚有"金庸专辑"。

扉页有编者的《金庸的武侠精神和谢冕的人文力量》。该文说：金、谢二人"无意之间在我们这期刊物相遇。他们被置于一处本身就很有意味。一个是雅文学的代表，一个则是俗文学的代表；一种是属于高雅文化的评论，一种是属于大众文化的小说。它们同时也是我们文学界近20年来一直在论争的焦点——到底哪一种才是我们所需要的文学？"

本年第3期《人民文学》发表散文《悲喜人生》。3月11日，《河南日报》发表散文《南太湖城堡记梦》。

3月25日至30日，在福州。应福建天趣文化传播公司的邀请，为《作家谈创作》作《快乐每一天》的电视讲演。《快乐每一天》是专为此次讲演而作的散文。

4月1日至7日，赴梧州，为广西大学梧州分校中文系作"我们时代的诗歌阅读"的学术讲演。出席该系教师的"学术前沿研讨会"并在会上发言。

4月7日至4月20日，先后访问鹤壁、温州、台州、宁波等地。出席《诗刊》主办的"春天送你一首诗"活动，以及台州路桥的散文名家笔会。先后作《白鹤起舞的地方》、《路桥的红灯笼》、《台州的花园》、《滨河的长街》，以及《一种醉意》等散文。

5月16日至19日，经济南抵泰安，19日由山下步行登泰山，经中天门、南天门直逼玉皇顶。归后作《中天门的槐花》、《岱顶的红玫瑰》等文。

5月，《人与自然》杂志发表谢的《悲情三章》，三章篇名分别为《后山还有一只松鼠》、《喜鹊在午夜啼鸣》、《那一群白鹭再没有回来》。

6月19日，北京大学诗歌中心及北京大学新诗研究所成立，主持了成立大会，并出任北京大学诗歌中心副主任（林庚先生为主任）及中国新诗研究所所长。在成立大会上作《诗歌的自由精神》的开幕词。

6月22日,此日为传统端午节。"首届新诗界国际诗歌奖"在中国现代文学馆举行颁奖典礼。授予牛汉、洛夫、特朗斯特罗姆(瑞典)"北斗星奖",授予西川、王小妮、于坚"启明星奖"。谢为评委会主任,作《诗使心灵明亮》的讲话。

7月23日,经青岛抵日照,出席山东省中学语文新编教材研讨会。作为总主编应邀在会上讲话。

8月10日至8月20日,出席中国诗歌学会等单位在南疆举办的"'生命之源':中亚国际诗会"。有巴基斯坦、阿富汗、吉尔吉斯斯坦、塔吉克斯坦等国诗人与会,中国方面有诗人骆英、匡满、绿蒂、犁青、桑恒昌、李松涛、张同吾、西川、王家新、傅天琳、唐亚平、王妍丁等。历时十天,行经库车、阿克苏、巴楚、阿图什、塔什库尔干、奥依塔克、喀什、莎车、和田诸地。作《神奇》等文。

9月16日,首届中坤杯艾青诗歌奖在人民大会堂颁奖,谢为评委,与会。

9月20日至24日,北京大学中国新诗研究所在安徽黟县举行新诗研讨会。诗人骆英、李松涛、桑恒昌、李小雨、唐晓渡、梁晓明、多多、肖开愚、沈苇、耿占春、臧力、姜涛等与会。北大方面出席并主持会议的有:谢冕、孙玉石、洪子诚、张剑福等。

9月25日,首届北京文学节闭幕。文学节授予王蒙终身成就奖,授予白先勇最受北京作家欢迎的海外作家奖,为上述二人颁奖。

10月24日至26日,出席上海师范大学举办的"诗意城市:上海先锋诗歌研讨会"。

10月26日至29日,出席由福建省文联及晋江市人民政府举办的"蔡其矫诗歌研讨会"。闭幕会上,谢作《最公平的是时间》的闭幕讲辞。

10月27日,谢指导的第一位博士研究生程文超病逝。旅中深夜至次日凌晨作悼文《痛别文超》。该文刊 11 月 1 日《羊城晚报》。

10 月 29 日至 31 日,出席在福建宁德市举行的"闽东诗群作品研讨会"。会间访杨家溪、南祭山诸地。

11 月 1 日至 3 日,出席由福建省文联及福建省文化经济交流中心举办的"2004 海峡诗会——台湾诗人海峡西岸行"。与痖弦共同主持会议,并出席福州大学学生见面会。会后与会者南行泉州、东山、厦门等地,未同行。

此年,散文《这城市已融入我的生命》获首届"郭沫若散文随笔奖"。该奖为该文类国家级最高奖。同年,该文获北京文联庆祝建国 55 周年征文评奖佳作奖。

同年,散文《悲喜人生》获《人民文学》萧山杯新世纪最佳散文奖。

2005 年

1 月,学术论文集《那时很年轻》在解放军出版社出版。该文集为《老兵大家丛书》的一种。除第一辑"剩下的只有怀念"外,其余各辑内容涉及小说、散文,以及其他艺术品类的评论的文字,这些文章基本上是首次结集。

1 月 16 日至 21 日,赴日本,先后访问东京、箱根、伊豆。

2 月 26 日,出席并主持由中国诗歌学会、北京大学中国新诗研究所、诗刊社等单位举办的骆英诗集《都市流浪集》的研讨会。谢为此诗集作题为《诗人在都市的遭遇》的序言。

3 月,为"台湾"清华大学中文系吕怡菁作学术评语。

3 月,为《北京大学研究生学志》二十周年题词:"以平常心做真学问"。

3 月,由谢和朝全主编之《好看文粹》由华艺出版社出版。计四卷,分别为中篇小说卷《踮起脚尖看幸福》、短篇小说卷《跳蚤女孩》、散文卷《悲喜人生》、报告文学卷《中国:特别关注》。

4月3日,第六届未名诗歌节之"朦胧诗"专场"三十风雨话朦胧"在北京大学英杰中心举行。谢主持会议。出席嘉宾有舒婷、芒克、田晓青、林莽、徐晓、刘福春等。

4月3日,台湾《联合报》发表散文《水在海峡涌动——送别二哥谢宗傅先生》。

4月9日,由《南方都市报》和《新京报》主办的第三届华语文学传媒大奖颁奖典礼在中国现代文学馆举行。和尹丽川共同主持了颁奖典礼。

5月12日,赴绵阳出席首届中华校园诗歌节。并赴江油拜谒李白故里。

5月13日至15日,出席晋江"春天送你一首诗"诗歌音乐会暨第三届华文青年诗人奖颁奖典礼。参观草庵及施琅将军府。会后出席厦门举办的"春天送你一首诗"活动。17日返京。

6月13日,首都师范大学文学院张桃洲博士后出站学术评议。为出站报告学术评议组长。

6月18日,赴长春,出席《中国人民抗日战争暨世界反法西斯战争胜利60周年"和平—繁荣"雕塑作品巡回展》总开幕式及大型学术研讨会。此行结识朱竞。

6月30日,出席北京大学中文系2001级毕业典礼,并作题为《逆境使人坚持不屈》的讲话。

8月10日至17日,北京大学教授访问团访问新疆喀什、和田。8月16日,谢代表北京大学出席北京大学、中国人民大学、同济大学和田实习基地启动仪式。

8月18日至21日,由北京大学中文系、北京大学诗歌中心和首都师范大学文学院、首都师范大学中国诗歌研究中心主办的"中国新诗一百年国际研讨会"在达园宾馆召开。在会上作《中国的诗歌梦想》的主题发言,并为会议提供题为《百年回望

——论中国新诗的历史经验》的长篇论文(该文后发表于《北京大学学报》2005年第6期)。出席此次会议的学者来自中国大陆、港澳台、以及日本、韩国、新加坡、美国、德国、意大利、荷兰、澳大利亚、新西兰等国家地区。

9月25日至29日,应贵州文联之邀,出席习水纪念四渡赤水七十周年大会及"黔北笔会"。27日在习水举行讲座,28日在遵义文联会见文学作者并座谈。

散文《三汊浦祭》发表于《人与自然》2005年第10期。

10月25日至28日,应邀参加由中华人民共和国文化部、中国作家协会和安徽省人民政府主办的第一届中国诗歌节。会议在马鞍山市举行。在主题为"中国诗歌民族性和当代性的统一"的诗歌论坛上发表讲话。讲话的题目是《古典的压力》。会间拜谒了当涂的太白墓和采石矶的李白衣冠冢。

10月31日赴深圳。11月1日作为特邀顾问在第六届深圳读书月启动仪式上致辞。会后接受香港凤凰卫视、深圳电视台、深圳特区报等媒体采访。11月2日,在深圳大学文学院作题为《我们面对的文学》的讲演。11月3日至6日访问香港、澳门。6日晚出席观看在澳门文化中心综合剧场演出的百老汇经典音乐剧《梦断城西》。

11月6日至10日,出席在广西玉林召开的"新世纪华文诗歌国际研讨会暨第三届现代诗年会"。在会上发表题为《20世纪的三个诗歌记忆》的演讲。

11月27日至12月3日,作为评委出席在武夷山和泰宁举行的2005年全国中篇小说年会暨全国文学期刊社长主编论坛。

12月11日至12日,以顾问的身份赴郑州。出席主题邮票珍藏大典《锦绣中国》向河南博物院的捐赠仪式并讲话。

12月25日至29日,出席吉林前郭尔罗斯县查干淖尔冬捕节及文学笔会,邵燕祥、吴思敬、林莽、刘福春等与会。在会上发言称"当代中国诗歌史其实就是两个阶段"。

此年,受聘为美国中英诗歌双语网站"诗天空"(Poetrysky)顾问,以及加拿大文学网站和大型文学刊物《北美枫》的总顾问。

此年,受聘为首都师范大学客座教授。

2006 年

1月21日,中坤诗歌发展基金捐赠仪式暨诗歌界迎春会在北大举行。代表北京大学中国新诗研究所作《为诗歌感恩》的发言。

2月10日至11日,在北京友谊宾馆举行中国新诗研究所工作会议,并邀请在京部分所外研究员参加。会议讨论了2006—2008年的主要工作设想,主持了这次会议。

3月16日,中国文艺协会理事长王吉隆(绿蒂)先生率团来访,中国文联接待并举行座谈会,与会,应邀在会上即席讲话。

3月25至26日,中国当代语文教学专业委员会举行常务理事会。被推举为该会顾问,并担任学术委员会主任。会上,有一个关于语文教学的发言。

3月31日,出席1979—2005中国十大杰出诗人评选暨乐趣园第一届十大网络诗人评选新闻发布会,并在会上讲话。

4月2日,出席廊坊师院及廊坊文联举行的诗歌节开幕式,并作题为《诗人们还在工作》的专题讲演。

5月13日,出席北京大学科研工作大会,并在会上作《为了中国诗歌的建设》的发言。此次会议北京大学诗歌中心新诗研究所被评为北京大学人文社会科学优秀科研机构。

5月18日至21日,赴南通,出席南通市人民政府、江苏省作家协会、文汇报社等联合主办的中国旅游文学论坛,并以评委的身份参加首届徐霞客旅游文学奖颁奖典礼。谢在论坛上有一个讲话。出席会议的有张贤亮、席慕容、高平、刘兆林、陈章武、金学泉、叶兆言等。会后,南通旅游局施宏伟陪同访问如皋水汇园。

5月29日至6月5日,先后访问泉州、长泰、漳浦。在泉州师院讲演,长泰马洋溪十里漂流,并参观漳浦茶博物馆,得美石"红颜知己"。归后作《寻找一种感觉——福建长泰漂流记》等文。

7月16日赴昆明。应北京文联及《北京文学》之邀,出席于17日在昆明召开的"图像时代与文学经典阅读"的研讨会。谢在发言中说:"经典是我们精神生活的根基,年轻的一代应和人类文化经典交朋友。让经典的力量伴随他们成长、成材","我害怕读图时代的到来。今天我们面临的是一个匆忙、快速的消费时代,物质的丰富和精神的贫乏形成强烈的反差。一大批浅薄、没有耐心的读者,完全没有耐心读经典。我担心,有一天,我们的耳朵将无法欣赏美妙的高雅音乐,我们的眼睛将无法欣赏梵高那美丽动人的金黄色。文学经典培养的是一代有趣味、有诗意的中国人,但这一切正在漫漫失去。"昆明会后,经芒市、瑞丽、前往缅甸木姐、南坎访问,经腾冲、保山返昆明。

7月31日。北京大学中国新诗研究所举行会议,欢迎日本诗人谷川俊太郎。谢主持并致欢迎辞。出席的有:孙玉石、骆英、张同吾、李小雨、张剑福、唐晓渡、西川、姜涛、周瓒、田原、郭小聪、蓝蓝、汪剑钊等。

7月,论文《我们见证历史——从中国当代文学的研究现状和问题意识谈起》发表于《中山大学学报》第46卷第4期。内容分"行进中的文学"、"特殊的学术环境"、"减法前提下的积累"、"创新意味着探险"等。文章最后说:"这个学科曾经是这样的布满雷阵的危险地带。研究者要想有所作为,就必须有足够的心理准备,那就如同在到处都是'禁区'的现场劳作,要冒着随时都可能'爆炸'的风险而谨慎前行。除非不为,无可逃脱,这是宿命。但正如浪里搏击,风中翱翔,苦在其中,乐也在其中。"

8月4日至8日。应新疆文联之请,出席王锋"饕餮系列"作品研讨会。北京出席的还有吴思敬、韩作荣、李小雨。

8月28日,北京大学学报2003—2005年度第7届优秀论文奖颁奖仪式在北大举行。论文《回望百年——中国新诗的历史经验》获奖。

9月11日。在北大作《北京大学与中国新诗》的专题讲演。这是谢主持的中国新诗研究所本学年为北大开设的"现代诗歌与文化"系列讲座的第一讲。网上评论说:"从最早的五四新文化运动北大推出一批新诗,到后来新诗的发展、挫折以至复苏、壮大,在新诗发展史上北大首先是一个先驱者和旗手;在每个重要的历史时期,北大师生总是对新诗表现出高涨的热情和充分饱满的创作实践,从而在诗歌创作的本质上丰富和深化了新诗的内涵。从这个意义上说,北大新诗史就是一部浓缩的中国新诗历史——这就是北大的诗歌。"

9月19日。出席在西苑饭店举行的"2006帕米尔诗歌之旅"开幕式。出席开幕式的有美、英、法、德、俄、日、伊朗、埃及、委内瑞拉以及中国的诗人、学者。在会上致辞。

10月14日至10月15日,由北京大学中国新诗研究所和首都师范大学中国诗歌研究中心联合举办的新世纪中国新诗学术研讨会,即两岸四地中国新诗研讨会,在北京友谊宾馆举行。余光中、洛夫、罗门、郭枫、郑敏、牛汉、屠岸、蔡其矫、邵燕祥、金龙云(韩国)、王润华(新加坡)、孙绍振、刘登翰、蓝棣之、杨匡汉、沈泽宜、古远清等八十余人与会。谢在开幕会上致辞说:"今天的开幕式安排在北京大学举行,有我们的一番考虑。因为中国新诗的历史和北京大学的关系极深,在北大谈论新诗会有一种置身现场的亲切感。——今天与会的朋友来自中国大陆、台湾、香港和澳门,我们是家庭式的聚会,也有一些朋友来自其他国家,他们非常了解和热爱我们的文化,他们是我们的朋友和亲戚。今天我们的聚会充满了亲情和友情。中国历史悠久,幅员广阔,人文环境复杂,地域差别很大。今天到会的朋友来自中国的各个地方,他们为中国的新诗建设作过卓越的贡献,他们伴随新诗走过艰难曲折的道路。历史正在翻过新的一页,往事正在变成天边的烟云,偏见和分歧正在被时间予以纠正,有些正在被忘却。我们非常珍惜今天的聚会。这样的聚会在以往隔绝和禁锢的年代是完全不可想象的。我们都感谢这个逐渐走向进步的年代,我们真诚地为中国新诗祝福。"

10月16日至10月27日,参加北京文联代表团访问芬兰、瑞典、挪威、丹麦四国。高秀芹、朱竞机场送行。访问期间分别与芬兰国家议会文化司、芬兰艺术委员会、瑞典国家议会文化司以及歌德堡国际书展中心进行学术交流。

11月15日德国使馆举办2006海涅、布莱希特诗歌竞赛,谢及叶廷芳、唐亚平等被聘为中方评委,德方的评委有德国驻华大使以及歌德学院院长艾克曼等。

11月28日至12月2日。出席由香港艺术发展局举办的"20世纪中国文学的回顾与21世纪的展望"国际学术研讨会。来自美国、北京、上海、台北、香港等三十余位学者与会。在会上发表题为《中国新文学的宿命》的论文。

12月3日,在深圳市民文化大讲堂作题为《一个世纪的背影》的讲座。

此年,谢编选的《余光中经典》由海峡文艺出版社出版(版权页注明出版时间为2007年1月)。

2007年

3月9日至3月13日。赴珠海,参加由北京师范大学珠海分校国际华文文学发展研究所、首都师范大学中国诗歌研究中心及当代诗学会主办的"两岸中生代诗学高层论坛暨简政珍作品研讨会"。会上受聘为国际华文文学发展研究所顾问。会后,应珠海作家协会之邀,访问珠海,携友人参观圆明新园,夜场网球,入住新华苑。

3月22日至27日,出席桂林"漓江诗苑"揭牌仪式,为诗苑揭牌。会间,先后在桂林师专和广西师范大学文学院讲演和座谈。

3月31日。于武汉黄鹤楼接受《芳草》杂志授予的第一届汉语文学"女评委"大奖。评委会由陈美兰、何向阳、张燕玲、徐春萍、晓华、胡殷红、刘琼、刘廷、周毅、韩青组成。获奖作品为发表于该刊2006年第2期的《我的学术叙录》。授奖词:"他以其独有的热烈的批评激情、深切的忧患意识与唯美犀利的率真叙录,书写了一位人文学者在繁复多变的历史中艰难成长的文学事实,尤其是作者在建国和新时期诗歌新崛起的创造性贡献,以及如何坚守自己学术品格的精神操守。在甘苦自知中真切展开了斯文有传、学者有师、持论有道的杰出的学术生涯,显示了这个时代知识分子的精神高度,还原了推动当代汉诗发展的建设者个人记忆,更折射了当代文学学科的演进过程。这份文采飞扬、机锋闪烁的独特自传,极具学术性和档案性。"

4月29日,由中国国土经济学会、中国景观村落评审委员会聘请为中国景观村落评审委员。

5月10日,上午在中国作家协会参加《人民文学》大奖评委会。下午在金钱豹餐厅参加《北京文学》中篇小说评委会。

5月11日至13日,北京大学中国新诗研究所在北京稻香湖景酒店召开"新诗研究的问题与方法研讨会",谢致开幕词。《中国新诗总系》主编会议亦同时召开。孙玉石、洪子诚、张剑福、吴思敬、王光明、程光炜、陈超、唐晓渡、耿占春、刘福春、黄子平、李杨、孙民乐、朱竞、高秀芹等应邀与会。谢在开幕词中感谢刚刚结束五一长假从全国各地赶来参加会议的朋友。他说:"在新诗这个领域,理论的倡导和批评的展开,几乎是与新诗的诞生同步的。在有的时候,理论甚至走到了创作的前面,例如胡适等关于新诗的构想就先于创作的'尝试'。在新诗诞生之处,刘半农、周作人、俞平伯、康白情、郭沫若、闻一多、朱自清那些即时的、建设性的批评已成为新诗发展史上的亮点和后学的楷模。"二十世纪八十年代以还,随着新诗复兴,新诗的理论批评也展开了新的局面。这些理论批评对历史新阶段的新诗的发展起了重大的推动作用。从那时到现在,时间已悄然进行了将近三十年。记得刘半农曾在《初期白话诗稿—序》中感慨地说过,"1917、1919之间收集的东西,现在(1932)不觉间已成了'古董':那一个时期中的事,在我们身当其境的人看去,似乎还近在眼前,至于年纪轻一点的人,有如1912,1913出世,而现在高中到大学初年级读书的,就不免有些渺茫。这也无怪他们,正如甲午、戊戌、庚子诸大事故,都发生于我们出生之后的几年之中,我们现在回想,也不免有些渺茫。所以有一天,我看见陈衡哲女士向她谈起要印这一部书稿,她说:'那已是三代以上的事了,我们都是三代以上的人了。'""新诗潮兴起的以来的近三十年间,我们也由年轻而渐入老境,的的确确也'都是三代以上的人了'。这飞一般失去的日子,没有白白地失去,我们有了丰硕的收获,一切都昭示着中国新诗在近一百年的发展中确已走向了成熟。一个世纪已经过去,另一个世纪正在展开。在这样庄严的时刻,我们有一份喜悦,更有一份负重之感。"此次会议对于个人有特别的纪念意义。

  5月22日至24日。赴杭州金溪山庄参加《中国新文学大系》第五辑主编会议。王蒙、雷达、李敬泽、李辉、沙叶新、江曾培、吴泰昌、程德培等与会。会间,与友人同游曲院风荷、西湖天地,并应黄亚洲宴。

5月25日,作新诗《如约》。

6月7日至11日,第三次赴吉林前郭尔罗斯。此行为第五届华文青年诗人获奖者荣荣、李轻松、苏历铭颁奖,并参加"春天送你一首诗——查干湖座谈会"。归至长春,出席2008年"春天送你一首诗"主会场新闻发布会,并参观长春夜景。

6月26日至30日,赴福建长泰。《生活—创造》杂志社与福建省长泰漂流旅游公司联合举办的"长泰漂流杯"旅游征文颁奖礼散文《寻找一种感觉》获一等奖。

7月3日。首届诗探索奖颁奖礼在北京举行,为获奖者梁小斌颁奖。

7月15日至20日,访问山西,晤诗人奔雷、潞潞。谒五台山黛螺顶、菩萨顶,参晋祠,临平遥古城,登太行王莽岭,自天下奇险"挂壁公路"飞翔而下直抵锡崖沟。

8月6日至11日,赴西宁,参加首届青海湖国际诗歌节,在"青海湖诗歌宣言"上签名。此次会议有34个国家及来自中国大陆、台湾、香港、澳门共二百余位诗人与会。会议期间接受青海电视台、青海广播电台及《青海日报》、《西海读书报》、《西宁晚报》等媒体采访。

8月30日至9月2日,作为中国景观村落评委,考察了湖南通道、三江及广西龙胜侗、苗、瑶等各民族村寨。

9月22日至23日参加由中国当代文学研究会、《文艺争鸣》编辑部及首都师范大学文学院联合召开的"中国当代文学史:历史观念与方法"学术研讨会。谢在会上发言。入住裕龙大酒店1501,与朱竞相晤。

9月24日至29日,参加浙江省第五届作家节。由杭州经桐乡、海宁、嘉善,观海宁潮,谒王国维故居,访丰子恺、徐志摩、钱君匋旧居。归至上海会见汗漫,歇百乐门大酒店,与方明共进哈根达斯。归京作游记《桐乡月圆》、《天边的云彩》。

10月9日至12日,受聘担任第四届鲁迅文学奖全国诗歌奖评委会主任,陈崎嵘、叶延滨、韩作荣为副主任。谢主持了终评工作。

10月12日至15日,由北京飞铜仁抵凤凰。主持洛夫长诗《漂木》国际研讨会开幕式。洛夫、黄永玉、简政珍、白灵、吴思敬、叶橹、任洪渊等与会。

10月12日,赴门头沟出席诗刊举办的第23届青春诗会开幕式并讲话。李瑛、牛汉等与会。

10月18日至10月20日,出席首都师范大学主办的:"现当代诗歌:中韩学者对话会"。中方参加者洪子诚、杨匡汉、吴思敬、刘福春等,韩方参加者东亚大学金龙云、韩国外国语大学朴南用、协成大学赵德昌、群山大学郑圣恩等。致开幕辞。

10月26日飞福州,出席福州三一中学(今福州外国语学校)百年校庆,并应邀在28日的庆祝会上致辞。为百年校庆所作《钟声依旧》刊载于2007年11月19日《文汇报》。

11月2日,出席由北京大学中国新诗研究所、北京大学中文系、厦门大学中文系在厦门大学举办的林庚先生新诗创作暨赴厦大任教70周年纪念研讨会。在开幕式上致辞。作《厦门寻踪》。

11月4日,出席中国景观村落评审委员会第二次会议暨入围景观村落终审会议。

11月6日,作新诗《因为等待》。

11月12日,在中山公园音乐堂为帕米尔文化艺术研究院揭牌,并出席首届中坤国际诗歌奖颁奖典礼。谢为获奖者之一德国波恩大学顾彬(Wolfgang Kubin)教授颁奖。高秀芹同行。

11月21日至24日,赴深圳,出席第三届全国打工文学论坛,洪子诚、孟繁华、贺绍俊、高秀芹、邵燕君、尹昌龙等出席。

11月24日至27日,赴珠海,出席第二届广东诗歌节。高洪波、叶延滨、韩作荣、舒婷、陈仲义、杨克等与会,谢在论坛发言。

11月27日至12月3日,应海南师范大学之邀,为研究生讲中国当代文学研究诸问题。受聘为该校客座教授。12月1日至3日,出席在海口召开的21世纪中国现代诗第四届研讨会,张炯、吴思敬、杨匡汉、洪子诚、沈泽宜、方明等与会。谢在开幕会上讲话,并接受海南电视台、及《南国都市报》记者王亦晴专访。访问三亚蜈支洲岛。

12月12日,晚七时半,出席中央电视台在清华大学礼堂举行的"2008新年新诗会"。在会上被授予"年度诗歌人物"。主持人朱军宣读了推荐词:"在一个贫乏的年代,诗人何为?谢冕先生即是一位以自身丰富的激情点燃时代之诗意的批评家。早在1980年代,谢冕以其《在新的崛起面前》,成为新时期最重要的诗歌批评家。他与新诗潮的前驱们一起,开创了中国当代诗歌新的话语空间,谢冕富于理想主义的精神、充满忧患意识的思考、激情洋溢的表达方式,不仅对其后中国新诗及诗歌批评有着先导性的影响,而且一直是中国诗坛最亮丽的风景。近些年来,谢冕以其诗化的批评方式与诗意的语言,坚持不懈地对中国诗坛保持着批评立场。谢冕先生的诗歌批评,相当程度上构造了新时期以来中国诗歌批评的历史谱系。"

12月15、16日,由北京大学中国新诗研究所举办的《回顾一次写作——"新诗发展概况"的前前后后》研讨会在北京凤山温泉度假村举行。严家炎、陈丹晨、赵园、钱理群、张剑福、骆英、丁东、朱竞、高秀芹、李杨、孙民乐,以及该书的五位作者孙玉石、孙绍振、刘登翰、洪子诚、谢冕等出席。12月19日《中华读书报》头版显著位置报道了这次会议。

本年,完成《中国新文学大系》第五辑(1977—2000)诗卷的选编。导言《一个世纪的背影》刊于《文艺争鸣》2007年第10期。2007年第24期《新华文摘》全文转载。

2008年

1月14日飞福州。受聘为"感动福建2007年度十大人物"省外特邀推委会委员,出席于1月15日召开的投票仪式,并作评点发言。

2月21日至25日,赴新加坡。出席"槐华半世纪诗歌艺术自由谈",提供论文《火的道路,不变的深情》。晤Paul Manfredl、魏慧、田思、爱薇、罗抒冬等。访问南洋理工大学华裔馆及国立新加坡大学,并牛车水。

3月15日,为北京朝阳红十字医院建院五十年作《修己安民,止于至善》一文。

3月21日,出席《晓雪选集》座谈会,作《相识在西双版纳》的发言。发言稿分别刊登在4月5日的《人民日报》和4月17日的《文艺报》上。

4月23日,与刘福春、徐丽松赴廊坊,出席廊坊师范学院与廊坊文联联合举办的"春天送你一首诗"活动并学院诗歌大奖赛的颁奖会,并代表《诗刊》致辞。

4月25日至4月29日,北京大学中国新诗研究所在杭州湖畔诗社纪念馆举行《中国新诗总系》定稿会。谢冕、孙玉石、洪子诚、张剑福、陈素琰、张菊玲、吴思敬、王光明、程光炜、刘福春、吴晓东、臧力、姜涛、杨强、王桂玲等出席。4月28日下午二时半自柳浪闻莺出发沿西湖绕湖一周,五时半返至柳浪闻莺。实现了多年夙愿。

5月4日至5月7日,赴澳门。出席由澳门中国比较文学学会主办,澳门大学中文系、北京大学中国新诗研究所、当代诗学会等单位承办的"第二届当代诗学论坛(澳门)暨张默作品研讨会"。谢为大会剪彩并致辞。此次会议晤张默、辛郁、汪启疆、李瑞腾、白灵等,并分别与姚风及朱寿桐、龚刚、冯倾城等夜游澳门。

5月17日至5月18日,赴绍兴。参加首届"沈园诗会"暨"沈园杯"全国青年爱情诗大赛颁奖会。为一等奖作者胡丘陵、车延高颁奖。作《哀伤的日子在沈园》,刊于《新民晚报》2008年6月17日。

5月24日,创作诗歌《做梦都想跳芭蕾的李月》。此诗2008年6月1日由中央台一套播出。

5月25日,创作诗歌《五月的玫瑰》。

5月,散文集《红楼钟声燕园柳》由北京大学出版社出版,高秀芹为该书作题为《素描》的序。同月,专著《浪漫星云》由金素贤翻译成韩文,以《中国新诗讲义》的书名由韩国学古房出版。

7月16日至19日,创作诗歌《岁月》、《初雪》和《珍藏》。

8月12日至15日,赴深圳,参加由北京大学中文系、深圳特区文化研究中心等单位联合举办的"2008中国城市文化论坛",在会上作题为《我所感知的城市书写的变迁》的发言。洪子诚、戴锦华、尹昌龙、李杨、黄子平、陈顺馨、孙民乐、高秀芹、朱竞等出席。

9月24日至29日,在黄山宏村中城山庄举行《中国新诗总系》统稿会。谢主持会议,洪子诚、刘福春、吴晓东等与会。会间参观屯溪、黟县、歙县、婺源等地。

10月6日至10月11日,赴乌兰巴托,参加亚洲诗人节。接受蒙古国科学院授予的荣誉教授称号。会间访问中央省成吉思汗国家公园。

10月16日10月26日,访问敦煌。主持阳关博物馆建馆五周年暨《敦煌诗选》出版座谈会并讲话。会后参观莫高窟、鸣沙山及月牙泉,访瓜州、锁阳城及唐玉门关遗址(破城子)并嘉峪关。经航天城赴内蒙额济纳旗观赏胡杨林秋色。访天水南郭寺、伏羲庙及麦积山,又礼县大堡子山秦王墓群。

11月6日,作《扉页题词》及诗歌《静静地等待这日子》。

11月22—23日,应邀参加深圳市读书月组委会、深圳市文化局、教育局、深圳市文联等单位主办的"校园网络文学深圳论坛"。为育才中学师生作《人生的另一个境界》的讲演。11月24—17日,参加第九届深圳读书月"阅读中国论坛",担任"三十年三十本书"和"年度十大好书"的终评委,会上作《飘满书香的城市》的讲演。25日赴中央教育研究所实验学校与教师座谈。会议期间先后接受中央电视台、深圳电视台、《深圳商报》、《晶报》的专访。26日赴香港。

12月1日,午,在畅春园寓所为《红楼钟声燕园柳》题写"扉页题词"。

12月3—4日,赴上海,3日晚,出席上海交通大学第三届"大学人文节",并为"学子人文演讲晚会"颁奖并即席讲评。4日访问闵行七宝中学,接受学生记者团采访。夏中义、丁晓萍教授陪同夜游七宝镇。晚,七宝中学仇忠海校长招宴于天香楼。

12月25—27日,出席北京文联在九华山庄举行的"传统与文艺:2008—北京文艺论坛",并作题为《说不尽的"传统"》的主旨发言。

本年,主持《中国新诗总系》的工作基本完成,完成稿已陆续发往人民文学出版社。本人完成该总系的五十年代卷。该卷导言《为了一个梦想——中国新诗1949—1959》发表于《文艺争鸣》2008年第8期,中国人民大学《中国现代、当代文学研究》2008年第10期转载。又,"One hundred years of new Chinese poetry"(Nicky Harman 译),发表于 Frontiers of literary Studies in China 第2卷第4期,高等教育出版社2008年12月。

本年,编成中国现当代论文集《回望百年》,作家出版社,即出。同时，编成第五辑《中国新文学大系—诗卷》(上海文艺出版社)，以及《中国新诗总系—五十年代卷》(人民文学出版社)。

本年，受北京大学委托，接受黄怒波为博士。

2009 年

1月，中国现、当代文学论文集《回望百年》由作家出版社出版。

1月8日，出席作家出版社题为"回眸—创新—展望"的"2009中国文学创作与图书出版论坛暨七十位作家新作首发式"并讲话。

1月10日，应NHK编导汤田美代子之邀，作中日汉俳联句第34句——

新雪照寒衣
竹间漏下月消息
有人夜闻笛

1月12日，受聘为国家行政学院高级职称评委并出席第一届评委会。

3月，谢主编的《中国新文学大系·诗卷》(1976—2000)由上海文艺出版社出版。卷前有谢的长篇导言。

3月26日，北京大学五四文学社举办第十届未名诗歌节并海子逝世二十周年纪念会。谢应邀出席并在会上作题为《每年这一天》的讲话。

4月10日至12日，受聘为第二届中国景观村落评审委员，并出席在邢台举行的评审启动仪式。会间参观考察了皇寺、英谈、前南峪、郭村诸地。

4月17日至20日，赴西安。出席《诗选刊》2008年度十佳诗人颁奖典礼。晤舒婷、陈仲义、赵毅衡、吉狄马加等。始识诗人三色堇。四十三年后重访西安深叹岁月流逝之速。游曲江，登大雁塔，谒法门寺及乾陵。

4月23日，北京大学中文系为纪念五四新文学运动九十周年举办的"五四与中国现当代文学国际学术研讨会"，并充任主持人之一。

4月24日至27日赴泰安及济南，出席诗刊社主办的"春天送你一首诗——走进泰安十九中学"活动，会后由蓝野、尤克力陪同步行登泰山，自山脚行经中天门，经南天门抵玉皇顶。此时距2004年第一次徒步登山已隔五年。

5月23日至29日，出席在西安举行的第二届中国诗歌节，在诗歌论坛上发表题为《长安遗韵》的讲话。会间，重访大雁塔及曲江遗址，谒乾陵，由李小洛陪同雨中登华山，直抵苍龙岭。

6月14日，出席《中国作家》举行的理论批评专栏座谈会。与朱竞、高秀芹、邵燕君会面。作题为《喜见文学刊物重视评论》的发言。

6月16日至21日赴新疆，出席由自治区文化厅及阿克苏地委联合举办的首届"新诗写新疆"阿克苏之旅采风活动。17日由乌鲁木齐抵阿克苏。18日主持题为"诗歌与地域性"的专题研讨会。先后访问阿瓦提、拜城、克孜尔千佛洞、库车等地。参加此次行动的有多多、耿占春、邱华栋、沈苇、冯晏、蓝蓝、王寅、庞培、丁燕等。结识尤鲁托孜—亚克亚，蒙她一路相伴。6月21日由库车经乌鲁木齐返京。

6月22日，出席北京大学中文系举办的"全国高校现当代文学博士生论坛"，应邀在开幕式上作题为《以平常心做真学问》的发言。

7月3日至7月5日，赴武汉。出席"盘龙城诗会"。主持由《诗歌月刊》（下半月刊）举办的"首届闻一多诗歌奖"评奖并担任评委会主任。评委会由谢冕、张同吾、韩作荣、叶延滨、吴思敬、杨克、张清华组成。

8月9日至13日,在银川召开北京大学中国新诗研究所工作会议,讨论《中国新诗总系》的出版及余留的事务。孙玉石、洪子诚、吴晓东、姜涛、杨柳及谢与会。会间访问西夏王陵、沙湖、沙坡头及贺兰山岩画。

8月16日至20日,应邀赴武夷山,出席由福建师范大学文学院主办的:"21世纪中国现代诗第五届研讨会暨'现代诗创作研究技法'学术研讨会"。谢主持讨论并发言,并在闭幕会上致闭幕辞。

9月1日至4日,在承德,出席郭小川90周年诞辰学术研讨会,作《也许只是半步》的发言。访避暑山庄。

9月16日,出席由《文艺报》举办的"新中国文艺评论60年"座谈会。提供题为《让批评回到文学》的发言稿,此稿刊于《文艺报》2009年9月17日第5版。出席会议的有叶廷芳、邵大箴、阎纲、陈建功、李书磊、孟繁华等。

9月18日至20日,出席由中国当代文学研究会、首都师范大学文学院、《文艺争鸣》杂志社主办的"中国当代文学60年"国际学术研讨会。入住紫玉饭店,此三十年前与钟敬文先生出席全国文代会时合住之旧址也。会间,晤高秀芹、朱竞、邵燕君等。

9月23日,为北大中文系2009级新生作题为《从今天起,面朝未来》的讲演。

9月24日,赴海南澄迈,为"诗探索奖"颁奖。26日抵海口,出席海南师范大学举办的青年诗人作品研讨会。

10月15日,由北京大学中国新诗研究所及中坤集团等单位举办的"亚洲诗歌节"在北京大学百年纪念讲堂开幕。谢在朗诵会开始前致辞称:"比鲜花更长久的是诗歌"。来自亚洲各地的蒙古、日本、印度、土耳其、韩国及中国大陆、台湾、香港等诗人与会并朗诵诗篇。九月16日,"地理与诗意"学术研讨会在中坤大厦举行。10月16日,谢与骆英等飞安徽桐城,出席作为诗歌节组成部分的"桐城文化节"。10月17日,谢应邀在文化节的开幕式上讲话。在桐城期间,参观孔城镇及桐乡书院旧址,为之题词:"宛然旧日情景"。

10月18日,自合肥飞福州。10月19日,回原福州三一中学母校(今福州外国语学校),参加学生的升旗仪式并讲话。此前,谢曾为母校的老榕树题字:"钟声犹在耳,此树最多情"。该题字今已镌刻基石上。10月20日至22日,出席原83师文艺工作队建队60周年纪念集会,会后作《人生只有一个六十年》。参观三坊七巷及马尾船政博物馆等。

10月23日,经长沙抵衡南,出席"洛夫国际诗歌节",并在诗歌节的开幕式及洛夫广场奠基仪式上讲话,称洛夫是"中国诗歌史绕不过去的诗人。"谢还为洛夫旧居题写了匾额。

10月31日,出席在北京由中国当代文学研究会和首都师范大学中国诗歌研究中心召开的"袁可嘉诗歌创作与理论研讨会"。

10月31日至11月3日,赴深圳。出席纪念深圳读书月创办十周年大会暨第十届深圳读书月启动仪式。作为读书月的特别顾问,与饶宗颐、金庸、陈佳洱等接受大会颁发的特别荣誉证书,会后接受媒体采访。其间,《深圳特区报》及《晶报》发表谢为《深圳读本》所作的序言:《感召时代的深圳声音》,《深圳晚报》发表作为第一届嘉宾的署名访谈:《深圳因热爱读书而受人尊敬》。会间访问大鹏湾的杨梅坑。

11月12日至15日,应中国海洋大学的邀请,赴青岛,接受中国海洋大学的聘请,为该校客座教授,并在名家讲座作题为《我的诗歌记忆》的讲演。作为该校诗歌节原创作品的评委,与王蒙、郑愁予、严力等出席了颁奖及朗诵晚会。

12月13日至14日,入住稻香湖景酒店。出席由北京文联和北京大学中文系联合主办的"现实与文艺:2009—北京文艺论坛"。在会上作题为《说不清的"现实"》的主题发言。

12月20日,出席在老故事酒吧举行的纪念骆一禾去世二十周年座谈会,作题为《雷暴没有放过》的即席讲话。

此年出版的著作有:《回望百年》(作家出版社,2009年1月);《新世纪的太阳》(新版,中国人民大学出版社,2009年11月);《论二十世纪中国文学》(新版,中国人民大学出版社,2009年12月);《中国新文学大系(1976—2000)·诗卷》(主编,上海文艺出版社,2009年3月)。

此年,论文《在新的崛起面前》和《论舒婷》被收入《中国新文学大系(1976—2000)·文学理论卷》;散文《永远的校园》被收入《中国新文学大系(1976—2000)·散文卷》。

此年,论文《在新的崛起面前》和散文《一百年的青春》被分别收入《新中国六十年文学大系》的《文艺理论精选》卷和《散文精选》卷。

此年,论文《回望百年》和《中国新文学的宿命》被收入陈平原主编的《红楼钟声及其回响》。

此年,接受中国作家协会颁发的从事文学创作六十周年的荣誉奖章及奖状。

此年,与饶宗颐、金庸、陈佳洱等同时接受深圳读书月十周年的特别顾问荣誉证书。

此年,受聘为中国海洋大学兼职教授。

2010 年

1月10日,在北京大学阳光大厅出席由北京大学中文系和北京大学中国新诗研究所主办的"林庚先生百年诞辰纪念会",并作《先生始终是青春的》的发言。1月13日《中华读书报》发表了这篇发言。

1月12日,出席国家行政学院高级职称评委会。

1月19日,北京大学中文系中国当代文学教研室、北京大学中国新诗研究所、北京大学出版社联合举办"当代文学与文学史暨《洪子诚学术作品集》学术研讨会"。谢出席会议并致辞:《一束鲜花的感谢》。

1月24日,应北京大学出版社高秀芹之邀,出席培文公司的新春作者答谢会。初识白路、邵滨鸿,会朱竞、翟晓光、邵燕君、张洁宇、赵婕、李宪渝等。作答谢辞:《美丽的不仅是相遇》,是回应高秀芹为"2010年培文图书"所作的卷首语《与你相遇人生很美丽》的。

3月25日至27日,出席在上海闵行举行的第二届春申原创文学奖,担任评委主任。并向莫言颁奖。

4月8日只4月10日,在杭州华北饭店出席"《骆寒超诗学文集》首发式暨诗学理论研讨会"。出席会议的有:孙绍振、洪子诚、晓雪、李元洛、张炯、屠岸、杨匡汉、高瑛等。谢应邀做会议总结发言。住地近西湖,正是桃红柳绿时节,晤高秀芹、张秀娟、徐秀萍、高永年和卢文丽。清晨及日午徜徉于白堤、苏堤,清饮于西湖天地,小宴于翡翠花园及星巴克。

4月15日至4月24日,应中国台湾行政院文化建设委员会及新地文学季刊社的邀请,赴台湾,出席"21世纪世界华文文学高峰会议"。出席会议的有:高行健、刘再复、王蒙、痖弦、马森、李欧梵、王润华、刘心武、刘登翰、董健、郑培凯、李瑞腾、陈若曦、郭枫等,马英九先生和刘兆玄先生出席了开幕式。4月17日,谢在台湾大学发表论文《诗歌运动的记忆》,并为刘再复的论文《文学自性的毁灭与再生》做讲评。4月18日赴台中,出席胡志强市长的宴请,并中兴大学的会议。4月19日抵台南,入住成大会馆,访问国立台湾文学馆。4月20日,出席成功大学的会议,并为王润华的论文《从中国到本土东南亚文学想象》做讲评。4月21日经高雄抵达台东知本,入住富野饭店,当晚,台东市政府宴请于原始部落餐厅。4月22日,抵达台东美术馆,与当地原住民作家座谈并发言。4月22日经花东公路抵达花莲,入住花莲远雄悦来饭店。晚,出席高行健讲座并晚宴。4月23日,出席在东华大学举行的文学高峰会议,并在"海峡两岸文学交流的前景"座谈会上发言。4月24日,由花莲回台北,郭枫及苏叶相送于桃源机场。

5月17日至18日,赴武汉。出席由湖北作家协会主办的柳忠秧长篇古体诗《楚歌》的座谈会。黄曼君、樊星、高秀芹、朱竞等出席。作《楚歌一曲动江城》的发言。

6月9日至12日,赴宁波象山,出席百年殷夫学术研讨会会。会上发表讲话。11日访问大徐镇殷夫故居及殷夫中学,分别题写"殷夫不朽"和"殷夫精神长青"。12日出席殷夫百年诞辰纪念会及"生命如歌"晚会。骆寒超、叶橹、袁忠岳、章景曙、朱寿桐、吴思敬、王光明、范智红、高秀芹、朱竞、王嘉良、王侃等与会。

6月15日至6月18日,赴陕西安康,出席安康第十届龙舟节并2010汉江—安康诗歌奖颁奖典礼及"端午情怀"大型诗歌朗诵会。游览瀛湖。出席安康学院"传统与责任——中国'80后'诗歌现象研讨会"并发言。

6月25日至6月28日,出席由北京大学中国新诗研究所和首都师范大学中国诗歌研究中心联合主办的"中国新诗:新世纪十年的回顾与反思——两岸四地第三届当代诗学论坛"。致开幕词:《奇迹没有发生》。出席会议的有来自中国大陆、台湾、香港、澳门以及美国、英国、韩国、新加坡等地的学者、诗人近八十人。会议分别在竹园宾馆及梦端四十五号院举行。会间,同济大学喻大翔有诗《竹园感怀》为赠,诗前小序:"听谢冕先生说:'诗歌是做梦的事业,诗人的工作是做梦'":

楼台竹月起空山,
后海丁香卷巨澜。
此夜诗神吟何处,
寻花踏影到梦端。

7月25日至7月29日,出席中国作家协会创作研究部在北戴河主办"全国诗歌理论研讨会",并在会上发言。

8月6日至8月9日,参加全国诗文名家抚顺行暨"松涛文苑"落成庆典活动,谢应邀在会上致辞。晤石英、张庞、石祥、王宗仁、程步涛、曾凡华、王久辛、胡世宗等。归,作《在抚顺发现诗意》、《抚顺因诗意而美丽》、《美不可言的八碟八碗》等文。

9月12日,北京大学中国诗歌研究院成立大会暨"诗歌:古典与现代"研讨会在北大英杰中心阳光大厅举行。谢被任命为研究院院长。北大校长周其凤到会致辞并为研究院揭牌。副校长张国有、刘伟、校长助理邓娅等到会祝贺。谢在题为《诗歌的北大》的发言中回顾了北大的诗歌传统,指出:北大师生"以《新青年》和《新潮》为基地,倡导新诗革命,表现出极大的锐气和智慧。胡适先生和陈独秀先生是此中最英勇的领袖人物。北大师生以新诗人的身份,以前行者的姿态,出现在中国新诗发展的每一个关键时刻。北大于是被称为是新诗的摇篮和故乡。"牛汉、屠岸、邵燕祥、叶廷芳、晓雪、骆寒超、吕进、孙绍振、刘登翰、舒婷、伊蕾、奚密、艾克拜尔—米吉提、徐敬亚、吴思敬、葛晓音以及冰岛共和国驻华公使拉格纳尔—鲍德松等应邀出席。

9月21日至23日,赴松江,出席上海第四届朗诵艺术节,为2010年华文青年诗人奖颁奖并出席研讨会。参观松江文化馆及上海世界博览会。

10月3日由北京经哥本哈根于4日抵达雷克雅未克。由中坤集团主办的"空间与诗意——亚北欧诗歌行动"在冰岛举行。谢出席会议朗诵诗作并发表《距离的焦虑》的讲话。与会的有中国诗人于坚、骆英、路也、田原、臧棣,日本诗人高桥睦郎、蜂饲耳以及冰岛、瑞典、挪威、芬兰、丹麦、法罗群岛等国诗人。到达的当天,冰岛总统格里姆松在雷克雅未克郊外的总统官邸和诗人们举行了私人会见。此次会议及访问历时一周,于10月11日返抵北京。

10月22日至24日,参与北京大学中文系百年庆典活动。22日上午出席70级的入学四十周年纪念会。中午在博雅会议中心与高秀芹、邵燕君、尹文娟餐叙。晚,出席中文系庆典酒会,与高秀芹、王利芬、李书磊相见。23日上午,出席庆祝大会。下午,在办公楼103会议室,与1955级同学晤谈。晚,与洪子诚、戴锦华、黄子平、陈顺馨、孙良好、高秀芹等欢宴于苏浙汇酒店。

11月17日至19日,北京大学中国诗歌研究院第二次院务会议在香港尖沙咀凯悦酒店召开。出席会议的有:谢冕、陈平原、黄怒波、蒋朗朗、陈跃红、高秀芹、郑捷。

11月20日,出席当代文学研究会和首都师大中国诗歌研究中心、人民文学出版社联合召开的屠岸创作研讨会,作《他周围浓浓的书卷气》的发言。

11月21日至24日,参加作家考察团访问漳州、福州,先后参观漳州花卉博览会、南靖土楼、林语堂故居及福州三坊七巷。在福州,经黄文山介绍结识林秀美。

11月25日,出席北京文艺评论家协会筹备会。

11月26日,由北京大学中文系、北京大学中国诗歌研究院、北京大学中国新诗研究所和北京大学出版社联合主办的"《孙玉石文集》发布会暨学术研讨会"在北京大学英杰交流中心新闻发布厅举行。谢代表主办方之一致辞,并在研讨会上作题为《玉取其润石取其坚》的发言。出席会议的有:张恩和、王得后、费振刚、赵园、高秀芹等。

11月26日,乘夜航于27日凌晨抵海口。11月27日上午,出席由中国当代文学研究会与海南师范大学文学院联合举办的"新时期与新世纪文学国际学术研讨会暨中国当代文学研究会第16届学术年会"开幕式。专著《回望百年》获中国当代文学研究第12届优秀成果表彰奖。11月28夜,离海口赴深圳,袁圆持鲜花深夜接站。

11月28日至12月2日,在深圳参与"书香人家"评选活动。访问观澜版画中心、光明新区及滨海公园红树林。

12月2日由深圳抵珠海,入住珠海度假村酒店。12月4日,出席"诗意栖居珠海诗会及首届苏曼殊诗歌奖颁奖大会",作为评委主任在会上发言。先后访问横琴岛和琪澳岛。12月6日返京。

12月12日,北京成立文艺评论家协会,谢当选评论家协会主席。同时当选为副主席的有:于平、叶培贵、刘铁梁、张恬、李英杰、陈履生、孟繁华、索谦、贾德臣、黄会林、傅谨、傅起凤、曾庆瑞、谢家幸等十四人(分别代表舞蹈、书法、民间文学、摄影、美术、文学、曲艺、电影、戏剧、戏曲、杂技、电视、音乐等文艺门类)。张恬为秘书长。当选后,谢发表《致辞》。

12月14日,北京大学中国新诗研究所年终会议。出席会议的有:谢冕、孙玉石、洪子诚、骆英、张剑福等。

12月26日飞福州。27日出席由福州市作家协会主办的"诗歌与城市精神"研讨会,发表《诗人与城市的距离》的发言。28日,出席首届海峡两岸文学创作网络大赛启动仪式暨"网络时代文学创作发展"研讨会。出席这些活动的有:孙绍振、刘登翰、南帆、王光明、杨少衡、杨际岚、何强、哈雷、伊路等。应莆田市长梁建勇(梁征)邀请,于28、29日访问莆田,广化寺拜谒佛祖,浦口宫邂逅梅妃,黄石镇重温旧梦。应永泰县委陈家恬邀请,于29、30日访问永泰,谒连奎塔,居云水阁,浴于青云山御温泉。以上两地同游者林秀美。12月30日由永泰赴厦门,2010

年除夕,即12月31日,再由厦门经漳州、龙岩抵上杭。

此年,担任总主编的《中国新诗总系》(十卷本)由人民文学出版社出版。

此年,专著《回望百年》获中国当代文学研究会优秀学术成就奖。

此年,被任命为北京大学中国诗歌研究院院长(兼任中国新诗研究所所长)。

此年,当选为北京文艺评论家协会主席。

2011年

2010年12月31日至2011年1月1日,于厦门至上杭旅次,为纪念《诗探索》创刊三十周年作短文《为激情和梦想的年代作证》。

2011年1月1日,出席上杭客家祖地瓦子街的开街仪式,访上杭文庙、族谱馆及纪念张巡的太忠庙。参加"上杭瓦子街文化座谈会"及"上杭文学现象座谈会"。在后一个会上谈到:"充满温情的土地和人民是一块磁铁,吸引着那些离乡背井的乱世儿女,使他们忘记苦难,找到了另一个家园。这是一片神奇的土地,伟大的爱心能够化解悲苦和哀伤,并转化为意志、毅力和坚忍、不仅仅是记忆,更是恒久的慰藉。"1月2日,出席湖洋乡主办的"观音井乡村文化旅游节暨《湖洋之春》首发式"。谢为该书题写了书名。出席这些活动的有:舒婷、张胜友、张惟、谢春池、陈素琰、陈志铭、沈世豪等。1月2日,与舒婷、林莺等访问古田会议旧址。

1月6日,抵深圳,出席"诗探索—深圳诗歌论坛"及"鹏劳读书活动—诗歌朗诵比赛",任评委并即席讲话。10日,访问香港,与北岛相会于尖沙咀,北岛赠《守夜》及《城门开》。

1月6日《人民日报》"文化圆桌"发表《时代呼唤诗歌的担

当》一文。编者按语指出:"网络写作便捷了,出版渠道丰富了,诗歌写作和发表的门槛降低了,诗人潜在的队伍似乎在扩大。与此同时,在大众文化盛行,物欲上扬的今天,曾经追求理想与浪漫、极致与美好的诗歌似乎淡出视野。为何诗作多了,而有影响力的诗人和作品却少了?是否期待诗歌创作高潮的再次到来?"

1月10日,由中国文联、中国作协、和总政宣传部联合举办的李瑛诗歌创作座谈会在北京召开。谢在深圳发出贺文:《他开辟了另一个审美的世界》。1月19日《文艺报》刊出此文。

1月19日,晚,孟繁华、吴丽燕设宴于厦门商务会馆。出席宴会的有:陈晓明、陈福民、贺绍俊、邵燕君、吴秉杰、张志忠、王光明、韩毓海、祁述裕、肖鹰,以及谢冕和陈素琰。

1月20日,《诗探索》创刊三十周年座谈会在北京举行。谢发表题为《为梦想和激情的时代作证》的讲话。出席座谈会的有牛汉、邵燕祥、叶廷芳、孙玉石、张炯、杨匡汉、陈素琰、吴思敬、王光明,以及殷岚、温茜等。

2月4日至2月9日,访问新加坡。

2月15日,出席中国作家协会和三联书店主办的屠岸《生正逢时》作品研讨会。会陈愉庆,会后与高秀芹、朱竞、金燕欢聚。

3月1日,北京大学校长周其凤宴请于博雅会议中心。应邀出席的有:杜维明、范曾、谢冕、金曼、高秀芹、赵为民等。

3月19日至20日,《中国新诗总系》研讨会在北京怀柔的宽沟招待所举行。潘凯雄、孙玉石、洪子诚、张剑福、吴思敬、刘福春、黄子平、王光明、古远清、高秀芹、朱竞、孙民乐、舒晋瑜等参加。谢在会上致辞,题为《寻花踏影到梦端》。

3月21日,出席蒲阳旧体诗集《戍楼诗草》的座谈会。会见李继耐、喻林祥等。高洪波、郑伯农、叶延滨、朱竞等与会。

3月25日至3月31日,访问温州。25日抵温州机场,方明、孙良好接机,即驱车往文成。入住文成国际大酒店。26日上午9时出席"诗探索—新诗书法展"剪彩仪式。10时,赴文成中学,出席"诗探索诗学论坛"并发言。下午,参观百丈漈。晚,程绍国自温州来晤。为文成文联主席慕白题词:"行者无疆"。27日,由方明、孙良好陪同自文成赴温州。中途谒梅雨潭,看朱自清的"绿"。车子至瑞安三垟湿地,买舟徜徉于港汊。上岸,地道的农家菜。夜,入住云天楼米兰国际大酒店。28日,下午接受温州大学记者采访,并参观人像绣研究所,这里的特项是头发绣。晚,在图书馆举行讲座,并为该馆题词:"正心诚意"。29日,游楠溪江,夜访雁荡灵峰,宿雁荡山银苑酒店。30日,游大龙湫,登合掌峰,谒观音洞。后二日同游者:方明、孙良好、刘方池。31日,访问永昌堡,当地作家章方松、翁美玲等作陪。当日由温州返京,机场送别的有孙良好、方明、翁美玲。

5月3日,北京大学新闻网刊出谢为北京大学一百一十三周年校庆所作的诗歌:《思想是百年的荣光》。5月5日,《北京大学校报》于第一版刊登该诗。

6月7日,出席《中国作家》第二届郭沫若诗歌奖评委会,为评委。

6月8日至6月12日,由北京经银川赴固原。出席由诗人红旗、王怀凌、单永珍、杨建虎、倪万军发起并组织、由诗探索—天问中国新诗会所、固原市作协及《草根诗报》主办的"轻叩大地之门——著名诗人、评论家走进西海固大型诗会"。分别参加了在固原召开的中国现代新诗研讨会,在泾源召开的西海固文学研讨走访,在西吉召开的与青年诗人及中学生见面会。先后参观了萧关、顿家庄、六盘山、燕家山废村、胭脂峡、王洛宾纪念园、沙沟、须弥山、同心清真大寺等。同时参加访问的有洪子诚、刘福春、林莽、王明韵、王夫刚等。接受平凉电视台及平凉教育导报的专访。

2011年6月24日,《平凉教育》刊出记者段平霞、曹亚东的专访:《引领先进文化:谢冕心中"永远的校园"》。同期刊出谢的散文《一条鱼顺流而下》和诗歌《大氅飘飘》,编者附言称:"本诗作于1972年末,收录于1973年1月23日北大中文系文学专业学生油印习作集第13期《大氅飘飘》(当时共油印学生习作集15期,每期均以头题诗作为油印本名称),时作者年41岁,在之后的反击右倾回潮运动中因为本诗受到批判,从此鲜有诗作创作发表。经谢冕授权,本诗为国内首次公开刊发。"

6月15日至16日,在青岛,出席华文峰新诗研讨会。高秀芹、朱竞与会。

6月18日至21日,出席《河南诗人》创刊一周年座谈会暨首届河南诗人联谊会。会见南丁、李佩甫、王绶青、陈有才等。杨匡汉、吴思敬、陈素琰、唐晓渡、耿占春等与会。结识马新朝、杨炳麟、纪梅、周新红、罗羽等。6月21日《河南日报》刊出记者史晓琪的专访:《期待让人眼前一亮的好诗——访北京大学教授、著名评论家谢冕》。

7月25日,《文艺报》发表《坚持或者守望》。编者按语:"如何推动文艺批评回归本质,坚守文艺理想,是文学艺术界共同关心的问题。在北京文艺评论家协会召开的'让文艺回归心灵——2011—北京文艺座谈会'上与会者就文艺评论的守望与担当进行了热烈的讨论。本报发表评论家谢冕、黄会林的文章以飨读者。"

8月5日至12日,《中国新诗总系》答谢之旅。先后访问德国、奥地利、瑞士三国。参加者:孙玉石、张菊玲、谢冕、陈素琰、刘福春、徐丽松、吴晓东、陈晓兰、杨柳、王桂玲、曲庆云、周燕。

8月10日,《光明日报》发表记者李春利题为《文化:"雅"与"俗"要良性互动》与谢冕、肖鹰的访谈。指出:"通俗文化的主导价值取向是消费与娱乐,表达出普通大众日常生活中的情态、情绪和情趣,但它的价值内涵依旧是一种人文精神的贯彻,应当表达关爱、同情、尊重、正义。"

9月26日至9月29日,访问包头及鄂尔多斯。出席由《人民文学》编辑部与包商银行举办的《诗歌与公共生活论坛》。出席者谢冕、陈素琰、商震、徐敬亚、马新朝、林雪、娜夜、朱零等。在大会发言并出席文学讲座。会间访问成陵和响沙湾,并包头博物馆、城市规划馆等。

10月15日飞厦门。当日下午出席在厦门日航酒店召开的《厦门文学》六十周年纪念会,并作《那座小楼被花围困》的发言。高洪波、赵丽宏、雷抒雁、商震等与会。

10月15日至18日,出席由文化部、中国作家协会、福建省人民政府在厦门召开的第三届中国诗歌节。谢在诗歌论坛上发表《那些空灵铸就了永恒》的论文,先后接受多家媒体的访谈。访问大嶝岛及园博园。晤林秀美,并向明、詹澈、白灵、陈义芝、绿蒂、冯倾城、娜夜、李琦等。10月19日《中国艺术报》以整版全文刊登谢的论文《那些空灵铸就了永恒》。

10月21日至24日,在香山卧佛山庄出席由北京大学中国新诗研究所和首都师范大学中国诗歌研究中心联合召开的"新诗与浪漫主义学术研讨会"。会见张默、叶维廉、王润华、翁文娴、郑惠如、俞兆平等。

10月24日,由北京大学中国新诗研究所和北大教育基金会、北京大学中国诗歌研究院联合主办、冰岛驻华大使馆协办的"中坤诗歌发展基金五周年学术论坛"在北大博雅国际会议中心召开。谢在会上致辞:《我也有一个梦想》。中国大陆、台湾和澳门以及来自冰岛、芬兰、丹麦、格陵兰、日本、意大利、新加坡等国家地区一百余人参加了会议。北大周其凤校长、冰岛驻华大使柯丝婷、中坤集团董事长黄怒波等在大会上致辞。张默、王家新、陈超、吴晓东、Gerdur Kristny等发表学术演说。

10月25日,抵福州,参加福州三一中学1951届高中毕业六十周年聚会,与会旧友约四十人。10月27日为福建师范大学作关于中国当代诗歌的讲座。其间,顺访永泰嵩口、月洲、梧桐诸地。10月28日结束访问回京。

10月31日飞抵深圳。11月1日在深圳大学图书馆与洛夫共同会见师生,讲话并座谈。文学院相南翔教授主持会议。会后接受《深圳特区报》、《深圳商报》、深圳电视台等媒体采访。《深圳特区报》访谈的标题为《当代诗人应有"社会承担"》,《深圳商报》访谈的标题为《现代诗人必须回顾古典》。11月2日,顺访香港。

11月6日,出席由中国诗歌学会、《文艺报》、北京大学中国新诗研究所、北京大学中文系和北京大学出版社联合举办的骆英诗集《7+2登山日记》研讨会。在会上首先致辞。未参加宴会即赴机场。

11月6日至8日,在上海。6日晚飞抵上海,出席《诗探索》华文青年诗人奖颁奖典礼。7日访问松江醉白池,同游者徐芳、孙晓娅。8日,访问浦东大拇指广场,方明陪伴悠游竟日。是日晚抵虹桥机场,23点夜航回京。

11月16日,在北京大学出版社举行编年文集工作会议,高秀芹、刘福春、孙民乐、丁超、于海冰等参与,会后聚宴于中关村金钱豹。

11月18日至11月25日,访问江都、扬州、高邮。在江都诚德集团的洛夫讲演会上作讲评,并由曹利民陪同访问仙女庙。在扬州,晤杜海、梁明院等,出席诗人座谈会,接受当地媒体采访。访问"京口瓜州一水间"及润扬大桥,应邀盛宴于富春酒楼。先后访高旻寺、个园、何园及瘦西湖等。24日赴高邮,谒镇国寺,随园酒店午宴,庄晓明、吴静等陪同游古文游台,及秦观词社和汪曾祺纪念馆。

12月6日,在北京大学百年纪念讲堂出席第三届中坤国际诗歌奖颁奖典礼。以本届评奖委员会和北京大学中国诗歌研究院的名义在会上首先致辞:《向诗歌致敬》。本次获奖者为中国的牛汉和日本的谷川俊太郎。北大校长及日本驻华使节等与会。会后与高秀芹、董华共饮咖啡。

12月6日,出席《人民文学》校园诗歌排行榜评委会。评委为:高洪波、韩作荣、林莽、商震、朱零、谭五昌等。

12月12日,在北大三教301,作题为《新诗老话》的诗歌讲座。

12月13日至15日,出席北京作家协会第五届代表大会。

12月23日,在中坤集团总部与黄怒波谈博士论文写作。

12月25日,圣诞节的清晨六点赴机场,十点抵达福州。26日上午出席在闽江学院举办的"三崛起"诗歌高峰对话会会议由哈雷主持。晤刘克光、伊路、林秀美等。下午,出席福州温泉文化节的两岸水交融仪式暨诗歌朗诵演唱会。晚,与孙绍振、徐敬亚共同出席在九日台音乐厅举办的"福州记忆"原创音乐颁奖会。27日晨,离福州,林秀美相送。

12月26日,《文艺报》发表记者黄尚恩专访:《心仪于充满锐气的批评》。

12月30日,《新民晚报》发表散文《他周围浓浓的书卷气》。

本年发表论文:《那些空灵铸就了永恒》(中国艺术报2011年10月19日)、《召唤与抉择》(西南大学学报2011年第6期);

本年出版著作:散文集《一条鱼顺流而下》、《依依柳岸》、《阅读一生》,百花文艺出版社,2011年,4月出版。

2012年

1月4日,《光明日报》发表散文《心灵感恩》,作者及福州三一中学思万楼照片同日刊出。

此文原为2007年福州三一中学百年校庆而作。当年经编辑靳晓燕热情组稿并决定安排在2007年10月28日百年校庆当日刊出。文章经终审上版,除原文外,并附学校大门照片及《福州外国语学校简介》:

> 福州外国语学校创办于1907年,前身是爱尔兰都柏林三一学院创办的私立教会学堂——圣马可学院。1911年,与广学书院、榕南两等小学合并,迁往现址,并更名为福州三一学校。1952年,由福州市政府接办,成为一所新型的公立学校,定名为福州第九中学。1993年更名为福州外国语学校。学校现有校园面积45亩,拥有"思万楼"、"德国领事馆"等国家保护的文物建筑。
>
> 一百多年来,学校为高等院校和社会各界培养和输送了数以万计的优秀学生和建设人才。老一辈校友中有以陈景润、陈哲人、王嶽、谢冕等为代表的为科教文卫事业发展作出贡献的科学家和学者,现在大批中青年校友正成为祖国各条建设战线的栋梁之才。

文章决定见报的前夜,由当时的领导人在不说明原因的情况下最后决定撤出该文。2007年11月19日,该文以《钟声依旧》为题,发表在《文汇报》。

时隔五年,当时组稿的靳晓燕决定重新在《光明日报》刊登此文。区区小文,几经挫折,而靳晓燕以"无权者"之身坚持不忘如此,令人感奋。

1月8日,散文《想起一封信》在《文汇报》发表。

1月21日,散文《最是柳梢月圆时》在《解放日报》发表。

1月22日,散文《除夕的太平宴》在《文汇报》发表。

2月7日,《光明日报》发表记者靳晓燕的专访:《年,在笔端——新春访谢冕》。

2月14日至2月16日,编年文集工作会议在北京大学中关新园召开。与会者:高秀芹、刘福春、孙民乐、丁超、于海冰、谢冕等。

谢冕教授著作目录

著作

《湖岸诗评》,1980年7月,云南人民出版社。
《北京书简》,1981年2月,人民文学出版社。
《共和国的星光》,1983年6月,春风文艺出版社。
《论诗》,1985年12月,青海人民出版社。
《谢冕文学评论选》,1986年4月,湖南文艺出版社。
《中国现代诗人论》,1986年10月,重庆出版社。
《文学的绿色革命》,1988年12月,贵州人民出版社。
《诗人的创造》,1989年3月,三联书店。
《地火依然运行》,1991年3月,上海三联书店。
《新世纪的太阳》,1993年6月,时代文艺出版社。
《大转型——后新时期文化研究》(与张颐武合著),1995年12月,黑龙江教育出版社。
《世纪留言》,1997年2月,中国广播电视出版社。
《流向远方的水》,1997年7月,四川人民出版社。
《永远的校园》,1997年10月,北京大学出版社。
《1898:百年忧患》,1998年5月,山东教育出版社。
《论二十世纪中国文学》,1998年7月,河北教育出版社。
《心中风景》,1998年10月,中国文联出版公司。
《当代学者自选文库·谢冕卷》,1999年6月,安徽教育出版社。
《浪漫星云》,1999年9月,广东人民出版社。

《西郊夜话》,2000年6月,福建教育出版社。
《燕园问学》,2002年1月,中共中央党校出版社。
《谢冕论诗歌》,2002年4月,江西高校出版社。
《每一天都平常》,2004年1月,黑龙江人民出版社。
《那时很年轻》,2005年1月,解放军出版社。
《回顾一次写作——"新诗发展概况"的前前后后》(六人合著),2007年11月,北京大学出版社。
《红楼钟声燕园柳》,2008年5月,北京大学出版社。
《中国新诗讲义》(《浪漫星云》韩文译本,金素贤译),2008年5月,韩国学古房出版。
《回望百年》,2009年1月,作家出版社。
《新世纪的太阳》(新版),2009年11月,中国人民大学出版社。
《论二十世纪中国文学》(新版),2009年12月,中国人民大学出版社。
《百年中国新诗史略——〈中国新诗总系〉导言集》(谢冕等十人合著),2010年3月,北京大学出版社。
《一条鱼顺流而下》,2011年4月,百花文艺出版社。
《依依柳岸》,2011年4月,百花文艺出版社。
《阅读一生》,2011年4月,百花文艺出版社。
《咖啡或者茶》,2012年1月,长春出版社。
《中国现代诗的步伐》(日文本),谢冕著,岩佐昌暲编译,2012年3月28日,中国书店(日本福冈)发行。

编选

《中国当代青年诗选(1976——1983)》,谢冕编,1986年2月,花城出版社。

《中国新诗萃(20年代初叶——40年代)》,谢冕 杨匡汉主编,1988年10月,人民文学出版社。

《中国新诗萃(50年代——80年代)》,谢冕 杨匡汉主编,1985年11月,人民文学出版社。

《徐志摩名作欣赏》,谢冕主编,1993年6月,中国和平出版社。

《20世纪中国文学丛书》(10卷),谢冕 李杨主编,1993年6月,时代文艺出版社。

《罗门诗选》,谢冕编,1993年7月,中国友谊出版公司。

《无终站列车》,谢冕 杨匡汉 张颐武 亦夫编选,1993年8月,中国友谊出版公司。

《鱼化石或悬崖边的树》,谢冕编,1993年10月,北京师范大学出版社。

《当代诗歌潮流回顾》(6卷),谢冕 唐晓渡主编,1993年10月,北京师范大学出版社。

《诺贝尔奖获得者的青少年时代》(15卷),谢冕主编,1994年3月——1997年1月,福建少年儿童出版社。

《中国当代文学作品精选(1949——1989)》,谢冕 洪子诚主编,1995年7月,北京大学出版社。

《中国当代文学史料选(1948——1975)》,谢冕 洪子诚主编,1995年12月,北京大学出版社。

《金克木散文选集》,谢冕编,1996年12月,百花文艺出版社。

《中国百年文学经典文库》(10卷),谢冕 孟繁华主编,1996年10月,海天出版社。

《百年中国文学经典》(8卷),谢冕 钱理群主编,1996年12月,北京大学出版社。

《唐亚平集·黑色沙漠》,谢冕编,1997年10月,春风文艺出版社。

《中国女性诗歌文库》(16卷),谢冕主编,1997年10月,春风文艺出版社。

《中国新文学大系(第四辑)诗卷》,邹荻帆 谢冕主编,1997年11月,上海文艺出版社。

《中国百年诗歌选》,谢冕编选,1997年12月,山东文艺出版社。

《百年中国文学总系》(11卷),谢冕 孟繁华主编,1998年5月,山东教育出版社。

《中国当代文学作品精选·诗歌卷》,谢冕主编,1999年9月,北京十月文艺出版社。

《蓝风筝·中国当代学院批评丛书》(6卷),谢冕 程文超主编,1999年9月,广东人民出版社。

《新诗三百首》,牛汉 谢冕主编,2000年1月,中国青年出版社。

《中国新诗萃(台港澳卷)》,谢冕 杨匡汉主编,2001年3月,人民文学出版社。

《开花或不开花的年代》,谢冕 费振刚主编,2001年7月,北京大学出版社。

《北大遗事》,谢冕 胡的清主编,2001年10月,青岛出版社。

《百年百篇文学精选读本》(5卷),谢冕主编,2002年1月,天津教育出版社。

《字思维与中国现代诗学》,谢冕 吴思敬主编,2002年6月,天津社会科学院出版社。

《小学生古诗文读说背用》(6册),谢冕 阎纯德主编,2003年9月,新华出版社。

《现当代新诗诵读精华》,谢冕主编,2003年12月,人民教育出版社。

《普通高中课程标准语文实验教科书》(第1册至第5册),谢冕主编,2004年6月,山东人民出版社。

《好看文粹》(4卷),谢冕 朝全主编,2005年3月,华艺出版社。

《2005散文卷》(北大年选),谢冕 高秀芹主编,2006年4月,北京大学出版社。

《余光中经典》,谢冕选编,2007年1月,海峡文艺出版社。

《中国新文学大系·诗卷》(1976—2000),谢冕主编,刘福春副主编,2009年3月,上海文艺出版社。

《中国文学之最》,谢冕 李矗主编,2009年5月,中国广播电视出版社。

《中国新诗总系》(10卷),谢冕总主编,2010年9月,人民文学出版社。

《中国新诗总系1949—1959卷》,谢冕主编,2010年9月,人民文学出版社。

《徐志摩名作欣赏》(新版),谢冕主编,2010年10月,中国和平出版社。

后　记

高秀芹

在我的印象中，先生只要力所能及，别人的事，他很少说"不"。同样，在我的印象中，凡是涉及自身的，先生却经常说"不"。其间最为坚决的，是关于编自己文集以及写自传或回忆一类的，先生一般都会用被他称为的安理会五大常务理事国的"一票否决权"。先生实行"一票否决"后，往往得意得哈哈大笑。

关于文集，众人说了多少遍也没用。一阵摇头之后，有一天防线终被击破。"破门"的是我的身高一米九二的师兄黄怒波（即诗人骆英）。这位伟大的登山家，以征服世界各大洲最高峰的不折不饶的精神，终于迫使先生收回了他的"否决票"。2008年2月13日，骆英在《第一财经日报》发表文章谈到此事：

> 前几天，在新诗所开会。席间，我借着酒劲斟句斟字地表示，希望谢冕、孙玉石、洪子诚三位老师加紧整理出版文集。作为学生，我愿意予以资助。谢冕老师酒量极好，斟酌再三与我碰杯约定，今年内开始编辑工作。

后来先生告诉我，他的放弃"坚守"，是他抵抗不了这沉重而温柔的情感的"袭击"——先生是被骆英的真情和决心感动了。

事情定了以后，先生委托我、刘福春、孙民乐三人来做这事。师命不可违，我是诚惶诚恐。重托在身，日夜悬心，遑论懈怠！我和福春、民乐商定了编辑三原则：一、编年体；二、力求齐全；三、一字不改。先生也同意这三原则，而且将其写进了本书的

《文集前缀》。先生还为"一字不改"专门写了一篇文字:《我只想改一个字》(见 2009 年 2 月 25 日《中华读书报》)。但最终还是坚持"不改"。

其实,"有闻(文)必录",力求其全,做起来也不易。即使是到了文集编成的今天,我们明知"不全",但也只能如此。说"挂一漏万"未免夸张,但说"十有一漏",也许近是。实行起来最难的,是"一字不改"。先生写作时空跨度大,少年时代是民国,青年以后是共和国,共和国中又有许多政治运动,政治运动的词汇用语又多变,再加上意识形态和流行的差异,其实是改不胜改,与其如此,不如"悉依原样"!

先生不想避讳自己当年一些文字的趋时失当,更不想隐讳自己当年的幼稚、鲁莽、无知、甚至粗暴。先生告诉我,选择"一字不改",让读者看到真实的有弱点和遗憾的作者,也从中看到一个有局限的、甚至失态的时代,从而增长他们知人论世的能力,甚至对上一代学者的"同情的理解",这应当是我们编辑这类书的根本目的——先生清醒地为自己选择了适当的角度。

先生的日常工作就是写作,写作占了他生命的大部分时间。积数十年,文字量大,发表的情况繁复驳杂,我们的第一步工作是资料的汇集,筛选和鉴别,先生自己也翻箱倒柜,积极配合。难为了福春和民乐两位。福春还好,他是资料专家,熟门熟路,举重若轻。民乐是著名的"百科全书",博学强记,做起这事,却"笨手笨脚",但他却是一往无前,所向披靡,功勋卓著。他们两位的辛苦,我是深深感激的。

我的培文团队几乎全力以赴,先是黄敏劼,敏劼产假期间,于海冰接着上,而丁超则是鞍前马后听调遣,年轻的姜贞也随时帮忙。还要感谢我们的设计师张志伟老师,他对书装的理解总是打开我们对书的记忆和想象,对质朴的留守,固执地表达了我们对文化的理解。还要感谢洪子诚先生的鞭策,他对自己的"学术作品集"不怎么上心,但是,对于《谢冕编年文集》却不时地询问,很多时候我不敢面对他的眼睛,好像是我在拖沓延迟,实在是跨度时间太大,文字太多,手稿,日记,书信,未收录文章,专著,整理编辑难度实在太大。

从 2008 年发愿到 2012 年夏天《谢冕编年文集》出版,我们希望给当代文学史留下一个丰富的案例,也是对先生的一份礼物。

2012 年 4 月 11 日